U0657160

殷商西周散文文體研究

梅　軍　著

科　学　出　版　社

北　京

内 容 簡 介

本書以出土文獻(甲骨刻辭、銅器銘文)和傳世文獻(今文《尚書》、《周易》、《逸周書》)爲基礎，對我國古代散文文體作源頭性考察，系統辨析殷商西周散文文體的類別，探尋殷商西周散文文體的源流，合乎邏輯地得出“殷商是我國古代散文文體的萌芽時期，西周是我國古代散文文體的成長時期”的結論。

本書采用以功能爲標準的分類原則，從發生學意義上探討文體屬性，擴大了我國古代散文文體研究的範圍，既爲探尋古代散文的源頭提供了依據，也爲研究後世散文的發展提供了出發點，在很多方面具有填補空白的學術意義。

圖書在版編目(CIP)數據

殷商西周散文文體研究 / 梅軍著. —北京：科學出版社，2016.3

ISBN 978-7-03-047856-6

Ⅰ. ①殷… Ⅱ. ①梅… Ⅲ. ①古典散文-古典文學研究-中國-商代 ②古典散文-古典文學研究-中國-西周-時代 Ⅳ. ①I207.62

中國版本圖書館 CIP 數據核字(2016)第 053379 號

責任編輯：王洪秀/責任校對：鄭金紅

責任印製：肖　興/封面設計：銘軒堂

科学出版社 出版

北京東黃城根北街 16 號

郵政編碼：100717

http://www.sciencep.com

中国科学院印刷厂 印刷

科學出版社發行　各地新華書店經銷

*

2016 年 3 月第　一　版　開本：787×1092　1/16

2016 年 3 月第一次印刷　印張：30

字數：720 000

定價：192.00 圓

(如有印裝質量問題，我社負責调换)

梅軍(1975—)，男，漢族，湖北武漢人，武漢大學文學碩士，上海大學文學博士，暨南大學文學博士後，現爲廣西大學文學院副教授，主要從事先秦兩漢文學文獻與經學研究。

前　言

本書對我國古代散文文體作源頭性的考察和研究，以出土文獻(甲骨刻辭、銅器銘文)和傳世文獻(今文《尚書》、《周易》、《逸周書》)中屬於殷商西周時期的作品爲基本文本，系統地探討了殷商西周時期散文文體的發展演變軌跡。

本書分爲兩編，共八章。根據殷商西周時期散文文體發展的歷史狀況，從宏觀上將其劃爲兩個階段，認爲殷商是我國古代散文文體的萌芽時期，西周是我國古代散文文體的成長時期。本書上編(第一至三章)是對殷商時期散文文體的研究，研究對象包括殷墟甲骨刻辭、殷商銅器銘文、今文《尚書·商書》；下編(第四至八章)是對西周時期散文文體的研究，研究對象包括西周甲骨刻辭、西周銅器銘文、《周易》卦爻辭、今文《尚書·周書》及《逸周書》中屬於西周時期的作品。

本書重點探討文本在發生學意義上的文體屬性，在對具體文本進行系統梳理和考察的基礎上，采用以功能爲標準的分類原則，將殷商西周時期的散文分爲“占”“告(誥)”“命”“卜”“表”“記”“約”“典”“訓”“誓”“論”十一種文體。分述如下：

一、占。指記錄視卜兆斷吉凶之事的文辭。這種文體用於占卜場合，見於殷墟甲骨刻辭和西周甲骨刻辭。殷商時期的“占”文應用頻繁，內容豐富，歷時較長，使用者主要是殷王，少數爲大臣。至西周早期，“占”文使用明顯減少。

二、告(誥)。指記錄君臣告祭神祖、君王告誡臣屬、臣屬告誡君王、臣屬稟告君王、臣屬相互告諭、臣屬告知晚輩等內容的文辭。這種文體見於殷墟甲骨刻辭、西周銅器銘文、今文《尚書·商書》、《周書》以及《逸周書》中屬於西周時期的作品。其中西周銅器銘文中載錄周王告祭先王的“告”文雖僅見二例，但其文字淵奧宏朗，語多用韻，表明至遲在西周晚期，有關告祭先祖之類的“告”文已臻於成熟。而殷墟甲骨刻辭中的王告臣屬之“告(誥)”，實已接近於後世之“誥”，可見後世之“誥”體至遲已於殷商時期發其端倪。今文《尚書·周書》中的“周初八誥”，則標誌着“誥”體散文在西周早期已經發展成熟。記錄臣屬稟告君王的“告”文，其內容及體制較記錄君臣告祭神祖的“告”文更爲豐富靈活，可看作後世之上行公文在萌芽時期的產物。

三、命。指記錄上對下發號施命的文辭。這種文體見於殷墟甲骨刻辭、西周甲骨刻辭、西周銅器銘文以及今文《尚書·周書》、《逸周書》中屬於西周時期的作品。總的來看，“命”文用於朝政場合，經由殷商、西周的長期應用，至西周晚期已經發展得很成熟了。

四、卜。殷墟甲骨刻辭中的“卜”文，指不能歸入“占”“告”“命”的卜辭。其數量龐大，內容十分豐富。本書着重探討了其中較具代表性的、歷時較長的五種內容，卽祭祀、巡行、田獵、征伐、卜旬中的部分卜辭，以見出殷墟甲骨刻辭“卜”文的體制特徵與流變過程。《周易》卦爻辭中的“卜”文，指或載錄事物、必著以判斷吉凶之語的卦爻辭，其性質與甲骨卜辭相類。

五、表。指殷墟甲骨刻辭中載錄“干支表”“商王世系表”“貴族世系表”的記事刻辭。較同時期的其他文體而言，殷墟甲骨刻辭中的“表”文結構相對簡單，使用範圍過於狹小。隨着殷商王朝的滅亡，這種文體也就消失了。

六、記。指載錄記事言辭之文。這種文體在殷墟甲骨刻辭中已出現，經由殷商西周時期的長期使用和發展，漸趨成熟，並爲後世的敍事文學奠定了良好的基礎。

七、約。指載錄內容與法律文書相關的文辭。這種文體見於西周中、晚期銅器銘文。按其所反映主要內容的不同，大致可分爲三類：(一)治地之約；(二)治民之約；(三)治律之約。

八、典。指載錄君臣言辭可作爲後世治國法典之文。這種文體見於今文《尚書・周書》，現存兩篇，卽《洪範》和《呂刑》。前者具體論述了統治國家的大政方針，被視爲帝王之術，自西漢以後，受到歷代封建帝王的推崇；後者提出了刑法的具體內容與實施原則，記載了西周時期的刑法制度，是迄今所見我國古代最早而又較爲系統的法典。

九、訓。指記錄訓導言辭之文。今文《尚書・商書》中的“訓”文現存一篇，卽《高宗肜日》。此文記錄殷王祖庚肜祭武丁時，祖己訓導祖庚的言辭。另有一例見於西周早期銅器銘文，卽《叔趯父卣》。此文記錄叔趯父對煲進行訓導的言辭，出自肺腑，情意深遠。

十、誓。指載錄戰爭誓辭之文。今文《尚書・商書》中的“誓”文現存一篇，卽《湯誓》，爲湯伐桀滅夏的出征誓師辭。今文《尚書・周書》中屬於西周時期的“誓”文現存兩篇，卽《牧誓》、《費誓》。前者是周武王在牧野與商紂王的軍隊進行決戰之前的誓師辭，後者是周公之子伯禽率師討伐淮夷、徐戎叛軍之前，在費地對出征將士所作的誓師辭。

十一、論。指載錄議論言辭之文。這種文體見於《周易》卦爻辭。按是否記有斷辭，可分爲載錄斷辭、不載錄斷辭兩類。前者數量較少，所記斷辭有的位於議論之辭的中間，有的位於議論之辭的首尾。後者數量相對較多，言辭簡短，雖無“論”之名，卻有“論”之實，開啓了後世“論”體散文的先河。

凡　例

一、本書所引用甲骨刻辭之釋文采用前人較爲公認的説法。釋文一般用寬式，如讀爲“貞”的“鼎”字直接寫作“貞”等，不一一加注。有些尚存爭議的字，爲列印方便，暫用一説，如“[illegible]”字暫釋作“燕”等。

二、甲骨刻辭釋文中，缺一字者用“□”表示；不能確知所缺之字數用“▨”表示；殘缺、字跡不清而據殘辭互補法可補出者，在字外加“[　]”表示；若刻辭後段殘缺且不知所缺字數者，句末用句號，寫作“▨。”；異體字、假借字等一般隨文注明，用作注釋的字外加“(　)”；凡文字釋讀疑而不能決者，在字後加問號“?”。

三、本書所用甲骨資料，主要是《甲骨文合集》、《小屯南地甲骨》、《英國所藏甲骨集》、《甲骨文合集補編》、《殷墟花園莊東地甲骨》等。凡《甲骨文合集》、《甲骨文合集補編》之著録號又見於其他著録書的，爲便於參互比勘，本書據《〈甲骨文合集〉材料來源表》、《〈甲骨文合集補編〉資料來源索引總表》皆詳細注明。如“《合》137正=《菁》3=《通》430”，表示《甲骨文合集》第137正片見於《殷虛書契菁華》第3片，又見於《卜辭通纂》第430片。著録號中有“+”號的，表示某片與某片可以綴合。

四、本書引録殷墟甲骨刻辭時，一般都在其著録號之後用“[　]”注明其分期及分類，參考五期分類法，類名一般用簡稱。如：“[一二。賓三]”，“一二”指爲第一、二期刻辭，“賓三”指爲賓組三類刻辭。若無特殊需要，行文中不再一一説明。在王卜辭及非王卜辭的分組分類名稱上，大體皆依據黄天樹先生於《殷墟王卜辭的分類與斷代》一書及其他相關單篇論文中所區分的類别。

五、本書引用甲骨著録書目時，一般都用簡稱。參見附録一《引用書目簡稱表》。

六、本書所引用銅器銘文之釋文采用前人較爲公認的説法。爲節省篇幅，釋文不按原行款書寫。疑難字詞一般逕采一家之言，不作繁瑣引證。銅器銘文可隸定者隸定之。銘文的隸定，一般與其字形架構保持一致。部分隸定字，爲便於辨認對照，先寫原篆，後寫隸定字。實在難以隸定者，按原篆字形書寫。

七、銅器銘文釋文中，無法識别或殘缺的字用“□”表示；不能確知所缺之字數用“▨”表示；殘缺、字跡不清而據殘辭互補法可補出者，在字外加“[　]”表示；異體字、假借字等一般隨文注明，用作注釋的字外加“（　）”；凡文字釋讀疑而不能決者，在字後加問號“?”。

八、本書所用銅器銘文資料，主要是《殷周金文集成》、《近出金文集錄》、《新收殷周青銅器銘文暨器影彙編》等。若銘文重見於《近出》、《新收》的，則注明《近出》的著錄號。

九、本書引用銅器銘文時，一般都在其著錄號之後用“[　]”注明器名及分期，采用三期分類法，器名一般仍用舊名。如“《集成》1.260[㝬鐘(宗周鐘)。西周晚期(厲王)]”，表示所引銅器銘文見於《殷周金文集成》1.260，器名爲“㝬鐘”，一名“宗周鐘”，屬於西周晚期厲王時器。

十、本書引用金文著錄書目時，一般都用簡稱。參見附錄一《引用書目簡稱表》。

十一、本書所引用《周易》卦爻辭以阮刻《十三經注疏》本《周易正義》爲底本，參考戰國楚簡《周易》(簡稱“楚《易》”)、漢馬王堆帛書《周易》(簡稱“帛《易》”)、阜陽漢簡《周易》(簡稱“阜《易》”)、熹平石經《周易》(簡稱“漢石經”)、敦煌唐寫本《周易》(卷號前冠“伯”“斯”字樣)，及唐李鼎祚《周易集解》(簡稱《集解》)、陸德明《經典釋文》(簡稱《釋文》)、清阮元《周易注疏校勘記》(簡稱《校勘記》)等。若底本有誤字者，在字外加“（　）”表示，其相應之正字外加“[　]”。

十二、本書引用《周易》卦爻辭時，一般都在其後用“[　]”注明卦名、卦畫、卦序、卦題或爻題，以便檢索。如“[周易·萃䷬第四十五·六二]”，表示所引文辭見於《周易·萃·六二》，卦名爲“萃”，卦畫爲“䷬”，卦序爲“第四十五”，爻題爲“六二”。若無特殊需要，行文中不再一一說明。

十三、本書所引用《尚書》以阮刻《十三經注疏》本《尚書正義》爲底本。若底本有誤字者，在字外加“（　）”表示，其相應之正字外加“[　]”。

十四、本書所引用《逸周書》以《四部叢刊》影印明嘉靖癸卯(1543年)章檗校刊本《汲冢周書》爲底本。底本之異體字一般逕改爲正體字，不作說明。若底本有誤字者，在字外加“（　）”表示，其相應之正字外加“[　]”。

目　錄

下編　古代散文文體的成長時期——西周

緒　論

一、本課題的理論與實踐意義

殷商西周散文文體研究，對中國古代文學特別是先秦文學研究來講，具有重要的理論與實踐意義。

文體是歷史的產物，是長期寫作實踐與理論把握相結合的產物。作爲人們從寫作實踐中總結歸納出來的形式規範，文體積澱着深厚的文化意蘊和時代精神。人們在漫長的文化活動進程中，逐漸形成了藝術地感受和體驗世界的某種心理定勢和精神氛圍。人們創作時，文體作爲文章的外在依託固化下來；在形式規範的預期作用下，文體又使人們在閱讀時產生某種心理期待。文體是作者與讀者針對文本的一種無言約定，並逐漸形成一種集體意識，被認可而得以傳承。

文體的意義，不僅僅是來自於文體要素與文體結構的自身屬性，而根本上取決於某種非語言的個人或文化的特質，也可以說是取決於某種民族文化的思維方式和心理機制等深層結構。而後者歸根結底又受制於一個民族的生存境況以及它的生產力水平和生產關係。每一種文體衹有當它的先決條件、它的文化爲它獲得了地位時才能產生並存在。文體又是歷史性和穩定性的統一，每種文體都具有獨特的歷史形態和表達內容，既與一定的社會文化背景、生產力狀況以及人們的表達需求相適應，又有某種在歷史上比較穩定的結構方式。這種統一，反映了發展和繼承的關係：穩定性保證了文體自身的優良傳統被繼承下去，是文體發展的一種方向性“羅盤”；而歷史性則使文體不斷發展、創新，逐漸走向成熟和完善。因此，通過對殷商西周時期散文文體的演變軌跡的探討，可以從一個側面體察出當時社會結構的變化與發展過程，同時也能夠加深對中國古代文體演變過程中的獨特規律的體會與認識。

文體研究是中國古代文學研究中的一個相當重要的課題。近二十多年來，學者們出版了不少古代文體方面的論著，這對古代文學研究本身來說，無疑是件很有意義的事情。然而，我們也不難發現，在中國古代散文文體的源頭問題，即有關殷商西周時期散文文體的研究上，很多論著中存在的缺陷是顯而易見的：或語焉不詳，或證據不足。因此，深入審慎地探討殷商西周時期散文文體問題，就顯得很有必要。商周銅器銘文的研究，自北宋以來已有近千年歷史；甲骨刻辭的發現與研究，至今亦逾百年。經由學者們不懈努力，甲骨刻辭、銅器銘文的釋讀與斷代研究已較成熟。今文《尚書》、《周易》、《逸周書》等重要典籍的多角度研究也已取得豐碩成果。這些都爲我們進行相應的文體研究提供了堅實的文獻基礎。因此，對殷商西周時期散文文體的深入探討，有助於我們科學有效地利用這些文獻材料，進一步推動先秦文學研究的不斷深入。

二、國內外關於本課題研究的歷史、現狀及發展趨勢

中國古人對文體進行自覺的、系統的分類與研究，並且形成特定的文體分類觀，大致萌芽於先秦，發軔於魏晉，成熟於齊梁，此後便蔚爲大觀，綿延千餘年。

20 世紀以來，海內外學術界對中國古代文體的研究一直很關注。蔡元培《論國文之趨勢》和《國文之將來》、梁啓超《中學以上作文教學法》、劉永濟《文學論》、高語罕《國文作文法》、王易《修辭學》、陳介白《修辭學》、陳望道《作文法講義》、夏丏尊和劉熏宇《文章作法》等作文寫作法都采用西洋的分類法。郭紹虞先生是我國最早具有文體分類學學科意識的學者。1981 年他在《復旦學報》第一期發表了《提倡一些文體分類學》一文，認爲文體分類學不僅與修辭學有密切關係，即對中國文學批評史的研究也同樣是個重要的環節，明確提出建立一套與中國語言特徵一致、符合中國實際情況的文體分類學。

20 世紀 90 年代以來，文體研究成爲中國古代文學研究領域的一個熱點，學者們開始較多地關注古代文學文體學的問題。僅就專著而言，有的綜合探討古代各種文體的基本特徵，如褚斌傑《中國古代文體概論》(增訂本)、吳承學《中國古代文體形態研究》等；有的深入研究某一類文體的形態流變，如漆緒邦等《中國散文通史》相關章節、陳必詳《古代散文文體概論》、程毅中《中國詩體流變》等；有的對某一時代文學理論家的文體理論進行論析，如王運熙和顧易生主編《中國文學批評通史》相關章節、郭英德等《中國古典文學研究史》相關章節、李士彪《魏晉南北朝文體學》等。綜觀這些研究成果，大致是在兩個基本維度展開的：各類文體研究與文體批評研究。

目前在中國古代文學研究領域的文體研究，較多的爲靜止性地研究體裁的分類、縷述某一體裁的形式要素，即文體概論一類的教程；或者是撰寫分體文學史，這些分體文學史雖然比一般的文學史較多關注體裁的問題，但在具體的敘述中，並沒有充分地揭示特定體裁的文體本質，甚至往往不能貫徹體裁發展的基本軌跡。

因此，立足於我們已有的文體研究的立場，吸取西方的文體學觀念及其研究方法，突破靜止描述、分類的體裁研究方式，尋索傳統的文體學思想及研究方法，同時也參考西方的作爲語言學研究的文體學的某些合理因素，建立一種動態、立體的文體研究格局，是深化中國古代文體研究與文學研究的重要途徑。

三、本書所要解決的主要問題及重點與難點

理論不是無源之水、無本之木，一種理論的形成應該有一個長期隱而不彰的過程。經驗告訴我們，面對複雜的對象，追根溯源，回歸審視其原始狀態，相關問題往往可以渙然冰釋，而這種方式也適宜於我國的文論傳統。中國傳統的文學理論有一個很大的特點就是具有超穩定性，以滾雪球的方式向前發展，相對西方文論而言，繼承大於革新。

從先秦時期開始，中國古人就對文體的分類進行了許多實踐的操作和理論的思考，從而逐漸形成中國古代文體分類的雛形。

基於此種認識，筆者選擇“殷商西周散文文體研究”爲課題，采用以功能爲標準的分類原則，對傳統的散文文體作源頭性考察。本選題所探討的“文體”，指文學體裁或體類。研究對象是迄今所見殷商西周時期的出土文獻(甲骨刻辭、銅器銘文)以及傳世文獻(今文《尚書》、《周易》、《逸周書》)中屬於殷商西周時期的作品。從我國古代散文文體發展的歷史進程來看，可將殷商西周時期散文文體的發展劃分爲兩個階段：

(1)我國古代散文文體的萌芽時期——殷商；

(2)我國古代散文文體的成長時期——西周。

本書上編(第一至三章)是對殷商時期散文文體的研究，下編(第四至八章)是對西周時期散文文體的研究。

本書所要解決的主要問題是：辨析殷商西周散文文體的類別，探尋殷商西周散文文體的源流。研究重點在於：結合出土文獻和傳世文獻，探討殷商西周時期散文文體的演變軌跡。難點在於：①出土文獻(甲骨刻辭、銅器銘文)數量巨大，內容龐雜，斷代或有不明，有必要先進行爬梳整理，才能爲我所用，凸顯其文體特徵及發展軌跡；②傳世文獻(如今文《尚書》、《逸周書》)又須甄別真僞存佚，明確其創作時代，方能明瞭其文體演變特徵；③此時期文學及文體特徵前輩學者雖有論及(如唐蘭《卜辭時代的文學和卜辭文學》、于省吾《雙劍誃吉金文選》)，但語焉不詳，可直接借鑒者不多，這就意味着筆者必須充分研讀第一手文獻材料；④文體的源流界限相對明確，但文體的類別則較易混淆，因而在研究過程中該如何有效處理之，這也是筆者所必須面對的問題。

本書的目的在於：在前人的研究成果基礎上，以出土文獻(甲骨刻辭、銅器銘文)和傳世文獻(今文《尚書》、《周易》、《逸周書》)爲基本文本，去僞存真，重視共時描述與歷時比較相結合，采用多學科交叉的研究方法，對殷商西周時期散文文體的發展演變作系統的考察，以期有助於先秦文學特别是殷商西周散文研究的進一步深入。不足之處，祈請專家學者斧正。

上編　古代散文文體的萌芽時期
——殷商

第一章 殷墟甲骨刻辭

第一節 概 述

自清光緒二十五年(1899 年)殷墟甲骨文爲王懿榮所識迄今，甲骨學之研究已逾百年，大致經歷了“甲骨學的奠基階段”(1899 年至 1927 年)、“甲骨學的形成階段”(1928 年至 1949 年)、“甲骨學的發展階段”(1949 年至今)等發展階段[①]，於甲骨刻辭的文字考釋、分期斷代、辨僞綴合、文例語法等多方面之研究逐漸深化拓展，趨於嚴密完善。

一、文字考釋

殷墟甲骨文被發現以後，對甲骨文進行考釋成爲甲骨學者面臨的首要課題。作爲認識甲骨文的第一人，劉鶚於 1903 年出版甲骨學史上第一部著錄書《鐵雲藏龜》，其序中已認出 34 個甲骨文字。孫詒讓於 1904 年寫成的《契文舉例》[②]，則是甲骨學史上第一部研究性專著，共考釋出甲骨文字 185 字。他在《契文舉例敍》中提出“以商周文字展

① 黃天樹：《一百年來的甲骨文出土與研究概況》，《黃天樹古文字論集》，北京：學苑出版社，2006 年，第 433～434 頁。

② [清]孫詒讓：《契文舉例》，《吉石盦叢書》本，1917 年；蟫隱廬石印本，1927 年。該書分上下兩卷，約五萬餘字，將《鐵雲藏龜》所著錄的史料按事類分爲十章：日月第一，貞卜第二，卜事第三，鬼神第四，卜人第五，官氏第六，方國第七，典禮第八，文字第九，雜例第十。這是將甲骨文按內容進行分類的最早嘗試。孫詒讓撰成此書後，曾將稿本寄給羅振玉。但羅振玉、王國維對《契文舉例》的評價都不高。羅氏以爲該書“未能洞悉奧隱”(羅振玉:《殷商貞卜文字考・序》，玉簡齋石印本，1910 年，頁一)，王氏則稱“其書實無取”(王國維：《王國維全集・書信》，北京：中華書局，1984 年，第 164、167 頁)。陳夢家先生則以爲：“孫氏將不同時代的銘文加以偏傍分析，藉此種手段，用來追尋文字在演變發展之中的沿革之例——書之初軌、省變之原或流變之跡。他對於古文字學的最大貢獻，就在於此。”(陳夢家：《殷虛卜辭綜述》，北京：科學出版社，1956 年，第 56 頁)《契文舉例》在考釋文字、考釋方法和編寫體例方面都作出了貢獻，是一部有重要價值的開創性著作，即便認爲此書無甚可取的羅振玉，在其《殷商貞卜文字考》中也透出他深受《契文舉例》的影響。

轉變易之跡，上推書契之初軌”的研究古文字的思路，至今還是人們普遍應用的方法。由於《契文舉例》成書時代較早，孫氏所能見到的甲骨材料惟有《鐵雲藏龜》，所以書中不免存在許多舛誤。此書雖然文字考釋成果很多，但對於全部甲骨文而言，認出的字畢竟還是太少，通讀刻辭還十分困難。

繼孫詒讓之後，考釋甲骨文字着力最多、成績最大的當屬羅振玉。1915 年，其《殷虚書契考釋》[①]出版。該書分爲都邑、帝王、人名、地名、文字、卜辭、禮制、卜法八章，約六萬餘字，共釋得形、音、義皆可知者 485 字，僅知其形與義者 56 字；在文字考證的基礎上，考證出先王先妣 45 名，人名 78 個，地名 193 個；另外還通釋卜辭 655 條。該書出版以後，甲骨上的文句基本可以通讀了。1927 年，羅氏出版了《增訂殷虚書契考釋》，許多內容較《殷虚書契考釋》有所增益，帝王、人名都有增加，地名增至 17 類 230 個，考釋形、音、義可知的 560 字，用今楷寫出可通讀的卜辭 1196 條，較初印本增加了十分之四強，還儘量吸收了王國維氏在甲骨文研究方面的貢獻。此書並不單是對初印本的增補，而且也是“羅氏在甲骨學上最後的總集”[②]。《殷虚書契考釋》及《增訂殷虚書契考釋》的問世，標誌着甲骨學由初創時期進入了全面的文字考釋時期，在甲骨文字考釋的發展進程中，有着承上啓下的劃時代意義。

初期的甲骨文研究主要着力於文字考釋，但要考釋文字、通讀辭句，必然會與古代典制相聯繫，所以孫詒讓、羅振玉等在釋讀文字的同時，也初步揭示出一些商代的史實與制度[③]。而王國維強調用地下出土的實物資料與傳統的文獻相互印證，將文字考證與史實和典章制度密切聯繫[④]，具有極高的方法論意義，爲後來的學者指明了方向。

隨着文字考釋的進步，其方法和理論也在不斷完備。

孫詒讓在《名原》中提出“略摭金文、龜甲文、石鼓文、貴州紅岩古刻，與《說文》古籀互相勘校，楬其歧異，以箸渻變之原，而會最比屬，以尋古文、大小篆沿革之大例”[⑤]，總結了甲骨文字考釋最早的理論方法。

---

① 羅振玉：《殷虚書契考釋》，永慕園石印本，1915 年。

② 羅琨，張永山：《羅振玉評傳》，南昌：百花洲文藝出版社，1996 年，第 127 頁。

③ 孫詒讓在《契文舉例》中認定甲骨文爲殷商遺物，並將所考文字按內容分爲十章，已有欲從甲骨文字窺探商代社會的意向。羅振玉在 1910 年出版的《殷商貞卜文字考》一書的序中提出甲骨文研究的三個目標，卽考史、正名、研究卜法。雖然羅氏也曾以甲骨材料上窺商代歷史，但他沒有脫出重考釋文字、輕歷史研究的桎梏，對於商代歷史的研究衹是在考釋文字時順便提及，而沒有進行專門的論述。利用甲骨材料，以專篇進行商代歷史研究的，乃自王國維開其端。

④ 1915 年，王國維撰寫了《殷虚卜辭中所見地名考》、《三代地理小記》、《鬼方昆夷玁狁考》論文，以卜辭與文獻和金文相比勘，開始把甲骨文實際應用於古史研究。1917 年，王氏撰成《殷卜辭中所見先公先王考》和《殷卜辭中所見先公先王續考》兩篇名文。經過他的考證，殷王的名號和世系基本得到確認，大體建立了殷商王朝的世系。他在證明《史記・殷本紀》記錄信實的同時，也證明了甲骨文的史料價值，確立了甲骨文在史學領域中的地位。王氏的研究並不僅限於對史實的考證，對於典章禮俗、制度演進也深加思索。其《殷禮徵文》、《殷周制度論》等文章，是研究商周文化的名篇，對學術界產生了極大的影響。正是有了王國維先生的開創性貢獻，甲骨學的研究才有了其後的輝煌，並直接引發了古史尤其是殷商史研究的突破。

⑤ [清]孫詒讓：《名原・敍》，玉海樓家刻本，1905 年，頁二。

羅振玉考釋文字的方法，據其《殷虛書契考釋》序所云，乃“由許書以溯金文，由金文以窺書契，窮其蕃變，漸得指歸”。王國維則在《殷虛書契考釋序》中提出“會合偏旁之文，剖析孳乳之字，參伍以窮其變，比校以發其凡”的文字考釋方法，後又在《毛公鼎考釋序》中進一步闡述爲：“苟考之史事與制度文物，以知其時代之情狀；本之《詩》、《書》，以求其文之義例；考之古音，以通其義之假借；參之彝器，以驗其文字之變化；由此而之彼，卽甲以推乙，則於字之不可釋、義之不可通者，必間有獲焉。”這種重視甲骨文字的具體歷史語言背景，考察文字形、音、義的分化演變之跡，結合所有辭例進行釋讀的方法，不僅使王國維識出了較難認識的文字，而且在商史研究方面也收穫甚豐。

繼羅、王之後，在文字考釋方面頗有成績的是郭沫若先生。1929 年，郭氏撰成《甲骨文字研究》[①]，其自序云：“余之研究卜辭，志在探討中國社會之起源，本非拘拘於文字史地之學，然識字乃一切探討之第一步，故於此亦不能不有所注意。”從文字考釋到史料考證進而綜合論史，以唯物史觀研究商代社會，是其考釋的最大特色。

甲骨文字考釋方法的理論化，到了唐蘭、于省吾二位先生才有比較系統的建樹。

唐蘭先生是首位將甲骨文字釋讀納入古文字學領域進行系統研究並提升到理論高度進行規範的學者。他不僅釋出了 100 多個甲骨文字，而且總結出一套考釋甲骨文字的理論方法，爲甲骨學研究作出了巨大貢獻。1932 年，唐先生完成《殷虛文字記》，自序云：“最服膺孫君仲容之術。凡釋一字，必析其偏旁，稽其歷史，務得其真，不敢恣爲新奇謬悠之說。十數年來，略能通貫其條例。”[②]1935 年，他撰成專門論述文字考釋方法的《古文字學導論》，總結了四種考釋文字的方法，卽對照法、推勘法、偏旁分析法和歷史考證法。文字考釋理論開始系統化。1949 年，他撰成《中國文字學》，提出“三書說”，將古文字分爲三類：象形文字、象意文字、形聲文字，認爲“三書可以包括一切中國文字，祇要把每一類的界限、特徵弄清楚了，不論誰去分析，都可以有同樣的結果”[③]。唐蘭先生的《殷虛文字記》、《古文字學導論》、《中國文字學》等書，是文字理論研究的一個重大突破。

于省吾先生考釋甲骨文字成績斐然，這與他充分吸收前人學說，總結出一套有效的文字考釋理論有關。1940 年，于先生出版《雙劍誃殷契駢枝初編》，其序云：“契學多端，要以識字爲其先務，爰就分析點畫偏旁之法，輔以聲韻通假之方。”1941 年出版《雙劍誃殷契駢枝續編》，其序云：“考名識字，必須先定其形，形定而音通；形音旣塙，其於義也，則六通四辟，覈諸文理與辭例，自能訢合無閒矣。至於形之定，在於分析偏旁。分析偏旁不可失於點畫，失則貌似臆斷之說興；不可滯於點畫，滯則拘攣固執之見成。”他主張考釋文字應嚴格從字形出發，強調結合文字的形、音、義對文字進行全面綜合的考察。而他於 1973 年發表的《釋羌、苟、敬、美》[④]，則爲結

① 郭沫若：《甲骨文字研究》，上海：大東書局，1931 年。

② 唐蘭：《殷墟文字記・序》，北京：中華書局，1981 年。

③ 唐蘭：《中國文字學》，上海：上海古籍出版社，2001 年，第 68～69 頁。

④ 于省吾：《釋羌、苟、敬、美》，《吉林大學社會科學學報》，1963 年第 1 期。

合歷史社會史實考釋文字樹立了典範。他提出，在文字考釋方面，“不應孤立地研究古文字，需要從社會發展史的角度，從研究世界古代史和少數民族志所保存的原始民族生產、生活、社會意識等方面來追溯古文字的起源，才能對某些古文字的造字本意有正確的理解，同時也有助於我們去正確譯讀某些古文字資料”。1979 年出版的《甲骨文字釋林》[①]，是于先生研究甲骨文字的總結性著作，也是當代甲骨文字考釋的代表作。

20 世紀 50 年代初至 70 年代末，甲骨文字的考釋取得了相當大的成績。在這一時期，出版了很多相關專著，如楊樹達先生的《積微居甲文說・卜辭瑣義》、《耐林廎甲文說・卜辭求義》、《積微居小學述林》[②]，朱芳圃先生的《殷周文字釋叢》[③]，于省吾先生的《甲骨文字釋林》等。關於文字考釋的論文也多有發表，如于省吾先生的《釋奴、婢》、《釋尼》[④]，張政烺先生的《釋甲骨文中俄、隶、蘊三字》、《卜辭裒田及其相關諸問題》[⑤]，楊向奎先生的《釋不玄冥》[⑥]等，其中不少文章考釋精到，立論明確，是甲骨文字考釋中的名篇。

繼唐、于之後，在甲骨文字考釋方面取得顯著成就的，當推裘錫圭先生。1961 年，裘先生發表其第一篇文字考釋論文《甲骨文中所見的商代五刑》，即引起了學術界的注意。1972 年發表《讀〈安陽新出土的牛胛骨及其刻辭〉》[⑦]一文，顯示了他古文字研究的深厚底蘊。此後，他發表了一系列有關甲骨文字考釋的論文，並在其他一些有關銅器銘文研究的著作及其注解中，對不少目前考釋難度較大的甲骨文字進行了解說，這些成果已集中收入其《古文字論集》等書中。裘先生認爲“各種古文字之間都是有聯繫的，如果專攻一種不及其餘，所專攻的那種古文字決不可能研究得很深很透”，強調考釋文字“要認識古文字發展的全過程”[⑧]。爲了考證一個古文字，他總要搜集大量有關資料以及這個文字前後發展變化的各種旁證。其文字考釋精到，論證嚴密，說服力強。作爲當代著名的古文字學家，裘先生在老一輩學者的基礎上，把甲骨文字的考釋向前又推進了一步。

---

① 于省吾：《甲骨文字釋林》，北京：中華書局，1979 年。該書共三卷，收文字考釋論文 190 篇，考證和闡釋文字達 300 個，其上卷乃刪定或重寫的《雙劍誃殷契駢枝三編》之論文，中卷乃改寫或重寫的《雙劍誃殷契駢枝四編》之文章，下卷乃修訂編集的解放後發表的文字考釋論文。

② 楊樹達：《積微居甲文說・卜辭瑣記》，北京：中國科學院，1954 年；《耐林廎甲文說・卜辭求義》，上海：上海群聯書店，1954 年；《積微居小學述林》，北京：中國科學院，1954 年。

③ 朱圃芳：《殷周文字釋叢》，北京：中華書局，1962 年。

④ 于省吾：《釋奴、婢》，《考古》，1962 年第 9 期；《釋尼》，《吉林大學社會科學學報》，1963 年第 3 期。

⑤ 張政烺：《釋甲骨文俄、隶、蘊三字》，《中國語文》，1965 年第 4 期；《卜辭裒田及其相關諸問題》，《考古學報》，1973 年第 1 期。

⑥ 楊向奎：《釋不玄冥》，《歷史研究》，1955 年第 1 期。

⑦ 裘錫圭：《讀〈安陽新出土的牛胛骨及其刻辭〉》，《考古》，1972 年第 5 期。

⑧ 裘錫圭：《談談學習古文字的方法》，《古文字論集》，北京：中華書局，1992 年，第 657 頁。

隨着甲骨學研究的不斷深入，文字考釋的論著數量日益增多，在推動甲骨學前進的同時，也使學者的參閱和利用越來越困難。因此，集各家學説，編纂便於檢索的工具書，已成爲必要課題。1965 年，李孝定先生撰成《甲骨文字集釋》[①]，基本上彙集了 1962 年以前各家關於甲骨文字的考釋，采錄論著近 200 種，對各字的考釋提出總結性意見，爲研究者提供了查找方便的文字考釋類工具書，促進了甲骨學研究的發展。

此後，經過三十多年的發展，甲骨文字考釋有了極大進展。重新編纂關於文字考釋彙編的工具書，再次提上日程。在此背景下，甲骨學界出版了兩部文字考釋的總結著作，即日本學者松丸道雄、高嶋謙一合編的《甲骨文字字釋綜覽》和于省吾先生主編的《甲骨文字詁林》[②]。前者簡要集錄 1989 年以前中日諸國學者發表的甲骨文字釋，采錄文獻約 1600 種，全面反映了近百年來甲骨文字考釋所取得的成果，但衹注明考釋出處，沒有抄錄考釋內容，使用起來尚有不便。後者大致集錄了 1989 年以前九十年來甲骨文字考釋的主要成果，彌補了《甲骨文字字釋綜覽》衹列書名、不錄內容的缺陷，爲研究和使用提供了方便，是甲骨學者案頭必備的工具書。

二、分期斷代

殷墟出土的十餘萬片甲骨刻辭，記載着自盤庚遷殷至帝辛亡國八世、十二王、二百七十三年之歷史。然而，欲使此大批珍貴的“古董”真正成爲商代的“史料”，則首先須斷定各片甲骨所屬之年代，如此方能瞭解文字所記爲何時史實，也才能藉之進一步研究商代歷史與制度。王國維在《殷卜辭中所見先公先王考》[③]一文中，以卜辭的父、兄等“稱謂”關係來判斷甲骨的具體年代，開了甲骨刻辭斷代研究的先河。其後，1928 年，加拿大傳教士明義士於其未發表的《殷虛卜辭後編序》中注意到以“稱謂”與“字體”來判斷甲骨年代[④]。1931 年，董作賓先生撰《大龜四版考釋》[⑤]，首次提出由“貞人”可以推斷甲骨文的時代。1933 年，他發表《甲骨文斷代研究例》[⑥]，創立了殷墟甲骨文的十項斷代標準，即：

---

① 李孝定：《甲骨文字集釋》，臺北：“中央研究院”歷史語言研究所，1965 年。

② 松丸道雄，高嶋謙一：《甲骨文字字釋綜覽》，東京：東京大學出版會，1993 年。于省吾：《甲骨文字詁林》，北京：中華書局，1996 年。

③ 王國維：《殷卜辭中所見先公先王考》，《觀堂集林》卷九，北京：中華書局，1959 年，第 409～436 頁。

④ 參見李學勤：《小屯南地甲骨與甲骨分期·附錄》，《文物》，1981 年第 5 期，第 33 頁。

⑤ 董作賓：《大龜四版考釋》，《安陽發掘報告》第 3 期，“中央研究院”歷史語言研究所，1931 年。此文中董氏初次提出甲骨斷代的八項標準：“一、坑層。二、同出器物。三、貞卜事類。四、所祀帝王。五、貞人。六、文體。七、用字。八、書法。”

⑥ 董作賓：《甲骨文斷代研究例》，《慶祝蔡元培先生六十五歲論文集》，《“中央研究院”歷史語言研究所集刊外編》第 1 種上冊，1935 年。

一、世系。二、稱謂。三、貞人。四、坑位。五、方國。六、人物。七、事類。八、文法。九、字形。十、書體。

據此，董氏將殷墟甲骨刻辭劃分爲五期，即：

第一期　盤庚、小辛、小乙、武丁　(二世四王)
第二期　祖庚、祖甲　(一世二王)
第三期　廩辛、康丁　(一世二王)
第四期　武乙、文丁　(二世二王)
第五期　帝乙、帝辛　(二世二王)

五期分類是以當時的考古成果爲基礎的，至今仍爲學術界所沿用。但董作賓先生創立的殷墟甲骨文斷代體系也存在着缺點，重要的一點就是把甲骨本身的分類與王世的推定混在一起了①。有不少不具貞人名或稱謂及事類不明的甲骨，根本不能細分在每一王世之下，如此並不能全面進行甲骨刻辭的斷代。

20 世紀 50 年代初，陳夢家先生在進行甲骨斷代研究的時候，已經意識到了董先生五期分法簡單地按王世來劃分甲骨是有缺陷的②。他在《甲骨斷代與坑位——甲骨斷代學丁篇》③一文中，明確提出了貞人“組”的概念，主要通過貞人(陳氏稱之爲“卜人”④)繫聯

---

① 所謂甲骨斷代研究，實質上包括兩個方面：①甲骨的分類；②確定每類甲骨所處的年代。“甲骨分類”是指根據字體等特徵把殷墟甲骨劃分爲若干類；“確定年代”是說要確定每類甲骨相當於什麼王世，就要對每類甲骨中所見的全部稱謂加以歸納總結成“稱謂體系”，再由這種“稱謂體系”(祖、妣、父、母等)與商王世系進行對照來確定每類甲骨的存在年代。此外，諸如貞人、出土層位、人名事類等也是稱謂系統之外的一些確定年代的原始依據。但是，殷墟甲骨斷代的奠基者董作賓先生當時並沒有完全意識到這一點。因此他的五期分法所存在的弊病就是把甲骨本身的分類和王世的推定混在一起了。參見李學勤：《小屯南地甲骨與甲骨分期》，《文物》，1981 年第 5 期。

② 陳夢家先生在甲骨斷代研究方面貢獻很大。裘錫圭先生評價說：“陳氏雖然沒有十分明確地認識到分類與斷代是兩個不同的步驟；至少在研究武丁時代的斷代問題的時候，實際上已經這樣做了。從表面上看，陳氏所說的卜人組跟董作賓所說的貞人集團似乎沒有什麼重大區別。但是實際上，他們二位研究甲骨斷代的方法是很不相同的。陳氏認爲在字體等方面各具特點的不同卜人組的卜辭可以屬於同一時代，如賓組、𠂤組、子組、午組都屬於武丁時代。這實際上就是把卜辭的分類與斷代分成兩步來進行，研究方法比董氏科學得多。……陳氏分出的𠂤組卜辭和子組卜辭，大體上分別相當於日本學者貝塚茂樹分出的王族卜辭和多子族卜辭。他反對董作賓把這兩組卜辭歸屬於文武丁時代的意見，認爲它們都屬於武丁。這跟貝塚茂樹也是一致的(貝塚之說發表在前)。……陳氏創立的賓組、𠂤組、子組、午組、出組、何組等名稱，在近年來關於甲骨斷代的討論中已經被廣泛采用。”(裘錫圭：《評〈殷虛卜辭綜述〉》，《文史》第 35 輯，北京：中華書局，1992 年，第 238～239 頁)

③ 陳夢家：《甲骨斷代與坑位——甲骨斷代學丁篇》，《中國考古學報》第 5 冊，1951 年。此文後經刪改收入《殷虛卜辭綜述》，北京：科學出版社，1956 年。

④ 所謂貞人，指的是占卜時求神問事的人。《說文》訓“貞”爲“卜問”。卜與貞，本爲二事。“卜”指灼龜見兆，爲太卜所掌；“貞”指卜問命龜。貞人在“王卜辭”裏通常是“王”或代王“卜問命龜”的史臣；在“非王卜辭”裏通常是“子”或代子“卜問命龜”的家臣。這種“卜問命龜”的人應稱爲“貞人”，而不應稱爲“卜人”。

來給甲骨分組，將卜辭劃分爲𠂤組、賓組、子組、午組等類别。但是，陳先生在稱引那些不能根據貞人繫聯進行分類的卜辭時，仍然以王名來命名這些卜辭。

對此，李學勤先生在1957年《評陳夢家〈殷虛卜辭綜述〉》一文中指出：

> 卜辭的分類與斷代是兩個不同的步驟，我們應先根據字體、字形等特徵分卜辭爲若干類，然後分别判定各類所屬時代。同一王世不見得衹有一類卜辭，同一類卜辭也不見得屬於一個王世。《綜述》沒有分别這兩個步驟，就造成一些錯誤。例如：《綜述》所謂“康丁卜辭”，便是用一個斷代上的名稱代替分類上的名稱。①

文中第一次明確提出了以下兩個觀點：①甲骨卜辭的分類與斷代應區分爲兩個步驟來進行；②卜辭的分類要依據字體、字形等特徵。因此，目前較精確的甲骨分類研究應是先就甲骨刻辭字體的字形特徵、書體風格、用字習慣等細分爲若干小類②；再由各小類中的稱謂、文例、共版現象等客觀條件來推斷各類甲骨片所屬的王世、時代，而不應將分

① 李學勤：《評陳夢家〈殷虛卜辭綜述〉》，《考古學報》，1957年第3期，第124頁。此文後收入《李學勤早期文集》，石家莊：河北教育出版社，2008年。

② 長期以來，不少甲骨學者認爲貞人與字體是統一的，在其心目中，貞人卽是契刻卜辭者。這是一種誤解。其實金祖同在20世紀30年代末早已指出：“契刻卜辭之人，不必卽是卜人。當另有專司契刻者。”（金祖同：《殷契遺珠·發凡》，上海：上海中法出版委員會，1939年，第15頁）饒宗頤先生也指出：“其最明顯之證據，卽爲韋（《乙》8167+8320，引者案：卽《合》9743正）、㝵（《乙》8172，卽《合》9788正）、中（《乙》3925，卽《合》9745）、迮（《乙》3287，卽《合》9735）諸人，於甲午日所卜受年各片，其字體風格悉同，蓋出一人之手；可見當日契刻者乃别由史官任之，與貞卜者異其職掌。”（饒宗頤：《殷代貞卜人物通考》，香港：香港大學出版社，1959年，第1188頁）其說可信。貞人旣然不是契刻者，貞人與字體自然不能完全統一。這樣，同一個貞人所卜之辭在字體上有時可能分别屬於不同的類；另一方面，不同組的貞人所卜之辭有時字體又同屬於一個類。因此，若同時用貞人和字體兩個標準來劃分甲骨，就會陷入顧此失彼的窘境。林澐先生在《小屯南地發掘與殷墟甲骨斷代》一文中，也把貞人和字體並列爲甲骨分類的標準（林澐：《小屯南地發掘與殷墟甲骨斷代》，《古文字研究》第9輯，北京：中華書局，1984年）。但後來林先生在《無名類卜辭中父丁稱謂的研究》一文裏，對甲骨分類的標準提出了新看法，認爲：“無論是有卜人名的卜辭還是無卜人名的卜辭，科學分類的唯一標準是字體。我在《小屯南地發掘與殷墟甲骨斷代》中把卜人和字體並列爲有卜人名卜辭分類的基本依據，顯然是不周密的。因爲我在分析𠂤組和賓組的關係時，已經舉出了同一卜人所卜之辭，在字體上可能分屬於不同類别。可見細緻的分類衹能根據字體，並不能因爲有同一卜人名就劃歸一類。這跟不能因爲有同一稱謂就劃歸一類是同一道理。所以，卜人名和祭祀稱謂衹能作爲聯繫同一字體對比研究的重要線索，分類卻衹能依據字體。”（林澐：《無名類卜辭中父丁稱謂的研究》，《古文字研究》第13輯，北京：中華書局，1986年，第30～31頁）我們認爲：林先生的這一意見是正確的。林先生所說的字體應該包括字形特徵、書體風格和用字習慣三個方面（參看裘錫圭：《論“𠂤組卜辭”的年代》，《古文字研究》第6輯，北京：中華書局，1981年，第268頁；林澐：《無名類卜辭中父丁稱謂的研究》，《古文字研究》第9輯，北京：中華書局，1984年，第147頁）。

類與斷代二者相混。

20 世紀 60 年代以後，李學勤先生根據陸續發表的殷墟發掘報告，認定自組等卜辭必須列入早期。經過多年思索，至 1977 年，他以殷墟婦好墓的發現爲契機，發表《論“婦好”墓的年代及有關問題》[①]，正式提出歷組卜辭實際上是武丁晚期到祖庚時期的卜辭。此説後來得到裘錫圭、林澐等學者的支持[②]，並由歷組卜辭的研究，引申到甲骨分期理論與方法的檢討。在討論中，多數學者逐漸認識到必須將甲骨分類與斷代分成兩個步驟來進行。這是甲骨斷代研究方法上的重要進展。

1978 年第一屆古文字討論會上，李學勤先生首次公開提出殷墟王卜辭在演進上可分

① 李學勤：《論“婦好”墓的年代及有關問題》，《文物》，1977 年第 11 期。

② 主張“歷組卜辭”屬於武乙、文丁時代者，如中國社會科學院考古研究所：《小屯南地甲骨》，上冊第一分冊《前言》，北京：中華書局，1980 年；肖楠：《論武乙文丁卜辭》，《古文字研究》第 3 輯，北京：中華書局，1980 年；《再論武乙文丁卜辭》，《古文字研究》第 9 輯，北京：中華書局，1984 年。羅琨，張永山：《論歷組卜辭的年代》，《古文字研究》第 3 輯，北京：中華書局，1980 年。嚴一萍：《甲骨斷代問題》，第五節“貞人跨越時代與歷扶”，臺北：藝文印書館，1982 年；《“歷組”如此》，《中國文字》新 8 期，三藩：美國藝文印書館，1983 年。謝濟：《祖庚祖甲卜辭與歷組卜辭的分期》，《甲骨探史錄》，北京：三聯書店，1982 年。曹定雲：《論武乙文丁祭祀卜辭》，《考古》，1983 年第 3 期。張政烺：《帚好略説》，《考古》，1983 年第 6 期；《帚好略説補記》，《考古》，1983 年第 8 期。陳煒湛：《“歷組卜辭”的討論與甲骨文斷代研究》，《出土文獻研究》，北京：文物出版社，1985 年；《甲骨文簡論》，上海：上海古籍出版社，1987 年。謝齊：《祖庚祖甲卜辭與歷組卜辭的分期》，《甲骨文與殷商史》第 2 輯，上海：上海古籍出版社，1986 年。林小安：《武乙文丁卜辭補證》，《古文字研究》第 13 輯，北京：中華書局，1986 年。劉一曼，郭振禄，溫明榮：《考古發掘與卜辭斷代》，《考古》，1986 年第 6 期；《試論卜辭分期中的幾個問題》，《中國考古學研究——夏鼐先生考古五十年紀念論文集(一)》，北京：文物出版社，1986 年。方述鑫：《殷墟卜辭斷代研究》，四川大學歷史系博士學位論文，1987 年。

主張“歷組卜辭”屬於武丁、祖庚者，如李學勤：《論“婦好”墓的年代及有關問題》，《文物》1977 年第 11 期；《小屯南地甲骨與甲骨分期》，《文物》，1981 年第 5 期；《論小屯南地出土的一版特殊胛骨》，《上海博物館集刊》第 4 期，1987 年；《殷墟甲骨分期兩系説》，中國古文字研究會第六屆年會論文，1986 年。裘錫圭：《論“歷組卜辭”的年代》，《古文字研究》第 6 輯，北京：中華書局，1981 年。范毓周：《殷代武丁時期的戰爭》，附錄“武丁卜辭的時代劃分”，中國社會科學院研究生院歷史系碩士學位論文，1981 年。連劭名：《歷組卜辭研究》，北京大學歷史系碩士學位論文，1982 年。張秉權：《論婦好卜辭》，美國夏威夷商代文化國際討論會論文，1982 年。李先登：《關於小屯南地甲骨分期的一點意見》，《中原文物》，1982 年第 2 期。彭裕商：《也論歷組卜辭的時代》，《四川大學學報(哲學社會科學版)》，1983 年第 1 期。林澐：《小屯南地發掘與殷墟甲骨斷代》，《古文字研究》第 9 輯，北京：中華書局，1984 年；《無名類卜辭中父丁稱謂研究》，《古文字研究》第 13 輯，北京：中華書局，1986 年。鄭振香，陳志達：《殷墟青銅器的分期與斷代》，《殷墟青銅器》，北京：文物出版社，1985 年。黃天樹：《殷墟王卜辭的分類與斷代》，臺北：文津出版社，1991 年。沈培：《殷墟甲骨卜辭語序研究》，臺北：文津出版社，1991 年。

爲“兩系”的新説[①]。其觀點見於其後發表的《殷墟甲骨分期的兩系説》一文中：

所謂兩系，是説殷墟甲骨的發展可劃分爲兩個系統，一個系統是由賓組發展到出組、何組、黄組，另一個系統是由𠂤組發展到歷組、無名類。[②]

繼李先生提出殷墟卜辭的分期與斷代應區分爲兩個步驟進行及卜辭於演進上可分兩系發展之説以後，林澐、黄天樹、彭裕商等學者在此基礎上給予補正和進一步探索。

1984年，林澐先生在《小屯南地發掘與殷墟甲骨斷代》一文中，將殷墟全部王室卜辭的分類與時代歸納爲[③]：

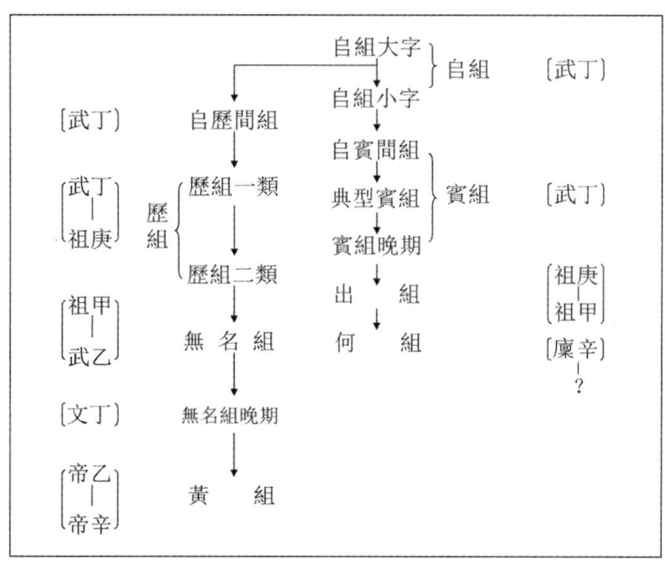

① 參看大會秘書組：《吉林大學古文字學術討論會紀要》，《古文字研究》第1輯，北京：中華書局，1979年，第3頁。案：從甲骨學的奠基者羅振玉開始，在很長的一段時期裏，甲骨學界誤以爲殷墟甲骨刻辭的主人都是商王，卽所謂“王卜辭”。1938年，日本學者貝塚茂樹首先打破這一觀念。他從董作賓的所謂“文武丁卜辭”中區分出“子卜貞卜辭”，指出這些卜辭的主人不是商王，並認爲其時代屬於武丁。後來，陳夢家也指出，有些類别的卜辭“内容多述婦人之事，可能是嬪妃所作”(陳夢家：《殷虛卜辭綜述》，北京：科學出版社，1956年，第166～167頁)，其主人不是商王。1958年，李學勤先生提出“非王卜辭”這個名稱。所謂“非王卜辭”，卽言卜辭的主人不是商王，而是與商王有密切血緣關係的一些大家族的族長。非王卜辭約佔全部殷墟卜辭總片數“十五萬片”的1%。所謂“王卜辭”，卽主人是王的卜辭。學者或稱“王卜辭”爲“王室卜辭”，是不正確的。“非王卜辭”的占卜主體可以是王室成員(參看黄天樹：《關於非王卜辭的一些問題》，《陝西師大學報》1995年第4期；《重論關於非王卜辭的一些問題》，《甲骨學國際學術研討會論文集》，臺中：臺灣東海大學中國文學系，2005年，第93～107頁)。

② 李學勤：《殷墟甲骨分期的兩系説》，《古文字研究》第18輯，北京：中華書局，1992年，第26頁。案：李學勤先生在構築“兩系説”時雖然沿用了“組”的概念，但其分組的標準與董、陳二家並不相同。李先生認爲，字體是分類的唯一標準，在依字體分類後，可以確定出某一組類卜辭在内容方面具有哪些特點，作爲推斷具體卜辭是否屬於該組類的根據。

③ 林澐：《小屯南地發掘與殷墟甲骨斷代》，《古文字研究》第9輯，北京：中華書局，1984年，第142頁。

提出了“兩系說”最早的完整方案。此後，贊同“兩系說”的學者進行了更細密的論證，發表了許多重要文章，“兩系說”體系日益嚴密。

黃天樹先生在其《殷墟王卜辭的分類與斷代》一書中，從嚴密的類型學分析着手，對各組各類卜辭的分類與斷代作了細緻而深入的探討。他將殷墟王卜辭分爲A(卽小屯村北和村中)、B(卽小屯村南)兩系共二十類，逐次論述了其內涵及彼此的關係。書中將其研究結果歸納爲《殷墟王卜辭的分類及各類所佔年代總表》①，如下：

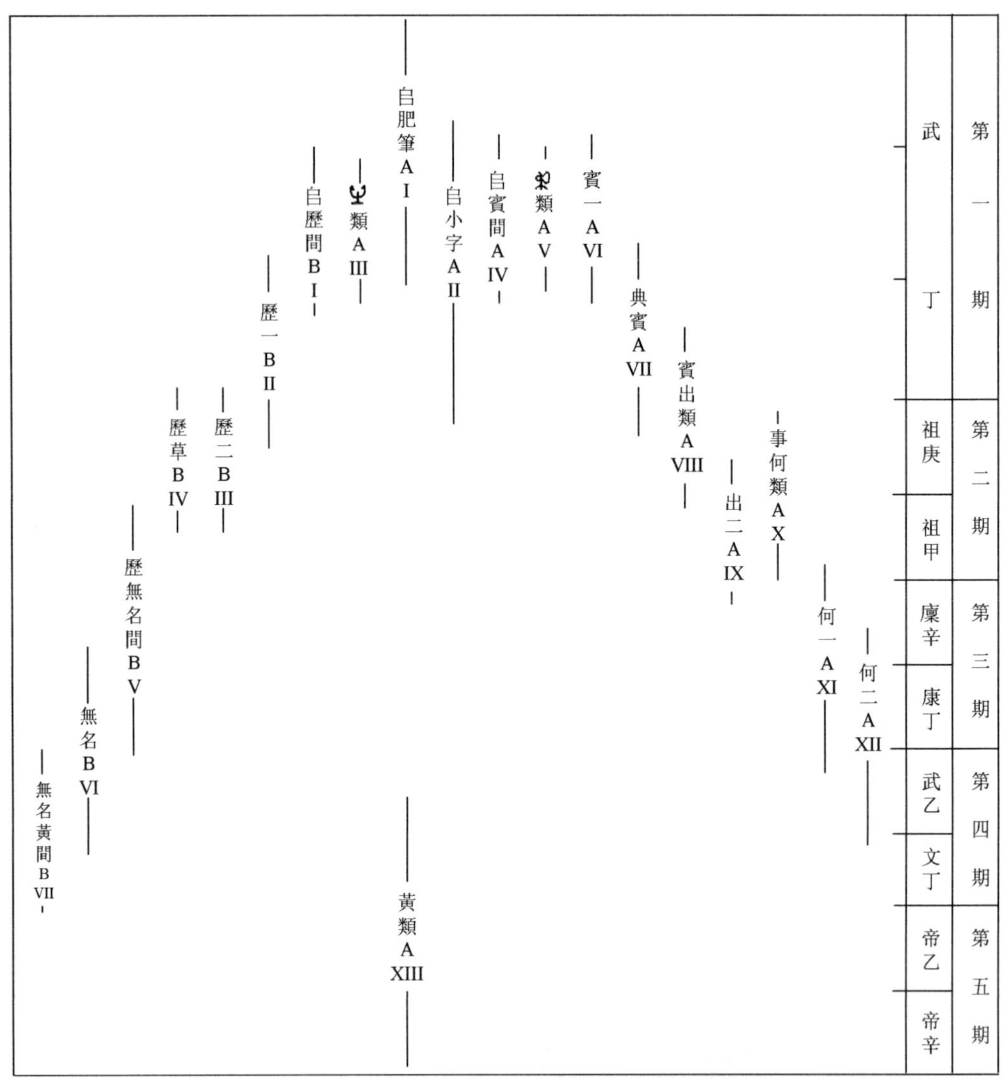

此書是殷墟甲骨分期新說的系統發展，在分期研究方面邁進了很大一步。

① 黃天樹：《殷墟王卜辭的分類與斷代·前言》，臺北：文津出版社，1991年，第13頁。

彭裕商先生的《殷墟甲骨斷代》[①]，充分使用考古學的方法，先分類，再斷代，主要是對殷墟早期王世卜辭進行了分類和分期，另外對非王卜辭也作了專門探討。

而李學勤、彭裕商先生的《殷墟甲骨分期研究》，對卜辭的分類分組更爲細緻，並概括了全部殷墟王室卜辭的發展過程[②]：

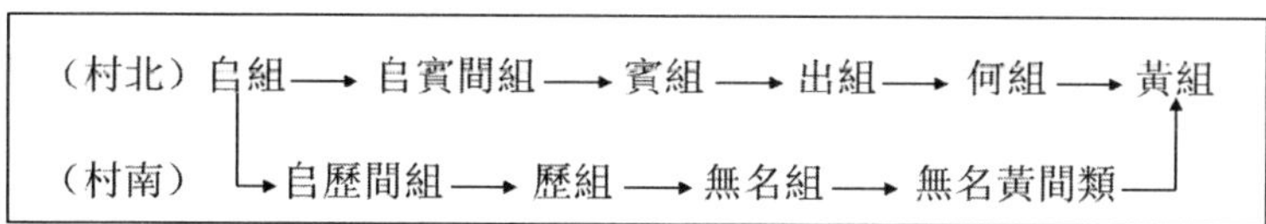

認爲𠂤組卜辭在小屯村北、村南皆有出土，是兩系共同的起源；𠂤賓間組衹出於村北，𠂤歷間組衹出於村南，開始兩系發展；此後賓組、出組、何組、黃組爲村北系列，歷組、無名組、無名黃間類爲村南系列；無名黃間類以後，村南系列又融合於村北系列之中，黃組成爲兩系共同的歸宿。

《殷墟甲骨分期研究》是"兩系說"理論的全面總結和深化，堪稱"兩系說"的經典之作。"兩系說"學者對已有成果加以揚棄，從卜辭本身規律出發，提出一個甲骨分期斷代的新方案，推動了甲骨分期研究的深化。

在甲骨分期斷代的研究中，也有學者注意到甲骨的鑽鑿形態對於斷代研究的意義。

首先對甲骨鑽鑿形態進行系統研究的，是加拿大華裔學者許進雄先生。1970 年，許氏發表《鑽鑿對卜辭斷代的重要性》一文；1973 年，又寫成專論《卜骨上的鑽鑿形

---

① 彭裕商：《殷墟甲骨斷代》，北京：中國社會科學出版社，1994 年。其結論簡示如下：

𠂤組卜辭：武丁早期—武丁中期
賓組卜辭：武丁中期—武丁晚期(可延至祖庚)
出組卜辭：祖庚、祖甲(上限可到武丁末)
歷組卜辭：武丁中期—祖甲早期
𠂤賓間組：武丁中期偏早
𠂤歷間組：武丁中期
非王卜辭：武丁中期

② 李學勤，彭裕商：《殷墟甲骨分期研究》，上海：上海古籍出版社，1996 年，第 305 頁。該書對殷墟各類卜辭的時代作了全面分析，其結論簡示如下：

𠂤組卜辭：武丁早期—武丁中期
賓組卜辭：武丁中期—武丁晚期(可延至祖庚)
出組卜辭：祖庚、祖甲(上限可到武丁末)
何組卜辭：武丁晚末—武乙早期
黃組卜辭：文丁—帝辛
歷組卜辭：武丁中晚—祖甲早期
無名類卜辭：祖甲—武乙中晚
無名黃間類卜辭：武乙中晚—文丁
𠂤賓間組：武丁中期偏早
𠂤歷間組：武丁中期
非王卜辭：武丁中期

態》[①]。在此基礎上，他於 1979 年出版《甲骨上鑽鑿形態的研究》[②]。許氏認爲，鑽鑿形態的演進與董作賓先生斷代標準所區分的甲骨時代基本吻合；進而指出，從鑿的形態分析，“不但鑿長、鑿形是重要的，就是骨沿的修治法，長鑿的排列位置，燒灼的方法等，也都或多或少地表現各期的差異性。有時候些微的差異卻是斷代非常重要的標準”。

自此以後，甲骨學界開始注意到對甲骨鑽鑿形態進行觀察和進一步研究。1981 年，于秀卿等發表《甲骨的鑽鑿形態與分期斷代研究》[③]，對各期甲骨鑽鑿形態的特徵作了初步概括。1983 年，《小屯南地甲骨》出版，其中發布了小屯南地甲骨的鑽鑿拓本、線圖 421 片。這是甲骨學史上第一部將甲骨背面鑽鑿形態與正面文字資料共同著錄的著作。

鑽鑿形態爲甲骨分期斷代提供了新的證據，進一步推動了甲骨分期斷代研究的前進。

三、辨僞綴合

甲骨出土之初，所以有大量僞刻的湧現，乃因僞造者有利可圖。如王懿榮收購甲骨，每版價銀約二兩；范維卿爲端方購置甲骨，端方每字酬銀二兩五錢。這種按字計值和高價收買甲骨的後果，必然會令人垂涎而導致僞造。光緒二十九年(1903 年)出版的《鐵雲藏龜》，即有五片僞刻雜在其中。

加拿大傳教士明義士，於 1914 年至洹水南岸考察甲骨出土情況，並從事收購。他最初所買的一些大的胛骨皆爲新的牛骨僞刻，收藏不久即腐臭難聞；後來明氏爲了避免上當，悉心研究，終於成了鑒別真僞的行家。他自己說：“第一次所得之大者，乃全爲僞物。”[④]所以後來他意識到小片甲骨之不能忽視，搜集碎片很多，刊入 1917 年出版的《殷虛卜辭》中。1928 年殷墟科學發掘後，基本上再無作僞的，故甲骨作僞前後大約衹有三十年的歷史，但這三十年中作僞的數量也是驚人的。

美國人方法斂從事販賣甲骨。凡是經過其手的甲骨，他都一一摹錄下來，積稿凡 423 頁。1914 年方氏去世，遺稿由友人勞佛保管。1934 年勞佛死後，又改歸紐約大學白瑞華教授保存。白氏自 1935 年起將方氏摹寫手稿選印成三部書：《庫方二氏藏甲骨卜辭》、《甲骨卜辭七集》、《金璋所藏甲骨文字》。這些摹本中，雜有許多僞刻，而其不僞的部分仍有相當價值。若要充分利用這些材料，首先就必須做好辨僞工作。董作

① 許進雄：《鑽鑿對卜辭斷代的重要性》，《中國文字》第 37 冊，臺北：藝文印書館，1970 年；《卜骨上的鑽鑿形態》，臺北：藝文印書館，1973 年。

② 許進雄：《甲骨上鑽鑿形態的研究》，臺北：藝文印書館，1979 年。

③ 于秀卿，賈雙喜，徐自強：《甲骨的鑽鑿形態與分期斷代研究》，《古文字研究》第 6 輯，北京：中華書局，1981 年。

④ 明義士：《殷虛卜辭·序》，上海：別發洋行(Kelly & Walsh, Limited)，1917 年。

賓先生述此云：

> 在方法斂博士手摹本四百二十三頁之中，選出了三批來付印以廣流傳，使我們研究甲骨文字者得見這大宗的材料，不能不推白瑞華氏之功。方氏摹本發表的三批，皆爲白氏所編纂。一九三五年印行《庫方二氏藏甲骨卜辭》的時候，白氏很坦白的承認“余於各片，不能一一確言其真僞”，所以贋品不少。待一九三八、一九三九年印行《甲骨卜辭七集》和《金璋所藏甲骨文字》的時候，已經進一步請明義士氏將贋品一一注出了。①

《庫》的僞刻部分，經郭沫若、胡光煒、董作賓、陳夢家、容庚等人加以鑒别，大致有百片左右，其中有全部僞刻的，也有部分僞刻的②。

據董作賓先生《甲骨學五十年》，當初僞造甲骨者不止一人，但成績最好的要數藍葆光。這些作僞的人基本上不具備甲骨學的知識，故所僞刻卜辭大多是拼湊一些單字而成，顯得雜亂無章，一望卽知其僞。也有少數仿刻的，卽摹仿真的刻辭而刻的，由於刻者不懂文例，一般説來也較易辨認。因此，可歸納出一些辨僞的經驗或規律，例如：

其一，僞刻大多都刻在牛胛骨上。因爲牛胛骨易於刻字；而龜甲之新甲則難刻，若是地下出土之無字真甲，刻字又易於破碎。

其二，僞刻者人爲地力求字跡整齊，反而一看卽知其僞。

其三，造僞者一般缺乏甲骨學的基本常識，不知文例，不懂斷代。或行文不辨左右；或仿用第五期字體，卻刻第一、二期貞人；或用第一期字體、貞人，卻刻武丁以後殷王世系等③。

嚴一萍先生在《甲骨研究辨僞舉例》一文中總結了甲骨辨僞的四種方法：①辨契刻之僞；②辨綴合之僞；③辨部位之僞；④辨釋文之僞④。後來，他在《甲骨學》一書中，將“辨部位之僞”改爲“辨拓本之僞”，認爲“部位”可包括在“拓本”之中；其中“辨契刻之僞”最多，“辨拓本之僞”最少，並逐項加以詳細説明⑤。

所謂甲骨綴合，就是把斷裂而分散的甲骨片，經過綴合重新復原爲完整的或部分完整的甲骨片。在甲骨研究中，此舉具有相當重要的意義。甲骨質地本易脆裂，經歷三千餘年的地下埋藏堆壓，出土之時多已破碎。其偶爾發現較大較完整者，因輾轉售讓及墨拓等過程，又易裂爲更多的碎片。若能將一些碎裂的甲骨進行拼綴復原，則可更全面地瞭解甲骨刻辭的内容，更好地掌握刻辭的文例和語法規律，這對甲骨學研究來説實在是不可或缺的環節。

---

① 董作賓：《方法斂博士對於甲骨文字之貢獻》，《圖書季刊》，1940年新2卷第3期。

② 陳夢家：《殷虚卜辭綜述》，北京：科學出版社，1956年，第652頁。

③ 吴浩坤，潘悠：《中國甲骨學史》，上海：上海人民出版社，2006年，第188頁。

④ 嚴一萍：《甲骨研究辨僞舉例》，《幼獅學志》，1967年第6卷第1期。

⑤ 嚴一萍：《甲骨學》，臺北：藝文印書館，1991年，第407~456頁。

甲骨的綴合，由王國維首創其例。1917 年，王氏爲姬佛陀編印《戩壽堂所藏殷虚文字》，並寫了《考釋》，發現其中一片甲骨(《戩》1.10)與羅振玉《殷虚書契後編》上卷一片(《後上》8.14)“文義連續而斷痕可相結合，乃知由一片折而爲二”。這兩片甲骨的拼合，一方面開創了綴合甲骨刻辭的先例，另一方面得知了上甲、報乙、報丙、報丁、示壬、示癸的順序，從而糾正了《史記・殷本紀》、《三代世表》和《漢書・古今人表》列爲報丁、報乙、報丙的錯誤。1933 年，郭沫若編著《卜辭通纂》，共綴合 40 例左右，後來在《殷契粹編》中又綴合了一些斷片，其中《粹》113 乃由三小片綴合而成，不僅爲王氏所云上甲至示癸的世系增加了新的例證，而且解決了上甲至大庚的周祭順序，這都是重要的收穫。此外，明義士、董作賓、容庚、商承祚等也綴合了一些甲骨。

把甲骨綴合作爲專題研究對象，且集其成果爲專書者，則始自曾毅公。1939 年，曾毅公撰《殷契叕存》出版[①]，此爲甲骨綴合的專書，共綴合 75 片。1949 年，曾氏又撰《甲骨綴合編》[②]，共綴合 396 版；容庚、陳夢家都爲此書寫序，指明綴合甲骨的重要意義。1955 年，郭若愚、曾毅公、李學勤合編《殷虚文字綴合》[③]，主要綴合了《甲編》、《乙編》中的甲骨 482 版。嗣後，臺灣學者在這方面成績相當可觀。1961 年，屈萬里《殷虚文字甲編考釋》出版[④]，據《甲編》實物綴合了 223 版。張秉權輯纂《殷虚文字丙編》[⑤]，據《乙編》實物綴合了 632 版。嚴一萍《甲骨綴合新編》、《甲骨綴合新編補》[⑥]，就《甲編》和其他拓本綴合了 708 版甲骨。

綴合甲骨的原則，陳煒湛先生大體歸納爲三條：①甲或骨的部位要相接，折縫要密合；②文例、事類要一致；③書體風格要協調[⑦]。綴合甲骨，需要具備豐富的甲骨學知識，熟悉甲骨的類别和整治方法，否則就不可能通過龜甲的“齒縫”與“盾紋”來判别實物或著錄書中的拓本、摹本、照片等究竟是甲是骨，或是甲骨的某一部位，也就無法從事綴合工作。而如果不懂甲骨文的卜法、文例與刻辭内容，衹憑形狀或部位大體相合來綴合，勢必會造成各種謬誤。誤合者大多是僅憑拓本所導致的失誤，故應儘量用實物綴合或覆覈。因此，綴合甲骨必須從各方面進行細緻考察，這必然要耗費很多時間和精力。

1978～1982 年出版的《甲骨文合集》中綴合的甲骨達 2000 餘版，雖亦偶有誤合，但絕大多數是正確的。這在甲骨綴合史上是空前的，其成績的取得，與已故桂瓊英先生所付出的極大心血和辛勤勞動是分不開的。

---

① 曾毅公：《殷契叕存》，成都：齊魯大學國學研究院，1939 年。

② 曾毅公：《甲骨綴合編》，北京：修文堂書店，1950 年。

③ 郭若愚，曾毅公，李學勤：《殷虚文字綴合》，北京：科學出版社，1955 年。

④ 屈萬里：《殷虚文字甲編考釋》，臺北：“中央研究院”歷史語言研究所，1961 年。

⑤ 張秉權：《殷虚文字丙編》，臺北：“中央研究院”歷史語言研究所，1957～1972 年。

⑥ 嚴一萍：《甲骨綴合新編》，臺北：藝文印書館，1975 年；《甲骨綴合新編補》，臺北：藝文印書館，1976 年。

⑦ 陳煒湛，唐鈺明：《古文字學綱要》(第二版)，廣州：中山大學出版社，2009 年，第 54 頁。

此後，許進雄、白玉崢、蔡哲茂、肖楠、裘錫圭、黃天樹等學者繼續深入研究①，又綴合了許多甲骨。

四、文例語法

“文例”一詞所涉及的範圍很廣，《中國語言大辭典》對“文例”定義爲：“古文字資料行文的體例及某些特殊的制式。如左行、右行、合文、析書、羨書等。”又定義“甲骨文例”爲：“殷人在甲骨上書刻文辭的體例。具體內容有：在甲骨上書刻文辭的位置及先後次序，刻辭行文方向，同組卜辭的位置關係，正面卜辭與背面卜辭的相承，反映不同占卜方法的甲骨卜辭的類別(如單貞卜辭、對貞卜辭、成套卜辭等)，卜辭的段落結構(前辭、命辭、占辭、驗辭)等。”②簡言之，甲骨文例也即甲骨文的書寫規律，主要研究甲骨文的刻寫部位、行文形式、分佈規律、行款走向等的常制與特例。甲骨文例主要有卜辭文例和記事刻辭文例兩種。由於後者地下出土遺存甚少，故甲骨文例通常卽指卜辭文例。甲骨文例研究，大致從早先的甲骨定位分析法，進而擴展到同版卜辭及異版同文成套卜辭繫聯方面，而卜辭常制與特例及刻辭謬誤之糾辨，基本貫穿始終。

專門研究甲骨文例始於胡光煒先生。1928 年，他撰成《甲骨文例》兩卷③，分形式、辭例兩篇，上卷“形式篇”揭出卜辭文例 28 式(後又增訂爲 32 式)，如右行例、左行例、上行例、倒書例、上下錯行例、重文例等。發凡啓例，第因受限於當時條件，不無可議之處，但也使後來學者踵事增華，推陳出新，有所遵循。

對甲骨文例作系統的研究，乃自董作賓先生開始。1929 年，他發表《商代龜卜之推測》一文④，其中“書契第九”一節，專論甲骨文例，創出依卜辭所在部位推勘文例的定位研究法。他將完整龜甲分爲九部分(見下圖)，分別命名爲：①中甲；②首右甲；③首左甲；④前右甲；⑤前左甲；⑥後右甲；⑦後左甲；⑧尾右甲；⑨尾左甲。其對左右的定義，以人爲主，卽人面對甲骨，左側的一邊稱左甲，右側的則稱右甲。這種

---

① 許進雄：《甲骨綴合新例》，《中國文字》新 1 期；《甲骨綴合補遺》，《中國文字》新 3 期；《甲骨綴合新例(二)》，《中國文字》新 9 期。白玉崢：《甲骨綴合錄小》，《甲骨綴合新例》，《中國文字》新 3 期。蔡哲茂：《甲骨文合集綴合補遺》，《大陸雜誌》，第 68 卷第 6 期、第 69 卷第 2 期、第 72 卷第 1 期、第 76 卷第 1 期；《讀英國所藏甲骨集上編》，《大陸雜誌》，第 74 卷第 5 期；《讀〈天理大學附屬天理參考館藏甲骨文字〉》，《書目季刊》，第 21 卷第 3 期。肖楠：《〈小屯南地甲骨〉綴合篇》，《考古學報》，1986 年第 3 期。裘錫圭：《甲骨綴合拾遺》，中國古文字研究會第六屆年會論文，1986 年。黃天樹：《甲骨新綴廿二例》，《殷墟王卜辭的分類與斷代・附錄三》，臺北：文津出版社，1991 年；《甲骨新綴 11 例》，《考古與文物》，1996 年第 4 期；《甲骨綴合九例》，《漢字研究》第 1 輯，北京：學苑出版社，2005 年。

② 中國語言大辭典編委會：《中國語言大辭典》，南昌：江西教育出版社，1992 年，第 6 頁。

③ 胡光煒：《甲骨文例》，廣州：中山大學語言歷史學研究所，1928 年；又萬業馨整理校訂本，收入《胡小石論文集三編》，上海：上海古籍出版社，1995 年，第 1～88 頁。

④ 董作賓：《商代龜卜之推測》，《安陽發掘報告》(第 1 期)，“中央研究院”歷史語言研究所專刊之一，1929 年。

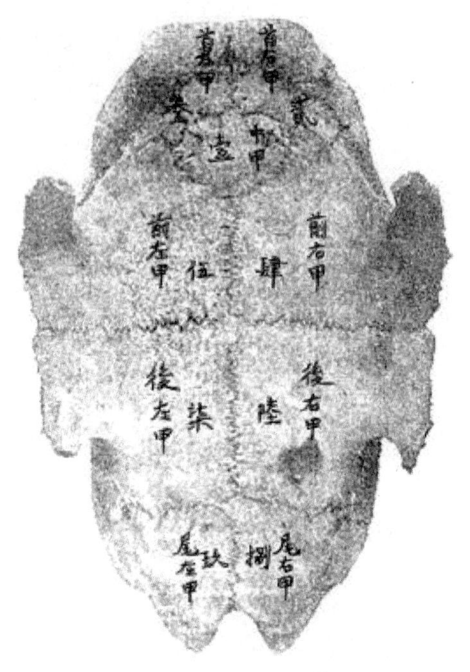

水龜腹甲裏面圖[①]

（原註：圖中所註左右，姑作外面視之，非裏面之左右）

劃分符合認知習慣，有利於甲骨研究。董氏選取 70 版甲骨進行排比總結，得出了龜甲書寫的通例：

> 總而言之，沿中縫而刻辭者向外，在右右行，在左左行，沿首尾之兩邊而刻辭者，向內，在右左行，在左右行。如是而已。
>
> 卜辭之文例，以下行爲主，因分節段，不能不有所左右；故有下行而右、下行而左之分。其單行而完全向左或向右者，則變例耳。[②]

後來出土的新材料和研究表明，這一總結是正確的。

其後，董先生又據殷墟前三次發掘所得 211 版卜骨，計卜辭 480 餘例，撰成《骨文例》，對牛胛骨上的卜辭文例進行了探討，定其行文之通例爲：

> 凡完全之胛骨，無論左右，緣近邊兩行之刻辭，在左方，皆爲下行而左，間有下行及左行者。在右方，皆爲下行而右，亦間有下行及右行者。左胛骨中部如有刻辭，則下行而右；右胛骨中部反是，但亦有下行而右者。[③]

卜辭文例在甲骨上的行文規律被解釋出來，成爲甲骨學研究的基礎知識之一。後來胡厚宣先生在《甲骨學緒論》中作了進一步總結：

---

① 引自《安陽發掘報告》第 1 期，第 70 頁。

② 董作賓：《商代龜卜之推測》，《安陽發掘報告》第 1 期，“中央研究院”歷史語言研究所專刊之一，1929 年，第 118～119 頁。

③ 董作賓：《骨文例》，《“中央研究院”歷史語言研究所集刊》第 7 本第 1 分，1936 年，第 11 頁。

大體言之，除一部分特殊情形者外，皆迎逆卜兆刻辭。如龜背甲右半者，其卜兆向左，卜辭則右行；左半者，其卜兆向右，卜辭則左行。龜腹甲右半者，其兆向左，卜辭則右行；左半者，其兆向右，卜辭則左行。惟頭尾及左右兩橋邊緣上之卜辭，則恒由外向內，即在右者左行，在左者右行，與前例相反。牛胛骨，左骨其卜兆向右，卜辭則左行；右骨其卜兆向左，卜辭則右行。惟近骨臼之一端，則往往兩辭，由中間起，一左行，一右行，不拘前例。又龜腹甲背甲及牛胛骨，凡字多或字大者，往往不合文例，蓋卜辭佔地既多，情勢使之然也。①

限於當時的條件，董先生對甲骨文例的研究和總結，是對卜辭行款形式總體規律的把握，對卜辭的特殊文例則未予闡述。有系統地研究甲骨刻辭特殊文例的，以胡厚宣先生爲代表。1939 年，胡氏發表《卜辭雜例》，對甲骨文中的奪字、衍字、誤字、添字、刪字、倒書、析書、橫書、追刻、兩史同貞、錯行、對貞、相間刻辭等特殊契刻現象作了研究②。之後，胡先生又撰寫《武丁時五種記事刻辭考》、《卜辭記事文字史官簽名例》③，對記事刻辭的文例進行了研究。這些對刻辭具體形式和特徵的研究，將甲骨文例研究的系統性和完備性向前推進了一步。

對卜辭同文和成套卜辭的現象，亦有學者進行研究。1947 年，胡厚宣先生發表《卜辭同文例》，指出殷人一事多卜，對異版甲骨同文卜辭文例及其相互關係作了整理，歸納出同文卜辭的 11 種類型④。同文卜辭之發現和整理，爲許多甲骨殘辭的補全找到了一種解決方法，也爲研究甲骨卜辭的繫聯關係、整理甲骨材料及研究商代卜法開闢了新途徑。1960 年，張秉權先生發表《論成套卜辭》⑤，稱同文卜辭爲“成套卜辭”，亦稱“成套甲骨”，對同文卜辭研究作了有意義的補充和發展。

1969 年，周鴻翔先生《卜辭對貞述例》⑥出版，收集了大量對貞卜辭例而結合甲骨定位分析法，進行了包括行文格式在內的一系列考察。1972 年，李達良先生《龜版文例研究》出版⑦。是書上半部爲“方位篇”，論述卜龜之概略、刻辭之位置、行文之方向、同組辭之相對位置與背面之相承，是過去卜辭文例定位研究法的一次具體實踐；下半部爲“文例篇”，論述卜辭之類別、段落結構之組織、前辭之繁變與文辭之省簡等例，對成套卜辭又有了相當精細的梳理和不少新的認識。

20 世紀 80 年代以來，《甲骨文合集》、《小屯南地甲骨》等幾種大型甲骨文著錄

---

① 胡厚宣：《甲骨學緒論》，《甲骨學商史論叢二集》下冊，成都：齊魯大學國學研究所，1945 年，第 428～429 頁。

② 胡厚宣：《卜辭雜例》，《“中央研究院”歷史語言研究所集刊》第 8 本第 3 分，1939 年。

③ 胡厚宣：《武丁時五種記事刻辭考》，《甲骨學商史論叢初集》，成都：齊魯大學國學研究所，1944 年，第 467～612 頁；《卜辭記事文字史官簽名例》，《“中央研究院”歷史語言研究所集刊》第 12 本，1948 年。

④ 胡厚宣：《卜辭同文例》，《“中央研究院”歷史語言研究所集刊》第 9 本第 2 分，1947 年。胡先生歸納卜辭同文的 11 種類型爲：1. 一辭同文；2. 二辭同文；3. 三辭同文；4. 四辭同文；5. 五辭同文；6. 六辭同文；7. 七辭同文；8. 多辭同文；9. 辭同序同；10. 同文異史；11. 同文反正。

⑤ 張秉權：《論成套卜辭》，《“中央研究院”歷史語言研究所集刊外編》第 4 種上冊，1960 年。

⑥ 周鴻翔：《卜辭對貞述例》，香港：香港萬有圖書公司，1969 年。

⑦ 李達良：《龜版文例研究》，香港：香港中文大學聯合書院中國語言文學系，1972 年。

書相繼問世，爲甲骨文例的繼續深入研究提供了前所未有的條件。此期對甲骨文的重文、合文、借字、倒書等現象作專門研究的學者，有裘錫圭、曹錦炎、吳振武、劉釗等[①]。

2003 年，李旼玲《甲骨文例研究》出版，在充分吸收前賢成果的基礎上，又有不少創獲。該書主要運用比較法，以同文例爲主要依據，通過比較各辭的行款形式及內容，先分析出“普遍現象”與“特殊現象”，再對“特殊現象”進行分析，進而概括了甲骨刻辭僞誤辨正的十二種特殊現象，將甲骨文例研究全面提升到了一個新層面[②]。

甲骨文語法研究，始自 20 世紀 20 年代後期。1928 年，何定生先生發表《漢以前文法研究》[③]，討論了甲骨文中的人稱代詞。胡光煒先生《甲骨文例》下卷“辭例篇”探討了近 20 個常用虛詞的用法，勾勒了甲骨文中的代詞、副詞、介詞、連詞、助詞的面貌，對特殊的句法如賓語前置也見有涉及[④]，雖顯粗疏，並有不少錯誤，但實屬初步的甲骨文語法研究。1935 年，董作賓先生發表《甲骨斷代研究例》[⑤]，在討論甲骨文斷代標準時也論及卜辭語法，其第八節“文法”即分篇段、詞句兩項對卜辭語法進行了論述。1940 年，張宗騫先生發表《卜辭弜、弗通用考》[⑥]，對卜辭中的否定詞進行了專篇討論。1945 年，楊樹達先生撰《甲文中之先置賓辭》[⑦]一文，專門論述了卜辭中的賓語前置現象。

1953 年，管燮初先生《殷虛甲骨刻辭的語法研究》[⑧]出版，從句法和詞類兩方面對甲骨文語法進行了考察。關於甲骨文句法，他論及了五個方面的問題：句型、省略、語

① 裘錫圭：《甲骨文重文和合文重複偏旁的省略》、《再論甲骨文中重文的省略》、《甲骨文字特殊書寫習慣對甲骨文考釋的影響舉例》，《古文字論集》，北京：中華書局，1992 年，第 141～153 頁。曹錦炎：《甲骨文合文研究》，《古文字研究》第 19 輯，北京：中華書局，1992 年。吳振武：《古文字中的借筆字》，中國古文字研究會成立十周年學術研討會論文，1988 年。劉釗：《古文字的合文、借筆、借字》，中國古文字研究會第七屆年會論文，1989 年；《談甲骨文中的“倒書”》，《于省吾教授百年誕辰紀念文集》，長春：吉林大學出版社，1996 年，第 55～59 頁。

② 李旼玲：《甲骨文例研究》，臺北：臺灣古籍出版有限公司，2003 年。李氏提出甲骨刻辭僞誤辨正的十二種特殊現象爲：1. 誤刻 189 例；2. 缺刻 484 例；3. 奪文 121 例；4. 衍文 31 例；5. 補刻 61 例；6. 倒文(倒字、倒語、倒行)252 例；7. 側書(文字側書、數位側書)63 例；8. 行款顛亂 19 例；9. 省文(前辭省略、干支省略、專有名詞省略)197 例；10. 析書例若干；11. 合文 260 例；12. 借字 33 例。此書附錄《契刻特殊例表》，檢索堪稱方便。

③ 何定生：《漢以前文法研究》，《中山大學語言歷史學研究所周刊》，1928 年第 3 集第 31～33 期。

④ 胡光煒：《甲骨文例》，廣州：中山大學語言歷史學研究所，1928 年；又萬業馨整理校訂本，收入《胡小石論文集三編》，上海：上海古籍出版社，1995 年。

⑤ 董作賓：《甲骨斷代研究例》，《慶祝蔡元培先生六十五歲論文集》，《“中央研究院”歷史語言研究所集刊外編》第 1 種上冊，1935 年；又收入《中國現代學術經典・董作賓卷》，石家莊：河北教育出版社，1996 年。

⑥ 張宗騫：《卜辭弜、弗通用考》，《燕京學報》第 28 期，1940 年。

⑦ 楊樹達：《甲文中之先置賓辭》，《古文字學研究》，湖南大學油印講義本，1945 年；後收入《積微居甲文說》卷下，見《積微居甲文說・卜辭瑣記》，北京：中國科學院，1954 年；又見《楊樹達文集》之五，上海：上海古籍出版社，1986 年。

⑧ 管燮初：《殷虛甲骨刻辭的語法研究》，北京：中國科學院，1953 年。

序、疑問句的格式、修飾語；關於詞類，則論及了 12 類詞：名詞、代詞、數詞、量詞、時地詞、動詞、係詞、形容詞、副詞、連詞、介詞、感歎詞。這是我國第一部較全面地探討甲骨文語法現象的專著，有首創之功，而且此書初步建立起了甲骨刻辭語法體系，爲後來學者的研究奠定了基礎。

1956 年，陳夢家先生《殷虛卜辭綜述》[①]出版，其第三章《文法》較爲詳細地剖析了甲骨文語法，是繼管燮初《殷虛甲骨刻辭的語法研究》的又一力作。陳氏主要論及了卜辭中的名詞、單位詞、代詞、動詞、狀詞、數詞、指詞、關係詞、助動詞等詞法問題。其中有些結論至今看來仍是可信的，如對卜辭第一人稱代詞的論述、對卜辭命辭和占辭語气的分析等。但他將闡述重心放在詞法而不是句法上，這是不能讓人滿意的。有些具體結論則值得商榷，如他認爲“㞢”是代詞，“乎、不、才(哉)”是句末語气詞，這都不可信。

1985 年，吳浩坤和潘悠《中國甲骨學史》[②]出版，其第六章《文法》分句型和詞類兩方面簡述了甲骨文語法問題。1987 年，高明《中國古文字學通論》[③]出版，其下編第六章第一節概括地論述了甲骨文的“詞類”和“句法”問題。

1988 年，李曦撰成《殷墟卜辭語法》[④]，分爲句法、片語法、詞法三編，較全面地分析了甲骨文語法，對此前研究成果進行了豐富完善和正誤補闕。但其理論框架設計不盡科學，“片語法”應屬於句法，不應獨立於“句法”之外。他在卜辭釋文及通讀等方面也存在問題，這使得有些論點缺乏可信性。

1999 年，鄒曉麗等《甲骨文字學述要》[⑤]出版，其第三章論及卜辭中的名詞、動詞、虛詞和語序等問題。2001 年，張玉金《甲骨文語法學》[⑥]出版，從詞法、短語、句子成分、單句、複句、句類六個方面對甲骨文語法進行了較全面的論述。

此外，從甲骨文的詞法、句法、句類等方面展開甲骨文語法專題研究的學者很多，取得的成果也很豐碩[⑦]。茲不贅述。

五、內容體類

通過以上對殷墟甲骨文研究歷程的簡要回顧，我們可以看到，百餘年來，幾代甲骨

---

① 陳夢家：《殷虛卜辭綜述》，北京：科學出版社，1956 年；重印本，北京：中華書局，1988 年。

② 吳浩坤，潘悠：《中國甲骨學史》，上海：上海人民出版社，1985 年。

③ 高明：《中國古文字學通論》，北京：文物出版社，1987 年。

④ 李曦：《殷墟卜辭語法》，四川大學歷史系博士學位論文，1988 年。

⑤ 鄒曉麗等：《甲骨文字學述要》，長沙：嶽麓書社，1999 年。

⑥ 張玉金：《甲骨文語法學》，上海：學林出版社，2001 年。

⑦ 可參看王宇信，楊升南：《甲骨學一百年》，北京：社會科學文獻出版社，1999 年，第 266～280 頁；張玉金：《二十世紀甲骨文語法研究的回顧暨展望》，《古籍整理研究學刊》，2002 年第 1 期；張玉金：《20 世紀甲骨語言學》，上海：學林出版社，2003 年，第 108～284 頁。張氏將 20 世紀甲骨文語法研究史分爲四個階段：①甲骨文語法學的萌芽時期(1899 年至 1940 年)；②甲骨文語法學的初創時期(1940 年至 1953 年)；③甲骨文語法學的發展時期(1953 年至 1978 年)；④甲骨文語法學的深化時期(1978 年至今)。其述論頗爲詳備中肯。

學者從考古學、文字學、語言學等角度對殷墟甲骨刻辭作了大量卓有成效的研究，取得了相當可觀的成績。

迄今出土的殷墟甲骨刻辭數量龐大①，內容豐富。《甲骨文合集》將其收錄的殷墟甲骨刻辭分爲四大類，計 22 小類，即：

(一) 階級和國家

1.奴隸和平民；2.奴隸主貴族；3.官吏；4.軍隊、刑罰、監獄；5.戰爭；6.方域；7.貢納。

(二) 社會生產

8.農業；9.漁獵、畜牧；10.手工業；11.商業、交通。

(三) 思想文化

12.天文曆法；13.氣象；14.建築；15.疾病；16.生育；17.鬼神崇拜；18.祭祀；19.吉凶夢幻；20.卜法；21.文字。

(四) 其他

22.其他。

《甲骨文合集補編》亦將其收錄的殷墟甲骨刻辭分爲四大類，小類則減至 20 類，即：

(一) 階級和國家

1.奴隸、平民及其反抗鬥爭；2.奴隸主貴族及其活動；3.官吏；4.專政工具；5.戰爭、方域；6.貢納。

(二) 社會生產

7.農業；8.漁獵、畜牧；9.手工業與建築；10.商業、交通。

(三) 思想文化

11.天文、曆法、數學；12.氣象；13.疾病；14.生育；15.鬼神崇拜；16.宗法、祭祀；17.吉凶夢幻；18.卜法；19.文字。

(四) 其他

20.其他。

綜合《合》、《合補》之分類，則殷墟甲骨刻辭之內容大致可歸納爲以下四大類 18 小類：

(一) 階級和國家

1.奴隸、平民及其反抗鬥爭；2.奴隸主貴族及其活動；3.官吏；4.專政工具；5.戰爭、方域、貢納(=《合》5.6.7.=《合補》5.6.)。

(二) 社會生產

6.農業；7.漁獵、畜牧；8.手工業、建築、商業、交通(=《合》10.11.14.=《合補》9.10.)。

(三) 思想文化

9.天文、曆法、數學；10.氣象；11.疾病；12.生育；13.鬼神崇拜；14.宗法、祭祀；15.吉凶夢幻；16.卜法；17.文字。

---

① 如《合》收錄殷墟甲骨 41956 片，《屯南》收錄 4605 片，《英藏》收錄 2674 片，《合補》收錄 13450 片，《花東》收錄 561 片，此五種共計收錄殷墟甲骨刻辭 63246 片(其中包括部分重片及綴合片。《甲骨續存補編》所收錄的殷墟甲骨刻辭之片數尚未統計在內)。

(四)其他

18.其他。

現將《合》、《合補》所收錄殷墟甲骨刻辭的片數及其内容分類作統計列表如下：

《甲骨文合集》、《甲骨文合集補編》内容分類統計表(A)

分類＼書名	《甲骨文合集》							《甲骨文合集補編》							書名／分類	
大類	小類	片數						小類	片數						合計	
		一	二	三	四	五	小計		一	二	三	四	五	小計	小類	片數
一、階級和國家	1、奴隸和平民	1139	79	163	333	54	1768	1、奴隸、平民及其反抗鬥爭	59	0	4	15	0	78	①	1846
	2、奴隸主貴族	4426	1516	833	676	1019	8470	2、奴隸主貴族及其活動	1646	277	255	93	291	2562	②	11032
	3、官吏	111	13	97	18	9	248	3、官吏	28	6	4	1	0	39	③	287
	4、軍隊、刑罰、監獄	380	0	0	18	56	454	4、專政工具	23	0	0	0	0	23	④	477
	5、戰爭	1715	80	127	110	59	2091	5、戰爭方域	577	12	43	12	54	698	⑤	5461
	6、方域	1025	202	99	85	435	2522									
	7、貢納	676	0		0	0		6、貢納	148	0	2	0	0	150		
二、社會生產	8、農業	724	17	102	150	9	1002	7、農業	64	1	12	4	1	82	⑥	1084
	9、漁獵、畜牧	1227	164	1385	331	850	3957	8、漁獵畜牧	227	19	272	22	179	719	⑦	4676
	10、手工業	0	0	11	0	0	72	9、手工業與建築	23	0	0	0	0	23	⑧	413
	11、商業、交通	57	2		2	0		10、商業交通	17	0	0	0	0	17		
三、思想文化	12、天文、曆法	270	49	119	55	281	774	11、天文曆法數學	671	104	96	19	171	1061	⑨	1835
	13、氣象	1740	279	451	296	107	2873	12、氣象	490	103	190	53	18	854	⑩	3727
	14、建築	123	18	110	29	21	301									
	15、疾病	311	4	0	5	0	320	13、疾病	57	1	0	4	0	62	⑪	382
	16、生育	203	0	10	60	2	275	14、生育	31	0	0	0	0	31	⑫	306
	17、鬼神崇拜	695	65	80	160	0	1000	15、鬼神崇拜	72	7	9	16	0	104	⑬	1104
	18、祭祀	1451	1048	736	387	520	4142	16、宗法、祭祀	367	440	155	58	540	1560	⑭	5702
	19、吉凶夢幻	1212	652	465	447	644	3420	17、吉凶夢幻	636	375	406	146	888	2451	⑮	5871
	20、卜法	364	0	92	88	9	553	18、卜法	1023	278	167	53	46	1567	⑯	2120
	21、文字	1100	154	132	64	47	1497	19、文字	101	8	4	3	0	116	⑰	1613
四、其　他	22、其他	805	0	78	60	12	955	20、其他	382	120	95	32	42	671	⑱	1626
拓本附		2783	0	0	0	0	2783		411	0	0	0	0	411		3194
摹本		1338	392	151	241	262	2384		89	57	57	39	28	270		2654
摹本附		96	0	0	0	0	96		10	0	0	0	0	10		106

《甲骨文合集》、《甲骨文合集補編》内容分類統計表(B)

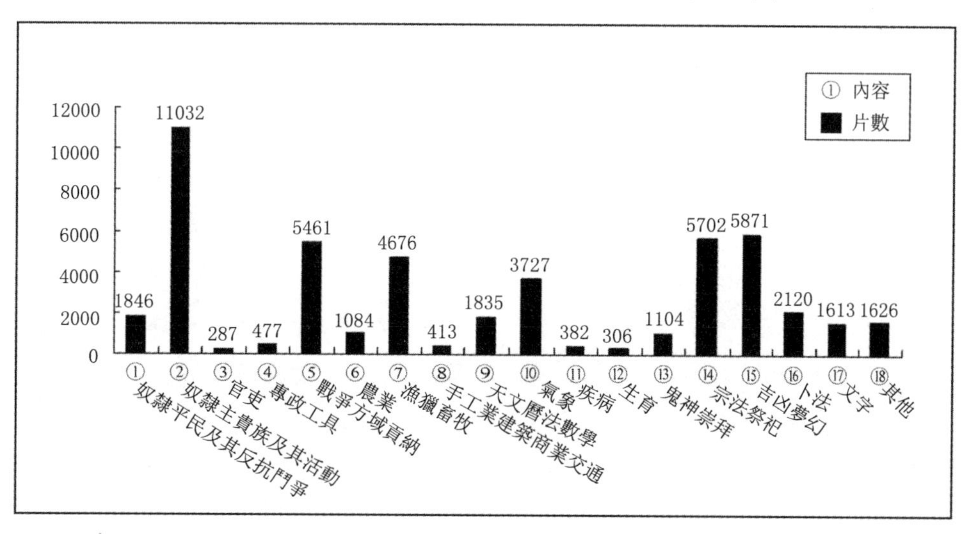

由表(A)、(B)可知，《合》、《合補》收錄的殷墟甲骨刻辭，其所反映的內容由多到少計依次爲：奴隸主貴族及其活動；吉凶夢幻；宗法、祭祀；戰爭、方域、貢納；漁獵、畜牧；氣象；卜法；奴隸、平民及其反抗鬥爭；天文、曆法、數學；文字；鬼神崇拜；農業；專政工具；手工業、建築、商業、交通；疾病；生育；官吏。

由於以上資料未將《屯南》、《英藏》、《續存補編》、《花東》等收錄的殷墟甲骨刻辭統計在內，且單就《合》、《合補》而言，其分類也衹是大體上的分類，因而上述統計並不精確。然而，即便如此，據《合》、《合補》亦可大體把握現存殷墟甲骨刻辭之內容在數量上的關係。

殷墟甲骨刻辭是殷商二百七十三年之歷史的真實記錄。在尚未發現更早的出土文獻之前，我們可以這樣說：殷墟甲骨刻辭是迄今我們可信的最早的散文文本；在我國古代散文發展的歷史長河中，殷墟甲骨刻辭亦當居於源頭的地位。從這個意義上講，殷墟甲骨刻辭值得也應該引起先秦文學研究者的更多關注和深入研究。但目前從文學角度對殷墟甲骨刻辭進行研究的成果較少，迄今衹有若干論文初步評價了甲骨刻辭文學的存在與價值，如唐蘭的《卜辭時代的文學和卜辭文學》、姚孝遂的《論甲骨刻辭文學》、蕭艾的《卜辭文學再探》、饒宗頤的《如何進一步精讀甲骨刻辭和認識"卜辭文學"》、孟祥魯的《甲骨刻辭有韻文》、徐正英的《甲骨刻辭中的文藝思想因素》等[①]，尚未見有深入系統之著作。

面對數量龐大、內容豐富的殷墟甲骨刻辭，若從文學角度對之進行考察和研究，有必要先引入"文體"概念，對其文類進行區分考察，更深入細緻的研究工作才好展開。基於此種認識，本章擬以《甲骨文合集》、《小屯南地甲骨》、《英國所藏甲骨集》、《甲骨文合集補編》、《殷墟花園莊東地甲骨》等收錄的較完整的殷墟甲骨刻辭爲研究對象，從文體(指文學體裁或體類)及其流變的角度，對殷墟甲骨刻辭這種現今可見的我國古代最早的散文文本作一較系統的梳理和研究。

通過考察《合》、《屯南》、《英藏》、《合補》、《花東》中收錄的文意內容較完整的殷墟甲骨刻辭之後，筆者認爲，殷墟甲骨刻辭之文體大致可分爲以下六種：

(一)占

——著以"某占曰""某曰""曰"之語於命辭之後，記錄視卜兆斷吉凶之事的卜辭。

(二)告

——著以"告"之語於命辭或驗辭之中，記錄王告神祖、臣屬告王、王告臣屬之事的卜辭。

(三)命

——著以"令""乎""使"之語於命辭中，記錄上對下發號施令的卜辭。

① 唐蘭：《卜辭時代的文學和卜辭文學》，《清華學報》，1936年第11卷第3期。姚孝遂：《論甲骨刻辭文學》，《吉林大學社會科學學報》，1963年第2期。蕭艾：《卜辭文學再探》，《殷都學刊》，1985年增刊。饒宗頤：《如何進一步精讀甲骨刻辭和認識"卜辭文學"》，《中國語文研究》，1992年第10期。孟祥魯：《甲骨刻辭有韻文》，《文史哲》，1993年第4期。徐正英：《甲骨刻辭中的文藝思想因素》，《甘肅社會科學》，2003年第2期。

(四)卜

——不能歸入“占”“告”“命”的卜辭。

(五)表

——載錄“干支表”“商王世系表”“貴族世系表”的記事刻辭。

(六)記

——不能歸入“表”的記事刻辭。包括載錄卜用甲骨之來源與祭祀的記事刻辭以及刻於甲骨而與卜事無關的記事刻辭。

上述六種文體之關係，可作示意圖如下：

殷墟甲骨刻辭文體關係示意圖

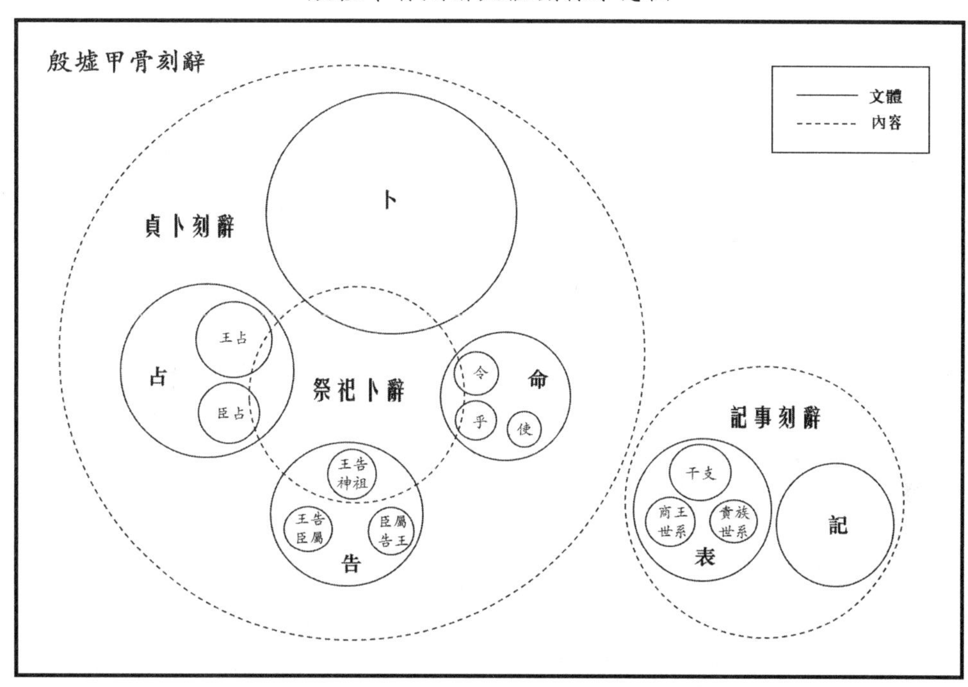

其中，“占”“告”“命”“卜”這四種文體皆見於貞卜刻辭(卜辭)，“表”“記”這兩種文體則見於記事刻辭。論述詳下。

第二節　占

殷墟甲骨刻辭中，有數量甚多的記錄“某占曰”云云、“某曰”云云、“曰”云云處於命辭之後的卜辭，所涉内容多與察看卜兆判斷吉凶之事有關。以其性質相類，今皆歸入“占”文，分述如下。

一、載錄“某占曰”云云的“占”文

殷墟甲骨刻辭中，多見“王固曰”之語，第二字作固(《合》767反)、固(《合》6057正)、固(《合》14318)、固(《合》16935正)、固(《合》24917)、固(《合》37711)等形。甲骨學者或釋之爲“占”，如王襄、葉玉森、唐蘭、商承祚、孫海波、張秉權、趙誠、方述鑫諸位先生；或釋之爲“卟”，如郭沫若、陳夢家先生[①]。

《說文》云：“卟，卜以問疑也。从口卜，讀與稽同。”[②]“占，視兆問也。从卜从口。”[③]王筠《說文句讀》云：

> 卟與占同體。此从口卜，謂問卜也；占从卜口，謂得兆而問來占者所爲之事也。[④]

王氏認爲“卟”“占”當本同字，所言爲是。商承祚先生云：

> 王固者，王親自卜問也，故曰固，不曰卜。[⑤]

指出“固”字爲王占的專字，大致可信。李孝定先生云：

> 卜辭占字有作占者，有作固者，其義亦有別。作占者，其義如貞。辭云“戊戌卜，大占□”《餘》一.三、“⧄内占”《前》四.二五.一、“壬子卜□占”《後下》四.二、“⧄占□旬□禍”《甲編》一一八一，辭例與卜辭習見之“□□干支字卜□貞人名貞”之辭例全同，且大、内均爲貞人名“内”字葉氏《前釋》以爲“丙”字，非是，故知此數辭之占，其義當如貞。貞許訓問“卜問”，占訓“視兆問”，其義相近，故卜辭或以占易貞也。……作固者，其辭多作“王固曰”云云，乃得兆後之繇詞，與許訓小異，釋占是也。字从凵或冎，乃冎字，象卜骨牛胛骨之形，……从占，占亦聲，字乃貞卜之事，故以象

---

① 參見于省吾主編，姚孝遂按語編撰：《甲骨文字詁林》，北京：中華書局，1996年，第2174～2177頁。

② [漢]許慎撰，[宋]徐鉉校定：《說文解字》卷三下《卜部》，北京：中華書局，1963年，第69頁。

③ [漢]許慎撰，[宋]徐鉉校定：《說文解字》卷三下《卜部》，北京：中華書局，1963年，第70頁。

④ [清]王筠：《說文解字句讀》卷六《卜部》，北京：中華書局，1988年，第110頁。

⑤ 商承祚：《福氏所藏甲骨文字》，南京：金陵大學中國文化研究所，1933年，第11頁。

卜骨形之冎爲其意符，作占者其省體也。或以爲王占之專字，說亦可通。蓋此字在卜辭均與“王”字連文，無一例外[①]。从冎作固所以別於占字，然冎固冎字，非普通之標識，或口字也。[②]

辨析了甲骨刻辭中“占”“固”二字用義之區別。方述鑫先生云：

占，甲骨文早期作固（《鐵》七七·一），晚期作固（《簠雜》八〇），金文作固（明公簋），小篆作占。占是會意字，所从冎形爲卜兆的骨版，卜爲卜兆骨版上所呈現的兆紋，冎內之口爲占問者的口形。[③]

梳理了“占”字的演變過程，所言可從。

迄今所見殷墟甲骨刻辭中，“某占曰”云云絕大多數皆位於卜辭中命辭之後，主要爲記錄殷王察看卜兆判斷吉凶之文，少數爲記錄“叶”“子”等人察看卜兆判斷吉凶之文[④]。今將殷墟卜辭中記錄於命辭之後的“王固曰”“叶固曰”“子占曰”云云的卜辭，皆歸入“占”文，按君臣身份不同而劃分爲“王占曰”之文與“臣占曰”之文兩類，論述如下。

（一）“王占曰”之文

殷墟甲骨刻辭中，“王占曰”之文記錄了“王”親自察看兆象而判斷吉凶的事件，體現了商王在政治上所具有的至高無上的決定權。這類刻辭主要見於賓組、歷組、出組、黃類王卜辭，尤以典賓類、黃類卜辭爲多。“王占”之文所涉內容亦頗廣泛。吳其昌先生論云：

凡此“王固曰……”之文，其時代皆在殷末葉帝辛之世，此實數十百見而無一爽者。今更窮其究竟，悉索傳世卜辭而統計之，則凡此“固曰”之所昭示者，按其事之性質，可別爲五大類焉。一類爲祭祀。……二類爲征伐。……三類爲巡幸。……四類爲狃獵。……五類爲卜旬。……綜上以觀，則“固”之涵義，蓋爲吉凶先見之機祥，明甚。此五類者，乃悉爲王所躬親決策，以衡向違，布示群下，載契史龜，

---

① 案：李孝定先生謂“固”字在卜辭均與“王”字連文而無一例外，其言尚不周密。卜辭中亦見有“固”字與“叶”字連文者。

② 李孝定：《甲骨文字集釋》卷三，臺北：“中央研究院”歷史語言研究所，1970 年，第 1112～1113 頁。

③ 方述鑫：《甲骨文口形偏旁釋例》，《古文字研究論文集》，《四川大學學報叢刊》第 10 輯，成都：四川大學出版社，第 292～293 頁。

④ 叶、子二人皆處於武丁時期，當是地位顯赫、權力甚大的人物。殷墟甲骨刻辭中，“叶固曰”云云惟有 2 例，皆見於自組小字類卜辭，即《合》20534=《虛》574=《歷拓》8141、《合補》6808=《裘綴》8=《合》20081（《虛》613）+《合》20153（《京》1599=《善》1880）。“子占曰”云云皆見於花東 H3 卜辭，數量較多，據統計有 35 版。又，花東子類非王卜辭中的“占”字寫作固[《花東》259(H3:760)]、固[《花東》395(H3:1258)]等形，字內無“占”或“卜”形，與殷墟武丁王卜辭中“固”字的寫法有異，《花東》之《釋文》將此字皆釋爲“占”（見中國社會科學院考古研究所編著：《殷墟花園莊東地甲骨》第六分冊，昆明：雲南人民出版社，2003 年）。

則當殷末紂辛之時，邦國大政，度無有更鉅重於此五類者矣。①

他將“王占曰”之文按所反映的內容分爲祭祀、征伐、巡幸、畋獵、卜旬五類，已經意識到這類文字自有其特性，可謂卓見。通過梳理殷墟卜辭中語意較完整的“王占曰”之文，筆者認爲，吴先生的分類尚可加以調整和補充。殷墟甲骨刻辭中的“王占曰”之文，按其主要內容，大致可分爲祭祀、氣象、農業、生育、疾病、貢納、取獲、田獵、征伐、卜旬等方面，分述如下。

1. 祭祀

殷墟甲骨刻辭中的這類“王占曰”之文，主要見於典賓類卜辭，少量見於出組二類卜辭。如：

(1) 戊辰卜，爭貞：㱿羌自妣庚。
貞：㱿羌自高妣己。
貞：㱿。　　《合》438 正=《乙》907=《丙》360[一。典賓]
王固(占)曰："其自高妣己。"
《合》438 反=《乙》6747=《丙》361[一。典賓]

(2) □子卜，㱿貞：五百僕用。
貞：五百僕勿用。　　《合》559 正=《前》7.9.2=《通》27=《京》1255
=《歷拓》10334 正[一。典賓]
王固曰："其用。"
《合》559 反=《京》1256=《歷拓》10334 反[一。典賓]

(3) 癸巳卜，爭貞：㞢(侑)白彘于妣癸，不[左]②。王固曰："吉。勿左。"
《合》2496=《寧》2.37=《歷拓》3944[一。典賓]

(4) 癸卯卜，爭貞：下乙其㞢鼎。王固曰："㞢鼎，二隹(惟)大示，[王]亥亦𡆥。"
《合》11499 正=《乙》4477=《丙》562[一。典賓]

(5) 丙辰卜，宂貞：知(御)。王固曰："吉。其知。"
《合》15098 反=《契》63 反[一。典賓]

(6) 癸未卜，㱿貞：翌甲申，王宂(儐)上甲日。王固曰："吉。宂。"允宂。
《合補》60 正甲=《嚴評》7 正=《合》1218(《京》654=《北圖》2693)
+《乙》3367[一。典賓]

(7) 辛未卜，中貞：夕卜不同，叀(惠)其□。王固曰："叀□，隹其𠦪(禱)□于癸□。"　　《合》24118=《乙》4477=《丙》562[二。出二]

① 吴其昌：《殷虛書契解詁》，武漢：武漢大學出版社，2008 年，第 249～251 頁。該著作從 1934 年起以吴先生手書連載於武漢大學《文哲季刊》第三卷二、三、四號，第四卷二、四號，第五卷一、四號，第六卷三號。

② 此條刻辭之“左”，意謂不吉利；“不左”即吉利。參看王宇信，楊升南，聶玉海：《甲骨文精粹釋譯》，昆明：雲南人民出版社，2004 年，第 1465 頁。

(3)辭意謂：癸巳日占卜，貞人爭卜問：行侑祭於先妣妣癸用白色的小豬，吉利麽？王看了卜兆說："吉利！不必擔心有不利之事發生。"這類刻辭的基本體制爲："干支卜，某貞人貞：某祭祀事。王固曰：'某占辭。'（某驗辭。）"皆具備前辭、命辭和占辭，或記有驗辭。

2. 氣象

這類"王占曰"之文數量較多，主要見於典賓類卜辭，少量見於賓組一類、出組一類卜辭。如：

(8) 貞：翌癸丑其雨。
翌甲寅其雨。 《合》16131 正=《乙》6469=《丙》153[一。賓一]
王固曰："癸其雨。"三日癸丑，允雨。
《合》16131 反=《乙》6470=《丙》154[一。賓一]

(9) 己卯卜，㱿貞：雨。王固曰："其雨隹壬午。"允雨。
《合》902 正=《乙》4524=《丙》235[一。典賓]

(10) 貞：翌辛丑不其启[1]。王固曰："今夕其雨，翌辛[丑]雨。"之夕允雨，辛丑启。 《合》3297 反=《菁》8.1[一。典賓]

(11) 己卯卜，爭貞：今夕[其雨]。王固曰："其雨。"之夕[允雨]。
《合》11917=《前》7.33.2[一。典賓]

(12) 王固曰："丙戌其雨，不吉。"
《合》559 反=《京》1256=《歷拓》10334[一。典賓]

(13) 王固曰："㞢希(祟)，壬其雨，不吉。" 《英藏》1251 反[一。典賓]

(14) 戊子卜，㱿貞：帝及四月令雨。
貞：帝弗其及今四月令雨。
王固曰："丁雨，不亩辛。"旬丁酉，允雨。
《合》14138=《乙》3090[一。典賓]

(15) 王固曰："㞢希。"八日庚戌，㞢各雲自東☐母，昃[亦]㞢出虹自北，猷(飲)于河。☐月。 《合》10405 反=《菁》4.1=《通》426[一。典賓]

(16) 王固曰："㞢希。"八日庚戌，㞢各雲自東☐母，昃亦㞢出虹自北，猷于[河]。 《合》10406 反=《寧》2.25=《掇一》454 反=《外》463=《續存上》973[一。典賓]

(17) 丙申卜，㱿貞：來乙巳酻下乙。王固曰："酻隹㞢希，其㞢酘。"乙巳酻，明雨；伐，既雨；咸伐，亦(夜)雨；㱿卯，鳥星。
《合》11497 正=《乙》6664=《丙》207[一。典賓]

---

① 此類刻辭之"启"，意謂雨後天晴。參看姚孝遂，肖丁：《小屯南地甲骨考釋》，北京：中華書局，1985 年，第 146～147 頁。

(18) 丙申卜，㱿貞：[來]乙巳酓下乙。王固曰："酓隹㞢希，其㞢酘。"乙巳，明雨；伐，既雨；咸伐，亦雨；攺，鳥星。

《合》11498 正=《乙》5920=《丙》209[一。典賓]

(19) 庚辰卜，古貞：翌辛巳易日。王固曰："易日。"

《合》13220 正=《乙》2938=《丙》597[一。典賓]

(20) 己卯[卜]，□貞：今日攺。王固曰："其攺，隹其妹[①]大攺。"

《合》24118=《後下》10.2[二。出一]

(16)辭意謂：王看了卜兆說："將有祟害之事發生。"占卜之後的第八天庚戌日，有雲霧從東𡆥母之地(或謂東𡆥母爲司生育之神靈)出來；午後，彩虹也從北邊出現，伸頭飲水於黃河。(17)辭意謂：丙申日占卜，貞人㱿卜問：未來的乙巳日酓祭先王祖乙(下乙卽祖乙名)麽？王看了卜兆說："酓祭會有祟害，並有酘禍發生。"乙巳日舉行酓祭，天明時下雨了；舉行殺伐奴隸之祭，還是下雨；又向先王大乙(大乙又名唐、咸)行殺伐奴隸之祭，但直到夜裏雨還是下個不停；又舉行胣裂犧體和對剖牲體的祭儀，這時鳥星出現在天空了[②]。括而言之，這類"占"文的基本體制爲："干支卜，某貞人貞：某氣象事。王固曰：'某占辭。'某驗辭。"大多具備前辭、命辭和占辭，且多記有驗辭。

3. 農業

這類"王占曰"之文數量較少，主要見於典賓類、黃類卜辭，亦以典賓類卜辭爲多。如：

(21) 丙戌卜，㝉貞：令眾黍，其受㞢(有)[年]。

《合》14 正=《乙》2682=《丙》492[一。典賓]

王固曰："吉，受[㞢]年。"

《合》14 反=《乙》3520=《丙》493[一。典賓]

(22) 癸卯卜，古貞：王于黍侯受黍年。十三月。

癸卯卜，古貞：王勿于黍侯[受黍年]。

王固曰："吉，我受黍年。丁其雨，吉；其隹乙雨，吉。"

《合》9934 正=《乙》4055[一。典賓]

(23) 己巳王卜，貞：[今]歲商受[年]。王固曰："吉。"

東土受年。

---

① "其"下一字，舊多釋爲"𡿨"(毋)，實當爲上部殘損之"𡚽"(妹)字。"其攺，隹其妹大攺"，李宗焜先生釋云："此辭中的繇辭說，將會啓，衹是不會大啓。"(李宗焜：《論殷墟甲骨文的否定詞"妹"》，《"中央研究院"歷史語言研究所集刊》第 66 本第 4 分，1995 年，第 1132～1133 頁)。

② 參看王宇信，楊升南，聶玉海：《甲骨文精粹釋譯》，昆明：雲南人民出版社，2004 年，第 1517、1521 頁。

南土受年。吉。

西土受年。吉。

北土受年。吉。　　　　《合》36975=《粹》907=《善》9046［五。黄類］

“年”，謂收成；“受年”，謂得到穀子（小米）的好收成；“受黍年”，謂得到黍子的好收成[①]。這類“占”文的基本體制爲：“干支卜，某貞人貞：某受年事。王固曰：‘某占辭。’”具備前辭、命辭和占辭，占辭中多有“吉”字斷語。

4. 生育

這類“王占曰”之文主要見於典賓類卜辭。如：

(24) 辛未卜，殻貞：帚妌娩，妨（嘉）。王固曰：“其隹庚娩，妨。”三月，庚戌娩，妨。　　　　《合》454 正=《乙》496=《丙》257［一。典賓］

(25) 壬寅卜，殻貞：帚［好］娩，妨。王固曰：“其隹□申娩，吉妨；其隹庚娩，引吉；亞隹女。”

壬寅卜，殻貞：帚好娩，不其妨。王固曰：“丮不妨，其妨，不吉。于[illegible]若，丝迺死。”　　　　《合》14001 正=《乙》4729［一。典賓］

(26) 甲申卜，殻貞：［帚］好娩，妨。王固曰：“其隹丁娩，妨；其隹庚娩，引吉。”三旬㞢一日甲寅娩，不妨，隹女。

《合》14002 正=《乙》7691=《丙》247［一。典賓］

(27) □□卜，争貞：帚妌娩，妨。王固曰：“其隹庚娩，妨。”旬辛□，帚妌娩，允妨。二月。

《合》14009 正=《簠・典》117=《簠・拓》404=《續》4.25.1［一。典賓］

(28) 壬午卜，爭［貞：帚］[illegible]娩，妨。［王固］曰：“毓。”三⧄，帚[illegible]娩，［妨］。

《合》14021 正=《甲零》102 正=《歷拓》10249 正［一。典賓］

(29) 庚午卜，穷貞：子昌娩，妨。

貞：子昌娩，不其妨。王固曰：“隹丝勿妨。”

《合》14034 正=《乙》3069［一。典賓］

(26)辭意謂：甲申日占卜，貞人殻卜問：婦好要分娩了，（結果）會好麼？王看了卜兆説：“如果在丁日分娩，就好；如果在庚日分娩，更是大吉大利。”過了三十一天，（婦好）在甲寅日分娩了，不好，（因爲）生了個女孩兒。(27)辭意謂：某日占卜，貞人争卜問：婦妌要分娩了，（結果）會好麼？王看了卜兆説：“如果在庚日分娩，就好。”這一旬十天内的辛某日婦妌分娩了，果然很好，生了個男孩兒！這事發生在二月。這類“占”文的基本體制爲：“干支卜，某貞人貞：某生育事。王固曰：‘某占辭。’（某驗辭。）”皆具備前辭、命辭和占辭，多記驗辭。

---

① 參看于省吾：《釋禾、年》，《甲骨文字釋林》，北京：中華書局，1979 年，第 249～251 頁；裘錫圭：《甲骨文中所見的商代農業》，《古文字論集》，北京：中華書局，1992 年，第 154～158 頁。

5. 疾病

這類“王占曰”之文數量較少，主要見於賓組一類、典賓類卜辭。如：

(30)庚戌卜，亙貞：王弗疾肩。王固曰：“勿疾。”

《合》709 正=《乙》738=《丙》334[一。賓一]

(31)☐寅卜，古貞：尻其有疾。

貞：尻亡(無)疾。　　《合》13750 正=《乙》873=《丙》175[一。典賓]

貞：祖乙壵(害)[①]王。

[貞：祖乙]弗壵王。

王固曰：“吉。勿余壵。”

《合》13750 反=《乙》874=《丙》176[一。典賓]

(32)貞：斦其㞢(有)疾。王固曰：“斦其㞢疾，叀丙，不庚。”二旬㞢一日庚申，喪冥。　　《合》13752 正=《乙》4130[一。典賓]

(33)☐☐卜，貞：爭貞：子☐肩凡[㞢疾]☑王固曰：☑丙☑。

《合》13873=《善》14220[一。典賓]

(32)辭意謂：卜問：貴族斦會有病患麼？王看了卜兆說：“斦會有病患，應該是在丙日發生，而不是庚日。”二十一天之後的庚申日，斦的眼睛失明了。這類刻辭的基本體制爲：“干支卜，某貞人貞：某疾病事。王固曰：‘某占辭。’(某驗辭。)”具備前辭、命辭和占辭，或記驗辭。

6. 貢納

這類“王占曰”之文數量較多，主要見於典賓類卜辭。如：

(34a)癸未卜，㱿貞：[甲骨字]以[②]羌。

(34b)貞：[甲骨字]不其以羌。

(34c)貞：何以羌。　　《合》274 正=《乙》1030=《丙》570[一。典賓]

(34d)王固曰：“其以。”

(34e)王固曰：“其以。”　　《合》274 反=《乙》3796=《丙》571[一。典賓]

(35)☐巳卜，☐貞：[⿰㠯]以三十馬，允其㚔(執)羌。

貞：⿰三十馬，弗其㚔羌。　　《合》500 正=《乙》3381[一。典賓]

王固曰：“隹丁㚔，吉。”　　《合》500 反=《乙》3382[一。典賓]

---

① 參看裘錫圭：《釋“壵”》，《古文字論集》，北京：中華書局，1992 年，第 11～16 頁。

② 于省吾先生云：“貢納系商王對於內外臣屬的剝削方式之一種。……如果把以上六類徵取和貢納須要加以大致區別的話，則自我叫作取，自下而上叫作貢，自外叫作入，自遠叫作來，送致叫作氏，給予叫作示。”(于省吾：《從甲骨文看商代社會性質》，《東北人民大學人文科學學報》，1957 年第 2～3 期合刊，第 106～109 頁)案：“氏”甲骨文作“[甲骨字]”，現今學者多認爲應從郭沫若先生將此字釋爲“以”。參看裘錫圭：《說“以”》，《古文字論集》，北京：中華書局，1992 年，第 106～110 頁。

(36)庚申卜，永貞：來。　　《合》113 正甲=《乙》3174[一。典賓]

王固曰："吉，其來。其隹乙出，吉；其隹癸出，㞢希(祟)。"

《合》113 反甲=《乙》3175[一。典賓]

(37)甲辰卜，殻貞：奚來白馬。王固曰："吉。其來。"

甲辰卜，殻貞：奚不其來白馬五。

《合》9177 正=《乙》3446=《丙》157[一。典賓]

(38)甲辰卜，亙貞：今三月光乎來。王固曰："其乎來，气(迄)至隹乙。"旬㞢二日乙卯，允㞢(有)來自光，以羌芻五十。

《合》94 正=《通》530=《通・別二》3.1 正=《珠》620 正[一。典賓]

(39)丙辰卜，殻貞：今𢀛我其自來。

丙辰卜，殻貞：今𢀛我不其自來。

《合》4769 正=《乙》6748[一。典賓]

王固曰："吉。其㞢來。"　　《合》4769 反=《乙》6749[一。典賓]

(40a)戊寅卜，殻貞：沚戠其來。

(40b)貞：沚戠不其來。

(40c)戊寅卜，殻貞：雷鳳其來。

(40d)雷鳳不其來。　　《合》3945 反=《續存下》389[一。典賓]

(40e)王固曰："戠其出，隹庚。"

(40f)王固曰："鳳其出，其隹丁；丁不出，其㞢疾。"

《合》3945 正=《續存下》388[一。典賓]

(34)辭中"𠂤"　"何"皆爲人名。(34a)、(34b)、(34d)所記爲一事，意謂：癸未這一天占卜，貞人殻卜問：貴族𠂤會貢納羌奴麽？又卜問：貴族𠂤不會貢納羌奴麽？王看了卜兆說："(𠂤)會來貢納(羌奴)。"(34c)、(34e)所記爲一事，意謂：卜問：貴族何會貢納羌奴麽？王看了卜兆說："(何)會來貢納(羌奴)。"(40)辭中"沚戠"爲武丁大將，"雷鳳"亦爲人名。(40a)、(40b)、(40e)所記爲一事，意謂：戊寅日占卜，貞人殻卜問：大將沚戠會來貢納麽？又卜問：大將沚戠不會來貢納麽？王看了卜兆說："沚戠動身前來會是在庚日。"(40c)、(40d)、(40f)所記爲一事，意謂：戊寅日占卜，貞人殻卜問：貴族雷鳳會來貢納麽？又卜問：貴族雷鳳不會來貢納麽？王看了卜兆說："雷鳳動身前來會是在丁日；如果丁日不動身，(雷鳳)將會患病。"此版刻辭所記沚戠、雷鳳事爲同日所卜。這類"占"文的基本體制爲："干支卜，某貞人貞：某貢納事。王固曰：'某占辭。'(某驗辭。)"具備前辭、命辭和占辭；驗辭較少見，如(38)。

7. 取獲

這類"王占曰"之文數量較多，主要見於賓組一類、典賓類卜辭。如：

(41)丁巳卜，爭貞：乎(呼)取何芻。　　《合》113 正甲=《乙》3174[一。典賓]

勿乎取[何芻]。　　《合》113 正乙=《乙》3910[一。典賓]

王固曰："吉。丙。" 《合》113 反甲=《乙》3175[一。典賓]

(42)丁亥卜，亙貞：乎取呂。

貞：勿乎取呂。王固曰："吉。其取。"

《合》6567=《文捃》1024=《北圖》2335[一。典賓]

(43)己卯卜，古貞：沐卒(執)㞢芻自宵。王固曰："其隹(惟)丙戌卒，㞢(有)尾；其隹辛寇。"

[己]卯卜，古貞：[㞢]芻自宵，沐弗其卒。

《合》136 正=《乙》4293[一。典賓]

王固曰："其隹丙戌卒，㞢若(順)；不其隹辛寇。"

《合》136 反=《乙》4294[一。典賓]

(44)貞：臣㞢芻㝵(得)。

不其㝵。 《合》133 正=《乙》4728=《丙》560[一。賓一]

王固曰："吉。其[㝵]。"

《合》133 反=《乙》4819=《丙》561[一。賓一]

(45)癸酉卜，亙貞：臣㝵。王固曰："其㝵隹甲、乙。"甲戌，臣涉舟祉(延)陷，弗告。旬㞢五日丁亥，卒。十二月。

《合》641 正=《乙》819=《丙》243[一。典賓]

(46)癸巳卜，㝐貞：臣卒。王固曰："吉。其卒隹乙、丁。"七日丁亥，既卒。

《合》643 正丙=《乙》2093[一。典賓]

(47)己巳卜，㝐貞：龜㝵妊。王固曰："㝵。"庚午夕𡆥辛未，允㝵。

《合》926 正=《乙》5269[一。典賓]

(48)壬戌卜，古[貞]：☐。王固曰："吉。㝵。"三日甲子，允[㝵]。

《合》8912 反=《乙》3810[一。典賓]

(49)丁丑卜，㝐貞：爾㝵。王固曰："其㝵隹庚，其隹丙其齒。"四日庚辰，爾允㝵。十二月。 《合》8884=《前》7.42.2[一。典賓]

(50)丁丑卜，㝐貞：爾㝵。王固曰："其㝵隹庚，其隹丙其齒。"四日庚辰，爾允㝵。十三月。 《英藏》414 正[一。典賓]

(51)丁丑卜，㝐貞：爾㝵。王固曰："其㝵隹庚，其隹丙其齒。"四日庚辰，爾允㝵。十三月。

《合補》2491=《蔡續》7.1=《合》40059(《金》473)+《合》40093(《金》480)[一。典賓]

(44)辭意謂：卜問：逃亡的芻牧奴隸抓得到麼？(逃亡的芻牧奴隸)抓不到麼？王看了卜兆說："吉利！抓得到。"(45)辭意謂：癸酉日占卜，貞人亙卜問：臣抓得到麼？王看了卜兆說："抓到他會是在甲日或乙日。"甲戌這天，臣乘船過河(的時候)，陷在河裏，耽誤了時間，卻沒人來報告(消息以便抓他)。直到第十五天丁亥日，才把他抓住。此事發生在十二月。這類"占"文的基本體制爲："干支卜，某貞人貞：某取獲事。王固曰：'某占辭。'

（某驗辭。）”具備前辭、命辭和占辭，多有驗辭。

8. 田獵

這類“王占曰”之文，少量見於賓組一類、典賓類卜辭，多數見於黃類卜辭。見於賓組卜辭的如：

(52)勿乎多子逐廌。

勿乎逐廌。　　《合》10306 正=《乙》3083=《丙》417[一。賓一]

王固曰：“不其隻(獲)。”

《合》10306 反=《乙》3084=《丙》418[一。賓一]

(53)貞：子䄍[隻]廌。

不其隻廌。　　《合》10315 正=《乙》954=《丙》429[一。賓一]

王固曰：“[隻]。”　　《合》10315 反=《乙》1675=《丙》430[一。賓一]

(54)□子卜，㱿貞：☒子☒逐廌☒。王固曰：“隻。”☒弗砮☒。

《合》10323 =《掇二》155[一。典賓]

(55)□□卜，亙貞：逐兕隻。[王]固曰：“其隻。”己酉，王逐[兕]，允隻二。

《合》10398=《前》7.34.1[一。典賓]

(56)壬戌卜，爭貞：王往于田，若。

《合》10522 正=《簠·遊》120=《簠·拓》666=《續》3.35.2[一。典賓]

王固曰：“吉。”允[往]。　　《合》10522 反=《簠·拓》667[一。典賓]

賓組一類卜辭中所見這類“占”文數量甚少，上舉(52)、(53)二例皆爲龜甲殘辭，其基本體制或爲：“貞：某田獵事。王固曰：‘某占辭。’”典賓類卜辭中的這類“占”文，其基本體制爲：“干支卜，某貞人貞：某田獵事。王固曰：‘某占辭。’（某驗辭。）”具備前辭、命辭、占辭，多記有驗辭。

見於黃類卜辭的這類“占”文，辭例甚多，格式皆較爲齊整。如：

(57)壬辰[卜，貞：王田□，往來]亡災。☒[隻]虎一、𤞞七。

壬寅卜，貞：王田牢，往來亡災。王固曰：“吉。”兹卬[①]。隻虎一、𤞞六。

丁未卜，貞：王田𩫖，往來亡災。王固曰：“吉。”

戊申卜，貞：王田𠷎，往來亡災。

壬子卜，貞：王田𠷎，往來亡災。王固曰：“吉。”

---

① “卬”甲骨文作“[甲骨字形]”“[甲骨字形]”。裘錫圭先生起初釋“[甲骨字形]”爲“厄”，讀爲“果”，稱“兹卬”爲“果辭”；後來改釋爲“孚”，訓爲“信”，稱“兹卬”爲“孚辭”，皆有“應驗”意。參看裘錫圭：《釋“厄”》，見王宇信、宋鎮豪主編：《紀念殷墟甲骨文發現一百周年國際學術研討會論文集》，北京：社會科學文獻出版社，2003 年，第 125～133 頁；後在《𤲸公盨銘文考釋》中改釋爲“孚”，見《中國歷史文物》，2002 年第 6 期，第 22 頁，此文收入《中國出土古文獻十講》時，裘先生又加《追記》肯定了釋“[甲骨字形]”爲“孚”的意見(裘錫圭：《中國出土古文獻十講》，上海：復旦大學出版社，2004 年，第 77 頁)。其說可從。

戊辰卜，貞：王田喜，往來亡災。王固曰："吉。"

辛未卜，貞：王田口，往來亡災。王固曰："吉。"

《合》37362=《續存上》2374[五。黃類]

(58)戊戌王卜，貞：田雞，往來亡災。王固曰："吉。"丝卬。隻狀。

辛丑王卜，貞：田㡯，往來亡災。王固曰："吉。"

壬寅王卜，貞：田㡯，往來亡災。王固曰："吉。"

戊申卜，貞：田㡯，往來亡災。王固曰："吉。"丝卬。隻兕六、狀口。

壬子卜，貞：田牢，往來亡災。王固曰："吉。"丝卬。隻兕一、犬一、狀七。

乙卯王卜，貞：田喜，往來亡災。王固曰："吉。"

戊午卜，貞：王田喜，往來亡災。王固曰："吉。"丝卬。隻兕十、虎一、狀一。

辛酉卜，貞：王田㡯，往來亡災。王固曰："吉。"

《合》37363=《前》2.37.2[五。黃類]

(59)戊申王[卜，貞：田口，往來]亡災。王[固曰："引吉]。"丝卬。隻雉一。

壬子王卜，貞：田牢，往來亡災。王固[曰]："引吉。"丝卬。隻兕二、鹿八。 《合》37378=《前》2.31.5=《通》701[五。黃類]

(60)壬寅王卜，[貞]：田埜，往[來]亡災。王固曰："[吉]。"丝卬。隻狀☐、鹿一、毘(麑)一。

乙巳王卜，貞：田梌，往來亡災。王固曰："吉。"

戊申王卜，貞：田☐，往來亡災。王固曰："吉。"

口亥王卜，貞：[田]喜，往來[亡]災。王固曰："吉。"

《合》37430=《書》52[五。黃類]

(61)壬申王[卜]，貞：田麥，往[來]亡災。王[固曰]："吉。"丝卬。[隻]白鹿。

丁丑王卜，貞：田宮，往來亡災。王固曰："吉。"

口寅王卜，貞：田噩，往來[亡]災。王固[曰]："吉。"隻口四。

《合》37448=《歷拓》1511[五。黃類]

(62)乙巳王卜，貞：田㡯，往來亡災。王固曰："吉。"丝卬。隻狀。

戊申王卜，貞：田㡯，往來亡災。王固曰："吉。"

辛亥王卜，貞：田㡯，往來亡災。王固曰："吉。"

壬子王卜，貞：田㡯，往來亡災。王固曰："吉。"

壬戌王卜，貞：田㡯，往來亡災。王固曰："吉。"隻毘(麑)五、象一、雉六。 《英藏》2539[五。黃類]

黃類卜辭中的這類"占"文，其基本體制較賓組卜辭不同，爲："干支王卜，貞：田某地，往來亡災。王固曰：'某占辭。'(某孚辭。)(某驗辭。)"具備前辭、命辭、占辭。占辭簡短，多作"吉"或"引吉"。或有孚辭("丝卬")，多記驗辭("隻某獵物若干")；若有孚辭，則必記驗辭。

9. 征伐

這類"王占曰"之文數量較多，主要見於賓組一類、典賓類、黃類卜辭。見於賓組卜辭的如：

(63) □□[卜]，□[貞]：▨侯告征人。

[貞：王]勿从侯告。　《合》6457 正=《乙》825=《丙》603[一。賓一]

王固曰："□□从侯告。"

《合》6457 反=《乙》3861=《丙》604[一。賓一]

(64) 戊寅卜，穷貞：今𢀛王其步伐人。

戊寅卜，穷貞：今𢀛王勿步伐人。

《合》6461 正=《乙》3102=《丙》276[一。賓一]

王固曰："吉。叀㞢乎己其伐；其弗伐，不吉。"

《合》6461 反=《乙》7819=《丙》277[一。賓一]

(65) 貞：王叀沚[illegible]从伐巴方，帝受(授)我又(祐)。

王勿隹沚[illegible]从伐巴方，帝不我其受又。

《合》6473 正=《乙》3787[一。典賓]

王固曰："吉。其受。"　《合》6473 反=《乙》3788[一。典賓]

(66) □□[卜]，□[貞：[illegible]正化𢦏]𢍏、鳴。

貞：[illegible]正化弗𢦏。

▨[[illegible]]正化𢦏𢍏眔(暨)鳴。

貞：[illegible]正化弗其𢦏。

王固曰："吉。𢦏。"之日，允𢦏𢦏方。十三月。

《合》6649 正甲=《乙》2827=《丙》273[一。典賓]

(67) 庚□卜，㱿貞：[[illegible]]正化𢦏𢍏。王固曰："隹乙；其隹甲，引[illegible]。"

《合》6656=《乙》7204[一。典賓]

(68) 壬子卜，㱿貞：[我]𢦏宙。王固曰："吉。𢦏。"旬㞢三日甲子，允𢦏。十二月。　《合》6830=《乙》4345=《丙》558[一。典賓]

(69) 癸丑卜，[爭]貞：自今至于丁巳，我𢦏宙。王固曰："丁巳我毋其𢦏，于來甲子𢦏。"旬㞢一日癸亥，車弗𢦏。之夕[illegible](向)[1]甲子，允𢦏。

《合》6834 正=《乙》1915=《丙》1[一。典賓]

(70) □巳卜，亙貞：𢦏。[七]月。

《合》7715 正=《誠》384 正=《善》15021 正[一。典賓]

---

① 參看裘錫圭：《釋殷虛卜辭中的"[illegible]""[illegible]"等字》，《第二屆國際中國古文字研討會論文集》，香港：香港中文大學，1993 年，第 86～89 頁；黃天樹：《殷墟甲骨文所見夜間時稱考》，《黃天樹古文字論集》，北京：學苑出版社，2006 年，第 187 頁。

王固曰："吉。其𢦏。"

《合》7715 反=《誠》384 反=《善》15021 反[一。典賓]

(69)辭意謂：癸丑日占卜，貞人㱿卜問：自今日至於丁巳日，我要征伐宙方麼？王看了卜兆說："丁巳日我不征伐宙，要到下個甲子日才征伐。"十一天后的癸亥日，貴族車沒有出征。當天即將結束、(第二天)甲子日即將開始之時，果然攻伐了宙方。賓組卜辭中這類"占"文的基本體制爲："干支卜，某貞人貞：某征伐事。王固曰：'某占辭。'(某驗辭。)"具備前辭、命辭、占辭，或記驗辭。

見於黃類卜辭的這類"占"文如：

(71)弗𢦏。吉。
不雉眾。王固曰："引吉。"
其雉眾。吉。

《合》35345=《簠·征》38=《簠·拓》741=《簠·雜》80[五。黃類]

(72)其雉眾。吉。
中不雉眾。王固曰："引吉。"
其雉眾。吉。
左不雉眾。王固曰："引吉。"
其雉眾。吉。

《合》35347=《前》5.6.1=《通》604=《歷拓》6435[五。黃類]

(73)丁丑王卜，貞：其逅(振)旅祉(延)戋[于]盂，往來亡災。王固曰："吉。"才☐。

《合》36426=《簠·遊》51=《續》3.23.7=《佚》971=《歷拓》10104[五。黃類]

(74)丁卯王卜，貞：今囚巫九备，余其从多田于多白(伯)征盂方白(伯)炎。叀卒[1]翌日步，亡左自上下于𩰫示，余受又(有)又(祐)，不昔𢦏[囚]。告于兹大邑商，亡徭才畎。[王固曰]："引吉。"才十月，冓(遘)大丁翌。

《合》36511=《甲》2416[五。黃類]

(75)甲午王卜，貞：乍余酌朕禾；酉，余步从侯喜征人方。上下𩰫示，受余又又，不昔𢦏囚。告于大邑商，[亡徭]才畎。王固曰："吉。"才九月，冓上甲壹，隹(惟)十祀。
甲午王卜，貞：其于西宗奏示。王固曰："引吉。"

《合》36482=《前》3.27.6=《通》592[五。黃類]

(76)☐其征盂方，宙☐受又，不昔𢦏[囚。王]固曰："吉。"才十月，王九[祀]。

《合》36517=《柏俗》16[五。黃類]

(77)乙巳王[卜]，貞：攴乎祝[2]曰：盂方[共]人其出，伐↓自高。其令東迨(會)[于]高，弗每(悔)，不昔𢦏。王固曰："吉。"

---

① "卒"字從裘錫圭先生釋，訓爲"終"。參看裘錫圭：《釋殷墟卜辭中的"卒"和"𦑄"》，《中原文物》，1990 年第 3 期。

② "祝"字從李學勤先生釋。參看李學勤：《帝辛征夷卜辭的擴大》，《中國史研究》，2008 年第 1 期。

《合》36518=《龜》2.25.6=《通》581=《珠》193［五。黄類］

(78)庚寅王卜，才羛，貞：余其皀(次)才丝(兹)上𩰫，今𥝔(秋)其𦎫(敦)，其乎𣿵示于商，正(征)，余受又又。王𡆥曰："吉。"

《合》36522=《前》2.5.3=《通》595［五。黄類］

(79)己酉王卜，貞：余征三邦▨叀𦥑令邑，弗每(悔)。不▨亡▨才大邑商。王𡆥曰："大吉。"才九月，冓(遘)上甲□五牛。

《合》36530=《後上》18.2=《通》590［五。黄類］

(80)甲戌王卜，貞：其伐隹□。王𡆥曰："吉。"

《合》36533=《續存上》2328=《善》5443［五。黄類］

(74)之"今𡆥巫九𠧞"，其意不明[①]；"𣪊示"，意亦不明[②]；"不𦱂𢦏"，乃卜辭成語，即"不蒙𢦏"[③]；"大邑商"，指商人所居之地(王都)[④]。此辭意謂：丁卯日王占卜，卜問：今有咎而巫九舞(?)，我率領多田于多伯去征伐盂方伯炎。舉行完翌祭之日出發，沒有災禍麼？各位先祖會授予我福祐(?)，(讓我)不蒙災禍麼？將戰爭的決定告知商人，沒有災禍麼？王看了卜兆說："大大的吉利！"時在十月，正遇上向先王大乙舉行翌祭。(78)辭意謂：庚寅日王占卜，其時正在羛地，卜問：我駐紮於上𩰫之地，今年秋天攻伐(敵方)，命令𣿵祭神於商地，(然後)出征，會授予我福祐麼？王看了卜兆說："吉利！"黃類卜辭中的這類"占"文，其基本體制爲："干支王卜，(才某地)，貞：

① 林政華先生云："巫九𠧞者，巫爲神名，九爲數目字，𠧞應爲動詞、狀詞或名詞……𠧞字不見於古文獻，九𠧞之語尤令人費解，前人考釋以于省吾之旁蒐博徵，所得最契情理。據于釋，是巫九𠧞者，巫九舞也，其目的在致福降祥也。"(林政華：《甲骨文成語集釋》上，《文物與考古研究》第1輯，第63～64頁)參見于省吾主編，姚孝遂按語編撰：《甲骨文字詁林》，北京：中華書局，1996年，第2923頁。

② 丁驌先生云："帝辛辭有'上下𣪊示'等字，𣪊亦寫作𣪘。此殆亦'得'字也。嚴一萍《釋得》未及此文。《甲》2416辭中曰'自上下示得示余受有又，不蒙𢦏咼……'。一反武丁時'下上弗若不我其受又'而作'上下示'，蓋云得自上下祖先保佑，不蒙災禍也。"(丁驌：《讀契記·得字》，《中國文字》新10期，臺北：藝文印書館，1985年，第76頁)姚孝遂先生云："乙辛卜辭每見'自上下𣪊示余受又又'，'𣪊示'亦作'𣪊示'，釋'得'、釋'祭'均非是。"(于省吾主編，姚孝遂按語編撰：《甲骨文字詁林》，北京：中華書局，1996年，第1064頁)

③ 葉玉森先生云："卜辭數見'不𦱂𢦏'語。𦱂似从𦱂从口，疑即許書訓目不明之瞢，卜辭假作蒙。不𦱂𢦏即不蒙𢦏也。"(葉玉森：《殷虛書契前編集釋》卷二，上海：大東書局，1934年，頁十八)林政華先生云："此語(不𦱂𢦏)出現於第五期，葉玉森釋爲不蒙𢦏……按：卜辭凡用此語之上，恒有受又又，弗每等吉語，而其下之驗辭亦皆吉利，是以其性質必指吉事，葉說蓋得之。"(林政華：《甲骨文成語集釋》上，《文物與考古研究》第1輯，第72頁)參見于省吾主編，姚孝遂按語編撰：《甲骨文字詁林》，北京：中華書局，1996年，第603頁。

④ 李學勤先生云："在商人觀念中，商是居於四方四土之中的一個區域，即商人所居處的國土。對於這一中心區域，商人稱之爲'商''亞'或'大邑'，……所謂'告于大邑商'即將戰爭的決定告知商人，……對應於大邑商，周也自稱爲'大邑周'。……《殷虛書契考釋》卷下指出大邑商即天邑商，而大邑意即'王畿'，大致是不錯的。"(李學勤：《殷代地理簡論》，《李學勤早期文集》，石家莊：河北教育出版社，2008年，第174～176頁)

某征伐事。王固曰：‘某占辭。’（某驗辭。）”具備前辭、命辭、占辭，或記驗辭。前辭或記占卜所在地點；占辭較簡短，多作“吉”，或作“引吉”。

10. 卜旬

這類“王占曰”之文數量最多，主要見於典賓類、黄類卜辭，另有數例見於歷一類、歷二類卜辭。

典賓類卜旬刻辭中，這種“占”文篇幅大多較長。其所記驗辭內容較爲豐富，據之可細分爲以下四個方面：

其一，記“卜旬+王占+祭祀”。如：

(81)癸未卜，㱿貞：旬亡𡆥(咎)。王[固]曰：“㞢希。”三日乙酉，奠㞢𡧊。

《合》16935 正=《續》4.46.6=《簠·拓》854=《佚》923[一。典賓]

其體制爲：“干支卜，某貞人貞：旬亡𡆥。王固曰：‘某占辭。’某驗辭。”具備前辭、命辭、占辭和驗辭。

其二，記“卜旬+王占+貴族事”。如：

(82)癸酉卜，㱿貞：旬亡𡆥。王二曰：“匄(害)。”王固曰：“俞！㞢希，㞢夢。”五日丁丑，王䆒(儐)中丁，己(祀)。陰才廳(庭)阜。十月。

癸未卜，㱿貞：旬亡𡆥。王固曰：“㞢，乃丝(兹)㞢希。”六日戊子，子弢死。一月。

癸巳卜，㱿貞：旬亡𡆥。王固曰：“乃丝亦㞢希。”若偁。甲午，王往逐兕，小臣叶(協)車，馬硪，𢦏王車，子央亦墜。

《合》10405 正=《菁》3.1=《通》735=《傳》2.8[一。典賓]

癸亥卜，㱿貞：旬亡𡆥。王固[曰：“㞢希]，其亦㞢來艱。”五日丁卯，子𠂤𢧢，不死。

《合》10405 反=《菁》4.1=《通》426=《傳》2.7[一。典賓]

(83)癸酉卜，㱿貞：旬亡𡆥。王二[曰：“匄]。”王固曰：“俞！㞢希，㞢夢。”五日[丁丑]，王䆒中丁，己。陰才廳[阜。十月]。

癸未卜，㱿貞：[旬亡𡆥。王固曰：“㞢]，乃丝㞢希。”[六日戊子，子弢死。一月]。

癸巳卜，㱿貞：旬亡𡆥。王固曰：“乃[丝亦㞢希]。”若偁。甲午，王往逐兕，[小臣叶車]，馬硪，𢦏王車，子央亦墜。

《合》10406 正=《寧》2.24=《掇一》454 正=《續存上》972[一。典賓]

癸亥卜，㱿貞：旬亡𡆥。王固曰：“㞢希，[其亦㞢來艱]。”五日丁卯，子𠂤𢧢，不死。

《合》10406 反=《寧》2.25=《掇一》454 反=《續存上》973[一。典賓]

(84)癸丑卜，㱿貞：旬亡𡆥。王[固]曰：“㞢[希]。”[五]日丁巳，子䍙死。

《合》17077 正=《歷拓》7104 正[一。典賓]

(82)、(83)二例所記同事，辭意謂：○癸酉日占卜，貞人㱿卜問：未來十天之內沒有災禍發生麽？王也跟着問了兩次：(有)災禍(發生)麽？王看了卜兆說："吁！有祟害！會有噩夢！"第五天丁丑日，王儐祀先王中丁，阝陸傾斜於庭院的丘阜。時在十月。○癸未日占卜，貞人㱿卜問：未來十天之內沒有災禍發生麽？王看了卜兆說："有逃亡之事，有祟害。"第六天戊子日，貴族子弦死了。時在一月。○癸巳日占卜，貞人㱿卜問：未來十天之內沒有災禍發生麽？王看了卜兆說："也有祟害。"確如所言。甲午日，王去追捕犀牛，小臣駕車時，(車軸斷了)，馬傾斜了，撞毁了王所乘的車子，貴族子央也跌落下來了。這類"占"文的體制爲："干支卜，某貞人貞：旬亡囚。王固曰：'某占辭。'某驗辭。"具備前辭、命辭、占辭和驗辭。占辭中常出現"㞢希""㞢來艱"等語。

其三，記"卜旬+王占+奴隸事"。如：

(85)癸亥卜，爭貞：旬亡囚。王固曰："㞢希。"五日丁未，才臺，圉羌。

《合》139 反=《前》7.19.2=《契》124 反[一。典賓]

(86)癸卯卜，㱿貞：[旬亡囚]。王固曰："㞢希。"☐[大]掫(驟)風，之[夕㞢(向)]☐羌五。　《合》367 正=《佚》386 正=《鄴初下》24.2 =《歷拓》3029 反[一。典賓]

(87)[癸巳]卜，爭[貞]：旬[亡]囚。

《合》583 正=《寧》2.28=《歷拓》3894 正[一。典賓]

王固曰："㞢希，㲹光其㞢來艱。"气(迄)至六日戊戌，允㞢[來艱]。㞢僕才㚇，宰才口，其☐蔑(薅)，亦(夜)焚亩(廩)三。十一月。

《合》583 反=《寧》2.29=《歷拓》3894 反[一。典賓]

(88)[癸亥]卜，口[貞]：旬亡[囚]。

《合》584 正甲=《簠・地》31=《簠・拓》774+809 =《續》5.10.1[一。典賓]

[王]固曰："㞢希。"八日庚子，戈𡴲[羌]口人，𢻮㞢圉二人。

《合》584 反甲=《簠・地》33=《簠・拓》775+810 =《佚》983[一。典賓]

[王固]曰："㞢希，其㞢來艱。"气至六[日戊戌，允㞢來艱。㞢僕]才㚇，宰才[口，其☐蔑]☐。　《合》584 反乙=《龜》1.21.1[一。典賓]

(87)辭意謂：癸巳日占卜，貞人爭卜問：未來十天之內沒有災禍發生麽？王看了卜兆說："有祟害，㲹光那兒會有災禍發生。"待到第六天戊戌日，果然有災禍發生了。有僕奴在㚇地，宰奴在某地，從事田間勞動薅除雜草，夜裏放火燒了三座糧倉。時在十一月。這類"占"文的體制爲："干支卜，某貞人貞：旬亡囚。王固曰：'某占辭。'某驗辭。"具備前辭、命辭、占辭和驗辭。占辭中較多出現"㞢希""㞢來艱"等語。

其四，記"卜旬+王占+戰爭"。如：

(89)[癸]亥卜，㱿貞：旬亡囚。王固曰："㞢希。"旬壬申，中自(師)娸。四月。

《合》5807=《柏俗》1[一。典賓]

(90)癸巳卜，永貞：旬亡囚。[王固曰：“㞢希，其㞢來艱]隹丁。”五日丁酉，允㞢[來艱]☐[征]于我東啚(鄙)，[𢦏☐邑]。

《合》6058 正=《珠》186 正[一。典賓]

(91)丙午卜，㱿貞：乎𠂤(師)往見㞢𠂤。王[固]曰：“隹老，隹人𡍮(途)冓。若，[丝]卜隹其匄。”二旬㞢八日，虎。壬[申]，自夕𩰫。

《合》17055 正=《善》20495 正[一。典賓]

(92)癸未卜，爭貞：旬亡囚。王[固]曰：“㞢希。”三日乙酉夕㞢(向)丙戌，允㞢來入齒。《合》17299=《鐵》68.3[一。典賓]

(93)癸未卜，爭貞：旬亡囚。王固曰：“㞢希。”三日乙酉夕㞢丙戌，允㞢來入齒。十三月。《合》40610 正=《庫》1595 正[一。典賓]

(94)癸未卜，爭貞：旬亡囚。王固曰：“㞢希。”三日乙酉夕㞢丙戌，允㞢來入齒。十三月。《英藏》886 正[一。典賓]

(91)辭意謂：丙午日占卜，貞人㱿卜問：命令軍隊去會合於㞢𠂤之地麼？王看了卜兆說：“軍隊雖然疲勞，但還是能在途中會合。(儘管)順利，此卜(顯示還是)會有災禍發生。”過了二十八天，出現虎這種氣象(?)。壬申日，軍隊在晚上迷了路。(92)～(94)辭所記當爲一事，辭意謂：癸未日占卜，貞人爭卜問：未來十天之內沒有災禍發生麼？王看了卜兆說：“有祟害。”第三天乙酉日即將結束、(第四天)丙戌日即將開始之時，果然有外族來入侵。這類“占”文的體制爲：“干支卜，某貞人貞：旬亡囚。王固曰：‘某占辭。’某驗辭。”具備前辭、命辭、占辭和驗辭。占辭中較多出現“㞢希”語。

括而言之，典賓類卜旬刻辭中的“王占曰”之文，其基本體制爲：“干支卜，某貞人貞：旬亡囚。王固曰：‘某占辭。’某驗辭。”皆具備前辭、命辭、占辭和驗辭。占辭中常出現“㞢希”“㞢來艱”等語。

歷一類卜旬刻辭中這種“王占曰”之文僅見兩例，即：

(95)癸巳貞：旬亡囚。王[固]：“丝咒。”

[癸]酉貞：[旬]亡囚。[王]固：“丝[咒]。”

《合》34865 正=《寧》1.55=《掇一》439[一二。歷一]

(96)癸酉貞：旬亡囚。王固：“丝☐。”

癸☐貞：旬亡囚。王固：“[丝☐]。”《屯南》2439[一二。歷一]

“王固”後皆省去“曰”字。其體制爲：“干支貞：旬亡囚。王固：‘某占辭。’”具備前辭、命辭和占辭，皆無驗辭。

歷二類卜旬刻辭中這種“王占曰”之文僅見四例，即：

(97)庚辰貞：其陟☐高祖上甲丝用。王固：丝☐。

《屯南》2384[一二。歷二]

(98)癸酉貞：旬亡囚。[王固曰]：旬又(有)自☐。

《合》34750=《寧》1.469=《歷拓》2228[一二。歷二]

(99)癸巳貞：旬[亡]囚。王固曰：☐。

《合》34890=《安明》2564[一二。歷二]

(100) 癸酉貞：旬亡𡆥。王[固]曰：㓜□。

王固：□。　　　　《合》35024=《粹》1427=《善》9992[一二。歷二]

骨版皆殘，“王固”後之“曰”字或省去，占辭內容不詳。其體制當爲：“干支貞：旬亡𡆥。王固(曰)：‘某占辭。’”具有前辭、命辭和占辭，似無驗辭。

括而言之，歷組卜旬刻辭中的這類“占”文，其基本體制爲：“干支貞：旬亡𡆥。王固(曰)：‘某占辭。’”皆具備前辭、命辭和占辭，似無驗辭。

而黃類卜旬刻辭中這種“王占曰”之文，相較典賓類卜旬刻辭而言，其篇幅要簡短一些。其驗辭所記內容也很豐富，可細分爲以下四個方面：

其一，“卜旬+王占”。如：

(101) 癸巳王卜，貞：旬亡䰡。王固曰：“吉。”

癸丑王卜，貞：旬亡䰡。王固曰：“吉。”

癸亥王卜，貞：旬亡䰡。王固曰：“吉。”　　《英藏》2635[五。黃類]

(102) 癸丑王卜，才盂，貞：旬亡䰡。王固曰：“吉。”

癸亥王卜，[才]樂，貞：旬亡䰡。王固曰：“吉。”

《合》36556=《南·坊》5.63=《掇二》489=《歷拓》547[五。黃類]

其體制爲：“干支王卜，(才某地)，貞：旬亡䰡。王固曰：‘某占辭。’”具有前辭、命辭和占辭，不記驗辭。前辭中或記占卜地點。

其二，“卜旬+王占+祭祀”。如：

(103) 癸巳王卜，貞：旬亡䰡。王固曰：“吉。”才四月，甲午彡(肜)上甲。

《合》35423=《歷拓》4689[五。黃類]

(104) 癸未王卜，貞：旬亡䰡。王固曰：“大吉。”才三月，甲午彡上甲。

《合》35424=《歷拓》6418[五。黃類]

(105) 癸巳王卜，貞：旬亡䰡。王固曰：“大吉。”才九月，甲午祭大甲𠭯上甲。

《合》35527=《簠·帝》39=《簠·拓》139=《續》1.9.9[五。黃類]

(106) 癸丑王卜，貞：旬亡䰡。王固曰：“[大吉]。”才十月，甲寅祭大甲𠭯上甲。　　《合》35528=《歷拓》10519[五。黃類]

(107) 癸卯王卜，貞：旬亡䰡。王固曰：“吉。”才十二月，甲辰祭大甲𠭯上甲。

《合》35529=《歷拓》6061[五。黃類]

(108) [癸酉]王卜，貞：[旬亡]䰡。王固曰：“大吉。”才三月，甲戌祭小甲壴大甲，隹[王□祀]。　　《合》41704=《庫》1661[五。黃類]

(109) 癸丑王卜，貞：旬亡䰡。王固曰：“吉。”才三月，甲寅祭羌甲□。

癸亥王卜，貞：旬亡䰡。王固曰：“吉。”才四月，甲子壴戔甲𠭯羌[甲]。

《合》41723=《金》382[五。黃類]

(110) 癸未王卜，貞：旬亡䰡。王固曰：“大吉。”才正月，甲申祭戔甲壴羌甲𠭯戔甲。　　《合》41717=《金》518[五。黃類]

(111) 癸未王[卜]，貞：旬亡[䰡]。王固曰：“吉。”才五月。

癸巳王卜，貞：旬亡䰡。王固曰：“大吉。”才五月，甲午工典其𫜴幼。

《合》41840=《金》455[五。黄類]

其體制爲："干支王卜，貞：旬亡𡆥。王固曰：'某占辭。'某驗辭。"具有前辭、命辭、占辭和驗辭。驗辭多記月份、日期，必記祭祀之内容。

其三，"卜旬+王占+巡行"。如：

(112)癸未卜，[貞]：王旬亡[𡆥]。王固曰："吉。"才三[月]。

癸巳卜，貞：王旬亡𡆥。王固曰："吉。"才四月，才東𠂤(次)。

[癸卯卜]，貞：王[旬]亡𡆥。王固[曰]："吉。"才四月，[才]𡆥𠂤。

《合》36609=《北圖》1905[五。黄類]

(113)癸巳王[卜，貞：旬亡𡆥。王固]曰："大吉。"

癸卯王卜，貞：旬亡𡆥。王固曰："大吉。"才六月，才𡆥𠂤。

[癸巳王]卜，[貞：旬亡]𡆥。☐。

《合》36620=《前》2.40.3=《通》576[五。黄類]

其體制爲："干支王卜，貞：旬亡𡆥。王固曰：'某占辭。'"具有前辭、命辭和占辭。占辭後或記月份及占卜地點。

其四，"卜旬+王占+祭祀+征伐"。如：

(114)[癸未王卜]，才澩，貞：旬亡𡆥。[王固曰]："引吉。"才三月，甲申祭小甲[壹大甲]，隹王來征盂方白(伯)炎。

《合》36509=《後上》18.6[五。黄類]

(115)[癸卯王卜]，貞：旬亡𡆥。王固曰："引[吉。"才☐月]，甲辰𠂤祖甲，王來征盂方白[炎]。　　《合》36516=《後上》18.7[五。黄類]

其體制爲："干支王卜，(才某地)，貞：旬亡𡆥。王固曰：'某占辭。'某驗辭。"具有前辭、命辭、占辭和驗辭。

括而言之，黄類卜旬刻辭中的"王占曰"之文，其基本體制爲："干支王卜，(才某地)，貞：旬亡𡆥。王固曰：'某占辭。'(某驗辭。)"皆具備前辭、命辭和占辭，或有驗辭。

11. 其他

殷墟甲骨刻辭中，記録"王占曰"云云於命辭之後的"占"文，其主要内容已如上述，此外尚有少量記録其他内容的"王占曰"之文，主要見於賓組一類、典賓類卜辭。如：

(116)癸丑卜，爭貞：𢦏往來亡囚。王固曰："亡囚。"

《合》914正=《乙》4825=《丙》32[一。賓一]

(117)庚申卜，古貞：王使人于㓝，若。王固曰："吉。若。"

《合》376正=《乙》1277=《丙》96[一。典賓]

其基本體制爲："干支卜，某貞人貞：某事。王固曰：'某占辭。'"具有前辭、命辭、占辭，無驗辭。

殷墟甲骨刻辭中，記録"王占曰"云云於命辭之後的"占"文，其主要内容及體制已如上述，茲據以列表如下：

殷墟甲骨刻辭“王占曰”出現於命辭之後的“占”文之結構示意表

分期	組類	內容		辭例	干支	王	卜	貞人	貞	某事	王𡆥	曰	占辭	孚辭	驗辭
	賓一	1	氣象	8					□	□	□□	□	□		□
		2	疾病	30	□□		□	□	□	□	□□	□	□		
		3	取獲	44	□□		□	□	□	□	□□	□	□		
		4	田獵	53					□	□	□□	□	□		
		5	征伐	64	□□		□	□	□	□	□□	□	□		
		6	其他	116	□□		□	□	□	□	□□	□	□		
					▲		▲	▲	■	■	■	■	■		▲
	典賓	1	祭祀	3	□□		□	□	□	□	□□	□	□		
				6	□□		□	□	□	□	□□	□	□		□
		2	氣象	11	□□		□	□	□	□	□□	□	□		□
		3	農業	22	□□		□	□	□	□	□□	□	□		
一		4	生育	25	□□		□	□	□	□	□□	□	□		□
		5	疾病	31	□□		□	□	□	□	□□	□	□		
		6	貢納	34	□□		□	□	□	□	□□	□	□		
				38	□□		□	□	□	□	□□	□	□		□
		7	取獲	46	□□		□	□	□	□	□□	□	□		□
		8	田獵	55	□□		□	□	□	□	□□	□	□		□
		9	征伐	68	□□		□	□	□	□	□□	□	□		□
		10	卜旬	84	□□		□	□	□	□	□□	□	□		□
		11	其他	117	□□		□	□	□	□	□□	□	□		
					■		■	■	■	■	■	■	■		▲
	歷一	1	卜旬	96	□□				□	□	□□		□		
	歷二	1	卜旬	97	□□				□	□	□□		□		
二				99	□□				□	□	□□	□	□		
					■				■	■	■	▲	■		
	出一	1	氣象	20	□□		□	□	□	□	□□	□	□		
	出二	1	祭祀	7	□□		□	□	□	□	□□	□	□		
					■		■	■	■	■	■	■	■		
	黃類	1	農業	23	□□	□	□		□	□	□□	□	□		
		2	田獵	58	□□	□	□		□	□	□□	□	□	□	□
五		3	征伐	74	□□	□	□		□	□	□□	□	□		□
		4	卜旬	101	□□	□	□		□	□	□□	□	□		
				110	□□	□	□		□	□	□□	□	□		□
					■	■	■		■	■	■	■	■	▲	▲
					▲	▲	▲	▲	■	■	■	■	■	▲	▲
分期	組類	內容		辭例	干支	王	卜	貞人	貞	某事	王𡆥	曰	占辭	孚辭	驗辭

（說明：“□”表示有此項；“■”表示有此項；“▲”表示或有此項。）

因之可得出以下結論：

① 殷墟甲骨刻辭中，於卜辭命辭之後記錄“王占曰”云云的“占”文，內容主要有祭祀、氣象、農業、生育、疾病、貢納、取獲、田獵、征伐、卜旬等方面，主要見於賓組、

歷組、出組、黃類王卜辭，多記有前辭，必有命辭、占辭，或記驗辭，其基本體制爲：“(干支)(王)(卜)，(某貞人)貞：某事。王囗曰：‘某占辭。’(某孚辭。)(某驗辭。)”

② 賓組一類卜辭中的這類“占”文，其基本體制爲：“(干支卜)，(某貞人)貞：某事。王囗曰：‘某占辭。’(某驗辭。)”多有前辭，必有命辭、占辭，或有驗辭。

③ 典賓類卜辭中，於命辭之後記錄“王占曰”云云的“占”文，其基本體制爲：“干支卜，某貞人貞：某事。王囗曰：‘某占辭。’某驗辭。”皆具備前辭、命辭、占辭，多有驗辭。

④ 歷組一類、歷組二類卜辭中的這類“占”文，其基本體制爲：“干支貞：某事。王囗(曰)：‘某占辭。’”具備前辭、命辭、占辭，不記驗辭。前辭祇作“干支貞”，無“卜”字，亦不記貞人名。命辭前或省去“曰”字。

⑤ 出組一類、出組二類卜辭中的這類“占”文，其基本體制爲：“干支卜，某貞人貞：某事。王囗曰：‘某占辭。’”具備前辭、命辭、占辭，不記驗辭。

⑥ 黃類卜辭中的這類“占”文，其基本體制爲：“干支王卜，貞：某事。王囗曰：‘某占辭。’(某孚辭。)某驗辭。”具備前辭、命辭、占辭，或記驗辭。其關於田獵的“占”文，於占辭後或有孚辭；若記孚辭，其後必有驗辭。

（二）“臣占曰”之文

殷墟甲骨刻辭中，於卜辭命辭之後記錄“臣占曰”云云的“占”文，在王卜辭中數量極少，絕大多數皆見於花東 H3 非王卜辭。

殷墟王卜辭中的“臣占曰”之文數量較少，如：

(1)丙寅卜，叶：王告取兒。叶囗曰：“若，往。”

《合》20534=《虛》574=《歷拓》8141[一。𠂤小字]

(2)戊子卜，叶：帚白(伯)亦㞢(有)聲。叶囗曰：“亡(無)聲。”

《合補》6808=《裘綴》8[①]=《合》20081(《明》613)+《合》20153(《京》1579)[一。𠂤小字]

(3)☐入商。左卜囗曰：“弜入商。” 《屯南》930[二。歷二]

(1)、(2)之“叶”，(3)之“左”，皆人名，當爲武丁親寵之史官，地位甚高，故偶爾能代王視卜兆而裁斷吉凶[②]。這類“臣占曰”之文在殷墟王卜辭中主要見於𠂤組卜辭，其行文之體制爲：“干支卜，某貞人：某事。臣囗曰：‘某占辭。’”具備前辭、命辭和占辭。

花東 H3 非王卜辭中的“臣占曰”之文，皆爲“子占曰”之文，充分體現了“子”作爲族長在該家族內部政治上的決定權。其所涉及之內容，較同時期王卜辭中“王占曰”之文的範圍要小得多。按其主要內容，“子占曰”之文大致可分爲祭祀、氣象、田獵等方面。

---

① 裘錫圭：《甲骨綴合拾遺》，《古文字論集》，北京：中華書局，1992 年，第 236 頁。參看黃天樹：《殷墟甲骨文“有聲字”的構造》，《黃天樹古文字論集》，北京：學苑出版社，2006 年，第 284 頁。

② 參看饒宗頤：《殷代貞卜人物通考》，香港：香港大學出版社，1959 年，第 21～22 頁；李學勤：《關於𠂤組卜辭的一些問題》，《古文字研究》第 3 輯，北京：中華書局，1980 年，第 33～34 頁。

1. 祭祀

這類“子占曰”之文數量較多，如：

(4) 癸未卜：今月六日☑于生月又(有)至南[①]。子占曰：“其又至，𥁕(禱)月叕。”

《花東》159(H3:490)［一。花東子類］

(5) 丙申卜：［丁］☑翌日。子占曰：“其䆄(賓)，卬(孚)。”

丙申卜，子占曰：“亦叀(惠)丝卬，亡䆄。”

《花東》173(H3:537)［一。花東子類］

(6) 丁丑：歲祖乙黑牝一，卯祠。子占曰：“未(妹)，其又至莫(艱)，其戊。”用。

《花東》220(H3:645)［一。花東子類］

(7) 庚申：歲妣庚牡一。子占曰：“面□自來多臣𣪘。”

《花東》226(H3:659)［一。花東子類］

(8) 甲午卜：子𣏟(速)[②]不其各。子占曰：“不其各，乎鄉(饗)。”用。舌祖甲彡(肜)。

《花東》288(H3:865)［一。花東子類］

(7)之“面”用爲人名，其後一字，存上部作“𦍌”，疑爲“羌”字。此辭意謂：庚申日卜問：歲祭妣庚是否用公牛一頭？子看了卜兆說：“用面送來的羌人(?)和多臣送來的已被擊殺的犀牛作祭品。”[③]這類“占”文的基本體制爲：“干支卜：某祭祀事。子占曰：‘某占辭。’”具備前辭、命辭和占辭。前辭中或省去“卜”字，惟記干支日期。

2. 氣象

這類“子占曰”之文數量也較多，如：

(9) 乙未卜，才𢍰：丙［不雨］。子占曰：“不其雨。”卬。

《花東》10(H3:30)［一。花東子類］

(10) 癸亥夕卜：日征(延)雨。子占曰：“其征雨。”用。

《花東》227(H3:661)［一。花東子類］

(11) 丁卯卜：雨不至于夕。

丁卯卜：雨其至于夕。子占曰：“其至，亡翌日戊。”用。

己巳卜：雨不征。

己巳卜：雨其征。子(子)[④]占曰：“其征終日。”用。

---

① “南”字從姚萱先生釋。參看姚萱：《殷墟花園莊東地甲骨卜辭的初步研究》，附錄一《花園莊東地甲骨卜辭釋文》，北京：線裝書局，2006年，第273頁。

② “速”字從陳劍先生釋。參看陳劍：《說花園莊東地甲骨卜辭的“丁”——附：釋“速”》，《故宮博物院院刊》，2004年第4期，第60～62頁。

③ 參看中國社會科學院考古研究所編著：《殷墟花園莊東地甲骨》，昆明：雲南人民出版社，2003年，第1650頁；姚萱：《殷墟花園莊東地甲骨卜辭的初步研究》，附錄一《花園莊東地甲骨卜辭釋文》，北京：線裝書局，2006年，第291頁。

④ “占”上當衍一“子”字。

己巳卜，才𡧊：庚不雨。子占曰："其雨亡司(嗣)[①]，夕雨。"用。

己巳卜，才𡧊：其雨。子占曰："今夕其雨，若。己雨，其于翌日庚亡司。"用。 《花東》103(H3:333)[一。花東子類]

(12)丁丑卜：其彈于𡆥，叀入人，若。用。子占曰："女(毋)又(有)卬，雨。" 《花東》252(H3:750+763)[一。花東子類]

(13)乙亥夕卜：日不雨。

乙亥夕卜：其雨。子占曰(占曰)[②]："今夕雪，其于丙雨，其多日。"用。

丁卜：雨不祉于庚。

丁卜：[雨]其[祉]于庚。子占曰："囗。"用。

《花東》400(H3:127)[一。花東子類]

(13)爲一版較完整的占卜天气的刻辭，從己亥日的晚上開始下雪，丙子日開始下雨，到丁丑這天仍在卜問降雨會不會延續到庚辰日。據此可知，這次雨雪前後延續了六天(從乙亥日的夜晚到庚辰日)。由於這次雨雪天气持續時間較長，引起了"子"的關注，因而留下了這份珍貴的"氣象歷史檔案"[③]。這類"占"文的基本體制爲："干支卜：某氣象事。子占曰：'某占辭。'(某用辭/某孚辭。)"具備前辭、命辭和占辭，多記用辭(偶記孚辭)。前辭中所記占卜日期或省去地支字，惟記天干字，此種現象於花東子類卜辭較爲常見。

3. 田獵

這類"子占曰"之文數量最多，如：

(14)乙未卜：子其[㞷](往)田，叀豕求，冓(遘)。子占曰："其冓。"不用。

《花東》50(H3:189+217+284+1529+1542)[一。花東子類]

(15)辛未卜：𠆢(擒)。子占曰："其𠆢。"用。三毘(麑)。

《花東》234(H3:674+848)[一。花東子類]

(16)壬寅卜：子又(有)𠆢。子占曰："其又𠆢。"

《花東》241(H3:713)[一。花東子類]

(17)辛巳卜：新駜于㠯(以)，萑(舊)才䴡入。用。子囚曰："奏莫(艱)。"卬。

---

① "亡司"一詞首見於花東子類卜辭，學界對之有幾種不同解釋，朱歧祥先生釋爲"不祭祀"(朱歧祥：《〈殷墟花園莊東地甲骨卜辭選釋與初步研究〉讀後》，《中國文字》新26期，臺北：藝文印書館，2000年，第119～120頁)，宋鎮豪、馮時先生釋爲"無時"(宋鎮豪：《殷商記時法補論——關於殷商日界》，《中國文字》新27期，臺北：藝文印書館，2001年，第17～31頁；馮時：《讀契劄記》，載王宇信，宋鎮豪：《紀念殷墟甲骨文發現一百周年國際學術研討會論文集》，北京：社會科學出版社，2003年，第201～202頁)，李學勤先生釋爲"匕(比)后"(李學勤：《釋花園莊兩版卜雨腹甲》，《夏商周年代學劄記》，瀋陽：遼寧大學出版社，1999年，第241～243頁)，《花東釋文》釋爲"亡事"(中國社會科學院考古研究所編著：《殷墟花園莊東地甲骨》，昆明：雲南人民出版社，2003年，第1600頁)。姚萱認爲"司"當讀爲"嗣"，意爲"接着""繼續"(姚萱：《殷墟花園莊東地甲骨卜辭的初步研究》，北京：綫裝書局，2006年，第151～152頁)，其說可從。

② "今"上當衍"占曰"二字。

③ 中國社會科學院考古研究所：《殷墟花園莊東地甲骨》，昆明：雲南人民出版社，2003年，第1716頁。

《花東》259(H3:760)[一。花東子類]

(18)乙未卜：子其㞢(往)于𨸏，隻。子占曰："其隻。"用。隻三鹿。

《花東》288(H3:865)[一。花東子類]

(19)辛酉卜：从曰昔听，𡆥。子占曰："其𡆥。"用。三鹿。

《花東》295(H3:882)[一。花東子類]

(20)癸丑卜：翌日甲寅㞢田。子占曰："其㞢。"用。从西。

《花東》316(H3:963)[一。花東子類]

(21)戊戌夕卜：翌日[己]，子[求]豕，冓，𡆥。子占曰："不三，其一。"[①]用。弗其𡆥。

𡆥豕。子占曰："其𡆥。"用。　　《花東》378(H3:1199)[一。花東子類]

(22)戊戌夕卜：翌日己，子其[逐]，从圭人鄉(向)𣪊(虣)[②]，冓。子占曰："不三，其一。其二，其又(有)奔馬。"用。

《花東》381(H3:1209)[一。花東子類]

(23)丁卯卜：子其㞢田，从𨸏西𩵦，冓獸(狩)。子占曰："不三，[其]一。"卬。

《花東》289(H3:873)[一。花東子類]

(24)壬辰：子夕乎(呼)多尹□𨸏南豕，弗冓。子占曰："弗其冓。"用。

《花東》352(H3:1113)[一。花東子類]

(25)癸酉卜：子其𡆥。子占曰："其𡆥。"用。四罠(麑)、六𪊲。

《花東》395(H3:1258)[一。花東子類]

(26)乙丑卜：[㠯]☐宗，丁𢓊(及)乙亥不出獸。

乙丑卜：丁弗𢓊乙亥其出。子占曰："庚、辛出。"

《花東》366(H3:1162)[一。花東子類]

(27)癸卯卜，才𡏳：發㠯(以)馬。子占曰："其㠯。"用。

《花東》498(H3:1502)[一。花東子類]

這類"占"文的基本體制爲："干支卜：某田獵事。子占曰：'某占辭。'(某用辭/某孚辭。)(某驗辭。)"具備前辭、命辭和占辭，多記用辭(偶記孚辭)，或記驗辭。

4. 其他

這類"子占曰"之文如：

---

① "不三其一"一語不見於殷墟王卜辭，惟於花東子類田獵卜辭見有三例(即《花東》289(H3:873)、《花東》378(H3:1199)、《花東》381(H3:1209))，皆位於占辭中。《花東》378(H3:1199)之《釋文》謂其意可作兩種理解：①這次狩獵即便不能捕獲三個(獵物)，也能捕獲一個(獵物)；②該次狩獵共占卜了三次，不用第三卜，而用第一卜。(參見中國社會科學院考古研究所：《殷墟花園莊東地甲骨》，昆明：雲南人民出版社，2003年，第1709頁)案：《花東》289(H3:873)、《花東》378(H3:1199)之兆序辭皆記"一二三"，《花東》381(H3:1209)之兆序辭惟記"一"，然則"不三其一"之意，似以第一種理解較爲切合。

② "虣"字從裘錫圭先生釋。參看裘錫圭：《說"玄衣朱襮裣"——兼釋甲骨文"虣"字》，《古文字論集》，北京：中華書局，1992年，第350～352頁。

(28) 辛亥卜，貞：玉(?)羌又(有)疾，不死。子占曰："羌其死隹今，其𤕌[亦]隹今。" 《花東》241(H3:713)[一。花東子類]

(29) 庚戌卜：子于辛亥𥏳。子占曰："舟卜。" 子尻。用。 《花東》380(H3:1205)[一。花東子類]

(30) 甲寅卜：乙卯子其學商，丁侃[①]。子占曰："其又(有)𨙶艱。" 用。子尻。 《花東》336(H3:1039)[一。花東子類]

(31) 甲寅卜：乙卯子其學商，丁侃。子占曰："又(有)求(咎)。" 用。子尻。 《花東》487(H3:1488)[一。花東子類]

(32) 壬辰卜，貞：又(右)馳[弗]安，又(有)𧼞，非薦□。子占曰："三日不死，不其死。" 《花東》369(H3:1164)[一。花東子類]

(33) 壬申卜：目喪火言曰：其水。允其水[②]。
壬申卜：不允水。子占曰："不其水。" 《花東》59(H3:207)[一。花東子類]

(34) 己亥卜：母(毋)坐于田，其又(有)事。子占曰："其又事。" 用。又(有)宜。 《花東》288(H3:865)[一。花東子類]

(35) 癸酉夕卜：乙、丁出。子占曰："丙其[出]。" 《花東》303(H3:905)[一。花東子類]

(36) 戊午卜：我人𢀛。子占曰："其𢀛。" 用。才𠦪。
戊午卜：𦍒𢀛。
戊午卜，才𠦪：子立(涖)于𢑀中𠂤。子占曰："企梋。" 《花東》312(H3:985)[一。花東子類]

(32)之"𧼞"，疾走之貌。此辭是"子"因右馳不安(可能得了什麽病)而占，子視卜兆後判斷，如果(右馳)三日内不死，那就不會死了。可見殷人對馬是十分珍惜的。(35)辭意謂：癸酉日的晚上卜問：从乙(亥)至丁(丑)三天中，哪一天出去(合適)呢？子看了卜兆後説："丙(子)這一天出去(合適)。" 上舉"占"文所反映的内容實際上包含多個方面，如(28)爲疾病，(32)爲畜牧，(35)爲出行等，惟其内容相類之辭例皆衹見寥寥數條，故置於此一並論之。這類"占"文的基本體制爲："干支卜：某事。子占曰：'某占辭。'(某用辭。)(某驗辭)。" 具備前辭、命辭和占辭，或記用辭、驗辭。

括而言之，花東子類非王卜辭中，記錄"子占曰"云云於命辭之後的"占"文，其基本體制爲："干支卜：某事。子占曰：'某占辭。'(某用辭/某孚辭。)(某驗辭。)"

① "侃"字從裘錫圭先生釋，意爲"喜樂"。花東子類卜辭中此字的寫法與後代文字，如西周金文中的"永"字相同，裘先生指出，"衍(侃)"和"永""在時代較早的殷墟卜辭裏使用着相同的字形，到較晚的時候才在字形上區别開來"(裘錫圭：《釋"衍""侃"》，載臺灣師範大學國文系所，中國文字學會：《魯實先先生學術討論會論文集》，臺北：萬卷樓圖書有限公司，1993年，第9頁)。

② 此辭"喪"字下疑漏刻一"明"字或與之義近之字。"目喪□，火言曰：其水。允其水。"當理解爲"子"有"目喪□"即眼睛有疾病之事，"火"這個人説會"水"，遂占卜是否"允有水"。參看姚萱：《殷墟花園莊東地甲骨卜辭的初步研究》，附錄一《花園莊東地甲骨卜辭釋文》，北京：線裝書局，2006年，第248頁。

綜上所述，我們可以得出如下結論：

① 殷墟卜辭中，記錄“臣占曰”云云於命辭後的“占”文，除少量見於𠂤組、歷組卜辭外，大多見於花東子類非王卜辭。

② 殷墟王卜辭中記錄“臣占曰”云云於命辭後的“占”文，其基本體制爲：“干支卜，某貞人：某事。臣𡆥曰：‘某占辭。’”具備前辭、命辭和占辭。

③ 花東子類非王卜辭中記錄“子占曰”云云於命辭後的“占”文，內容主要有祭祀、氣象、田獵等方面，其基本體制爲：“干支卜：某事。子占曰：‘某占辭。’(某用辭/某孚辭。)(某驗辭。)”。與同時期典賓類王卜辭中記錄“王𡆥曰”云云於命辭後的“占”文比較，花東子類非王卜辭中的這類“占”文內容涉及面較小，其基本體制大致相似，皆具備前辭、命辭和占辭。

④ 花東子類非王卜辭與同時期王卜辭之記錄“某占曰”云云的“占”文的體制不同處主要有以下兩點：其一，花東子類卜辭此種“占”文前辭於“干支卜”之後皆不記貞人名，而典賓類卜辭之“占”文前辭於“干支卜”之後皆記貞人名；其二，花東子類卜辭此種“占”文於命辭後有時記用辭(或孚辭)，而典賓類卜辭之“占”文皆不記用辭(或孚辭)。

上述殷墟甲骨刻辭中“某占曰”之“占”文，記錄的“某占曰”云云皆處於卜辭的命辭之後。值得注意的是，殷墟甲骨刻辭中，還有少量“占”文，其記錄的“某占曰”云云居於卜辭的命辭位置。這類“占”文，見有七例。其中，記錄“王占曰”云云於命辭中的卜辭，有如下六例[①]，皆爲典賓類刻辭：

(1a)辛丑卜，亙貞：王𡆥曰“好其㞢子”，卩。

《合》94 正=《通・別二》3.1 正=《珠》620 正[一。典賓]

(1b)王𡆥曰：“吉。卩。”

《合》94 反=《通・別二》3.1 反=《珠》620 反[一。典賓]

(2)庚子卜，王貞：王𡆥曰：“其㞢來聞，其隹甲不☒。”

《合》1075 正=《前》7.31.2=《遼博・甲》3 正[一。典賓]

(3)壬戌卜，宂貞：王𡆥卜曰：“子㠯其隹丁娩，[妨]；其隹□[娩]，不其妨。”

《合》39498 正=《庫》1535 正[一。典賓]

(4)貞：王𡆥曰：“㞷其㠯(以)。”　《庫》1257[一。典賓]

(5)貞：王𡆥曰：“菁，勿羍。”　《合》5930=《前》4.33.1[一。典賓]

(6)貞：王𡆥[曰]：“卩。”　《合》10989 正=《乙》7746[一。典賓]

以上六例刻辭中，(1b)符合典賓類“占”文之通常體制，(1a)、(2)～(6)皆爲例外。(1)辭所記，乃卜問婦好生育之事。裘錫圭先生云：(1a)“王占曰：好其㞢子，孚”是“卜問王之占以婦好有子，是否能應驗”，(1b)“王占曰：吉，孚”應即(1a)的占辭，意謂(1a)的卜兆“是吉利的，婦好有子之占能夠應驗”[②]。若然，則此辭意謂：辛丑日

① 參看黃天樹：《殷墟王卜辭的分類與斷代》，北京：科學出版社，2007 年，第 43 頁。

② 參看裘錫圭：《釋“厄”》，見王宇信，宋鎮豪：《紀念殷墟甲骨文發現一百周年國際學術研討會論文集》，北京：社會科學文獻出版社，2003 年，第 128～129 頁。

占卜，貞人亙卜問：王占謂“婦好有子”，能應驗麼？王看了卜兆說：“吉利！(婦好有子)能夠應驗！”(1a)“王占曰”云云處於命辭之位置。(2)～(6)皆如此。

另有一例記錄“子占曰”云云於命辭中的“占”文，見於花東子類卜辭，即：

(7)癸卯卜，亞奠貞：子占曰：“𦨈[①]用。”

癸卯卜，亞奠貞：子占曰：“終卜用。”

《花東》61(H3:212 正)[一。花東子類]

(7)中的“亞奠”“𦨈”，皆爲人名；“終卜”，指最後一卜。殷墟卜辭記貞人亞奠名，惟見於花東子類卜辭。若裘先生所云爲是，則此辭意或謂：○癸卯日占卜，亞奠卜問：子占謂“以𦨈行事”，(這樣行麽)？○癸卯日占卜，亞奠卜問：子占謂“按最後一次占卜結果行事”，(這樣行麽)？

上列七例“某占曰”云云皆與前辭連寫，占辭處於卜辭中命辭的位置，於殷墟甲骨刻辭實屬少見，其基本體制可歸納爲：“干支卜，某貞人貞：某王、子占曰：‘某占辭。’”前辭中若記“干支卜”，則必記貞人名。此數條似可看作記錄“某占曰”云云的“占”文之變體；如若不然，則皆爲省去命辭的“占”文，即“干支卜，某貞人貞：[某事]。某王、子占曰：‘某占辭。’”如此則較爲符合武丁時期“占”文之通常體制。

二、載錄“某曰”云云的“占”文

以上所論，皆爲殷墟甲骨刻辭中記錄“某占曰”云云的“占”文。此外，殷墟甲骨刻辭之“占”文還包括一些記錄“某曰”云云的卜辭。這類卜辭中的“某曰”，當爲“某占曰”之省。按主格之身份不同，這類“占”文亦有“王曰”“臣曰”之別。

其中，“王曰”之“占”文主要見於出組卜辭。如：

(1)丙寅卜，㚇貞：卜竹曰：“其㞢(侑)于丁宰。”王曰：“弜𠷎(禱)，翌丁卯𢆶若。”八月。

[己巳]卜，㚇貞：𠂤其入。王曰：“入。”允入。

《合》23805=《真》8.32=《錄》519[二。出一]

(2)辛未卜，中貞：今日辛未至于翌乙亥，亡𡆥。王曰：“吉。”二月。

《合》41249=《日匯》382[二。出二]

其基本體制爲：“干支卜，某貞人貞：某命辭。王曰：‘某占辭。’(某驗辭。)”具備前辭、命辭、占辭，或有驗辭。辭尾或記占卜月份。

而“臣曰”之“占”文則主要見於𠂤組卜辭和花東子類卜辭。𠂤組卜辭中所見“臣曰”之文數量較少，如：

(3)癸卯卜，王曰：耑其翊。貞：余勿乎(呼)祉(延)啚。叶曰：“吉。其乎啚。”

《合》20070=《前》4.42.2=《北圖》2283[一。𠂤小字]

① “𦨈”字《花東釋文》作“叺”，此從姚萱釋。參看姚萱：《殷墟花園莊東地甲骨卜辭的初步研究》，北京：線裝書局，2006年，第15～16頁。

(4)□亥卜，自貞：王曰："㞢孕，妫。"扶曰："妫。"

《合》21071=《佚》586=《南·無》205[一。自小字]

所記錄之"臣"有叶、扶等人。(4)中"王曰：'㞢孕，妫。'"亦處於命辭位置。其基本體制爲："干支卜，某貞人貞：某事。臣曰：'某占辭。'"

花東子類卜辭中所見"臣曰"之"占"文數量較多。其中多數記錄的是"子"曰之"占"文，如：

(5)乙丑：自貯馬又(有)㓹[1]。

亡其㓹貯馬。

隹左馬其又㓹。

又(右)馬其又㓹。

自貯馬其又死。子曰："其又死。"　《花東》60(H3:208)[一。花東子類]

(6)辛丑卜：翌日壬，子其㠯(以)□周于𠂤。子曰："不其□。"[卬]。

《花東》108(H3:356+917+947+1565)[一。花東子類]

(7)丁卜：子令庚又(侑)又(有)女(母)，乎(呼)求囟，尹索子人。子曰："不于戊，其于壬人。"　《花東》125(H3:405)[一。花東子類]

(8)己卯卜，貞：䵷[2]不死。子曰："其死。"

《花東》157(H3:486)[一。花東子類]

(9)甲夕卜：日雨。子曰："其雨小。"用。

《花東》271(H3:793)[一。花東子類]

(10)乙酉卜：入ᗤ(肉)。子曰："䏍卜。"

《花東》475(H3:1467)[一。花東子類]

(11)戊卜，才麓：柲[3]馬又(有)[𠯑]。[子]曰。

---

① "㓹"字甲骨文作𠟭、𠟭等形，關於此字之釋義，陳煒湛先生論述頗詳。他認爲有少量的"㓹"字應釋爲"𠃼"(𠂈)，但較多的則與"𠃼"無涉。如"戉亡其㓹"(《佚》142，引者案：即《合》4274)，"丙辰卜，爭貞：自㞢㓹"(《前》1.24.3，即《合》780；《續存下》182，即《合》779正)"辭例與'㞢希''㞢囚''㞢來艱'等同，其義頗與災異不吉之事有關"(陳煒湛：《甲骨文異字同形例》，《古文字研究》第6輯，北京：中華書局，1981年，第243～245頁)，所言可從。本版刻辭"又㓹"與"亡其㓹"對貞，"㓹"字當爲災禍之義。參看中國社會科學院考古研究所：《殷墟花園莊東地甲骨》，昆明：雲南人民出版社，2003年，第1584頁。

② "䵷"字原作"𠂤"，形似"𠂤"字但無角，可能是其異體字。郭若愚、彭邦炯先生釋"𠂤"爲"螽"，即蝗蟲(郭若愚：《釋䵷》，《上海師範學院學報》，1979年第2期；彭邦炯：《商人卜螽說》，《農業考古》，1983年第2期)。《花東釋文》從其說，云："由於蝗蟲出現，對禾稼造成災害，所以需問卜，祈盼它早點死去。"(中國社會科學院考古研究所：《殷墟花園莊東地甲骨》，昆明：雲南人民出版社，2003年，第1621頁)姚萱認爲其說不確，"䵷"應解釋作人名(姚萱：《殷墟花園莊東地甲骨卜辭的初步研究》，北京：綫裝書局，2006年，第272頁)。

③ "馬"上一字甲骨文作"𠃬"，裘錫圭先生釋爲"柲"(參看裘錫圭：《釋"柲"》，《古文字研究》第3輯，北京：中華書局，1980年，第7頁；此文後收入裘錫圭：《古文字論集》，北京：中華書局，1992年，第17～34頁；又見於《裘錫圭自選集》，鄭州：河南教育出版社，1994年，第27～55頁)，其說可從。

《花東》375(H3:1186)[一。花東子類]

(12)己亥卜：子于䖵宿，枫(夙)𢼄牢妣庚。用。

庚子：歲妣庚，才䖵，牢。子曰："卜未子髟。"

《花東》267(H3:789)[一。花東子類]

(7)辭之"庚"，人名；"求"，索求；"囟"，頭顱。"子令庚侑有母，呼求囟"，蓋謂"子"命令人物"庚"去尋求用於"伐"(砍頭)祭的人牲。[①]"其于壬人"謂於壬某日尹尋求子需用的人牲。(11)辭中"子曰"後不見占辭，或省去未記。其基本體制爲："干支卜：某事。子曰：'某占辭。'(某用辭。)"具備前辭、命辭、占辭，或記用辭。

有少數記錄的是"丁"曰之"占"文，如：

(13)壬卜，才麓：丁曰："余其攸(肇)子臣。"允。

《花東》410(H3:1290)[一。花東子類]

(14)辛亥卜：丁曰："余不其生，毋(毋)𡋤(速)。"

辛亥卜：子曰："余丙𡋤。"丁令子曰："生罘(暨)帚好于㥶麥，子𡋤。"

《花東》475(H3:1467)[一。花東子類]

(15)辛卜：帚女(母)曰子："丁曰：'子其又(有)疾。'"允其又(有)。[②]

《花東》331(H3:1028)[一。花東子類]

(14)辭中，武丁時期的三個重要人物丁、子、婦好同時出現。"丁令子曰：往罘帚好"云云，說明丁的地位在子、婦好二人之上[③]。(15)辭意謂：辛某日占卜：婦母告訴子說：

① 黃天樹：《花園莊東地甲骨中所見的若干新資料》，《陝西師範大學學報(哲學社會科學版)》，2005年第2期，第59頁。

② 此辭《花東釋文》作"辛卜：帚女曰、子丁曰：子其又疾？允其又。"，斷句不確。參看陳劍：《說花園莊東地甲骨卜辭的"丁"——附：釋"速"》，《故宮博物院院刊》，2004年第4期，第57頁。

③ 關於花東子類卜辭中"丁"的身份，學者多有探討。劉一曼、曹定雲先生認爲："'丁'是武丁早期的又一個重要人物，他參與王朝的軍政大事。H3卜辭中的'子'與'丁'的關係亦十分密切。"(劉一曼，曹定雲：《論殷墟花園莊東地甲骨卜辭的'子'》，載王宇信，宋鎮豪：《紀念殷墟甲骨文發現一百周年國際學術研討會論文集》，北京：社會科學文獻出版社，2003年，第446頁；劉一曼，曹定雲：《殷墟花園莊東地甲骨卜辭選釋與初步研究》，《考古學報》，1999年第3期，第303頁；中國社會科學院考古研究所：《殷墟花園莊東地甲骨》，昆明：雲南人民出版社，2003年，第30頁)陳劍先生認爲，花東子類卜辭中的"丁"即當時的商王武丁(陳劍：《說花園莊東地甲骨卜辭的"丁"——附：釋"速"》，《故宮博物院院刊》，2004年第4期)。李學勤先生認爲："在子組和《花東》卜辭中談的所謂'丁'，是與干支的'丁'同形而音義都不同的字。其本來的字形是一個圓圈，乃是'璧'字的象形初文"，"字應讀爲'辟'，是對王的稱謂。"(李學勤：《關於花園莊東地卜辭所謂"丁"的一點看法》，《故宮博物院院刊》，2004年第5期)裘錫圭先生認爲："丁"當讀爲"帝"，"子組卜辭和花東子卜辭的占卜主體，那兩位出自商王室的稱'子'的大貴族，是有可能把時王武丁尊稱爲'帝'的；這兩種卜辭裏指稱武丁'丁'，是有可能應該讀爲'帝'的。"(裘錫圭：《"花東子卜辭"和"子組卜辭"中指稱武丁的"丁"可能應該讀爲"帝"》，《黃盛璋先生八秩華誕紀念文集》，北京：中國教育文化出版社，2005年)曹定雲先生又撰文認爲，"丁"是尚未即位的武丁(曹定雲：《殷墟花東H3卜辭中的"王"是小乙》，《殷都學刊》，2007年第1期)。

“丁說‘子將要患病’”，（會應驗麽？）果然應驗了，子患了病。見於花東子類卜辭中的這三例“丁曰”之“占”文，其基本體制爲：“干支卜：丁曰：‘某占辭。’（某驗辭。）”“丁曰”云云皆與前辭連寫，占辭處於命辭的位置。此數條似亦可看作記錄“臣曰”云云的“占”文之變體；如若不然，則亦爲省去命辭的“占”文，卽：“干支卜：某事。丁曰：‘某占辭。’（某驗辭。）”

綜而言之，殷墟甲骨刻辭中記錄“某曰”云云的“占”文，具有以下特點：

① 這種“占”文主要見於出組、𠂤組王卜辭和花東子類非王卜辭，可分爲記錄“王曰”云云的“占”文與記錄“臣曰”云云的“占”文兩類。記錄“王曰”云云的“占”文主要見於出組卜辭，記錄“臣曰”云云的“占”文主要見於𠂤組卜辭和花東子類卜辭。

② 殷墟王卜辭中記錄“王曰”云云的“占”文數量較少，其基本體制爲：“干支卜，某貞人貞：某事。王曰：‘某占辭。’（某驗辭。）”具備前辭、命辭、占辭，或有驗辭。

③ 殷墟王卜辭中記錄“臣曰”云云的“占”文數量較少，其基本體制爲：“干支卜，某貞人貞：某事。臣曰：‘某占辭。’”具備前辭、命辭、占辭。能代王視卜兆斷吉凶的臣有叶、扶等人。

④ 見於花東子類卜辭的記錄“臣曰”云云的“占”文數量較多，其基本體制爲：“干支卜：（某事。）臣曰：‘某占辭。’（某用辭。）/（某驗辭。）”能視卜兆斷吉凶的有子、丁二人。記錄“子曰”云云的“占”文，具備前辭、命辭、占辭，或記用辭。記錄“丁曰”云云的“占”文，具備前辭、占辭，或記驗辭。占辭皆處於卜辭的命辭位置。

三、載錄“曰”云云的“占”文

另外，殷墟甲骨刻辭之“占”文還包括記錄“曰”云云的卜辭，其數量較少，主要見於花東子類卜辭。這類卜辭中的“曰”，皆當爲“子占曰”之省，所記“曰”云云亦當爲占辭。如：

(1)丙卜：子𡳿呂。曰：“又(有)求(咎)。”曰：“𡳿呂。”

《花東》16(H3:55)[一。花東子類]

(2)丙卜：子其𡳿呂。曰：“又求。”曰：“𡳿呂。”

《花東》53(H3:196+197)[一。花東子類]

(3)辛未：歲祖乙黑牡一，衩鬯一，子祝。曰：“毓(戚)祖非。”曰：“云兕正祖隹。”曰：“彔畎不乇醆(擾?)。”

《花東》161(H3:502)[一。花東子類]

(4)甲午卜：叀子祝。曰：“非亏(?)隹疠(疾?)。”

《花東》372(H3:1177)[一。花東子類]

(5)癸亥卜：弜䢅子口疾，告妣庚。曰：“𠬝，告。”

《花東》247(H3:537)[一。花東子類]

(6)壬卜：子又(有)求(咎)。曰：“□貯。”

壬卜：子又求。曰：“取紤𡚬。”

壬卜：子又求。曰："視剢官。"

壬卜：子又求。曰："□罷。"　　《花東》286(H3:864 正)［一。花東子類］

(7)壬卜：子又求。曰："㞢兮㠯。"

壬卜：子又求。曰："視丁官。"

《花東》384(H3:1218 正)［一。花東子類］

(1)、(2)兩辭所記內容相同，辭中"曰：'又求'""曰：'往呂'"當爲"子"所作的占辭。(3)辭所記與祭祀有關，其中三個"曰"字，表示其後爲三段占辭，可能是對卜問之事有三種判斷。(4)、(5)兩辭所記皆與疾病有關。(6)、(7)兩辭所卜內容亦相似。此類刻辭的基本體制爲："干支卜：某事。曰：'某占辭。'"具備前辭、命辭和占辭，占辭前"曰"之主格，皆當爲"子"。

綜上所述，殷墟甲骨刻辭中的"占"文具有以下特點：

① 所記載之事皆與察看卜兆判斷吉凶有關，包括記錄"某占曰"云云、"某曰"云云、"曰"云云的王卜辭和非王卜辭，其基本體制爲："干支(王)卜，(某貞人)(貞)：某事。(某)(占)曰：'某占辭。'(某用辭/某孚辭。)(某驗辭。)"大多數"占"文的占辭皆位於命辭之後，少量"占"文的占辭處於命辭的位置。

② 殷墟王卜辭中記錄王占的"占"文，內容主要有祭祀、氣象、農業、生育、疾病、貢納、取獲、田獵、征伐、卜旬等方面；主要見於賓組、歷組、出組、黃類王卜辭，尤以典賓類、黃類卜辭爲多。絕大多數記錄王占的"占"文其基本體制爲："(干支)(王)(卜)，(某貞人)貞：某事。王(固)曰：'某占辭。'(某孚辭。)(某驗辭。)"占辭位於命辭之後，多有前辭，必有命辭、占辭，或記驗辭。賓組、歷組、出組卜辭中之"占"文，其前辭"干支"後、"卜"前皆不記"王"字，占辭後皆不記孚辭；而黃類卜辭中之"占"文，前辭"干支"後、"卜"前皆著"王"字，占辭後或記孚辭。

③ 殷墟王卜辭中記錄臣占的"占"文數量較少，主要見於𠂤組和歷組卜辭，能代王視卜兆斷吉凶的有叶、扶等人。其基本體制爲："干支卜，某貞人貞：某事。臣(固)曰：'某占辭。'"占辭位於命辭之後，具備前辭、命辭和占辭，不記驗辭。

④ 見於花東子類非王卜辭中記錄臣占的"占"文數量較多，其中大多數記錄的是子占的"占"文，占辭多位於命辭之後，內容主要有祭祀、氣象、田獵等方面，其基本體制爲："干支卜：某事。(子)(占)曰：'某占辭。'(某用辭/某孚辭。)"具備前辭、命辭、占辭，或記用辭(偶記孚辭)；前辭之"干支卜"有時衹記天干，不記地支字，其後不記貞人名。另有一例記錄子占的"占"文，其占辭處於命辭的位置；而記錄丁占的"占"文，計有三例，其占辭皆處於命辭的位置。

⑤ 殷墟卜辭中，有少量"占"文之占辭處於命辭的位置，其中記錄王占的有六例，記錄子占的有一例，記錄丁占的有三例。其基本體制爲："干支卜，(某貞人貞)：某(占)曰：'某占辭。'(某驗辭。)"皆有前辭，必有占辭，或記驗辭。

第三節　告

“告”甲骨文作（《合》1860）、（《合》6457 反）、（《合》22299）、（《合》25886)等形，金文作（《亞中告鼎》）、（《矢方彝》）、（《毛公鼎》）等形。《說文》云：“告，牛觸人，角箸横木，所以告人也。从口，从牛。”[①]段《注》：“此字當入口部，从口，牛聲。”[②]姚孝遂先生云：

> 關於“告”字的形體，許慎“牛觸人，角箸横木，所以告人也”之說，歷代學者多已疑之。甲骨文“告”字均不从牛，蓋以从“𠂧”者與牛字形近致誤。奚世幹《說文校案》“舌”字條下云：“告字自來多不得其解，竊謂告字亦从舌加丨於上，殆卽箸告人之象乎？”可備一說。張文虎《舒藝室隨筆》、陳詩庭《讀說文證疑》均以用牛告神故从牛說之，皆據譌誤之形體立說，未免臆測。至於吳其昌(《金文名象疏證·兵器篇》)謂告象斧形，爲刑牲之具，牽强附會，不可信。[③]

所言爲是。殷墟甲骨刻辭中屢見“告”文，姚孝遂、肖丁先生以爲：

> 卜辭“告”之內容大體可分爲二類：一爲祭告，其對象爲神祖，如“告疾于且丁”（《前》1.12.5），“于大甲告舌方出”（《後上》29.14），“告秋于河”（《佚》625)等等。一爲臣屬之報告，如“𢦏其來告”（《乙》4578），“翌辛丑出告麥”（《前》4.40.7），“犬中告麋”（《粹》935)等等。臣屬之報告內容多爲有關田獵之情報及敵警等。凡稱“告曰”者，均爲臣屬之報告，無例外。[④]

筆者認爲姚、肖此言尚有不周，實則殷墟卜辭中“告”文之內容大體可分爲三類：其一，王告神祖；其二，臣屬告王；其三，王告臣屬。論述如下。

一、載錄王告神祖的“告”文

殷墟甲骨刻辭中“告”用作祭祀動詞時，多數用於殷王告祭神祖，既可反映祭祀目的，又可說明祭祀內容。相關刻辭亦可分爲兩類：一是直行告祭禮於神祖而不說明

---

① [漢]許慎撰，[宋]徐鉉校定：《說文解字》卷二上《告部》，北京：中華書局，1963 年，第 30 頁。
② [漢]許慎撰，[清]段玉裁注：《說文解字注》二篇上《告部》，上海：上海古籍出版社，1988 年，第 53 頁。
③ 于省吾主編，姚孝遂按語編撰：《甲骨文字詁林》，北京：中華書局，1996 年，第 689 頁。
④ 姚孝遂，肖丁：《小屯南地甲骨考釋》，北京：中華書局，1985 年，第 158 頁。筆者案：該引文中“𢦏其來告”釋讀有誤，當作“☐𢦏其☐來。二告”。“二告”爲兆辭，此條刻辭並非“告”文，《屯南考釋》援引不當(參看《合》10535=《乙》4578)。“翌辛丑出告麥”之“出”當作“㞢”，形近致誤(參看《合》9620=《前》4.40.7)。

內容，二是行告祭禮於神祖且說明具體內容。分述如下。

（一）直行告祭禮於神祖而不說明內容的“告”文

殷墟甲骨刻辭中的這類“告”文大多記錄殷王對先祖的告祭。如：

(1)庚申卜，㱿貞：告于祖乙。 《合》1585=《乙》6856[一。典賓]

(2)丙辰卜，㱿貞：告于祖乙。

《合》6040 正=《歷拓》10468 正[一。典賓]

(3)庚申卜，亙貞：告于祖乙。

《合》1581 正=《歷拓》10718 正[一。典賓]

(4)庚午卜，亙貞：告于父乙。 《合》2206=《續存·下》25[一。典賓]

(5)癸未卜，𣪊貞：告于妣己眔(暨)妣庚。

《合》1248 正=《乙》2925=《丙》392[一。典賓]

(6)癸未卜，𣪊貞：告于妣己眔妣庚。

貞：勿告于妣己眔妣庚。 《合補》60 正甲=《北圖》2362[一。典賓]

(7)壬申卜，亙貞：于祖辛告。

《合》1723 正=《歷拓》9851 正[一。典賓]

(8)丁卯貞：其告于父丁，其狩一牛。

《合》32680=《粹》374=《善》384[一二。歷一]

(9)己丑貞：其告于父丁，其狩一牛。

《合》31995=《粹》369=《善》435[一二。歷二]

(10)癸酉，其告于父乙一牛。

《合》32724=《通·別一》3.5=《佚》214[一二。歷一]

(11)己未貞：王其告，其从[illegible]侯。

庚申貞：王其告于大示。

庚申貞：王于父丁告。

《合》32807=《粹》367=《善》896[一二。歷二]

(12)庚子貞：其告壴于大乙六牛，叀(惠)[illegible]祝。

《合》32418=《通·別一》3.1=《佚》233[一二。歷二]

(13)辛亥卜，出貞：其鼓彡(肜)告于唐九牛。一月。

《合》22749=《餘》10.2=《通》257=《續》1.7.4[二。出一]

(14)丁酉卜，大貞：气(迄)告其壴于唐卒亡[囚]。九月。

《合》22746=《後下》39.4=《通》258=《京》3232[二。出一]

(15)癸酉卜，卽貞：上甲[illegible]歲其告丁一牛。

《合》22676=《文捃》1289=《北圖》2210[二。出二]

(16)□□[卜]，旅貞：龍不既𢏚，其亦奏自上甲，其告于丁。十月。

《合》22680=《七》W41=《海巴》9[二。出二]

也有記載方侯前來告祭商王先祖者，但數量不多，如：

(17)貞：沚𢦔爯(稱)冊告于大甲。 《合》6134=《文捃》812[一。典賓]

(18) 己酉卜：召方來告于父丁。

《合》32015=《寧》1.210=《歷拓》3760[一二。歷二]

(19) 庚寅卜：其雋眾告于父丁一牛。

《合》32313=《南·明》470=《歷拓》5268[一二。歷二]

這類"告"文在第一、二期卜辭中常見。在賓組卜辭中，其通常格式爲"干支卜，某貞：告于某"，如(1)～(6)，有時"告于某"倒作"于某告"，意同，如(7)，皆具備前辭、命辭；其貞人有穷、殼、亙等，爲第一期卜辭中常見的賓組貞人。在歷組卜辭中，"告"文的體制有所改變，通常體制爲"干支貞：其告于某"，前辭中皆不記貞人，命辭在句首增加了"其"字，如(8)～(12)。在出組卜辭中，通行體制爲"干支卜，某貞：其告于某。某月"，其前辭行文與賓組卜辭同，命辭行文則與歷組卜辭同，如(13)～(16)；其貞人有出、大、即、旅等，爲第二期卜辭中常見的出組貞人。總的來看，此類"告"文的基本體制可歸結爲："干支(卜，某貞人)貞：(其)告于某先祖。(某月。)"

(二)行告祭禮於神祖且說明具體內容的"告"文

殷墟甲骨刻辭中的這類"告"文，所反映的殷王行告祭禮時向神祖訴說的內容很豐富，主要有以下五個方面：

1. 告秋

即向神祖報告農業豐收的祭祀活動。此類刻辭如：

(20) 丁巳[卜，□貞：告]龝(秋)[于]西[邑]。七月。

《合》9631=《龜》2.18.2[一。賓一]

(21) 甲申[卜，穷]貞：告龝于河。　《合》9627=《佚》525[一。典賓]

(22) 貞：于王[亥]告龝。　《合》9630=《續存上》197=《粹》5914[一。賓一]

(23) 乙未卜，穷貞：于䖒告龝。

乙未卜，[穷]貞：于上甲告龝□爯。

《合》9629=《續存上》196[一。賓一]

(24) [乙]未卜，穷貞：于□告龝。一月。

《合》9632=《京人》127[一。賓一]

(25) □戌，貞：其告龝于高祖夒[①]。　《合》33227=《粹》2[一二。歷二]

(26) 庚□〼：告[龝]于[河]。

□午，[于]岳告龝。　《合》33229=《京》3908=《善》1652[一二。歷二]

所告祭的對象，有商代先祖(如夒、王亥、上甲)，也有自然神祇(如河、岳)。這類"告"文主要見於賓組和歷組卜辭，皆有前辭與命辭。

---

① 王國維先生《殷卜辭中所見先公先王考》認爲夒即是帝嚳。(王國維：《觀堂集林》卷九，北京：中華書局，1961年，第411～413頁)郭沫若先生《粹》1《考釋》從其說，並認爲夒即殷之始祖(郭沫若：《殷契粹編》，《郭沫若全集·考古編》第3卷，北京：科學出版社，2002年，第343、345～346頁)。可以肯定的是，夒爲商的祖先。

在賓組卜辭中，其基本體制爲："干支卜，某貞人貞：告秋于某神祖。(某月。)"如(20)～(21)；有時"告秋于某神祖"倒作"于某神祖告秋"，如(22)～(24)。

在歷組卜辭中，其基本體制爲："干支貞：(其)告秋于某神祖。"辭尾不記月份，如(25)；"告秋于某神祖"或倒作"于某神祖告秋"，如(26)。

總的來看，甲骨刻辭中這類"告"文的基本體制可爲："干支(卜，某貞人)貞：(其)告秋于某神祖。(某月。)"

2. 告日

此類刻辭，多記"日又(有)戠"[①]，因這種非同尋常的天象之出現，遂有殷王行告禱之祭於神祖以求祐護的舉動。如：

(27)□□貞：日又戠，其[告]于上甲三牛。

《合》33697=《寧》1.147[一二。歷二]

(28)乙巳貞：酌其𠬝小乙。玆用。日又戠，夕告于上甲九牛。

《合》33696=《甲》755[一二。歷二]

(29)辛巳貞：日又戠，其告于父丁。 《合》33710=《後上》29.6[一二。歷二]

(30)□□貞：日又戠，告于河。

《合》33699=《續存上》1941=《南・師》2.198[一二。歷草]

(31)庚辰貞：日又戠，韭(非)𡆥，隹若(順)。

庚辰貞：日又戠，其告于河。

庚辰貞：日又戠，其告于父丁，用牛九。才(在)𣡕。

《合》33698=《粹》55=《善》105[一二。歷二]

所告祭的對象與告秋相類，有商代先祖(如上甲、小乙)，也有自然神祇(如河)。這類"告"文，主要見於歷組卜辭，有前辭和命辭，其基本體制爲："干支貞：日又戠，其告于某神祖。"辭尾不記月份。

3. 告疾

殷王得了病，在由醫官(如小疾臣)診治的同時，常常上告先祖，以求得福祐，去除病患。如：

(32)貞：告疾于祖丁。

《合》13852=《摭續》300=《南・上》10=《京》1651[一。典賓]

(33)貞：小疾勿告于祖乙。

《合》6120正=《南・師》2.52=《歷拓》5540正[一。典賓]

(34)□未卜，爭貞：告王目于祖乙。 《合》13626=《安明》28[一。賓一]

這類"告"文主要見於賓組卜辭，常略去干支與貞人名，其基本體制爲："(干支卜，某貞人)貞：告某疾于某先祖。"

① 陳夢家先生云："日又戠有兩種可能的解釋：一如郭沫若在《粹》55考釋所推測，以爲'戠與食音同，蓋言日蝕之事'；一讀若識誌或痣，乃指日中黑气或黑子。"(陳夢家：《殷虚卜辭綜述》，北京：中華書局，1988年，第240頁)此從陳說，"戠"謂太陽之黑子，卽日斑。

4. 告方

多爲武丁時期卜辭，所告內容涉及土方、𢀛方等，蓋因其入侵商土，殷王率軍征伐，將敵方之事上告於先祖，以祈求祐助戰爭勝利。如：

(35)癸巳卜，爭貞：告土方于上甲。四月。

《合》6385正=《契》68正=《北文處》21正[一。典賓]

(36)貞：告土方于上甲。　《合》6384=《天》60=《歷拓》9947[一。典賓]

(37)己丑卜，爭貞：告𢀛[方]于唐。七月。

《合補》134正白=《東大》244正白[一。典賓]

(38)壬午卜，亙貞：告𢀛方于上甲。

《合》6131正=《簠·地》46=《簠·拓》115=《續》1.4.6[一。典賓]

(39)貞：告𢀛方于上甲。　《合》39857=《庫》1601[一。典賓]

(40)告𢀛方于示壬。　《合》39858=《金》507[一。典賓]

(41)乙酉卜，㱿貞：𢀛方還，王其勿告于[祖]乙。

《合》6344=《簠·典》108=《簠·拓》790=《續》5.27.2[一。典賓]

(42)乙酉卜，㱿貞：𢀛方還，率伐不，王其征，勿告于[祖]乙。

《合》6345=《歷拓》7063[一。典賓]

(43)□□卜，㱿貞：𢀛方還，率伐不，王告于祖乙，其征亡又(祐)。七月。

□□卜，㱿貞：𢀛方還，率伐不，王其征，告于祖乙，亡又(祐)。

《合》6347=《南·明》79=《慶丙》3.151=《歷拓》1152[一。典賓]

這類“告”文的基本體制爲：“干支卜，某貞人貞：告某方于某先祖。(某月。)”上舉(41)～(43)所貞卜的，皆圍繞是否應乘𢀛方退兵之際，由殷王武丁率師討伐之，而上告於先祖祖乙，祈求祐助使出征順利。

5. 告執

主要見於賓組、出組卜辭，多記殷王告祭俘虜罪隸於神祖之事。如：

(44)貞：告𡴂(執)于南室。　《合》806=《虛》239=《南博拓》971[一。賓一]

(45)丙戌卜，爭貞：其告𡴂于河。

《合》805=《續》1.36.3=《歷拓》5598[一。賓三]

(46)□□卜，大[貞]：☒[告]𡴂[于南]室。

《合》22595=《前》6.17.3=《歷拓》6760[二。出一]

(47)丙戌卜，大貞：告𡴂于河，尞(燎)☒沈(沉)三牛。

《合》22594=《歷拓》7188[二。出一]

其基本體制爲：“干支卜，某貞人貞：告執于某神祖。”“南室”爲祭祀所在的宗室。“沈”乃卜辭祀河常用之法，所沈者以牛居多，“沈三牛”即沉三牛於河以爲祭祀。

殷墟甲骨刻辭中用於告祭神祖的“告”文，其主要內容及體制已如上述，玆據以列表如下：

殷墟甲骨刻辭載錄告祭神祖的“告”文之結構示意表

分期	組類	辭例	干支	卜	貞人	貞	其	告	事	于	神祖	某月
一	賓一	34	□□	□	□	□		□	□	□	□	
	典賓	1	□□	□	□	□		□		□	□	
		5	□□	□	□	□		□		□	□	
		21	□□	□	□	□		□	□	□	□	□□
		35	□□	□	□	□		□	□	□	□	□□
	賓三	45	□□	□	□	□	□	□	□	□	□	
二	歷一	8	□□			□	□	□		□	□	
	歷二	11	□□			□	□	□		□	□	
		25	□□					□	□	□	□	
		29	□□			□	□	□	※	□	□	
	出一	13	□□	□	□	□	□	□		□	□	□□
		47	□□	□	□	□		□	□	□	□	
	出二	16	□□	□	□	□	□	□		□	□	□□
			■	▲	▲	■	▲	■	▲	■	■	▲

（說明：“□”表示有此項；“■”表示有此項；“▲”表示或有此項。）

因之可得出以下結論：

① 殷墟甲骨刻辭中記殷王告祭神祖的“告”文，主要見於賓組、歷組、出組卜辭，具備前辭和命辭，其基本體制爲：“干支(卜，某貞人)貞：(其)告(某事)于某神祖。(某月。)”

② 賓組卜辭中用於告祭神祖的“告”文，其基本體制爲：“干支卜，某貞人貞：告(某事)于某神祖。”典賓類辭尾或記月份。

③ 歷組卜辭中用於告祭神祖的“告”文，其基本體制爲：“干支貞：其告(某事)于某神祖。”前辭皆省略“卜”字，不記貞人名；命辭中“告”字前多著“其”字；辭尾皆不記月份。

④ 出組卜辭中用於告祭神祖的“告”文，其基本體制爲：“干支卜，某貞人貞：其告(某事)于某神祖。某月。”前辭格式同於賓組，命辭中“告”字前常著“其”字，辭尾常記月份。

二、載錄臣屬告王的“告”文

殷墟甲骨刻辭中載錄臣屬報告殷王的“告”文，數量上較祭告神祖的“告”文要少。其中，臣屬報告而不記載具體內容的刻辭不多，如：

(48)㞢白(伯)告。八月。　　《合》20079=《京》3078=《善》24413[一。自肥筆]

“㞢白”，人名。殷墟甲骨中還有兩條與“㞢白”有關的刻辭：

(49)☑王令㞢白。　　《合》20078=《佚》627=《續存上》1077[一。𠂤肥筆]

(50)壬寅卜，扶：令[帚(?)]☑㞢白☑。

《合》20080=《庫》1108=《美》128[一。𠂤類]

(49)“王”指殷王武丁，(50)“扶”是𠂤組貞人，這兩條刻辭記錄武丁施令於㞢伯，可知㞢伯爲武丁臣屬。(48)中㞢伯所告何事不詳。

絕大多數臣屬報告殷王的“告”文都記載了具體內容，主要見於𠂤組、賓組、何組、無名類刻辭。其報告的內容較爲集中，主要有征伐、穫麥、田獵等情況。

1. 告伐

主要見於武丁時期的𠂤組和賓組刻辭。

其中，𠂤組刻辭有記錄臣屬向殷王報告我軍征伐敵方的情況，所告內容較簡略。如：

(51)丁巳卜，王：𠥿弗其隻(獲)征方。九日，冞告弗及方。

《合》40833=《日匯》472[一。𠂤小字]

而賓組刻辭則多爲守邊之臣向殷王報告敵國之入侵行動及其所帶來的災害等情況，所告內容較爲具體。如：

(52)四日庚申，亦㞢(有)來艱自北，子𤞷告曰：“昔甲辰，方征于蚁，俘人十㞢五人。五日戊申，方亦征，俘人十㞢六人。”六月。才(在)[𦎫](敦)。
[癸未]卜，□貞：旬亡𡆥。王𡆥曰：“㞢希(祟)，㞢夢，其㞢來艱。”七日己丑，允㞢來艱[自北，𢀛]戈化乎(呼)[告曰]：“方征于我示[𥻆田]☑。”　　《合》137反=《菁》6.1=《通》513[一。典賓]

(53)癸未卜，㱿。
癸巳卜，㱿貞：旬亡𡆥。王𡆥曰：“㞢[希]，其㞢來艱。”气(迄)至五日丁酉，允㞢來[艱自]西。沚戓告曰：“土方征于我東啚(鄙)，[𢦏]二邑；𢀛方亦𠬡(侵)我西啚田。”
王𡆥曰：“㞢希，其㞢來艱。”气至七日己巳，允㞢來艱自西。𢀛友角告曰：“𢀛方出，𠬡我示𥻆田，七十人五。”五月。

《合》6057正=《菁》1.1[一。典賓]

王𡆥曰：“㞢希，其㞢來艱。”气至九日辛卯，允㞢來艱自北。蚁妻妄告曰：“土方𠬡我田，十人。”　　《合》6057反=《菁》2.1[一。典賓]

(54)癸未卜，永貞：旬亡𡆥。七日己丑，長友化乎告曰：“𢀛方征于我奠豊。”七月。　　《合》6068正=《漢城大學》1正[一。典賓]

(55)☑[長友]唐告曰：“𢀛[方征我奠，入]于莧，亦𢦏[𡆥]。”☑[戊]申，亦㞢來自西☑。　　《合》39495正=《續存下》297[一。典賓]

(56)☑壬辰，亦㞢來[艱]自西，[𡆥乎告曰：“𢀛方]征我奠，𢦏四[邑]。”

《合》584反甲=《簠·拓》775+810=《續》5.3.1[一。典賓]

(57)□□[卜]，□貞：旬亡𡆥。☑允㞢來艱自西。𡆥告曰：“☑[𢦏]魌、夾、方、相四邑。”十三月。

《合》6063正=《前》6.34.7=《龜》2.10.13[一。典賓]

敵軍之入侵多發生在殷商之北、西邊境，來犯邊者有方、土方、舌方等方國，來向殷王武丁報告敵情的有子𤞷、𡉈友化、沚或、𡉈戈角、𠬝妻妾、長友化、長友唐、𠂤等守邊之臣，臣屬後皆著“告曰”二字，以引出所告內容。

記載告伐內容的“告”文，主要見於典賓類卜辭，大都具備前辭、命辭、驗辭，占辭或見，臣屬所告內容見於刻辭的驗辭部分，頗爲詳細生動，辭尾或記月份，偶記占卜地點。其基本體制爲：“干支卜，某貞人貞：旬亡囚。（王固曰：‘某占辭。’）（气至）某日干支，（允㞢來艱自某北、西。）某臣告曰：‘某方征我。’（某月。）（才某地。）”

2. 告麥

臣屬向殷王報告種植的麥子穫得豐收[①]。這類刻辭見於第一期甲骨刻辭，如：

(58) 甲午卜，㱿：[翌]乙未[㞢告]麥。允㞢告[麥]。
乙未卜，[㱿：翌]丙[申亡]其[告]麥。
[己]亥卜，㱿：翌庚子㞢告麥。允㞢告麥。
庚子卜，㱿：翌辛丑㞢告麥。
翌辛丑亡其告麥。
蔡哲茂《甲骨文合集綴合補遺》第 81 片=《合》9620（《前》4.40.7）+《合》9625（《京津》567）[一。賓一]

(59) [己]酉卜，㱿：翌庚[戌]㞢告麥。
翌己酉[亡]其告麥。
《合》9621=《虛》2332=《南博拓》235[一。賓一]

(60) 翌乙未[亡]其告麥。
《合》9622=《前》4.40.7=《歷拓》7391[一。賓一]

(61) 翌乙亡其告麥。允亡。
《合》9623=《契》41=《歷拓》6183[一。賓一]

(62) ▨[亡]其告麥。
▨午㞢告麥。[允㞢告]麥。 《合》9624=《歷拓》4736[一。賓一]

(63) [翌]□□亡[其告]麥。 《合》9626=《善》20855[一。賓一]

---

① “告麥”之義，郭沫若、胡厚宣、于省吾等先生有說。郭氏《通纂》收《前》4.40.7 爲第 461 片，《考釋》云：“《月令》：‘孟夏之月農乃登麥，天子乃以彘嘗麥，先薦寢廟。’此云‘告麥’，蓋謂此。”（郭沫若：《卜辭通纂》，《郭沫若全集·考古編》第 2 卷，北京：科學出版社，1983 年，第 411 頁）胡氏不同意郭說，認爲：“今案辭言‘㞢告麥’‘亡告麥’‘允㞢告麥’‘允亡’，則告麥之決非祭名可知。余謂告麥者，乃侯伯之國來告麥之豐收於殷王，‘㞢告麥’即有來告麥之豐收，‘亡告麥’即無來告麥之豐收。”（胡厚宣：《殷代封建制度考》，《甲骨學商史論叢初集》，石家莊：河北教育出版社，2002 年，第 69 頁）于氏提出另一種看法，認爲：“告麥的意義是：商王在外邊的臣吏，窺伺鄰近部落所種或所穫的麥子，對於商王作了一種情報，商王根據這種情報，才進行武力掠奪。”裘錫圭先生認爲：“‘告麥’的確切含義究竟是什麼，還有待進一步研究。”（裘錫圭：《甲骨文中所見的商代農業》，《古文字論集》，北京：中華書局，1992 年，第 159 頁）筆者此從胡氏所言。

皆爲賓組一類卜辭，主要屬武丁中期刻辭，格式齊整，多具備前辭，必有命辭，或記驗辭，其基本體制爲："干支卜，某貞人：翌干支㞢告麥。(允㞢告麥。)/翌干支亡其告麥。(允亡。)"

3. 告獵

乃殷王遊畋時，臣屬報告發現獵物蹤跡，爲殷王之成功狩獵提供情報。這類刻辭見於自賓間類、何組、無名類、黄類卜辭，如：

(64)丁酉卜：王逐，壴告豖，隻(獲)。不隻。允隻。

己亥卜：王[逐]，𢀛告☒。　　《合》40153=《日匯》470[一。自賓間類]

(65)盂犬告鹿，其从，毕(擒)。

《合》27921=《續存下》821=《歷拓》11430[三。何一]

(66)才(在)浱(濭)犬告𤞷，王☒，引吉。

《合》27901=《善》19837[三四。無名]

(67)戊辰卜：才浱犬中告麋，王其射，亡𢦔，毕。

《合》27902=《粹》935=《善》6576[三四。無名]

(68)戊午卜：才函剌、戋告麋，其从，毕。　　《屯》2298[三四。無名]

(69)□未卜，貞：才𥁕(温)犬雝告☒，其从，叀(惠)戊申利，亡[災]。

《合》36424=《録》608[五。黄類]

(70)戊戌卜，貞：才鷄犬潟告觀鹿，王其从射，往來亡災，王其侃。

《合》37439=《佚》995=《京》5283=《歷拓》2973[五。黄類]

(66)～(70)"在某犬"是管理某地田獵等事務的官員[①]。(67)"才浱犬中"，意即派駐紮在濭地的"犬"名"中"者。(68)"函"爲地名；"剌""戋"爲派駐函地的犬官之私名，職官名"犬"字省去。由刻辭可知，在犬官所管理的地區出現獵物時，他要向殷王報告並引導王去田獵[②]。臣屬報告發現的獵物有豕、鹿、𤞷、麋等。驗辭"允隻""引吉"表明，此情報果然爲殷王捕獲獵物提供了便利。這類刻辭數量較少，多有前辭和命辭，或有驗辭，其基本體制爲："干支卜，(貞)：某臣告某獵物。"

由以上分析可知，殷墟甲骨刻辭中用於記載臣屬告王的"告"文，根據所告內容的不同，在體制上主要有三種樣式，即：

① 告伐："干支卜，某貞人貞：旬亡𡆥。(王固曰：'某占辭。')(气至)某日干支，(允㞢來艱自某北、西。)某臣告曰：'某方征我。'(某月。)(才某地。)"

——主要見於典賓類卜辭，爲武丁中後期至祖庚刻辭，大都具備前辭、命辭、驗辭，占辭或見。臣屬所告內容見於刻辭的驗辭部分，頗爲詳細生動，辭尾或

---

① 參看楊樹達：《釋犬》，見《楊樹達文集》之《積微居甲文說·卜辭瑣記·耐林廎甲文說·卜辭求義》，上海：上海古籍出版社，2006年，第31～32頁。

② 參看黄天樹：《殷墟卜辭"在"字結構補說》，《黄天樹古文字論集》，北京：學苑出版社，2006年，第396頁。

記月份，偶記占卜地點。

② 告麥："干支卜，某貞人：翌干支屮告麥。(允屮告麥。)/翌干支亡其告麥。(允亡。)"
——皆爲賓組一類卜辭，主要爲武丁中期刻辭，格式齊整，多具備前辭，必有命辭，或記驗辭。

③ 告獵："干支卜，(貞)：某臣告某獵物。"
——見於𠂤賓間類、何組、無名類、黄類卜辭。數量較少，多有前辭和命辭，或有驗辭。

臣屬告王的這三類"告"文，其體制各具鮮明特徵，似難據以歸納出統一之定式，這與記載告祭神祖的"告"文之體制大致齊整的情形截然不同。

三、載録王告臣屬的"告(誥)"文

殷墟甲骨刻辭中，除了記載告祭神祖、臣屬告王之内容的"告"文以外，尚有記録殷王告誡臣屬的"告(誥)"文。這類刻辭雖然數量較少，卻不可忽視。相關刻辭如：

(71) 貞：王告(誥)沚𢦔，若(順)。
貞：不若。　　《合》3957=《甲》3008[一。典賓]

(72) 乙亥卜，貞：翌庚申，告亞其入于☐丁一牛。
《合》5685 正=《佚》340 正=《歷拓》558 正[一。典賓]

(73) □酉卜，㱿貞：告𠂤受令于丁，二宰箙一牛。
《合》19563=《粹》533=《善》556[一。賓三]

(74) 辛未，王卜曰：余告多君[①]曰："朕卜又(有)希(祟)。"
《合》24135=《通》760=《後下》27.13=《歷拓》10553[二。出二]

(71)著録於《甲》第 3008 片，屈萬里先生《考釋》云："告，讀爲誥，戒命之也。"[②]誠是。沚𢦔爲賓組卜辭中常見人物，乃武丁時名將。(72)～(74)中的亞、𠂤、多君皆爲武丁臣屬。這類刻辭皆具備前辭和命辭，主要見於賓組、出組卜辭，其基本體制爲："干支卜，某貞人貞：(王/余)告某臣(某事)。"

殷墟甲骨刻辭中的"告"文按内容大體可分爲王告神祖、臣屬告王、王告臣屬三類，其相應行文之體制亦各自有别，已如上述。接下來，我們從應用場合、施動身份、所告對象三個不同角度對殷墟甲骨刻辭中的"告"文進行再審視，以探討其特色。

第一，按應用場合而言，殷墟甲骨刻辭中，王告神祖的"告"文用於祭祀，臣屬告王、王告臣屬的"告"文用於朝政，前者可謂"告死(神祖)"，後者可謂"告生(君臣)"。

用於祭祀場合的"告"文，主要見於第一、二期賓組、歷組、出組卜辭，處於武丁、

① 參看李學勤：《釋多君、多子》，見胡厚宣：《甲骨文與殷商史》第 1 輯，上海：上海古籍出版社，1983 年，第 13～20 頁。

② 屈萬里：《殷虚文字甲編考釋》，《中國考古報告集》之二《小屯》第二本，臺北："中央研究院"歷史語言研究所，1961 年，第 389 頁。

祖庚、祖甲時期，主要就農業收成、消除日戠、驅除病患、戰爭征伐、俘虜罪隸等事項向神祖行告祭禮，以求福祐。相關記録，爲殷墟甲骨刻辭常有，可知商王多踐行此儀式。迄至周代，亦有此等“告”禮。《禮記·王制》云：“出征，執有罪反，釋奠于學，以訊馘告。”①《逸周書·世俘篇》亦云：“告以馘、俘。”②此即出征凱旋舉行獻俘儀式向祖神稟告成功。饒宗頤先生云：

按《通典·禮十五》有“告禮”一項：“周制，天子將出，類乎上帝，造乎禰，太祝告，王用牲幣。”《大戴禮·遷廟》：“凡以幣告，皆執幣而告，告畢，乃奠幣于几東，小宰升，取幣埋兩階間。”蓋巡狩、遷廟、征伐諸大事，皆告于宗廟(及百神)也。③

誠是。據《通典》卷五五記載，東晉孝武帝太元十六年(391 年)，告移廟奠幣，祠部郎傅瑗問徐邈應設奠否，邈答言有曰：

凡事關宗廟，非幣則薦，未有不告而行。④

可知祭告之禮，由來已久，事關宗廟者莫不行之。殷墟甲骨刻辭中的此種“告”文，反映的内容很豐富，形式上則變化不大，文字簡約，體制相對凝固，這與其用於莊嚴肅穆的祭祀場合之功能正相吻合，體現出祭祀類的應用散文之文體特色，較易與其他“告”文區别開來。

用於朝政場合的“告”文，主要見於𠂤組、賓組、何組、無名類卜辭，處於武丁至文丁時期，尤以第一期賓組卜辭爲多，爲君臣之間的資訊交流傳遞之記録，多涉及征伐、穫麥、田獵等事項。其行文體制依所告内容不同而各有區别，較用於祭祀場合的“告”文爲靈活多變。有短制，如(48)、(51)、(68)，有長篇，如(52)、(53)、(57)，或簡筆勾勒，平實無華，或濃墨重彩，繪聲繪形。

第二，按施動身份而言，殷墟甲骨刻辭中的“告”文亦可分爲兩類：一爲“王告”(王告神祖、王告臣屬)，一爲“臣告”(臣屬告王)。前者行文體制變化較少，後者行文體制變化則較多。

王告神祖的“告”文上已述及。就君臣之間的“告”文(王告臣屬、臣屬告王)而言，施動身份不同，表現於甲骨刻辭的文風亦有差别。王告臣屬的“告”文多平鋪直敍，波瀾不驚，如(68)～(71)皆如此。

臣屬告王的“告”文，雖亦有平直之筆，如(48)、(51)，更多的卻是曲筆行文，波瀾起伏。如(64)記告獵，

王正驅馬田獵，壴來稟告發現一頭野豬，能捕獲麽？不能捕獲麽？
——果然捕獲了。

殷王狩獵時捕獲野豬的場景，雖未詳記，卻生動宛然，如在目前。

① [漢]鄭玄注，[唐]孔穎達等正義：《禮記正義》卷十二《王制》，影印阮刻《十三經注疏》本，北京：中華書局，1980 年，第 1333 頁。

② 黄懷信，張懋容，田旭東：《逸周書彙校集注》(修訂本)卷四《世俘解第四十》，上海：上海古籍出版社，2007 年，第 416 頁。

③ 饒宗頤：《殷代貞卜人物通考》，香港：香港大學出版社，1959 年，第 968 頁。

④ [唐]杜佑：《通典》卷五五《禮十五》，影印萬有文庫《十通》本，杭州：浙江古籍出版社，2000 年，第 316 頁。

又如(58)所記録的，是關於甲午至辛丑這先後相接的八日之内的“告麥”一事，可分爲兩個片段，作解析如下：

片段一：

第一日：甲午　穷卜問：明日有來告麥的麽?

第二日：乙未　果然有。　穷卜問：明日没有來告麥的麽?

第三日：丙申　(不知有否。未記驗辭)

片段二：

第六日：己亥　穷卜問：明日有來告麥的麽?

第七日：庚子　果然有。　穷卜問：明日有來告麥的麽?明日没有來告麥的麽?

第八日：辛丑　(不知有否。未記驗辭)

收穫時節已到，臣屬來“告麥”與否，事關此年農業收成之豐歉，乃與國計民生密切相關。殷王對此事之重視，通過穷不斷貞卜有無“告麥”的舉動流露出來。

關於告伐的記載，篇幅一般較長，敍事大多完整，突出展現了殷墟甲骨刻辭的文學特色。如(53)正面第1辭與反面第1辭爲甲骨卜辭“正反相接”例，按文例補全後，可作解析如下：

第一日：癸未　㱿[卜問：下個十天之内没有災禍吧?]王看了卜兆以後判斷：“有祟害，很可能有禍事發生。”

第九日：辛卯　果然有禍事發生在北方。奴地首領名奴妻妛者來報告説：“土方侵犯我邊地之田土，劫走了十人。”

此條刻辭較爲完整地記録了奴妻妛來報告土方侵犯奴地一事的經過。

又如(52)第1辭，按文例補全相關要素後，作解析如下：

第一日：甲辰　方侵犯奴地，俘虜十五人。

第五日：戊申　方又來侵犯，俘虜十六人。

第十日：癸丑　[□卜問：下個十天之内没有災禍麽?王看了卜兆以後判斷：“有祟害，很可能有禍事發生。”]

第十四日：丁巳　[果然有禍事發生在北方。](事未記，不詳)

第十七日：庚申　又有禍事發生在北方，貴族子㹜來報告説：“十六天前的甲辰日，方侵犯奴地，俘虜了十五人。十二天前的戊申日，方又來侵犯，俘虜了十六人。”時爲六月。王在[敦地]。

此條刻辭記録子㹜來報告方接連兩次侵犯奴地之事，行文簡潔，線索清晰，重點突出。

再如(52)第2辭、(54)、(56)，記録𠭯戈化、長友化、甾三人來告敵方之入侵，“告曰”皆前著一“乎(呼)”字，其焦灼緊急之神情便躍然紙上，給人留下深刻印象。

殷墟甲骨刻辭中所記録的臣屬告王的“告”文，體制較爲靈活，内容較爲豐富，行文各有差異，可看作後世之上行公文在萌芽時期的產物。

第三，按所告對象而言，殷墟甲骨刻辭中的“告”文則可分爲兩種：一爲“下告上”(王告神祖、臣屬告王)，一爲“上告下”(王告臣屬)。王告神祖、臣屬告王這兩種“下告上”的“告”文已作分析如上，兹不贅述。

殷墟甲骨刻辭中的王告臣屬之“告(誥)”文，體制較爲固定，行文亦甚簡約，不同於臣屬告王的“告”文。如(71)一再貞問殷王誠告沚䂕是否順利，則所告內容當很重要，殷王對之很是慎重，未詳其具體內容；(74)記殷王誠告多君曰“朕卜又(有)希(祟)”，則殷王對多君所主之事很是關注，並特意爲此事是否順利進行過貞卜，得出的結論卻是不順，所記何事今亦不知；(72)、(73)爲殷王誠命亞、𠂤奉祭物於先祖以爲祭祀，亦不明其所由。這種“上告下”的“告(誥)”文，可看作後世之下行公文在萌芽時期的一種表現形態。

《廣韻》云：“告，又音誥。告上曰告，發下曰誥。”[①]朱駿聲云：

誥者，上告下也。《列子·楊朱》注：“告上曰告，發下曰誥。”《爾雅·釋言》：“誥，謹也。”按：謹，猶誡也。《廣雅·釋詁四》：“誥，教也。”[②]

聯繫前引(71)～(74)，可知殷墟甲骨刻辭中的王告臣屬之“告(誥)”，實已接近於後世之“誥”。如此，謂後世之“誥”體至遲已於殷商時期發其端倪，當非妄言。

殷墟甲骨刻辭中“告”文的體制特徵，大致作分析如上。惟殷墟甲骨刻辭多爲卜辭，由於應用功能(占卜)、書寫載體(甲骨)、行文體制的拘限，其中出現的“告”文，尚不足以充分體現殷商時期“告”體散文的文學成就。其時已有典冊，乃書於簡策，於文字篇幅的限制較甲骨刻辭要寬鬆，相應“告”的具體內容或當詳錄於茲。收入《尚書》中的《商書》，多爲較可靠的殷商文書之遺存，其中的“誥”文如《仲虺之誥》、《湯誥》等[③]，適可與甲骨刻辭中的“告(誥)”文相參照。從這個意義上講，當我們見到《商書》中已經存在篇幅較長的“誥”文時，我們也就能夠理解而不會對之感到驚訝了。

---

① 周祖謨：《廣韻校本》卷五《入聲·二沃》，北京：中華書局，2004年，第462頁。

② [清]朱駿聲：《說文通訓定聲》孚部弟六，影印湖北省圖書館藏道光二十八年(1848年)臨嘯閣藏版，武漢：武漢古籍書店，1983年，第283頁。

③ 案：《仲虺之誥》、《湯誥》，《今文尚書》無此二篇，梅賾《古文尚書》皆有僞作。據《史記·殷本紀》記載：湯滅夏以後，“於是諸侯畢服，湯乃踐天子位，平定海內。湯歸至于泰卷陶，中䴡作誥”([漢]司馬遷撰，[宋]裴駰集解，[唐]司馬貞索隱，[唐]張守節正義：《史記》卷三《殷本紀》，北京：中華書局，1982年，第96～97頁)。《書序》云：“湯歸至夏，至于大坰，仲虺作誥。”《殷本紀》之“中䴡”，《荀子·堯問篇》作“中蘬”，即仲虺，商代大臣，《孔傳》云“爲湯左相奚仲之後”。是《仲虺之誥》最早之文本當作於商湯滅夏之後。《殷本紀》云：“(湯)既絀夏命，還亳，作《湯誥》：‘……’以令諸侯。”([漢]司馬遷撰，[宋]裴駰集解，[唐]司馬貞索隱，[唐]張守節正義：《史記》卷三《殷本紀》，北京：中華書局，1982年，第97頁)《書序》亦云：“湯既黜夏命，復歸于亳，作《湯誥》。”《殷本紀》轉錄《湯誥》全文，計120餘字，與《古文尚書》所載《湯誥》不同，較可信據。

第四節 命

殷墟甲骨刻辭中有記錄“令”“乎”“使”的卜辭，多爲殷王對臣屬的發號施令。以其意相類，今皆歸爲“命”文[①]，分述如下。

一、令

“令”，甲骨文作[甲骨字形]（《合》14128）、[甲骨字形]（《合》14129）、[甲骨字形]（《合》14159）、[甲骨字形]（《合》27749）、[甲骨字形]（《合》32850）、[甲骨字形]（《合》36518）等形，金文作[金文字形]（《保卣》）、[金文字形]（《大保簋》）、[金文字形]（《盂爵》）、[金文字形]（《康侯簋》）、[金文字形]（《卯簋》）、[金文字形]（《善鼎》）等形。《説文》：“令，發號也。从亼卪。”[②]徐鍇《繫傳》：“號令者，集而爲之。”[③]段《注》：“發號者，發其號嘑以使人也，是曰令。”[④]

殷墟甲骨刻辭中的“令”文，主要爲記錄殷王施令於臣屬的卜辭。其中，未説明殷王施令之具體内容的刻辭數量較少。如：

(1)☐王令㞢白(伯)。

《合》20078=《佚》627=《續存上》1077[一。𠂤肥筆]

(2)壬寅卜，扶：令[帚]☐㞢白☐。

《合》20080=《庫》1108=《美》128=《北美》32[一。[字形]類]

(3)壬午卜：令般从侯告。

癸未卜：令般从侯告。　　《合》32812 甲=《珠》632[一。𠂤歷間 B]

(4)乙丑貞：王令子妻(畫)叀(惠)丁卯。

《合》32774=《誠》350=《善》54[一二。歷二]

---

① 案：西周金文中，“令”字添加形符“口”，始孳乳爲“命”字。《説文》：“命，使也。从口令。”段《注》：“令者，發號也，君事也。非君而口使之，是亦令也。故曰：命者，天之令也。”（[漢]許慎撰，[清]段玉裁注：《説文解字注》二篇上《口部》，上海：上海古籍出版社，1988年，第430頁）朱駿聲云：“在事爲令，在言爲命，散文則通，對文則別。令當訓使也，命當訓發號也，於六書乃合。《廣雅·釋詁二》：‘命，呼也。’”（[清]朱駿聲：《説文通訓定聲》坤部弟十六，影印湖北省圖書館藏道光二十八年(1848年)臨嘯閣藏版，武漢：武漢古籍書店，1983年，第837頁）

② [漢]許慎撰，[宋]徐鉉校定：《説文解字》卷九上《卪部》，北京：中華書局，1963年，第187頁。

③ [南唐]徐鍇：《説文解字繫傳》卷十七《卪部》，北京：中華書局，1987年，第182頁。

④ [漢]許慎撰，[清]段玉裁注：《説文解字注》九篇上《卪部》，上海：上海古籍出版社，1988年，第430頁。

上列刻辭皆衹記殷王有施令於臣屬，所令何事不詳。也有一些刻辭記錄命令臣屬勤勞王事的，如：

(5)□辰卜，王：余令角帚叶(協)朕事。

《合》5495=《佚》15=《善》5799=《粹》1244[一。賓一]

(6)乙卯卜，㱿貞：令多子族从犬侯寇周叶王事。五月。

《合》6821=《北圖》1098[一。賓一]

(7)丁巳卜，爭貞：令王族从亩𢀛叶王事。

貞：叀多子族令从亩𢀛叶王事。

貞：叀尹令从亩[𢀛]叶王事。

《合補》4152=《蔡續》10.7=《合》5450(《後下》38.1)
+《合》5453(《善》14502)[一。典賓]

(8)□巳卜，爭貞：令王族从亩𢀛叶王事。六[月]。

《合補》4153=《懷》71[一。典賓]

(9)□辰卜：令雀往叶王事。　《合》5444=《歷拓》6640[一。賓三]

(10)□辰貞：令犬侯叶王事。

《合》32966=《京》4777=《善》6564[一二。歷二]

這些刻辭衹記命令臣屬爲殷王辦事，所辦何事亦不詳，多見於賓組卜辭，其基本體制爲："干支卜，某貞人貞：令某臣叶王事。"

殷墟甲骨刻辭中的"令"文，大多記錄了殷王命令臣屬的具體事務，其內容主要有以下八個方面：

1. 令祭

殷王就有關祭祀活動施令於臣屬。相應刻辭主要見於賓組、歷組、出組卜辭。如：

(11)丙辰卜，㝉貞：叀㡀令𡵨于夒。

《合》14370丁=《甲》1110[一。賓三]

(12)丁未貞：王其令望乘帚其告于祖乙一牛，父丁一□。

□□貞：王其令望乘帚其告于祖乙二牛。

《合》32896=《粹》506=《善》1377=《南·明》499[一二。歷二]

(13)丁未貞：王其令望乘帚其告于祖乙。

《合》32897=《佚》913=《歷拓》10526[一二。歷二]

(14)癸丑貞：王令利出田告于父丁牛。兹用。

《合》33526=《粹》933=《善》6649[一二。歷二]

(15)丁未卜，出貞：令邑竝酌河。

《合》23675=《真》7=《錄》362=《歷拓》11889[二。出二]

(11)之"𡵨"、(12)～(14)之"告"、(15)之"酌"皆爲祭名。這類刻辭具備前辭和命辭，以歷二類卜辭爲多，其基本體制爲："干支(卜，某貞人)貞：(王)(其)令某臣某事。"

2. 令奠

殷王就有關奠置事宜施令於臣屬[①]。相應刻辭主要見於賓組、歷組卜辭。如：

(16)癸卯卜，貞：令墉緣才(在)京奠。

《合》6=《甲》3510+3517+《鄴初下》29.2
(《京》1681)=《甲釋》208[一二。賓三]

(17)辛丑貞：王令𡆥㠯(以)子方奠于並。

《合》32107=《後上》26.10[一二。歷二]

(18)辛酉貞：王令𡆥㠯[子]方奠于北。

《合》32832=《續存上》1916=《頌拓》118[一二。歷二]

(19)□亥貞：王令𡆥㠯子方乃奠于並。

《合》32833=《後下》36.3=《歷拓》7185[一二。歷二]

(20)丁卯貞：王令𡆥奠玟舟。

《合》32850=《粹》1059=《善》14353[一二。歷二]

(17)記錄的是：辛丑日卜問：王要施命於𡆥將子方奠置於並地麽？這類刻辭具備前辭和命辭，其基本體制爲："干支(卜)，貞：(王)令某臣A㠯某臣B奠于某地。""某臣A"爲受命負責處理奠置之事的臣屬，"某臣B"爲被奠置者，"某地"爲奠置地。"奠于某地"或作"才某地奠"，如(16)。

3. 令往

殷王命令臣屬行往某地。主要見於𠂤組、賓組、出組卜辭。如：

(21)甲申卜，𠂤：王令𠨘人日明祉(延)于京。

《合》20190=《後下》20.16[一。𠂤小字]

(22)丁巳卜：令雀卽雈。　　　　《合》20171=《甲》3590[一。𠂤歷間A]

(23)庚子卜，㱿貞：令子𢦏先涉羌于河。

庚子卜，㱿貞：勿令子𢦏先涉羌于河。

《合》536=《乙》4737=《丙》264[一。賓一]

(24)癸巳卜，古貞：令𠂤般涉于河東。

《合》5566=《甲》1769=《甲釋》72[一。典賓]

(25)丙戌卜，貞：令犬祉于京。

《合》4630=《契》53=《歷拓》6181[一。賓三]

(26)辛亥卜，爭貞：令雚白(伯)于㝵。一月。

《蔡綴》33=《合》9644(《契》292)+《合》10047(《後上》31.11)[一。賓三]

---

① 裘錫圭先生云："商王往往將被商人戰敗的國族或其他臣服國族的一部或全部，奠置在他所控制的地區內。這種人便稱爲'奠'，奠置他們的地方也可以稱奠。……他們要在被奠之地爲商王耕作、畜牧，有時還要外出執行軍事方面的任務。"(裘錫圭：《說殷墟卜辭的"奠"——試論商人處置服屬者的一種方法》，《"中央研究院"歷史語言研究所集刊》第64本第3分，1993年，第659頁)參看黃天樹：《殷墟卜辭"在"字結構補說》，《黃天樹古文字論集》，北京：學苑出版社，2006年，第397～398頁。

(27)辛亥卜，出貞：令蓍白于[叀]。　　《合》24155=《拾》6.7[二。出一]

(28)辛亥卜，出貞：令蓍白于叀。　　《英藏》1978[二。出一]

(26)～(28)之“蓍白”，人名；“叀”，地名。這三例刻辭記賓組貞人“爭”與出組貞人“出”在同一天(卽辛亥日)卜問是否命令蓍伯到叀地去。這類刻辭具備前辭和命辭，其基本體制爲：“干支卜，某貞人貞：令某臣于某地。”

4. 令取

殷王命令臣屬取獲某物。這類刻辭多見於𠂤組、賓組卜辭。如：

(29)庚申卜，扶：令少臣取𡴘鳥。　　《合》20354=《甲》2904[一。𠂤肥筆]

(30)壬辰卜，扶：令竹取宦。十月。

《合》20230=《鐵》252.3=《後下》24.10[一。𠂤小字]

(31)庚子卜，爭貞：令念[①]取玉于龠。

《合》4702=《虛》2172[一。賓一]

(32)戊寅卜，貞：令術取牝。　　《合》4909 正=《甲》3508[一。典賓]

(29)記錄的是：庚申日占卜，貞人扶卜問：命令少臣(卽小臣)聚取收斂𡴘地所產的這種鳥麽？這類刻辭具備前辭和命辭，其基本體制爲：“干支卜，某貞人貞：令某臣取某物。”

5. 令省廩

殷王命令臣屬省視倉廩。這類刻辭數量不多，主要見於賓組、歷組卜辭。如：

(33)乙亥卜，貞：令多馬亞[illegible]冓(遘)𢀛省[illegible]亩(廩)，至于[illegible]侯，从[illegible]水，从垂侯。九月。　　《合》5708 正=《續存上》66[一。典賓]

(34)乙亥卜，[貞：令]多馬亞[[illegible]冓]𢀛省[illegible]亩，至于[illegible]侯，从[illegible]水，从垂侯。九月。　　《裘綴》30[②]=《合》5709 正(《甲零》117 正)+《合》4366(《京》2120)[一。典賓]

(35)庚子卜：令㠯省亩。

叀㠯令省亩。

叀並令省亩。

[叀]壴令[省]亩。　　《合》33237=《粹》915=《善》6522[一二。歷二]

(33)、(34)所記當爲一事：乙亥日這天占卜，卜問：命令馬隊的武官名[illegible]者與貴族𢀛會合，巡省檢視[illegible]地之倉廩，一直到達[illegible]侯之地，再沿[illegible]水出發率領垂侯麽？這是在九月卜問的。(35)所記，乃庚子日這天，就省廩一事卜問到底該指派誰去，是㠯，是並，抑或是壴。這類刻辭具備前辭和命辭，其基本體制爲：“干支卜，貞：令某臣省亩。”

---

① 參看裘錫圭：《說字小記·說“去”“今”》，《古文字論集》，北京：中華書局，1992 年，第 648 頁；黃天樹：《殷墟甲骨文“有聲字”的構造》，《黃天樹古文字論集》，北京：學苑出版社，2006 年，第 277～278 頁。

② 裘錫圭：《甲骨綴合拾遺》，《古文字論集》，北京：中華書局，1992 年，第 238 頁。

6. 令壅田

殷王命令臣屬墾田於某地。這類刻辭主要見於賓組、歷組卜辭[①]。如：

(36)癸巳卜，㱿貞：令眾人𢦏入羊方𡈼(壅)田。

貞：勿令眾人。 《合》6=《甲》3510[一。賓三]

(37)甲子卜，㱿貞：令𠬝𡈼田于□，叶王事。

《合》22=《前》7.3.2[一。賓三]

(38)癸☒貞：□令𠬝𡈼［田］于先侯。十二月。

《合》9486=《前》6.14.6[一。賓三]

(39)癸卯[卜]，㱿貞：[令]𠂤𡈼田于京。

《合》9473=《契》417=《歷拓》6198[一。賓三]

(40)戊辰卜，㱿貞：令永𡈼田于盖。 《合》9476=《前》4.10.3[一。賓三]

(41)戊子卜，㱿貞：令犬征族𡈼田于虎。

《合》9479=《京人》281[一。賓三]

(42)癸亥貞：王令多尹𡌭田于西，受禾。

乙丑貞：王令𡌭田于京。

《合》33209=《書》44=《京人》2363[一二。歷二]

(43)□卯貞：王令㠯[𡌭]田[于]京。 《合》33220=《佚》250[一二。歷二]

(44)貞：王令多羌𡌭田。 《合》33313=《甲》712[一二。歷二]

其中，賓組卜辭具備前辭和命辭，前辭多記錄干支卜和貞人名，其基本體制爲："干支卜，某貞人貞：令某臣壅田于某地。"而歷組卜辭前辭一般不記貞人名，命辭"令"前著一"王"字，較賓組卜辭不同，其基本體制爲："干支貞：王令某臣壅田于某地。"

7. 令獵

殷王遊畋時命令臣屬獵捕野獸。這類刻辭主要見於何組、無名類卜辭。如：

(45)貞：其令馬亞射麋。 《合》26899=《甲》2695[三。何一]

(46)貞：王其令乎射鹿，射。

《合》26907正=《甲》2471=《甲釋》108[三。何一]

(47)貞：其令乎射麋，𣪊。 《合》27255=《甲》2766[三四。無名]

(48)癸巳卜，貞：其令小臣陷。 《合》27883=《甲》1033[三四。何二]

其基本體制爲："(干支卜)，貞：(王)其令某臣某事。"

8. 令伐禦

殷王命令臣屬征伐或防禦敵方。殷墟甲骨刻辭中的這類"令"文數量很多，歷時較

---

① 案：賓組卜辭"𡈼田"之"𡈼"、"𡈼田"之"𡈼"、歷組卜辭"𡌭田"之"𡌭"，甲骨學者一般認爲是同字異體。張政烺先生釋"𡈼"爲"裒"(參見張政烺：《卜辭裒田及其相關諸問題》，《考古學報》，1973年第1期)，恐不妥。裘錫圭先生認爲"𡈼"從"用"得聲，故"𡈼""𡈼""𡌭"可讀爲"壅"，"壅田"指平整田地、修築田壟等農事(參見裘錫圭：《甲骨文中所見的商代農業》，《古文字論集》，北京：中華書局，1992年，第179～182頁)，其說可從。

長，真實地反映了殷商與周圍方國之間征戰不斷的歷史面貌。

其中，記錄殷王命令臣屬伐㷱方的刻辭主要見於𠂤組和賓組卜辭，如：

(49)戊申卜：王令庚追方。　　《合》20462=《甲》243［一。𠂤小字］

(50)乙亥卜，貞：令虎追方。　　《合》20463反=《乙》9085［一。𠂤小字］

(51)☐令㐶追方。　　《合》20461=《京人》3224［一。𠂤小字］

(52)己卯卜：王令𢀛(㷱)方。

《合》20451=《南·師》1.60=《外》30［一。𠂤小字］

(53)☐寅卜，㱿貞：令多馬羌𢀛方。

《合》6761=《續》5.25.9=《歷拓》5709［一。典賓］

(54)辛亥卜，古貞：令冓以☐𢀛方于陟，㞢酘。

《合》4888=《甲》3539［一。賓三］

具備前辭和命辭，其基本體制爲："干支卜，(某貞人)貞：(王)令某臣追/㷱方。"𠂤組卜辭前辭中多不記貞人名，命辭中"令"前或著一"王"字；而賓組卜辭前辭中則記貞人名，命辭中"令"前皆不著"王"字。

記錄殷王命令臣屬伐尸方(即夷方)的刻辭主要見於典賓類卜辭，如：

(55)甲午卜，㱿貞：王叀帚好令征尸(夷)。

乙未卜，㱿貞：王叀帚好［令征尸］。

《合補》332=《白簡》11=《合》6459(《續》4.30.1=《佚》527=《歷拓》5834)+《合》6465(《歷拓》10766)［一。典賓］

(56)貞：王令帚好从侯告伐尸。

貞：王勿令帚好从侯告伐［尸］。　　《合》6480=《乙》2948［一。典賓］

其基本體制爲："(干支卜)，(某貞人)貞：王令某臣征/伐尸。"前辭若記干支卜，後則錄貞人名。

記錄殷王命令臣屬伐巴方的刻辭亦見於典賓類卜辭，如：

(57)［貞：王叀令帚好］从沚戠伐巴方，受㞢(有)又(祐)。

貞：王勿叀令帚好从沚戠伐巴方，弗其受㞢又。

《合》6478正=《乙》798=《丙》313［一。典賓］

(58)壬申卜，爭貞：令帚好从沚戠伐巴方，受㞢又。

《合》6479正=《粹》1230甲=《善》5232正［一。典賓］

其基本體制爲："干支卜，某貞人貞：令某臣伐巴方，(受㞢又)。"具備前辭和命辭，前辭記干支卜和貞人名，命辭末尾多綴"受㞢又"。

記錄殷王命令臣屬伐𢀛方的刻辭多亦見於典賓類卜辭，如：

(59)［戊］辰卜，㱿貞：翌辛未，令伐𢀛方，受㞢又。

《合》540=《簠·征》4=《簠·拓》777=《續》3.2.3［一。典賓］

(60)丁未卜，㱿貞：勿令𢀛伐𢀛方，弗其受㞢又。

《合》6297=《佚》17=《考精》26［一。典賓］

(61)壬戌卜，㱿貞：乞令我史步伐𢀛方，受［㞢又］。

貞：勿令我史步。

乞令我史步。　　　　　　　　　　《合補》1804 正=《歷博》1.2[一。典賓]

(62)辛丑卜，穷貞：叀羽令以戈人伐𢀛方，𢦏。十三月。

《合》39868=《金》522[一。典賓]

其基本體制爲："干支卜，某貞人貞：令某臣伐𢀛方，(受㞢又)。"具備前辭和命辭，前辭記干支卜和貞人名，命辭末尾多綴"受㞢又"。

記錄殷王命令臣屬伐召方的刻辭主要見於歷二類卜辭，如：

(63)丁丑貞：王令𢀷㠯(以)众𠂤伐召，受又(祐)。

《合》31973=《寶》11.9=《京人》2525=《書》46[一二。歷二]

(64)丁亥貞：王令𢀷[㠯]众𠂤伐召方，受又。

《合》31974=《摭續》144[一二。歷二]

(65)己亥，歷貞：三族王其令追召方，及于𠂤。

《合》32815=《京》4387[一二。歷二]

(66)己亥貞：令王族追召方，及于□。

《合》33017=《南・明》616=《歷拓》4866[一二。歷二]

(67)丙子貞：令[众]𢓊(禦)召方幸。

《合》31978=《柏俗》1[一二。歷二]

其基本體制爲："干支貞：(王)令某臣伐/追/禦召方，(受又)。"具備前辭和命辭，前辭多作干支貞，不記貞人名，命辭"令"前多著"王"字，辭尾或綴"受又"。

記錄殷王命令臣屬伐禦羌方的刻辭主要見於無名類卜辭，如：

(68)□其令戍𠂤羌方于𦎫(敦)，于利征又𢦏，𢦏羌方。

《合》27974=《安明》2127[三四。無名]

(69)王叀羨令五族戍羌[方]。

弜令羨，其每(悔)。

《合》28053=《後下》42.6=《通》531[三四。無名]

(70)癸巳卜：王其令五族戍𠂤[羌方]□伐𢦏。

《合》28054=《粹》1149=《善》5390[三四。無名]

其基本體制爲："干支卜：(王)其令某臣戍羌方。"

此外，還有一些刻辭記錄了殷王命令臣屬進行其他征伐或防衛活動，散見於賓組、歷組、出組、黃類卜辭。如：

(71)貞：令鳴以多伐𢀛。　　　　　　　《合》39835=《金》590[一。賓一]

(72)庚戌卜，古貞：令多馬𢓊(衛)，亡𡆥。

貞：令多馬𢓊于北。　　　　　　　《合》5711=《甲》3473[一。賓三]

(73)己卯貞：令𠂤㠯众伐龍，𢦏。

《合》31972=《庫》2001=《美》26[一二。歷二]

(74)庚申卜，兄貞：令竝众𢓊。十二月。

《合》40911=《書博》77[二。出二]

(75)戊子卜，𡗜貞：王曰：余其曰：多尹，其令二侯上絲眔(暨)𡆥侯，其𢀛□周。

《合》23560=《通・別二》5.1[二。出二]

(76) 己亥卜，才旹(微)，貞：王[其令]□亞其从𢀛白(伯)伐▨方，不萅𢦏。才十月又□。　　　《合》36346=《前》2.18.2=《通》606[五。黄類]

這類“令”文，賓組刻辭的基本體制爲“干支卜，某貞人貞：令某臣伐/衛某方(于某地)”，如(71)～(72)；歷組刻辭的基本體制爲“干支貞：(王)令某臣伐某方，(𢦏)”，命辭或綴“𢦏”字，如(73)；出組刻辭的基本體制爲“干支卜，某貞人貞：(王)(其)令某臣伐/衛(某方)”，如(74)～(75)；黄類刻辭的基本體制爲“干支卜，某貞人貞：王其令某臣伐某方，(不萅𢦏)。”，命辭或綴習慣用語“不萅𢦏”，如(76)。

綜上所述，殷墟甲骨刻辭中的“令”文具有以下特點：

① 主要爲殷王對臣屬的施令，内容豐富，多涉及祭祀、奠置、往使、取獲、省廩、壅田、捕獵、伐禦等事項；歷時較長，𠂤組、賓組、歷組、出組、何組、無名類、黄類卜辭皆有表現；格式完整，多有前辭和命辭。

② 有關祭祀、往使、取獲、省廩、壅田、捕獵的“令”文，各組類之刻辭自具特色，而其基本體制可歸納爲：“干支(卜)，(某貞人)貞：(王)(其)令某臣某事(于某地)。”

③ 關於征伐或防禦敵方的“令”文數量很多，主要見於𠂤組、賓組、歷組、出組、無名類、黄類刻辭，各組類之“令”文亦自具特色，其基本體制可歸納爲：“干支(卜)，(某貞人)貞：(王)(其)令某臣伐/衛(某方)(于某地)，(受㞢又/受又/𢦏/不萅𢦏)。”

二、乎

“乎”，甲骨文作𠂌(《合》288)、𠂌(《合》2641)、𠂌(《合》6168)、𠂌(《合》9535)等形，金文作乎(《卯簋》)、乎(《乎簋》)、乎(《頌簋》)、乎(《柳鼎》)、乎(《揚簋》)、乎(《元年師兑簋》)等形。李達良先生云：

> 甲骨和金文都有“乎”字。現舉三例：
>
> 丁未卜，友㞢咸戊𦥑戊乎(《殷契粹編》四二五)
>
> 王乎史虢乍冊命頌(頌鼎)
>
> 王乎善夫馭召大以氒友入𢼎(大鼎)
>
> 管燮初先生在《甲骨刻辭的語法研究》一書裏，采用郭沫若先生之説，認爲“乎”字在卜辭裏已經是疑問語气詞(第一例)。但覆按原書，該片甲骨卻是碎片，衹存半截，“乎”字在該片骨裏，是否同屬一條卜辭，很難斷定。而且除了這一條之外，也找不到第二個例。其他可見的卜辭，“乎”字沒有用於句末的。一般的用法是動詞，用作“詔呼”的“呼”字。金文的用法亦同(見二、三兩例)，沒有用作句末語气詞的。由於有疑問，又屬孤例，所以郭氏之説，很難成立。[①]

姚孝遂先生云：

> 呼、評、虖、謼本皆作乎。卜辭及青銅器銘文均以乎爲召之意。《粹》四二五

① 李達良：《若干文言語气詞源出上古時期的推測》，《中國語文研究》創刊號，香港：香港中文大學，吳多泰中國語文研究中心，1980年，第69～70頁。

郭沫若以“乎”爲疑問之語詞，非是。①

李、姚所言可信。案《說文》云：“召，評也。从口，刀聲。”②“評，召也。从言，乎聲。”③“呼，外息也。从口，乎聲。”④段注“評”字云：“口部曰：‘召，評也。’後人以‘呼’代之，‘呼’行而‘評’廢也。”⑤此言可從。

甲骨刻辭中“乎”字用作動詞，意同“評、召”，大多爲殷王召命臣屬執行有關事務。從所命內容來看，主要有祭祀、使往、取獲、田獵、伐禦等方面。分述如下：

1. 乎祭

殷王就祭祀之事施命於臣屬。主要見於賓一、典賓類刻辭，多爲武丁中晚期卜辭。如：

(1) 癸卯卜，㱿貞：翌甲辰，勿乎(呼)酌大甲。

《合》1443=《鐵》115.1［一。賓一］

(2) 貞：來乙丑，勿乎子𠭯㞢(侑)于父乙。

《合》3111=《續》1.30.4［一。賓一］

(3) ☐貞：今乙丑，勿乎子𠭯㞢于父乙。

《合》3112 正=《歷拓》4723 正［一。典賓］

(4)［甲］午卜，㱿貞：翌乙未，乎子漁㞢于父乙室。

《合》2975 正=《歷拓》7.72 正［一。典賓］

(5) 貞：乎黃多子出牛㞢于黃尹。　《合》3255 正=《歷拓》7226［一。典賓］

(6) 乙卯卜，宊貞：乎帚好㞢𠬝于妣癸。

《合》94 正=《通・別二》3.1 正=《珠》620 正［一。典賓］

(7) 甲午卜，㱿貞：乎𠂤先𠃬尞于河。

貞：勿乎𠂤先𠃬尞于河。

乎𠂤先。　《合》177=《甲》3338［一。典賓］

(8) 甲午卜，㱿貞：乎𠂤先𠃬尞于河。

《合》4055 正=《歷拓》7177 正［一。典賓］

(9) 辛未卜，爭貞：翌癸酉，乎雀尞于岳。

《合》4112=《歷拓》9982［一。典賓］

所祭對象有先祖，如(1)～(4)中的大甲、父乙；有先臣，如(5)中的黃尹；有先妣，如(6)中的妣癸；有自然神，如(7)～(9)中的河、岳。其通常體制可歸結爲：“(干支卜)，(某貞人)貞：(翌干支)，乎某臣某事。”這類刻辭大多具備前辭和命辭；凡前辭記有“干支卜”者，其後必錄貞人名，無例外。

---

① 于省吾主編，姚孝遂按語編撰：《甲骨文字詁林》，北京：中華書局，1996年，第3414頁。

② ［漢］許慎撰，［宋］徐鉉校定：《說文解字》卷二上《口部》，北京：中華書局，1963年，第32頁。

③ ［漢］許慎撰，［宋］徐鉉校定：《說文解字》卷三上《言部》，北京：中華書局，1963年，第53頁。

④ ［漢］許慎撰，［宋］徐鉉校定：《說文解字》卷二上《口部》，北京：中華書局，1963年，第31頁。

⑤ ［漢］許慎撰，［清］段玉裁注：《說文解字注》三篇上《言部》，上海：上海古籍出版社，1988年，第95頁。

2. 乎往

殷王指令臣屬到達某地以完成某項使命。這類刻辭中有命令臣屬出使某地的，如：

(10) 丙子卜，㱿貞：勿[乎]鳴从戉使冒。三月。

《合》1110 正=《續存上》616=《歷拓》727 正[一。典賓]

(11) 乎鳴从戉使冒。

貞：勿[乎]鳴从戉使冒。

《合》4722=《鄴初下》33.5=《京》2220=《歷拓》3042[一。典賓]

(12) 貞：乎鳴从戉使冒。

貞：勿乎鳴从戉使冒。

《合》4723=《簠·人》70=《簠·拓》542[一。典賓]

這三版刻辭皆圍繞是否命令鳴率領戉出使於冒地進行卜問。亦有命臣屬入治某事者，如：

(13) 貞：乎䀠眔(暨)宕入卬(御)事。

[貞]：乎□入卬事。 《合》5560=《前》4.28.3[一。賓一]

(14) 貞：勿[乎]山入卬事。 《合》5561=《歷拓》8039[一。賓三]

"卬事"意即"治事"[①]。此二版刻辭卜問是否該讓䀠、宕、山等人來治理事務。更常見的是出於某種緣由，殷王命令臣屬行往某地，如：

(15) 辛亥卜，㱿貞：乎戉往于沚。

《合》4284=《寧》2.52=《歷拓》3893[一。典賓]

(16) 戊午，宕貞：乎雀往于郁。

《合》6946 正=《乙》503=《丙》261[一。典賓]

(17) 丁巳卜，㱿貞：乎自般往㞷(微)。

《合補》1246=《蔡續》4.2=《合》13598+《懷》956[一。典賓]

(18) 癸酉卜，[宕]貞：乎雍䀠自(師)嵩。

《合》3130=《後下》21.11[一。賓三]

(19) 乎多束尹皇(次)于教。

《合》5617=《前》5.8.1=《通》489=《歷拓》6755+6756[一。賓三]

(20) 乎多尹往凿。

《合》19238=《簠·人》85=《簠·拓》545[一二。歷二]

(21) 辛未卜，行貞：其乎永行，又(有)冓(遘)。

《合》23671 甲=《粹》511 甲=《善》35=《京》3324[二。出二]

(22) 庚午卜，王貞：其乎小臣剌从，才(在)凿(曾)。

《合》27885 正=《甲》2830[三。何一]

括而言之，有關"乎往"的甲骨刻辭主要見於賓組卜辭，少數亦見於歷組、出組、何

---

① 白玉峥先生云："卬事，治事也。《國語·周語》：'百官御事。'《書·泰誓》：'御事庶士'，《傳》：'御，治也。'《疏》：'御是治理之事，故通訓御爲治也。'"(白玉峥：《契文舉例校讀》，《中國文字》第 34 冊，第 3844 頁)姚孝遂先生云："'卬事'猶言'用事'，猶'丝卬'即'丝用'。"(于省吾主編，姚孝遂按語編撰：《甲骨文字詁林》，北京：中華書局，1996 年，第 406 頁)筆者此從白氏所言。

組卜辭，大多具備前辭和命辭，其基本體制爲："(干支卜)，(某貞人)貞：乎某臣某事。"這類刻辭凡前辭記"干支卜"者，其後必錄貞人名，無例外。

3. 乎取

殷王命令臣屬取獲某物。這類刻辭主要見於賓組卜辭。如：

(23) 辛卯卜，爭：勿乎取奠女子。
　　辛卯卜，爭：乎取奠女子。

《合》536=《乙》4737=《丙》264[一。賓一]

(24) 壬辰卜，亙貞：㞢(侑)𦉪巫，乎取以。

《合》5647 正=《歷拓》6044 正[一。典賓]

(25) 庚子卜，亙貞：乎取工芻以。　　《合》39483=《金》567[一。典賓]

(26) 丁亥卜，亙貞：乎取呂。
　　貞：勿乎取呂。王固曰：吉。其取。

《合》6567=《文捃》1024=《北圖》2335[一。典賓]

(27) □辰卜，古貞：乎取馬于𠂤以。三月。

《合》8797 正=《續》5.4.5=《簠·地》44=《簠·拓》562[一。典賓]

(23)之"奠"、(25)之"工"、(26)之"呂"、(27)之"𠂤"皆爲地名。(24)、(25)、(27)之"以"，謂致送。所命取獲之物有女子、牲畜、土地等，以之致送於殷王。這類刻辭大多具備前辭和命辭，較少記占辭，其通常體制爲："干支卜，某貞人貞：乎取某物。"

4. 乎獵

殷王舉行田獵時，命令臣屬采取相應配合行動。這類刻辭數量不多，主要見於典賓類卜辭。如：

(28) 庚申卜，㱿貞：乎逐兔。

《合》1772 正=《乙》1897=《丙》394[一。典賓]

(29) 乎多馬逐鹿，隻。　　《合》5775 正=《乙》4615=《丙》83[一。典賓]

(30) 貞：[乎]田[从]西。
　　貞：乎田从北。
　　貞：乎田从東。
　　貞：乎田从南。　　《合》10903=《綜述》21.3=《文捃》415[一。典賓]

或有前辭，必有命辭。其基本體制可爲："(干支卜)，(某貞人)貞：乎(某臣)某事。"

5. 乎伐禦

殷王命令臣屬征伐或防禦敵方。相應刻辭多爲征伐𢀛方的記錄，主要見於典賓類卜辭。如：

(31) 丙午卜，㱿貞：勿登人三千乎伐𢀛方，弗其受㞢(有)又(祐)。

《合》39864=《金》524[一。典賓]

(32) 辛巳卜，□貞：㬋帚好三千登旅萬，乎伐□[方]。

《合》39902=《庫》310=《英藏》150 正[一。典賓]

(33) 癸酉卜，殻貞：乎多僕伐𢀛方，受㞢[又]。
《合》540=《簠·征》4=《簠·拓》777=《續》3.2.3[一。典賓]

(34) 辛酉卜，爭貞：勿乎以多僕伐𢀛方，弗其受㞢又。
《合》547=《續存下》291=《歷拓》7086[一。典賓]

(35) 甲辰卜，殻貞：勿乎伐𢀛[方]，弗其受㞢[又]。
乙丑卜，[殻]貞：我[弗]其受㞢[又]。
《合》6259=《簠·征》13=《簠·拓》793=《續》3.4.3[一。典賓]

(36) 甲子卜，殻貞：勿乎多僕伐𢀛方，弗其受㞢又。
勿乎多僕伐𢀛方，弗其受㞢又。
《合補》1805甲=《蔡續》11.10=《合》545+《英藏》554+《合》540[一。典賓]

(37) 乙巳卜，爭貞：乎多臣伐𢀛方，受㞢[又]。
《合》613=《簠·征》5=《簠·拓》779[一。典賓]

(38) [貞]：勿乎伐[𢀛方]。
乎伐𢀛方。
貞：勿乎伐。
貞：乎伐𢀛方。
[貞]：勿[乎伐]。 《合》6250=《歷拓》6780[一。典賓]

(39) 貞：勿乎征𢀛方。
貞：乎征𢀛方。
允𢦏。 《合》6310=《歷拓》10627[一。典賓]

(40) 貞：[勿乎]征。
貞：乎征。
勿乎伐𢀛[方]。
貞：乎伐𢀛[方]，受㞢又。
貞：勿乎征𢀛方。 《合》39869=《金》600[一。典賓]

其基本體制爲："干支卜，某貞人貞：乎某臣伐某方，(受㞢又)。"如(31)～(37)，具備前辭和命辭，前辭中一般同時記錄干支卜和貞人名，命辭後或綴有"受㞢又"之語。還有一些刻辭省略了前辭中的干支卜、貞人名及命辭中的臣屬名，祇寫作"貞：乎伐/征某方"者，如(38)～(40)。

也有少量刻辭記載殷王命令臣屬防禦敵方進攻，見於典賓類及何組、無名類卜辭。如：

(41) 己巳卜，王：乎求戎我。
《合》5048=《南·誠》49=《歷拓》9687[一。典賓]

(42) 己酉卜，亙貞：乎多犬衛(衛)。 《合》5665=《文捃》993[一。典賓]

(43) 其乎戍御(禦)羌方于義則，𢦏羌方，不喪众。
于浖帝(禘)，乎御羌方于之，𢦏。 《合》41341=《中圖》76[三。何一]

(44) 其乎戍卬羌方于義則，𢦏羌方，不喪众。
于浖帝，乎卬羌方于之，𢦏。

《合補》8969=《綴新》563=《合》27972(《京人》2142)
+《合》27973(《安明》2113)[三四。無名]

(45)癸巳卜：其乎北卬史衛。 《合》27897=《甲》1636[三四。何二]

(46)王其乎衛于眣，方出于之，又𢦏。
《合》28012=《安明》2126[三四。無名]

其中，典賓類卜辭具備前辭和命辭，其基本體制爲："干支卜，某貞人貞：乎某臣衛(某地)。"如(41)～(42)。何組、無名類卜辭多不記前辭，必有命辭，"乎"前著一"其"字，多記載具體的防禦地點，其基本體制爲："(干支卜)：(王)其乎(某臣)禦/衛(某方)(于)某地。"如(43)～(46)。

綜上所述，殷墟甲骨刻辭中的"乎"文具有以下特點：

① 有關祭祀、田獵、往使的"乎"文主要見於賓組卜辭，或有前辭，必有命辭，其基本體制可歸結爲："(干支卜)，(某貞人)貞：乎某臣某事。"若前辭中記干支卜，則其後必記貞人名；命辭中大都載錄所乎臣屬名。

② 有關取獲的"乎"文主要見於賓組卜辭，具備前辭和命辭，命辭中一般不記所乎臣屬名，其基本體制爲："干支卜，某貞人貞：乎取某物(氏)。"

③ 關於伐禦的"乎"文主要見於典賓類、何組、無名類卜辭。典賓類卜辭中的這類"乎"文，皆具備前辭和命辭，其中有關征伐的"乎"文其基本體制爲："干支卜，某貞人貞：乎某臣伐/征某方，(受㞢又)。"有關防禦的"乎"文其基本體制爲："干支卜，某貞人貞：乎某臣衛(某地)。"見於何組、無名類卜辭的這類"乎"文，多不記前辭，必有命辭，"乎"前著一"其"字，其基本體制爲："(干支卜)：(王)其乎(某臣)禦/衛(某方)(于)某地。"

三、使

甲骨文之"使"字，與"史""事"同源，作[古文字](《合》376正)、[古文字](《合》5522正)等形，金文作[古文字](《𬾦鎛》)、[古文字](《中山王嚳鼎》)等形。《說文》云："使，(伶)[令]也。从人，吏聲。"[①]段《注》："令者，發號也。《釋詁》：'使，從也。'其引伸之意也。"[②]其說可從。

殷墟甲骨刻辭中的"使"文，數量較少，內容大多是記錄殷王施命於臣屬出使某地，主要見於賓組卜辭。如：

(1)貞：使人于岳。 《合》5519=《歷拓》12169[一。賓一]

(2)使人于岳。 《合》5518=《粹》31[一。賓一]

(3)貞：勿使人于岳。

① [漢]許慎撰，[宋]徐鉉校定：《說文解字》卷八上《人部》，北京：中華書局，1963年，第165頁。
② [漢]許慎撰，[清]段玉裁注：《說文解字注》八篇上《人部》，上海：上海古籍出版社，1988年，第376頁。

使人于岳。

貞：使人于岳。　　《合》5520=《鐵》23.1［一。典賓］

(4)乙酉卜，㱿貞：使人于河，沈三羊，𫹉三牛。三月。

《合》5522正=《粹》36甲=《善》157正［一。典賓］

(5)貞：使人往于唐。

《合》5544=《歷拓》999正=《歷拓》9991正［一。典賓］

(6)丁丑卜，韋貞：使人于我。

《合》5525=《戩》26.8=《續》5.16.7=《歷拓》9387［一。典賓］

(7)乙□卜，亙貞：使人于我。　　《合》5526=《善》16953［一。典賓］

(8)丁丑卜，𠲀貞：使人于我。

《合》5527正=《鄴三下》37.6=《南·輔》27=《歷拓》1259正［一。典賓］

貞：勿使人于我。　　《合》5527反=《鄴三下》38.5=《南·輔》28=《歷拓》1259反［一。典賓］

(9)□□卜，□［貞］：使人于鳥。　　《合》5529=《鐵》43.3［一。典賓］

(10)貞：勿使人于隕，不若。　　《合》376正=《乙》1277=《丙》96［一。典賓］

(11)王勿使人于沚。　　《合》5530甲=《乙》1355［一。典賓］

(12)王使人于沚，若。　　《合》5530乙=《鐵》7575［一。典賓］

這類刻辭中，就派遣臣屬使往某地一事是否順利進行反復貞卜的現象出現較多，如(1)～(3)使岳，(6)～(8)使我，(10)使隕，(11)～(12)使沚，表明殷王對此事很是關注。這種“使”文的基本體制爲：“(干支卜)，(某貞人)貞：(王)使人于某地。”必有命辭，或有前辭。前辭中若記干支卜，則必錄貞人名。

由以上分析可知，殷墟甲骨刻辭中記錄“令”“乎”“使”的卜辭，主要爲殷王對臣屬的發號施令，今統稱爲“命”文。其中，著“使”的“命”文數量較少，主要爲賓組卜辭，內容主要爲往使的記錄；著“乎”的“命”文數量較多，主要見於賓組、何組、無名類卜辭，內容涉及祭祀、往使、取獲、田獵、伐禦；著“令”的“命”文數量最多，其內容豐富，涉及祭祀、往使、取獲、省廩、壅田、田獵、伐禦等事項，歷時也最長，自組、賓組、歷組、出組、何組、無名類、黃類卜辭皆有表現。相應“命”文之體制特徵，已如上述。

第五節　卜

殷墟甲骨刻辭中，除去可納入上文論述的“占”“告”“命”這三種文體的卜辭之外，其餘絕大多數的卜辭皆可歸入“卜”文。這類刻辭數量龐大，本書不能一一論及。此處姑且選擇“卜”文中較具代表性的、歷時較長的五種內容（祭祀、巡行、田獵、征伐、卜旬）中的部分卜辭進行分析，窺其一斑，亦可見出殷墟甲骨刻辭“卜”文的體制特徵。

一、與祭祀有關的“卜”文——以侑祭刻辭爲例

殷墟甲骨刻辭中，記載內容與祭祀有關的“卜”文數量很多，各類祭祀之名實也很複雜。此處舉例進行論述的，是殷墟甲骨刻辭中的侑祭卜辭。這種卜辭可較明顯地反映與祭祀有關的“卜”文之體制上的特徵。

甲骨文中，“侑”與“㞢”“又”二字同形。王國維先生云：

> “又”之言“侑”，《詩·楚茨》“以妥以侑”，猶言祭也。①

董作賓先生云：

> “又”在卜辭通作“祐”，亦作“侑”。“侑”蓋祭祀時勸食之樂。《詩·楚茨》“以妥以侑”，《傳》：“侑，勸也。”②

饒宗頤先生云：

> 祭名“㞢”，㞢爲侑，亦通“右”。《周禮》“以享右祭祀”，鄭《注》：“右讀爲侑，侑勸尸食而拜。”《詩·彤弓》毛《傳》：“右，勸也。”㞢乃勸尸之事。《楚茨》“以享以祀，以妥以侑”即妥尸侑尸也。③

黃錫全先生云：

> “㞢”字大都出現在武丁時期即第一期卜辭中。這個字在武丁以後即已逐漸消失，而先後以其同音字“又”字所代替。至西周金文中才出現了从手持肉的“有”字。④

所言皆是。

殷墟甲骨中的侑祭卜辭，數量甚多，歷時較長，𠂤組、賓組、歷組、出組、何組、無名類、黃類刻辭皆有所見，所祭對象多數爲祖先神（先公、先王、先妣、舊臣），少數爲自然神（岳神、河神等）。見於𠂤組刻辭的侑祭“卜”文數量較多，如：

---

① 王國維：《戩壽堂所藏殷虛甲骨文字考釋》，石印本，1917年，頁一。

② 引自李孝定：《甲骨文字集釋》卷三，臺北：“中央研究院”歷史語言研究所，1970年，第891頁。

③ 饒宗頤：《殷代貞卜人物通考》，香港：香港大學出版社，1959年，第981頁。

④ 黃錫全：《甲骨文“㞢”字試探》，《古文字研究》第6輯，北京：中華書局，1981年，第196頁。

(1)庚戌卜，勺：虫(侑)父辛。　　　《合》19920=《甲》488[一。自肥筆]

(2)乙巳卜，扶：虫子宋。　　　《合》19921=《京人》3014[一。自肥筆]

(3)乙巳卜，王：虫子宋。
《合》20034=《京》2094=《善》2662[一。自小字]

(4)□[午]卜，[王]：虫父乙。
《合》19930=《京》3072=《善》4152[一。自肥筆]

(5)庚寅卜，王：虫母庚。　　　《合》19961=《善》1630[一。自肥筆]

(6)□□卜，勺：虫小王。
《合》20022=《南師》2.146=《外》217=《歷拓》8099[一。自小字]

(7)□□卜：虫般庚百[宰]。
《合》19917=《拾》14.14=《歷拓》11481[一。自肥筆]

(8)□辰卜：又父乙一豕。　　　《合》19938=《善》6995[一。自小字]

(9)辛巳卜，王：虫父乙羊。
《合》19949=《京》2935=《北圖》2573[一。自小字]

(10)己未卜，王：虫兄戊羊。用。　　　《合》20015=《甲》182[一。自肥筆]

(11)□□[卜]，王：虫母庚豕。鼎用。
《合》19962=《契》279=《歷拓》6238[一。自小字]

(12)甲申卜，扶貞：虫父乙一牛。用。八月。
《合》19928=《佚》599[一。自小字]

其基本體制爲：“干支卜，某貞人(貞)：虫某神祖(某物)。(某用辭。)(某月。)”具備前辭和命辭。前辭皆記“干支卜”，多記貞人名而無“貞”字。命辭或衹記侑祭對象，不記侑祭所用之祭品，如(1)～(6)；或兼記侑祭對象與所用之祭品(牛、羊、豕等)，如(7)～(12)。命辭後或有用辭，如(10)～(12)。辭尾偶記月份，如(12)。

見於屮類刻辭的侑祭“卜”文數量不多，如：

(13)丁巳卜：虫父戊。
丁巳卜：虫咸戊。　　　《合》19946正=《甲》2907[一。屮類]

(14)壬辰卜：虫母癸盧豕。
癸巳卜：虫母甲盧豕。
甲午卜：虫母乙盧豕。
乙未卜：虫母盧豕。　　　《合》19957反=《佚》383反=《鄴初下》26.4
=《歷拓》11007[一。屮類]

(15)壬戌卜：虫母壬盧豕。
癸亥卜：虫母庚盧豕。
癸亥卜：虫母庚盧豕。
癸亥卜：虫萑母盧。
癸亥卜：虫母萑盧。
癸亥卜：虫母萑盧。　　　《合》20576正=《甲》2902[一。屮類]

其基本體制爲：“干支卜：虫某神祖(某物)。”具備前辭和命辭，前辭皆作“干支卜”，不記貞人名。

見於賓組刻辭的侑祭"卜"文數量較多，如：

(16)丁未卜，古貞：㞢于兄丁。

《合》1807=《歷拓》7413=《北大》1號[一。賓一]

(17)丁卯卜，貞：㞢于大甲。三月。

《合》1424=《前》7.41.2=《通》328=《歷拓》7392[一。典賓]

(18)戊[午]卜，㱿貞：㞢于祖乙。 《合》1545=《乙》3448[一。典賓]

(19)丁卯卜，古貞：㞢于南庚。

《合》2003正=《續存上》276=《歷拓》5960正[一。典賓]

(20)辛酉卜，宐貞：㞢于母庚。 《合》2545=《龜》1.13.14[一。典賓]

(21)乙丑卜，宐貞：㞢于大甲。

《合》2725正=《南・師》1.21=《外》6[一。典賓]

(22)壬子卜，内貞：翌癸丑，㞢于祖辛。

《合》1747正=《乙》4592[一。典賓]

(23)甲午卜，㱿貞：翌乙未，㞢于祖乙。

《合》1542=《歷拓》10828[一。典賓]

(24)癸酉卜，㱿貞：翌乙亥，㞢于祖乙。

《合》1534正=《簠・帝》59=《簠・拓》154=《續》1.13.1[一。典賓]

(25)丙戌卜，宐貞：翌乙亥，㞢于祖乙。

《合》1533=《文捃》826=《北圖》2498[一。賓三]

(26)癸丑卜，爭貞：翌乙卯，㞢于祖乙。

《合》1554=《後上》19.2[一。賓三]

(27)丙寅卜，宐貞：翌丁卯，㞢于丁。

丙寅卜，古貞：翌丁卯，㞢于丁。

《合》339=《通・別一》1.1=《甲》2124[一。賓三]

(28)己卯卜，爭貞：翌庚辰，㞢于父庚。 《合》2136=《乙》8668[一。賓三]

(29)乙巳卜，宐貞：㞢于祖乙二青。 《合》1528正=《乙》7483[一。賓一]

(30)丙午卜，宐貞：㞢于祖乙十白豭。

《合》1524=《前》7.29.2=《通》165[一。典賓]

(31)丙午卜，宐貞：翌丁亥，㞢于丁宰。

《合》1909=《續》2.18.6=《歷拓》5649[一。典賓]

(32)甲辰卜，㱿貞：翌乙巳，㞢于父乙宰。用。

《合》1402正=《乙》2293=《丙》39[一。典賓]

(33)□□[卜]，[㱿]貞：[翌]□午，㞢于大甲白牛。用。

《合》1423=《續》1.10.1=《歷拓》4326[一。賓三]

(34)甲午卜，貞：翌乙未，㞢于[祖乙]，羌十人，卯宰一㞢一牛。

甲午卜，貞：翌乙未，㞢于祖乙，羌十㞢五，卯宰㞢一牛。五月。

《合》324=《續》1.12.8=《佚》154[一。賓三]

其基本體制爲："干支卜，某貞人貞：(翌干支)，㞢于某神祖(某物)。(某用辭。)(某月。)"具備前辭和命辭。前辭皆記"干支卜"，多記貞人名而有"貞"字。命辭或衹記侑祭對象，不記侑祭所用之祭品，如(16)～(28)；或兼記侑祭對象與所用之祭品，如(29)～(34)。命辭後或有用辭，如(32)～(33)。辭尾偶記月份，如(34)。

見於歷組刻辭的侑祭"卜"文數量也較多，如：

(35)壬子卜：又(侑)于岳。

壬子卜：又于伊尹。

《合》34192=《粹》197=《善》8946=《京》3936[一二。歷二]

(36)甲午卜：其又于小乙，王受又(祐)。

《合》32613=《寧》1.196=《歷拓》3424[一二。歷二]

(37)甲戌卜：又于父丁一牛。

《合》32722=《南・明》507=《歷拓》4953[一二。歷二]

(38)甲午卜：又于父丁犬百、羊百，卯十牛。

《合》32698=《京人》4066=《歷拓》6348[一二。歷二]

(39)甲子夕卜：又祖乙一羌，歲三牢。

《合》32171=《佚》897=《歷拓》10545[一二。歷二]

(40)癸卯貞：其又于高祖，尞六牛。

《合》32302=《寧》1.159=《掇一》461=《京》3915=《歷拓》1506[一二。歷二]

(41)辛酉貞：癸亥，又父丁，歲五牢。不用。

《合》32665=《京》4068=《歷拓》4509[一二。歷二]

(42)丙子貞：丁丑，又父丁，伐三十羌，歲三牢。丝(兹)用。

《合》32054=《甲》635[一二。歷二]

(43)甲子貞：又伐于上甲羌一，大乙羌一，大甲羌一。丝用。

《合》32113=《粹》237=《善》176+《安明》2321[一二。歷二]

其基本體制爲："干支卜/貞：(干支)，(其)又(于)某神祖(某物)。(某用辭。)"具備前辭和命辭。前辭記"干支卜"(或作"干支貞")，不記貞人名。命辭或衹記侑祭對象，不記侑祭所用之祭品，如(35)～(36)；多兼記侑祭對象與所用之祭品，如(37)～(43)。命辭後或有用辭，如(41)～(43)。

見於出組刻辭的侑祭"卜"文數量亦較多，如：

(44)癸未卜，出貞：㞢于保，叀辛卯酌。

《合》25038=《續存上》1601[二。出一]

(45)壬戌卜，王貞：其又于祖乙。才(在)十一月。

《合》22888=《真》8.7=《錄》284=《歷拓》12044[二。出二]

(46)丁卯卜，即貞：其又于母辛。　《合》23418=《善》336[二。出二]

(47)甲申卜，即貞：其又于兄壬，于母辛宗。

《合》23520=《後上》7.11[二。出二]

(48)壬辰卜，大貞：翌己亥，㞢于兄。十二月。

《合》25029=《契》31=《歷拓》6177[二。出一]

(49)癸卯卜，即貞：翌乙卯，其又于祖乙。

《合》22887=《龜》1.12.16=《通》162[二。出二]

(50)癸巳卜，即貞：翌乙未，其又于小祖乙。

《合》23171=《戩》5.10=《通》91=《續》1.15.8=《歷拓》9156[二。出二]

(51)庚寅卜，大貞：翌辛卯，其又于祖辛，亡囚。十一[月]。

《合》22967=《續》1.18.7=《天》27=《歷拓》10036[二。出二]

(52)癸亥卜，𠂤貞：翌甲子，其又于兄庚，宙王宮禘𢼄。

《合》23481=《南·明》356=《歷拓》5248[二。出二]

(53)乙亥卜，中貞曰：其㞢于丁宙三宰。九月。

《合》23059=《戩》8.16=《續》1.45.5=《佚》874=《歷拓》9197[二。出二]

(54)壬申卜，旅貞：其又于季宙羊。

《合》24969=《歷拓》10454[二。出二]

(55)壬戌卜，大貞：[其]又[于]季[宙]羊。

《合》24974=《南·坊》2.83=《善》1044=《京》3218[二。出二]

(56)辛巳卜，大貞：㞢自上甲，元示三牛，二示二[牛]。十二月。

《合》25025=《前》3.22.6[二。出一]

(57)甲寅卜，旅貞：翌乙卯，其又于祖乙宰。

《合》22886=《安明》1203[二。出二]

(58)丙午卜，旅貞：翌丁未，其又于祖乙宰。

《合》23029=《上博新拓》42[二。出二]

(59)[丙]申卜，□貞：翌[丁]酉，其又于祖丁宰。

《合》23028=《續》1.20.3=《歷拓》4196[二。出二]

其基本體制爲："干支卜，某貞人貞：(翌干支)，其㞢/又于某神祖(某物)。(才某月。)"具備前辭和命辭。前辭記"干支卜"，皆記貞人名。命辭或祇記侑祭對象，不記侑祭所用之祭品，如(44)～(52)；多兼記侑祭對象與所用之祭品，如(53)～(59)。辭尾或記月份。

見於何組刻辭的侑祭"卜"文數量較多，如：

(60)丙辰卜，彭貞：其又祖丁宙翌日。

《合》27264=《甲》2641[三。何一]

(61)癸亥卜，彭貞：其又于日妣己，才十月又二。小臣囚立。

《合》27875=《甲》2647[三。何一]

(62)庚子卜，何貞：翌辛丑，其又妣辛饗。

癸卯卜，何貞：翌甲辰，其又于父丁宰饗。

《合》27321=《甲》2484=《甲釋》110[三。何一]

(63)壬子卜，何貞：翌辛丑，其又妣癸饗。

壬子卜，何貞：翌辛亥，其又毓妣辛饗。

壬子卜，何貞：翌辛丑，其又毓妣辛饗。

《合》27456正=《佚》257=《甲》2799=《北美》42正=《美》414[三。何一]

(64)戊午卜，貞：其又妣己宰。　《合》27515=《甲》2671[三。何一]

(65)庚寅卜，彭貞：其又妣辛一牛。

《合》27543=《甲》2698[三。何一]

(66)□□卜，狄[貞]：其又中宗祖乙▨彡，弗每(悔)。

《合》27244=《甲》1264[三四。何二]

(67)貞：其又才父庚，王受又(有)又(祐)。

《合》27423=《京》4044=《善》1017[三四。何二]

其基本體制爲："干支卜，某貞人貞：(翌干支)，其又(于)某神祖(某物)，(王受又又/弗每)。(才某月。)"具備前辭和命辭。前辭記"干支卜"，多記貞人名。命辭中或記"王受又又""弗每"等語。辭尾或記月份。

見於無名類刻辭的侑祭"卜"文數量較少，如：

(68)王其又小乙羌五人，王受又。　《合》26922=《甲》379[三四。無名]

(69)其又兄辛㐭牛，王受又。

《合》27622=《粹》342=《善》56[三四。無名]

(70)甲子卜：祭祖乙又㱿，王受又。

《合》27226=《寧》1.1=《歷拓》5856[三四。無名]

(71)己未卜：王其又父庚，王受又。

《合》27421=《寧》1.205=《歷拓》3761[三四。無名]

(72)辛亥卜：其又夕歲于父甲𢎘(必)，王受又又。

《合》30359=《粹》337=《善》736[三四。無名]

其基本體制爲："(干支卜)：(王)其又(于)某神祖，王受又(又)。"多有前辭，必有命辭。前辭記"干支卜"，不記貞人名。命辭中多記"王受又"之語。

見於黃類刻辭的侑祭"卜"文數量較多，如：

(73)乙丑卜，貞：王其又㕚于文武帝𢎘，其㠯(以)羌五人正，王受又又。

□子卜，貞：王其又㕚于文武帝𢎘，其各月又省，于來丁丑卣羞彡，王弗每(悔)。

《合》35356=《簠・帝》143=《簠・拓》237=《續》2.7.1[五。黃類]

(74)癸酉卜，貞：翌日乙亥，王其又㕚于武乙𢎘正，王受又又。

《合》36123=《前》1.20.7=《通》47[五。黃類]

(75)[甲辰]卜，貞：翌日乙巳，王其又㕚[于武]乙𢎘正，王受又又。

《合》36124=《京人》2951[五。黃類]

(76)[甲寅卜]，貞：翌日乙卯，王其又㕚[于武乙]𢎘正，王受又又。才正月。

《合》36125=《前》4.4.5=《歷拓》6376[五。黃類]

(77)□□[卜]，貞：乙未，王其又㕚于[武乙𢎘正]，王受又又。才九月。茲用。

《合》36126=《歷拓》6459[五。黃類]

(78) 丙戌卜，貞：翌日丁亥，王其又乆于文武帝正，王受又又。

《合》36168=《歷拓》10320[五。黃類]

(79) 丙戌卜，貞：[翌日]丁亥，王其[又乆]于文武[帝弋正]，王受[又又]。

甲午卜，貞：[翌日]乙未，王[其又乆]于武弋[正]，王受[又又]。

《合》36170=《前》4.38.5[五。黃類]

“乆”，祭名，其意不明；“弋”，于省吾先生釋爲“必”，即“祕”之初文，指祀神之宮室[①]；“正”，亦爲祭名。這類“卜”文的基本體制爲：“干支卜，貞：(翌日干支)，王其又乆于某神祖正，王受又又/王弗每。(才某月。)(某用辭。)”具備前辭和命辭，或有用辭。前辭記“干支卜”，不記貞人名。命辭中多記“王受又又”“王弗每”等語。辭尾或記月份。

二、與巡行有關的“卜”文——以“王步”刻辭爲例

殷墟甲骨刻辭中，有大量記錄殷王外出巡行的“卜”文。凡命辭中記有“王步”“王省”“王戋”等語的殷墟卜辭，皆可歸入此類“卜”文。此處且以“王步”刻辭爲例，分析與巡行有關的“卜”文在體制上的特點。

《說文》：“步，行也。”[②]《釋名》：“徐行曰步。”[③]吳其昌先生云：“‘王步’，謂王之出行不以車輿而步履也。”[④]

殷墟卜辭中，“王步”之文數量較多。其中見於自歷間類卜辭的這類“卜”文如：

(1) 甲辰卜：王步，戊申易日。
易日。
甲辰卜：王步，丁未易日。
乙卯卜：王步，丁巳易日。　《合》32941=《京人》3222[一。自歷間 A]

(2) 戊申卜：王步，庚戌易日。
庚戌卜：王步，辛亥易日。
不易日。
易日。　《合》32942=《粹》600=《善》807=《考白》34[一。自歷間 A]

(3) 甲辰卜：王步，丁未易[日]。

《合》32944=《安明》2540[一。自歷間 A]

(4) 辛巳卜：王步，壬午易日。
不易日。
辛巳卜：王步，乙酉易日。

---

① 參見于省吾：《釋必》，《甲骨文字釋林》，北京：中華書局，1979 年，第 38～40 頁。

② [漢]許慎撰，[宋]徐鉉校定：《說文解字》卷二上《步部》，北京：中華書局，1963 年，第 38 頁。

③ [漢]劉熙撰，[清]畢沅疏證：《釋名疏證》卷三《釋姿容第九》，《續修四庫全書》第 189 冊，上海：上海古籍出版社，2002 年，第 599 頁。

④ 吳其昌：《殷虛書契解詁》，武漢：武漢大學出版社，2008 年，第 152 頁。

不易日。
壬午卜：王步，癸未易日。
癸未不易日。
☐易日。

《合》34010=《佚》38=《珠》678=《考塡》221[一。自歷間 B]

(5)甲辰卜：王步，丁未易日。
甲辰卜：不易日。
甲辰卜：王步，戊申易日。
甲辰卜：王步，己酉易日。
庚申不易日。
☐易日。　　《合》34012=《寧》1.12=《歷拓》3562[一。自歷間 B]

“易日”，卽祈錫(賜)日光[①]。吳其昌先生謂“因王步履，故行‘錫日’之祭以求不雨”[②]，其言可從。這類“卜”文皆記提前卜問殷王出行之日天气是否晴好之事，其體制爲：“干支卜：王步，干支易日。”具備前辭和命辭。前辭衹作“干支卜”，命辭中皆記“易日”二字。

見於賓組卜辭的“王步”之文如：

(6)丙寅卜，內：翌丁卯，王步，易日。
翌丁卯，王步，不其易日。
貞：翌戊辰，王步，易日。
翌戊辰，勿步。
□□[卜，㱿貞]：翌己巳，[王]步于卒。
貞：于庚午步于卒。　　《合》11274 正=《乙》811[一。賓一]

(7)丙子卜，內貞：翌丁丑，王步于壴。
丙子卜，內貞：翌丁丑，王勿步。
丙子卜，內貞：翌丁丑其雨。
翌丁丑不雨。　　《合》14732=《乙》5355=《丙》116[一。賓一]

(7)所記四辭，皆爲丙子這天，貞人內就第二日丁丑天气是否有雨、王是否可以出行到壴地去之事進行卜問。這類“卜”文的體制爲：“干支卜，某貞人貞：翌干支，王步(于某地)，(易日)。”具備前辭和命辭。前辭記“干支卜”及貞人名。命辭之“步”字後或記巡行將要抵達的地名(于某地)，或記“易日”二字。

① “易日”，郭沫若先生云：“余謂易乃晹之借字。《說文》：‘晹，日覆雲暫見也。从日易聲。’是則‘易日’猶言陰日矣。”(郭沫若：《易日解》，《殷契餘論》，《郭沫若全集·考古編》第1卷，北京：科學出版社，1982年，第392頁)吳其昌先生云：“‘錫日’爲殷代祭典之一名。……其行祭之目的，常爲求止雨見日，……所以求止雨見日者，其故常爲王之出行，……‘錫日’之義，卽如其本名，爲‘錫霽’，爲‘祈錫日光’。”(吳其昌：《殷虛書契解詁》，武漢：武漢大學出版社，2008年，第151～152頁)此從吳先生所釋。

② 吳其昌：《殷虛書契解詁》，武漢：武漢大學出版社，2008年，第152頁。

見於歷組卜辭的“王步”之文如：

(8)戊申貞：王己步于[illegible]。

《合》27435=《鄴三下》42.3=《歷拓》6351[一二。歷一]

(9)丁巳貞：王步自[illegible]于𩁹，若。

壬戌貞：乙丑，王步自𩁹。

乙丑貞：王步自𩁹于㛸。　　　　《合》33147=《摭續》164[一二。歷二]

(10)丙辰貞：王步于[illegible]。

□□貞：王步于𩁹。　　　　《合》33148=《後上》13.4[一二。歷二]

其體制爲：“干支貞：(干支)，王步(自某地A)于某地B，(若)。”具備前辭和命辭。前辭作“干支貞”，無“卜”字，不記貞人名。命辭之“步”字後或記錄王出發之地名(自某地A)，多記錄王巡行將要抵達的地名(于某地B)，辭尾或綴“若”字。

見於出組卜辭的“王步”之文數量較多，如：

(11)丙申卜，□貞：翌丁酉，[王]其步于□。

《合》23799=《真》4.91=《錄》657[二。出二]

(12)丙申卜，□貞：翌丁[酉，王]其步[于]□。

《合》23800=《善》4640[二。出二]

(13)癸丑卜，行貞：王其步自良于[illegible]，亡[災]。

《合》24248=《佚》271=《美》425[二。出二]

(14)丙辰卜，[行]貞：王其步于良，亡[災]。

□□卜，行[貞：王]其步自良于果，亡災。

《合》24472=《前》2.21.3=《通》708[二。出二]

(15)庚辰卜，行貞：王其步自杞于□，亡災。

《合》24473=《後上》13.1=《通》742[二。出二]

(16)辛酉卜，尹貞：王步自商，亡災。

《合》24228=《北文處》3[二。出二]

(17)乙卯卜，王曰貞：翌日丙辰，王其步自隻。

[乙]卯卜，王曰貞：于丁巳步。

《合》24346=《粹》1332=《善》4455=《京》3282[二。出二]

(18)辛丑卜，行貞：王步自斷于雇，亡災。

癸卯卜，行貞：王步自雇于𠢕，亡災。才八月。才自雇。

乙酉卜，行貞：王其步自𠢕于麥，亡災。

《合》24347=《後上》12.12=《通》743[二。出二]

其基本體制爲：“干支卜，某貞人貞：(翌干支)，王(其)步(自某地A)于某地B，亡災。(才某月。)(才某地。)”具備前辭和命辭。前辭記“干支卜”及貞人名。命辭中“王”後多有“其”字，“步”字後或記錄王出發之地名，多記錄王巡行時將要抵達的地名，多綴有“亡災”二字。辭尾或記月份及卜問時所在地點。

見於何組卜辭的“王步”之文數量較少，如：

(19) ☐[王其]步自𠦪[于]☐，亡災。

《合》27798=《後下》39.15=《善》4896=《京》1929[三四。何二]

(20) 翌日壬，王其步于向，亡𢦔。吉。

《合》27799=《安明》2058[三四。何二]

(21) 乙酉卜：今日王[其]步[于]☐，易[日]。

《合》27801=《京人》2400[三四。何二]

其基本體制爲："干支卜：(翌日干)，王其步(自某地A)于某地B，(易日)/(亡災)。(某驗辭。)"具備前辭和命辭，或記驗辭。前辭記"干支卜"，不記貞人名。命辭中或記錄王出發之地名，多記錄王巡行時將要抵達的地名，或綴有"亡災""易日"之語。

見於黃類卜辭的"王步"之文數量較多，如：

(22) 辛酉卜，貞：王步，亡災。
丙寅卜，貞：王步，亡災。
☐☐[卜]，貞：[王步，亡]災。

《合》36372=《粹》1038=《善》4574[五。黃類]

(23) 壬子卜，貞：王步，亡災。
乙卯卜，貞：王步，亡災。
辛酉卜，貞：王步，亡災。
乙丑卜，貞：王步，亡災。

《合》36376=《前》3.25.2=《通》738[五。黃類]

(24) 甲午卜，才潢，貞：王步于朱，亡災。

《合》36587=《後上》10.8[五。黃類]

(25) 辛未卜，才香，貞：今日王步于☐，亡災。
甲寅卜，才☐，貞：今日王步[于]奠，亡災。

《合》36752=《歷拓》720[五。黃類]

(26) 乙卯王卜，才㕛，貞：今日[步]于𩰫，亡災。
☐☐王卜，才商，貞：今日[步]于京，亡災。
甲寅王卜，才京，貞：今日[步于]㕛，亡災。

《合》36567=《前》2.9.6[五。黃類]

(27) 己酉[王卜，才]樂，[貞：今日步]于[噩，亡災]。
庚戌王卜，才噩，貞：今日步于洒，亡災。
辛亥王卜，才洒，貞：今日步于☐，亡災。
[壬寅]王卜，[才]☐，貞：[今日]步于☐，[亡]災。

《合》41777=《金》583[五。黃類]

(28) ☐☐[王卜，才]商，貞：[今日步]于京，亡災。
甲午王卜，才京，貞：今日[步于]㕛，亡災。

《合》36555=《後上》9.12[五。黃類]

(29) 己巳王卜，才危，貞：今日步于攸，亡災。才十月又二。

《合》36825=《簠・遊》37=《簠・拓》641=《續》3.30.7[五。黃類]

這種“卜”文可分爲兩類：一類由臣卜問王出行至某地是否順利。其體制或爲“干支卜，貞：王步，亡災”，如(22)～(23)；或爲“干支卜，才某地A，貞：(今日)王步于某地B，亡災”，如(24)～(25)。皆具備前辭和命辭。前辭記“干支卜”；命辭之“步”字前皆有“王”字，綴有“亡災”二字。前辭若記貞卜所在地點(才某地A)，則命辭必記王巡行將要抵達的地名(于某地B)。

另一類由王親自卜問出行至某地是否順利。其體制爲：“干支王卜，才某貞地A，貞：今日步于某地B，亡災。(才某月。)”如(26)～(29)，皆具備前辭和命辭。前辭記“干支王卜”及貞卜所在地點；命辭皆記王巡行將要抵達的地名，其後亦皆綴有“亡災”二字。辭尾或記月份。

三、與田獵有關的“卜”文

殷墟甲骨刻辭中，有關田獵的刻辭數量很多。陳煒湛先生曾對殷墟甲骨中的田獵刻辭數量作過估計和分析。他認爲：

> 正如目前無法精確統計出土甲骨文的總數一樣，要精確統計現有田獵刻辭的片數也幾乎是不可能的。精確統計有很多困難，其中有重複的問題，碎裂的問題，散失(或尚未發表)的問題，需要去重、綴合、調查，……所以衹能根據現有資料作番粗略的估計。我的估計是這樣的：甲骨文迄今出土十萬餘片(說詳《甲骨文簡論》，胡厚宣先生《八十五年來甲骨文材料的再統計》一文則認爲“國內外共收藏甲骨 154604 片”)，其中田獵刻辭約四千五百片，相當於總數的二十分之一。四千五百片之中卜辭完整可讀可資研究者約三千五百片，重要並清晰可觀者約五百片。……
>
> 這裏需要說明一點：估計田獵刻辭爲四千五百片，衹是就大體而言，……因爲一版甲骨所契卜辭往往兼及若干類别，幾類卜辭共見一版是常有的事。……總的説來，十萬多片甲骨文中約有四千五百片田獵卜辭，這個估計可能是比較接近事實的，甚至是比較保守的。①

陳先生所依據的甲骨刻辭材料主要是《合》、《屯南》、《英藏》等。其時，《續存補編》、《合補》、《花東》等書尚未出版。今天看來，殷墟甲骨中的田獵刻辭之片數自然比陳先生所估計的要多。但即便衹是陳先生所估計的“四千五百片”，也已是很可觀的數量了。

殷墟甲骨中的田獵刻辭，絕大多數皆見於卜辭。因而可歸入“卜”文的田獵刻辭，其數量亦頗可觀。現就見於自賓間類、賓組、歷組、出組、何組、無名類、黄類卜辭的有關田獵的“卜”文，擇其辭例進行分析，以見其體制特徵。

見於自賓間類刻辭的田獵之“卜”文如：

(1)癸丑卜：王其逐豕，隻(獲)。允隻豕三。

《合》10230=《歷拓》6679[一。自賓間 A]

① 陳煒湛：《甲骨文田獵刻辭研究》，南寧：廣西教育出版社，1995 年，第 1～5 頁。

(2)乙未卜：翌丙申，王田，隻。允隻鹿九。

《合》10309=《寶》4.7=《京人》279[一。自賓間 A]

(3)庚戌卜：申隻羅。隻十五。

庚戌卜：罙隻羅。隻十五。

甲戌卜：𣏟征不其𡴘(擒)。十一月。

甲戌卜：𣏟征𡴘。隻六十八。

《合》10514=《甲》3112+3113[一。自賓間 A]

(4)丙午卜，貞：彈祉貍。

《合》10458=《掇二》234=《京》2344[一。自賓間 A]

(5)乙未卜，貞：豙隻𡿧。十二月，允隻十六，以羌六。

《合》258 正=《前》7.8.4[一。自賓間 A]

(6)戊戌卜，貞：王隹𡴘。之日，王允𡴘豕一、[鹿]☐。

《合》10251=《上博新拓》241[一。自賓間 A]

(7)癸亥卜，貞：𢀛𤞷逐。　　《合》10253=《旅文店》14[一。自賓間 A]

其基本體制爲："干支卜，(貞)：(翌干支)，某田獵事。(某驗辭。)"具備前辭、命辭，或記驗辭。

見於賓組刻辭的田獵之"卜"文數量較多，如：

(8)庚辰卜：王弗其㚔(執)豕。允弗㚔。

《合》10297=《珠》419=《書博》29[一。賓一]

(9)丙申卜，爭貞：王其逐麇，冓(遘)。

《合》10345 正=《乙》4372=《丙》88[一。賓一]

(10)丙申卜，㱿貞：我其逐麇，隻。

《合》10346 正=《乙》6728=《丙》291[一。賓一]

(11)丙申卜，宂貞：貍隻四羌，其至于𢀛。

《合》201 正=《乙》4821=《丙》415[一。典賓]

(12)戊午卜，㱿貞：我狩𡆥，𡴘。之日狩，允𡴘。隻虎二、鹿四十、𤞷[二]百六十四、毘百五十九、藺赤㞢雙、二赤小☐四☐。

《合》10198 正=《乙》2908=《丙》284[一。典賓]

(13)乙未卜：今日王狩光，𡴘。允隻虤二、兕一、鹿二十一、豕二、毘百二十七、虎二、兔二十三、雉二十七。十一月。

《續存補編》1.87=《合》10197=《天》79=《歷拓》10309[一。典賓]

(14)乙未卜，亙貞：逐豕，隻。

《合》10228 正=《前》3.33.3=《善》6535 正=《粹》1480 甲=《京》1460[一。典賓]

(15)☐亥卜，㱿貞：其逐兕，隻。　　《合》10400=《珠》920[一。典賓]

(16)癸未卜，㱿貞：多子隻𨾴。　　《合》10501 正=《乙》3764[一。典賓]

(17)壬申卜，㱿貞：圃𡴘麇。丙子陷，允𡴘二百㞢九。

《合》10349=《前》4.4.2=《通》23=《歷拓》6516[一。典賓]

(18)戊子卜，㱿貞：王[往]逐𨾴于沚，亡災。之日，王往逐𨾴于沚，允亡災，隻𨾴八。 《合》9572=《續存下》166=《歷拓》1151[一。賓三]

(19)[庚]子卜：翌辛丑，王逐兕。

《合》10402=《前》6.49.6=《龜》2.15.18[一。賓三]

(20)癸未卜，貞：翌戊子，王往逐✻。

《合》10506=《簠・遊》17=《簠・拓》698=《續》3.36.8[一。賓三]

其基本體制爲："干支卜，某貞人貞：(今日/翌干支)，某田獵事。(某驗辭。)"具備前辭、命辭，或記驗辭。前辭中多記貞人名。驗辭多記田獵所獲之獵物。

見於歷組刻辭的田獵之"卜"文如：

(21)辛亥卜：翌日王其田𡚸，弗每(悔)，亡𢦏。

《合》33369=《摭續》118+132=《掇二》75[一二。歷一]

(22)丙戌卜：丁亥，王陷，𢍰。允𢍰三百又四十八。

《合》33371=《後下》41.12=《通》24[一二。歷一]

(23)壬辰卜：癸巳，才□，王狩，𢍰。允[𢍰]十☒。

甲午卜：今日王逐兕。

乙未：今日王𢍰。 《合》33375=《甲》620[一二。歷一]

(24)辛巳卜，才小箕：今日王逐兕，隻(獲)。允隻七兕。

《合》33374正=《摭續》161=《掇二》399正[一二。歷草]

(25)壬午卜：王往田，亡𢦏。

《合》33362=《寧》1.393+1.394[一二。歷二]

(26)己巳貞：叀王狩。

己巳卜：王今日狩。 《合》33387=《安明》2652[一二。歷二]

其基本體制爲："干支卜：(今日/翌日/干支)，某田獵事。(某驗辭。)"具備前辭、命辭，或記驗辭。前辭中皆不記貞人名。

見於出組刻辭的田獵之"卜"文如：

(27)丁丑卜，王曰貞：翌戊寅，其田，亡災，往冓(遘)雨。

庚申卜，王曰貞：翌辛酉，其田，亡災。

《合》24501=《京人》1460[二。出二]

(28)庚午卜，王曰貞：翌辛未，其田，往來亡災，不冓囚。丝用。

《合》24502=《鄴初下》40.1=《京》3454=《歷拓》2949[二。出二]

(29)癸未卜，王曰貞：又(有)兕才(在)行，其左射[隻]。

《合》24391=《前》3.31.1=《慶甲》6.18[二。出二]

(30)庚[戌卜]，[王曰]貞：翌□□田☒。

庚戌卜，王曰貞：其爵用。

庚戌卜，王曰貞：其利右馬。

庚戌卜，王曰貞：其利左馬。

[庚戌卜]，王[曰貞：其]利□[馬]。

《合》24506=《後下》5.15=《通》731=《摭》88[二。出二]

(31) 己卯卜，行貞：王其田，亡災。在二月。在慶卜。
丙申卜，行貞：王其田，亡災。在慶。
《合》24474=《後上》11.2[二。出二]

(32) 戊申[卜]，出貞：[王]其田，[亡]災。
戊戌卜，出貞：王其田，亡災。
戊戌卜，出貞：王其[田]，亡災。
□□卜，出[貞：王其]田，[亡災]。
□午卜，[出貞]：王其田，[亡]災。
《合》24475=《甲》2679[二。出二]

(33) 戊申卜，旅貞：王其田，亡災。
[戊]午卜，旅貞：王其田，亡災。
《合》24479=《續存下》668=《旅博》86[二。出二]

(34) 庚午卜，出貞：王其田，亡[災]。
辛未卜，[出]貞：王其[田，亡災]。
《合》24485=《美》662[二。出二]

(35) 戊辰卜，尹貞：王其田，亡災。才正月。才危卜。
《合》41075=《金》25[二。出二]

這類“卜”文大致可分爲兩種類型。一類爲王卜，其體制爲：“干支卜，王曰貞：(翌干支)，某田獵事。(某用辭。)”如(27)～(30)。具備前辭、命辭，或記用辭。前辭“干支卜”之後皆作“王曰貞”。另一類爲臣卜，其體制爲：“干支卜，某貞人貞：王其田，亡災。(才某月。)(才某地卜。)”如(31)～(35)。具備前辭和命辭，前辭記貞人名，命辭作“王其田，亡災”。辭尾或記月份及貞卜地點。

見於何組刻辭的田獵之“卜”文如：

(36) 庚午卜，貞：翌日辛，王其从田，馬其先，*，不雨。
《合》27948=《京》4471=《北圖》2574[三四。何二]

(37) 翌日壬，王其田，亡災。
翌日壬，王其田*，又(有)大逐。
《合》28888=《粹》931=《善》6581[三四。何二]

(38) 叀*田，亡災。大吉。
王其田，亡災。　《合》28889=《甲》1550[三四。何二]

(39) 壬戌卜，□貞：王其田犬，亡𢦏。
《合》29389=《京》4444=《善》6775[三四。何二]

(40) 貞：翌日戊，王其[田]盂，湄日[1]亡災。

① “湄日”二字連文，常見於殷墟甲骨刻辭中的田獵卜辭。楊樹達先生云：“湄日者，湄當讀爲彌，彌日謂終日也。”(楊樹達：《卜辭瑣記》廿六“王叀湄日”條，見《楊樹達文集》之《積微居甲文說・耐林廎甲文說・卜辭瑣記・卜辭求義》，上海：上海古籍出版社，2006年，第12頁)

丁亥卜，狄貞：其田賢亩辛，湄日亡災，不雨。

《合》29324=《甲》1650［三四。何二］

(41)貞：翌日戊，王其［田］盂，湄日亡災。

亩賢［田］，湄日亡災，不雨。

《合》29326=《甲》2158［三四。何二］

(42)辛丑卜，彭貞：翌日壬，王其田𣅀異，湄日亡𢦏。

《合》29395=《佚》277=《美》427［三四。何二］

(43)戊午卜，［狄］貞：王其田，往來亡災。

戊辰卜，狄貞：王其田，往來亡災。

壬午卜，狄貞：王其田，往來亡災。

《合》28466=《甲》2066［三四。何二］

(44)戊午卜，何貞：王其田，往來亡災。

□□卜，何［貞：王］其田于□，［往］來亡災。

《合》28474=《前》4.14.3［三四。何二］

(45)戊申［卜］，□貞：王［田，往］來［亡災］。

□午卜，狄［貞］：王田，［往］來亡災。

《合》28665=《甲》1938［三四。何二］

(46)壬子卜，□貞：王其田，往來亡［𢦏］。

乙丑卜，卬貞：王其田，往來亡𢦏。

《合》28475=《京》4529=《善》6782［三四。何二］

(47)辛亥卜，狄貞：王田盂，往來亡𢦏。

《合》29088=《佚》288=《美》426［三四。何二］

其基本體制爲："干支卜，某貞人貞：(翌日干)，王其田(某地)，(湄日)亡災/往來亡災。"多具備前辭和命辭，前辭多記貞人名。

見於無名類刻辭的田獵之"卜"文如：

(48)丁巳卜，貞：王其田，亡［𢦏］，𠂤。

戊午卜，貞：王其田，亡𢦏，𠂤。

《合》33373=《佚》288=《美》426［三四。無名］

(49)辛酉卜：王其田，叀省虎。

《合》33378=《粹》987=《善》6534［三四。無名］

(50)丙辰卜：王狩雈，不𠂤。允不𠂤。

□辰卜：王狩雈，弗𠂤。《合》33384=《安明》2658［三四。無名］

(51)壬申卜：王其田，叀湄日［亡𢦏］。吉。

《合》28498=《善》6601［三四。無名］

(52)王其射又(有)豕，湄日亡𢦏，𠂤。大吉。

《合》28305=《粹》1007=《善》747［三四。無名］

(53)于壬王田，湄日不［雨］。

壬王弜田，其每(悔)，其冓大雨。

《合》28680=《安明》1890[三四。無名]

(54) 今日辛，王其田，湄日亡𢦏，不雨。

《合》29093=《粹》929=《善》6635[三四。無名]

(55) 翌日壬，王其田，湄日亡𢦏，𢼄。吉。引吉。

《合》28497=《寧》1.372=《歷拓》2865[三四。無名]

(56) 翌日戊，王其田，湄日亡𢦏。吉。

《合》28502=《寧》1.362=《歷拓》3870[三四。無名]

(57) □寅卜：翌日乙，王其田，湄日[亡𢦏]。

《合》28499=《安明》1976[三四。無名]

(58) 丁丑卜：翌日戊，王其田，湄日亡𢦏。

《合》28500=《京》4539=《善》6626[三四。無名]

(59) 丁亥卜：翌日戊，王其田，湄日亡𢦏。

《合》28501=《安明》1992[三四。無名]

(60) 辛卯卜：[翌日]壬，王其田，至于犬𡍬，叀湄日亡𢦏，永王。

《合》29388=《安明》1972[三四。無名]

(61) □辰卜：翌日乙，王其田，叀田省，湄日亡𢦏。

《合》33515=《鄴三下》41.8=《歷拓》1284[三四。無名]

(62) 癸丑卜：[翌日]乙，王其田[牢]，湄日亡[𢦏]。大吉。

《合》29249=《龜》1.8.10=《龜卜》9[三四。無名]

其基本體制爲："干支卜，(貞)：(今日干/翌日干)，王其田(某地)，(湄日)亡𢦏。(某驗辭。)"多具備前辭和命辭，或記驗辭。前辭多衹作"干支卜"，皆不記貞人名。

見於黄類刻辭的田獵之"卜"文如：

(63) □寅王卜，[貞]：田𡆥，[往來]亡災。

《合》37381=《珠》123[五。黄類]

(64) 乙丑王卜，貞：田于𡆥，往來亡災。
丁卯王卜，貞：其田于宮，往來亡災。
戊辰王卜，貞：田率，往來亡災。隻㹜七。

《合》37481=《前》2.30.5=《通》654[五。黄類]

(65) 乙酉卜，貞：王田噩，往來亡災。
辛卯卜，貞：王田宮，往來亡災。
丁亥卜，貞：王田𡆥，往來亡災。𢼄隹百三十八、象二、雉五。
□□卜，貞：[王田]宮，往[來]亡災。
□□卜，貞：[王田]𩾐，[往]來亡[災]。
□□卜，貞：[王田]噩，[往]來[亡]災。

《合》37367=《前》2.30.1=《通》641=《龜》2.18.16[五。黄類]

(66) 戊寅[卜，貞]：王田□，[往]來[亡災]。
壬午[卜，貞]：王田□，往[來亡]災。

乙未卜，貞：王田𡆥，往來亡災。兹卬。隻鹿四、𦊆一。
辛丑卜，貞：王田𩫖，往來亡災。
□□卜，貞：[王田]□，往來[亡]災。
□□卜，貞：[王田]宮，[往來]亡災。

《合》37431=《續存下》922=《歷拓》3268[五。黃類]

(67)戊寅[卜，貞：王]田率，[往來]亡災。[隻]𢦏七。
乙巳[卜，貞]：王田𡆥，[往來亡]災。

《合》37483=《前》2.27.7[五。黃類]

(68)乙巳卜，[貞：王田]于召，[往來亡災]。
戊午卜，貞：王田于𢀛，往來亡災。兹卬。隻𢦏二。
□□[卜，貞]：王[田于]召，[往來亡]災。

《合》37495=《前》2.32.5=《通》632[五。黃類]

(69)壬午卜，才潢，貞：王田梌，往來亡災。隻隹一百四十八、象二。
□□卜，貞：王田𡆥，[往來]亡災。才十月又二。

《合》37513=《簠·遊》95+100(《續》3.24.2)=《簠·拓》678[五。黃類]

(70)戊午卜，才𣎴，貞：王田，卒逐，亡災。
辛酉卜，才𩫖，貞：王田，卒逐，亡災。
□□卜，才□，貞：王田，[卒逐]，亡災。
□□卜，才木，[貞：王]田，卒逐，亡災。

《合》37532=《前》2.15.1=《通》660[五。黃類]

(71)戊寅卜，才高，貞：王田，卒逐，亡災。
壬辰卜，才□，貞：王田𢦚，卒逐，亡災。

《合》37533=《前》2.12.1=《通》661[五。黃類]

(72)戊子[卜，才]□，[貞]：王田□，卒[逐]，亡[災]。
□□卜，才□，貞：[王]田函，[卒逐，亡災]。

《合》37545=《前》2.32.2[五。黃類]

(73)辛巳卜，才𩫖，貞：王田率，卒，亡災。

《合》37644=《前》2.43.1=《通》659[五。黃類]

這類“卜”文大致可分爲兩種類型。一類爲王卜，其體制爲：“干支王卜，貞：(其)田(于)某地，往來亡災。(某驗辭。)”如(64)～(65)。具備前辭、命辭，或有驗辭。前辭之“干支”後、“卜”前皆著“王”字，命辭中則不記“王”字。另一類爲臣卜，其體制多數作：“干支卜，(才某地)，貞：王田(于)某地，(往來)亡災。(某孚辭。)(某驗辭。)”如(66)～(69)。具備前辭、命辭，或有孚辭、驗辭。前辭或記貞卜所在地點，皆不記貞人名。命辭中“田”字前皆有“王”字，其後多記田獵之地名。辭尾或記月份。若有孚辭，則必記驗辭。少數作：“干支卜，才某地，貞：王田(某地)，卒(逐)，亡災。”如(70)～(73)。具備前辭和命辭。前辭中皆記貞卜所在地點，不記貞人名。命辭中或不記田獵之地名。

四、與征伐有關的“卜”文

殷墟甲骨刻辭中，與征伐有關的“卜”文數量很多，主要見於自賓間類、賓組、歷組、無名類、黃類刻辭，尤以典賓類卜辭爲多。現擇其辭例進行論述，以見其體制特徵。

見於自賓間類刻辭的記載征伐的“卜”文如：

(1)甲辰卜：雀𢦏𡿺侯。

□□卜：𡿺侯[伐]雀。

《合》33071=《乙》1215=《丙》159[一。自賓間B]

(2)己丑卜，貞：亯𠂤(以)沚或伐猷，受又。

《合》33074=《粹》1164=《善》5351[一。自賓間B]

(3)癸亥卜：今𦎫(敦)猷，𢦏。

《合》33077=《後下》42.4=《通》565[一。自賓間B]

(4)癸酉卜：[今]𦎫猷，甲戌𢦏。

《合》33078=《粹》1181=《善》14558[一。自賓間B]

(5)乙亥卜：今乙亥王𦎫𢀛，𢦏。

《合》33080=《庫》1094=《北美》17=《美》121[一。自賓間B]

其基本體制爲：“干支卜，(貞)：某征伐事，(受又)。”具備前辭和命辭。前辭多作“干支卜”，不記貞人名。

見於賓組刻辭的記載殷商王朝征伐敵方的“卜”文甚多。其中記錄伐巴方的“卜”文如：

(6)癸丑卜，亙貞：王从奚伐巴。

《合》6477正=《乙》1215=《丙》159[一。賓一]

(7)丙申卜，㱿貞：𢦔爯冊，[乎从伐巴]。

丙申卜，㱿貞：𢦔爯冊，[勿]乎从伐巴。

《合》6468=《乙》7739=《丙》315[一。典賓]

(8)甲午卜，宂[貞]：沚𢦔啓王从伐巴方，受㞢又。

[甲午]卜，宂[貞]：沚𢦔啓王勿[从]，弗其受㞢又。

《合》6471正=《乙》2464[一。典賓]

(9)辛未卜，爭貞：帚好其从沚𢦔伐巴方，王自東罙伐，戎陷于帚好立(位)。

《合》6480=《乙》2948[一。典賓]

(9)辭意謂：辛未這天占卜，貞人爭卜問：婦好與沚𢦔一起出征巴方，王(則親自率軍)從東面深入攻伐，敵人會陷入婦好的埋伏麼？這類“卜”文的基本體制爲：“干支卜，某貞人貞：某征伐事，(受㞢又/弗其受㞢又)。”具備前辭和命辭。前辭中皆記貞人名。

記錄伐下危的“卜”文如：

(10)癸丑卜，亙貞：王叀望乘从伐下危。

《合》6477正=《乙》1215=《丙》159[一。賓一]

(11)王勿从奚[伐下危]。

勿从奚伐下[危]。　　《合》6477反=《乙》1216=《丙》160[一。賓一]

(12)辛巳卜，㱿貞：今𢀛王从望乘伐下危，受[㞢又]。

《合》6488=《北圖》5085=《文捃》641[一。典賓]

(13)庚申卜，爭貞：今𢀛王从望乘伐下危，受㞢又。

《合》6489=《續》3.11.3[一。典賓]

(14)庚申卜，宊貞：今𢀛王从望乘伐下危，受[㞢又]。

《合》6491=《粹》1109=《善》5229[一。典賓]

(15)庚申卜，宊貞：[今]𢀛王[从]望[乘]伐下[危，受㞢]又。

《合》6492=《粹》1108=《善》5240[一。典賓]

(16)丙戌卜，爭貞：今𢀛王从望乘伐下危，我受㞢[又]。

《合》6496=《鐵》249.2=《通》516[一。典賓]

(17)辛巳卜，爭貞：今𢀛王勿从望乘伐下危，弗其受㞢又。

《合》6487=《簠·征》26=《簠·拓》811=《續》3.11.5=《佚》979[一。典賓]

(18)□申卜，㱿貞：今𢀛王从望乘伐下危，[弗]若，[不]我[其受又]。

《合》6494=《簠·征》25=《簠·拓》815=《續》3.12.1[一。典賓]

(19)乙卯卜，㱿貞：[今𢀛王勿]从望乘伐下危，弗其受[㞢]又。

《合》6516=《鐵》150.3=《京人》331[一。典賓]

(20)□□卜，宊貞：登人伐下危，受㞢又。[一月]。

《合》10094正=《簠·帝》222=《續》1.37.1=《歷拓》10171正[一。典賓]

其基本體制爲：“干支卜，某貞人貞：某征伐事，(我受㞢又/不我其受又/弗其受㞢又)。(某月。)”多具備前辭和命辭。前辭中皆記貞人名。辭尾或記月份。

記錄伐𢀛方的“卜”文如：

(21)壬子卜，㱿貞：𢀛方出，不隹我㞢乍𡆥。五月。

壬子卜，㱿貞：𢀛方出，隹我㞢乍𡆥。

《合》6087正=《簠·征》18=《簠·拓》840=《續》3.10.2[一。典賓]

(22)己卯卜，㱿貞：𢀛方出，王自征，下上若，我[受㞢又]。

《合》6098=《柏》25=《七》B30=《歷拓》8068[一。典賓]

(23)癸酉卜，爭貞：王勿逆伐𢀛方，下上弗若，不我其受[又]。

《合》6201=《續存下》290=《歷拓》3115[一。典賓]

(24)[辛未]卜，㱿貞：王勿逆伐𢀛[方]，下上弗若，不我其受又。六月。

《合》6204正=《簠·地》42=《簠·拓》787=《續》1.36.5[一。典賓]

(25)☐貞：沚䤈爯冊，王从伐𢀛方☐。

《合》6164=《粹》1090=《善》5253[一。典賓]

(26)☐沚䤈爯冊𦉪𢀛方，王从，下上若，受我[又]。

《合》6160=《歷拓》10403[一。典賓]

(27)☐沚䤈爯冊𦉪𢀛方，☐其𦎫卒，王从，下上若，受[我又]。

《合》6161=《續存下》293=《甲零》159=《歷拓》10188[一。典賓]

“爯冊”，即奉舉簡冊；“𦉨𠯑方”，意謂向殷王報告𠯑方侵邊的軍情[①]。這類“卜”文的基本體制爲：“干支卜，某貞人貞：某征伐事，（受我又/我受㞢又/不我其受又）。（某月。）”具備前辭和命辭。前辭中皆記貞人名。辭尾或記月份。

記錄伐土方的“卜”文如：

(28) 乙卯卜，□貞：沚𢦔爯冊，王从伐土方，受㞢又。

《合補》1852 正甲=《蔡續》13.4=《合》6402（《粹》1140=《善》5249）+《合》6087（《續》3.10.2）[一。典賓]

乙卯卜，爭貞：沚𢦔爯冊，王从伐土方，受㞢又。

貞：王勿从沚𢦔。

《合補》1852 正乙=《蔡續》13.4=《合》6402（《粹》1140=《善》5249）+《合》6087（《續》3.10.2）[一。典賓]

(29) 乙卯卜，爭貞：沚𢦔爯冊，王从伐土方，受㞢又。

貞：王勿从沚𢦔。

《合》6087 正=《簠·征》18=《簠·拓》840=《續》3.10.2[一。典賓]

(30) □□[卜]，爭貞：沚𢦔爯冊，王从伐土[方]。

《合》39853 正=《庫》1549 正[一。典賓]

(31) □□[卜]，爭貞：沚𢦔爯冊，王从伐土方。　《英藏》545 正[一。典賓]

(32) □□[卜]，殻[貞：今]𡆥王[伐]土方，受㞢又。十二月。

《合》6430=《粹》1105=《善》5802[一。典賓]

其基本體制爲：“干支卜，某貞人貞：某征伐事，（受㞢又）。（某月。）”具備前辭和命辭。前辭中皆記貞人名。辭尾或記月份。

括而言之，見於賓組刻辭的記錄征伐之事的“卜”文，其基本體制爲：“干支卜，某貞人貞：某征伐事，（我受㞢又/受㞢又/受我又/不我其受又/弗其受㞢又）。（某月。）”多具備前辭和命辭。前辭中皆記貞人名。辭尾或記月份。

見於歷組刻辭的記錄征伐之事的“卜”文如：

(33) 癸巳□：于一月[伐]絴罖（曁）召方，受又。

《合》33019=《鄴初下》40.2=《歷拓》3050=《京》4382[一二。歷一]

---

① 島邦男先生云：“董作賓認爲‘爯冊𦉨’即封冊𢦔，謂：‘上冊字名詞，乃簡冊，所以冊封之文書，爯冊猶言奉冊，蓋奉冊以往土、𠯑二方，下𦉨字動詞，冊命冊封之義。……迨苦戰三年，土、𠯑屈服，仍命沚𢦔奉冊以封土方、𠯑方之君。’（《殷曆譜·武丁日譜》三八頁）‘爯’，《說文》云：‘爯，並舉也。’‘偁，揚也。’原義爲‘舉’。‘冊’即簡冊。是爯冊奉舉簡冊之義。‘𦉨’，《說文》云：‘𦉨，告也。’故‘𦉨土方’即告土方意。因此，‘沚𢦔爯冊𦉨土方’辭意爲沚𢦔奉舉簡冊告土方；‘王从伐’意即王從報告出伐。”（[日]島邦男：《殷墟卜辭研究》，濮茅左，顧偉良譯，上海：上海古籍出版社，2006 年，第 746 頁）鍾柏生先生云：“我們用諸家說法通讀卜辭，發現以島邦男的說法最爲正確，……總結本節消息傳遞之程序：異族入侵邊境（或邊境之內），諸侯或領土首領遣使來告（或親自來告），……將書冊上呈殷王（即是前文所討論與軍情有關‘稱冊’的部分），殷王同意，然後興兵征伐。”（鍾柏生：《卜辭中所見殷代的軍政之一——戰爭啓動的過程及其準備工作》，《中國文字》新 14 期，三藩：美國藝文印書館，1991 年，第 112～116 頁）參看王宇信，楊升南：《甲骨學一百年》，北京：社會科學文獻出版社，1999 年，第 502～503 頁。

(34) 丁未貞：王征召方☐。才⿰卜。九月。

《合》33025 反=《寧》1.428=《歷拓》3891 反+2214 反[一二。歷一]

(35) 癸酉貞：王从沚䤈伐□方。才□。

《合》33058=《京》4395=《北圖》4449[一二。歷一]

(36) □□貞：王[从]沚䤈典[伐]召方，受又。

《合》33020=《寧》1.429+1.433=《掇一》450[一二。歷二]

(37) 庚午貞：辛卯辜(敦)召方，易日。允易日，弗及召方。

《合》33028=《京人》2521[一二。歷二]

(38) 庚申卜：于丁卯辜召方，受又。

《合》33029=《寧》1.426=《歷拓》3910[一二。歷二]

其基本體制爲："干支貞：某征伐事，(受又)。(某驗辭。)(某月。)"具備前辭和命辭，或有驗辭。前辭中皆記貞人名。辭尾或記月份。

見於無名類刻辭的記錄征伐之事的"卜"文數量較少，如：

(39) 丁卯卜：戍允㞷(微)，卬(御)事來☐出，弗伐㞷。

《裘綴》17[①]=《合》28029(《粹》1155=《善》5403=《京》2990)
+《合》27789(《善》1967)[三四。無名]

(40) 己亥卜：王辜徝，今十月受[又]。
弗受又。
庚子卜：伐歸，受又。八月。
弗伐歸。 《合》33069=《安新》5[三四。無名]

(41) 衎取柔卬事，于之，及伐望，王受又又。隻用。大吉。
王其从望爯冊光，及伐望，王弗每，又𢦏。大吉。

《合》28089 正=《摭續》16=《掇二》78 正=《南・上》100[三四。無名]

其基本體制爲："干支卜：某征伐事，(王受又又/受又/弗受又)。(某用辭。)(某驗辭。)(某月。)"具備前辭和命辭，或有用辭、驗辭。前辭衹作"干支卜"，不記貞人名。辭尾或記月份。

見於黃類刻辭的記錄征伐之事的"卜"文如：

(42) 丙午卜，才攸，貞：王其乎☐徣(延)執(執)𦣻人方虩焚☐弗每。才正月，隹來征[人方]。 《合》36492=《綜述》21.2=《文攈》517[五。黃類]

(43) 癸未卜，才□餗(次)[②]，貞：今𡆥巫九咎，王于㠱侯舌自(師)，王其才㠱𨜒正(征)☐。 《合》36525=《甲》2398[五。黃類]

---

① 裘錫圭：《甲骨綴合拾遺》，《古文字論集》，北京：中華書局，1992 年，第 237 頁。

② "餗"字甲骨文作⿰、⿰、⿰、⿰等形。羅振玉釋之爲"餗"，云："从自朿聲，師所止也。後世假'次'字爲之，此其初字矣。"(羅振玉：《增訂殷虛書契考釋》卷中，《殷虛書契考釋三種》，北京：中華書局，2006 年，第 409 頁)于省吾先生以爲羅說非是，云："甲骨文的⿱與⿰應隸定作𠦪或餗，讀作次。𠦪與次同屬齒音，又爲疊韻，故通用。……'餗'从'𠦪'，不从'朿'。'餗'爲'𠦪'的孳乳字，'次'爲後起的借字。"(于省吾：《釋𠦪、餗》，《甲骨文字釋林》，北京：中華書局，1979 年，第 417～418 頁)此從于先生所言。

(44) 庚辰王卜，才𣂔，貞：今日其逆旅㠯(以)𡦹(執)于東單，亡災。
辛巳王卜，才𣂔，貞：今日其从𠂤西，亡災。
《合》36475=《續存下》917=《旅博》76[五。黃類]

(45) 甲午王卜，貞：乍余酢[朕禾]，[酉]余步从侯喜征人方，其☐。
《合》36483=《虛》154=《南博拓》824[五。黃類]

(46) ☐[貞]：今囚巫九𠂤，乍余酢朕禾，☐伐人方。上下于𣪊示，受余又又。[不𦣞𢦔囚。告]于大邑商，亡徝才畎。　《合》36507=《甲》3659[五。黃類]

(47) 乙丑王卜，貞：今囚巫九𠂤，余其𨻰遣告侯田𦣞𠭯方、羌方、羞方、轡方，余其从侯田甾伐四丰(邦)方。
《合》36528反=《簠・文》84=《簠・拓》905=《續》3.13.1[五。黃類]

(48) □丑王卜，貞：今囚[巫九𠂤，余其从多田于]多白(伯)征盂方[白炎]。
《合》36510=《粹》1189=《善》21287[五。黃類]

(49) □戌王卜，貞：今囚巫九𠂤，[余其]从多田于多白征盂方[白炎。自上下于𣪊示，余受又又。不𦣞]𢦔囚。告于𢆶大[邑商]☐。
《合》36513=《甲》2395[五。黃類]

(50) □□[王卜，貞：今囚]巫九[𠂤，乍余]酢朕[禾，余其]从多田于[多白征]盂方白[炎。自上下]𣪊示☐。　《合》36521=《後上》20.9[五。黃類]

(51) □□[王卜]，貞：今囚巫九𠂤，余[其从多田于多白征盂方白炎。自上下]于𣪊示，余其甾征☐，余受又又。不𦣞[𢦔囚。告于𢆶大邑商]☐。
《合》36515=《真》1.19=《錄》602[五。黃類]

(52) 甲戌王卜，貞：今囚巫九𠂤，□↓盂方率伐，𤰔□典西田𦣞盂方，妥余一人，余其从多田甾征盂方，亡又，自上下于𣪊[示]☐。
《合補》11242=《合》36181(《甲零》92=《歷拓》10239)
+《合》36523(《安明》3161)[五。黃類]

其基本體制爲："干支(王)卜，(才某地)，貞：某征伐事。"具備前辭和命辭。前辭多記"干支王卜"，或記貞卜所在地點。命辭之字數通常較多，內容頗爲詳細。

五、與卜旬有關的"卜"文

殷墟甲骨刻辭中，有爲數甚多的關於貞問今日"亡囚"、"今夕亡囚"、翌日"亡囚"、"旬亡囚"的刻辭，這些刻辭之絕大部分皆可歸入"卜"文。其中，貞問今日"亡囚"、翌日"亡囚"的"卜"文多見於歷組刻辭；貞問"今夕亡囚"的"卜"文多見於歷組、出組、黃類刻辭；貞問"旬亡囚"的"卜"文則多見於𠂤歷間類、賓組、歷組、出組、何組、黃類刻辭。這些"卜"文中，以與卜旬有關的"卜"文數量最多，歷時最長，此且擇其辭例進行論述，以見其體制特徵。

見於𠂤歷間類刻辭的與卜旬有關的"卜"文如：

(1) 癸巳卜，貞：旬亡[囚]。才𣂔。
癸亥卜，貞：旬亡囚。

癸未卜，貞：旬[亡囚]。
癸巳卜，貞：旬[亡囚]。才罗(蜀)。
《合》33141=《美》130[一。自歷間 A]

(2)癸巳卜，貞：旬亡囚。才[illegible]。
癸亥卜，貞：旬亡囚。
癸未卜，貞：旬[亡囚]。
癸巳卜，貞：旬[亡囚]。才罗。
癸卯卜，貞：旬亡囚。
癸酉卜，貞：旬亡囚。
癸未卜，貞：旬亡囚。 《合》33142=《美》19[一。自歷間 A]

其體制爲："干支卜，貞：旬亡囚。(才某地。)"具備前辭和命辭。前辭之"干支卜"後皆不記貞人名。辭尾或記貞卜所在地名。

見於賓組刻辭的與卜旬有關的"卜"文如：

(3)癸巳卜，穷貞：旬亡囚。
癸卯卜，穷貞：旬亡囚。
癸[丑卜]，穷[貞：旬]亡[囚]。
癸亥卜，穷貞：旬亡囚。
癸酉卜，貞：旬亡囚。
癸未卜，穷貞：旬亡囚。
癸巳卜，貞：旬亡囚。
癸卯卜，穷貞：旬亡囚。
《合》13536 正=《簠·拓》857=《簠·人》15=《續》4.44.3[一。典賓]

(4)癸亥卜，爭貞：旬亡囚。二月。
癸酉卜，貞：旬亡囚。三月。
癸未卜，貞：旬亡囚。
癸卯卜，穷貞：旬亡囚。五月。
[癸亥]卜，穷[貞]：旬亡囚。五月。 《合》11545=《珠》199[一。賓三]

(5)癸酉卜，爭貞：旬亡囚。十月。
□□[卜]，允[貞：旬]亡囚。
癸巳卜，穷貞：旬亡囚。十一月。
癸卯卜，古貞：旬亡囚。十一月。
癸丑卜，[illegible]貞：旬亡囚。十二月。
癸亥卜，[illegible]貞：旬亡囚。
癸酉卜，[illegible]貞：旬亡囚。十二月。
癸巳卜，古貞：旬亡囚。十三月。
癸卯卜，古貞：旬亡囚。
癸丑卜，□貞：旬亡囚。
癸亥卜，古貞：旬[亡]囚。□月。

癸酉卜，古貞：旬亡𡆥。二月。
癸未卜，古貞：旬亡𡆥。二月。
癸[巳卜]，古[貞]：旬[亡]𡆥。
癸卯卜，[古]貞：旬[亡]𡆥。
癸丑卜，古貞：旬亡𡆥。
癸亥卜，古貞：旬[亡]𡆥。
癸酉[卜]，□貞：旬亡[𡆥]。四月。
[癸未卜]，古貞：[旬亡]𡆥。
癸巳卜，古貞：旬亡𡆥。四月。
癸卯卜，古貞：旬亡𡆥。五月。
癸卯卜，古貞：旬亡𡆥。五月。
癸卯卜，㐬貞：旬亡𡆥。五月。　　《合》11546=《甲》2106[一。賓三]

其體制爲："干支卜，某貞人貞：旬亡𡆥。(某月。)"具備前辭和命辭。前辭之"干支卜"後皆記貞人名。辭尾或記月份。

見於歷組刻辭的與卜旬有關的"卜"文如：

(6)癸酉貞：旬亡𡆥。
癸巳貞：旬亡𡆥。
癸[卯貞：旬]亡[𡆥]。
《合》34792=《續存上》2126=《善》10044[一二。歷一]

(7)癸酉貞：旬亡𡆥。
癸卯貞：旬亡𡆥。
《合》34794=《續存上》2112=《善》10196[一二。歷一]

(8)癸巳貞：旬亡𡆥。
癸卯貞：旬亡𡆥。
癸丑貞：旬亡𡆥。
癸亥貞：旬亡𡆥。
癸酉貞：旬亡𡆥。
[癸]未[貞]：旬[亡]𡆥。　　《合》34869=《重博》29946[一二。歷二]

(9)癸巳貞：旬亡𡆥。
癸卯貞：旬亡𡆥。才矣旬。
癸丑貞：旬亡𡆥。才[illegible]。
癸亥貞：旬亡𡆥。才𩫖。
[癸酉貞]：旬[亡]𡆥。[才]食旬。
《合》33145=《京》1426=《善》10012[一二。歷二]

(10)癸卯卜，貞：旬亡𡆥。
癸丑卜，貞：旬亡𡆥。
癸亥卜，貞：旬亡𡆥。
癸酉卜，貞：旬亡𡆥。

癸未卜，貞：旬亡囚。
癸巳卜，貞：旬亡囚。
癸卯卜，貞：旬亡囚。
癸丑卜，貞：旬亡囚。
癸亥卜，貞：旬亡囚。　　《合》34735=《京人》2402[一二。歷二]

其體制爲："干支(卜，)貞：旬亡囚。(才某地。)"具備前辭和命辭。前辭作"干支貞"或"干支卜，貞"，皆不記貞人名。辭尾或記貞卜所在地名。

見於何組刻辭的與卜旬有關的"卜"文如：

(11)癸亥卜，何貞：旬亡囚。一月。
癸酉卜，何貞：旬亡囚。
癸未卜，何貞：旬[亡]囚。二月。
《合》31356=《佚》282=《美》430[二。何組事何]

(12)癸亥卜，何貞：旬亡囚。三月。
癸酉卜，何貞：旬亡囚。四月。
癸未卜，何貞：旬亡囚。四月。
[癸□卜，何貞：旬亡囚]。五月。
《合》31357=《粹》1443=《善》10090[二。何組事何]

(13)癸酉卜，狄貞：旬亡囚。
癸未卜，彭貞：旬亡囚。
癸巳卜，貞：旬亡囚。
癸卯卜，口貞：旬亡囚。
癸丑卜，壴貞：旬亡囚。
[癸□卜]，彭[貞：旬]亡囚。
《合》31369=《甲》2839=《甲釋》133[三四。何二]

(14)癸卯卜，狄貞：旬亡囚。
癸丑卜，狄貞：旬亡囚。
癸亥卜，狄貞：旬亡囚。
癸酉卜，狄貞：旬亡囚。
癸□卜，狄貞：旬亡囚。
[癸□卜]，狄[貞：旬]亡囚。
《合》31382=《甲》2577=《甲釋》118[三四。何二]

其體制爲："干支卜，某貞人貞：旬亡囚。(某月。)"具備前辭和命辭。前辭之"干支卜"後皆記貞人名。辭尾或記月份。

見於黃類刻辭的與卜旬有關的"卜"文如：

(15)癸巳卜，貞：王旬亡畎。才九月。
癸卯卜，貞：王旬亡畎。
癸[丑]卜，貞：王旬亡畎。
《合》36528正=《簠・雜》2=《簠・拓》904=《續》6.4.6[五。黃類]

(16)癸卯卜，才𪓐，貞：王旬亡猷。
　　癸丑卜，才上𪓐，貞：王旬亡猷。
　　癸亥卜，才𪓐，貞：王旬亡猷。
　　癸酉卜，才𪓐，貞：王旬亡猷。
　　癸未卜，才𪓐，貞：王旬亡猷。
　　癸巳卜，才吉，貞：王旬亡猷。　　《合》41770=《金》458a［五。黃類］

(17)癸酉［卜，才］上𪓐，貞：王旬亡猷。才正月。
　　癸未卜，才上𪓐，貞：王旬亡猷。才正月。
　　［癸］巳卜，才［上］𪓐，貞：［王］旬亡猷。［才］正月。
《合》41772=《金》627［五。黃類］

其體制爲："干支卜，(才某地)，貞：王旬亡猷。(才某月。)"具備前辭和命辭。前辭之"干支卜"後，多記貞卜所在地名，不記貞人名。辭尾或記月份。

此外，尚有少數與卜旬有關的"卜"文記載有其他內容，大致可分爲兩種。一種爲記錄"卜旬+祭祀"的"卜"文，主要見於出組、黃類刻辭。其中見於出組刻辭的如：

(18)［癸未卜，王］貞：旬［亡囚］。才四［月］，☐彭［彡］。
　　癸巳卜，王貞：旬亡囚。才四月，冓示癸彡乙未☐。
　　癸卯卜，王貞：旬亡囚。才五月，甲辰☐。
　　癸丑卜，王貞：旬亡囚。才五月，甲寅彡小甲。
《合》26486=《拓》78［二。出二］

(19)癸未卜，王才豊貞：［旬］亡囚。才六月，甲申工典其彭彡。
　　［癸巳］卜，王［才豊貞：旬亡］囚。才□［月，甲］午工彭［彡］上甲。
《合》24387=《後上》10.8=《通》302［二。出二］

(20)癸酉［卜］，貞：［旬］亡［囚］。才□［月，甲戌翌］□［甲］。
　　［癸］丑卜，［貞］：旬［亡］囚。［才］五月，［甲寅］翌□［甲］。
《合》26723=《京》1785=《善》10646=《續存上》948［二。出二］

可分爲兩類。一類爲王卜，其體制爲："干支卜，王(才某地)貞：王旬亡猷。(才某月)，某祭祀事。"如(18)～(19)。具備前辭、命辭和驗辭。前辭之"干支卜"後皆記有"王"字，或記貞卜所在地名。另一類爲臣卜，其體制爲："干支卜，(某貞人)貞：王旬亡猷。(才某月)，某祭祀事。"如(20)。具備前辭、命辭和驗辭。前辭之"干支卜"後或記貞人名。

見於黃類刻辭的如：

(21)癸未王卜，貞：旬亡猷。才九月，才上𪓐，王二十祀。
《合》37863=《前》2.14.1+4.28.1=《通》597=《歷拓》8024［五。黃類］

(22)癸巳卜，泳貞：王旬亡猷。才六月，甲午工典其幼。
　　癸丑卜，泳貞：王旬亡猷。才六月，甲寅彭翌上甲，王二十祀。
　　癸酉卜，泳貞：王旬亡猷。甲戌翌上甲。
　　癸丑卜，泳貞：王旬亡猷。才八月，甲寅翌羌甲。
《合》37867=《前》3.28.4=《通》793=《續》6.1.8+6.5.2
(《南·師》2.234)=《歷拓》5653［五。黃類］

亦可分爲兩類。一類爲王卜，其體制爲：“干支王卜，貞：旬亡畎。(才某月)，某祭祀事。”如(21)。具備、命辭和驗辭。前辭之“干支”後、“卜”前記有“王”字；命辭作“旬亡畎”。另一類爲臣卜，其體制爲：“干支卜，某貞人貞：王旬亡畎。(才某月)，某祭祀事。”如(22)。具備前辭、命辭和驗辭。前辭之“干支卜”後皆記貞人名；命辭作“王旬亡畎”。

另一種爲記錄“卜旬+征伐”的“卜”文，主要見於黄類刻辭。如：

(23)癸亥王卜，貞：旬亡畎。才十月又二，王征人方。才舊。
癸巳王卜，貞：旬亡畎。才十月又二，隹征人方。才[illegible]。
癸卯王卜，貞：旬亡畎。才十月又二，王來征人方。才攸侯喜師(次)。
癸丑王卜，貞：旬亡畎。才正月，王來征人方。
癸亥王卜，貞：旬亡畎。才二月，王來征人方。才攸。
癸酉王卜，貞：旬亡畎。才二月，王來征人方。
癸未王卜，貞：旬亡畎。才二月，王來征人方。才妹。
癸巳王卜，貞：旬亡畎。才二月，王來征人方。才[illegible][illegible]商[illegible]。
□□[王]卜，貞：[旬亡畎]。才三[月，王]來征人[方]。才⧄。

《合補》11232=《合》36491(《故宫 277》)+《合》36486(《前》2.5.1=《通》572=《文捃》1470)+新編附圖 66[五。黄類]

(24)癸亥王卜，[貞：旬亡]畎。才九月，王征人方。才雇。

《合》36485=《龜》1.9.12[五。黄類]

(25)癸[未卜，黄貞]：王[旬亡畎。才十月]又[二]，隹[征人方]。
癸巳卜，黄貞：王旬亡畎。才十月又二，隹征人方。才[illegible]。
[癸丑卜，黄貞：王旬亡]畎。才十月又二，王來[征]人方。才攸。
癸卯卜，黄貞：王旬亡畎。才正月，王來征人方。才攸侯喜啚(鄙)泳。

《合》36484=《南・明》786=《歷拓》5442[五。黄類]

(26)癸亥卜，黄貞：王旬亡畎。才九月，征人方。才雇彝。
[癸□卜]，黄[貞：王旬亡]畎。[才□月，征]人[方]⧄。

《合》36487=《前》2.6.6[五。黄類]

(27)癸巳卜，貞：王旬亡畎。才二月，才齊師，隹王來征人方。

《合》36493=《前》2.15.3=《通》573[五。黄類]

(28)癸亥卜，泳貞：王旬亡畎。才[illegible]，王征人方。

《合》36490=《前》2.9.7[五。黄類]

(29)癸□[卜，才]攸，□[貞：王]旬[亡畎]。[王來]征[人方]。
癸巳[卜，才][illegible]師，[貞]：王旬[亡畎。王來征人方]。
[癸□卜]，⧄ [貞]：王旬[亡畎]。王來[征]人方。
癸酉卜，才攸，泳貞：王旬亡畎。王來征人方。

《合》36494=《前》2.16.6=《通》574=《京》5495=《續存上》2604[五。黄類]

這種“卜”文亦可分爲兩類。一類爲王卜，其體制爲：“干支王卜，貞：旬亡畎。(才某月)，某征伐事。(才某地。)”如(23)～(24)。具備前辭、命辭和驗辭。前辭之“干支”後、

“卜”前記有“王”字；命辭作“旬亡𡆥”。辭尾多記貞卜所在地名。另一類爲臣卜，其體制爲：“干支卜，某貞人貞：王旬亡𡆥。(才某月)，某征伐事。(才某地。)”如(25)～(29)。具備前辭、命辭和驗辭。前辭之“干支卜”後多記貞人名；命辭作“王旬亡𡆥”。貞卜所在地名或記於辭尾，或記於驗辭中月份之後，或記於前辭之“干支卜”後、貞人名前。

第六節　表

殷墟甲骨中，有被學者們稱爲“干支表”“商王世系表”“貴族家譜”的記事刻辭，學者或稱之爲“表譜刻辭”[①]。今將此三種刻辭皆歸入“表”文，分述如下。

一、干支表

殷墟甲骨中，有一些記錄干支表的刻辭[②]，主要見於𠂤組、子組、賓組、出組、黄類刻辭，尤以黄類刻辭爲最多。這些干支表多數刻寫於牛胛骨，少量刻寫於龜甲，記錄商代流行十干十二支的所謂干支記日之組合次序，自甲子至癸亥共六十干支。郭沫若先生認爲，由於殷人以干支紀日之用至繁，故有多數之干支表存在[③]。張秉權先生指出，

① 陳夢家：《殷虚卜辭綜述》，北京：中華書局，1988 年，第 44 頁。

② 如：《合》11730、11731 正反、11732 正反、11733 正反、11734、11735、11736 正反、11737～11745、20354、20792～20794、21783、21784、21900 乙、22093、24440、26907 反、26988 正、27919 正、31886、33745 正、33746 正反、36481 反、36641、37986、37987、37988、37989、37990、37991～38000、38001 正、38001 反※、38002～38005、38006～38009、38010 正反、38011、38012、38013※、38014、38015 正反、38016、38017、38018、38019～38025、38026、38027～38029、38030～38032、38033～38035、38036、38037、38038、38039、38042、38043 正反、38044、38045、38046、38047、38048、38049、38050、38051、38052、38053、38054、38055、38056、38057 正反、38058、38059、38060 正反、38061、38062、38063、38064～38068、38069、38070、38071※、38072、38073※、38074、38075、38076、38077※、38078、38079、38080、38081、38082、38083～38085、38086※、38087～38089、38090、38091、28092、38093～38095、38096、38097～38102、38103～38105、38106※、38107、38108、38109、38110、38111、38112、38113、38114、41849、41850※、41851～41854、41855～41857、41860、41861，《屯南》2630，《英藏》2569、2570、2571 正、2571 反、2572～2574、2575※、2576～2582、2583、2584、2585、2586、2587，《合補》3330～3337、3338 正、3339～3343、3349、3350 正反、3354、3369、3370 正反、3373 反、3375～3380、3386、3389、3393 正反、3395、3397、3401、3402、3404 反、3505、3413 正、3415、3418、3419、3421～3423、3426～3429、3436、3439、3454、6669、6673、6675、6676、6677 反、6680、6681 正、6682 反、6683 正、6869 正、6895、6946、6951、6954 正、11477～11486、11487 正反、11488 正反、11489～11509、11510※、11511～11524、11525 反、11526～11531、11532 正反、11533～11542、11543 正、11544～11547、11548 正、11549～11566、11567 正反、11568、11569 正、11569 反、11570～11579、11580 正、11581、11582、11583、11584、11585～11591、11592、11593～11617、11618 正、11619～11632、11633 正、11634～11636、13145、13146、13150、13151。（案：片號後加※者表示所記干支表有習刻共版，片號下劃橫線者表示所記干支表爲習刻。）

③ 郭沫若：《卜辭通纂考釋》，《郭沫若全集・考古編》第 2 卷《卜辭通纂》，北京：科學出版社，1983 年，第 219 頁。

骨面上的干支表，有些似乎是習契者所爲，有些卻是排列嚴整，秩然有序，顯然是作爲備忘日曆之用；其行式有直行的，也有横行的，有僅衹一行的，也有多行的，各式皆有，當以六行六甲爲正常的行式[①]。現擇其相對完整的刻辭列舉數例，以見其體制特徵。

𠂤組刻辭中的干支表數量較少，現存者多爲殘片。如：

(1) 甲　乙　丙　丁　戊　己　庚　辛　壬　癸
子　丑　寅　卯　辰　巳　午　未　申　酉　戌　[亥]
甲子　乙丑　丙寅　丁卯

《合》20354=《甲》2904[一。𠂤肥筆]

此片原骨有殘，在其下端右側記有較完整的天干、地支名稱(地支缺刻“亥”字)及以干支相配、甲子爲首的四個日期。契刻者將天干、地支名稱各起一行分寫，而以干支相配所記日期再另起一行，具有明確的區分意味。

又如：

(2) 辛酉　壬戌　癸亥　甲子　乙丑　丙寅　丁卯　戊辰　己巳　庚午
辛未　壬申　癸酉　甲戌　乙亥　丙子　丁丑　戊[寅]☑

《合》20793=《甲零》15=《歷拓》10218[一。𠂤小字]

此片原骨已殘斷，所存刻辭從右至左分爲九列，記載了自辛酉至戊寅共十八日之干支，行款參差錯落，但每列皆爲四字，表明契刻者行文時具有一定的規範意識。

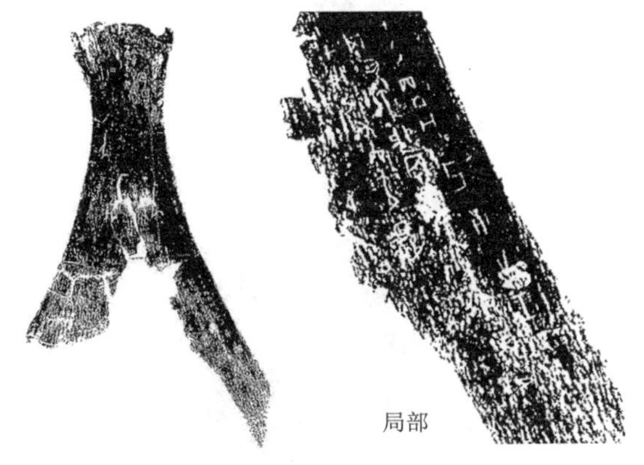
局部

《合》20354

《合》20793

子組、賓組刻辭中載錄干支表的數量較多，多爲殘片，但也有少數刻辭保留了較完整的干支表。如：

(3a) [甲子　乙]丑　[丙]寅　[丁卯　戊辰　己巳]　庚午　辛未　壬申
癸酉　甲戌　乙亥　丙子　丁丑

(3b) [戊]寅　己卯　庚辰　[辛]巳　[壬午]　癸未　甲申　乙酉　丙戌
丁亥　戊子　己丑　庚寅　辛卯　壬辰

(3c) 癸巳　甲午　乙未　丙申　丁酉　戊戌　己亥　庚子　辛丑　壬寅

---

① 張秉權：《甲骨文與甲骨學》，臺北：編譯館，1988年，第195頁。

癸卯　甲辰　乙巳　丙午　丁未　戊申　己酉

(3d)庚戌　辛亥　壬子　癸丑　甲寅　乙卯　丙辰　丁巳　戊午　己未
庚申　辛酉　壬戌　癸亥

(3e)[甲子　乙]丑　丙寅　丁卯　戊辰　己巳　庚午　辛未　壬申　癸酉
甲戌　乙亥　丙子　丁丑　戊寅　己卯　庚辰　辛巳　壬午　癸未
甲申　乙酉　丙戌　丁亥　[戊子　己丑　庚寅　辛卯　壬辰　癸巳]
甲[午]　乙[未]　丙[申]　丁酉　戊戌

(3f)[己亥　庚]子　[辛]丑　壬寅　癸卯　甲辰　乙巳　丙午　丁未　戊申
己酉　庚戌　辛亥　壬子　癸丑　甲寅　乙卯　丙辰　[丁巳　戊午]
己[未　庚]申　辛酉　壬戌　癸亥

《合》21783=《前》3.3.2=《珠》1459[一。子組]

此片原骨已殘，刻辭所載干支日期前後銜接，較整齊地記錄了兩份干支表。上部(3a)～(3d)分爲四欄，行文自右向左、自上而下，排列疏朗；下部(3e)～(3f)分爲兩欄，行文自右向左，自下而上，字形略小，佈局緊湊。殷墟已出土甲骨中，像這樣同版載錄兩份自甲子至癸亥六旬較完整的干支表的刻辭，僅此一見。

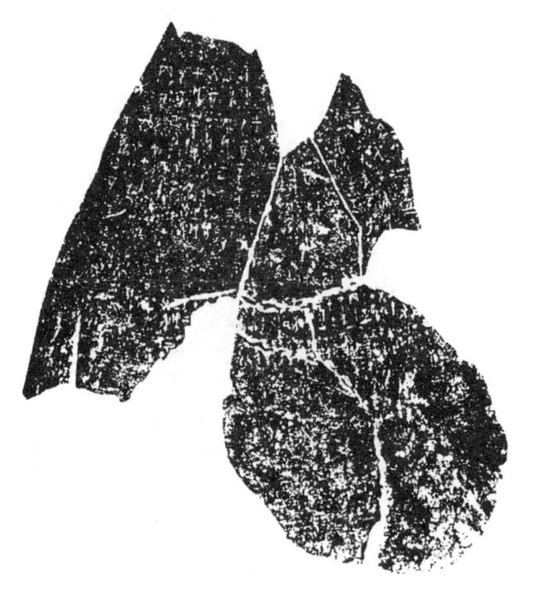

《合》21783

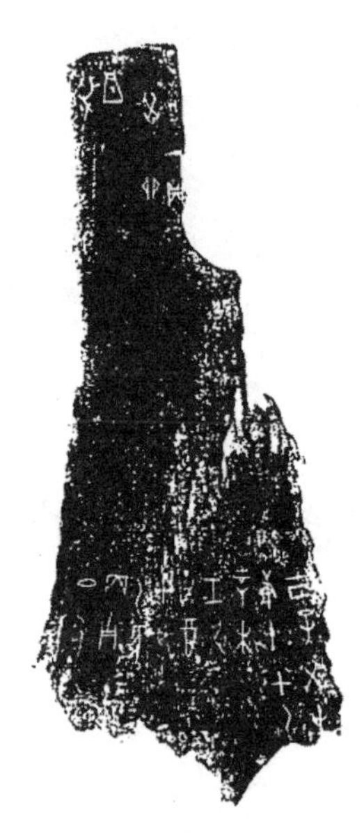

《合》21784

又如：

(4a)癸卯卜，貞☐。

(4b)□□[卜]，爭[貞：旬亡]囚。

(4c)己巳　庚午　辛未　壬申　癸酉　甲戌　乙亥　丙子　丁丑

(4d)癸未　甲申

《合》21784=《前》3.14.2=《通》8=《歷拓》10494[一。a.b 典賓，c.d 子組]

此版牛胛骨之下部(4c)～(4d)所記乃干支表，爲子組刻辭中典型干支字的代表；上部

(4a)～(4b)所記爲卜辭，有貞人“爭”出現，屬於典賓類刻辭，爲第一期武丁之物。此骨現藏吉林大學圖書館，爲學者們討論“子組卜辭”與“賓組卜辭”的共時性(皆爲武丁時期刻辭)提供了文字同版的“骨證”。

再如：

(5)甲子　乙丑　丙寅　丁卯　戊辰　己巳　庚午　辛[未]☐
甲戌　乙亥　丙子　丁丑　戊寅　己卯　庚辰☐
甲申　乙酉　丙戌　丁亥　戊子　己丑　庚[寅]☐
甲午　乙未　丙申　丁酉　戊戌　己亥☐
甲辰　乙巳　丙午　丁未　戊申　己酉☐
甲寅　乙卯　丙辰　丁巳　戊午　己未☐

《合》11730=《前》3.3.1=《通》1[一。賓三]

此版刻辭行文從右至左，佈局規範，字形工整，所記干支由甲子至甲寅適爲六旬，惜原骨殘斷，每旬所記干支日期不全。

《合》11730

《合》24440

出組刻辭中記錄干支表者甚少，但亦不可忽視。如：

(6)月一正曰食麥。甲子　乙丑　丙寅　丁卯　戊辰　己巳　庚午　辛未
壬申　癸酉　甲戌　乙亥　丙子　丁丑　戊寅　己卯　庚辰　辛巳
壬午　癸[未](案：此處奪一“未”字)　甲申　乙酉　丙戌　丁亥
戊子　己丑　庚寅　辛卯　壬辰　癸巳　二月父䅵。　甲午　乙未
丙申　丁酉　戊戌　己亥　庚子　辛丑　壬寅　癸卯　甲辰　乙巳
丙午　丁未　戊申　己酉　庚戌　辛亥　壬子　癸丑　甲寅　乙卯
丙辰　丁巳　戊午　己未　庚申　辛酉　壬戌　癸[亥]

《合》24440=《後下》1.5=《通》6=《歷拓》7249[二。出二]

此版刻辭從左至右行文，自第三行以下，不少字缺刻橫劃。此辭較完整記錄了一月、二

月兩個月份的干支日期。由此干支表可知，殷人月有專名，即一月爲“食麥”，二月爲“父𥝩”，而其他各月之專名則不詳[①]。

殷墟甲骨中，以黃類刻辭所載干支表數量最多。如：

(7a) [甲]子　乙丑　丙寅　丁卯　戊辰　己巳　庚午　辛未　壬[申　癸酉]
[甲]戌　乙亥　丙子　丁丑　戊寅　己卯　庚辰　辛巳　壬午　[癸未]
[甲]申　乙酉　丙戌　丁亥　戊子　己丑　庚寅　辛卯　壬辰　[癸巳]
(7b) [甲]子　乙丑　丙寅　丁卯　戊辰　己巳　庚午　辛未　壬申　癸酉
[甲]戌　乙亥　丙子　丁丑　戊寅　己卯　庚辰　辛巳　壬午　癸未
[甲]申　乙酉　丙戌　丁亥　戊子　己丑　庚寅　辛卯　壬辰　癸巳

《合》38006=《歷拓》6089[五。黃類]

此版干支表從右至左行文，行款齊整，所刻兩段文字皆爲甲子至癸巳三旬。第一段(7a)三旬上部“甲”字皆殘失，下部自壬日以下三旬皆有干支日殘而不全。第二段(7b)三旬上部“甲”字亦皆殘，以下日期完整，但較第一段文字略小。這兩段干支表的字形結構大體一致，書寫作風卻有差異，當非一人所刻。

《合》38006

《合》38007

又如：

(8a) [甲]子　乙丑　丙寅　丁卯　戊辰　己巳　庚午　辛未　壬申　癸[酉]
甲戌　乙亥　丙子　丁丑　戊寅　己卯　庚辰　辛巳　壬午　癸[未]
甲申　乙酉　丙戌　丁亥　戊子　己丑　庚寅　辛卯　壬辰　癸[巳]
(8b) 甲子　乙丑　丙寅　丁卯　戊辰　己巳　庚午　辛未　壬申　癸[酉]
甲戌　乙亥　丙子　丁丑　戊寅　己卯　庚辰　辛巳　壬午　[癸未]

① 王宇信，楊升南，聶玉海：《甲骨文精粹釋譯》，昆明：雲南人民出版社，2004 年，第 1568 頁。

甲申　乙酉　丙戌　丁亥　戊子　己丑　庚寅　辛卯　[壬辰　癸巳]
(8c) 甲子　乙丑　丙寅　丁卯　戊辰　己巳　庚午　辛未　[壬申　癸酉]
甲戌　乙亥　丙子　丁丑　戊寅　己卯　庚辰　辛巳　[壬午　癸未]
甲申　乙酉　丙戌　丁亥　戊子　己丑　[庚寅　辛卯　壬辰　癸巳]

《合》38007=《前》3.2.4=《通》3[五。黃類]

此片原骨下部有殘斷，刻辭行文從右至左，較爲齊整，所刻三段干支表皆爲甲子至癸巳三旬。第一段(8a)首列之“甲”字殘去。干支表的字形結構、書寫作風和諧一致，當爲一人所刻。

再如：

(9) 甲子　乙丑　丙寅　丁卯　戊辰　己巳　庚午　辛未　壬申　癸酉
甲戌　乙亥　丙子　丁丑　戊寅　己卯　庚辰　辛巳　壬午　癸未
甲申　乙酉　丙戌　丁亥　戊子　己丑　庚寅　辛卯　壬辰　癸巳
甲午　乙未　丙申　丁酉　戊戌　己亥　庚子　辛丑　壬寅　癸卯
甲辰　乙巳　丙午　丁未　戊申　己酉　庚戌　辛亥　壬子　癸丑
甲寅　乙卯　丙辰　丁巳　戊午　己未　庚申　辛酉　壬戌　癸亥

《合》37986=《契》165[五。黃類]

此版刻辭行文從右向左，由上而下，自甲子至癸亥，六旬文字無缺，是一份完全的干支表，且其構形嚴謹整飭，書法成熟老到，甚爲難得。

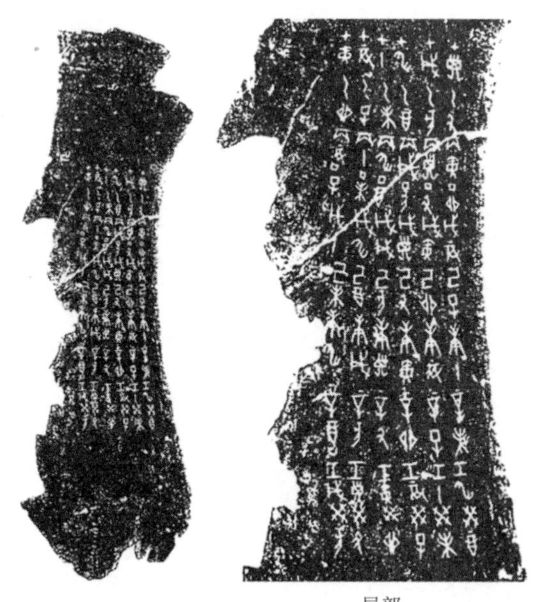

局部

《合》37986

二、商王世系表

“商王世系”指商王祖先的世次。殷墟王卜辭中有大量關於商王世系的記載，多見於祭祀卜辭[①]。此處所謂“商王世系表”，主要指殷墟甲骨刻辭中與占卜無關而又較爲連貫地載錄有商王世系的祭祀刻辭。這類刻辭數量有限，彌足珍貴，藉之我們才能在數千年以後甄別傳世文獻材料中記載的商王世系之可靠性，從而正確推斷出商代先公先王之直系的世次。

殷墟甲骨中，有記錄關於商代先公先王直系世次的刻辭。如：

《合》32384

(1) 乙未，酌𢆶(系)品：上甲十，報乙三，報丙三，報丁三，示壬三，示癸三，大乙十，大丁十，大甲十，大庚七，小甲三，[大戊]□，☐[戔甲]三，祖乙[十]☐。

《合》32384=《粹》112=《續》1.5.8+《後上》8.14+拓本[一二。歷二]

此版牛胛骨刻辭由三片殘骨綴合而成，上(《後上》8.14)、中(《戩》1.10=《續》1.5.8)二片由王國維先生綴合，下片(善齋藏骨)由董作賓先生綴合。此辭記載乙未日行酌祭和𢆶進品物之祭，自先公上甲、報乙、報丙、報丁、示壬、示癸，至先王大乙、大丁、大甲、大庚、小甲、大戊、……戔甲、祖乙……。由此條刻辭可知，先公上甲以後的世系次序應爲“報乙—報丙—報丁—示壬—示癸”。今本《史記·殷本紀》誤將報丁置於報乙之前，作“報丁—報乙—報丙—主壬—主癸”。王國維先生卽據此條刻辭糾正了傳本《殷本紀》載錄商代先公世次的錯誤，將三報的次序更正爲報乙、報丙、報丁[②]。由此條刻辭，我們得以明確商代先公自上甲(卽微)至示癸六示的直系世次，爲“上甲—報乙—報丙—報丁—示壬—示癸”。

---

① 陳夢家先生云：“殷代祭祀複雜，但我們可提出有關的兩類：一類是‘周祭’，……一類是‘選祭’，……‘周祭’盛行於祖甲、帝乙、帝辛時代，由此有系統的祭祀系統可以尋見所有入於祀典的先王先妣的位次。選祭則自武丁以至殷亡，繼續施行，由此可以尋見直系的世次和旁系的位次。”(參見陳夢家：《殷虛卜辭綜述》，北京：中華書局，1988 年，第 373 頁)

② 王國維：《殷卜辭中所見先公先王續考》，《觀堂集林》卷九，北京：中華書局，1959 年，第 439 頁。案：王國維先生摹寫此版刻辭爲：

(引自《觀堂集林》第 440 頁)

乃由王氏據《後上》8.14 與《戩》1.10 綴合以成，文辭尚有不全。

又如：

(2)[乙未，酚𢀛品：上甲十]，報乙三，[報丙三，報丁三，示壬三，示癸三]，大乙十，[大丁十，大甲十，大庚七]，小甲三，大戊[十(?)，中丁十(?)，戔甲三，祖]乙十，祖[辛十，祖丁十，羌甲]三，父[乙十]。

林宏明綴合片[1]=《屯南》4050+《屯南補遺》244[一二。歷二]

此版牛胛骨刻辭由林宏明先生據《屯南》第4050片與《屯南補遺》第244片[2]綴合而成。刻辭中的“父乙”當指小乙[3]，這爲歷組卜辭的時代(當屬於武丁、祖庚時期)再次提供了有力證據。

《屯南》4050+《屯南補遺》244
(林宏明綴合)

值得注意的是，(1)、(2)兩版刻辭同文，各行的上端排成階梯狀向右傾斜，行款相似，書寫自左向右轉行，極見匠心[4]。而刻辭所記祭祀對象和祀品數量，無疑是經過有原則的安排的。從上甲至示癸六示先公，惟有上甲祀品爲“十”，其他皆祇有“三”；大乙以下九示先王(大乙、大丁、大甲、大庚、大戊、中丁、祖乙、祖辛、祖丁)，祀品皆多於“三”，表現出先公與先王之間祀品數量的明顯區別[5]。

局部

《合》1403

《合》1474

《合》27168

① 林宏明：《從一條新綴的卜辭看歷組卜辭的時代》，《古文字研究》第25輯，北京：中華書局，2004年。參看李學勤：《一版新綴卜辭與商王世系》，《文物》，2005年第2期。案：此條刻辭及相關論文資料承蒙黄天樹先生告知，特致謝忱。

② 中國社會科學院考古研究所安陽工作隊：《小屯南地甲骨補遺》，《1973年小屯南地發掘報告》(五)，《考古學集刊》第9集，北京：科學出版社，1995年，圖79。

③ 林宏明先生於此條刻辭“父”字下補“丁”字。李學勤先生認爲林氏所補不妥，“父”字下當補“乙”字(李學勤：《一版新綴卜辭與商王世系》，《文物》，2005年第2期，第64頁)。此從李說。

④ 李學勤：《一版新綴卜辭與商王世系》，《文物》，2005年第2期，第64頁。

⑤ 參看李學勤：《一版新綴卜辭與商王世系》，《文物》，2005年第2期，第65頁。

再如：

(3) 㞢(侑)于咸、大丁、大甲、大庚、大戊、中丁、祖乙，三▨。

《合》1403=《歷拓》4704[一。典賓]

(4) [大乙、大丁]、大甲、大庚、[大戊、中]丁、祖乙、祖[辛、祖丁、父乙]，一羊一青，▨[①]。 《合》1474=《後上》5.1=《通》224[一。典賓]

(5) 叀今日酌大庚、大戊、中丁其告▨。

---

① 案：此片刻辭釋文據陳夢家先生說而稍作改動(參見陳夢家：《殷虛卜辭綜述》，北京：中華書局，1988年，第373～374頁)。王國維先生於《殷卜辭中所見先公先王續考》據《後編》卷上第五頁卜辭斷片(筆者案：卽《後上》5.1，亦卽《合》1474)認爲此片當爲盤庚、小辛、小乙三帝時之物，自大丁至祖丁皆其所自出之先王，並據以考定商先王世數(參見王國維：《觀堂集林》卷九，北京：中華書局，1959年，第445～447頁)。王先生以意摹補此片刻辭見左下圖，其釋文爲："[大丁]、大甲、大庚、[大戊、中]丁、祖乙、祖[辛、祖丁，牛]一羊一，南庚、羌甲▨。"郭沫若先生於《通》224《考釋》亦以爲此片至關重要，云："王之見解極犀利，然其所補則頗不然。'牛'字中畫過偏右，甲骨文中無是書法，舉與首行大庚庚字相較，卽可知其難安也。王以▨甲爲羊甲，其實乃芍甲，卽沃甲。又陽甲乃祖丁之子，南庚爲其從祖父，今以承於南庚，於所說'特祭其所自出之先王'，尤自相矛盾。王蓋困於'一羊一南'之不得其解而爲此牽強之補足耳。余謂'一南'(釋南不確，當是青字，讀爲瞉。)與'一羊'爲對文，同是獻於祖之物。……末一字不明。考卜辭文例，凡於所祭者之後繫以祭品，則當爲辭之終，疑是'在某月'或'在某地名'之缺文也。知此爲辭之終，則知大戊當在次行之上，而不當在首行之下。因而首行補以大乙、大丁，三行補以祖丁、喙甲，遂十分自然，而使王說亦得其條貫矣。"(參見郭沫若：《卜辭通纂考釋》，《郭沫若全集·考古編》第2卷《卜辭通纂》，北京：科學出版社，1983年，第308～310頁)郭氏采王氏之說而修正之，雙鉤摹補此片刻辭見右下圖，其釋文爲："[大乙、大丁]、大甲、大庚、[大戊、中]丁、祖乙、祖[辛、祖丁、喙甲]，一羊一青，▨。"陳夢家先生此片釋文乃參考王、郭二氏之說以成。《甲骨文合集釋文》將此片釋爲"……大甲、大庚、[中]丁、祖乙、祖[辛]一羊一青……"，似與刻辭行款不合。

王國維摹本

(引自《觀堂集林》第446頁)

郭沫若摹本

(引自《卜辭通纂》第310頁)

《合》27168=《甲》1581［三四。何二］

(6) 甲戌翌上甲，乙亥翌報乙，丙子翌報丙，［丁丑翌］報丁，壬午翌示壬，癸未翌示癸，［乙酉翌大乙，丁亥］翌大丁，甲午翌［大甲，丙申翌外丙，庚子］翌大庚。　《合》35406=《粹》113=《契》20［五。黃類］

(3) 中“咸”，指先王大乙，又名成、唐等。此辭謂：行侑祭於先王大乙、大丁、大甲、大庚、大戊、中丁、祖乙……麽？(4) 爲武丁祭祀自先王大乙至父乙(卽小乙)十位直系先王的記錄。(6) 則記錄了翌祭商代先公自上甲至示癸六示、先王大乙至大庚五示的祀典次序。經王國維、郭沫若、陳夢家等先生考證，武丁以前之商代先王直系世次得以條貫通順，爲“大乙—大丁—大甲—大庚—大戊—中丁—祖乙—祖辛—祖丁—小乙”。

由此，武丁以前商代自上甲至小乙的直系世次得以確定，爲：

上甲—報乙—報丙—報丁—示壬—示癸—大乙—大丁—

大甲—大庚—大戊—中丁—祖乙—祖辛—祖丁—小乙

共十六世，卽上甲至示癸六世，大乙至帝辛十世[①]。

《合》35406

① 陳夢家：《殷虛卜辭綜述》，北京：中華書局，1988年，第374頁。案：關於商代旁系先王之世次，殷墟甲骨周祭卜辭有較多記載。陳夢家先生根據這些周祭卜辭，輔以《史記·殷本紀》及它書所記，加以推定，得出結論云：“由上卜辭可見外丙以來旁系的順序，大部分與《殷本紀》相合，其修正《殷本紀》者有二點：(1) 外丙在大甲之後，(2) 雍己在小甲、大戊之後中丁之前。”(參見陳夢家：《殷虛卜辭綜述》，北京：中華書局，1988年，第374～378頁)

三、貴族世系表

殷墟甲骨中，尚有三版載錄其他殷人之世次的刻辭，學者或稱其爲“家譜刻辭”[①]。其所載人名，皆不見於商代先公先王世系之中，當屬於殷商時期貴族世系之記錄，此且稱之爲“貴族世系表”。其一爲：

《合》14925

(1)☒子曰☒。

☒[子]曰[illegible]☒。

《合》14925=《契》209=《歷拓》6222[一。自賓間 A]

此版刻辭最早見於容庚等編的《殷契卜辭》第 209 片，字體頗大，行款寬舒，行間劃有直線，雖文字不全，惟存殘片，但其爲世系一類的刻辭是肯定的，其行文格式當爲：“某名A子曰某名B。”

其二爲：

(2)☒耳曰[illegible]☒。

《合》14926[②]=《續存下》505=《甲零》145=《歷拓》10241[一。自賓間 A]

《合》14926

此版刻辭最早見於胡厚宣所編《甲骨續存》下第 505 片，所存刻辭之字體亦頗大，行間劃有直線，行款與(1)類似，亦當爲世系一類的刻辭。

其三爲收於《庫》第 1506 片的大版牛胛骨，由庫壽齡、方法斂於 1903 年至 1908 年間在我國山東濰縣從古董商人李茹賓處所購得，今藏英國倫敦不列顛博物館。此版牛骨所載刻辭可稱爲完整、典型的商代貴族世系表[③]。其文如下：

---

① 參看陳夢家：《殷虛卜辭綜述》，北京：中華書局，1988 年，第 44 頁；于省吾：《甲骨文“家譜刻辭”真僞辨》，《古文字研究》第 4 輯，北京：中華書局，1980 年。案：這兩版刻辭所記當爲貴族之世次，與後世所謂“家譜”記載的內容有所不同。

② 案：此版刻辭資料承蒙黃天樹先生告知，據以補入。

③ 關於《庫》1506 的真僞一直存在爭議。認爲其乃僞刻的有胡光煒、董作賓、郭沫若、容庚、唐蘭、金恒祥、嚴一萍、胡厚宣等先生，認爲其爲真品的有朱德熙、馬漢麟、張政烺、陳夢家、于省吾、孫海波、白川靜、島邦男、饒宗頤、李學勤等先生。參看陳夢家：《殷虛卜辭綜述》，北京：中華書局，1988 年，第 499 頁；胡厚宣：《甲骨文“家譜刻辭”真僞問題再商榷》，《古文字研究》第 4 輯，北京：中華書局，1980 年；于省吾：《甲骨文“家譜刻辭”真僞辨》，《古文字研究》第 4 輯，北京：中華書局，1980 年；吳浩坤，潘悠：《中國甲骨學史》，上海：上海人民出版社，2006 年，179～183 頁。于省吾先生云：“‘家譜刻辭’(引者案：指《庫》1506)如果是僞造，在距今七十多年前，孤陋寡見的僞造者所作刻辭，從現時我們已掌握到大量豐富資料之後而予以審閱，它就必然要露出支離舛謬、漏洞叢生的現象；然而實際上恰恰與之相反，‘家譜刻辭’竟達到了無隙可乘，無懈可擊的地步，所以我才能一望而知其爲真。”(于省吾：《甲骨文“家譜刻辭”真僞辨》，《古文字研究》第 4 輯，北京：中華書局，1980 年，第 146 頁)于先生所言良是。筆者曾就此問題請教黃天樹先生，黃先生謂裘錫圭先生及他本人皆認爲《庫》1506 不僞。

(3) 兒先祖曰吹。

吹子曰䢜。

䢜子曰𢀛。

𢀛子曰雀。

雀子曰壹。

壹弟曰啟。

壹子曰䰜。

䰜子曰𢦚。

𢦚子曰洪。

洪子曰卯。

卯弟曰𢆶。

卯子曰𢽾。

𢽾子曰𢒼。

《英藏》2674 正=《庫》1506[一。典賓]

《庫》1506(照片。引自《古文字研究》第 4 輯，第 138 頁)

刻辭從右至左，共十三短行，行間無直線，每行一句，除第一行爲五字外，其他十二行皆爲四字。其行文體制爲“某名A子曰某名B，(某名B弟曰某名B')，某名B子曰某名C”。除去“某名B弟曰某名B'”之外，凡“某名A子曰某名B”的末一字，皆與下一行“某名B子曰某名C”的首字重複，格式甚爲整飭。此版刻辭共記録了兒氏先祖十三個人名，其中爲父子關係者十一人，爲兄弟關係者兩人。也就是説，此版記録了兒氏家族十一代的世系[①]。由此可知，遠在三千二百餘年前的殷商武丁時期，某些貴族已有本家族世系之完整記載了。

另外，殷墟甲骨中，有兩版記録有生子之本名的刻辭，即：

(4) 壬辰，子卜貞：帚𡚱子曰戠。

帚妥子曰𩲃。　　《合》21727=《乙》4856=《丙》612[一。子組]

(5) 辛亥，子卜貞：帚妥子曰𣪕，若。

《合》21793=《粹》1240=《善》5392=《京》3013[一。子組]

皆爲子組卜辭，貞卜婦𡚱及婦妥的生育是否順利，“戠”“𩲃”“𣪕”三字皆爲所生孩子之本名，其體制爲：“干支，某貞人卜貞：某婦名子曰某名。”這與殷墟甲骨刻辭之貴族世系表的體制“某名A子曰某名B”及其稱名的由來，適可交驗互證[②]。

---

① 陳夢家先生認爲：“此兒的家譜，……在九世之内列二弟名，與周制不同，而和殷代周祭制度之祭及王位的諸弟則相近。”(陳夢家：《殷虛卜辭綜述》，北京：中華書局，1988 年，第 499 頁)其言可從。

② 參見于省吾：《甲骨文“家譜刻辭”真僞辨》，《古文字研究》第 4 輯，北京：中華書局，1980 年，第 145 頁。

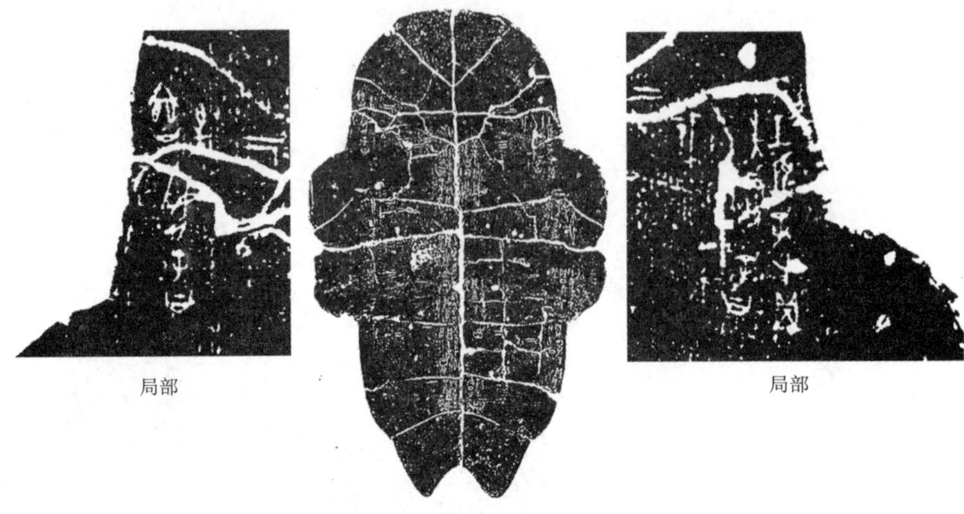

《合》21727

《合》21793

第七節　記

殷墟甲骨中，除了上節中所論“干支表”“商王世系表”“貴族世系表”之外，還有數量較多的記事刻辭，今皆歸入“記”文。按其内容大致可分爲兩類：其一，與卜事有關的“記”文；其二，與卜事無關的“記”文。論述如下。

一、與卜事有關的“記”文

殷墟甲骨刻辭中，有一些沒有對應鑽灼卜兆的刻辭，見於武丁時期之甲骨，多位於卜用甲骨的邊緣或偏僻處，所記内容爲卜用甲骨之來源及甲骨之祭祀，屬於甲骨卜材的前期準備之事。胡厚宣先生將之歸納爲五種記事刻辭，分別稱爲“甲橋刻辭”“甲尾刻辭”“背甲刻辭”“骨臼刻辭”“骨面刻辭”[①]。今將這些記事刻辭皆歸入與卜事有關的“記”文，按其内容主要可分爲三類：其一，載錄卜用甲骨之來源的“記”文；其二，載錄卜用甲骨之祭祀的“記”文；其三，兼錄卜用甲骨之來源與祭祀的“記”文。

(一)載錄卜用甲骨之來源的“記”文

殷墟甲骨刻辭中載錄卜用甲骨之來源的“記”文又可細分爲兩類：一是載錄卜用龜甲之來源的“記”文，二是載錄卜用牛胛骨之來源的“記”文。

1. 載錄卜用龜甲之來源的“記”文

殷墟甲骨刻辭中載錄卜用龜甲之來源的“記”文數量較多。其中，有惟以二字簡記臣屬貢入龜甲的“記”文，多見於自賓間類及賓組刻辭。如：

---

① 參見胡厚宣：《武丁時五種記事刻辭考》，《甲骨學商史論叢初集》，石家莊：河北教育出版社，2002 年，第 343～453 頁。胡先生云：“‘甲橋刻辭’刻於龜腹甲兩橋之背面，‘甲尾刻辭’刻於龜腹甲正面之尾端，‘背甲刻辭’刻於龜背甲背面緣中剖線之一邊，‘骨臼刻辭’刻於牛胛骨狹端轉節處之骨臼內，‘骨面刻辭’刻於牛胛骨寬薄一端之正面，或背面近於兩邊緣之地方。前三者爲龜甲刻辭，後二者爲牛骨刻辭，五種刻辭所記，事類略同……五種刻辭之時代，由坑位、人名、字體、及同版其他刻辭等，知其皆屬於武丁時期。由五種刻辭絕無‘貞’‘卜’一類之字，又絕無所屬鑽灼卜兆之痕跡，知其乃卜辭以外一種特殊之記事文字。此類刻辭，絕不見於祖庚以後之甲骨中，蓋此種記事刻辭乃武丁時所特有之風氣也。”(胡厚宣：《武丁時五種記事刻辭考》，《甲骨學商史論叢初集》，石家莊：河北教育出版社，2002 年，第 449 頁)李學勤先生將此類記錄甲骨之來源與數量的記事刻辭稱爲“署辭”(參見李學勤：《古文字學初階》，北京：中華書局，1985 年，第 25 頁)。這“五種記事刻辭”都刻在甲骨上沒有鑽鑿的部位。

(1) [illegible]入。(甲尾刻辭)　《合》9336=《甲》3006=《甲釋》149[一。自賓間 A]
(2) 缶入。(甲尾刻辭)　《合》9338=《善》6963=《殷禮》10[一。自賓間 A]
(3) [illegible]入。(甲尾刻辭)　《合》9339=《前》5.21.3=《歷拓》6862[一。自賓間 A]
(4) [illegible]入。(甲尾刻辭)　《合》9340=《善》20250[一。自賓間 A]
(5) [illegible]入。(甲尾刻辭)　《合》9349=《甲》3163[一。自賓間 A]
(6) 冊入。(甲尾刻辭)　《合》9354=《京》179=《善》23093[一。自賓間 A]
(7) [illegible]入。(甲尾刻辭)　《合》9362=《後下》24.14[一。自賓間 B]
(8) [illegible]入。(甲尾刻辭)　《合》9363=《掇一》328[一。自賓間 B]
(9) [illegible]入。(甲尾刻辭)　《合》9365=《後下》41.6[一。自賓間 B]
(10) 圃入。(甲尾刻辭)　《合》9369=《考孟》264[一。自賓間 B]
(11) 勺入。(甲尾刻辭)　《合》9367=《甲》449[一。自小字]
(12) [illegible]入。(甲尾刻辭)　《合》9344=《甲》122[一。賓一]
(13) 丘入。(甲尾刻辭)　《合》9329=《乙》642[一。典賓]
(14) 妻入。(甲橋刻辭)　《合》17485=《乙》4688[一。典賓]

“入”，謂貢納。“入”上一字爲人名或族名，乃商王之臣屬，今皆以人名視之。殷商時期，由於王室、貴族占卜十分頻繁，消耗甲骨數量巨大，其所用牛骨或可就地取材，龜甲以其主要產自南方，則多由臣屬進貢而來。這類“記”文見於甲尾或甲橋刻辭，蓋有司於臣屬所貢龜甲的不重要部位記其來源，其體制爲：“某臣入。”

也有記錄臣屬貢納龜甲之數量的“記”文，主要見於自賓間類和賓組刻辭，多爲甲橋刻辭，少量爲甲尾刻辭。如：

(15) [illegible]入百。(甲橋刻辭)　《合》9245=《京》5[一。自賓間 A]
(16) 並入□。(甲橋刻辭)　《合》9248=《歷拓》7722[一。自賓間 A]
(17) [illegible]入十。(甲橋刻辭)　《合》9250=《乙》7686[一。自賓間 A]
(18) 臤入二。(甲尾刻辭)　《合》9337=《拾》8.5=《歷拓》11582[一。自賓間 A]
(19) 雀入二百五十。(甲橋刻辭)　《合》10937 反=《乙》7491[一。自賓間 B]
(20) 壴入五。(甲橋刻辭)　《合》9260=《乙》7378[一。賓一]
(21) 見入三。(甲橋刻辭)　《合》9267=《乙》731[一。賓一]
(22) 念入百。(甲橋刻辭)　《合》9261 反=《善》18815 反[一。賓一]
(23) [illegible]入二。(甲橋刻辭)　《合》9270=《乙》1023[一。賓一]
(24) [illegible]入百五十。(甲橋刻辭)　《合》9271=《乙》6661=《丙》580[一。賓一]
(25) [illegible]入百二十。(甲橋刻辭)　《合》10601 反=《乙》5189=《丙》164[一。典賓]
(26) [illegible]入[十]。(甲橋刻辭)　《合》9221 反=《善》1042 反[一。典賓]
(27) [illegible]入十。(甲橋刻辭)　《合》9224=《乙》1429[一。典賓]
(28) 妻入二。(甲橋刻辭)　《合》9228=《乙》6825[一。典賓]
(29) 唐入十。(甲橋刻辭)　《合》9811 反=《乙》7206[一。典賓]
(30) 雀入五。(甲橋刻辭)　《合》10865 反=《歷拓》1368 反[一。典賓]
(31) [雀]入百。(甲橋刻辭)　《合》9241=《故宮》26[一。典賓]
(32) 雀入二百五十。(甲橋刻辭)　《合》9235 反=《乙》7950[一。典賓]

(33) 屰入六。(甲橋刻辭)　　《花東》20(H3:63)[一。花東子類]

其體制爲："某臣入若干。"這類刻辭中的"入"字亦有寫作"以"或"來"者，主要爲賓組刻辭，多見於甲橋刻辭，如：

(34) 我以□。(甲橋刻辭)　　《合》9008=《京》216[一。賓一]

(35) 雀以□。(甲橋刻辭)　　《合》9033=《京》2137[一。賓一]

(36) 㞢以百。(甲橋刻辭)　　《合》9049反=《歷拓》1136反[一。賓一]

(37) 𡆥以□。(甲橋刻辭)　　《合》9087反=《乙》4732[一。賓一]

(38) □以□。(甲橋刻辭)　　《合》9088=《乙》7901[一。賓一]

(39) 邑以□。(甲橋刻辭)　　《合》9056反=《善》4678[一。典賓]

(40) 邑以□。(甲橋刻辭)　　《合》9059反=《浙博》39反[一。典賓]

(41) 邑[以]□。(甲橋刻辭)　　《合》9060反=《歷拓》8572反[一。典賓]

(42) 𦔻以自▨。(甲橋刻辭)　　《合》9095=《龜》2.4.10[一。典賓]

(43) 我來□。(甲橋刻辭)　　《合》9181反=《善》21478反[一。賓一]

(44) 我來三十。(甲橋刻辭)　　《合》9201=《續存・上》4[一。賓一]

(45) 奠來五。(甲橋刻辭)　　《合》10345反=《乙》4809=《丙》89[一。賓一]

(46) 奠來五。(甲橋刻辭)　　《合》10346反=《乙》6729=《丙》292[一。賓一]

(47) 奠來十。(甲橋刻辭)　　《合》18860反=《乙》2665=《丙》194[一。典賓]

(48) 古來□。(甲橋刻辭)　　《合》9131反甲=《乙》5099[一。典賓]

(49) 㛸來□。(甲橋刻辭)　　《合》9199反=《善》21384反[一。典賓]

(50) [壴]來十。(甲橋刻辭)　　《合》9204反=《乙》4982[一。典賓]

(51) [耶]來二[百]。(甲橋刻辭)　　《合》9205=《京人》581b[一。典賓]

(52) □來百。(甲橋刻辭)　　《合》9208=《京》19[一。典賓]

其體制爲"某臣以若干"，如(34)～(42)；或爲"某臣來若干"，如(43)～(52)。

括而言之，這類"記"文的基本體制爲："某臣入/以/來若干。"皆謂某臣屬前來貢納龜甲數量若干。

還有一些刻辭在記錄臣屬進貢龜甲數量之後附署行在地名或史官簽名者[①]，主要爲賓組刻辭，多見於甲橋刻辭。如：

(53) 𦔻入二十。才□。(甲橋刻辭)　　《合》9288=《京》3[一。賓一]

(54) 㛸入二。才高。(甲橋刻辭)　　《合》9229=《乙》2743[一。典賓]

(55) 𡦹入三。才□。(甲橋刻辭)　　《合》9276反=《乙》1335[一。典賓]

(56) □[入]□百二十。才𦎫(敦)。(甲橋刻辭)

《合》9299=《北圖》2306反[一。典賓]

① 陳夢家先生將武丁時期記事刻辭中的簽署者稱爲"卜官"，將刻在卜辭上的命龜者稱爲"卜人"(董作賓先生謂之"貞人")。他認爲："命龜者的卜人和管卜事的卜官是不同的，然而是有關係的。某些卜官，也兼爲命龜者，故其名字亦見於卜辭署寫卜人之處，即在'甲子卜'與'貞'之間。……這些卜官又兼爲命龜的卜人，尤其是'簽署者'多爲卜人，但也有專作'簽署者'而不作卜人的。由此言之，卜人也可以包括在卜官之內。卜官似是分工的，某一種卜官專爲管理卜事而偶亦作卜人。"(陳夢家：《殷虛卜辭綜述》，北京：中華書局，1988年，第178、181頁)

(57)□入三。才斷。(甲橋刻辭)　《合》9329=《乙》642[一。典賓]
(58)子𢦏入一。爭。(甲橋刻辭)　《合》9218=《乙》7036[一。典賓]
(59)□[入]百。岳。(甲橋刻辭)　《合》9304=《歷拓》7533[一。典賓]

其基本體制爲："某臣入若干。(才某地。)/(某史官。)"辭尾或記地名，如(53)～(57)；或署史官簽名，如(58)～(59)。胡厚宣先生云"殷代貢龜，可隨王之行程而貢，不必皆貢之商朝"[①]，所言可從。

以上所記"入""以""來"之臣屬貢龜的"記"文，皆見於殷墟龜甲刻辭，不見於殷墟牛胛骨刻辭。

2. 載錄卜用牛胛骨之來源的"記"文

殷墟甲骨刻辭中，尚有一些與上述記事刻辭性質相近的著以"气"字而載錄有關卜用牛胛骨之來源的"記"文，主要見於典賓類和歷二類刻辭。其中見於典賓類的這類刻辭，少數爲牛胛骨之骨臼刻辭，多數爲牛胛骨之骨面刻辭。如：

(60)癸亥，則气(乞)自雩十屯。𡆥。(骨臼刻辭)
《合》9410 臼=《粹》1053=《善》102 臼[一。典賓]
(61)癸亥，則气自雩十屯。㱿。(骨臼刻辭)
《合》9412 臼=《慶丙》3.193 臼[一。典賓]
(62)庚[辰]，气自雩十屯。㱿。(骨臼刻辭)　《合》9411=《南博》11[一。典賓]
(63)□寅，气自雩十屯。㱿。(骨臼刻辭)　《合》9413=《後下》8.16[一。典賓]
(64)乙□，邑气自𠤳五屯。十二月。(骨面刻辭)
《合》9400=《續存上》83[一。典賓]
(65)庚戌，气自帚井三[屯]。(骨面刻辭)
《合》9394 反=《甲》2969[一。典賓]
(66)□□，㱿气自[𠤳]▨。(骨面刻辭)
《合》9382=《京》299=《善》27267[一。典賓]
(67)壬子，㱿气[自]▨。(骨面刻辭)　《合》9386 反=《南·明》12[一。典賓]
(68)□□，古气[自]▨。(骨面刻辭)　《合》9388=《京》62[一。典賓]
(69)□子，帚井气自▨。
□戌，帚井气[自]▨。(骨面刻辭)　《合》9389=《北大》2 號 25[一。典賓]
(70)▨气自𠤳五十[屯]。(骨面刻辭)　《合》9401=《歷拓》9999[一。典賓]
(71)▨气自𠤳▨。(骨面刻辭)　《合》9402=《龜》1.24.18[一。典賓]
(72)▨[气]自𠤳五十屯。(骨面刻辭)
《合》9397=《歷拓》6565=《文捃》1230[一。典賓]
(73)自㱿气十[屯]。(骨面刻辭)　《合》9385=《京》36[一。典賓]
(74)丁丑，𡧊气于𠤳二十屯。(骨面刻辭)　《合》9399=《前》6.27.4[一。典賓]

① 胡厚宣：《武丁時五種記事刻辭考》，《甲骨學商史論叢初集》，石家莊：河北教育出版社，2002年，第448頁。

這類刻辭中的“气”字當讀爲“乞”，謂“乞求”，與上文“入”“以”“來”意近[①]；所記臣屬貢納之物，除偶有龜甲以外[②]，大多爲牛胛骨，與“入”“以”“來”所貢納者惟龜甲有別。“屯”字甲骨文作[甲骨字形]、[甲骨字形]、[甲骨字形]、[甲骨字形]、[甲骨字形]、[甲骨字形]、[甲骨字形]等形，此從于省吾先生所釋[③]。殷人稱貞卜所用之牛骨或背甲一對爲“一屯(純)”。卜骨一屯指牛之左右肩胛骨各一塊，背甲一屯指龜背甲从中間剖開後的左半和右半[④]。這類“記”文的基本體制爲：“(干支)，某臣A气自某臣B若干/自某臣B气若干。(某史官。)”辭首多記貢納之日期。“气自某臣B”或倒作“自某臣B气”，如(73)。“自”或作“于”，如(74)。辭尾或署有史官之簽名，如(60)～(63)；偶有記月份者，如(64)。

見於歷組二類刻辭的這類“記”文，皆爲骨面刻辭，數量較多[⑤]。如：

(75)□□，[甲骨字形]气[甲骨字形]一。(骨面刻辭)　《屯南》3539[一二。歷二]

(76)丁卯，[甲骨字形]气[甲骨字形]三。(骨面刻辭)　《合》35183=《京人》2551[一二。歷二]

(77)甲申，[甲骨字形]气[甲骨字形]三。(骨面刻辭，倒刻)
《合》35188=《寧》1.302=《歷拓》3692[一二。歷二]

(78)辛巳，[甲骨字形]气[甲骨字形]三。(骨面刻辭)　《屯南》341[一二。歷二]

(79)□寅，[甲骨字形]气[甲骨字形]三。(骨面刻辭)　《屯南》2211[一二。歷二]

(80)壬申，[甲骨字形]气[甲骨字形]三。(骨面刻辭)　《屯南》2567[一二。歷二]

(81)甲子，[甲骨字形]气[甲骨字形]五。(骨面刻辭，倒刻)　《合》35180=《寧》1.529[一二。歷二]

(82)丁未，[甲骨字形]气[甲骨字形]五。(骨面刻辭)
《合》35194=《寧》1.526=《歷拓》3717[一二。歷二]

(83)丁未，[甲骨字形]气[甲骨字形][六]。(骨面刻辭)
《合》35193=《粹》1524=《善》19875=《京》4791[一二。歷二]

(84)□□，[[甲骨字形]]气[甲骨字形]七。(骨面刻辭)
《合》35208=《粹》1528=《善》20587[一二。歷二]

(85)辛酉，[甲骨字形]气[甲骨字形]八。(骨面刻辭)
《合》35201=《粹》1533=《善》28232=《京》4790[一二。歷二]

---

① 于省吾先生將甲骨文中的“三”釋爲“气”字(于省吾：《釋气》，《甲骨文字釋林》，北京：中華書局，1979年，第79～83頁)，其說至塙。胡厚宣先生謂五種記事刻辭中之“三”(气)應讀爲“取”，認爲“气自某若干”一類刻辭所記，乃采集龜甲牛骨之事，並謂殷代卜用之牛骨，大約衹自行采集之一途(胡厚宣：《武丁時五種記事刻辭考》，《甲骨學商史論叢初集》，石家莊：河北教育出版社，2002年，第437～438頁)，其說可商。丁山先生云：“臼辭的‘乞自某’，我認爲當釋迄至，‘乞自雩’，猶言至自雩；‘自匩乞’，‘自古乞’，猶言自匩至，自古至。”(丁山：《甲骨文所見氏族及其制度》，北京：中華書局，1988年，第10頁)

② 殷墟甲骨刻辭中著以“气”字而載錄卜用龜甲來源的辭例甚少，如“自匩气二[屯]。”(《合》9406反=《上博新拓》162反)，爲典賓類龜甲之甲尾刻辭。

③ 于省吾：《釋屯、萅》，《甲骨文字釋林》，北京：中華書局，1979年，第1～2頁。

④ 裘錫圭：《說“嵒”“嚴”》，《古文字論集》，北京：中華書局，1992年，第103頁。

⑤ 郭沫若先生於《粹》第1524～1534片之《考釋》指出：“其文均自成一例，與尋常之卜辭不同，與骨臼刻辭亦复不同。”(郭沫若：《殷契粹編考釋》，《郭沫若全集·考古編》第3卷《殷契粹編》，北京：科學出版社，2002年，第750頁)

(86)□□，㚔气𡆧十。(骨面刻辭)　　《屯南》788[一二。歷二]

(87)甲戌，㚔气𡆧十。(骨面刻辭)　　《屯南》2309[一二。歷二]

“㚔”，郭沫若先生以爲“殆鐫之初文，後人以鑽爲之”[①]，似不確；“㚔”用作人名，常見於賓三類、歷二類卜辭[②]。“𡆧”字舊多從郭沫若先生釋爲“冎”，讀爲“骨”[③]，似不確；今釋爲“肩”[④]，此處當指牛的肩胛骨。“㚔气𡆧若干”謂㚔乞求牛胛骨若干[⑤]，所見之數以三爲多，但不限於三，從一至十皆應可有。上列刻辭的體制爲：“干支，㚔气𡆧若干。”

又如：

(88)戊子，㚔气㚔𡆧三。(骨面刻辭)　　《屯南》131[一二。歷二]

---

① 郭沫若：《殷契粹編考釋》，《郭沫若全集·考古編》第3卷《殷契粹編》，北京：科學出版社，2002年，第750頁。

② 殷墟甲骨刻辭中“㚔”用作人名見於賓三類卜辭的如：“貞：翌辛卯，㚔𠦪(禱)雨，畀雨。”(《合》63正=《佚》519正)“貞：㚔不以雨。三月。”(《合》12540=《歷拓》10879)“丁未卜，古貞：㚔奏自夒。”(《合》14379=《考塡》311)“庚午卜，貞：辛未㚔□岳，㞢□雨。”(《合》14483=《歷拓》6906)見於歷二類卜辭的如：“丁卯貞：叀㚔于河尞，雨。”(《屯南》3567)“丁丑卜：叀㚔往𠦪禾于河，受禾。”(《合》32001正=《甲》808=《甲釋》36)此數條卜辭皆圍繞“㚔”禱雨一事而卜，辭中之“㚔”當爲同一人。參看黃天樹：《殷墟王卜辭的分類與斷代》，北京：科學出版社，2007年，第176～177頁。

③ 郭沫若：《殷契粹編考釋》，《郭沫若全集·考古編》第3卷《殷契粹編》，北京：科學出版社，2002年，第747頁。胡厚宣：《武丁時五種記事刻辭考》，《甲骨學商史論叢初集》，石家莊：河北教育出版社，2002年，第447頁。

④ 徐寶貴：《石鼓文研究與考釋》，參看裘錫圭：《說“𡆧凡有疾”》，《故宮博物院院刊》，2000年第1期，第1～7頁。吳匡：《釋肩》(未刊稿)，參看蔡哲茂：《殷卜辭“肩凡有疾”解》，載臺灣高雄師範大學國文系，中國文字學會編：《第十六屆中國文字學國際學術研討會論文集》，2005年，第297～309頁。

⑤ 郭沫若先生釋此類刻辭中的“三”皆爲“三”，又云：“‘㚔若干，冎若干’者，前者蓋就龜言，後者蓋就骨言，卽謂鑽若干龜，鑿若干骨也。”(郭沫若：《殷契粹編考釋》，《郭沫若全集·考古編》第3卷《殷契粹編》，北京：科學出版社，2002年，第750頁)案：郭氏所言似不確。此類刻辭皆見於牛胛骨，不見於龜甲。中國社科院考古所在整理小屯南地出土甲骨中發現，“武乙、文丁時期都有記事刻辭，兩者的形式完全一樣(引者案：皆爲歷組二類刻辭，當屬於武丁、祖庚時期)，……都是骨面刻辭。刻辭形式主要是‘干支㚔三(乞)冎(骨)□’，少數是‘㚔三冎□’，有時在‘㚔三’與‘冎若干’之間插入一個𠣾字或者㚔字，最完整的形式是‘乙未，㚔三冎六，自𠣾’(3028)”，推測“可能爲加工動物肩胛骨的記錄”，並讀辭中的“三”爲乞卽訖字。(中國社會科學院考古研究所編：《小屯南地甲骨》上冊第一分冊《前言》，北京：中華書局，1980年，第44頁)齊文心在分析這種爲數不少的“𣪊組”記事刻辭之後，按其辭例分爲四類：①干支㚔三𠣾骨三；②干支㚔三骨三𠣾；③干支㚔三骨三；④干支㚔三骨。齊氏認爲：“㚔”字可隸寫爲㚔，俗作矧，泛指鑽鑿行爲；“㚔”字後之“三”不是“乞”字，是數目字“三”；“𠣾”字意同“包”，表示一對卜骨，“骨”的含義與武丁時骨臼刻辭的“𠃊”相同，指單胛；故“𣪊組”記事刻辭大致是說某日鑽鑿幾對卜骨和幾個單胛。(齊文心：《𣪊組胛骨記事刻辭試釋》，《中國史研究》，1991年第4期)參看王宇信，楊升南：《甲骨學一百年》，北京：社會科學文獻出版社，1999年，第247～248頁。

(89) □□，**𡨦气𡨦𠬝三**。(骨面刻辭)　　《屯南》216[一二。歷二]

(90) 丁酉，**𡨦𡨦𠬝三**。(骨面刻辭)　　《屯南》700[一二。歷二]

(91) 己巳，**𡨦气𠟭𠬝三**。(骨面刻辭)

《合》35166=《鄴三下》35.13=《歷拓》1271[一二。歷二]

(92) □寅，**𡨦气𠟭𠬝**[三]。(骨面刻辭)

《合》35168=《京》4796=《歷拓》4669[一二。歷二]

(93) □□，**𡨦气𠟭𠬝三**。(骨面刻辭)

《合》35170=《戩》46.5=《歷拓》9606[一二。歷二]

(94) 癸卯，**𡨦气𠟭𠬝三**。(骨面刻辭)　　《屯南》783[一二。歷二]

(95) 戊申，**𡨦气𠟭𠬝三**。(骨面刻辭)　　《屯南》2677[一二。歷二]

(96) 壬辰，**𡨦气𠬝三𠟭**。(骨面刻辭，倒刻)

《合》35174=《南・明》419=《歷拓》4676[一二。歷二]

(97) □□，[**𡨦**]气**𠬝三𠟭**。(骨面刻辭，倒刻)

《合》35176=《寧》1.527=《歷拓》3703[一二。歷二]

(98) 丁丑，**𡨦气𠬝三𠟭**。(骨面刻辭)　　《屯南》2149[一二。歷二]

(99) 乙亥，**𡨦气𠬝三𠟭**。(骨面刻辭)　　《屯南》2282[一二。歷二]

“𠟭”當爲人名，上文已有辭例(42)、(53)記“𠟭”貢納龜甲事，皆爲賓組刻辭。(88)～(90)之“𡨦气𡨦𠬝三”，謂𡨦乞求𡨦地所出牛胛骨三版。(91)～(95)之“𡨦气𠟭𠬝三”，謂𡨦乞求從𠟭處所得的牛胛骨三版。(96)～(99)之“𡨦气𠬝三𠟭”，似爲“𡨦气𠟭𠬝三”之倒裝，或當爲“𡨦气𠬝三自𠟭”之省文。上列刻辭的體制，或作“干支，𡨦气某臣𠬝若干”，如(88)～(95)；或作“干支，𡨦气𠬝若干某臣”，如(96)～(99)。

再如：

(100) 己卯，气𠬝于□。(骨面刻辭)　　《合》35191=《甲》759[一二。歷二]

(101) 庚戌，气𠬝于𢆉。(骨面刻辭)　　《屯南》638[一二。歷二]

(102) □□，[**𡨦**]气**𠬝**三自**𠂤**。(骨面刻辭)

《合》35212=《鄴三下》45.10=《歷拓》1303[一二。歷二]

(103) □□，[**𡨦**气]**𠬝**三自**𠂤**。(骨面刻辭)

《合》35213=《粹》1530=《善》28234=《京》4800[一二。歷二]

(104) □□，**𡨦**气**𠬝**七自**𠂤**。(骨面刻辭)

《合》35214=《粹》1529=《善》20065=《京》4799[一二。歷二]

(105) □□，**𡨦**气**𠬝**七自**𠂤**。(骨面刻辭)

《合》35215=《鄴三下》39.8=《歷拓》1344[一二。歷二]

(106) □□，**𡨦**气**𠬝**三自□。(骨面刻辭)　　《屯南》172[一二。歷二]

(107) 乙未，**𡨦**气**𠬝**六自**𢀛**。**𠟭**。(骨面刻辭)　　《屯南》3028[一二。歷二]

(108) □□，[**𡨦**气]**𠬝**五**𠬝𡆥**。才(在)□。(骨面刻辭)

《合》35216=《京》4802=《善》20294[一二。歷二]

(109) □□，[**𡨦**气]**𠬝**二□。才△。(骨面刻辭)

《合》35218=《寧》1.649=《歷拓》3654[一二。歷二]

(100)～(101)“于”下一字亦當爲人名(或族名)。(102)～(107)之“㚔气𡆥若干自某”，郭沫若先生云：“有于‘㚔若干冎若干’之下繫以‘自□’，蓋志龜骨之所自來。”[①] (108)～(109)爲殘辭，意亦不明，“才△”蓋記貢納牛胛骨之地點。上舉刻辭的體制，或作“干支，气𡆥于某臣”，如(100)～(101)；或作“干支，㚔气𡆥若干自某臣”，如(102)～(106)；或作“干支，㚔气𡆥若干自某臣。某史官”，後署史官之簽名，如(107)；或作“干支，㚔气𡆥若干某臣。才某地”，後記貢納之地點，如(108)～(109)。

括而言之，見於歷二類刻辭中的這類載錄有關卜用牛胛骨的來源的“記”文，其基本體制可歸納爲：“干支，㚔气𡆥若干(于/自)某臣。(才某地。)/(某史官。)”

由以上分析可知，殷墟甲骨刻辭中，載錄卜用甲骨之來源的“記”文具有以下特點：

① 載錄卜用龜甲之來源的“記”文，主要見於自賓間類、賓組刻辭，尤以典賓類刻辭爲多，著以“入”“以”“來”等字，載錄臣屬貢納龜甲之事，皆爲龜甲刻辭，不見於牛胛骨刻辭，其基本體制爲：“某臣入/以/來(若干)。(才某地。)/(某史官。)”

② 載錄卜用牛胛骨之來源的“記”文，主要爲典賓類、歷組二類刻辭，當爲一時之物，皆著以“气”字，載錄臣屬乞求牛胛骨之事，爲牛胛骨之骨面、骨臼刻辭。其中見於典賓類刻辭的這類“記”文，多數爲骨面刻辭，少數爲骨臼刻辭，其基本體制爲：“干支，某臣A气自某臣B若干/自某臣B气若干。(某史官。)”見於歷組二類刻辭的這類“記”文皆爲骨面刻辭，其基本體制爲：“干支，㚔气𡆥若干(于/自)某臣。(才某地。)/(某史官。)”

(二)載錄卜用甲骨之祭祀的“記”文

殷墟甲骨刻辭中，有載錄關於甲骨之祭祀的“記”文。胡厚宣先生云：

> 大約殷人既得龜甲牛骨之後，在卜用之時，須先經過一種祭典。《周禮·春官·龜人》：“上春釁龜，祭祀先卜”，《禮記·月令》孟冬“命大史釁祠(同祀)龜策”，即其禮也。[②]

所言可從。

這類“記”文見於武丁時期刻辭，數量較多。其中有些刻辭衹簡單記錄了臣屬祭祀甲骨的典禮，見於甲橋、背甲、骨臼刻辭，多爲典賓類刻辭。如：

(1)[帚]壴示。(甲橋刻辭)　　《合》17522反=《善》16580反[一。典賓]

(2)帚丙示。(甲橋刻辭)　　《合》17529=《乙》1541[一。典賓]

(3)[帚]丙示。(甲橋刻辭)　　《合》17530反=《掇二》248反[一。典賓]

(4)帚井示。韋。(背甲刻辭)　　《合》17493=《乙》5281[一。典賓]

---

① 郭沫若：《殷契粹編考釋》，《郭沫若全集·考古編》第3卷《殷契粹編》，北京：科學出版社，2002年，第751頁。

② 胡厚宣：《甲骨學商史論叢初集》，石家莊：河北教育出版社，2002年，第442～443頁。案：《周禮·春官·龜人》：“上春釁龜，祭祀先卜。若有祭祀，則奉龜以往。”鄭《注》云：“釁者，殺牲以血之，神之也。”([漢]鄭玄注，[唐]賈公彥疏：《周禮注疏》卷二十四《春官·龜人》，影印阮刻《十三經注疏》本，北京：中華書局，1980年，第804～805頁)

(5)帚井示。韋。(背甲刻辭)　　《合》17494=《乙》3330[一。典賓]

(6)帚良示。古。(骨臼刻辭)　　《合》17527=《北圖》5080[一。典賓]

“示”爲動詞，乃祭名。上列刻辭的基本體制爲：“某臣示。(某史官。)”有的刻辭衹記某臣屬祭祀甲骨之事，如(1)～(3)；有的刻辭在記錄臣屬祭祀甲骨之後，署有史官之簽名，如(4)～(6)。皆未記錄祭祀甲骨的數量。

有些刻辭則詳細記錄了臣屬祭祀甲骨的數量，多見於甲橋、骨臼刻辭，主要爲典賓類刻辭。如：

(7)帚井示三十。(甲橋刻辭)　　《合》17486=《珠》1398[一。典賓]

(8)帚井示三十。(甲橋刻辭)　　《合》17487=《錄》623[一。典賓]

(9)[帚]□示二十。(甲橋刻辭)　　《合》17537反=《歷拓》6808反[一。典賓]

(10)帚井示二屯。㱿。(骨臼刻辭)　　《合》17490=《續存上》63[一。典賓]

(11)帚井示五屯。亙。(骨臼刻辭)　　《合》17491=《龜》1.18.2[一。典賓]

(12)帚利示二屯。宁。(骨臼刻辭)　　《合》17531=《歷拓》7280[一。典賓]

(13)□示四屯㞢一□(肩)。永。(骨臼刻辭)　　《合》17628=《龜》2.30.2[一。典賓]

(14)帚杞示七屯又一□。永。(骨臼刻辭)

《合》17525=《後下》33.10=《歷拓》7252[一。典賓]

(15)帚杞示十屯又一□。宁。(骨臼刻辭)

《合》17526=《佚》418=《鄴初下》30.8[一。典賓]

(16)㞢示十屯㞢一□。㱿。(骨臼刻辭)

《合》17579=《京人》1095[一。典賓]

(17)㞢示十屯㞢一□。古。(骨臼刻辭)　　《合》17580=《南坊》1.6[一。典賓]

(18)㞢示十屯㞢一□。宁。(骨臼刻辭)　　《合》17581=《粹》1504[一。典賓]

“□”“□”同字，胡厚宣先生疑即“片”之古文[①]，一“□”謂半對牛胛骨或龜背甲。如(14)中“七屯又一□”，指七對又半對牛胛骨，即十五版牛胛骨。上舉刻辭其基本體制爲：“某臣示若干。(某史官。)”有的刻辭衹記臣屬祭祀甲骨的數量，如(7)～(9)；有的刻辭在記錄臣屬祭祀甲骨數量之後，署有史官之簽名，如(10)～(18)。

有些刻辭在記錄臣屬祭祀甲骨數量時，辭首皆注明日期，多數見於骨臼刻辭，少數見於甲橋刻辭，主要爲典賓類刻辭。如：

(19)戊寅，帚井示□[屯]。(甲橋刻辭)

《合》17498反=《京》107=《北圖》3343反[一。典賓]

(20)辛丑，帚喜示四屯。(骨臼刻辭)

《合》17517臼=《南·坊》2.1=《善》50臼[一。典賓]

---

① 胡厚宣：《武丁時五種記事刻辭考》，《甲骨學商史論叢初集》，石家莊：河北教育出版社，2002年，第447頁。案：“□”“□”字之釋讀，李家浩先生在《仰天湖楚簡十三號考釋》一文中認爲此字可能是“⺃”或“亅”，應該讀爲“一算爲奇”之“奇”，指肩胛骨一塊(見李家浩：《著名中年語言學家自選集·李家浩卷》，合肥：安徽教育出版社，2002年，第218～220頁)。其後，楊澤生先生《甲骨文“丿”讀爲“奇”申論》一文對李先生之說作了進一步的論證(見饒宗頤：《華學》第8輯，北京：紫禁城出版社，2006年，第92～95頁)。

(21)☐巳，帚妌示五屯。小㱿。(骨臼刻辭)

《合》17507=《粹》1491=《善》5743[一。典賓]

(22)壬午，[illegible]示八屯。[illegible]。(骨臼刻辭)

《合》17558 臼=《陝師大》1 臼[一。典賓]

(23)甲午，帚井示三屯。岳。(骨臼刻辭)

《合》17492=《甲》3341[一。典賓]

(24)甲寅，帚井示三屯。㱿。(骨臼刻辭)

《合補》1857 臼=《日天》145 臼[一。典賓]

(25)壬寅，帚寶示三屯。岳。(骨臼刻辭)

《合》17511 臼=《粹》1489 乙=《善》49 臼[一。典賓]

(26)庚申，帚豊示十屯。岳。(骨臼刻辭)

《合》17515=《龜》2.20.16[一。典賓]

(27)戊戌，帚害示三屯。穷。(骨臼刻辭)

《合》17533 臼=《京人》1091b[一。典賓]

(28)戊子，帚[illegible]示三屯。㱿。(骨臼刻辭)

《合》17534=《前》5.32.2=《龜》1.25.18[一。典賓]

(29)戊子，帚[illegible]示四屯。岳。(骨臼刻辭)

《合》17535 臼=《南・師》2.18=《外》11[一。典賓]

(30)庚申，帚[illegible]示☐屯。小㱿。(骨臼刻辭)

《合》17539=《後下》28.4=《旅博》1157[一。典賓]

(31)壬申，邑示三屯。㱿。(骨臼刻辭)

《合》17568=《續》5.11.5=《歷拓》5839=《佚》160[一。典賓]

(32)乙巳，邑示四屯。小㱿。(骨臼刻辭)

《合》17565=《歷拓》10964[一。典賓]

(33)[戊]寅，小邑示二屯。岳。(骨臼刻辭)

《合》17573=《歷拓》7202[一。典賓]

(34)乙丑，帚妌示一屯。小㱿、中。(骨臼刻辭)

《合》17508 臼=《續存上》65[一。典賓]

(35)甲子，帚妌示四屯。小㱿、中。(骨臼刻辭)

《合》17510=《後下》27.10[一。典賓]

(36)己未，邑示四屯。岳、內。(骨臼刻辭)

《合》17561=《龜》1.18.1[一。典賓]

(37)己未，邑示四屯。岳、內。(骨臼刻辭)

《合》17562=《龜》1.18.4[一。典賓]

其基本體制爲："干支，某臣示若干。(某史官。)"少數刻辭的辭尾不署史官名，如(19)～(20)。多數辭尾署有史官名，其中多爲一位史官單獨署名，如(21)～(33)；亦有兩位史官共署其名，如(34)、(35)之"小㱿""中"，(36)、(37)之"岳""內"。

由以上分析可知，殷墟甲骨刻辭中有關甲骨之祭祀的“記”文，主要爲典賓類刻辭，見於甲橋、背甲、骨臼刻辭，其基本體制可歸納爲：“(干支)，某臣示(若干)。(某史官。)”辭首或記干支日期，“某臣示”後多記甲骨之數量，辭尾或有史官之簽名。

(三)兼錄卜用甲骨之來源與祭祀的“記”文

殷墟甲骨刻辭中，還有一些兼錄甲骨之來源與祭祀的“記”文。這類刻辭多見於骨臼刻辭，少數見於骨面、甲橋、背甲刻辭，主要爲典賓類刻辭。如：

(1)雚入三。帚示。殻。(背甲刻辭)　　　　《合》9274 反=《乙》7805[一。典賓]

(2)□二十屯。[illegible]示。犬。(骨面刻辭)

《合》17599 反=《前》7.25.2=《善》761 反[一。典賓]

(3)气自[illegible]二十屯。小臣中示。[illegible]。(骨面刻辭)

《合》5574=《前》7.7.2[一。典賓]

(4)丁亥，气自雩十屯。[illegible]示。[illegible]。(骨臼刻辭)

《合》9409=《珠》328[一。典賓]

(5)丁亥，气自雩十屯。[illegible]示。[illegible]。(骨臼刻辭)

《合》9416 臼=《篚·典》38=《篚·拓》480=《續》5.22.5[一。典賓]

(6)己丑，气自缶五屯。[illegible]示三屯。岳。(骨臼刻辭)

《合》9408=《續存上》78[一。典賓]

(7)自[illegible][气]。己未，帚豊示一屯。[illegible]。(骨臼刻辭)

《合》17514=《前》6.28.5=《龜》2.1.18[一。典賓]

(8)□□，帚[illegible]示□[屯㞢]□[illegible]。自[illegible]气。(骨臼刻辭)

《合》17542 臼=《虛》2339B=《南博》2044 臼[一。典賓]

(9)乙酉，[illegible][示]二屯。古。自[illegible]气。(骨臼刻辭)

《合》17629=《虛》2341=《歷拓》8386[一。典賓]

(10)帚[illegible]示一屯。自[illegible][气]。爭。(骨臼刻辭)

《合》17543 臼=《南·明》2=《慶丙》5.289[一。典賓]

其基本體制爲：“(干支)，某臣A入若干/气自某臣B若干/自某臣B气。某臣C示(若干)。某史官。”辭首或記錄日期，如(4)～(6)。“某臣A入若干”“气自某臣B若干”“自某臣B气”這三種記錄臣屬貢納甲骨的格式不共存於同一條刻辭中。“自某臣B气”的位置較爲靈活，可出現於“干支”之前，如(7)；或出現於“某臣C示(若干)”之後，如(8)、(10)；或出現於“某史官”之後，如(9)。這類刻辭中的“某臣C示”之後，有不記所祭祀甲骨的具體數目者，如(1)～(5)；亦有記錄其具體數目者，如(6)～(10)。所記錄的祭祀甲骨之數目與貢納甲骨之數目有不一致者，如(6)，其因不詳。

綜上所述，殷墟甲骨刻辭中載錄甲骨來源與祭祀的記事刻辭，屬於與卜事有關的“記”文，具有以下特點：

① 這種“記”文主要見於自賓間類、賓組、歷組二類刻辭，按其內容可分爲三類：

載錄甲骨之來源的“記”文、載錄甲骨之祭祀的“記”文、兼載甲骨之來源與祭祀的“記”文。

② 載錄甲骨之來源的“記”文可分爲兩類：其一，載錄卜用龜甲之來源的“記”文。此類“記”文主要見於自賓間類、賓組刻辭，尤以典賓類刻辭爲多，著以“入”“以”“來”等字，載錄臣屬貢納龜甲之事，皆見於龜甲刻辭，不見於牛胛骨刻辭，其基本體制爲：“某臣入/以/來(若干)。(才某地。)/(某史官。)”其二，載錄卜用牛胛骨之來源的“記”文。此類“記”文主要見於典賓類、歷組二類刻辭，當爲一時之物，皆著以“气”字，載錄臣屬乞求牛胛骨之事，爲牛胛骨之骨面、骨臼刻辭。其中見於典賓類刻辭的這類“記”文多數爲骨面刻辭，少數爲骨臼刻辭，其基本體制爲：“干支，某臣A气自某臣B若干/自某臣B气若干。(某史官。)”而見於歷組二類刻辭的這類“記”文皆爲骨面刻辭，其基本體制爲：“干支，奐气𠂤若干(于/自)某臣。(才某地。)/(某史官。)”

③ 載錄甲骨之祭祀的“記”文，多見於甲橋、背甲、骨臼刻辭，主要爲典賓類刻辭，其基本體制爲：“(干支)，某臣示(若干)。(某史官。)”

④ 兼載甲骨之來源與祭祀的“記”文，多見於骨臼刻辭，少數見於骨面、甲橋、背甲刻辭，主要爲典賓類刻辭，其基本體制爲：“(干支)，某臣A入若干/气自某臣B若干/自某臣B气。某臣C示(若干)。某史官。”

二、與卜事無關的“記”文

殷墟甲骨刻辭中，還有一些記事刻辭，與甲骨占卜之事無關。按其是否出現於卜用的龜甲及牛胛骨來劃分，這類記事刻辭可分爲兩類：其一，刻於卜用甲骨而與卜事無關的“記”文；其二，刻於非卜用甲骨而與卜事無關的“記”文。分述如下。

(一)刻於卜用甲骨而與卜事無關的“記”文

殷墟甲骨刻辭中，有少量刻於卜用甲骨上而與卜事無關的記事刻辭，“有意的避開通常刻卜辭的地方”[①]。此類“記”文內容多與祭祀有關，有的刻於龜腹甲之甲橋上，有的刻於牛胛骨正面兩側邊緣或骨面正、反其他部位。

這類記事刻辭多數見於武丁時期的卜用牛骨。其中有部分刻辭記載“㞢𠂤歲”之事，見於卜用牛胛骨背面外緣靠下部位，多數爲自賓間類刻辭，當爲一時之物。如：

(1)乙未，㞢(侑)𠂤歲祖乙。(骨面刻辭)

《合》1574反=《續存下》197[一。自賓間A]

(2)□□，㞢𠂤歲母庚。(骨面刻辭)

《合》7780反=《簠·拓》597=《續》1.42.2[一。自賓間A]

(3)庚寅，㞢𠂤歲母庚。(骨面刻辭)

《英藏》112反=《庫》1580[一。自賓間A]

① 陳夢家：《殷虛卜辭綜述》，北京：中華書局，1988年，第44頁。

(4)丁巳，㞢彳歲□□。(骨面刻辭)　　《合》3912反=《善》14543反[一。賓一]

(5)□□，[㞢]彳歲大□。(骨面刻辭)　　《合》13007反=《京人》801b[一。典賓]

“㞢(侑)”“彳”“歲”，皆祭名。這類“記”文所記内容與祭祀有關，其體制爲：“干支，㞢彳歲某祖。”

還有部分刻辭記載“宜于某京”之事，皆刻於卜用牛胛骨的骨面下方，皆爲典賓類刻辭，亦當爲一時之物。如：

(6)己未，宜[于]義京，羌□人，卯十牛。左。(骨面刻辭)

《合》386=《前》6.2.2=《通》362=《粹》414[一。典賓]

(7)丁卯，宜于義京，[羌]□人，卯十牛。[中]。(骨面刻辭)

《合》387正=《粹》415甲=《善》351正[一。典賓]

(8)乙未，宜于義京，羌三[人]，卯十牛。中。(骨面刻辭)

《合》388=《前》6.2.3=《龜》2.2.12=《通》361[一。典賓]

(9)丁酉，[宜于]義京，羌三[人]，卯十牛。中。(骨面刻辭)

《合》389=《粹》411=《善》373[一。典賓]

(10)癸卯，宜于義京，羌三人，卯十牛。右。(骨面刻辭)

《合》390正=《甲》3333[一。典賓]

(11)□寅，宜[于]義京，羌三[人]，卯十牛。右。(骨面刻辭)

《合》391=《契》10[一。典賓]

(12)癸酉，宜于義京，羌三人，卯十牛。右。(骨面刻辭)

《合》394=《簠·人》30=《簠·拓》334=《續》1.52.2[一。典賓]

(13)癸巳，宜[于]義京，[羌□人]，卯□牛。(骨面刻辭)

《合》392=《京人》1194[一。典賓]

(14)癸[巳，宜于]義京，[羌□人]，卯□[牛]。(骨面刻辭)

《合》393=《南·坊》5.51=《掇二》481=《歷拓》511[一。典賓]

(15)丁未，宜[于]義京，[羌□人，卯□牛]。(骨面刻辭)

《合》395=《粹》413=《善》424[一。典賓]

(16)丁□，宜于[義京，羌□人]，卯十牛。(骨面刻辭)

《合》396=《歷拓》6127[一。典賓]

(17)辛□，宜于殸京，羌三十，卯三十牛。(骨面刻辭)

《合》317=《前》4.10.5[一。典賓]

(18)□□，宜于庚宗，十羌，卯二十牛。(骨面刻辭)

《合》334=《前》1.45.5[一。典賓]

“宜”，祭名。這類“記”文所記内容皆與祭祀有關，其體制爲：“干支，宜于某京，羌若干人，卯若干牛。(左/中/右。)”辭尾或記左、中、右，如(6)～(12)，可能與“三卜制”取用三塊一組牛胛骨進行祭祀有關。

其他刻辭之内容亦多與祭祀有關，散見於𠂤組、賓組、出組、何組、黄類刻辭。如：

(19)甲申，王至于▨三，歲▨四，[歲]▨。(甲橋刻辭)

《合》20582正=《乙》8658[一。𠂤肥筆]

(20)☐祖乙劦。(骨面刻辭)　《合》10410反=《摭續》8[一。自賓間B]

(21)乙卯宜牝，才茁。(骨面刻辭)
《合》7814反=《簠·典》96=《歷拓》10102反[一。賓一]

(22)祖辛翌日。(骨面刻辭)　《合》1770=《歷拓》10404[一。賓一]

(23)[乙]亥，彡(肜)大乙。(骨面刻辭)
《合》1262=《續存上》244[一。典賓]

(24)己卯，媚子寅入宜，羌十。(骨面刻辭)
《合》10405正=《菁》3.1=《通》735[一。典賓]

(25)乙巳，㞢于祖乙，㞢一牛。(骨面刻辭)
《合》1523正=《歷拓》3948正[一。典賓]

(26)自室出。(骨面刻辭)　《合》12813反=《歷拓》3943反[一。典賓]

(27)乙未，又歲于祖乙，牡三十，宰隹舊歲。(骨面刻辭)
《合》22884=《甲》2386[二。出二]

(28)乙酉，小臣☐羨。(甲橋刻辭)　《合》28011=《甲》3913[三四。何二]

(29)☐小臣牆(牆)从伐，禽(擒)危柔☐二十人四，馘千五百七十，𩰫百☐丙(輛)，車二丙(輛)，櫓[①]百八十三，函五十，矢☐，用又白(伯)䖒于大乙，用𩲃白(伯)印☐𩰫于祖乙，用柔于祖丁。𡉚甘京，易(賜)☐。(骨面刻辭)
《合》36481正=《續存下》916=《歷拓》1182[五。黃類]

(29)原骨殘斷，反面刻辭爲六旬干支表之下半段，正面刻辭之意蓋謂：(某日，殷王出征某方)，小臣牆率軍攻伐，俘獲危方柔(等幾個敵方國部落的伯長)……二十四人，(敵軍)左耳一千五百隻，𩰫的一百……(若干)輛、戰車二輛、大盾一百八十三張、箭袋五十個、箭枝(若干)……(凱旋而歸，向商之先祖獻祭)，用又伯䖒祭大乙，用𩲃伯印祭(某一祖先)，……用𩰫祭祖乙，用柔祭祖丁。(王)在甘京之地，賞賜(小臣)……。由該骨版反面之干支表推算，此文全長約一百五十至二百字[②]。這類“記”文所見數量很少，體制特徵不甚明晰。

(二)刻於非卜用甲骨而與卜事無關的“記”文

殷墟甲骨刻辭中，有一些刻在非卜用的人頭骨或其他獸骨上而與卜事無關的記事刻辭。甲骨學者或將此種刻辭分爲“一般記事刻辭”與“特殊記事刻辭”兩類[③]。迄今所見的“一般記事刻辭”數量甚少，有鹿角器刻辭、骨笄刻辭、骨刀刻辭、骨匕刻辭等，

---

① “櫓”字，從裘錫圭先生釋，《說文》：“櫓，大盾也。”參看裘錫圭：《說“揜函”——兼釋甲骨文“櫓”字》，《華學》第1期，廣州：中山大學出版社，1995年，第59～62頁。

② 胡厚宣：《中國奴隸社會的人殉和人祭》(下篇)，《文物》，1974年第8期，第63頁。

③ 參看陳夢家：《殷虛卜辭綜述》，北京：中華書局，1988年，第44～45頁；王宇信，楊升南：《甲骨學一百年》，北京：社會科學文獻出版社，1999年，第248～253頁；王宇信，徐義華：《商周甲骨文》，北京：文物出版社，2006年，第115～116頁。

内容蓋記日常生活行事，與甲骨占卜毫無關係，以其文字太少，此姑不論[①]。“特殊記事刻辭”數量相對多一些，有人頭骨刻辭、牛胛骨刻辭、牛距骨刻辭、鹿頭骨刻辭、兕骨刻辭、虎骨刻辭等，内容多記祭祀、田獵、征伐之事，與甲骨占卜亦無關係。

特殊記事刻辭中的人頭骨刻辭，迄今發現有15片[②]。此種人頭骨無一完整，可能在獻祭時即被打碎，故其上之刻辭皆殘缺不全。這類“記”文多數見於黄類刻辭，如：

(1)☐白(伯)□☐。(人頭骨刻辭)　《合》3335=《善》23929[一。自歷間 A]

(2)☐五封☐封崇☐。(人頭骨刻辭)　《日蒐二》180[一。？]

(3)☐武☐。(人頭骨刻辭)　《合》27741=《甲》3739[三四。無名]

(4)☐大甲☐。(人頭骨刻辭)　《懷》1914[五。黄類]

(5)☐夷方白(伯)☐祖乙伐☐。(人頭骨刻辭)
《合》38758=《綜述》13.3=《故宫》286[五。黄類]

(6)☐方白(伯)用☐。(人頭骨刻辭)
《合》38759=《京》5281=《善》6191=《綜述》13.1[五。黄類]

(7)☐丑，用于義友☐。(人頭骨刻辭)
《合》38762=《掇二》49=《京》5282[五。黄類]

(8)☐用☐。(人頭骨刻辭)　《綜述》13.2[五。黄類]

(9)☐□☐白☐。(人頭骨刻辭)
《合》38760=《續存上》2358=《歷拓》1507[五。黄類]

(10)☐白☐。(人頭骨刻辭)　《續補》9069[五。黄類]

(11)☐凶☐。(人頭骨刻辭)　《續補》9070[五。黄類]

(12)☐中凡☐。(人頭骨刻辭)　《東洋》972[五。黄類]

(13)☐又□☐。(人頭骨刻辭)　《合》38761=《善》305[五。黄類]

(14)☐盧☐代☐。(人頭骨刻辭)
《合》38763=《龜》2.26.5=《珠》298[五。黄類]

(15)☐隹☐。(人頭骨刻辭)　《合》38764=《掇二》87[五。黄類]

① 一般性記事刻辭中，鹿角器刻辭惟《甲》3942著錄有一件，殘留“亞雀”二字。屈萬里先生云：“此辭殘存二字，儼如圖案畫。而細審之，乃‘亞雀’二字也。如此刻畫，殆若今世所謂美術字者，殆足珍異。”(屈萬里：《殷虚文字甲編考釋》，《中國考古報告集》之二《小屯》第二本，臺北：“中央研究院”歷史語言研究所，1961年，第499頁)侯家莊M1001號大墓出土骨笄，頂端刻有“㠯入二”三字(梁思永，高去尋：《侯家莊第二本・一〇〇一號大墓》，《中國考古報告集》之三《河南安陽侯家莊殷代墓地》中冊，臺北：“中央研究院”歷史語言研究所，1962年，圖版175・19中)，胡厚宣先生云：“㠯，地名，曾以侯稱，‘㠯入二’者，言㠯侯曾入二笄，此其一也。”(胡厚宣：《殷代卜龜之來源》，《甲骨學商史論叢初集》，石家莊：河北教育出版社，2002年，第481頁)《明》685著錄一骨刀刻辭有“五”一字，小屯出土骨器刻辭有“三”“□”之類，大抵記同類骨器之件數、骨器來源或所有者。侯家莊M1001號大墓出土四件骨匕，其上皆刻有“大牛”二字，蓋記此等生活餐具的製作材料來自大牛骨之事。參看王宇信，楊升南：《甲骨學一百年》，北京：社會科學文獻出版社，1999年，第252頁。

② 參看王宇信，楊升南：《甲骨學一百年》，北京：社會科學文獻出版社，1999年，第248～250頁。

“用”，祭名。此種刻辭所記内容當與祭祀有關，大抵爲殷人對敵方國作戰，俘虜了敵方國部落的伯長，砍殺其頭顱獻祭於商之先祖時，在其頭骨上刻辭以爲標記[①]。這類“記”文以其文字殘缺太甚，行文體制已不能明晰。

特殊記事刻辭中的獸骨刻辭主要見於黄類刻辭，内容多與祭祀、征伐、田獵有關，如：

(16)庚戌，王令伐旅帚。五月。(牛胛骨刻辭)

《合》20505=《拾》12.9[一。自小字]

(17)戊戌，王蒿田☐文武丁祕☐，王來征☐。(鹿頭骨刻辭)

《合》36534=《甲》3940[五。黄類]

(18)己亥，王田于磬☐。才九月，隹王十[祀]☐。(鹿頭骨刻辭)

《合》37743=《甲》3941[五。黄類]

(19)☐于㚔[②]录(麓)，隻(獲)白兕，𤉲于☐。才二月，隹王十祀彡(肜)日，王來征盂方白(伯)[炎]。(兕頭骨刻辭)

《合》37398=《甲》3939[五。黄類]

(20)王曰：“則大乙䙴，于白录(麓)屌。”宰丰。(牛距骨刻辭)

《合》35501=《乙》8688[五。黄類]

(21)辛巳，王則武丁𧰼☐录(麓)，隻白兕。丁酉☐。(兕骨刻辭)

《合補》11301反=《鄴初下》47.9反[五。黄類]

(22)辛酉，王田于雞录(麓)，隻大霥虎。才十月，隹王三祀劦日。(虎骨刻辭)

《合》37848反=《懷》1915[五。黄類]

(23)壬午，王田于麥录(麓)，隻商戠兕。王易(賜)宰丰帚(寢)小𪓊兄(觥？)。才五月，隹王六祀彡日。(兕骨刻辭)

《合補》11299反=《佚》518反[五。黄類]

(24)壬午，王田于麥录，隻[商戠兕。王易]宰丰帚小𪓊兄。[才五月，隹王六祀彡日]。(兕骨刻辭) 《合補》11300反=《鄴初下》47.7反[五。黄類]

(16)濮茅左先生稱之爲“骨符”，是從牛胛骨上截取下來的，從原物右邊斷痕看，當還有尺寸相同的右半塊，其性質屬於“占卜軍令的骨版”，可能右半在王，左半在受命者[③]。(17)、(18)皆記殷王征伐敵方國途中獵獲野鹿。(19)“㚔录”，即“㚔麓”，地名；此辭記殷王於十年二月征伐盂方伯途中獵獲白兕。(20)蓋爲宰丰記殷王之言，事關在白麓則祭先王大乙。(21)骨版下端殘斷，蓋記殷王在某麓則祭先王武丁時獵獲白兕之事。(22)記殷王於三年十月辛酉日在雞麓狩獵時捕獲一隻斑斕大虎；以其骨製成雕花骨柶(一種骨制取食禮器)，而刻辭於之以爲銘記。(23)爲雕花骨柶刻辭，即著名的“宰丰骨刻辭”，“宰丰帚小𪓊兄”六字其意不明。此辭意蓋謂：壬午這天，王狩獵於麥麓，在商地捕獲一頭有黑斑的犀牛。王賜給宰丰寢宮儲藏的一青銅觥的旨酒(?)。

① 胡厚宣：《中國奴隸社會的人殉和人祭》(下篇)，《文物》，1974年第8期，第63頁。

② 參看黄天樹：《黄天樹古文字論集》，北京：學苑出版社，2006年，第275～276頁。

③ 參看濮茅左：《商代的骨符》，《第三届國際中國古文字學研討會論文集》，香港：香港中文大學，1997年。

時間是在五月，正遇上王在位第六年舉行肜祭祀典的日子[①]。(24)原骨下部殘斷，亦爲雕花骨柶刻辭，與(23)同文而作相對之形，蓋屬同時之物。這類“記”文數量較少，其行文體制亦不甚明晰。

這些刻在非卜用的人頭骨或其他獸骨上而與卜事無關的“記”文，雖然數量較少，但其存在仍可以證明：殷商時期之甲骨刻辭中，除了卜辭以外，確還另有記史敍事之文，史官並非僅以占卜爲務[②]。另外，這些“記”文除了虎骨刻辭是自左下行向右外，其他大多是自右下行向左書寫，可見我國古代傳統的自右下行而左的書寫方式由來已久。

① 參看郭沫若：《宰丰骨刻辭》，《殷契餘論》，《郭沫若全集·考古編》第 1 卷，北京：科學出版社，1982 年，第 405～410 頁；李圃：《甲骨文選注》，上海：上海古籍出版社，1989 年，第 200～205 頁；王宇信，楊升南：《甲骨學一百年》，北京：社會科學文獻出版社，1999 年，第 250～251 頁。

② 參看陳煒湛：《甲骨文田獵刻辭研究》，南寧：廣西教育出版社，1995 年，第 17 頁。

第二章　殷商銅器銘文

第一節　概　　述

殷商青銅器的出土有悠久的歷史，據文獻記載至遲可上溯到北宋時期[①]。呂大臨《考古圖》著錄有得於鄴郡亶甲城和亶甲墓旁的的四件殷代青銅器(鼎、卣、罍、觚)[②]。其所謂亶甲城和亶甲墓，卽今之河南安陽殷墟[③]。在1928年以前的一些青銅器著錄書中，已刊載不少殷商青銅器，然其時學者大多停留於鑒賞、收藏、圖像著錄或銘文考釋，屬於金石學或古器物學範疇。1928年至1937年，在李濟先生的主持下，“中央研究院”歷史語言研究所對殷墟進行了15次科學發掘，出土了一大批具有科學地層依據的商代青銅器。從此，殷商青銅器之研究逐步擺脫了傳統的金石學或古器物學的束縛，走上了運用考古學方法的科學道路。

一、銅器分期斷代

殷商青銅器的分期研究一直都是學術界的研究重點[④]。1931 年，郭沫若先生以唯物

---

① 如羅泌《路史·國名紀四》“相”條下記“亶甲故城在安陽西北五里。亶甲冢在城外西北隅洹水南岸”，羅苹注云：“元豐七年(引者案：卽 1084 年)，水毀，民夷之，有銅器治之。”([宋]羅泌：《路史》卷二十七《國名紀四》，《景印文淵閣四庫全書》第 383 冊，臺北：臺灣商務印書館，1986 年，第 324～325 頁)

② [宋]呂大臨：《考古圖》，卷一，頁二八；卷四，頁一、頁六一；卷五，頁十四，《景印文淵閣四庫全書》第 840 冊，臺北：臺灣商務印書館，1986 年，第 110、152、182、197 頁。

③ 案：據《史記·殷本紀》張守節《正義》引《括地志》，河亶甲所居之“相”，地在今河南省內黃縣東南十三里([漢]司馬遷撰，[宋]裴駰集解，[唐]司馬貞索隱，[唐]張守節正義：《史記》卷三《殷本紀》，北京：中華書局，1982 年，第 101 頁)，並不在安陽。以安陽爲河亶甲城或河亶甲墓，乃出於杜佑《通典》之誤傳([唐]杜佑：《通典》卷一七八《州郡八·相州》，影印萬有文庫《十通》本，杭州：浙江古籍出版社，2000 年，第 946 頁)，此誤蓋延續至清末。

④ 關於商代青銅器的發展階段，學界一般從總體上分爲三期，卽商代早期、商代中期和商代晚期。商代晚期，卽殷墟時期(參看楊錫璋，高煒：《中國考古學·夏商卷》，北京：中國社會科學出版社，2003 年)。學界對商代晚期青銅器的分期研究工作較多。

史觀爲指導，創立了青銅器研究的標準器比較法[①]。1932 年，李濟先生率先將標型學的理論和方法運用於殷商青銅器的研究，提出了殷墟銅器分期的概念[②]。1954 年，陳夢家先生發表《殷代銅器》[③]一文，提出了殷商銅器分組合研究方法。此後，學者們開始將商代銅器從“三代”銅器中分離出來，又將殷墟銅器爲代表的殷商銅器從商器中分離出來，進而展開更細緻的斷代分期研究。

由於學者們所用的分期方法和對殷商銅器整體認識的側重點不同，因而在銅器分期研究上表現出明顯的差異性。截至目前，對殷墟銅器的分期看法較多，最具代表性的有兩種類型，卽三期分法和四期分法[④]。三期分法以張長壽、楊錫璋和楊寶成、朱鳳瀚等學者爲代表[⑤]，四期分法以鄒衡、鄭振香和陳志達等學者爲代表，各自內部還存在着前後劃界不同的區别。

1964 年，鄒衡先生發表《試論殷墟文化分期》[⑥]，將殷墟銅器排比成與遺址和陶

---

① 郭沫若先生的標準器法，兼顧銘文內容與器物形制、紋飾對青銅器進行綜合研究。他概括説：“先選定了彝銘中已經自行把年代表明了的作爲標準器或聯絡站，其次就這些彝銘裏面的人名事蹟以爲線索，再參證以文辭的體裁、文字的風格，和器物本身的紋飾形制，由已知年的標準器便把許多未知年的貫串了起來。其有年、月、日規定的，就限定範圍內的曆朔考究其合與不合，把這作爲副次的消極條件。”(郭沫若：《兩周金文辭大系・序》，東京：文求堂書店，1931 年)這種科學的研究方法注重器物標型學研究，擺脱了傳統金石學單純依據銘文考釋、附會文獻的不甚科學的考證方法，而將青銅器研究引入了現代考古學的科學領域。雖然它主要是爲研究西周青銅器而提出的方法，但對商代青銅器研究亦產生了深遠的影響。容庚先生卽在此基礎上，對商周時期的主要器類、形制特徵、紋飾變化作了更深入的研究(容庚：《商周彝器通考》，北京：哈佛燕京學社，1941 年)，爲青銅器的標型學研究提供了重要參考。後來，郭寶鈞先生提出“界標分群”説，認爲應該從科學發掘出土青銅器群和組的角度出發，聯繫出土青銅器遺跡，以較爲完整的組合爲單位來研究(郭寶鈞：《商周青銅器群綜合研究》，北京：文物出版社，1981 年)，實際上是郭沫若標型學的擴大和發揚。

② 1932 年，李濟先生在《殷墟銅器五種及其相關之問題》一文中，分析了殷墟出土的鏃、戈、矛、刀、鋻斧五種銅器之形制，並推斷其時代之早晚，探討了不同型式器物的演化規律(李濟：《殷墟銅器五種及其相關之問題》，《慶祝蔡元培先生六十五歲論文集》，《“中央研究院”歷史語言研究所集刊外編》第 1 種上册，1935 年)。這是殷墟青銅器研究中最早使用標型學分析方法的例子，也是中國青銅器研究中首次運用標型學的嘗試。1948 年，李濟發表《記小屯出土之青銅器》一文，以小屯發掘的 9 座殷墓出土的 81 件青銅器爲材料，按其形制和組合分爲四個序列，探討了某些青銅器的形制演變與源流問題，並排出了其墓葬的時間順序(李濟：《記小屯出土之青銅器》(上篇)，《中國考古學報》第 3 册，1948 年)。雖然其結論缺乏地層關係的佐證，但這種標型學的分析，在殷墟青銅器的形制發展與墓葬分期研究的方法上作出了創造性的貢獻，其中某些結論與研究方法至今仍具有參考價值。

③ 陳夢家：《殷代銅器》，《中國考古學報》第 7 册，1954 年。

④ 此外，還有學者提出五期分法。説見王世民，張亞初：《殷代乙辛時期青銅容器的形制》，《考古與文物》，1986 年第 4 期。

⑤ 持三期分法的學者還有郭寶鈞、王世民和張亞初、林巳奈夫等。參看郭寶鈞：《商周銅器群綜合研究》，北京：文物出版社，1981 年；王世民，張亞初：《殷代乙辛時期青銅容器的形制》，《考古與文物》，1986 年第 4 期；[日]林巳奈夫：《殷西周間の青銅容器の編年》，《東方學報》第 50 册，京都：京都大學人文科學研究所，1978 年。

⑥ 鄒衡：《試論殷商文化分期》，《北京大學學報(人文科學版)》，1964 年第 4～5 期。

器、墓葬一致的早、晚兩個階段，將殷墟文化分成四期七組(其中也包括殷墟青銅器的分期)：

第一期　約相當於盤庚、小辛、小乙時期

第二期　約相當於武丁、祖庚、祖甲(同於殷墟甲骨文第一、二期)

第三期　約相當於廩辛、康丁、武乙、文丁(同於甲骨文第三、四期)

第四期　約相當於帝乙、帝辛時期(同於甲骨文第五期)

後來，他又將殷墟文化第一期與二里岡文化上層、槁城早商遺址、濟南大辛莊商代早期層合並，稱之爲“早商文化晚期”，而將殷墟第二至四期稱爲晚商文化早、中、晚期①。

1979 年，張長壽先生發表《殷商時代的青銅容器》②，對殷墟銅器分期斷代的研究方法進行了較爲詳細的梳理和分析。張氏認爲：“青銅器的分期斷代和考古學上的其它實物資料一樣，需要根據層位和共存關係，結合器物自身的形制、花紋、銘文、組合形式等進行考察。”“在一般情況下，尤其是在缺乏說明自身年代的銘刻的情況下，地層關係總是起決定性作用的。”他以 1976 年以前出土的青銅器爲基礎，認爲殷商晚期的青銅容器(主要指殷墟青銅器)分爲三期：

第一期　相當於盤庚、小辛、小乙、武丁時期

第二期　相當於祖庚、祖甲、廩辛、康丁時期

第三期　相當於武乙、文丁、帝乙、帝辛時期

1983 年，楊錫璋先生發表《殷墟青銅器的分期》③，將殷墟銅器分爲三期，其中第二期又分爲三段。之後，楊錫璋與楊寶成在《殷代青銅禮器的分期與組合》④一文中，對上述三期分法作了進一步的闡述：

第　一　期　武丁以前

第二期早段　約相當於武丁前期(也可能包含稍早於武丁的一個時期)

中段　約相當於武丁後期及祖庚、祖甲時期

晚段　約相當於廩辛、康丁、武乙、文丁時期(少數墓可能屬於帝乙初年)

第　三　期　帝乙、帝辛時期

1985 年，鄭振香、陳志遠先生發表《殷墟青銅器的分期與年代》⑤，將殷墟青銅器分爲四期：

第一期　可能早於武丁時期，下限不晚於武丁時期

第二期　上限早到武丁時期，下限不晚於祖甲時期

第三期　約相當於廩辛、康丁、武乙、文丁時期

第四期　相當於帝乙、帝辛時期

---

① 北京大學歷史系考古教研室商周組：《商周考古》，北京：文物出版社，1979 年，第 32～37 頁。

② 張長壽：《殷商時代的青銅容器》，《考古學報》，1979 年第 3 期。

③ 楊錫璋：《殷墟青銅容器的分期》，《中原文物》，1983 年第 3 期。

④ 楊錫璋，楊寶成：《殷代青銅禮器的分期與組合》，見中國社會科學院考古研究所：《殷墟青銅器》，北京：文物出版社，1985 年，第 27～75 頁。

⑤ 鄭振香，陳志達：《殷墟青銅器的分期與年代》，見中國社會科學院考古研究所：《殷墟青銅器》，北京：文物出版社，1985 年，第 79～100 頁。

1995年，朱鳳瀚先生《中國古代青銅器》出版，將殷墟青銅器分期斷代的依據總結爲五個方面：①主要的常見器類器形演變的階段性；②以殷墟的陶器分期爲依據；③同時期青銅器群具有相對穩定的整體特徵；④青銅禮器的組合形式；⑤青銅器銘文的内涵。他認爲，殷墟陶器的分期是確定青銅器早晚序列的關鍵，對其他四個方面作分期的綜合研究具有“前提”意義[①]。他將殷墟銅器分爲三期：

第　一　期　相當於盤庚至武丁早期

第二期一段　相當於武丁早期

　　　二段　相當於武丁晚期至祖甲(可延至廩辛)時期

第三期一段　相當於廩辛、康丁、武乙、文丁(可延至帝乙)時期

　　　二段　相當於帝乙、帝辛時期

由於殷墟銅器銘文是從第二期第二階段才開始出現的，故而他相應地將殷墟銅器銘文分爲早、晚兩期，並分别對其特點作了歸納總結。充分重視青銅器物與銘文自身的發展規律，而不强求其與王世的一一對應，這是《中國古代青銅器》一書在銅器斷代研究上的特色。

2006年，岳洪彬先生《殷墟青銅禮器研究》[②]出版，以殷墟科學發掘出土的千餘件青銅禮器爲主要分析材料，將殷墟青銅器分爲四期：

第　一　期　相當於盤庚(包括早於盤庚的一段時期)、小辛、小乙時期

第二期早段　相當於武丁早期

　　　晚段　相當於武丁晚期及祖庚、祖甲時期

第三期早段　相當於廩辛、康丁時期

　　　晚段　相當於武乙、文丁時期

第　四　期　相當於帝乙、帝辛時期

2008年，嚴志斌、洪梅《殷墟青銅器——青銅時代的中國文明》[③]出版，參照前人研究成果，將殷墟青銅器分爲四期：

第一期　相當於盤庚、小辛、小乙、武丁早期

第二期　相當於武丁後期、祖庚、祖甲時期

第三期　相當於廩辛、康丁、武乙、文丁時期

第四期　相當於帝乙、帝辛時期

區分商周銅器銘文及判别殷墟銅器銘文相對年代之標準的確立，是自殷墟科學考古發掘以來幾代學者的共同努力研究的結晶。關於殷商銅器銘文的相對年代及各階段的特徵等問題，現在已基本能説明其眉目，儘管還不夠細緻，較以前則已經有了質的飛躍。但目前關於殷墟銅器銘文之字形演變的探討和研究，較殷墟甲骨刻辭而言，尚有差距。迄今未見有以“殷墟銅器銘文的分期與斷代”爲題目或類似的論文或專著。殷商銅器銘

① 朱鳳瀚：《中國古代青銅器》，天津：南開大學出版社，1995年，第625頁。

② 岳洪彬：《殷墟青銅禮器研究》，北京：中國社會科學出版社，2006年。

③ 嚴志斌，洪梅：《殷墟青銅器——青銅時代的中國文明》，上海：上海大學出版社，2008年。

文分期研究中面臨最大的難題，可能依然在於對殷周之際銘文的區分[①]。

二、銘文內容體類

銅器銘文的真正普及是在殷商晚期。其時，青銅器鑄造技術有較大的發展，甲骨刻辭的書寫運用頻繁，銅器銘文的鑄造逐漸興盛起來。據不完全統計，現今所見 5380 餘件傳世與發掘出土的商代有銘文的青銅器中，有 4105 件銅器已無出土地的相關記錄，衹有 1275 件載有出土地點。其中，文獻記載出土於安陽殷墟一地的銘文青銅器就有 867 件（包括 155 件傳出安陽者），約佔總數的 16%；佔有出土地記錄的銅器數的 68%；佔出土於河南的商代銘文青銅器（970 件）的 89%。作爲商代晚期都邑性質的遺址，河南安陽殷墟無疑是出土殷商銘文青銅器的最爲集中之地[②]。

此期的銅器銘文，多鑄在器物的不顯著部位，如鼎、簋、卣的器內底或內壁，爵、盉、斝的鋬內側，尊、罍的器內口、器內底或圈足內，觚的圈足內壁，瓿的器內底等。銅器鑄造數量不斷增多，但銅器銘文都很簡短（一般衹有一兩字，多者三五字），內容也較簡單，通常是標記作器者的族氏名、職官名、私名與作器對象的稱名等[③]，極少數是

---

① 陳絜：《商周金文》，北京：文物出版社，2006 年，第 104 頁。

② 嚴志斌，洪梅：《殷墟青銅器——青銅時代的中國文明》，上海：上海大學出版社，2008 年，第 179 頁。

③ 商代和西周早期的青銅器上，常常鑄有一種象形程度較高的銘文。此類銘文，由於各自出發點和內涵不同，學者們對其稱謂亦各異，如：

1.“象形字”（吳大澂：《說文古籀補·凡例》，北京：中華書局，1988 年。王國維：《國朝金文著錄表·略例》，《王國維遺書》第 11 冊，上海：上海古籍書店，1983 年）；

2.“圖像文字”（容庚：《金文編·凡例》（初版），貽安堂，1925 年；《金文編》（二版），香港：商務印書館，1939 年）；

3.“文字畫”（沈兼士：《從古器款識上推尋六書以前之文字畫》，《沈兼士學術論文集》，北京：中華書局，1986 年，第 68～69 頁。此文爲作者於 1927 年 3 月在日本東京帝國大學東方考古協會年會時講演，載《輔仁學志》第 1 卷第 1 期，1928 年）；

4.“族徽”（郭沫若：《殷彝中圖形文字之一解》，《郭沫若全集·考古編》第 4 卷《殷周青銅器銘文研究》，北京：科學出版社，2002 年。該文寫成於 1930 年）；

5.“圖形文字”（唐蘭：《古文字學導論》，濟南：齊魯書社，1981 年（該書成書於 1935 年），第 202 頁。容庚：《金文編》（三版），北京：科學出版社，1959 年）；

6.“早期銅器銘文”（林澐：《對早期銅器銘文的幾點看法》，《林澐學術文集》，北京：中國大百科全書出版社，1998 年。此文於 1979 年在中國古文字學研究會第二屆年會上宣讀）；

7.“徽號文字”（高明：《古文字類編》，北京：中華書局，1980 年）；

8.“族名金文”（裘錫圭：《文字學概要》，北京：商務印書館，1988 年，第 43 頁）；

9.“記名金文”（胡平生：《對部分殷商“記名金文”銅器時代的考察》，見《古文字論集》（一），《考古與文物》叢刊第 2 號，1983 年）；

10.“族氏銘文”（李學勤：《古文字學初階》，北京：中華書局，1985 年，第 84 頁。李零：《蘇埠屯的“亞齊”銅器》，《文物天地》，1992 年第 6 期）；

11.“族氏文字”（張振林：《試論銅器銘文形式上的時代標記》，《古文字研究》第 5 輯，

標記所作器物的名稱、用途、存放地點等。這些銘文的內容大多單獨出現，少數爲相互組合而出現[①]。這類銘文，可稱之爲非記事銘文。

迄至殷商時期晚段，即帝乙、帝辛時期，銅器上出現較長的記事性質的銘文。此所謂長銘，其實也不過二三十字，字數在四十以上者極少。這些銘文反映了殷人對上帝、祖先的祭祀，上對下的賞賜，殷王對方國的征伐、對臣屬的宴饗等內容。整體而言，殷商時期此類銅器銘文數量不是很多。這類銘文，可稱之爲記事銘文。

殷商銅器銘文從無到有、由簡而繁，可能不是技術問題，或有其特殊含義[②]。其所記錄的許多內容，適可與傳世文獻、殷墟甲骨刻辭相互比照印證，是研究商史的第一手材料，有着重要價值[③]。

通過考察現今所見殷墟出土的銅器銘文，並參考確知爲殷商時期的傳世銅器銘文，筆者認爲，從文體角度可將殷商銅器銘文歸爲“記”文，包括殷商銅器中的記事銘文與非記事銘文。此種文體與殷商銅器銘文之關係，可作示意圖如下：

北京：中華書局，1981 年）；

12.“族氏符號”（張振林：《對族氏符號和短銘的理解》，《中山大學學報（社會科學版）》，1996 年第 3 期。此文爲作者據 1990 年中國古文字學研究會年會提交論文《對族氏符號和短銘的理解》修改而成）；

13.“家族標記”（張振林：《對族氏符號和短銘的理解》，《中山大學學報（社會科學版）》，1996 年第 3 期）；

14.“特殊銘刻”（劉雨：《殷周青銅器上的特殊銘刻》，《故宮博物院院刊》，1999 年第 4 期；《金文研究中的三個難題》，《古文字與漢語史論集》，廣州：中山大學出版社，2002 年）等。

這些主要存在於商代和西周早期的象形性比較強的銘文，其內涵比較複雜。現有的研究表明，其中大量的銘文都與族氏相關，還有的用作私名或表示其他意義。“族氏銘文”指象形性較強的早期銅器銘文中代表家族（或國族）的名號的符號（參看何景成：《商周青銅器族氏銘文研究・緒論》，濟南：齊魯書社，2008 年）。所謂“作器者”，往往即是族氏名（學者或稱之爲“族徽”。然而，“徽”主要是指一種圖案性質的標識，用來指稱這種已是文字的銘文不太恰當）。所謂“作器對象”，即指銅器爲誰而作，如祖父母、父母等。

① 馬承源先生認爲，此中體現了商人極強的宗教意識，當時的貴族通常將銅器視作單純的祭器或禮器（馬承源：《中國青銅器》（修訂本），上海：上海古籍出版社，2003 年，第 420 頁）。

② 白川靜先生認爲：“祖靈與祭祀者之間，是一種絕對而自然的關係，原本不須假借甚麼事由。所以，最古的彝器都不紀錄作器之緣由與目的。而到了殷末，這些銘文的出現，實意味着已在祖靈與祭祀其祖靈的氏族之間，開始加強媒介的作用來促進王室與氏族間的政治關係。祭祖，變成是依王室與氏族之關係而在其政治秩序之下進行了。彝器銘文所以紀錄這種事情，乃直接顯示政治的關係已強力地支配了氏族生活。”（[日]白川靜：《金文的世界：殷周社會史》，溫天河，蔡哲茂譯，臺北：聯經出版事業公司，1989 年，第 11 頁）

③ 對構建商史而言，殷商銅器銘文的作用自然不如殷墟甲骨刻辭來得全面，但在某些方面，殷商銅器銘文顯然不是甲骨刻辭材料所能完全取代的。二者的關係應該是互爲依存的。殷墟甲骨刻辭的研究，固然有助於銅器銘文的探討，但如果沒有殷商銅器銘文，甲骨刻辭中的許多問題是無法徹底解決的。婦好墓銅器銘文對歷組卜辭年代問題的推進、商末長銘在黃組卜辭分期斷代研究以及周祭祀譜構擬中的重大作用等即爲顯例。參看陳絜：《商周金文》，北京：文物出版社，2006 年，第 179 頁。

殷商銅器銘文文體關係示意圖

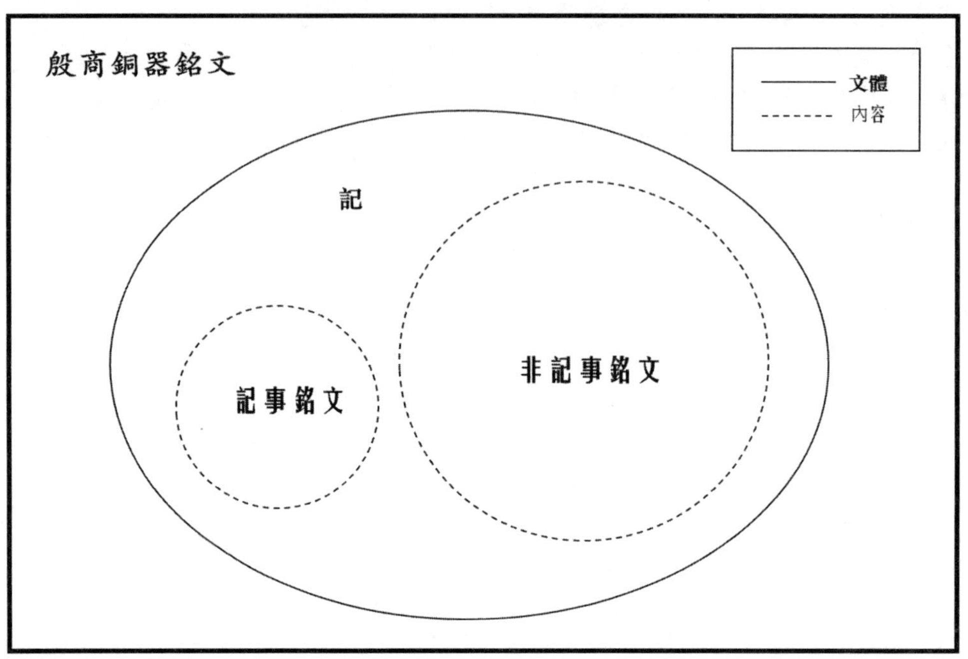

論述詳下。

第二節　記

殷商銅器銘文按其内容，大致可分爲兩類：一爲非記事銘文，一爲記事銘文。其中，非記事銘文數量龐大，記事銘文數量則較少。今將其皆歸入"記"文，稱前者爲非記事性質的"記"文，後者爲記事性質的"記"文。論述如下。

一、非記事性質的"記"文

殷商銅器銘文中的非記事性質的"記"文，通常標記作器者的族氏名、職官名、私名及作器對象的稱名等，極少數是標記所作器物的名稱、用途、存放地點等。這些銘文之内容大多單獨出現，少數爲相互組合而出現。分述如下。

(一)載録作器者名的"記"文

這類殷商銅器銘文數量甚多，所記内容可分爲兩類，即單一族氏名和複合族氏名[①]。

1. 記單一族氏名

所謂單一族氏名，指某一族氏組織所用的族氏名號是用以顯示本族氏爲單純的一級族氏組織，一般情況下，其名號衹用一個字來表示[②]。這類"記"文，在殷商銅器銘文中數量很多。如：

(1)鳶。　《集成》2.359[鳶鐃。殷]
(2)專。　《集成》2.362[[illegible]鐃。殷]
(3)匿。　《集成》2.365[匿鐃。殷]
(4)貯。　《集成》2.375[貯鐃。殷]
(5)𢍰。　《集成》2.377[𢍰鐃。殷]
(6)敹。　《集成》3.444[敹鬲。殷]
(7)史。　《集成》3.448[史鬲。殷]
(8)好。　《集成》3.761[好甗。殷]
(9)戈。　《集成》3.766[戈甗。殷]

---

① 從時間上看，殷商早期單一族氏名多見，晚期則複合族氏名大量湧現，並一直延續到西周早期，部分族氏名如"束"在西周中晚期還在使用。參看陳絜：《商周金文》，北京：文物出版社，2006年，第163頁；《商周姓氏制度研究》，北京：商務印書館，2007年，第137頁。

② 陳絜：《商周金文》，北京：文物出版社，2006年，第163頁；《商周姓氏制度研究》，北京：商務印書館，2007年，第136頁。

(10)象。　　　　《集成》13.7509[象爵。殷]

(11)龍。　　　　《集成》13.7534[龍爵。殷]

(12)𡆥。　　　　《集成》18.12003[𡆥車飾。殷]

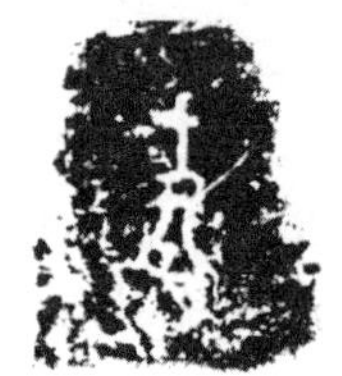

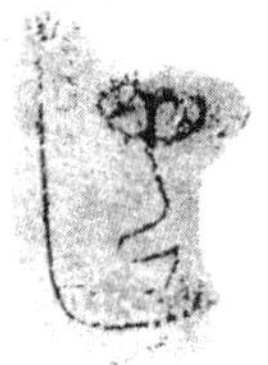

《集成》2.359　《集成》2.362　《集成》2.365　《集成》2.375　《集成》2.377　《集成》3.444

《集成》3.448　《集成》3.761　《集成》3.766　《集成》13.7509　《集成》13.7534　《集成》18.12003

2. 記複合族氏名

複合族氏名多爲兩字，也有兩字以上者，存在不同的組合形式，其所記内容包括作器者的族氏名、職官名及私名等①。

---

① 對於複合族氏名的含義，學者們多有論述，意義不盡相同。如白川靜先生認爲，多數複合族氏名是表示兩個或兩個以上族的組合，是由幾個族氏結合而成的族的標誌([日]白川靜：《殷の族形態ーいわゆる亞字形款識について》，《說林》第 2 卷第 2 期，1950 年；《殷の基礎社會》，《立命館創立五〇周年紀念論文集・文學篇》，1951 年)，這一觀點至今還有部分學者支持。汪寧生先生從圖像記事的角度對此問題作出考察，認爲複合族氏名蓋記祖先功業或表示該族之特徵(汪寧生：《從原始記事到文字發明》，《民族學考古論集》，北京：文物出版社，1989 年，第 9～53 頁)，但其說與複合族氏名所反映的實際情況或有牴牾。還有一種在學界影響極大的重要的觀點，由林巳奈夫先生率先提出，他主張複合族氏名表示族的分支([日]林巳奈夫：《殷周時代の圖像記號》，《東方學報》第 39 冊，京都：京都大學人文科學研究所，1968 年)。這一觀點在 20 世紀 80 年代以後得到國内很多學者的認同，如張政烺、李學勤、林澐等先生皆有類似的意見(張政烺：《試釋周初青銅器銘文中的易卦》，《考古學報》，1980 年第 4 期。李學勤：《"中日歐美澳紐所見所拓所摩金文彙編"選釋》，《古文字研究論集》，《四川大學學報叢刊》第 10 輯，1982 年。林澐：《對早期銅器銘文的幾點看法》，《林澐學術文集》，北京：中國大百科全書出版社，1998 年，第 60～64 頁)。朱鳳瀚先生撰寫《商周青銅器銘文中的複合氏名》一文，對此類名號作了更深入的研究，對其含義、構成規律及其所以存在的社會根源進行剖析，進一步明確提出複合族名表示一個族的分支，這種形式的族名所采用的方式是將新族氏名號附於所自出的族名之下，以與所自出之族氏的名號相區別(朱鳳瀚：《商周青銅器銘文中的複合氏名》，《南開學報》，1983 年第 3 期)。參看陳絜：《商周金文》，北京：文物出版社，2006 年，第 164 頁；《商周姓氏制度研究》，北京：商務印書館，2007 年，第 139～155 頁。

其一，記作器者之族氏名與職官名。這類"記"文，在殷商銅器銘文中數量也很多。如：

(13)亞矣。　　《集成》2.380[亞矣鐃。殷]

(14)亞弜。　　《集成》2.383[亞弜鐃。殷]

(15)亞舟。　　《集成》3.1407[亞舟鼎。殷]

(16)鄉宁。　　《集成》3.1362[鄉宁鼎。殷]

(17)告宁。　　《集成》3.1368[告宁鼎。殷]

(18)戈宁。　　《集成》3.1448[戈宁鼎。殷]

(19)尹舟。　　《集成》3.1458[尹舟鼎。殷]

(20)冊[illegible]。　　《集成》3.1356[冊[illegible]鼎。殷]

(21)冊[illegible]。　　《集成》18.12017[冊[illegible]車器。殷]

(22)𡚇冊。　　《集成》3.1357[𡚇冊鼎。殷]

(23)夫冊。　　《集成》2.392[夫冊鐃。殷]

(24)弓𦎫。　　《集成》3.1449[弓𦎫鼎。殷]

(25)弔龜。　　《集成》15.9193[弔龜斝。殷]

(26)亦車。(兩內同銘)　　《集成》17.10863[亦車戈。殷]

(27)守雩。　　《集成》3.1475[守雩鼎。殷]

(28)左𢽂。　　《集成》3.1372[左𢽂鼎。殷]

(29)告田。　　《集成》3.1483[告田鼎。殷]

(30)北單戈。　　《集成》3.1747[北單戈鼎。殷]

"亞""宁""尹""冊"等當爲職官名，雖非族氏本身，但又參與到族氏名的構成中，成爲族氏名的一部分，其位置可以變更。

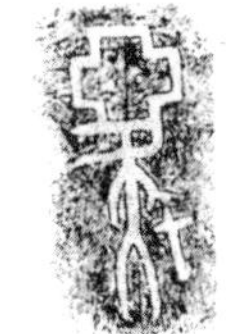
《集成》2.380

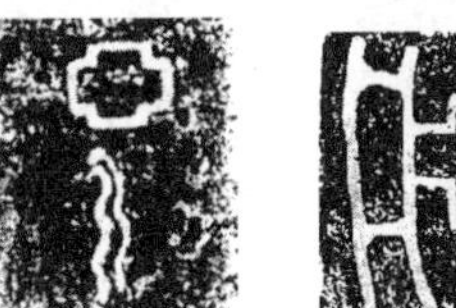
《集成》2.383　《集成》3.1407

《集成》3.1362

《集成》3.1368

《集成》3.1448

《集成》3.1458

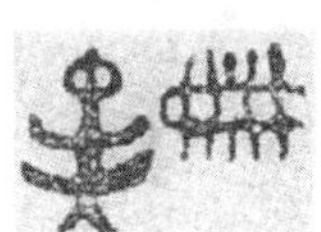
《集成》3.1356

《集成》18.12017

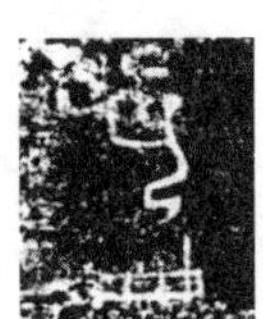
《集成》3.1357

《集成》2.392

《集成》3.1449

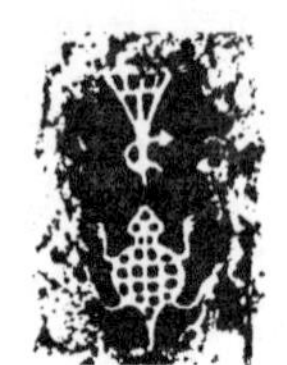
《集成》15.9193

《集成》17.10863.2

《集成》3.1475

《集成》3.1372

《集成》3.1483

《集成》3.1747

其二，記作器者之私名。這類“記”文，在殷商銅器銘文中數量也較多。如：

(31)子妥。 《集成》3.1301[子妥鼎。殷]

(32)子龏。 《集成》3.1307[子龏鼎。殷]

(33)子衛。 《集成》3.1311[子衛鼎。殷]

(34)子豪。 《集成》3.1314[子豪方鼎。殷]

(35)子戊。 《集成》3.1316[子戊鼎。殷]

(36)子妻。 《集成》6.3073[子妻鼎。殷]

(37)子㠱。 《集成》6.3076[子㠱毁。殷]

(38)帚好。 《集成》3.1337[婦好方鼎。殷]

(39)帚旋。 《集成》3.1340[婦旋鼎。殷]

(40)㿿婦。 《集成》3.1344[㿿婦鼎。殷]

(41)守婦。 《集成》6.3082[守婦毁。殷]

(42)山婦。 《集成》11.6144[山婦觶。殷]

《集成》3.1301

《集成》3.1307

《集成》3.1311
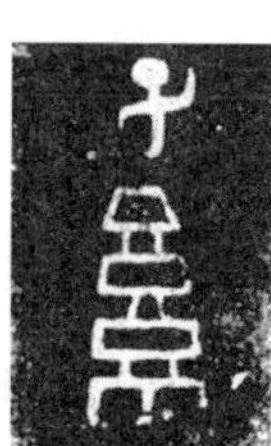
《集成》3.1314

《集成》3.1316
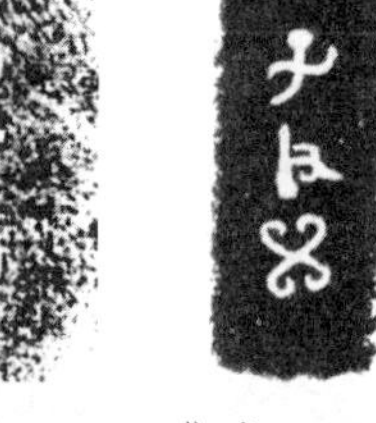
《集成》6.3073

《集成》6.3076

《集成》3.1337

《集成》3.1340

《集成》3.1344

《集成》6.3082

《集成》11.6144

(二)載録作器對象名的“記”文

殷商銅器銘文中的這類“記”文，常單記作器對象之稱名，其數量較多。如：

(43) 祖乙。　　《集成》3.1251[且丁鼎。殷]
(44) 祖丁。　　《集成》3.798[且丁甗。殷]
(45) 祖戊。　　《集成》3.1253[且戊鼎。殷]
(46) 辛祖。　　《集成》13.7862[且辛爵。殷]
(47) 父乙。　　《集成》3.800[父乙甗。殷]
(48) 父戊。　　《集成》3.1258[父戊鼎。殷]
(49) 父己。　　《集成》3.801[父己甗。殷]
(50) 父癸。　　《集成》3.1274[父癸鼎。殷]
(51) 壬父。　　《集成》3.1272[壬父鼎。殷]
(52) 母乙。　　《集成》3.1281[母乙鼎。殷]
(53) 癸母。　　《集成》3.1282[癸母鼎。殷]
(54) 母𡠦。(蓋、器同銘)　　《集成》15.9780[母鼓罍。殷]

這類銘文多由兩字構成，其基本格式爲："某作器對象名(親稱+日名)。"前一字爲親稱(如"祖""妣""父""母"等)，表示作器對象與作器者的輩份關係；後一字乃天干字(如"甲""乙""丙""丁"等)，用爲作器對象的"日名"[①]，如(43)～(45)、(47)～(50)、(52)。少數此類銘文的親稱與日名之位置倒換，如(46)、(51)、(53)。極少數作器對象名由親稱與私名構成，如(54)。

《集成》3.1251

《集成》3.798

《集成》3.1253

《集成》13.7862

《集成》3.800

《集成》3.1258

《集成》3.801

《集成》3.1274

《集成》3.1272

《集成》3.1281

《集成》3.1282

《集成》15.9780.1

---

① 所謂日名，即以十個天干(甲、乙、丙、丁、戊、己、庚、辛、壬、癸)命名者。日名又可稱爲干名。祖癸可稱爲祖日癸，父丁可稱爲父日丁，母辛可稱爲母日辛。這些祖輩日名所在的天干之日，往往也是其受祭祀的日子，因而有學者將這些日名視同爲廟號。殷商銅器銘文中所用之日名，是根據什麼原則如何確定的，一直以來都是學術界討論的重點，眾說紛紜，但迄今尚無定論。大體說來，殷人所用日名中，偶數天干比奇數天干出現頻率高得多。參看陳絜：《商周金文》，北京：文物出版社，2006 年，第 168～171 頁；嚴志斌，洪梅：《殷墟青銅器——青銅時代的中國文明》，上海：上海大學出版社，2008 年，第 183～186 頁。

此外，殷商銅器銘文中，尚有爲數甚少的單記作器對象之親稱或日名的“記”文。如：

(55)祖。　　《集成》12.6520[且觚。殷]

(56)父。　　《集成》3.985[父鼎。殷]

(57)母。　　《集成》12.6251[母觚。殷]

(58)丁。　　《集成》3.986[丁鼎。殷]

(59)戊。　　《集成》3.779[戊甗。殷]

(60)辛。　　《集成》3.989[辛鼎。殷]

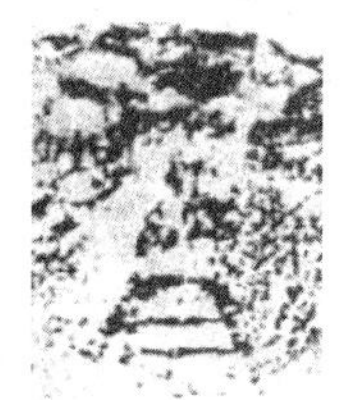

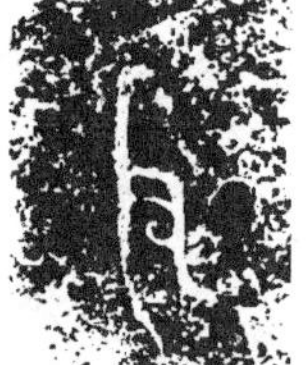
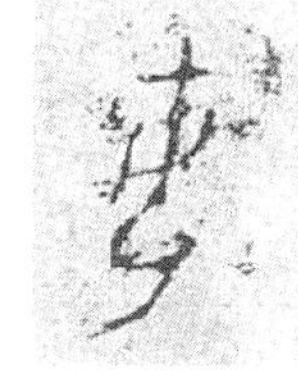

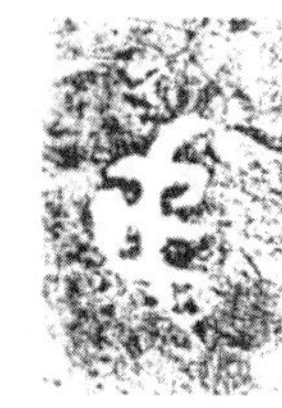

《集成》12.6520　《集成》3.985　《集成》12.6251　《集成》3.986　《集成》3.779　《集成》3.989

另外，殷商銅器中尚有四例載錄多個作器對象之稱名的銘文，卽：

(61)祖乙、祖己、祖丁。　　《集成》17.11115[且乙戈。殷]

(62)大祖日己、祖日丁、祖日乙、祖日庚、祖日丁、祖日己、祖日己。
《集成》17.11401[大且日己戈。殷]

(63)祖日乙、大父日癸、大父日癸、仲父日癸、父日癸、父日辛、父日己。
《集成》17.11403[且日乙戈。殷]

(64)大兄日乙、兄日戊、兄日壬、兄日癸、兄日癸、兄日丙。
《集成》17.11392[大兄日乙戈。殷]

皆見於戈器，行款齊整，排列有序。(62)～(64)三器銘文内容蟬聯相承，蓋一時所鑄，共列祖、父、兄名二十個，由此可見商諸祖諸父之制[①]。

《集成》17.11115　　《集成》17.11401

① 王國維先生云：“商句兵三，出直隸易州(引者案：卽今河北省保定市易縣)，……當爲殷時北方侯國之器。而其先君皆以日爲名。又三世兄弟之名先後駢列，皆用殷制，蓋商之文化，時已沾溉北土矣。”(王國維：《商三句兵跋》，《觀堂集林》卷十八，北京：中華書局，1959年，第883～884頁)參看馬承源：《商周青銅器銘文選》第3卷，北京：文物出版社，1988年，第12～13頁。

《集成》17.11403　　　　《集成》17.11392

(三)兼錄作器者名、作器對象名的“記”文

這類“記”文是殷商銅器銘文的主體，大部分的殷商銅器銘文都是這類形式。所記作器對象主要爲作器者之祖父母輩、父母輩、兄輩等。

1. 作器對象爲作器者之祖父母輩

這類“記”文如：

(65) 戈祖辛。　　《集成》3.1511[戈且辛鼎。殷]

(66) 象祖辛。　　《集成》3.1512[象且辛鼎。殷]

(67) 鳥宁祖癸。　　《集成》2.496[鳥宁且癸鬲。殷]

(68) 亞㠱侯矣妣辛。　　《集成》12.6464[亞矣匕辛觶。殷]

皆於作器者名之後，記作器對象即祖父母輩之稱名。其體制爲：“某作器者名某作器对象名。”

《集成》3.1511

《集成》3.1512

《集成》2.496

《集成》12.6464

《集成》2.482

《集成》2.483.2

《集成》3.813

《集成》3.815

《集成》3.824

《集成》3.1535

《集成》6.3172

《集成》6.3186

2. 作器對象爲作器者之父母輩

這類“記”文如：

(69) 冈父己。　　《集成》2.482[冈父己鬲。殷]

(70) 冉父癸。(蓋、器同銘)　　《集成》2.483[冉父癸鬲。殷]

(71) 守父丁。　　《集成》3.813[守父丁甗。殷]

(72) 令父己。 《集成》3.815[□父己甗。殷]
(73) 爰父癸。 《集成》3.824[爰父癸甗。殷]
(74) 息父乙。 《集成》3.1535[息父乙鼎。殷]
(75) 戈父丁。 《集成》6.3172[戈父丁毁。殷]
(76) 子父戊。 《集成》6.3186[子父戊毁。殷]
(77) 子犬父乙。 《集成》3.838[子父乙甗。殷]
(78) 子刀父乙。 《集成》4.1826[子刀父乙方鼎。殷]
(79) 鄉宁父乙。 《集成》4.1824[鄉宁父乙方鼎。殷]
(80) 亞萬父己。 《集成》3.411[亞萬父己鐃。殷]
(81) 亞牧父戊。 《集成》3.502[亞牧父戊鬲。殷]
(82) 亞貘父己。 《集成》3.503[亞貘父己鬲。殷]
(83) 亞攺父乙。 《集成》4.1818[亞攺父乙鼎。殷]
(84) 亞□覃父甲。 《集成》4.1998[亞□覃父甲鼎。殷]
(85) 西單光父乙。 《集成》4.2001[西單光父乙鼎。殷]
(86) 西單冊父丁。 《集成》10.5156[西單中父丁卣。殷]
(87) 丩冊父戊。 《集成》6.3185[□父戊毁。殷]
(88) 冊𠂤父甲。 《集成》12.7222[冊𠂤父甲觚。殷]
(89) □母乙。 《集成》6.3220[□母乙毁。殷]
(90) □母辛。 《集成》6.3224[□母辛毁。殷]
(91) 史母癸。 《集成》6.3225[史母癸毁。殷]
(92) 司母辛。 《集成》16.10345[司母辛方形器。殷]
(93) 亞□母乙。 《集成》3.505[亞□母乙鬲。殷]
(94) □小集母乙。 《集成》12.6450[小集母乙觶。殷]

亦於作器者名之後，單記作器對象即父母輩之名。其體制爲：“某作器者名某作器對象名。”

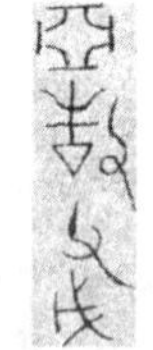

《集成》3.838 《集成》4.1826 《集成》4.1824 《集成》3.411 《集成》3.502 《集成》3.503

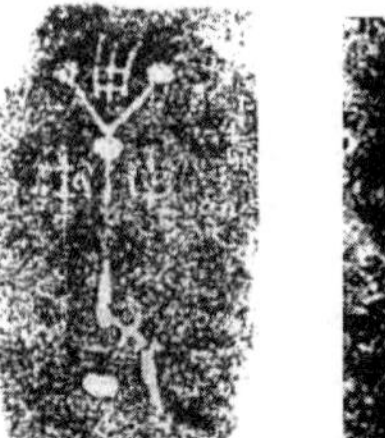

《集成》4.1818 《集成》4.1998 《集成》4.2001 《集成》10.5156 《集成》6.3185 《集成》12.7222

《集成》6.3220

《集成》6.3224
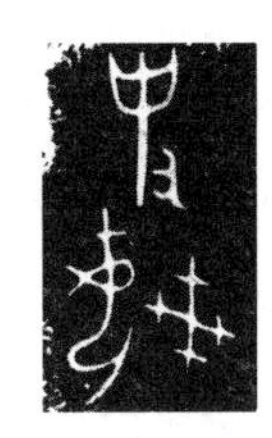
《集成》6.3225

《集成》16.10345

《集成》3.505

《集成》12.6450

3. 作器對象爲祖、父輩並舉，或父、母輩並舉，或父、兄輩並舉者

這類"記"文如：

(95)盥祖庚、父辛。　　《集成》4.1996[盥且庚父辛鼎。殷]

(96)亞弁祖乙、父己。(蓋、器同銘)　　《集成》10.5199[亞共且乙父己卣。殷]

(97)冈祖丁、父己。　　《集成》14.8993[冈且丁父己爵。殷]

(98)邑祖辛、父辛。云。　　《集成》12.6463[邑且辛父辛觶。殷]

(99)㝬父癸、母㐭。(蓋、器同銘)　　《集成》10.5172[㝬父癸母㐭卣。殷]

(100)㝬兄戊、父癸。　　《集成》4.2019[㝬兄戊父癸鼎。殷]

於作器者名之後，記作器對象即祖、父輩之稱名，如(95)～(98)；或父、母輩之稱名，如(99)；或父、兄輩之稱名，如(100)。其體制爲："某作器者名某作器對象名A、某作器對象名B。(某族氏名。)"

《集成》4.1996

《集成》10.5199.1

《集成》14.8993
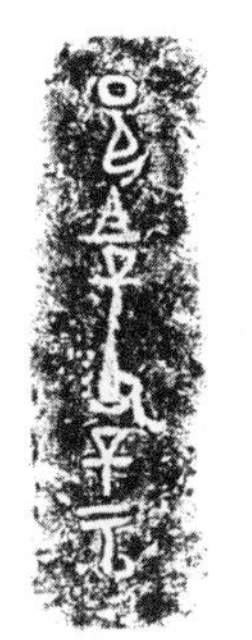
《集成》12.6463

《集成》10.5172.1
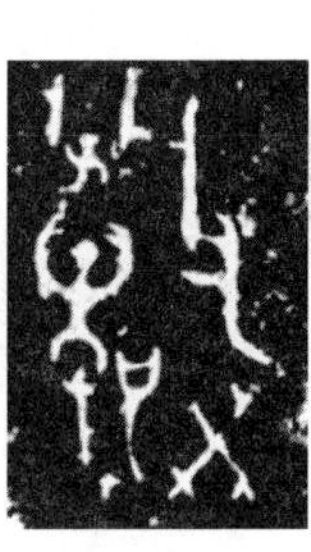
《集成》4.2019

(四)載錄作器名稱、用途、存放位置的"記"文

殷商銅器中的這類銘文數量較少。如：

(101)寑(寢)小室盂。　　《集成》16.10302[寑小室盂。殷]

(102)左。　　《集成》15.9315[左盉。殷]

(103)中。　　《集成》15.9316[中盉。殷]

(104)又(右)。　　《集成》15.9317[右盉。殷]

(101)之寑小室盂，1935年出土於河南洛陽侯家莊西北岡1400號大墓，"寑小室盂"即殷王寢宮小室裹所用之盂。(102)～(104)之左、中、右三盉，爲侯家莊西北岡1001號商代墓葬所出，現藏日本東京根津美術館，銘文分記"左""中""右"，這是表明三件盉的擺放位置的。這類銘文銅器很少，性質較爲特殊，西周時期亦不多見。

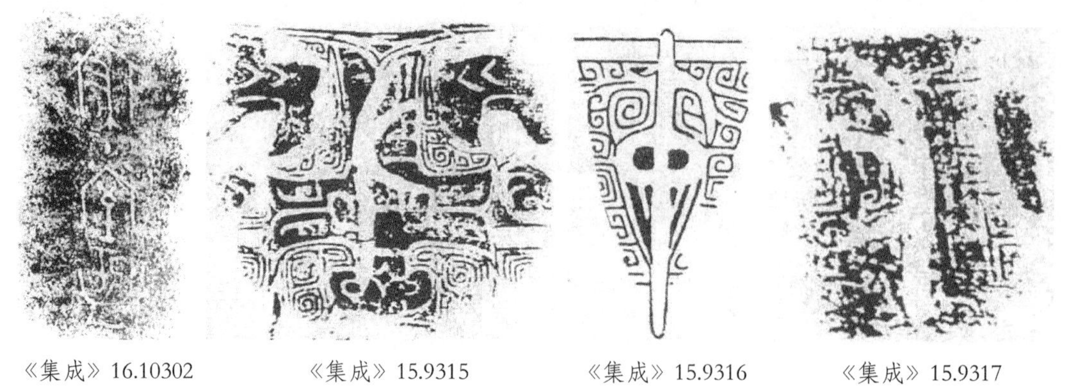
《集成》16.10302　《集成》15.9315　《集成》15.9316　《集成》15.9317

二、記事性質的“記”文

殷商銅器銘文中的記事性質的“記”文數量較少，主要見於殷商晚期，即帝乙、帝辛時期。此種“記”文大多與賞賜、作器之事有關，一般記錄作器者、作器原因、作器對象、作器時間、所作器物名等，有的還反映了祭祀、巡行、宴饗、田獵、征伐等相關信息。按其內容，大致可分爲如下五個方面：①載錄作器之事的“記”文；②兼錄賞賜、作器之事的“記”文；③與祭祀有關的“記”文；④與巡行有關的“記”文；⑤與宴饗、田獵、征伐有關的“記”文。分述如下。

(一)載錄作器之事的“記”文

殷商銅器銘文的記事性質的“記”文中，載錄作器之事的數量最多。這類“記”文，有少數在銘文末尾省去了所作器物名。如：

(1)黽乍(作)父辛。　《集成》3.845[黽作父辛甗。殷]
(2)小子乍(作)父己。　《集成》4.2015[小子作父己鼎。殷]
(3)ㄐ毌乍(作)父戊。　《集成》4.2011[[illegible]作父戊鼎。殷]
(4)小子乍(作)每(母)己。(蓋、器同銘)　《集成》10.5175[小子作母己卣。殷]
(5)光乍(作)每(母)辛。　《集成》12.6427[光作母辛觶。殷]

例(3)之“ㄐ毌”爲複合族氏名，“父戊”爲其父輩之稱名，其後省去了所作器物名。其基本體制爲：“某作器者名乍某作器對象名。”

《集成》3.845

《集成》4.2015

《集成》4.2011

《集成》10.5175.1

《集成》12.6427

還有少數在銘文開頭省去了作器者名。如：

(6)乍(作)祖戊隮(尊)彝。　　《集成》11.5794[作且戊尊。殷]

(7)乍(作)父乙[寶]鼒。　　《集成》4.2008[作父乙鼒鼎。殷]

(8)乍(作)女(母)戊寶隮(尊)彝。　　《集成》15.9291[作母戊觥蓋。殷]

其基本體制爲："乍某作器對象名某器物名。"

《集成》11.5794

《集成》4.2008

《集成》15.9291

《集成》6.3601

《集成》11.5893

《集成》12.6505

絕大多數記作器之事的"記"文則完整載錄作器者名、作器對象名與所作器物名。按其所記作器對象不同，主要可分爲以下三類：

1. 爲祖父母輩作器

銘文所記作器對象乃作器者之祖父母輩。這類"記"文數量較少。如：

(9)偁古乍(作)祖癸隮(尊)彝。　　《集成》6.3601[偁古作且癸㲄。殷]

(10)輂乍(作)妣癸隮(尊)彝。▢。　　《集成》11.5893[輂作匕癸尊。殷]

(11)何乍(作)𥝌(藝、禰)日辛隮(尊)彝。亞得。

《集成》12.6505[何作丁辛觶。殷]

2. 爲父母輩作器

銘文所記作器對象乃作器者之父母輩。這類"記"文數量較多。其中，爲父作器者又多於爲母作器者。如：

(12)䕀乍(作)父辛彝。　　《集成》10.5171[䕀作父辛卣。殷]

(13)敄乍(作)父癸彝。舟。　　《集成》12.6474[敄作父癸觶。殷]

(14)子乍(作)父戊彝。犬山刄。　　《集成》12.6496[子作父戊觶。殷]

(15)中乍(作)父丁彝。成。(蓋銘)

中乍(作)父丁彝。(器銘)　　《集成》15.9405[中父丁盉。殷]

(16)齊乍(作)父乙隮(尊)彝。(蓋、器同銘)

《集成》10.5202[▢作父乙卣。殷]

(17)䳭乍(作)文父日丁寶隮(尊)旅彝。䕀。(蓋、器同銘)

《集成》10.5362[䳭卣。殷]

(18)亞㫃旅芺乍(作)父辛彝隮(尊)。　　《集成》10.5926[亞㫃父辛尊。殷]

(19)子𤔲才(在)𡖖，乍(作)文父乙彝。(蓋、器同銘)

《集成》14.9088[子𤔲父乙爵。殷]

(20)王由攸田劦𦥑，乍(作)父丁隮(尊)。瀼。

《集成》15.9821[王罍。殷]

《集成》10.5171

《集成》12.6474

《集成》12.6496

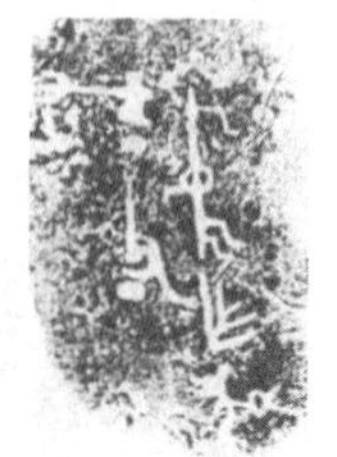
《集成》15.9405.1

《集成》15.9405.2

《集成》10.5202.2

《集成》10.5362.1

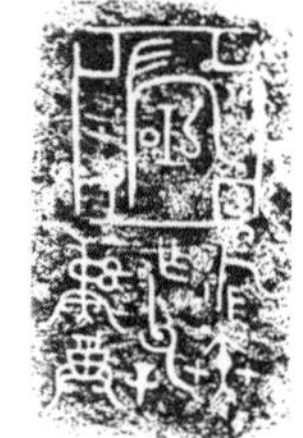
《集成》10.5926

《集成》14.9088.1

《集成》15.9821

《集成》6.3457.2

《集成》10.5294.1

《集成》10.5350.1

《集成》14.9092.2

(21)大丏乍(作)母彝。(蓋、器同銘) 《集成》6.3457[大丏𣪘。殷]

(22)亞其(㠱)矦乍(作)母辛彝。(蓋、器同銘)

《集成》10.5294[亞其矦作母辛卣。殷]

(23)婦闟乍(作)文姑日癸隮(尊)彝。𠁩。(蓋、器同銘)

《集成》10.5350[婦闟卣。殷]

(24)婦闟乍(作)文姑日癸隮(尊)彝。𠁩。(蓋、器同銘)

《集成》14.9092[婦闟爵。殷]

3. 爲兄輩作器

銘文所記作器對象乃作器者之兄輩。這類“記”文數量較少。如：

(25)子達乍(作)兄日辛彝。 《集成》12.6485[子達觶。殷]

(26)戈厚乍(作)兄日辛寶彝。　　《集成》6.3665[戈厚作兄日辛𣪘。殷]

(27)剌乍(作)兄日辛隮(尊)彝。亞旌。(蓋、器同銘)

《集成》10.5338[剌作兄日辛卣。殷]

(28)䄄乍(作)兄日壬寶隮(尊)彝。𡆧。(蓋、器同銘)

《集成》10.5339[䄄作兄日壬卣。殷]

以上三類“記”文，其基本體制爲：“某作器者名乍某作器對象名某器物名。(某族氏名。)”皆載錄作器者名、作器對象名與所作器物名，銘尾或記族氏名。

《集成》12.6485

《集成》6.3665

《集成》10.5338.2

《集成》10.5339.1

(二)兼錄賞賜、作器之事的“記”文

殷商銅器的記事性質的“記”文中，兼錄關於賞賜及作器之事的內容較爲常見。賞賜之事，皆由上位對下位實施；作器之事，皆由受賞的臣屬所爲。按賞賜行爲施動者的身份不同，可分爲殷王賞賜、大臣賞賜兩種情形。論述如下。

1. 記“王賞+作器”

殷商銅器銘文中，有載錄殷王賞賜臣屬而臣屬作器之事的“記”文。殷王所賜之物有玉、貝，以貝爲多[①]；臣屬受賞所作器物有𣪘、卣、角、鼎、爵、斝等。按其所記作

① 殷商晚期的銅器銘文中，常有關於貝的賞賜記錄；在商代遺址及墓葬中，亦常有貝發現，貝在當時極有可能是作爲貨幣來使用的。在殷墟甲骨刻辭及殷商銅器銘文中，貝多以“朋”作爲計算單位。王國維先生云：“殷時，玉與貝皆貨幣也。……余意古制貝、玉皆五枚爲一系，合二系爲一玨，若一朋。……五貝一系，二系一朋，乃成制度。”(王國維：《說玨朋》，《觀堂集林》卷三，北京：中華書局，1959年，第160～163頁)其說較爲合理。郭沫若先生謂“貝朋”本爲頸飾，後於殷周之際化爲貨幣(郭沫若：《釋朋》，《甲骨文字研究》，《郭沫若全集・考古編》第1卷，北京：科學出版社，1982年，第107～114頁)，其說不妥。參看王宇信，楊升南：《甲骨學一百年》，北京：社會科學文獻出版社，1999年，第582～583頁。白川靜先生云：“殷代金文所載賜與之物，一概用貝；貝文化之流行，無形中告訴了我們它與沿海文化的密切關係。”([日]白川靜：《金文的世界：殷周社會史》，溫天河，蔡哲茂譯，臺北：聯經出版事業公司，1989年，第31頁)他以爲殷代金文賞賜一概用貝，所言有誤；以爲貝文化之流行與沿海文化有密切關係，則似近理。

器對象不同，這類“記”文可分爲以下兩類：

其一，殷王賞賜+爲祖輩作器。如：

(29) 亞舟。乙亥，王易（賜）雀轍玉十丰（玨）章（璋）。用乍（作）祖丁彝。

《集成》7.3940［亞鳥作且丁段。殷］

(30) 辛亥，王才（在）寢（寢），商（賞）寢孜□貝二朋。用乍（作）祖癸寶隮（尊）。

《集成》7.3941［寢孜段。殷］

(31) 王易（賜）小臣缶，易（賜）才（在）寢（寢）。用乍（作）祖乙隮（尊）。㸚（爻）𠂤。

《集成》10.5378［小臣缶卣。殷］

(32) 王易（賜）小臣缶，易（賜）才（在）寢（寢）。用乍（作）祖乙隮（尊）。㸚（爻）𠂤。（蓋、器同銘）

《集成》10.5379［小臣缶卣。殷］

《集成》7.3940

《集成》7.3941

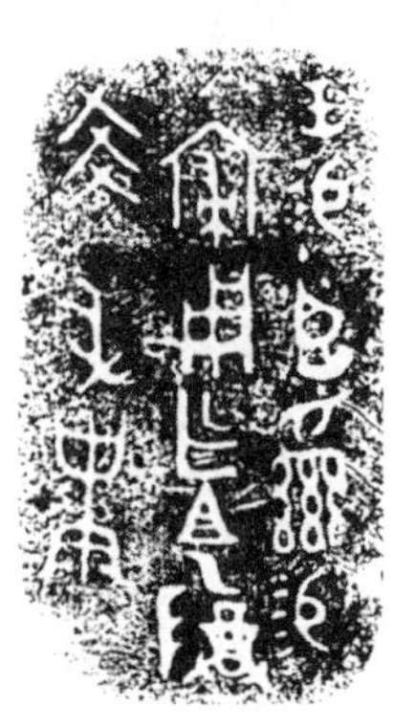
《集成》10.5378

《集成》10.5379.2

其二，殷王賞賜+爲父母輩作器。這類“記”文中，載錄臣屬受賞而爲父輩作器者較多，爲母輩作器者數量較少。如：

(33) 戊寅，王曰：“𪓐𨞲馬，酌，易（賜）貝。”用乍（作）父丁隮（尊）彝。亞受。

《集成》5.2594［戊寅作父丁方鼎。殷］

(34) 乙未，王商（賞）宗庚豊貝二朋，彡（肜）日乙。豊用乍（作）父丁鼒。亞畄。

《集成》5.2625［豊作父丁鼎。殷］

(35) 丙午，王商（賞）戍𤔲（嗣）貝廿朋，才（在）𨶜（闌、管）宗。用乍（作）父癸寶鼒。隹（惟）王饔𨶜（闌、管）大室，才（在）九月。犬魚。

《集成》5.2708［戍𤔲鼎（戍嗣子鼎）。殷］

(36) 己亥，王易（賜）貝，才（在）𨶜（闌、管）。用乍（作）父己隮（尊）彝。亞古。（蓋、器同銘）

《集成》7.3861［作父己段。殷］

(37) 亞祉。辛巳，𨛭尋𠂤，才（在）小圃。王光商（賞）𨛭貝。用乍（作）父乙彝。

《集成》7.3990［亞𨛭父乙段。殷］

(38) 酰。辛巳，王易（賜）駿（馭）)(貝一具。用乍（作）父己隮（尊）彝。（蓋、器同銘）

《集成》10.5380［駿卣。殷］

(39) 辛卯，王易（賜）寢（寢）魚貝。用乍（作）父丁彝。

《集成》14.9101［寢魚爵。殷］

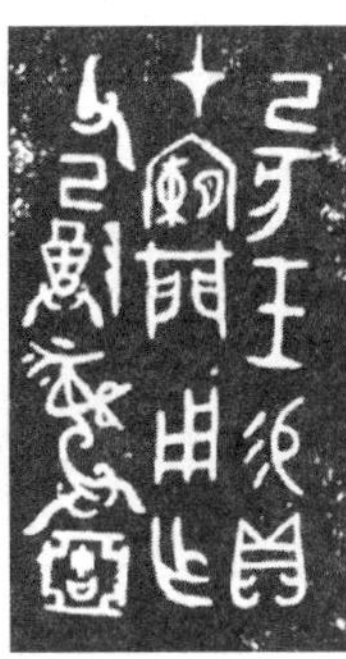

《集成》5.2594　《集成》5.2625　《集成》5.2708　《集成》7.3861.1　《集成》7.3990

《集成》10.5380.1　《集成》14.9101　《集成》14.9102.2　《集成》10.5367.1　《集成》15.9249

(40)丙申，王易(賜)葡亞嚣奚貝，才(在)竇。用乍(作)父癸彝。(蓋、器同銘)

《集成》14.9102[葡亞乍父癸角。殷]

(41)丙寅，王易(賜)㝩貝朋。用乍(作)母乙彝。(蓋、器同銘)

《集成》10.5367[㝩乍母乙卣。殷]

(42)癸巳，王易(賜)小臣邑貝十朋。用乍(作)母癸隮彝。隹王六祀彡(肜)日，才(在)四月。亞矣。

《集成》15.9249[小臣邑斝。殷]

以上兩類“記”文，其基本體制爲：“干支，王商/易某臣某物若干，(才某地)。(某臣)用乍某作器對象名某器物名。(某族氏名。)”銘首皆記賞賜時間，銘尾或記族氏名。

2. 記“臣賞+作器”

殷商銅器之記事性質的“記”文中，亦有載錄大臣賞賜其臣屬而臣屬作器之事的內容。大臣所賜之物多爲貝，有玝、玗等玉器，此外尚有𩰫、呂、聿等物；其臣屬受賞所作器物有段、卣、角、尊、盉等，與受王賜而作之器物有所差別。按所記作器對象不同，此類“記”文可分爲以下三類：

其一，大臣賞賜+爲祖輩作器。如：

(43)丁亥，𠃨易(賜)孝貝。用乍(作)祖丁彝。亞𠑹侯矣。

《集成》10.5377[孝卣。殷]

(44)乙亥，𠨘其易(賜)乍(作)冊𦘞𩰫(徽?)一、玝一。用乍(作)祖癸隮(尊)彝。才(在)六月，隹王六祀翌日。亞獏。(蓋、器同銘)

《集成》10.5414[六祀𠨘其卣。殷]

《集成》10.5377

《集成》10.5414.1

《集成》14.9100

《集成》10.5394.1

《集成》11.5965

其二，大臣賞賜+爲父輩作器。如：

(45)甲寅，子易(賜)𪚰戠貝。用乍(作)父癸隮彝。

《集成》14.9100[𪚰乍父癸角。殷]

(46)甲寅，子商(賞)小子省貝五朋。省揚君商(賞)，用乍(作)父己寶隮(尊)。𡿺。(蓋、器同銘)

《集成》10.5394[小子省卣。殷]

(47)子光商(賞)𡥈𡿺啓貝。用乍(作)文父辛隮(尊)彝。

《集成》11.5965[𡥈作父辛尊。殷]

(48)𠃨商(賞)小子夫貝二朋。用乍(作)父己隮(尊)彝。𢍰。

《集成》11.5967[小子夫父己尊。殷]

(49)乙未，卿事易(賜)小子𨟻貝二百。用乍(作)父丁隮段。𡿺。

《集成》7.3904[小子𨟻段。殷]

(50)[乙亥，尹]洛于宮，[商(賞)執]，易(賜)呂(鋁)二、聿(筆)二。執用乍(作)父[丁]隮(尊)彝。 《集成》11.5971[執尊。殷]

(51)亞𠑹侯矣。匽(燕)侯易(賜)亞貝。乍(作)父乙寶隮(尊)彝。(蓋、器同銘)

《集成》15.9439[亞𠑹侯父乙盉。殷]

《集成》11.5967

《集成》7.3904

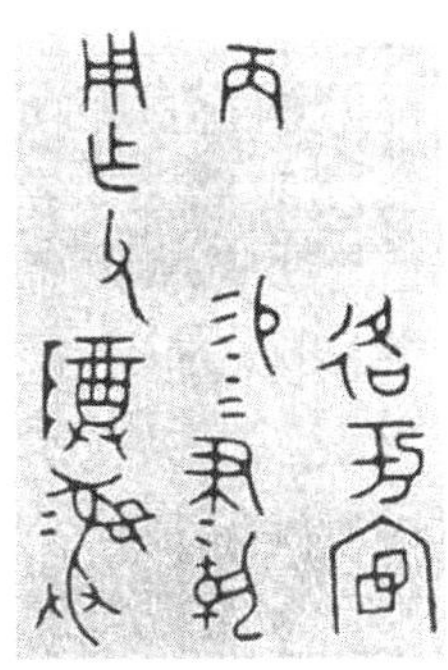
《集成》11.5971

《集成》15.9439.1

其三，大臣賞賜+爲其他人作器。如：

(52)辛卯，子易(賜)寤貝。用乍(作)凡彝。**𡨄**。(蓋、器同銘)

《集成》10.5353[寤卣。殷]

(53)子易(賜)戲霁玗一。戲霁用乍(作)丁師彝。(蓋、器同銘)

《集成》10.5373[戲霁卣。殷]

“凡”“丁師”爲作器對象名，其與作器者“寤”“戲霁”二人之關係，銘文中未表明，故單列於此。

《集成》10.5353.1

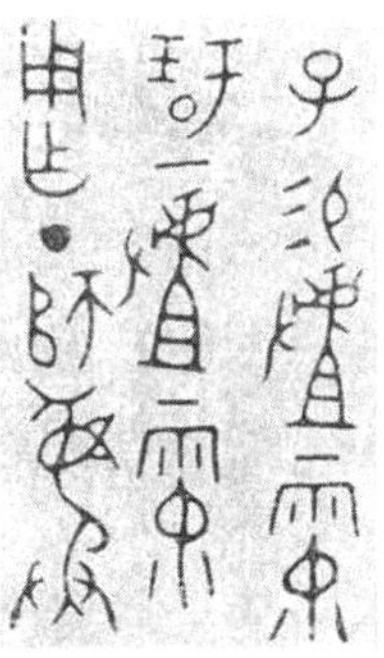
《集成》10.5373.2

以上三類“記”文，其基本體制爲：“(干支)，某臣A商/易某臣B某物若干。(某臣B)用乍某作器對象名某器物名。(某族氏名。)”銘首或記賞賜時間，銘尾或記族氏名。

(三)與祭祀有關的“記”文

殷商銅器銘文之記事性質的“記”文中，有少量在載錄賞賜、作器之事的同時，反映了有關殷王祭祀的內容。如：

(54)辛亥，王才(在)廙，降令曰：“歸祼于我多高。”处(咎)山易(賜)嫠(釐)。用乍(作)毓(后)祖丁隮(尊)。[族徽]。(蓋、器同銘)

《集成》10.5396[毓祖丁卣。殷]

(55)庚申，王才(在)䦝(闌、管)。王各，宰梚从，易(賜)貝五朋。用乍(作)父丁隮(尊)彝。才(在)六月，隹王廿祀翌又五。(器內側銘)**𡨄**冊。(鋬內銘)

《集成》14.9105[宰椃角。殷]

(56)戊辰，弜師易(賜)肄𩁹户𩪘貝。用乍(作)父乙寶彝。才(在)十一月，隹王廿祀劦日，遘于妣戊武乙奭，豕一。𠦅旅。

《集成》8.4144[肄作父乙𣪕。殷]

《集成》10.5396.2

《集成》14.9105.1

《集成》14.9105.2

《集成》8.4144

《集成》10.5412.2

《集成》10.5412.3

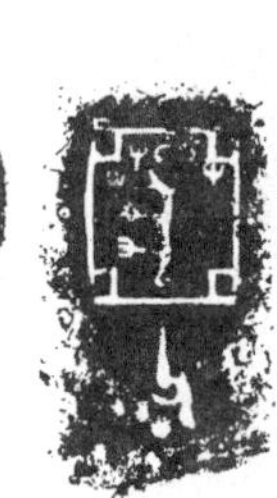

《集成》10.5413.1

《集成》10.5413.3

(57)丙辰，王令𠨘其兄(貺)䵼于夆田，𠂤宓貝五朋。才(在)正月，遘于妣丙彡(肜)日大乙奭。隹王二祀，既𠃬(裸)于上下帝。(器外底銘)亞貘父丁。(蓋、器内底銘)

《集成》10.5412[二祀𠨘其卣。殷]

(58)乙巳，王曰："隮文武帝乙宜。"才(在)召(召)大廊(庭)，冓(遘)乙翌日。丙午，𩰫。丁未，𩰬(煮?)。己酉，王才(在)梌，𠨘其易(賜)貝。才(在)四月，隹王四祀翌日。(器外底銘)亞貘父丁。(蓋、器内底銘)

《集成》10.5413[四祀𠨘其卣。殷]

(58)之四祀𠨘其卣，又名四年𠨘其卣，相傳20世紀三、四十年代出土於河南安陽小屯殷墟，現藏北京故宫博物院，蓋、器内底銘文各4字，外底銘文8行42字，是目前所見銘文字數最多的殷商銅器。據銘文中"文武帝乙"之稱謂，可確定此"王"指殷王帝辛。"宜""翌"，皆祭名；"召"，地名，經籍通作"召"；"𩰫""𩰬"其意不明，蓋用爲祭名或祭法；"梌"乃地名，見於殷墟卜辭。此器銘文意謂：乙巳這天，王說："祭祀文武帝乙用宜祭。"在召地之大庭，恰好遇到翌祭先王大乙的日子。丙午這天，舉行𩰫祭(?)。丁未這天，舉行𩞁祭(?)。己酉這天，王在梌地，𠨘其(被王)賞賜了貝。時爲四月，這是王在位第四年舉行翌祭的日子[①]。這類“記”文的基本體制爲：“干支，(才某地)，某賞賜事。某作器事。某祭祀事。某族氏名。”銘首皆記賞賜時間，銘尾皆記族氏名。

(四)與巡行有關的“記”文

殷商銅器銘文之記事性質的“記”文中，尚有少量“記”文在載錄賞賜、作器之事的同時，記錄了有關巡行的內容。如：

(59)癸未，王才(在)圃，雚(觀)京。王商(賞)𨑹(趨)貝。用乍(作)父癸寶𨻰(尊)。　　《集成》16.9890[𨑹父癸方彝蓋。殷]

(60)癸亥，王迖于乍冊般新宗。王商(賞)乍冊豊貝，大子易(賜)東大貝。用乍(作)父己寶𩰫。　　《集成》5.2711[作冊豊鼎。殷]

(61)乙亥，子易(賜)小子𦊆王商(賞)貝，才(在)褱師(次)。𦊆用乍(作)父己寶𨻰。𥎦。(蓋、器同銘)　　《集成》5.2648[小子𦊆鼎。殷]

(62)亞印。丁卯，王令宜子迨(會)西方于省。隹反，王商(賞)戍甬貝二朋。用乍(作)父乙𩰫。　　《集成》5.2694[戍甬鼎。殷]

(63)庚午，王令寑(寢)𦿋省北田四品。才(在)二月，乍(作)冊友史易(賜)𧶠貝。用乍(作)父乙𨻰。羊冊。　　《集成》5.2710[寑𦿋鼎。殷]

這類“記”文的基本體制爲：“干支，某巡行事。某賞賜事。某作器事。某族氏名。”

《集成》16.9890

《集成》5.2711

《集成》5.2648.2

《集成》5.2694

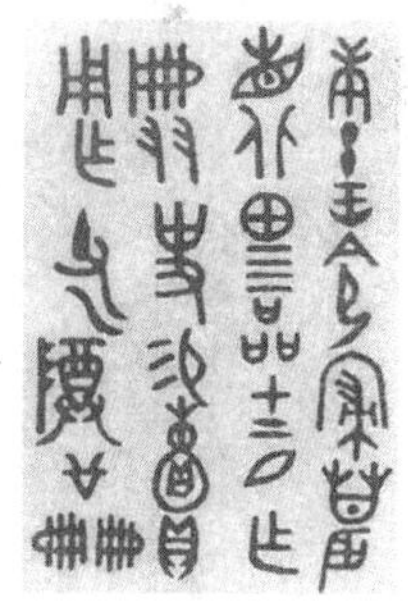

《集成》5.2710

(五)與宴饗、田獵、征伐有關的“記”文

殷商銅器銘文之記事性質的“記”文中，還有少量“記”文在載錄賞賜、作器之事的同時，反映了宴饗、田獵、征伐等內容。如：

(64)辛巳，王𩚃(飲)多亞，耶亯(享)京邐，易(賜)貝二朋。用乍(作)大子丁。𦔻須。　　《集成》7.3975[邐毁。殷]

① 參看馬承源：《商周青銅器銘文選》第3卷，北京：文物出版社，1988年，第8～9頁；劉翔，陳抗，陳初生，董琨：《商周古文字讀本》，北京：語文出版社，1989年，第69～70頁。

(65)王來獸(狩)自豆彔(麓)，才(在)𩀙𠂤(次)。王鄉(饗)酉(酒)。王光(貺)宰甫貝五朋。用乍(作)寶𪒠。(蓋、器同銘) 《集成》10.5395[宰甫卣。殷]

(66)乙亥，王歸，才(在)𠂤𠂤(次)。王鄉(饗)酉(酒)，尹光邐，隹各，商(賞)貝。用乍(作)父丁彝。隹王正(征)井方。𠀠。

《集成》5.2709[邐方鼎(尹光方鼎)。殷]

(67)王宜人(夷)方，無敄(侮)，咸。王商(賞)乍(作)冊般貝。用乍(作)父己隣(尊)。來冊。 《集成》3.944[作冊般甗。殷]

(68)丁巳，王省夒𠂤(京)。王易(賜)小臣俞夒貝。隹王來正(征)人方。隹王十祀又五彡(肜)日。 《集成》11.5990[小臣艅犀尊。殷]

(69)癸巳，𢦚商(賞)小子𦉢貝十朋，才(在)上𩀙。隹𢦚令伐人方，𦉢㝊貝。用乍(作)文父丁隣(尊)彝。才(在)十月四。𦦽。

《集成》8.4138[小子𦉢𣪕。殷]

(70)乙巳，子令小子𡈼先㠯(以)人于堇。子光商(賞)𡈼貝二朋。子曰："貝，唯蔑女(汝)曆。"𡈼用乍(作)母辛彝。才(在)十月二，隹子曰："令望人方𦉢。"(器銘)𦦽母辛。(蓋銘) 《集成》10.5417[小子𡈼卣。殷]

(64)～(66)記殷王宴饗之事，(65)記殷王田獵之事，(66)記殷王征伐井方之事，(67)～(70)記殷商君臣征伐夷方之事。這類"記"文的基本體制爲："干支，某宴饗/田獵/征伐事。某賞賜事。某作器事。(某族氏名。)"

《集成》7.3975

《集成》10.5395.1

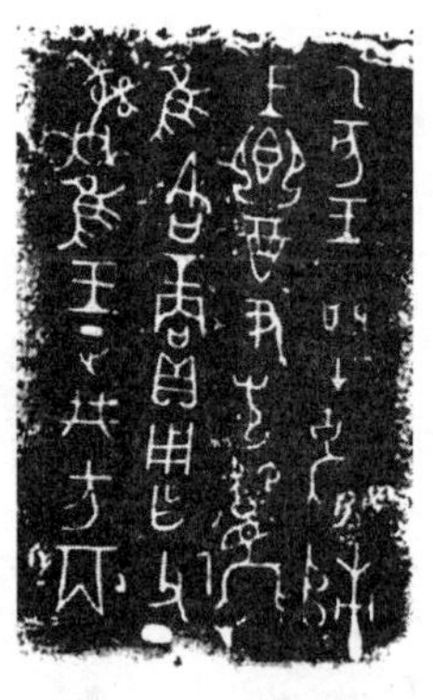
《集成》5.2709

《集成》3.944

《集成》11.5990

《集成》8.4138

《集成》10.5417.1

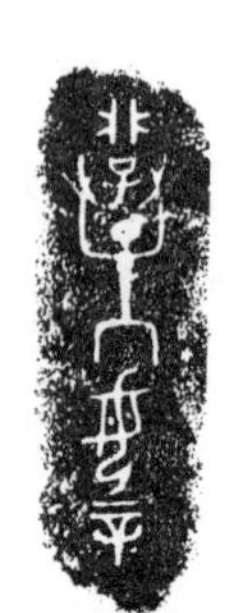
《集成》10.5417.2

第三章　今文《尚書·商書》

第一節　概　　述

《尚書》是我國現存最早的一部歷史文獻彙編，其大部分篇目是上古君王的文告和君臣之間的談話記錄，少數篇目或爲專題論文，或記載了遠古的歷史傳說，作者當爲上古的歷代史官。該書保存了大量彌足珍貴的先秦政治、思想、歷史、文化諸方面的資料，成爲研究我國原始社會、奴隸社會乃至封建社會的一部重要典籍。

一、《尚書》釋名

“書”字最初用作動詞，指史官載筆書寫君主的言行。《說文》云：“書，箸也。从聿，者聲。”[①]後來用作名詞，指稱由史官書寫的東西。吳澄《書纂言》云：“‘書’者，史之所紀錄也。從聿，從者。‘聿’，古‘筆’字；以筆畫成文字，載之簡冊曰‘書’。‘者’，諧聲。”[②]可見，在使用簡帛作書的時代，史官用於書寫記載文字的簡冊皆可稱爲“書”。因而先秦時期文獻中引用《尚書》之書篇及其他歷史載籍時，亦可稱爲“書”。

後來，隨着書籍的發展，因體裁、內容的不同，書名也發生了變化。至遲在春秋戰國時期，出現了諸如《易》、《書》、《詩》、《禮》、《春秋》等名稱，《書》逐漸成爲記錄君王言論及活動的政事性書籍的專名。此前的類似典籍，也被冠以《書》或某《書》。如《荀子·勸學篇》云：“《書》者，政事之紀也。”《莊子·天下篇》云：“《書》以道事。”其時，《尚書》之篇目通常衹稱爲《書》，或有按所屬時代稱爲《夏書》、《商書》、《周書》者，尚未出現《虞書》和《尚書》二專名[③]。

① [漢]許慎撰，[宋]徐鉉校定：《說文解字》卷三下《聿部》，北京：中華書局，1963 年，第 65 頁。

② [元]吳澄：《書纂言》卷一，見[清]納蘭性德，徐乾學輯：《通志堂經解》第 6 冊，揚州：江蘇廣陵古籍刻印社，1996 年，第 460 頁。

③ 參看劉起釪：《尚書學史》，北京：中華書局，1989 年，第 4～7 頁。

以“《尚書》”爲專名，至遲在西漢中期出現。僞孔安國《尚書序》云：“濟南伏生……以其上古之書，謂之《尚書》。”[①]漢武帝立五經博士，《尚書》開始具有經典的尊貴地位，其時或稱爲《尚書》，或逕稱爲《書》。如司馬遷《史記・五帝本紀》云：“學者多稱五帝，尚矣！然《尚書》獨載堯以來。”[②]《太史公自序》云：“《書》記先王之事，故長於政。”[③]皆指《尚書》而言。稱《書》或《尚書》，至隋唐亦然。趙宋以後，始有稱《尚書》爲“《書經》”者。如蔡沈爲《尚書》作集傳，即名爲《書經集傳》。《尚書》之不同稱名，大略如此。

古時“尚”“上”二字同義通用，“尚”即“上”。由於學者對“上”字的理解不同，因而對《尚書》名稱涵義的解釋各有不同。歸納起來，大致有以下三種意見：

1. 《尚書》乃“上古之書”

劉熙《釋名・釋典藝》：“《尚書》，‘尚’，上也。以堯爲上，始而書其時事也。”[④]《尚書序》孔《疏》引馬融説：“上古有虞氏之書，故曰《尚書》。”[⑤]《史記・五帝本紀》司馬貞《索隱》：“尚，上也，言久遠也。”[⑥]此説將“上”解釋爲“上古”，《尚書》即“上古之書”。

2. 《尚書》乃“尊崇之書”

劉知幾《史通・六家篇》引《尚書璿璣鈐》云：“尚者，上也。上天垂文，以布節度，如天行也。”[⑦]《尚書序》孔《疏》引鄭玄説：“尚者，上也。尊而重之，若天書然，故曰《尚書》。”[⑧]此説將“上”解釋爲“上天”，將《尚書》看作“天書”，神聖中包含了尊崇的意思。

---

① [漢]孔安國傳，[唐]孔穎達等正義：《尚書正義》卷一《尚書序》，影印阮刻《十三經注疏》本，北京：中華書局，1980年，第115頁。

② [漢]司馬遷撰，[宋]裴駰集解，[唐]司馬貞索隱，[唐]張守節正義：《史記》卷一《五帝本紀》，北京：中華書局，1982年，第46頁。

③ [漢]司馬遷撰，[宋]裴駰集解，[唐]司馬貞索隱，[唐]張守節正義：《史記》卷一三〇《太史公自序》，北京：中華書局，1982年，第3297頁。

④ [漢]劉熙撰，[清]畢沅疏證：《釋名疏證》卷六《釋典藝》，《續修四庫全書》第189册，上海：上海古籍出版社，2002年，第630頁。

⑤ [漢]孔安國傳，[唐]孔穎達等正義：《尚書正義》卷一《尚書序》，影印阮刻《十三經注疏》本，北京：中華書局，1980年，第115頁。

⑥ [漢]司馬遷撰，[宋]裴駰集解，[唐]司馬貞索隱，[唐]張守節正義：《史記》卷一《五帝本紀》，北京：中華書局，1982年，第47頁。

⑦ [唐]劉知幾撰，[清]浦起龍釋：《史通通釋》卷一《六家篇》，上海：上海古籍出版社，1978年，第2頁。

⑧ [漢]孔安國傳，[唐]孔穎達等正義：《尚書正義》卷一《尚書序》，影印阮刻《十三經注疏》本，北京：中華書局，1980年，第115頁。

3.《尚書》乃“帝王之書”

王充《論衡·正說篇》云：“《尚書》者，以爲上古帝王之書，或以爲上所爲，下所書。”①《須頌篇》云：“或說《尚書》曰：‘尚者，上也；上所爲，下所書也。’‘下者誰也？’曰：‘臣子也。’然則臣子書上所爲矣。”②《春秋說題辭》云：“《尚書》者，二帝之跡，三王之義，所[以]推期運，明受命之際。……尚者，上也；上帝之書也。”③此說將“上”解釋爲“帝王”，而《尚書》也卽“帝王之書”。

現今學者大多持第一種觀點，卽認爲《尚書》乃“上古之書”。如劉起釪先生云：“‘尚’衹是上古的意思。用今天語言來說，《尚書》就是‘上古的史書’。”④亦有學者認爲上述三種說法都不完全正確，但都有一定道理，應當結合起來考慮。如李民、王健先生概括《尚書》名稱的涵義爲：“上古流傳下來的，受到儒家尊崇的賢君明王之書。”⑤

二、《尚書》傳本源流

從西漢至唐，《尚書》之傳本大致有如下八種：

1. 伏生本

《史記·儒林傳》云：“伏生者，濟南人也。故爲秦博士。孝文帝時，欲求能治《尚書》者，天下無有，乃聞伏生能治，欲召之。是時伏生年九十餘，老不能行，於是乃詔太常使掌故朝錯往受之。秦時焚書，伏生壁藏之。其後兵大起，流亡。漢定，伏生求其書，亡數十篇，獨得二十九篇，卽以教於齊魯之閒。學者由是頗能言《尚書》，諸山東大師無不涉《尚書》以教矣。”⑥《漢書·藝文志》云：“秦燔書禁學，濟南伏生獨壁藏之。漢興，亡失，求得二十九篇，以教齊魯之閒。”⑦伏生本當是秦本，入漢之後寫以漢隸，教於齊魯閒的生徒，是爲“《今文尚書》”。

西漢時，伏生所傳《今文尚書》有三家：一爲歐陽家，武帝時立於學官爲博士，卽《尚書》歐陽之學；二爲大夏侯家，宣帝時立於學官爲博士，卽《尚書》大夏侯之學；三

---

① [漢]王充撰，黃暉校釋：《論衡校釋》卷二十八《正說篇》，《新編諸子集成》本，北京：中華書局，1990年，第1139頁。

② [漢]王充撰，黃暉校釋：《論衡校釋》卷二十《須頌篇》，《新編諸子集成》本，北京：中華書局，1990年，第847頁。

③ [日]安居香山，中村璋八輯：《春秋緯·春秋說題辭》，《緯書集成》，石家莊：河北人民出版社，1994年，第856頁。

④ 劉起釪：《尚書學史》，北京：中華書局，1989年，第8～9頁。

⑤ 李民，王健：《尚書譯注·前言》，上海：上海古籍出版社，2004年，第14頁。

⑥ [漢]司馬遷撰，[宋]裴駰集解，[唐]司馬貞索隱，[唐]張守節正義：《史記》卷一二一《儒林傳》，北京：中華書局，1982年，第3124～3125頁。

⑦ [漢]班固撰，[唐]顏師古注：《漢書》卷三十《藝文志》，北京：中華書局，1962年，第1706頁。

爲小夏侯家，宣帝時亦立於學官爲博士，即《尚書》小夏侯之學。漢宣帝時，此三家《今文尚書》之學以歐陽氏爲盛，各立門戶，自成一派，皆立學官、置博士。東漢靈帝熹平四年(175 年)至光和六年(183 年)所刻的一體(隸書)石經，《尚書》即用歐陽、大小夏侯三家所傳《今文尚書》，而以歐陽氏爲主。

2. 壁中本

劉歆《移讓太常博士書》云："及魯恭王壞孔子宅，欲以爲宮，而得古文於壞壁之中，《逸禮》有三十九，《書》十六篇。天漢之後，孔安國獻之，遭巫蠱倉卒之難，未及施行。及《春秋左氏》，丘明所修，皆古文舊書，多者二十餘通，臧於祕府，伏而未發。"[①]《漢書·藝文志》云："《古文尚書》者，出孔子壁中。武帝末，魯共王壞孔子宅，欲以廣其宮，而得《古文尚書》及《禮記》、《論語》、《孝經》凡數十篇，皆古字也。共王往入其宅，聞鼓琴瑟鍾磬之音，於是懼，乃止不壞。孔安國者，孔子後也，悉得其書，以考二十九篇，得多十六篇。安國獻之。遭巫蠱事，未列于學官。"[②]此壁中本《尚書》乃用先秦古文字書寫，入於祕府，未列學官，故謂之"中古文"[③]。劉向以之校歐陽、大小夏侯三家經文，發現兩者大致相同，不同之處有三：其一，壁中本多出逸書十六篇；其二，壁中本有脫簡，如《酒誥》脫簡一，《召誥》脫簡二，率簡 25 字者，脫亦 25 字，簡 22 字者，脫亦 22 字，脫字計約 70 字；其三，壁中本與伏生本文字異者七百有餘。爲將壁中本與伏生所傳之漢隸寫本相區別，後人遂稱壁中本爲"《古文尚書》"，伏生本爲"《今文尚書》"。這就有了今、古文《尚書》之別。

兩漢時期，《古文尚書》主要傳習於民間。而在傳習過程中，《古文尚書》亦以漢隸今文行世。它與《今文尚書》的區別在於：《今文尚書》是漢代由秦篆改過來的今文，《古文尚書》則是漢代由先秦古文改過來的今文。

3. 孔氏本

《史記·儒林傳》云："伏生孫以治《尚書》徵，不能明也。自此之後，魯周霸、孔安國，雒陽賈嘉，頗能言《尚書》事。孔氏有古文《尚書》，而安國以今文讀之，因以起其家。逸《書》得十餘篇，蓋《尚書》滋多於是矣。"[④]此本乃孔氏家傳本《古文尚書》，孔安國用漢隸今文釋讀，因而傳之。司馬遷曾從孔安國學習《古文尚書》，《史記》中關於《尚書》的記載則兼用今古文。

---

① [漢]班固撰，[唐]顔師古注：《漢書》卷三十六《楚元王傳》，北京：中華書局，1962 年，第 1969 頁。

② [漢]班固撰，[唐]顔師古注：《漢書》卷三十《藝文志》，北京：中華書局，1962 年，第 1706 頁。案：《漢書·藝文志》此文所云"武帝末"當爲"武帝初"。說詳陳夢家：《尚書通論》，北京：中華書局，2005 年，第 31～33 頁。

③ [清]戴震：《尚書今文古文考》，《戴震文集》卷一，北京：中華書局，1980 年，第 3 頁。

④ [漢]司馬遷撰，[宋]裴駰集解，[唐]司馬貞索隱，[唐]張守節正義：《史記》卷一二一《儒林傳》，北京：中華書局，1982 年，第 3125 頁。

4. 獻王本

《漢書·景十三王傳》云："河間獻王德以孝景前二年立，修學好古，實事求是。從民得善書，必爲好寫與之，留其真，加金帛賜以招之。繇是四方道術之人不遠千里，或有先祖舊書，多奉以奏獻王者，故得書多，與漢朝等。……獻王所得書皆古文先秦舊書，《周官》、《尚書》、《禮》、《禮記》、《孟子》、《老子》之屬，皆經傳說記，七十子之徒所論。"①獻王所得《尚書》，乃西漢時民間出現的《古文尚書》的又一個本子，其後佚失，今已不可確考②。

5. 中祕本

《漢書·儒林傳》云："世所傳《百兩篇》者，出東萊張霸，分析合二十九篇以爲數十，又采《左氏傳》、《書敍》爲作首尾，凡百二篇。篇或數簡，文意淺陋。成帝時求其古文者，霸以能爲《百兩》徵，以中書校之，非是。"③《論衡·佚文篇》云："孝成皇帝讀百篇《尚書》，博士郎吏莫能曉知，徵天下能爲《尚書》者。東海張霸通《左氏春秋》，案百篇序，以《左氏》訓詁，造作百二篇，具成奏上。成帝出祕《尚書》以考校之，無一字相應者。"④是成帝時有《古文尚書》中祕本。此中祕本不知來歷，或以爲卽壁中本，但也有民間所獻的可能⑤。

6. 杜林本

《後漢書·儒林傳》云："扶風杜林傳《古文尚書》，林同郡賈逵爲之作訓，馬融作傳，鄭玄注解，由是《古文尚書》遂顯於世。"⑥《後漢書·杜林傳》云："林前於

---

① [漢]班固撰，[唐]顏師古注：《漢書》卷五十三《景十三王傳》，北京：中華書局，1962 年，第 2410 頁。

② 王國維先生云："獻王與魯恭王本系昆弟，獻王之薨，僅前於恭王二年，則恭王得書之時，獻王尚存，不難求其副本。故河間之《尚書》及《禮》，頗疑卽孔壁之傳寫本。此可懸擬者一也。又魯恭王得孔壁書，當在景、武之際。而孔安國家獻《古文尚書》，乃在天漢之後。魯國三老獻古文《孝經》，更在昭帝時。安國雖讀古文以今文，未必不別爲好寫藏之而後獻諸朝。其遲之又久而始獻者，亦未必不因寫書之故。此可懸擬者二也。"(王國維：《漢時古文本諸經傳考》，《觀堂集林》卷七，北京：中華書局，1959 年，第 328 頁)他認爲獻王本可能是壁中本的副本，也可能是孔氏本或其他古本，可備一說。

③ [漢]班固撰，[唐]顏師古注：《漢書》卷八十八《儒林傳》，北京：中華書局，1962 年，第 3607 頁。案：張霸所獻《百兩篇》旋被廢黜，但依據《左傳》、《史記》等有關材料編成的百篇《書序》自有其參考價值，而得以保存下來。

④ [漢]王充撰，黃暉校釋：《論衡校釋》卷二十《佚文篇》，《新編諸子集成》本，北京：中華書局，1990 年，第 861～862 頁。

⑤ 參看陳夢家：《尚書通論》，北京：中華書局，2005 年，第 39～40 頁。

⑥ [宋]范曄撰，[唐]李賢等注：《後漢書》卷七十九上《儒林傳》，北京：中華書局，1965 年，第 2566 頁。

西州得漆書《古文尚書》一卷，常寶愛之，雖遭難困，握持不離身。”[①]杜林是東漢古學大師，東海衛宏、濟南徐巡皆從其受學。杜林所傳《古文尚書》爲何本，史無記載[②]。而他在西州所得之漆書本《古文尚書》衹有一卷，並非《尚書》全帙。

東漢許慎撰《說文解字》，引錄《古文尚書》約160餘處，用的是杜林所傳《古文尚書》，而沒有超出《今文尚書》二十九篇的範圍。這可見出，東漢流傳的《古文尚書》之篇目與西漢的《今文尚書》是相同的；而較《今文尚書》多出之逸書十六篇，仍藏於中祕，很少爲人所知。

三國時，魏國的文化乃正統所在，由於《古文尚書》地位已然上升，遂被立於學官。其時，東漢熹平年間所刻“今文經”，卽漢一體(隸書)石經，已遠不能滿足學術研究的需要。因此，魏齊王正始年間(240～249年)又補刻“古文經”，卽魏三體(古文[③]、篆文、隸書)石經。魏石經中的《尚書》，卽用鄭玄注《古文尚書》本，參以馬融、王肅本。此時，《古文尚書》已完全取代了《今文尚書》。

西晉時，《古文尚書》獨領風騷，今古文之爭讓位於鄭玄《古文尚書》與王肅《古文尚書》之爭。西晉末年，永嘉之亂，歐陽、大小夏侯三家《尚書》全部喪失，伏生所傳《今文尚書》就此失傳。與此同時，藏於中祕的多出《今文尚書》二十九篇之外的那十六篇逸書，也損失了。從此剩下的就衹有二十九篇《古文尚書》，至南北朝時期仍然盛行。

7. 孔傳本

《隋書·經籍志》云：“至東晉，豫章內史梅賾始得安國之傳，奏之，時又闕《舜典》一篇。齊建武中，吳姚方興於大桁市得其書，奏上，比馬、鄭所注多二十八字，於是始列國學。梁、陳所講，有孔、鄭二家，齊代唯傳鄭義。至隋，孔、鄭並行，而鄭氏甚微。自餘所存，無復師說。”[④]東晉梅賾所獻《孔傳古文尚書》計四十六卷五十八篇，其中有三十三篇的內容基本同於當時流行的鄭玄注《古文尚書》二十九篇；另有增多的

---

① [宋]范曄撰，[唐]李賢等注：《後漢書》卷二十七《杜林傳》，北京：中華書局，1965年，第937頁。

② 案：《隋書·經籍志》云：“後漢扶風杜林，傳《古文尚書》，同郡賈逵爲之作訓，馬融作傳，鄭玄亦爲之注。然其所傳，唯二十九篇，又雜以今文，非孔舊本。自餘絕無師說。”([唐]魏徵，令狐德棻撰：《隋書》卷三十二《經籍志一》，北京：中華書局，1973年，第915頁)

③ 案：魏三體石經中的“古文”，卽所謂“科斗古文”，並非真正意義上的先秦古文。三體石經之“古文”所依據的底本應取自壁中書之類的漢代傳抄古文，這類古文包括壁中書、中祕所藏及民間所獻的古文經。大概由於輾轉抄寫的原因，這些古文難免會在一定程度上受到當時通行隸書字形的影響。參看趙立偉：《魏三體石經古文輯證》，北京：社會科學文獻出版社，2007年，第212～218頁。

④ [唐]魏徵，令狐德棻撰：《隋書》卷三十二《經籍志一》，北京：中華書局，1973年，第915頁。案：“梅賾”，《舜典正義》同，《經典釋文·序錄》作“枚賾”，《舜典釋文》作“梅頤”。“姚方興”，《隋志》原作“姚興方”，據《經典釋文·序錄》、《舜典正義》、《史通·古今正史篇》改。

二十五篇，後人稱爲“晚書”①。這部孔傳本，除《舜典》無注外②，其餘各篇皆有託名孔安國所作的注，標爲“孔氏傳”。漢代所傳下來的百篇《書序》過去皆匯爲二卷或一卷，附於全書之末，此則將其按時間先後將百篇《書序》各冠於其篇首，而在全書之前有一篇以孔安國口吻寫的《尚書序》(學者們習慣上稱之爲《書大序》，以與百篇《書序》習稱《書序》相區别)。

從東晉到隋唐，大多數學者堅信孔傳本就是孔壁本《古文尚書》和漢代孔安國作的“傳”。孔傳本從梁朝開始流行，經北朝大學者劉炫、劉焯替它作《疏》，陸德明《經典釋文》替它作《音義》，在學術界逐漸佔了優勢，壓倒了鄭玄的注本。唐太宗初年，命顔師古考訂《五經》，即用劉炫所編定的《孔傳古文尚書》爲底本而成新的《尚書》本子，遂使孔傳本取得了統治地位。之後，唐太宗又命孔穎達領銜編纂《五經正義》，其中的《尚書正義》仍以這部《孔傳古文尚書》爲標準本。從此，《孔傳古文尚書》成爲《尚書》的唯一傳本，東漢以來流行的鄭玄注《古文尚書》終究失傳了。

8. 衛包本

《孔傳古文尚書》有許多隸古定字，難於識讀。東晉范甯曾將其改爲當時的“今字”

---

① 案：宋吴棫在《書稗傳》一書中，首先開始懷疑《孔傳古文尚書》二十五篇“晚書”的真實性。明梅鷟《尚書考異》運用分析比較的方法，從文獻和史實兩個方面指出“晚書”乃僞作，開闢了清代《尚書》辨僞的新道路。清閻若璩著《古文尚書疏證》，吸收宋以來歷代學者的《尚書》辨僞成果，指出《孔傳古文尚書》的 128 條作僞證據，論定《孔傳古文尚書》二十五篇“晚書”爲僞作，《孔氏傳》爲“僞《孔傳》”，孔傳本爲“僞孔本”。東晉梅賾所獻《孔傳古文尚書》之作者到底是誰，眾說紛紜，有孔安國、鄭沖、束皙、王肅、皇甫謐、梅賾等多種推測，但由於文獻無徵，難以定論。

② 案：《舜典釋文》云：“相承云：梅頤上《孔氏傳古文尚書》，云《舜典》一篇，時以王肅注頗類孔氏，故取王注從‘慎徽五典’以下爲《舜典》，以續孔《傳》。”([唐]陸德明：《經典釋文》卷三《尚書音義上》，影印徐乾學《通志堂經解》本，北京：中華書局，1983 年，第 37 頁)《隋書·經籍志》云：“《古文尚書·舜典》一卷，晉豫章太守范甯注。梁有《尚書》十卷，范甯注，亡。”([唐]魏徵、令狐德棻撰：《隋書》卷三十二《經籍志一》，北京：中華書局，1973 年，第 913 頁)《舜典正義》云：“昔東晉之初，豫章內史梅賾上《孔氏傳》，猶闕《舜典》自此‘乃命以位’已上二十八字，世所不傳。多用王、范之注補之，而皆以‘慎徽’已下爲《舜典》之初。”([漢]孔安國傳，[唐]孔穎達等正義：《尚書正義》卷三《舜典》，影印阮刻《十三經注疏》本，北京：中華書局，1980 年，第 125 頁)《史通·古今正史篇》云：“晉元帝時，豫章內史梅賾始以孔《傳》奏上，而缺《舜典》一篇，乃取肅之《堯典》，從‘慎徽’以下分爲《舜典》以續之。自是歐陽、大小夏侯家等學，馬融、鄭玄、王肅諸注廢，而古文孔《傳》獨行，列於學官，永爲世範。齊建武中，吴興人姚方興采馬、王之義以造孔傳《舜典》，云於大航購得，詣闕以獻。舉朝集議，咸以爲非。及江陵板蕩，其文入北，中原學者得而異之，隋(學)[博]士劉炫遂取此一篇列諸本第。故今人所習《尚書·舜典》，元出於姚氏者焉。”([唐]劉知幾撰，[清]浦起龍釋：《史通通釋》卷十二《古今正史篇》，上海：上海古籍出版社，1978 年，第 331 頁)據此，是東晉梅賾所獻之《孔傳古文尚書》原闕《舜典》一篇，且無其注，後遂析王肅注《堯典》“慎徽”以下爲《舜典》；東晉之末，范甯曾爲《舜典》作注；其後，俗間多用王肅、范甯之注以續孔《傳》；至齊姚方興，遂采馬融、王肅注以爲此《舜典》之孔《傳》。

(楷書)本。迄至唐代，范甯改寫的本子已經亡佚了。此時，《孔傳古文尚書》正式成爲官學經典。天寶三年(744 年)，唐玄宗詔命集賢學士衛包用楷書再次改寫孔傳本，而將舊本仍藏於書府。衛包本一出，正楷書寫本就取代了隸古定本，《尚書》終於定型。唐文宗開成年間(836～840 年)刊刻石經，其中的《尚書》即據衛包本。此後，一切版刻本都源於唐石經，它至今仍完整保存在西安碑林[①]。

綜上所述，可將西漢至唐代的《尚書》傳本源流作示意圖如下[②]：

《尚書》傳本源流示意圖

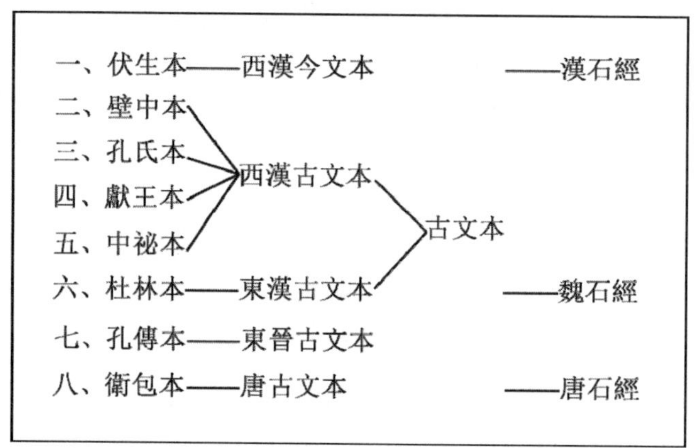

三、《尚書》篇目演變

先秦時期的《尚書》之篇目，已經無法統計。據《史記》、《漢書》所載，到西漢初期，伏生所傳《今文尚書》有二十九篇。其篇目如下：

伏生本《今文尚書》二十九篇篇目

(一)虞書

1.堯典；2.皋陶謨。

(二)夏書

3.禹貢；4.甘誓。

(三)商書

5.湯誓；6.盤庚；7.高宗肜日；8.西伯戡黎；9.微子。

(四)周書

10.泰誓；11.牧誓；12.洪範；13.金縢；14.大誥；15.康誥；16.酒誥；17.梓材；18.召誥；19.洛誥；20.多士；21.無逸；22.君奭；23.多方；24.立政；25.顧命；26.粊誓；27.呂刑；28.文侯之命；29.秦誓。

① 參看顧頡剛，顧廷龍輯：《尚書文字合編・前言》，上海：上海古籍出版社，1996 年，第 9～15 頁。

② 參看陳夢家：《尚書通論》，北京：中華書局，2005 年，第 42 頁。

伏生本《今文尚書》中的《泰誓》一篇，當爲後來增入[①]。戴震指出：

> 伏生書無《大誓》，而《史記》乃云："伏生求其書，亡數十篇，獨得二十九篇。"殆因是時已於伏生所傳內，益以《大誓》，共爲博士之業，不復別識言耳。劉向《別錄》曰："民有得《大誓》書於壁內者，獻之，與博士使讀說之，數月皆起傳以教人。"劉歆《移書太常博士》曰："孝文皇帝始使掌故晁錯從伏生受《尚書》。《尚書》初生屋壁，朽折散絕，《大誓》後得，博士集而讀之。"鄭康成《書論》曰："民間得《大誓》。"劉、鄭所記，可援以補史家之略。[②]

其說可從。伏生所傳之《今文尚書》二十九篇各爲一卷，是爲劉歆《七略》所載的"《(尚書)經》二十九卷"。大小夏侯《尚書》亦爲二十九篇；歐陽《尚書》則分《盤庚》爲三篇，故得三十一篇。

漢武帝時，孔壁發現了《古文尚書》，孔安國獻之。孔壁本計四十五篇，其中二十九篇同於伏生本《今文尚書》，另十六篇爲"逸書"。其篇目如下：

孔壁本《古文尚書》四十五篇篇目

(一)虞書

1.堯典；2.<u>舜典</u>；3.<u>汩作</u>；4.<u>九共</u>；5.<u>大禹謨</u>；6.皋陶謨；7.<u>棄稷</u>。

(二)夏書

8.禹貢；9.甘誓；10.<u>五子之歌</u>；11.<u>胤征</u>。

(三)商書

12.湯誓；13.<u>典寶</u>；14.<u>湯誥</u>；15.<u>咸有一德</u>；16.<u>伊訓</u>；17.<u>伊陟</u>；18.<u>原命</u>；19.盤庚；20.高宗肜日；21.西伯戡黎；22.微子。

(四)周書

23.泰誓；24.牧誓；25.<u>武成</u>；26.洪範；27.<u>旅獒</u>；28.金縢；29.大誥；30.康誥；31.酒誥；32.梓材；33.召誥；34.洛誥；35.多士；36.無逸；37.君奭；38.多方；39.立政；40.顧命；41.<u>冏命</u>；42.粊誓；43.呂刑；44.文侯之命；45.秦誓。

(案：篇名下劃橫線者爲"逸書"。下同。)

孔壁本《古文尚書》篇自爲卷，計四十五卷，加上百篇《書序》一卷，共四十六卷。是爲劉歆《七略》所載的"《尚書古文經》四十六卷"。

東漢時，馬融、鄭玄爲《古文尚書》作訓注，然衹注其中同於伏生本《今文尚書》二十九篇的相應篇目，對當時不傳習的那十六篇"逸書"則注明爲"逸篇"，僅存其目於古文本中。其篇目如下：

鄭玄注《古文尚書》五十八篇篇目

(一)虞書

1.堯典；2.<u>舜典</u>；3.<u>汩作</u>；4～12.<u>九共</u>(共9篇)；13.<u>大禹謨</u>；14.皋陶謨；15.<u>棄稷</u>。

---

① 案：據《漢書·董仲舒傳》記載，董仲舒在漢武帝初期的對策中曾引用《今文尚書》中的《泰誓》之文，說明這篇《泰誓》至少應該發現在景帝時或武帝初期，後被收入伏生本《今文尚書》。

② [清]戴震：《尚書今文古文考》，《戴震文集》卷一，北京：中華書局，1980年，第3～4頁。

(二)夏書

16.禹貢；17.甘誓；18.五子之歌；19.胤征。

(三)商書

20.湯誓；21.典寶；22.湯誥；23.咸有一德；24.伊訓；25.伊陟；26.原命；27～29.盤庚(共3篇)；30.高宗肜日；31.西伯戡黎；32.微子。

(四)周書

33～35.泰誓(共3篇)；36.牧誓；37.武成；38.洪範；39.旅獒；40.金縢；41.大誥；42.康誥；43.酒誥；44.梓材；45.召誥；46.洛誥；47.多士；48.無逸；49.君奭；50.多方；51.立政；52.顧命；53.康王之誥；54.冏命；55.粊誓；56.呂刑；57.文侯之命；58.秦誓。

將《盤庚》、《泰誓》皆分爲三篇，《顧命》中析出一篇《康王之誥》，二十九篇成爲三十四篇，又將“逸書”之《九共》析爲九篇，得“逸篇”二十四篇，合而爲五十八篇。其後《武成》一篇亡佚，故得五十七篇。此乃東漢時《古文尚書》的篇數，即《漢書·藝文志》“《尚書古文經》四十六卷”下班固所注的“爲五十七篇”。

東晉時，梅賾所獻之《孔傳古文尚書》五十八篇，真僞參半，其中三十三篇實即漢代所傳《尚書》；另有增多的二十五篇“晚書”，皆爲僞作。其篇目如下：

《孔傳古文尚書》五十八篇篇目

(一)虞書

1.堯典；2.舜典；3.大禹謨；4.皋陶謨；5.益稷。

(二)夏書

6.禹貢；7.甘誓；8.五子之歌；9.胤征。

(三)商書

10.湯誓；11.仲虺之誥；12.湯誥；13.伊訓；14～16.太甲(共3篇)；17.咸有一德；18～20.盤庚(共3篇)；21～23.說命(共3篇)；24.高宗肜日；25.西伯戡黎；26.微子。

(四)周書

27～29.泰誓(共3篇)；30.牧誓；31.武成；32.洪範；33.旅獒；34.金縢；35.大誥；36.微子之命；37.康誥；38.酒誥；39.梓材；40.召誥；41.洛誥；42.多士；43.無逸；44.君奭；45.蔡仲之命；46.多方；47.立政；48.周官；49.君陳；50.顧命；51.康王之誥；52.畢命；53.君牙；54.冏命；55.呂刑；56.文侯之命；57.費誓；58.秦誓。

(案：篇名下劃波浪線者爲“晚書”。)

其中，《舜典》是從《堯典》中分出，《益稷》是從《皋陶謨》中分出，僅僅增加了一些字數；而以僞作換掉了鄭注《古文尚書》中的《泰誓》三篇，漢代以來流傳的《泰誓》此後便亡佚了。《孔傳古文尚書》後來成爲《十三經注疏》中的《尚書正義》的底本。

清代以來的學者多注重研究《孔傳古文尚書》中與伏生本相似的篇目，這些篇目通常被稱爲“今文《尚書》二十八篇”，包括《虞書》二篇、《夏書》二篇、《商書》五篇、《周書》十九篇。

四、今文《尚書·商書》體類

今文《尚書·商書》現存五篇，即：《湯誓》、《盤庚》、《高宗肜日》、《西伯戡黎》、《微子》。其文體可分爲以下三種：

(一)告(誥)

——載錄王告臣屬、臣屬告王、臣屬互告言辭之文。包括《盤庚》、《西伯戡黎》、《微子》三篇。

(二)訓

——載錄訓導言辭之文。有《高宗肜日》一篇。

(三)誓

——載錄戰爭誓辭之文。有《湯誓》一篇。

上述三種文體之關係，可作示意圖如下：

今文《尚書·商書》文體關係示意圖

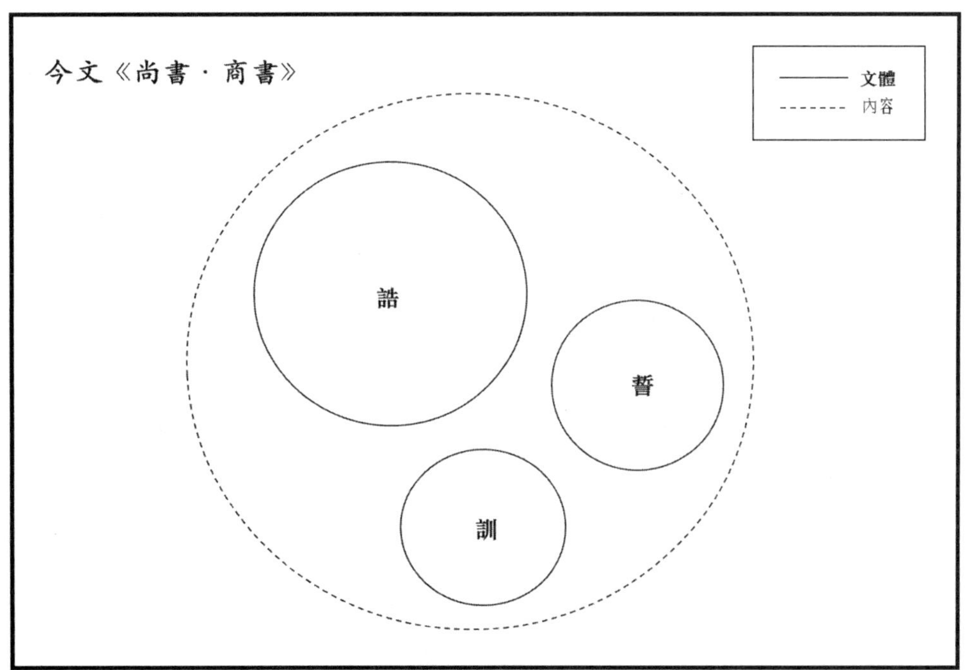

論述詳下。

第二節　告(誥)

今文《尚書·商書》中的“告(誥)”文數量較多。按其施動者身份不同，可分爲三類：其一，王告臣屬的“誥”文；其二，臣屬告王的“告”文；其三，臣屬互告的“告”文。分述如下。

一、載錄王告臣屬的“誥”文

今文《尚書·商書》中，載錄殷王誥諭臣屬的“誥”文有《盤庚》。《史記·殷本紀》和孔傳本將《盤庚》分爲上、中、下三篇，伏生本和《漢石經》則合爲一篇，篇數雖異，其實相同。其文如下[①]：

(1a)盤庚作，惟涉河以民遷。乃話民之弗率，誕告用亶。其有衆咸造，勿褻在王庭。盤庚乃登，進厥民，曰：“明聽朕言，無荒失朕命！

“嗚呼！古我前后，罔不惟民之承保，後胥慼鮮，以不浮于天。時殷降大虐，先王不懷厥攸作，視民利用遷。汝曷弗念我古后之聞？承汝俾汝惟喜康共，非汝有咎比于罰。予若籲懷茲新邑，亦惟汝故，以丕從厥志？

“今予將試以汝遷，安定厥邦。汝不憂朕心之攸困，乃咸大不宣乃心，欽念以忱動予一人。爾惟自鞠自苦。若乘舟，汝弗濟，臭厥載。爾忱不屬，惟胥以沈。不其或稽，自怒曷瘳？汝不謀長以思乃災，汝誕勸憂。今其有今罔後，汝何生在上？今予命汝一，無起穢以自臭，恐人倚乃身、迂乃心。

“予迓續乃命于天。予豈汝威？用奉畜汝衆。予念我先神后之勞爾先。予丕克羞爾，用懷爾。然失于政，陳于茲，高后丕乃崇降罪疾，曰：‘曷虐朕民？’汝萬民乃不生生，暨予一人猷同心，先后丕降與汝罪疾，曰：‘曷不暨朕幼孫有比？’故有爽德，自上其罰汝，汝罔能迪。

“古我先后既勞乃祖乃父，汝共作我畜民。汝有戕則在乃心！我先后綏乃祖乃父，乃祖乃父乃斷棄汝，不救乃死。茲予有亂政同位，具乃貝玉。

---

① 案：《盤庚》原上、中、下三篇的排列次序，與盤庚講話的先後次序不一致，與遷都之前、之後講話的境地亦相違背。俞樾云：“以當時事實而言，《盤庚中》宜爲上篇，《盤庚下》宜爲中篇，《盤庚上》宜爲下篇。曰‘盤庚作，惟涉河以民遷’者，未遷時也；曰‘盤庚既遷，奠厥攸居’者，始遷時也；曰‘盤庚遷于殷，民不適有居’者，則又在後矣。”([清]俞樾：《群經平議》卷四《尚書二》，見[清]王先謙：《清經解續編》第5冊，上海：上海書店，1988年，第1042頁)所言與《盤庚》三篇內容適相符合，故此將《盤庚》三篇按盤庚講話時間之先後次序排列。

乃祖(先)［乃］[①]父丕乃告我高后曰：‘作丕刑于朕孫！’迪高后丕乃崇降弗祥。

“嗚呼！今予告汝：不易！永敬大恤，無胥絕遠！汝分猷念以相從，各設中于乃心。乃有不吉不迪，顛越不恭，暫遇姦宄，我乃劓殄滅之，無遺育，無俾易種于茲新邑！往哉生生！今予將試以汝遷，永建乃家！”

《尚書·商書·盤庚中》

(1b)盤庚既遷，奠厥攸居。乃正厥位，綏爰有眾，曰：“無戲怠，懋建大命！今予其敷心腹腎腸，歷告爾百姓于朕志，罔罪爾眾。爾無共怒，協比讒言予一人。

“古我先王將多于前功，適于山用降我凶，德嘉績于朕邦。今我民用蕩析離居，罔有定極。爾謂朕：‘曷震動萬民以遷？’肆上帝將復我高祖之德，亂越我家。朕及篤敬，恭承民命，用永地于新邑。肆予沖人，非廢厥謀，弔由靈各；非敢違卜，用宏茲賁。

“嗚呼！邦伯、師長、百執事之人，尚皆隱哉！予其懋簡相爾，念敬我眾。朕不肩好貨，敢恭生生，鞠人謀人之保居敍欽。今我既羞告爾，于朕志若否，罔有弗欽。無總于貨寶，生生自庸！式敷民德，永肩一心！”

《尚書·商書·盤庚下》

(1c)盤庚遷于殷。民不適有居，率籲眾戚出矢言，曰：“我王來，既爰宅于茲，重我民，無盡劉。不能胥匡以生，卜稽曰其如台？先王有服，恪謹天命，茲猶不常寧；不常厥邑，于今五邦。今不承于古，罔知天之斷命，矧曰其克從先王之烈？若顛木之有由蘖，天其永我命于茲新邑，紹復先王之大業，厎綏四方。”盤庚斅于民，由乃在位以常舊服、正法度，曰：“無或敢伏小人之攸箴！”

王命眾悉至于庭。王若曰：“格，汝眾！予告汝訓汝，猷黜乃心，無傲從康。古我先王，亦惟圖任舊人共政。王播告之脩，不匿厥指，王用丕欽；罔有逸言，民用丕變。今汝聒聒，起信險膚，予弗知乃所訟！非予自荒茲德，惟汝含德，不惕予一人。予若觀火。予亦拙謀作乃逸。若網在綱，有條而不紊；若農服田，力穡乃亦有秋。汝克黜乃心，施實德于民，至于婚友，丕乃敢大言汝有積德。乃不畏戎毒于遠邇，惰農自安，不昏作勞，不服田畝，越其罔有黍稷。汝不和吉言于百姓，惟汝自生毒，乃敗禍姦宄以自災于厥身。乃既先惡于民，乃奉其恫，汝悔身何及？相時憸民，猶胥顧于箴言，其發有逸口，矧予制乃短長之命！汝曷弗告朕而胥動，以浮言恐沈于眾？若火之燎于原，不可嚮邇，其猶可撲滅？則惟汝眾自作弗靖，非予有咎。

“遲任有言曰：‘人惟求舊；器非求舊，惟新。’古我先王暨乃祖乃父，胥及逸勤，予敢動用非罰？世選爾勞，予不掩爾善。茲予大享于

① 案：“先”當作“乃”，從段玉裁《古文尚書撰異》、阮元《校勘記》改。

先王，爾祖其從與享之。作福作災，予亦不敢動用非德。予告汝于難，若射之有志。汝無[老]侮(老)成人[①]，無弱孤有幼。各長于厥居，勉出乃力，聽予一人之作猷。無有遠邇，用罪伐厥死，用德彰厥善。邦之臧，惟汝衆；邦之不臧，惟予一人有佚罰。凡爾衆，其惟致告：自今至于後日，各恭爾事，齊乃位，度乃口。罰及爾身，弗可悔。”

《尚書·商書·盤庚上》

“盤庚”，湯十世孫，祖丁子。《史記·殷本紀》載：“帝盤庚之時，殷已都河北，盤庚渡河南，復居成湯之故居，迺五遷，無定處。殷民咨胥皆怨，不欲徙。盤庚乃告諭諸侯大臣……乃遂涉河南，治亳，行湯之政，然後百姓由寧，殷道復興。……帝盤庚崩，弟小辛立，是爲帝小辛。帝小辛立，殷復衰。百姓思盤庚，迺作《盤庚》三篇。”[②]其說可信。《盤庚》三篇記載了盤庚遷都前後關於遷都問題三次誥諭臣民的言辭。(1a)記未遷時盤庚誥諭民衆的話，先說明遷都之舉是繼承先王保民的志願，目的在於拯救民衆、安定國家，然後宣佈嚴厲的禁令，脅迫他們服從遷都決策。(1b)記遷都以後盤庚誥諭貴戚大臣的話，進一步解釋了遷都的原因，是由於民衆流離失所，不能安居，爲了鞏固先王的基業，遷都勢在必行；又勸勉貴戚大臣不要斂財亂政，要同心同德，在新都安居樂業。(1c)記遷都以後盤庚誥誡貴戚大臣的話，嚴厲責備貴戚大臣貪圖安樂、傲慢放肆、造謠惑衆的惡劣行徑，警告他們應當去除私心，恪敬職守，杜塞浮言，否則懲罰降臨，悔亦晚矣。

此文完整地記敍了盤庚遷殷前後圍繞遷都問題在統治階級內部、在統治階級與平民之間產生的矛盾和衝突，真實地反映了當時歷史，保存了商代的原始資料，是研究殷商時期政治、經濟、文化的不可多得的珍貴文獻。

二、載錄臣屬告王的“告”文

今文《尚書·商書》中，載錄臣屬告誡殷王的“告”文有一篇，即《西伯戡黎》。其文如下：

(2)西伯既戡黎，祖伊恐，奔告于王，曰：“天子！天既訖我殷命。格人元龜，罔敢知吉。非先王不相我後人，惟王淫戲用自絕。故天棄我，不有康食，不虞天性，不迪率典。今我民罔弗欲喪，曰：‘天曷不降威？’大命不摯，今王其如台？”王曰：“嗚呼！我生不有命在天？”祖伊反曰：“嗚呼！乃罪多，參在上，乃能責命于天？殷之即喪，指乃功，不無戮于爾邦！”

《尚書·商書·西伯戡黎》

---

① 案：“無侮老成人”當作“無老侮成人”，《唐石經》不誤。孔《疏》引鄭《注》云：“‘老’‘弱’皆輕忽之意也。”王鳴盛《尚書後案》、段玉裁《古文尚書撰異》、王引之《經義述聞》、阮元《校勘記》皆有說，今據改。

② [漢]司馬遷撰，[宋]裴駰集解，[唐]司馬貞索隱，[唐]張守節正義：《史記》卷三《殷本紀》，北京：中華書局，1982年，第102頁。

“西伯”，即周文王姬昌。“黎”，殷之諸侯國。“祖伊”，帝辛(紂王)之臣。此文意謂：

西伯伐滅了黎國，祖伊恐慌不安，趕緊跑去稟告紂王，說：“天子！上天恐怕要終絕我殷朝的命運了。(懂得天命的)賢人和(傳達天意的)大龜，都不知道有吉兆。不是先王不保佑我們這些後人，而是王過度的行爲自絕於天。所以上天拋棄我們，使我們沒有安穩飯吃，也就不安於天性，不遵循常法。現在我們的臣民沒有不希望國家滅亡的，(他們)說：‘上天爲何不降下威罰？’天命無常，現在王打算如何？”紂王說：“哎！我不是一生下來就有大命在天麽？”祖伊回應說：“唉！您的罪過很多，累列於上天，還能向上天祈求大命嗎？殷其近於滅亡，須指示您的政事，不可不努力於您的國家！”

《史記·周本紀》載：“明年，伐犬戎。明年，伐密須。明年，敗耆國。”[①]“敗耆國”即此“戡黎”之事。是謂西伯在討伐犬戎、密須之後的第二年，即發動了征伐黎國的戰爭。其東進以與殷商爭奪天下的意圖日益明顯，這使得殷商的有識之士恐慌不安。賢臣祖伊告誡紂王國家已處於即將滅亡的危急關頭，希望紂王爲國家命運着想，努力振作，勤勉政事，以挽救殷朝的命運，表現了其憂君憂國的遠見和忠誠。

三、載錄臣屬互告的“告”文

今文《尚書·商書》中，載錄臣屬相互告諭的“告”文存有一篇，即《微子》。其文如下：

(3)微子若曰：“父師、少師！殷其弗或亂正四方。我祖(底)[厎]遂陳于上；我用沈酗于酒，用亂敗厥德于下。殷罔不小大，好草竊姦宄；卿士師師非度，凡有辜罪，乃罔恒獲。小民方興，相爲敵讎。今殷其淪喪，若涉大水，其無津涯。殷遂喪，越至于今！”

曰：“父師、少師！我其發出狂？吾家耄，遜于荒？今爾無指告予，顛隮若之何其？”

父師若曰：“王子！天毒降災荒殷邦，方興沈酗于酒，乃罔畏畏，咈其耇長、舊有位人。今殷民乃攘竊神祇之犧牷牲用，以容，將食無災。降監殷民，用(又)[乂]讎斂，召敵讎不怠。罪合于一，多瘠罔詔。商今其有災，我興受其敗；商其淪喪，我罔爲臣僕。詔王子出！迪我舊云刻子：‘王子弗出，我乃顛隮。’自靖！人自獻于先王。我不顧，行遯！”

《尚書·商書·微子》

“微子”，名啓，封於微，子爵，乃帝乙長子，帝辛(紂王)庶兄，商末大臣。“父師”“少師”，皆官名。文意謂：

---

① [漢]司馬遷撰，[宋]裴駰集解，[唐]司馬貞索隱，[唐]張守節正義：《史記》卷四《周本紀》，北京：中華書局，1982年，第118頁。

微子說："父師、少師！殷朝不能治理好四方了。從前，我們的祖先湯王成就了偉大的功業；現在，我們的君王卻沉湎於酒，荒淫於色，敗壞湯王的德政。殷朝自上而下，無不抄掠盜竊，作奸犯科；卿士衆官不循法度，對於有罪之人，也不常追究。民眾並起，相互攻擊。現在殷朝要覆亡了，就像渡河找不到渡口和河岸。殷朝的滅亡，現在到時候了！"

(微子又)說："父師、少師！我該棄而出走麼？我殷朝昏亂，(我衹有)遯於荒野麼？現在你們若不將建議告訴我，國家覆亡了怎麼辦呢？"

父師說："王子！上天重降災禍滅亡殷國，(紂王)沉湎於酒，不畏天威，違逆長老、舊臣。現在殷朝民衆竟然偷竊祭祀神祇的犧牲用品，還能得到寬容，偷來吃了，也不怕災禍。"上天下臨監察殷民，(看到的是統治者)濫殺民衆、厚斂民財，招來敵仇而不知休止。各種罪行集合在一起，民衆疾苦甚多而無處申訴。現在殷商將有災禍，我們將起而受其禍敗；殷商就要覆亡了，我不能做亡國奴。告訴王子還是出走吧！我曾經對箕子說過：'王子如果不出走，我們殷商的宗祀就要滅絕。'自己拿定主意吧！各人自己對得起先王。我也顧不上了，將要出逃！"

據《史記·殷本紀》和《微子世家》，此文作於微子棄紂王而去之時。其時紂王淫亂無度，國將覆亡，微子屢次進諫，紂王不聽。微子完全絕望，於是和父師、少師商量去留問題。父師勸微子遠遯荒野，這樣殷商滅亡以後，還有人能夠保存殷商宗祀。史官所記錄的微子和父師、少師之間的這次問答內容，真實反映了殷末的政治形勢，表現出微子、父師對國勢衰微的深切哀痛。

第三節　訓

今文《尚書・商書》中載錄訓導言辭的“訓”文數量較少，存有一篇，即《高宗肜日》。其文如下：

(1) 高宗肜日，越有雊雉。祖己曰：“惟先格王，正厥事。”乃訓于王，曰：“惟天監下民，典厥義。降年有永有不永；非天夭民，民中絕命。民有不若德，不聽罪，天既孚命正厥德，乃曰：‘其如台？’嗚呼！王司敬民，罔非天胤，典祀無豐于昵。”

《尚書・商書・高宗肜日》

“高宗”，即殷王武丁，小乙之子，祖庚之父。“肜”，祭名。“祖己”，殷之賢臣，蓋即武丁之子孝己。此文爲殷王祖庚肜祭武丁時，祖己訓導祖庚的言辭之記錄。文意謂：

肜祭高宗武丁之日，有雄雉鳴叫(於鼎耳)。祖己說：“告訴王(不必擔憂)，先修其政事。”於是訓導殷王祖庚，說：“上天監察下民，遵循道理行事。賜予人的壽命有長有短；不是上天使人夭折，而是有人中途自絕其命。有人不順德，不服罪，上天已發出明命，用來規範其德，此人竟說：‘將如何呢？’唉！做君王的承繼着敬重民事(的大業)，(他們)無一不是上天的後代，祭祀典禮(有其常制)，(祭品)不當過於豐盛於近廟。”

祖己訓導祖庚的起因是，祖庚祭祀直系先祖的祭品較其他先祖爲豐厚，這在祖己看來不妥，所以向祖庚提出異議，希望祭祀典禮實行合理的制度。

第四節　誓

今文《尚書·商書》中載錄戰爭誓辭的“誓”文數量較少，存有一篇，卽《湯誓》。其文如下：

(1)王曰：“格，爾衆庶！悉聽朕言。

“非台小子敢行稱亂，有夏多罪，天命殛之。今爾有衆，汝曰：‘我后不恤我衆，舍我穡事，而割正夏？’予惟聞汝衆言，夏氏有罪，予畏上帝，不敢不正。

“今汝其曰：‘夏罪其如台？’夏王率遏衆力，率割夏邑。有衆率怠弗協，曰：‘時日曷喪？予及汝皆亡！’夏德若茲，今朕必往！

“爾尚輔予一人，致天之罰，予其大賚汝！爾無不信，朕不食言。爾不從誓言，予則孥戮汝，罔有攸赦！”

《尚書·商書·湯誓》

此文爲湯伐桀滅夏的出征誓師辭。《史記·殷本紀》云：“當是時，夏桀爲虐政淫荒，而諸侯昆吾氏爲亂。湯乃興師率諸侯，伊尹從湯，湯自把鉞以伐昆吾，遂伐桀。……以告令師，作《湯誓》。”[①]其文意謂：

王說：“來吧，諸位！都要聽我講話。

“不是我小子敢作亂，(實在是因爲)夏王所犯罪惡太多，上天命令我去誅滅他。現在你們衆人當中，有人說：‘我們的君王不體恤我們衆人，爲何使我們荒廢農事，而去征伐夏王呢？’我已聽到你們的話，但夏王有罪，我畏懼上天，不敢不去征伐。

“現在你們大概會說：‘夏王的罪如何呢？’夏王耗盡民力，爲害於夏朝都城。民衆皆已疲怠，不願擁護他，(咒駡他)說：‘你這個太陽何時消亡呵，我們寧願跟你同歸於盡！’夏王之德行如此，現在我必須前往征伐！

“你們倘肯輔助我，盡力完成上天(對夏王)的懲罰，我將大大地賞賜你們！你們不要不相信，我決不食言！你們若不遵從誓言，我就要把你們淪爲奴隸，加以刑殺，無所赦免！”

這篇“誓”文首先解釋了興師的原因，然後申明了賞罰的辦法。湯以“弔民伐罪”的姿態，揭露夏桀的暴行，說明滅夏乃爲解救民生之疾苦，其用意在於爭取人民的擁護。也正因爲得到了人民的支持，討伐夏桀的戰爭獲得了勝利，湯取而代之建立起自己的統治。

---

① ［漢］司馬遷撰，［宋］裴駰集解，［唐］司馬貞索隱，［唐］張守節正義：《史記》卷三《殷本紀》，北京：中華書局，1982年，第95頁。

下編　古代散文文體的成長時期
——西周

第四章　西周甲骨刻辭

第一節　概　　述

與殷墟甲骨學一樣，西周甲骨學也是由新材料的發現而發展起來的一門學科，其形成和發展經歷了萌芽時期(1950 年至 1956 年)、形成時期(1956 年至 1982 年)和全面深入研究時期(1982 年至今)等發展階段[①]，於西周甲骨刻辭的發現認知及族屬來源、分期斷代、行款文例等多方面之研究逐步深化。

一、發現認知

隨着 1899 年殷墟甲骨文的發現和研究的深入，學界逐漸形成了殷墟甲骨文的觀念。特別是 1928 年河南安陽殷墟科學發掘以後，殷墟甲骨學研究取得了長足的進步。這不由得會使我們聯想到《詩・大雅・緜》之“爰始爰謀，爰契我龜”、《史記・龜策列傳》之“三王不同龜，四夷各異卜”等記載，既然“三王”之一的殷商王朝滅亡以後，文獻失載的甲骨文在三千多年以後從地下大量出土，那麼，“因於殷禮”的西周王朝也應該有甲骨文的存在[②]。但直到 1937 年安陽殷墟 15 次大規模科學發掘暫告結束，除了殷墟甲骨文以外，其他地方皆未見有任何西周時期的甲骨文面世。新中國建立以後，伴隨考古事業的發展和甲骨學研究時空的擴大，各地西周甲骨文不斷出土，西周甲骨分支學科才得以逐步建立。

1950 年，河南省安陽市小屯以西的四盤磨村 SP11 發現 1 片卜甲，上有 3 行由數字組

---

① 王宇信：《西周甲骨探論》，北京：中國社會科學出版社，1984 年，第 28～30 頁；王宇信，徐義華：《商周甲骨文》，北京：文物出版社，2006 年，第 216～218 頁。

② 古代文獻中有不少關於周人和西周王朝不同時期用龜占卜的記錄。劉玉建先生對此有較全面的整理。他梳理了西周建立以前及西周建立以後周人的有關占卜的記載，其內容主要有“古公卜居岐”“文王卜出獵”“文王卜伐紂”“武王卜伐紂”“武王卜居鎬京”“武王宣稱卜伐紂吉”“周公爲武王卜病”“卜求萬壽無疆”“卜求百福”“召公卜建東都”“周公卜伐叛軍”“武王稱‘其勿穆卜’”“共伯和卜旱”“握粟出卜”“幽王瀆龜”等。他認爲：“通過上述十五條卜例的分析，可以使我們對西周時期龜卜文化發展的某些狀況有所瞭解。”參見劉玉建：《中國古代龜卜文化》，桂林：廣西師範大學出版社，1992 年，第 227～248 頁。

成的刻辭，較一般殷墟所出甲骨刻辭的行款和文例有所不同。主持發掘的考古學家指出："內有一塊卜骨橫刻三行小字，文句不合卜辭通例。"[①]1951 年，陝西邠縣出土 1 片卜骨，爲獸胛骨之上半部，未切除臼角，骨背修治得很薄，有鑽、灼 13 處，鑽處大而淺，灼痕較小，骨的正面現出兆痕。陳夢家先生指出："它可能是殷末周初之物。"[②]1952 年，河南省洛陽市東郊遺址之泰山廟廢址的東側窖穴 H2 內發現 1 塊方鑿龜版[③]，爲龜腹甲之上半部，"背面有整齊而密集的鑽鑿，其特色是方形的鑿與長方形的鑿聯成一個低窪的正方形，鑿則較深於鑽。鑽鑿與鑽鑿之間，界以幾乎等寬的狹長條，成四方之形圍於每個鑽鑿之外。近頂處鑽了一個未穿透的圓孔。這種形制顯然是很進步的，其時代稍晚一點"[④]。儘管陝西邠縣和河南洛陽在西周初年均屬周王朝版圖之內，周初之物自然應是西周甲骨，受限於傳統的衹有殷墟甲骨的影響，學者還是把它們與殷墟甲骨歸屬於一個系統。

1954 年，山西省洪趙縣坊維村的周代遺址出土刻辭卜骨 1 片。這一重要的發現，打破了凡談甲骨文則必殷商的傳統看法，使人們審視甲骨文的目光開始轉移到殷墟之外。由於洪趙所出刻辭甲骨在當時是安陽殷墟以外出土的較明確的有字卜骨，而且甲骨整治和文字契刻與殷墟甲骨完全不同，這使學者認識到，在殷墟甲骨之外，還存在着其他類型的甲骨文。暢文齋、顧鐵符先生認爲坊維村甲骨"屬於春秋時代或較晚"[⑤]。李學勤先生則依據此遺址與甲骨伴出的西周銅器、陶器等遺物判斷，明確指出其應當爲西周初期之物[⑥]，不僅證實了古文獻中所記周人迷信占卜和學者推測應有西周甲骨文的存世爲事實，而且使學者開拓了思路，爲甲骨學的新分支學科——西周甲骨的研究開了先河[⑦]。

1956 年，在西周王朝的中心地區陝西省西安市豐鎬遺址的張家坡，又有 3 片刻辭卜骨出土[⑧]，其文字皆以數位組成，並有用以指示兆位的符號。雖然學者們對豐鎬遺址所出卜骨上的"異形文字"有種種看法，但這畢竟是西周遺址又一次發現有字卜骨，其應屬西周之物是確定無疑的；同時也表明，坊維村西周甲骨並非孤立、偶然的現象。學者對西周甲骨的認識進一步加深。此後，學者開始對以往出土的與殷墟甲骨具有不同特點的甲骨進行再認識，安陽四盤磨、陝西邠縣、河南洛陽等地出土的甲骨終於也被確認爲西周甲骨。

1975 年，北京市昌平縣白浮村的燕國貴族墓地出土了 5 片西周時期燕國的甲骨文。

---

① 郭寶鈞：《一九五〇年春殷墟發掘報告》，《中國考古學報》第 5 冊，1951 年。

② 陳夢家：《殷虛卜辭綜述》，北京：科學出版社，1956 年，第 25～26 頁。此骨之圖版載見《殷虛卜辭綜述》圖版 8 左。

③ 郭寶鈞，林壽晉：《一九五二年秋季洛陽東郊發掘報告》，《中國考古學報》第 9 冊，1955 年。

④ 陳夢家：《殷虛卜辭綜述》，北京：科學出版社，1956 年，第 26 頁。此骨之圖版載見《殷虛卜辭綜述》圖版 8 中、右。

⑤ 暢文齋，顧鐵符：《山西洪趙縣坊維村出土的卜骨》，《文物參考資料》，1956 年第 7 期。

⑥ 李學勤：《談安陽小屯以外出土的有字甲骨》，《文物參考資料》，1956 年第 11 期。

⑦ 王宇信，楊升南：《甲骨學一百年》，北京：社會科學文獻出版社，1999 年，第 284 頁。

⑧ 陝西省文物管理委員會：《長安張家坡西周遺址的重要發現》，《文物參考資料》，1956 年第 3 期。

1977 年，在西周王朝的發祥地陝西省岐山縣、扶風縣間的周原遺址又有重要發現，這就是在岐山縣鳳雛村南發現了一座大型宮室建築基址①，在其西廂 2 號房內，於編號爲 77QEF1H11 的窖穴出土卜用甲骨 1.7 萬餘片，其中龜腹甲 16700 余片，牛肩胛骨 300 餘片；繼而又在同一室的 H31 窖穴出土卜用甲骨 413 片②。經清洗後，H11 得有字甲骨 293 片，H31 得有字甲骨 10 片③。至 1982 年，這些有字甲骨全部公佈於學界④。

1979 年 9 月，在周原鳳雛宮殿基址西南不遠的陝西省扶風縣齊家村，村民在平整土地時，發現西周卜骨，其中一件刻有文字。稍後，考古隊於村東土壕畔發現刻有文字的龜甲一版。在 1979 年冬和 1980 年春，考古隊於出土甲骨的地點進行了小規模清理發掘以後，又發現甲骨 10 多件，連同在附近采集的共 22 件，其中 5 件上有卜辭共 94 字。這是繼 1977 年岐山縣鳳雛村發現大批西周甲骨文後的又一次重大發現⑤。其中，齊家出土 H3:1 卜甲比較完整，彌補了鳳雛卜甲過於碎小的不足。而所出的有字卜骨，也較完整，這爲西周卜用甲骨整治特點的研究提供了重要資料。此外，在扶風縣強家村遺址還采集到 1 片西周卜骨，上有 3 字⑥。

20 世紀 80 年代末，北京市房山縣鎮江營西周燕文化遺址出土 1 片西周卜骨(T0226⑥:1)，爲牛胛骨的上部，正背面皆經修整，骨寬處(骨扇向上)有“筮數”兩行，各由 6 個數位組成⑦。

1991 年，河北省邢臺市南小汪遺址 H75 出土西周有字卜骨 1 片，系牛胛骨製成，修磨光滑。該卜骨正面現存兩組刻辭，一組完整，有 10 字；另一組已殘，僅存一“其”字。由於 H75 伴出不少典型的西周陶器，“因此，這片卜骨的時代屬西周時期無疑”⑧。

1996 年，北京市房山縣琉璃河燕都遺址 G11H108 灰坑內出土西周卜甲，共“出土數十片，其中三片刻有文字”⑨。這 3 片有字甲骨中，以中甲右下處刻有“成周”二字的龜腹甲(G11H108①:4)爲最重要⑩。

總計以上所述 20 世紀各地出土的西周有字甲骨，爲：山西洪趙坊維遺址 1 片，陝西西安豐鎬遺址 3 片，陝西岐山鳳雛遺址 290 片，陝西扶風齊家遺址 5 片，陝西扶風強家遺址 1 片，北京昌平白浮遺址 5 片，北京房山鎮江營遺址 1 片，北京房山琉璃河遺址 3 片，

---

① 陝西周原考古隊：《陝西岐山鳳雛村西周建築基址發掘簡報》，《文物》，1979 年第 10 期。

② 陝西周原考古隊，周原岐山文管所：《岐山鳳雛村兩次發現周初甲骨文》，《考古與文物》，1982 年第 3 期。

③ 陝西周原考古隊：《陝西岐山鳳雛村發現周初甲骨文》，《文物》，1979 年第 10 期。

④ 鳳雛遺址 H11、H31 所出西周甲骨是分幾批公佈的，去除重片，共計 290 片。詳見王宇信，楊升南：《甲骨學一百年》，北京：社會科學文獻出版社，1999 年，第 289 頁。

⑤ 陝西周原考古隊：《扶風縣齊家村西周甲骨發掘簡報》，《文物》，1981 年第 9 期。

⑥ 徐錫台：《周原甲骨文綜述》，西安：三秦出版社，1991 年，第 125 頁。

⑦ 參看王宇信，楊升南：《甲骨學一百年》，北京：社會科學文獻出版社，1999 年，第 287 頁。

⑧ 河北省文物研究所，邢臺市文物管理處：《邢臺南小汪周代遺址西周遺存的發掘》，《文物春秋》，1992 年增刊。

⑨ 琉璃河考古隊：《琉璃河遺址 1996 年度發掘簡報》，《文物》，1997 年第 6 期。

⑩ 琉璃河考古隊：《北京琉璃河遺址發掘又獲重大收穫》，《中國文物報》，1997 年 1 月 12 日。

河北邢臺南小汪遺址 1 片，計 4 省市 9 處遺址，共出土有字西周甲骨 310 片，1000 餘字[①]。

《甲骨學一百年》指出：

> 我們從上述西周甲骨出土地點可以看出，不僅在周人的發祥地周原和西周王朝的都城遺址有甲骨出土，而且在邊裔的諸侯國都城遺址也有出土。就中央王朝和諸侯國都有西周甲骨出土的情形來看，不僅政治中心的都城出土，而且遠離政治中心區以外的遺址，諸如北京昌平白浮、房山鎮江營、山西洪趙坊維村等聚落，也有西周甲骨出土。就是在周人統治的中心地區，不僅出土於統治階級的宮殿和宗廟區(諸如鳳雛和琉璃河燕都遺址)，而且還出土於手工業作坊區，諸如扶風齊家和洛陽北窯西周鑄銅遺址。雖然中心區的都城地區與聚落遺址出土甲骨的數量有多少的不同，但表明西周時期各地使用甲骨的情形比較普遍。因此我們可以有根據地說，不僅西周王朝的中心地區還會有甲骨出土，而且也還會有其他的各諸侯國地區繼續出土西周甲骨的可能。[②]

其後陝西扶風齊家村遺址西周甲骨的再次出土和岐山周公廟遺址西周甲骨的大批出土，爲這一論斷的正確性提供了有力的證明。

2002 年至 2003 年年初，陝西省考古研究所與中國社會科學院考古研究所、北京大學考古文博學院組成聯合考古隊在齊家村進行了考古發掘。這次發掘的遺址在齊家村正北約 400 米處，發掘面積 800 平方米，最主要的收穫之一是 H90 出土的西周卜骨 13 片。其中 02ZQIIA3H90:79 爲牛的肩胛骨，分 6 行由右向左刻辭 37 字。這片西周卜骨的發現，爲瞭解西周時期的貞卜筮占活動增添了新的內容[③]。

2003 年 12 月 14 日，北京大學徐天進教授在陝西省岐山縣周公廟附近進行田野考古調

---

① 參看王宇信，楊升南：《甲骨學一百年》，北京：社會科學文獻出版社，1999 年，第 288 頁。《甲骨學一百年》第 288 頁附《出土西周有字甲骨統計表》，引列於下(內容稍作調整)：

出土西周有字甲骨統計表

省　市	遺　址	片　數	字　數	備註(筮數一組 6 字爲一字)
山　西	洪趙坊維	1 片	8	
陝　西	豐　鎬	3 片	5	3 片 5 字
	岐山鳳雛	292 片※	915	5 片共 5 字
	扶風齊家	5 片	68	3 字
	扶風強家	1 片	3	
河　北	南 小 汪	1 片	11	
北　京	白 浮 村	5 片	13	
	琉 璃 河	3 片	8	
	鎮 江 營	1 片	2	2 字
總　計	9 處	312 片	1033 字	

(※引者案：陝西岐山鳳雛遺址所出西周甲骨當爲 290 片。說詳王宇信，楊升南：《甲骨學一百年》，北京：社會科學文獻出版社，1999 年，第 289 頁。)

② 王宇信，楊升南：《甲骨學一百年》，北京：社會科學文獻出版社，1999 年，第 288 頁。參看趙振華：《洛陽西周卜用甲骨的初步考察》，《考古》，1985 年 4 月；王宇信：《邢臺南小汪西周甲骨出土的意義》，《史學月刊》，1999 年第 1 期。

③ 參看曹瑋：《周原新出西周甲骨文研究》，《考古與文物》，2003 年第 4 期。

查時，發現了兩片有字西周卜甲，共 55 字，其中一號甲骨上刻有 17 字，二號甲骨上刻有 38 字，後者是迄今爲止所見字數最多的周代甲骨[①]。這個重大發現立即引起學術界和國家文物局的高度關注。隨即由陝西省考古研究所和北京大學考古文博學院聯合組成了周公廟考古隊，對這一帶進行了大面積的考古鑽探和搶救性發掘。2004 年周公廟考古隊又在該遺址範圍內廟王村北、祝家巷村北清理出卜甲 700 多片。截止 2005 年春節前，考古隊已將 760 多片卜甲綴合爲 500 多片，其中有刻辭的 99 片，可辨識文字達 495 個。周公廟甲骨文中出現的重要人名有“周公”“王”“太保”，地名有“周”“新邑”等，並有“周公貞”的卜辭[②]。從 2008 年 9 月至 12 月，周公廟考古隊在以往考古的基礎上，對周公廟門前一處大面積灰土遺址進行了考古發掘，出土卜甲共計 7000 多片。目前，考古學者對周公廟遺址 2008 年出土的 7000 多片甲骨進行了初步清理，其中有刻辭的 688 片，發現文字已超過 2200 個，可辨識文字達 1600 餘個，這在全國各處發現周代甲骨文遺址地點中是最多的。在可辨識的 1600 多字中，首次推斷發現了周文王父親的名字；初步釋讀可見刻辭中有“王季”“文王”“王”等周王稱謂，其中“王季”是首次發現，據推斷這個名字就是指文王的父親季歷。這批甲骨文上還有“畢公”“叔鄭”“周公”“召公”等重要歷史人物以及數位卦辭等內容。周公廟甲骨文的大量出土，爲明確周公廟遺址的性質和甲骨文研究奠定了重要基礎，尤其是首次發現周文王的父親“季歷”名字，對進一步完善西周諸王年表有重要意義[③]。

以上各處所出之西周甲骨，除陝西岐山周公廟遺址所出甲骨尚在清理中而未全部公佈以外，都較爲及時地公佈並提供給學術界研究[④]。其中，陝西岐山鳳雛宮殿遺址西廂二號房 H11、H31 所出西周甲骨最爲重要，不僅文字多，而且內容豐富。在一定意義上說，迄今學者們對西周甲骨學的研究，主要是集中力量對鳳雛所出西周甲骨的研究。

---

① 參看孫慶偉：《“周公廟遺址新出甲骨座談會”紀要》，見北京大學震旦古代文明研究中心編：《古代文明研究通訊》第 20 期，2004 年。

② 參看周公廟考古隊：《陝西岐山周公廟遺址考古收穫豐碩》，《中國文物報》，2004 年 12 月 31 日；邊江，馮國：《周公廟遺址出土甲骨發現文字近五百字》，新華社西安 2005 年 2 月 15 日電。

③ 參看孫秉志：《周公廟遺址出土的甲骨文現文王父親名字》，《西安晚報》，2009 年 3 月 26 日；楊永林：《周公廟遺址發現甲骨文字超 2200 個》，《光明日報》，2009 年 3 月 28 日。

④ 山西洪趙坊維遺址所出甲骨，見山西省文物管理委員會：《山西洪趙縣坊維村古遺址墓群清理簡報》，《文物參考資料》，1955 年第 4 期。陝西豐鎬遺址所出西周甲骨，見陝西省文物管理委員會：《長安張家坡西周遺址的重要發現》，《文物參考資料》，1956 年第 3 期；中國科學院考古研究所：《灃西發掘報告》，北京：文物出版社，1963 年。北京昌平白浮遺址所出西周甲骨，見北京市文管處：《北京地區的又一重要考古發現》，《考古》，1976 年第 4 期。陝西扶風齊家遺址所出西周甲骨，見陝西周原考古隊：《扶風縣齊家村西周甲骨發掘簡報》，《文物》，1981 年第 9 期。陝西岐山鳳雛遺址所出部分西周甲骨 32 片的首次公佈，見陝西周原考古隊：《陝西岐山鳳雛村發現周初甲骨文》，《文物》，1979 年第 10 期。陝西岐山鳳雛遺址所出全部西周甲骨，見陳全芳：《陝西岐山鳳雛村西周甲骨文概論》，《古文字研究論文集》，《四川大學學報叢刊》第 10 輯，西安：三秦出版社，1982 年。北京琉璃河燕都遺址所出西周甲骨，見琉璃河考古隊：《琉璃河遺址 1996 年度發掘報告》，《文物》，1997 年第 6 期。北京房山鎮江營遺址所出西周甲骨，見《北京文博》1997 年第 4 期封二。河北邢臺南小汪遺址所出西周甲骨，見河北省文物研究所、邢臺市文物管理處：《邢臺南小汪周代遺址西周遺存的發掘》，《文物春秋》，1992 年增刊。陝西扶風齊家遺址 2002 年至 2003 年年初再次所出西周甲骨，見曹瑋：《周原新出西周甲骨文研究》，《考古與文物》，2003 年第 4 期。

二、族屬來源

（一）周原甲骨的族屬

此所謂“族屬”，主要指周原鳳雛出土甲骨的歸屬問題，即“周原甲骨到底是出於周族人之手，還是出於商族人之手？這個問題對商、周兩族的歷史關係，頗爲重大。認爲是周族人的甲骨，就可以把商亡之前商、周兩族關係說成是極爲親密；若說是商族王室的甲骨，就可以把它說成是商周敵對的物證。所以這個問題不解決，便使一大批極爲珍貴的史料，完全變成無法利用的古董”[①]。因此，岐山鳳雛遺址出土的部分甲骨於 1979 年公佈以後，學者們在考釋文字、研究特徵的同時，也對周原甲骨的族屬問題展開了熱烈的討論。其間意見分歧較大，主要有以下三種觀點：

1. 周原甲骨多爲商族所有說

持這種觀點的學者主要以王玉哲先生爲代表。他認爲周原鳳雛所出甲骨“絕大部分是商王室的卜辭”。但他同時也指出，“必須承認周原甲骨中也還有一小部分卜甲，確乎是屬於周人的”，其“時代應略晚於商王室卜辭”[②]。

2. 周原甲骨爲周族所有說

周原考古隊首先提出，這批甲骨應屬於周人，並指出：“從文字和內容看，似可分爲前後兩期”，即“武王克商以前”和“武王克商以後”。還特別指出，“H11:1 記載周人祭祀殷人的先帝文物帝乙，H11:84 記載周人求佑於殷人的先帝太甲，說明周確是是殷的附屬國，但附屬國祭祀宗主國的祖宗，這在文獻記載中是沒有見過的”[③]。持周原甲骨周人所有說的學者還有徐錫台、陳全方、徐中舒、高明、楊升南、田昌五等[④]。他們在此基礎上進一步對周原有爭議的幾片甲骨從不同角度作出了闡釋，雖然意見不盡一致，但在深入論證其應爲周人之物這一點上都是相同的。

徐中舒先生雖然認爲周原所出甲骨爲周人所有，但認爲其“絕大部分都是文王時代遺物”，“也當有成王遺物在內”。他認爲，“周文王在周原建立殷王宗廟，在這裏與大臣殺牲受盟”是完全可能的。可以說，徐先生的論斷，爲“周原立有商王廟”說提供

---

① 王玉哲：《陝西周原所出的甲骨文來源試探》，《社會科學戰線》，1982 年第 1 期。

② 王玉哲：《陝西周原所出的甲骨文來源試探》，《社會科學戰線》，1982 年第 1 期。

③ 陝西周原考古隊：《陝西岐山鳳雛村發現周初甲骨文》，《文物》，1979 年第 10 期。

④ 徐錫台：《周原出土的甲骨文所見人名、官名、國名、地名淺釋》，《古文字研究》第 1 輯，北京：中華書局，1979 年；《周原卜辭十篇選釋及斷代》，《古文字研究》第 6 輯，北京：中華書局，1981 年；《周原出土卜辭選釋》，見文化部文物局古文獻研究室編：《出土文獻研究》，北京：文物出版社，1985 年。陳全芳：《陝西岐山鳳雛村西周甲骨文概論》，《古文字研究論文集》，《四川大學學報叢刊》第 10 輯，西安：三秦出版社，1982 年；《周原與周文化》，上海：上海人民出版社，1988 年。徐中舒：《周原甲骨初論》，《古文字研究論文集》，《四川大學學報叢刊》第 10 輯，西安：三秦出版社，1982 年。高明：《略論周原甲骨文的族屬》，《考古與文物》，1984 年第 5 期。楊升南：《周原甲骨族屬考辨》，《殷都學刊》，1987 年第 4 期。田昌五：《周原出土甲骨文反映的商周關係》，《文物》，1989 年第 10 期。

了重要的理論根據。

高明先生在研究了武王滅殷以前殷周兩族的關係史後，得出了與徐中舒先生完全不同的結論，即“周族不可能在自己的老家周原建造商族先祖的宗廟，祭祀商族的始祖成湯；更不會向商族的先祖太甲祈求保佑。尤其是古禮制有‘神不歆非類，民不祀非族’的規定，更不可能有文王祭祀太甲和成湯的奇怪現象”[①]。通過對周原甲骨中在族屬問題上存在爭議的幾片甲骨刻辭之句型結構的分析，高先生認爲它們都是周文王被囚禁於殷時所貞卜。此說在一定程度上解決了周人不可能在周原爲商族先祖立廟並祭祀商族先祖的矛盾。

3. 周原甲骨多爲周人遺物，但也有一小部分爲殷人之物

持這種觀點的學者主要有李學勤、王宇信、朱歧祥等[②]。

李學勤先生贊成“鳳雛甲骨的年代上起周文王，下及康、昭，包括了整個的西周前期”，多數應爲周人遺物。但他同時又指出，“周原這一坑甲骨的時代和性質等方面都是相當複雜的，今後還需要綜合全部材料，細心地作出判斷”。我國古代文獻的記載表明，“祭祀的原則是‘神不歆非類，民不祀非族’，所謂‘非我族類，其心必異’，周雖是商朝的諸侯國，也沒有必要(或可能)去祭祀商王的祖先”。他認爲一些甲骨“從其辭主而言，是確實的帝辛卜辭”，“這些卜辭都是在占卜後移來周原的”[③]。

1984 年，王宇信先生《西周甲骨探論》出版。他認爲：“周原鳳雛甲骨主要當爲周人之物，而並非‘絕大部分是商王室的卜辭’；而就在這一批甲骨中，文王時期才 15 片左右。這一事實又說明了周原鳳雛甲骨絕大部分應是武成康時代的遺物，而並非‘絕大部分都是文王時代遺物’。”[④]

1997 年，朱歧祥先生《周原甲骨研究》出版。他在該書上編“周原甲骨文考釋”對鳳雛 H11、H31 所出全部有字甲骨進行整理和考釋的基礎上，認爲：“甲骨有可能分別爲商人和周人所刻，各具有特殊的習慣用語和文例。屬於商人所刻的，文詞比較完整而詳盡；屬於周人所刻的，字形刻寫輕率，文句簡省。有許多甲骨衹單刻一字，可能是周人的試刻或習刻，至少不是屬於恭謹的占卜記錄”。[⑤]他在該書下編第五章“由周原甲骨談殷周文化的關係”，“分別就周原甲骨的文字、整治、禮制、曆法、卦象、鑽鑿等方面，申述殷周間一貫相承的文化流變”[⑥]。在該書下編第六章“周原甲骨字形

---

① 高明：《略論周原甲骨文的族屬》，《考古與文物》，1984 年第 5 期。

② 李學勤：《西周甲骨的幾點研究》，《文物》，1981 年第 9 期；《續論西周甲骨》，《人文雜誌》，1986 年第 1 期；《周文王時期卜骨與商周文化關係》，《人文雜誌》，1988 年第 2 期；《周文王時期卜骨》，《綴古集》，上海：上海古籍出版社，1998 年。王宇信：《西周甲骨探論》，北京：中國社會科學出版社，1984 年，第 247～248 頁；《西周甲骨述論》，《甲骨文與殷商史》第 2 輯，上海：上海古籍出版社，1986 年。朱歧祥：《周原甲骨研究》，臺北：臺灣學生書局，1997 年。

③ 李學勤，王宇信：《周原卜辭選釋》，《古文字研究》第 4 輯，北京：中華書局，1980 年，第 255～256 頁。

④ 王宇信：《西周甲骨探論》，北京：中國社會科學出版社，1984 年，第 247～248 頁。

⑤ 朱歧祥：《周原甲骨研究》，臺北：臺灣學生書局，1997 年，第 2 頁。

⑥ 朱歧祥：《周原甲骨研究》，臺北：臺灣學生書局，1997 年，第 114 頁。

源流考”，朱先生進一步“互較殷周甲骨的字形，同中求異，嘗試探討早期文字演進的特徵”[①]，認爲：“由周原甲骨的書寫與殷墟卜辭相同，表示出早周文化與殷商有着緊密的接觸。周原甲骨填補了文字由殷卜辭過渡至周金文間的空檔，讓我們瞭解殷周文字演變的一貫性和整體性。周原甲骨的字形有與殷代早期文字相合，亦有衹與殷晚期文字類同，可見周原甲骨的內容並不單純，周文字並非在某一時間內通盤的自殷商截取。商文字對於周的影響，顯然是逐漸的和階段性的，是自然的吸收同化而非人爲的高壓移植。另一方面，周人顯然已經具備一定程度的文化水準，對於外來文化有檢驗取捨的能力”。[②]

隨着 1981 年扶風齊家遺址出土西周甲骨材料的公佈和 1982 年周原鳳雛 H11、H31 有字甲骨的全部公佈，“周原甲骨多爲商族所有”這一觀點自然就受到了挑戰。學者們在全面研究周原所出甲骨材料的基礎上，認識逐漸深化，對周原甲骨(主要指鳳雛 H11、H31 所出)絕大多數應爲周人所有，基本上取得了一致的看法。爭論的範圍日益縮小，逐漸集中到涉及商王宗廟和祭祀商人祖先的甲骨，即 H11:1、H11:82、H11:84、H11:112 等片上。有學者認爲，“這類甲骨數量不多，因涉及商王宗廟名和祭及商人祖先，我們不妨稱之周原出土的‘廟祭’甲骨”[③]。

（二）周原廟祭甲骨的族屬

學者們對周原所出廟祭甲骨刻辭的內容(即商王宗廟名、所祭商先王、“𠙵周方伯”及辭主的“王”等方面)存在種種分歧，因而對周原廟祭甲骨的族屬得出了截然相反的兩種觀點：

1. 周原廟祭甲骨“周人所有”說

主張廟祭甲骨爲周人所有物的學者作了多種解釋。高明和徐中舒二位先生皆認爲廟祭甲骨屬於周人，但高氏反對徐氏主張周原建有商王宗廟的觀點，認爲廟祭甲骨系周文王被囚禁於商時的占卜記錄[④]。楊升南先生則認爲廟祭甲骨分別是周人臣服於商朝時和武王滅紂時在帝乙宗廟占卜的記錄[⑤]。田昌五先生則認爲這些甲骨系周人所記商王卜辭，於商王爲祭祀卜辭，於周人爲記事刻辭，乃周人記錄其事以告於自己的宗廟而後存檔入庫的[⑥]。

2. 周原廟祭甲骨“商人所有”說

主張廟祭甲骨爲商人所有物的學者也紛紛立論。王宇信先生從商周的祭祀制度、刻

① 朱歧祥：《周原甲骨研究》，臺北：臺灣學生書局，1997 年，第 119 頁。
② 朱歧祥：《周原甲骨研究》，臺北：臺灣學生書局，1997 年，第 122 頁。
③ 王宇信：《甲骨學通論》(增訂本)，北京：中國社會科學出版社，1993 年，第 411 頁。
④ 徐中舒：《周原甲骨初論》，《古文字研究論文集》，《四川大學學報叢刊》第 10 輯，西安：三秦出版社，1982 年。高明：《略論周原甲骨文的族屬》，《考古與文物》，1984 年第 5 期。
⑤ 楊升南：《周原甲骨族屬考辨》，《殷都學刊》，1987 年第 4 期。
⑥ 田昌五：《周原出土甲骨文反映的商周關係》，《文物》，1989 年第 10 期。

辭內容等方面進行比較，論證廟祭甲骨應是商王朝之物[①]。朱歧祥先生則分析了周原廟祭甲骨中的“正字句”，將之與殷墟卜辭句式相比勘，認爲這些“正字句”甲骨應是晚商帝辛時期的材料[②]。

（三）周原廟祭甲骨的來源

由於學者對周原所出廟祭甲骨的族屬認識不同，因而對廟祭甲骨的來源也看法不一，主要有兩種觀點：

1. 周原廟祭甲骨“本土占卜”說

此說以“周原立有商王廟”爲重要依據，認爲周原廟祭甲骨是周文王入商王廟祭祀商先王或往商王廟“拜受新命”時所卜。但徐中舒先生又認爲當時周人尚未達到足夠的文明程度，所以占卜和記錄是求助於殷人完成的，即周原廟祭甲骨是入周的殷人在岐邑所卜[③]。

2. 周原廟祭甲骨“卜後移來周原”說

無論主張周原出土之廟祭甲骨爲周人所有物的學者，還是主張廟祭甲骨爲商人所有物的學者，不少人都贊成廟祭甲骨“移來周原”說。此說又主要有兩種意見：一種認爲，周原廟祭甲骨爲周文王被囚居於殷時在商王廟所卜，文王遇赦歸周時，將其從殷帶回周原[④]。另一種認爲，這批甲骨主要爲商王室之物，殷商末年商紂王時，殷史官投奔周人時，將其帶到了周原[⑤]。

關於周原所出廟祭甲骨的族屬及來源，迄今尚無定論。無論在宏觀上從商末殷周兩族的關係、古代宗廟祭祀制度等方面的考察，還是具體而微的從廟祭甲骨所祭商先王、“𠯑周方伯”，從“貞字句”“正字句”和其他文字句乃至虛詞和文例等方面的比較分析，一個不可回避的事實，就是這些廟祭甲骨與殷人有着密切的聯繫，但甲骨的鑽鑿形態確是周人的作風，與通常的殷墟甲骨整治作風不同[⑥]。

三、分期斷代

將西周甲骨進行分期斷代，是利用這批材料研究周初歷史的基礎工作。迄今爲止，

---

① 王宇信：《試論周原出土的商人廟祭甲骨》，《中國史研究》，1988 年第 1 期；《周原廟祭甲骨“𠯑周方伯”辨析》，《文物》，1988 年第 6 期。

② 朱歧祥：《周原甲骨研究》，臺北：臺灣學生書局，1997 年，第 107～113 頁。

③ 徐中舒：《周原甲骨初論》，《古文字研究論文集》，《四川大學學報叢刊》第 10 輯，西安：三秦出版社，1982 年。

④ 高明：《略論周原甲骨文的族屬》，《考古與文物》，1984 年第 5 期。楊升南：《周原甲骨族屬考辨》，《殷都學刊》，1987 年第 4 期。

⑤ 王玉哲：《陝西周原所出甲骨文的來源試探》，《社會科學戰線》，1982 年第 1 期。朱歧祥：《周原甲骨研究》，臺北：臺灣學生書局，1997 年，第 80 頁。

⑥ 王宇信，楊升南：《甲骨學一百年》，北京：社會科學文獻出版社，1999 年，第 327 頁。

所謂西周甲骨的分期斷代，確切地說，應爲陝西岐山鳳雛所出甲骨的分期斷代。這是因爲鳳雛 H11、H31 所出甲骨不僅片數較其他西周遺址所出甲骨爲多，而且內容也較豐富，爲學者進一步對它們進行分期斷代研究提供了可能。

1984 年以前，在一些有關周原甲骨發現的簡報和考釋文章的字裏行間，透露出學者對西周甲骨分期斷代的看法，主要有以下四種觀點①：

① 周原甲骨(主要指鳳雛所出)“絕大部分是商王室的卜辭，爲商紂王時之物”，但也有一小部分卜甲“確乎是屬於周人的”，“時代應略晚於商王室卜辭”②。

② “周原甲骨絕大部分都是文王時代遺物”，但“也當有成王遺物在內”③。

③ 周原甲骨“從字體和內容看”，“似可分爲前後兩期”，即武王克商以前和克商以後④。與此看法基本相同的學者還有徐錫台、李學勤、陳全方等⑤。李學勤先生進一步指出，“鳳雛卜辭史事和人物，大抵屬於西周前期”，即“鳳雛甲骨的年代上起周文王，下及康、昭”⑥。陳全方先生則指出鳳雛甲骨“早到周文王，遲到成康”⑦。

④ 周原甲骨最早相當於“殷墟卜辭第三、四期，屬於廩辛、康丁、武乙時卜辭”，“當屬於周文王早期，或王季晚期作品”，其最晚甲骨，“屬於文王晚期作品”⑧。

如此等等。學者們關於周原甲骨分期的不同看法，促進了西周甲骨分期斷代研究的深入。

目前，關於周原甲骨的分期斷代，較爲系統的意見主要有以下三種：

1. 徐錫台先生《周原卜辭十篇選釋及斷代》、《周原甲骨文綜述》

1981 年，徐錫台先生發表《周原卜辭十篇選釋及斷代》一文，從字體變化角度，利用“王”字的特徵作爲斷代依據，區分周原甲骨爲文王早期和晚期⑨。

1991 年，徐先生《周原甲骨文綜述》出版。在字形分析斷代的基礎上，他結合周原甲骨刻辭的內容及同坑出土陶器的特點進行分析，認爲“周原出土的這批甲骨，有一部分相當於周王季晚期或文王早晚，大部分卜甲屬於文王中、晚期，極少數卜甲可能屬於

---

① 參看王宇信：《西周甲骨探論》，北京：中國社會科學出版社，1984 年，第 200～202 頁；王宇信，楊升南：《甲骨學一百年》，北京：社會科學文獻出版社，1999 年，第 297 頁。

② 王玉哲：《陝西周原所出的甲骨文來源試探》，《社會科學戰線》，1982 年第 1 期。

③ 徐中舒：《周原甲骨初論》，《古文字研究論文集》，《四川大學學報叢刊》第 10 輯，西安：三秦出版社，1982 年。

④ 陝西周原考古隊：《陝西岐山鳳雛村發現周初甲骨文》，《文物》，1979 年第 10 期。

⑤ 徐錫台：《周原出土的甲骨文所見人名、官名、國名、地名淺釋》，《古文字研究》第 1 輯，北京：中華書局，1979 年。李學勤，王宇信：《周原卜辭選釋》，《古文字研究》第 4 輯，北京：中華書局，1980 年，第 255～256 頁。陳全芳：《陝西岐山鳳雛村西周甲骨文概論》，《古文字研究論文集》，《四川大學學報叢刊》第 10 輯，西安：三秦出版社，1982 年。

⑥ 李學勤：《西周甲骨的幾點研究》，《文物》，1981 年第 9 期。

⑦ 陳全芳：《陝西岐山鳳雛村西周甲骨文概論》，《古文字研究論文集》，《四川大學學報叢刊》第 10 輯，西安：三秦出版社，1982 年。

⑧ 徐錫台：《周原卜辭十篇選釋及斷代》，《古文字研究》第 6 輯，北京：中華書局，1981 年。

⑨ 徐錫台：《周原卜辭十篇選釋及斷代》，《古文字研究》第 6 輯，北京：中華書局，1981 年。

武王時期和周公攝政時期”[①]，並認爲這批甲骨文的時代可分爲兩期，即“第一期：周王季晚期至周文王中期；第二期：周文王晚期至周公攝政時期”[②]。

2. 王宇信先生《西周甲骨探論》

1984 年，王宇信先生《西周甲骨探論》出版。通過對周原甲骨(主要是鳳雛)中出現的“王”進行分析，他認爲：“王與王之間有横向的不同，那就是Ⅰ型 1 式(王)與Ⅰ型 2 式(王)；也有縱向的差異，即Ⅰ型 2 式(王)→Ⅱ型 1 式(王)→Ⅱ型 2 式(王)→Ⅲ型(王)→Ⅳ型(王)。横向的不同是殷、周兩大民族的不同。而縱向的差異，是周人甲骨時代先後不同的有規律演變”。[③]王氏將之歸納爲《周原甲骨文王字字形演化表》，如下：

項目／字型	字　型	時　代	備　考
I	王 1式　王 2式	文王(受命前)	I型1式爲帝乙、帝辛甲骨，與文王時期相當。
II	王 1式 王 2式	文王(受命後)	
III	王	武、成、康	
IV	王	昭、穆	

王先生還對西周甲骨所載史事及各期刻辭的字體進行了分期探索，認爲：鳳雛甲骨中，文王時期(包括帝乙、帝辛時商物)共有 23 片(有“王”15 片、事類可定 5 片、書體可定 3 片)。除此以外，其餘各片基本可作武、成、康時期處理。鳳雛甲骨中除去 49 片因文字不能辨識，可能爲刻劃者外，實際有字可識讀者爲 240 片左右，再除去 23 片文王時物，武、成、康時期共有 217 片。而在文王時期的 23 片甲骨中，還包括帝乙、帝辛時期的商甲骨 8 片[④]。

3. 朱歧祥先生《周原甲骨研究》

1997 年，朱歧祥先生《周原甲骨研究》出版。他也是由“王”字字形來探討周原甲骨的斷代。朱氏認爲：①周原甲骨中同時混雜有殷人甲骨和周人甲骨，二者均有“王”的稱謂。②周原甲骨中屬於殷人甲骨的“王”，是指殷王而非周王。作王、王形的應爲帝辛(紂)，作王、王形的相當於殷第四期卜辭的王，其時限或應在武乙、文丁之間。③周原甲骨中舉凡周人甲骨的“王”字都作王。[⑤]他還進一步考察了周原甲骨中的“貞”字、“虛字的用法”、“正”字的意義及用法，推知周原甲骨材料的時代與晚商甲骨相合。

---

① 徐錫台：《周原甲骨文綜述》，西安：三秦出版社，1991 年，第 154 頁。
② 徐錫台：《周原甲骨文綜述》，西安：三秦出版社，1991 年，第 171 頁。
③ 王宇信：《西周甲骨探論》，北京：中國社會科學出版社，1984 年，第 225～226 頁。
④ 王宇信：《西周甲骨探論》，北京：中國社會科學出版社，1984 年，第 247 頁。
⑤ 朱歧祥：《周原甲骨研究》，臺北：臺灣學生書局，1997 年，第 79 頁。

西周甲骨的分期斷代研究，是一件較爲複雜但又有意義的工作。因現時所見材料較少和研究側重點不同，對西周甲骨的分期迄今尚無定論。隨着今後研究的深入和新材料的繼續發現，相信會取得更爲明確的認識。

四、行款文例

正確辨識甲骨刻辭的行款走向，對準確識讀和理解其内容關係極大。由於迄今出土的西周有字甲骨(主要是鳳雛 H11、H31 所出)多爲卜甲，殘斷嚴重，片形碎小，其文字纖小，因而對卜甲上刻辭在全甲上分佈規律的認識就受到很大局限，至今尚未見有對每片西周有字龜甲在整個龜版上作“定位”復原的比較工作。就目前所見西周有字卜骨而言，其刻辭也不像殷墟甲骨那樣，以骨臼向上爲常制，文字多自上而下契刻。西周卜骨刻辭的行款走向較爲隨意，有的以骨臼爲主，文字自骨臼向骨扇而行；有的以骨扇爲上，文字自骨扇向骨臼而行；有的則以骨臼或骨扇爲左右，沒有嚴格的定制[①]。這就使得對西周甲骨刻辭行款的研究具有一定的難度。對西周甲骨刻辭的行款走向的識讀意見不一，必然會導致對刻辭的解釋發生分歧[②]。

20 世紀 80 年代，有學者曾對周原甲骨刻辭的行款進行過整理分析，指出周原出土甲骨刻辭的行款，基本可分爲四種類型，即有的刻辭行款字左始下行再右轉行，有的刻辭行款自右起下行再向左轉行，有的刻辭爲自上而下的一豎行，有的刻辭行款極不規整[③]。

1991 年，河北邢臺南小汪遺址西周甲骨的發現，爲周原甲骨刻辭的行款認識提供了新證據。學者經過對周原甲骨刻辭 H31:4 的進一步分析研究，“說明我們此前識讀 H31:4 片上的行款，至少有一半的刻辭行款走向有誤”；而此片中的另一半刻辭，由於與 H11:4+ H11:32 的辭例極爲相近，行款自右向左，即“全辭應讀爲‘既弗克尤宣，卲曰：毋’。我們這樣的讀法，也是與此前完全不同的”。經過全面分析以後，“既然 H31:4 片的另一段刻辭不能以‘卲曰毋’爲全辭之始，即讀辭不能從左邊向右邊刻寫了。那麼我們識此段刻辭行款爲自右向左刻寫全辭就應是較爲合理的了”。而“邢臺甲骨這段完整卜辭以‘其’字起句，也反證了‘卲曰巳’應爲全辭之末而不是全辭之始”。因此，“周原甲骨的進一步深入綜合研究並將其與邢臺甲骨相互勘證，互相補充和證明，會使我們對西周甲骨研究取得新的認識”[④]。

1998 年，北京琉璃河遺址“出土的三片刻辭卜甲的一個特徵是，刻辭在甲版上的位置都十分明確，可補以往發現之缺憾”[⑤]，從而使西周甲骨研究的考古學觀察方面前進

---

① 參看王宇信：《邢臺南小汪西周甲骨出土的意義》，《史學月刊》，1999 年第 1 期。

② 如周原鳳雛 H11:3，有學者自右向左讀爲“王隹田，至于帛，衣王田”，也有學者從左向右讀爲“衣王田，至于帛，王隹田”。又如周原甲骨 H31:4，有學者認爲當以“卲曰”云云自左向右起句，但也有學者認爲應從右向左讀，“卲曰”不是一句的起首而是在句中。

③ 王宇信：《周原甲骨刻辭行款的初步分析》，《人文雜誌》，1987 年第 3 期。

④ 王宇信：《周原甲骨卜辭行款的再認識和邢臺西周卜辭的行款走向》，《華夏考古》，1995 年第 2 期。參看王宇信，楊升南：《甲骨學一百年》，北京：社會科學文獻出版社，1999 年，第 333 頁。

⑤ 雷興山，鄭文蘭，王鑫：《北京琉璃河遺址新出卜甲淺識》，《中國文物報》，1997 年 3 月 30 日。

了一步[①]。

值得注意的是，“在沒有爭議的較爲典型的西周卜辭中(無論是周原，還是在幾千里外的邢臺)，其刻辭行款幾乎毫無例外的都是自右向左行。而學者間關於其族屬爭議較大的另一類典型卜辭(即周人之物，抑或商人之物)，其行款走向都與典型的西周卜辭(即含貞辭、卧辭)不同，即均爲從左向右”[②]。

五、內容體類

西周甲骨(主要是周原甲骨)刻辭內容較爲豐富。陳全方先生在其《周原與周文化》一書中，按西周甲骨刻辭內容，將周原鳳雛、齊家所出有字甲骨298片分爲十類：

1.卜祭；2.卜告；3.卜年；4.卜出入；5.卜田獵；6.地名；7.人名；8.官名；9.月象；10.雜卜。

進而整理出《陝西周原西周甲骨文分類表》[③]。今據以將周原甲骨刻辭之內容分類作統計表如下：

周原甲骨刻辭內容分類統計表

分類 \ 出土地	周原鳳雛	分類 \ 出土地	周原齊家
小　類	片　數	小　類	片　數
1. 卜祭	41	1. 卜祭	2
2. 卜年、卜告	2		
4. 卜出入	12		
5. 卜田獵	5	2. 卜田獵	2
6. 卜征伐	5	3. 卜征伐	1
7. 雜卜	131		
8. 人名、官名、地名、物名	27		
9. 月象及計時法	12		
10. 卦畫	8	4. 卦畫	1
附錄	49		

此表尚未涵蓋迄今所出西周有字甲骨之全部，但亦可見出，現今所見西周甲骨刻辭中，仍以貞卜刻辭數量居多，主要涉及祭祀、出入、田獵、征伐等內容；記事刻辭數量較少，所記內容有人名、官名、地名、月象、筮數[④]等。

---

① 王宇信，楊升南：《甲骨學一百年》，北京：社會科學文獻出版社，1999年，第333頁。

② 王宇信：《周原甲骨卜辭行款的再認識和邢臺西周卜辭的行款走向》，《華夏考古》，1995年第2期。

③ 陳全方：《周原與周文化》，上海：上海人民出版社，1988年，第107～123頁。

④ 參看張政烺：《試釋周初青銅器銘文中的易卦》，《考古學報》，1980年第4期；徐錫台，樓宇棟：《西周卦畫試說》，《中國哲學》第3輯，北京：三聯書店，1980年；張亞初，劉雨：《從商周八卦數位記號談筮法的幾個問題》，《考古》，1981年第2期。

通過考察《合補》中收錄的文意内容相對完整的西周甲骨刻辭之後，筆者認爲，西周甲骨刻辭之文體大致可分爲以下四種[①]：

(一)占

——著以“卧曰”“曰”之語於命辭之後，記錄視卜兆斷吉凶之事的卜辭。

(二)命

——著以“乎”之語於命辭之中，記錄上對下發號施命的卜辭。

(三)卜

——不能歸入“占”“命”的卜辭。

(四)記

——包括載錄卜用甲骨之來源與整治的記事刻辭以及刻於甲骨而與卜事無關的記事刻辭。

上述四種文體之關係，可作示意圖如下：

西周甲骨刻辭文體關係示意圖

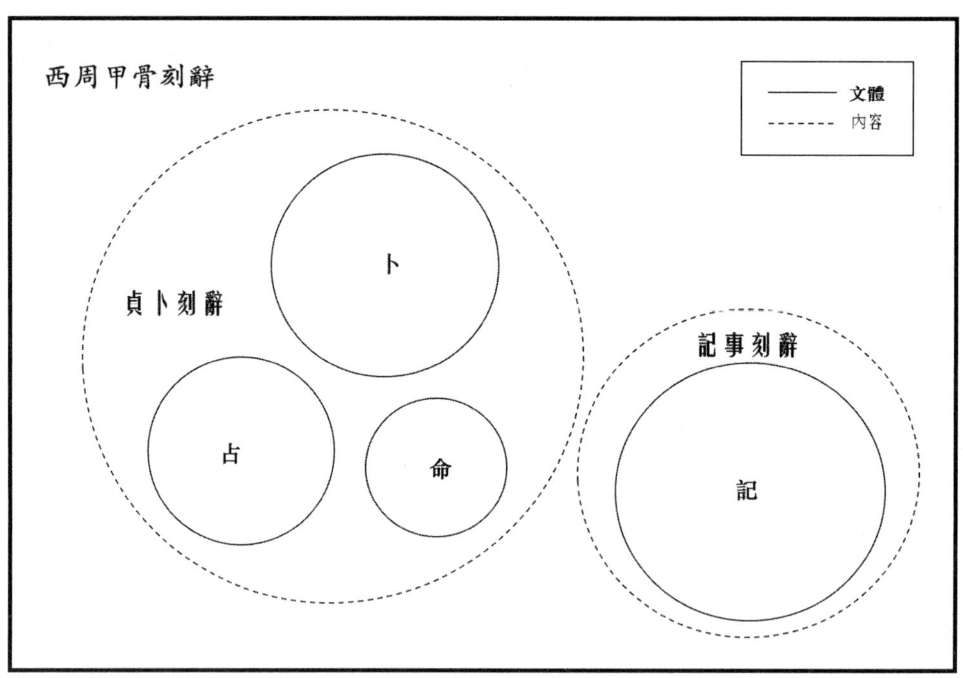

其中，“占”“命”“卜”這三種文體皆見於貞卜刻辭，“記”這種文體則見於記事刻辭。論述詳下。

① 由於迄今所見的西周甲骨刻辭數量較少，且多爲殘片，這必然會影響對西周甲骨刻辭文本材料進行考察的全面性。隨着周公廟遺址甲骨文的大量出土，待其全部整理公佈之後，將會爲我們的研究提供更豐富的文本材料。因而本章内容尚有留待日後作調整和補充的必要。

第二節　占

迄今所見的西周甲骨刻辭中，有一些載錄“卟曰”云云、“曰”云云多處於命辭之後的卜辭，所涉內容多與視卜兆斷吉凶之事有關。以其性質相類，今皆歸入“占”文，分述如下。

一、載錄“卟曰”云云的“占”文

西周甲骨刻辭中，數見“卟曰”之語，第一字作“𠧧”形。《說文》云：“卟，卜問也。”[①]訓與“貞”字同。以前學者多據《說文》此訓，將“卟曰”句也看作貞辭(命辭)，造成不少誤解。王宇信先生認爲：

> 西周甲骨中的卟辭雖與貞辭性質相近，但又有所區別，而與殷墟卜辭中的占辭作用相同。貞辭加上卟辭，才是更爲完整並與殷墟卜辭可區分清楚的典型西周卜辭。[②]

裘錫圭先生認爲：

> “卟曰”句有相當大的獨立性，不像是命辭的一部分；獨立看起來，也不像是命辭。所以我認爲這種“卟”字不能援用“卜問”之訓來解釋，而應該讀爲卜兆之“兆”。[③]

後來他指出：

> 周原甲骨文中屢見以“卟曰”發端之辭，“卟曰”所引出的話大都很簡短，甚至衹有一個字，如“毋”(毋)、“巳”(已)之類。我認爲這種“卟”字不能像《說文·三下·卜部》的“卟”字那樣訓爲“卜問”，而應該看作“𠁻”的異體(卜兆之“兆”，《說文·三下·卜部》作“𠁻”，“兆”被收作“𠁻”的古文)，以“卟曰”發端之辭應爲占辭。……
>
> 在上古音中，“兆”是定母宵部字，“占”是章母談部字。在中古音中，它們都是開口三等字。上古音章母跟端母和端母跟定母的關係都很密切，這是大家所公認的。按照宵談對轉說，“兆”和“占”是聲母相近、韻母有嚴格的陰陽對轉關係的字。“占”的意思是根據兆象對吉凶作出判斷，它應該是由“兆”派生

---

① [漢]許慎撰，[宋]徐鉉校定：《說文解字》卷三下《卜部》，北京：中華書局，1963年，第70頁。

② 王宇信：《周原甲骨卜辭行款的再認識和邢臺西周卜辭的行款走向》，《華夏考古》，1995年第2期，第101頁。

③ 參看裘錫圭：《釋西周甲骨文的“卟”字》，見香港中文大學中國語言及文學系：《第三屆國際中國古文字學研討會論文集》，香港：香港中文大學，1997年。

的一個詞[①]。

所言皆是。由此可知，西周甲骨刻辭中“卧曰”云云與殷墟甲骨刻辭中的“占曰”云云，其用意相同，皆爲記錄視卜兆斷吉凶之文。

西周甲骨刻辭中的“卧曰”之文數量較少。如：

(1)▨□，囟(使)[②]克事。卧(⿰)曰：“竝囟克事。”

《合補》附 53=陝西岐山鳳雛 H11:6+32

(2)迺則鼻□隊迖，囟亡咎。用。

既弗克尤宣。卧曰：“毋(毋)。” 《合補》附 284=陝西岐山鳳雛 H31:4

(3)其事騂陟四白駝。卧曰：“巳(己)。”

《合補》附 309 正=河北邢臺南小汪

(4)卧曰：“巳。”

召(卧)曰：其▨。 《合補》附 140=陝西岐山鳳雛 H11:5

(5)卧▨。 《合補》附 141=陝西岐山鳳雛 H11:43

(1)之“囟克事”，意謂讓所卜之事能成功。“竝”，學者或以爲人名，似不確；裘錫圭先生疑其可能爲副詞，其說可從[③]。“竝囟克事”，意謂讓所卜之事都能成功[④]。(2)之“囟亡咎”，意謂使無災。這類刻辭中的“卧曰”云云皆較簡短，處於命辭之後。由於文多殘缺，其行文體制不甚明晰。

二、載錄“曰”云云的“占”文

西周甲骨刻辭中的“占”文還包括載錄“曰”云云的卜辭，其數量相對較多。這類刻辭中的“曰”，皆當爲“卧曰”之省，所記“曰”云云亦當爲占辭。如：

(6)曰：“咎囟克事。” 《合補》附 52=陝西岐山鳳雛 H11:21

(7)唯卒[⑤]雞(箕)子來降，其執眔(暨)氒(厥)史。

才(在)旃爾卜，曰：“南宮辝其乍(作)。”

《合補》附 282=陝西岐山鳳雛 H31:2

---

① 裘錫圭：《從殷墟卜辭的“王占曰”說到上古漢語的宵談對轉》，《中國語文》，2002 年第 1 期，第 71～72 頁。

② “囟”字從陳斯鵬先生釋爲“使”。參看陳斯鵬：《論周原甲骨和楚系簡帛中的“囟”與“思”——兼論卜辭命辭的性質》，見香港中文大學中國語言及文學系：《第四屆國際中國古文字學研討會論文集》，香港：香港中文大學，2003 年。

③ 參看裘錫圭：《釋西周甲骨文的“卧”字》，見香港中文大學中國語言及文學系：《第三屆國際中國古文字學研討會論文集》，香港：香港中文大學，1997 年。

④ 參看陳斯鵬：《論周原甲骨和楚系簡帛中的“囟”與“思”——兼論卜辭命辭的性質》，見香港中文大學中國語言及文學系：《第四屆國際中國古文字學研討會論文集》，香港：香港中文大學，2003 年，第 409 頁。

⑤ “卒”字從裘錫圭先生釋。參看裘錫圭：《釋殷墟卜辭中的“卒”和“律”》，《中原文物》，1990 年第 3 期。

(8) 隻(獲)其五十人往，囟亡咎。

八月辛卯卜，曰："其廋取。"　　《合補》附 283=陝西岐山鳳雛 H31:3

(9) 曰："今蘽(秋)楚子來，告父後哉。"

《合補》附 45=陝西岐山鳳雛 H11:83

(10) 今又(有)言，曰："弗食毕□，征(延)隹毕□飫。"

又言，曰："既喪，厭迺鞠。"　　《合補》附 292=陝西扶風齊家 T1[4]:1

(11) □卯，王曰："□。"

六驪。

伐，曰："巳。"

▨乙。　　《合補》附 296=陝西扶風齊家采:94

(12) ▨曰："巳。"　　《合補》附 126=陝西岐山鳳雛 H11:76

(13) ▨卜，曰："其卒車馬，囟又(有)𦤎(遇?)。"

《合補》附 297 正=陝西扶風齊家 80FQN 采:112

(14) 其五□，正(禎)，王[受]□。

▨曰："吉。"　　《合補》附 24=陝西岐山鳳雛 H11:189

(15) ▨曰："䢼。"　　《合補》附 117=陝西岐山鳳雛 H11:76

(16) 七六六七一八。曰：其▨既魚。　　《合補》附 169=陝西岐山鳳雛 H11:85

(7)之"雞"，卽箕，爲商的諸侯國。商紂之諸父名胥餘，爲太師，封子爵，國於箕，故稱箕子。"南宮鋯"，人名，疑卽南宮括或南宮伯達[①]。(9)之"楚子"，卽楚君熊繹[②]。(13)所記蓋與田獵之事有關。此類刻辭多爲殘片，其體制亦不明晰。多數"曰"云云之語當處於命辭之後，如(6)、(9)～(12)、(14)、(15)；少數"曰"云云之語則處於命辭的位置，如(7)、(8)、(13)、(16)。

---

① 參看陳全方：《周原與周文化》，上海：上海人民出版社，1988 年，第 139 頁。

② 《史記·楚世家》云："周文王之時，季連之苗裔曰鬻熊。鬻熊子事文王，蚤卒。其子曰熊麗。熊麗生熊狂，熊狂生熊繹。熊繹當周成王之時，舉文、武勤勞之後嗣，而封熊繹於楚蠻，封以子男之田，姓芈氏，居丹陽。楚子熊繹與魯公伯禽、衛康叔子牟、晉侯燮、齊太公子呂伋俱事成王。"([漢]司馬遷撰，[宋]裴駰集解，[唐]司馬貞索隱，[唐]張守節正義：《史記》卷四十《楚世家》，北京：中華書局，1982 年，第 1691～1692 頁)。此片刻辭爲研究周、楚關係提供了極爲珍貴的資料。參看陳全方：《周原與周文化》，上海：上海人民出版社，1988 年，第 139～140 頁。

第三節　命

西周甲骨刻辭中，有著以“乎”之語於命辭中的卜辭，多記錄周王對臣屬的發號施令，今皆歸入“命”文。這類刻辭數量較少，如：

(1)□巳，王其乎(呼)嬰(吏)卑父陟，囟亡[咎]。
《合補》附 3=陜西岐山鳳雛 H11:11

(2)☐王乎☐其☐。　《合補》附 8=陜西岐山鳳雛 H11:69

(3)貞：王其自用冑，叀二冑，乎桒(禱)受(授)，囟不每(悔)王。
《合補》附 23=陜西岐山鳳雛 H11:174

(4)乎見龍☐。　《合補》附 70=陜西岐山鳳雛 H11:92

(5)☐乎見。　《合補》附 71=陜西岐山鳳雛 H11:154

(6)☐鬼吏，乎宊(宅)商，囟☐。　《合補》附 67=陜西岐山鳳雛 H11:8

(7)☐貞：乎寶卜曰：☐。　《合補》附 136=陜西岐山鳳雛 H11:52

(1)辭意謂：某巳日，王命令吏卑父登獻(?)，應該沒有災禍吧？(3)之“每”(悔)意同“咎”，此辭意謂：卜問：王在師旅中用兜鍪祭祀，(此次獻祭)用兩個兜鍪，施命祈求授予(福祐)，應該沒有災禍(降於)我王吧？(6)辭蓋記錄命令鬼族官吏宅居商地之事。(7)辭所記蓋爲命令臣屬名寶者進行占卜之事。這類刻辭，以其文多殘缺，體制已不明晰。

第四節　卜

現今所見西周甲骨刻辭中，除去可納入上文論述的“占”“命”這兩種文體的卜辭之外，其餘的卜辭皆可歸入“卜”文。這類刻辭數量較多，按其內容大致可分爲祭祀、月象、田獵、疾病等方面，分述如下：

一、祭祀

這類刻辭數量較多，如：

(1)癸巳，彝文武帝乙宗，貞：王其卲(昭)𠳿(祭)成唐(湯)𪔛，𢑚(禦)，𠬝(服)二女，其彝血羊三、豚三，囟又(有)正。

《合補》附 1=陝西岐山鳳雛 H11:1

(2)彝文武丁必(祕)，貞：王翌日乙酉其𡴆，爯(稱)㫃，□文武丁豊(醴)，□□汎卯▨左，王[受又又]。　《合補》附 15=陝西岐山鳳雛 H11:112

(3)▨[才]文武▨，[貞]：王其卲帝□天□，典𦍌周方[白](伯)□□，囟正，亡左▨[王]受又(有)又(祐)。　《合補》附 12=陝西岐山鳳雛 H11:82

(4)貞：王其𡴆(禱)又(侑)大甲，𦍌周方白(伯)，囟正，盡，不左于受又(有)又(祐)。　《合補》附 13=陝西岐山鳳雛 H11:84

(5)祠自蒿(鎬)于壴，囟亡眚。　《合補》附 57=陝西岐山鳳雛 H11:20

(6)巳，氒(厥)寶，師氏自寶。　《合補》附 33=陝西岐山鳳雛 H11:4

(7)巳，其若，𠬝，囟正。　《合補》附 128=陝西岐山鳳雛 H11:114

(8)巳，唯左。　《合補》附 281=陝西岐山鳳雛 H31:1

(9)弜巳。　《合補》附 127=陝西岐山鳳雛 H11:141

(10)用由逋妾。

此由亦此亡。

囟𢍭(禦)于永冬(終)。

囟𢍭于休令。

保貞宮。吉。　《合補》附 291=陝西扶風齊家 H3[2]:1

(1)～(4)皆爲卜甲刻辭，辭中的“王”指殷王帝辛，“周方伯”指西伯即周文王。此四條刻辭皆具有前辭和命辭。其卜法是周人系統的，當爲殷商末年之周卜辭。(5)之“蒿”，指鎬京；“壴”，地名，殷墟卜辭中常見。此條刻辭意謂：自鎬京至壴地進行春祭，沒有災禍麼？所記文字當爲卜辭之命辭。(6)之“師氏”，爲高級武官名。(6)～(9)似皆爲卜辭之占辭。這類“卜”文的體制不明晰。

二、月象

這類刻辭數量較少，如：

(11)自三月至于三月，月唯五月囟尚(常)。
《合補》附 157=陝西岐山鳳雛 H11:2

(12)隹十月既[死]☐，[囟]亡咎。 《合補》附 160=陝西岐山鳳雛 H11:55

(13)卜貞：既䰧(魄?)。 《合補》附 167=陝西岐山鳳雛 H11:13

(11)辭意謂：自三月至於閏三月，月份在五月起(曆法)卽恢復正常[①]。這類“卜”文的體制不明晰。

三、田獵

這類刻辭數量較少，如：

(14)☐湘(沮)魚(漁)，既吉。丝(玆)用。 《合補》附 6=陝西岐山鳳雛 H11:48

(15)辛未，王其逐虘(獾)，翌亡眚。 《合補》附 16=陝西岐山鳳雛 H11:113

(16)庚子，☐逐其四☐。 《合補》附 99=陝西岐山鳳雛 H11:170

(17)王㠯(以)我牧單兕豚卜。 《合補》附 293 正=陝西扶風齊家 NH1[3]:1

(14)之“魚”，卽“漁”。此辭意謂：在沮水捕魚，卜兆顯示吉利。果然應驗。刻辭有殘缺，所存當爲卜辭的命辭和用辭。(15)之“虘”，陳全方先生釋爲水名[②]，似不確；徐錫台先生釋爲“獾”(《廣韻》：“獾，獸名，又曰豕也。”)[③]，其說可從。此辭卜問：辛未日，王追逐野豬，直到第二天都沒有災禍麼？(17)之“我”，地名，亦見於殷墟卜辭。此辭卜問：王是否可在我邑的郊野狩獵犀牛與豚[④]。這類“卜”文的體制不明晰。

四、疾病

這類刻辭數量較少，迄今惟見二例，卽：

(18)北窬鼎王乍又疾貞。 《合補》附 301 正=山西洪趙坊堆

(19)翌日甲寅其商，囟瘳。

八七五六八七。

其桒(禱)，囟又(有)瘳。

---

① 參看朱歧祥：《周原甲骨研究》，臺北：臺灣學生書局，1997 年，第 5 頁。

② 參看陳全方：《周原與周文化》，上海：上海人民出版社，1988 年，第 135 頁。

③ 參看徐錫台：《周原甲骨文綜述》，西安：三秦出版社，1987 年，第 73 頁；朱歧祥：《周原甲骨研究》，臺北：臺灣學生書局，1997 年，第 41 頁。

④ 參看羅西章，王均顯：《周原扶風地區出土西周甲骨的初步認識》，《文物》，1987 年第 2 期，第 18 頁。

八六七六八八。

我既商，𢍰，囟又(有)。

八七六八六七。　　陜西扶風齊家 02ZQIIA3H90:79

(19) 見於右胛骨之骨面中部左側部分，自上而下刻有卜辭三條，下各繫有筮數一條。三條卜辭意謂：〇第二天甲寅日舉行(除災避邪的)禳祭，疾病會痊癒麽？〇舉行禱祭，疾病能痊癒麽？〇舉行禳祭，再行禱祭，疾病能痊癒麽？三條筮數，若轉化爲《周易》之卦，則依次爲隨䷐、豫䷏、屯䷂，可以確定都是實占[1]。這類"卜"文的體制亦不明晰。

五、其他

這類刻辭數量較少，如：

(20) 其叡[缶]余。　　《合補》附 306 正=北京房山琉璃河 G11H108①:5

(21) □車乘，囟亡咎。　　《合補》附 100=陜西岐山鳳雛 H11:35

(22) 一戠，囟亡咎。　　《合補》附 106=陜西岐山鳳雛 H11:28

所見刻辭皆有殘缺，文意不甚明瞭，體制亦不明晰。

① 此版刻辭爲商周筮數易卦與《周易》的密切關係提供了新的證據。參看曹瑋：《周原新出西周甲骨文研究》，《考古與文物》，2003 年第 4 期；李學勤：《新發現西周筮數的研究》，《周易研究》，2003 年第 5 期，此文後經修訂收入其《周易溯源》，成都：巴蜀書社，2005 年，第 234～242 頁；蔡運章：《周原新獲甲骨卜筮文字略論》，《史海偵跡——慶祝孟世凱先生七十歲文集》，香港：新世紀出版社，2006 年。

第五節　記

西周甲骨中，有一些記事刻辭，今皆歸入“記”文。按其内容大致可分爲兩類：其一，與卜事有關的“記”文；其二，與卜事無關的“記”文。論述如下。

一、與卜事有關的“記”文

現今所見西周甲骨刻辭中與卜事有關的“記”文，按其内容可細分爲兩類：一是載錄卜用甲骨之來源的“記”文，二是載錄卜用甲骨之整治的“記”文。

（一）載錄卜用甲骨之來源的“記”文

西周甲骨刻辭中載錄卜用甲骨之來源的“記”文數量較少，現今所見皆爲岐山鳳雛遺址 H11 所出。如：

(1) 自不䭫。　　《合補》附 78=陝西岐山鳳雛 H11:131

(2) 自不䭫。　　《合補》附 80=陝西岐山鳳雛 H11:188

(3) 自不[䭫]。　　《合補》附 77=陝西岐山鳳雛 H11:135

(4) 自不杙。　　《合補》附 79=陝西岐山鳳雛 H11:108

(5) 自䭫。　　《合補》附 81=陝西岐山鳳雛 H11:172

(6) 自☐。　　《合補》附 82=陝西岐山鳳雛 H11:244

(1)～(3)之“不䭫”，人名，又見於陝西扶風齊家村東出土的不䭫方鼎[1]。由於“旨”從“匕”聲，故而“不䭫”或作“不杙”，如(4)；由於“不”爲發語詞，故而“不䭫”或省稱“䭫”，如(5)。此類刻辭蓋記錄卜用龜甲的來源，其體制爲：“自某臣。”

（二）載錄卜用甲骨之整治的“記”文

西周甲骨刻辭中載錄卜用甲骨之整治的“記”文數量也很少，現今所見亦爲岐山鳳雛遺址 H11 所出。如：

(7) 己酉㕧。　　《合補》附 144=陝西岐山鳳雛 H11:128

① 參看周文：《新出土的幾件西周銅器》，《文物》，1972 年第 7 期。李學勤先生認爲：“（不䭫）方鼎上‘不䭫’二字和卜甲上面的酷肖，又同出於周原範圍内，相距不遠，絕不能是巧合。這件方鼎出於墓葬，估計很可能是不䭫的墓。墓的時代是清楚的，從形制、紋飾、字體等特點看，當屬於周穆王時期。由此看來，有‘自不䭫’署辭的卜甲不會早過昭王時。”（李學勤：《續論西周甲骨》，《人文雜誌》，1986 年第 1 期，第 72 頁）

(8) 乙卯㒸。 《合補》附 145=陝西岐山鳳雛 H11:127

(9) 乙丑㒸。 《合補》附 146=陝西岐山鳳雛 H11:187

(10) □□㒸。 《合補》附 147=陝西岐山鳳雛 H11:73

這類刻辭，李學勤先生疑系記灼兆的日期[①]，朱歧祥先生以爲或有以豕骨占卜之意[②]，似不確；曹瑋先生認爲是治理龜甲之後所記的日期[③]，其說可從。這類“記”文的體制爲：“干支㒸。”

二、與卜事無關的“記”文

現今所見西周甲骨刻辭中，與卜事無關的“記”文數量較多。按其內容，大致可分爲祭祀、出入、田獵、役事、征伐、地名、人名(或族名)、職官名、筮數等方面。

1. 祭祀

這類“記”文所載與祭祀之事有關。如：

(1) 祠自蒿(鎬)于周。 《合補》附 56=陝西岐山鳳雛 H11:117

(2) 楚白(伯)气(迄)今蘖(秋)來𠬝于王，其刜。

《合補》附 4=陝西岐山鳳雛 H11:14

(3) 𡬠于沛☐。 《合補》附 76=陝西岐山鳳雛 H11:30

(4) [𡬠]。 《合補》附 133=陝西岐山鳳雛 H11:180

(5) 叀(惠)二冑。 《合補》附 91=陝西岐山鳳雛 H11:168+268

(6) 叀三冑。 《合補》附 90=陝西岐山鳳雛 H11:237

(7) ☐七牢。 《合補》附 102=陝西岐山鳳雛 H11:78

(8) ☐[卽]其三牢☐。 《合補》附 103=陝西岐山鳳雛 H11:119

(9) 二牢。 《合補》附 104=陝西岐山鳳雛 H11:99

(10) 五百牛。 《合補》附 105=陝西岐山鳳雛 H11:125

(1)之“蒿”，指鎬京；“周”，指岐周，爲西周宗廟所在，地在今周原遺址範圍內。此辭意謂：自鎬京至岐周進行春祭。(2)之“楚白”，卽“楚伯”，指楚子熊繹。此辭意謂：楚伯及至今年秋天來貢納奴僕於王，用作祭祀的人牲。(5)、(6)之“冑”(卽兜鍪)、(7)～(9)之“牢”、(10)之“牛”，皆用作祭品。這類“記”文多爲殘辭，其體制不明晰。

2. 出入

這類“記”文所載與君臣出行之事有關。如：

---

① 李學勤：《續論西周甲骨》，《人文雜誌》，1986 年第 1 期，第 69 頁。

② 朱歧祥：《周原甲骨研究》，臺北：臺灣學生書局，1997 年，第 44 頁。

③ 曹瑋：《釋㒸》，《考古與文物》，1999 年第 3 期，第 81～82 頁。

(11)今蘡(秋)王囟克往𡨦(密)。　《合補》附 20=陝西岐山鳳雛 H11:136

(12)王其往𡨦山舁。　《合補》附 11=陝西岐山鳳雛 H11:80

(13)巳，其入才(在)㞷。　《合補》附 130=陝西岐山鳳雛 H11:200

(14)見工于洛。　《合補》附 73=陝西岐山鳳雛 H11:102

(15)□巳，于洛。　《合補》附 74=陝西岐山鳳雛 H11:27

(16)大出于川。　《合補》附 75=陝西岐山鳳雛 H11:9

(17)□出自黽。　《合補》附 58=陝西岐山鳳雛 H11:18

(11)之“𡨦(密)”，地名，學者或以爲卽史載文王所伐之密須[①]。(13)之“㞷”，當爲地名。(14)、(15)之“洛”，卽洛水。(16)之“川”、(17)之“黽”，皆爲地名。這類“記”文的體制亦不明晰。

3. 田獵

這類“記”文數量極少，迄今惟見一例，卽：

(18)王隹(惟)田，至于帛，卒王田。　《合補》附 2=陝西岐山鳳雛 H11:3

(18)之“卒”舊多釋爲“衣”，此從裘錫圭先生釋[②]，意爲“終”；“帛”，地名。此辭意謂：王進行田獵，到達了帛地，田獵活動(順利)結束。

4. 役事

這類“記”文如：

(19)乍(作)大立(位)。　《合補》附 120=陝西岐山鳳雛 H11:24

(20)其㱿(役)楚。　《合補》附 33=陝西岐山鳳雛 H11:4

(21)𡨦囟𩫖(城)。　《合補》附 285=陝西岐山鳳雛 H31:5

(19)蓋記修治王的住處，(20)記出戍楚方，(21)記修治密城。

5. 征伐

這類“記”文如：

(22)征巢。　《合補》附 86=陝西岐山鳳雛 H11:110

---

① 今本《竹書紀年》載帝辛三十二年“密人侵阮，西伯帥師伐密”，三十三年“密人降於周師，遂遷於程”。(見王國維：《今本竹書紀年疏證》卷上，《王國維遺書》第 13 冊，影印商務印書館 1940 年版，上海：上海古籍書店，1983 年，頁二十六)《史記・周本紀》載文王“明年，伐密須”，裴駰《集解》：“應劭曰：‘密須氏，姞姓之國。’瓚曰：‘安定陰密縣是。’”張守節《正義》：“《括地志》云：‘陰密故城在涇州鶉觚縣西，其東接縣城，卽古密國。’”([漢]司馬遷撰，[宋]裴駰集解，[唐]司馬貞索隱，[唐]張守節正義：《史記》卷四《周本紀》，北京：中華書局，1982 年，第 118 頁)其地在今甘肅省靈台縣西南。參看徐錫台：《周原甲骨文綜述》，西安：三秦出版社，1987 年，第 83 頁；陳全方：《周原與周文化》，上海：上海人民出版社，1988 年，第 130～131 頁；朱歧祥：《周原甲骨研究》，臺北：臺灣學生書局，1997 年，第 47 頁。

② “卒”字從裘錫圭先生釋。參看裘錫圭：《釋殷墟卜辭中的“卒”和“䢦”》，《中原文物》，1990 年第 3 期。

(23)伐蜀。　　《合補》附 88=陜西岐山鳳雛 H11:68

(24)☐其于伐𠭯(胡)☐。　　《合補》附 87=陜西岐山鳳雛 H11:232

(25)大(太)保今二月往正(征)☐。　　《合補》附 32=陜西岐山鳳雛 H11:15

(26)大儇(還)，囟不大追。　　《合補》附 168=陜西岐山鳳雛 H11:47

(22)之“巢”、(23)之“蜀”、(24)之“𠭯(胡)”，皆爲方國名。(25)之“太保”，職官名，此指召公(爲文王之子，周公之兄)。

6. 地名、人名(或族名)、職官名

這類“記”文如：

(27)周。　　《合補》附 60 反=陜西岐山鳳雛 H11:31

(28)成周。　　《合補》附 305 正=北京房山琉璃河 G11H108①:4

(29)大(太)保。　　《合補》附 31=陜西岐山鳳雛 H11:50

(30)畢。　　《合補》附 37=陜西岐山鳳雛 H11:86

(31)畢公。　　《合補》附 36=陜西岐山鳳雛 H11:45

(32)蟲。　　《合補》附 35=陜西岐山鳳雛 H11:156

(33)蟲(崇)白(伯)。　　《合補》附 34=陜西岐山鳳雛 H11:22

(34)宬(郕)弔(叔)。　　《合補》附 49=陜西岐山鳳雛 H11:278

(35)宬(郕)弔(叔)族。　　《合補》附 47=陜西岐山鳳雛 H11:116+175

(36)亞。　　《合補》附 50=陜西岐山鳳雛 H11:181

(37)章。　　《合補》附 69=陜西岐山鳳雛 H11:171

(38)䚃。　　《合補》附 42=陜西岐山鳳雛 H11:176

(39)䚃中。　　《合補》附 40=陜西岐山鳳雛 H11:57

(40)麗。　　《合補》附 115=陜西岐山鳳雛 H11:138+160

(41)㝬。　　《合補》附 116=陜西岐山鳳雛 H11:19

(42)戈。　　《合補》附 92=陜西岐山鳳雛 H11:255

(43)女。　　《合補》附 96=陜西岐山鳳雛 H11:95

(27)之“周”、(28)之“成周”，皆爲地名，指岐周。(29)之“太保”，指召公。(31)之“畢公”，指畢公高，其封地在畢(卽今陜西省咸陽市畢原)。此二人皆爲武、成、康三朝大臣。(33)之“崇伯”，當爲周人的附庸部落首領①。(34)之“宬叔”，卽郕叔，爲文王之子，武王之弟；武王封其於郕(地在今山東省寧陽縣東北)。(36)之“亞”，職官名。(37)之“章”，地名，殷墟卜辭中常見。(38)～(43)所記，皆當爲人名(或族名)。

---

① 徐錫台、陳全方先生皆認爲鳳雛 H11:22 所記“崇伯”卽商紂的寵臣、崇國的君主崇侯虎(參看徐錫台：《周原甲骨文綜述》，西安：三秦出版社，1987 年，第 29 頁；陳全方：《周原與周文化》，上海：上海人民出版社，1988 年，第 131 頁)，似不確。朱歧祥先生認爲：“此稱崇伯，當爲文王伐崇以後的事。《詩・文王有聲》：‘文王受命，有此武功，既伐于崇，作邑于豐。’崇伯是否卽崇侯虎，恐仍待進一步的證據。”(朱歧祥：《周原甲骨研究》，臺北：臺灣學生書局，1997 年，第 15 頁)其說可從。

7．筮數

西周甲骨刻辭中，有一些由數位連綴而成的符號，學者稱之爲“筮數”或“數字卦”[①]。如：

(44) 七六六六七六。　　《合補》附 170=陝西岐山鳳雛 H11:177

(45) 七六六七六六。　　《合補》附 171=陝西岐山鳳雛 H11:81

(46) 六六七七六□。　　《合補》附 172=陝西岐山鳳雛 H11:91

(47) □六六七七一。　　《合補》附 173=陝西岐山鳳雛 H11:90

(48) 七八六六□□。　　《合補》附 174=陝西岐山鳳雛 H11:263

(49) □□六一六七。　　《合補》附 175=陝西岐山鳳雛 H11:235

(50) 八七八七八五。　　《合補》附 176=陝西岐山鳳雛 H11:7

(51) 九▨。　　《合補》附 205=陝西岐山鳳雛 H11:149

(52) 六▨。　　《合補》附 207=陝西岐山鳳雛 H11:217

(53) 五▨。　　《合補》附 208=陝西岐山鳳雛 H11:276

(54) 一六一六六八。　　《合補》附 295 正=陝西扶風齊家采:108 正

六九八一八六。

九一一一六五。

六八一一一八。

八八六六六六。

一八六八五五。

六八一一一一。　　《合補》附 295 反=陝西扶風齊家采:108 反

(55) 五一一六八一。

六八一一五一。　　《合補》附 298 正=陝西西安豐鎬

(56) 六六八一一六。

一六六六六一。　　《合補》附 299=陝西西安豐鎬

(57) 一一六一一一。　　《合補》附 300=陝西西安豐鎬 T313.2.2

(58) 六六六六七七。

七六八六五八。　　《合補》附 308 正=北京房山鎮江營 T0226⑥:1

這類刻辭所包含的數位，從一至九，除二、三、四外，皆已齊備。通過研究，許多學者都認爲這些筮數與《易》卦有關。惟其行文大多簡略，甚或殘缺不全，尚不足以據而推知當時的筮法。《周禮・春官・大卜》載有三易之法，“一曰《連山》，二曰《歸藏》，

---

① 張政烺先生指出，甲骨金文中所出現的由數位組成的符號乃是八卦，這類符號中的奇數代表陽爻，偶數代表陰爻，有三個數字的是三爻，有六個數字的是六爻。(參看張政烺：《試釋周初青銅器銘文中的易卦》，《考古學報》，1980 年第 4 期)西周甲骨刻辭中所記錄的筮數，爲研究《易》卦的淵源提供了重要的實物證據。參看陳全方：《周原與周文化》，上海：上海人民出版社，1988 年，第 145～148 頁。

三曰《周易》。其經卦皆八，其别皆六十有四”[①]。《連山》、《歸藏》久已亡佚，其筮法如何，無從討論。卽就《周易》言，其早期筮法也似與後世流傳者有所不同，《左傳》、《國語》所載的一些筮例卽有疑難費解處。迄今發現的西周甲骨刻辭中的筮數，其所用數字不限於七、八、九、六，便是有異於《左》、《國》筮例的明證。因此，西周甲骨刻辭所記之筮數，雖然看來與《易》卦有關，但其間關係究竟如何，尚有待進一步的研究[②]。

① [漢]鄭玄注，[唐]賈公彦疏：《周禮注疏》卷二十四《春官·大卜》，影印阮刻《十三經注疏》本，北京：中華書局，1980年，第803頁。

② 參看李學勤：《周易溯源》，成都：巴蜀書社，2005年，第212頁。

第五章　《周易》卦爻辭[①]

第一節　概　　述

冠居“群經”之首的《周易》，是我國現存最早的傳世文獻之一，在中華文化史上具有重要地位。近三千年來，研究《周易》者代不乏人，著述繁多，形成了獨立發展的易學史，產生了深遠的影響。

一、釋名性質

對於《周易》書名的解釋，自古以來說法較多。

關於“周”字的含義，主要有兩種說法：其一，“周”指“周普”“普遍”。東漢鄭玄釋《周禮》“三易”之義云：“《周易》者，言《易》道周普，无所不備。”[②]將“周”釋爲“周普”。唐孔穎達《周易正義序》亦采納這種觀點。其二，“周”指“周代”。東漢《易緯》云：“因代以題‘周’也。”孔穎達云：“文王作《易》之時，正在羑里，周德未興，猶是殷世也，故題‘周’別於殷。以此文王所演，故謂之《周易》。”[③]宋代程頤《周易程氏傳》、朱熹《周易本義》、朱震《漢上易集傳》等皆認爲“周”是代名。

關於“易”字的含義，古今說法眾多，如：其一，“易”指“蜥蜴”。此字篆文作“昜”，《說文》云：“易，蜥易、蝘蜓、守宮也。象形。”[④]其二，假借爲“變易”之“易”。孔穎達云：“夫‘易’者，變化之總名，改換之殊稱。……謂之爲《易》，取變化之義。”[⑤]其三，“易”有“簡易”“變易”“不易”三義。《易緯・乾鑿度》

---

① 案：本章所論“《周易》”，指卦爻辭(即《易經》)而言。《易傳》七種十篇(即“十翼”)當屬戰國以後的著作，此姑置而不論。

② [魏]王弼、[晉]韓康伯注，[唐]孔穎達等正義：《周易正義》卷首《第三論三代易名》，影印阮刻《十三經注疏》本，北京：中華書局，1980 年，第 9 頁。

③ [魏]王弼、[晉]韓康伯注，[唐]孔穎達等正義：《周易正義》卷首《第三論三代易名》，影印阮刻《十三經注疏》本，北京：中華書局，1980 年，第 9 頁。

④ [漢]許慎撰，[宋]徐鉉校定：《說文解字》卷九下《易部》，北京：中華書局，1963 年，第 198 頁。

⑤ [魏]王弼、[晉]韓康伯注，[唐]孔穎達等正義：《周易正義》卷首《第一論易之三名》，影印阮刻《十三經注疏》本，北京：中華書局，1980 年，第 7 頁。

假託孔子曰："易者，易也，變易也，不易也；管三成，爲道德苞籥。"[①]其四，日月爲"易"，象陰陽更變。《說文》"易"字下引"祕書說"："日月爲易，象陰陽也。"[②]認爲"易"由日、月二字組成，日代表陽，月代表陰。東漢魏伯陽、三國虞翻、清姚配中等皆持此種觀點。其五，"易"包含"變易""交易""反易""對易""移易"五義。此由清毛奇齡在其《仲氏易》一書中總結前儒之說而提出[③]。此外，尚有釋"易"爲"日出"，謂"日出"象徵陰陽變化者[④]。綜觀眾說，從"易"的本義與後起之義合而考察，"易"之命書的本義當爲"變易"。

要言之，《周易》命名之義，"周"爲代名，"易"主變易。古代典籍多簡稱《周易》爲《易》，即強調其書所言之"變化"大旨。西漢初，《周易》被列爲學官"五經"之一，學者遂尊稱其爲《易經》。又因《易傳》被附於經後與經並行，此後廣義的《周易》則兼指"經"(卦爻辭)、"傳"("十翼")[⑤]。

《周易》一書的性質，歷來頗有爭論。主要的分歧在於：或以爲《周易》是筮占之書，或以爲《周易》是哲學著作。

傳統易學對《周易》卦爻辭的解釋雖然存在種種分歧，但都毫無例外地深信此書出自聖人之手，包含神秘的微言大義。歷代易學家也以闡明這些微言大義作爲研究《周易》的最終目標。

而《周易》爲筮書之說，《漢書・藝文志》已有明言，南宋朱熹、清四庫館臣亦主此說。但由於有關上古時期筮占的實證材料比較缺乏，人們對於《周易》時代的占卜之面目不甚瞭解，所以，班固、朱熹等學者的說法並不能動搖人們對《易經》已經形成的觀念。隨着殷墟甲骨卜辭的出土和研究，爲我們提供了豐富的殷商時期的占卜材料。不少學者從甲骨卜辭的研究中得到啓發，開始從卜、筮比較的角度研究《周易》卦爻辭，探討二者之

---

① 案：《易緯・乾鑿度》釋云："易者，以言其德也，通情無門，藏神無內也。光明四通，俲易立節，天地爍明，日月星辰布設；八卦錯序，律歷調列，五緯順軌，四時和栗孳結；四瀆通情，優游信潔，根著浮流，氣更相實，虛無感動；清淨炤哲，移物致耀，至誠專密，不煩不撓，淡泊不失：此其易也。變易也者，其氣也。天地不變，不能通氣，五行迭終，四時更廢；君臣取象，變節相移，能消者息，必專者敗；君臣不變，不能成朝，紂行酷虐，天地反，文王下呂，九尾見；夫婦不變，不能成家，妲己擅寵，殷以之破，大任順季，享國七百：此其變易也。不易也者，其位也。天在上，地在下；君南面，臣北面；父坐，子伏：此其不易也。故易者，天地之道也，乾坤之德，萬物之寶。至哉易！一元以爲元紀。"(參看[日]安居香山，中村璋八輯：《易緯・乾鑿度》卷上，《緯書集成》，石家莊：河北人民出版社，1994 年，第 3～5 頁)孔穎達《周易正義》卷首《第一論易之三名》引《易緯・乾鑿度》文辭略異。

② [漢]許慎撰，[宋]徐鉉校定：《說文解字》卷九下《易部》，北京：中華書局，1963 年，第 198 頁。

③ [清]毛奇齡：《仲氏易》，見[清]阮元編：《清經解》卷九〇，影印學海堂《皇清經解》丁亥石印本，第 1 冊，上海：上海書店，1988 年，第 486 頁。

④ 黃振華：《論日出爲易》，《哲學年刊》第 5 輯，臺北：臺灣商務印書館，1968 年。案：關於《周易》名義問題，詳見黃壽祺：《周易名義考》，《福建師大學報》，1979 年第 2 期；此文後收入《中國古代史論叢》第 1 輯，福州：福建人民出版社，1981 年。

⑤ 參看黃壽祺，張善文：《周易譯注・前言》，上海：上海古籍出版社，2004 年，第 16～17 頁。

間存在的某些淵源關係，這對於人們進一步認識《周易》的本來面目頗有幫助。

顧頡剛先生撰寫《周易卦爻辭中的故事》一文[①]，認爲《周易》卦爻辭中所載故事並非是爲了表現哲理，而是爲了用於占筮。如“喪羊于易，无悔”（《大壯·六五》）和“鳥焚其巢，旅人先笑後號咷，喪牛于易”（《旅·上九》）中的“易”就是“其國當在大河之北，或在易水左右”(王國維說)的“有易”，“旅人”即殷先祖王亥，“喪羊”“喪牛”即“王亥託于有易、河伯僕牛。有易殺王亥，取僕牛”（《山海經·大荒東經》），亦即“殷王子亥賓于有易，而淫焉，有易之君緜臣殺而放之”(郭璞《山海經注》引《真本竹書紀年》)。他認爲，這些故事在周初人們還十分熟悉，爻辭於該故事後加上“无悔”“凶”等斷語，就是利用故事中“王亥在喪羊時尚無大損失，直到喪牛時才碰着危險”的情節作占卜的簽訣。因此，《易經》本爲占筮之書，並不包含什麼微言大義和高深的哲理。

李鏡池先生在《周易筮辭考》一文中，通過對“貞”字的解釋，揭示了《易經》本爲“卜筮之書”的實質。“貞”字，《周易》卦爻辭中出現頻率極高，傳統易學均據《彖傳》釋“貞”爲“正”。李先生受甲骨卜辭中“貞”字的啓發，認爲《易經》中的“貞”字當從許慎《說文》訓爲“卜問”。如《周易》用“貞”的形式約有九種：即“貞吉”“貞凶”“貞厲”“貞吝”“利貞”“可貞”“不可貞”“蔑貞”“貞”等。如果釋“貞”爲“正”，則“貞凶”“貞厲”“貞吝”等便無法解釋。所以，“貞”當爲“卜問”，“貞”字的本意應斷定爲“問”。李先生由此得出結論：“一部《周易》，衹反映出文化粗淺的社會的情況，却沒有高深的道理存乎其中。就是有，也是一些經驗的積累，自發的，素樸的，不成組織體系。幾篇《易傳》，是戰國、秦、漢人的思想；……都不是原始的《周易》的本來面目。”[②]

時至今日，大多數學者已認同《周易》本是一部筮占之書。當然，通過卦爻辭的材料選擇和組織結構，《周易》也寄寓了作者的哲學思想。

二、作年作者

（一）創作年代

關於《周易》的創作年代，自古迄今眾說紛紜。歸納起來，主要有以下九種觀點：

1. 作於殷末周初

《繫辭下》首發此論，云：“《易》之興也，其於中古乎？作《易》者，其有憂患乎？”

---

① 顧頡剛：《周易卦爻辭中的故事》，《燕京學報》，1929年第6期；此文1930年11月經作者修改後，收入顧頡剛編著：《古史辨》第3冊上編，1931年初版，1932年再版；重印本，上海：上海古籍出版社，1981年。

② 李鏡池：《周易筮辭考》，見顧頡剛編著：《古史辨》第3冊上編，1931年初版；重印本，上海：上海古籍出版社，1981年；此文後收入李鏡池：《周易探源》，北京：中華書局，1978年，第203～204頁。

又云："《易》之興也，其當殷之末世、周之盛德邪？當文王與紂之事邪？"[①]以爲《周易》之創作，或當在殷末周初之際。

2. 作於西周初期

持這種觀點的學者主要有余永梁、顧頡剛等[②]。余永梁先生認爲《周易》卦爻辭所載史事皆在周初，最晚的事也衹到康侯，從而推知卦爻辭作於周成王時。顧頡剛先生舉出《周易》卦爻辭中的故事(即"王亥喪牛羊于易""高宗伐鬼方""帝乙歸妹""箕子之明夷""康侯用賜馬蕃庶")，作爲考證《周易》著作時代的依據，認爲"它(卦爻辭)裏邊提起的故事，兩件是商的，三件是商末周初的，我們可以說，它的著作時代當在西周的初葉"。

3. 成書於西周

持這種觀點的學者主要有陳夢家。他在《郭沫若〈周易的構成時代〉書後》一文中指出，"《易》的作成時代，若定爲'西周初葉'，不如說是'西周'。《易》卦爻辭中有不少制度是盛於西周中葉後的"[③]。

4. 成書於西周末年

持這種觀點的學者主要有李鏡池、宋祚胤等[④]。李鏡池先生認爲，《周易》的編纂年代約在西周初葉，其成書年代約在西周晚期。宋祚胤先生認爲，《周易》寫成於西周厲王末年，乃爲説明厲王復國中興而作。

5. 成書於西周末年至春秋中葉以前

持這種觀點的學者主要有王世舜、韓慕君等[⑤]。二位先生認爲，《周易》是西周末年至春秋中葉以前的產物，其產生比《尚書·洪範》還要稍爲晚些。

---

① [魏]王弼，[晉]韓康伯注，[唐]孔穎達等正義：《周易正義》卷八《繫辭下》，影印阮刻《十三經注疏》本，北京：中華書局，1980 年，第 89、90 頁。

② 余永梁：《易卦爻辭的時代及其作者》，《"中央研究院"歷史語言研究所集刊》第 1 本第 1 分，1928 年；此文後收入黃壽祺，張善文編：《周易研究論文集》第 1 冊，北京：北京師範大學出版社，1987 年。顧頡剛：《周易卦爻辭中的故事》，《燕京學報》第 6 期，1929 年；此文 1930 年 11 月經作者修改後，收入《古史辨》第 3 冊上編，1931 年初版；重印本，上海：上海古籍出版社，1981 年。

③ 陳夢家：《郭沫若〈周易的構成時代〉書後》，見郭沫若：《〈周易〉的構成時代》附錄，長沙：商務印書館，1940 年。

④ 李鏡池：《周易筮辭考》，《周易探源》，北京：中華書局，1978 年；《論〈周易〉的著作年代——答郭沫若同志》，《華南師範大學學報(社會科學版)》，1982 年第 4 期(此爲李氏遺作，撰於 1967 年 4 月 15 日)。宋祚胤：《論〈周易〉的成書時代、思想内容和研究方法》，《湖南師大社會科學學報》，1994 年第 2 期。

⑤ 王世舜，韓慕君：《試論〈周易〉產生的年代》，《齊魯學刊》，1981 年第 2 期。

6. 成書於春秋後期

持這種觀點的學者主要有廖平、皮錫瑞、陸侃如、梅應運、牛鴻恩等①。廖平認爲，《易經》之爲孔子作無疑。皮錫瑞亦認爲，《周易》之卦爻辭當爲孔子所作。陸侃如、梅應運先生也認爲《周易》當成書於春秋後期。牛鴻恩先生認爲，《周易》卦爻辭的編定已入春秋後期，但不晚於魯昭公二年(公元前 540 年)。

7. 成書於春秋末年或戰國初年

持這種觀點的學者主要有本田成之、郭沫若等②。本田成之先生認爲，“《易》之成立年代，最早推定爲孟子以後、荀子以前”，“《易》在孔子、孟子時代不曾發生”。郭沫若先生在《〈周易〉之製作時代》一文中認爲，《周易》非文王所作，“《周易》之作決不能在春秋中葉以前”，“是孔子以後，卽戰國初年的東西”③。後來，他在致李鏡池先生的《有關〈易經〉的信》一文中，主張《周易》編著於春秋、戰國之間。

8. 成書於戰國中期

持這種觀點的學者主要有近藤浩之④。他認爲，“《周易》六十四卦的卦辭、爻辭的整理、編纂，應該是在戰國中期”。

9. 成書於西漢昭、宣間

持這種觀點的學者主要有陳玉森、陳憲猷等⑤。二位先生認爲先秦無《易經》，其書當成於西漢昭、宣之間。

2003 年，上海博物館藏戰國楚竹書《周易》出版⑥，共 58 簡，涉及 34 卦之內容，計 1806 字。作爲迄今發現的最早的《周易》文本，楚竹書《周易》之卦畫、卦爻辭，與今通

---

① [清]廖平：《知聖篇》正編第 35 條，李耀仙主編：《廖平選集》上冊，成都：巴蜀書社，1998 年，第 197～198 頁。[清]皮錫瑞：《經學通論・易經・論卦辭文王作爻辭周公作皆無明據當爲孔子所作》，北京：中華書局，1954 年，第 8～10 頁。陸侃如：《論卦爻辭的年代》，《清華周刊》，1930 年第 9 期。梅應運：《〈周易〉卦爻辭成書時代之考索》，《新亞書院學術年刊》，1971 年第 13 期。牛鴻恩：《論〈周易〉卦爻辭編定的年代》，《北京師範學院學報(社會科學版)》，1991 年第 2 期。

② [日]本田成之：《中國經學史》，孫俍工譯，上海：上海書店出版社，2001 年(此書原名《支那經學史論》，於昭和二年(1927 年)由日本東京弘文堂書店出版)，第 81～82 頁。郭沫若：《〈周易〉之製作時代》，《郭沫若全集・歷史編》第 1 卷《青銅時代》，北京：人民出版社，1982 年；《有關〈易經〉的信》，《中國史研究》1979 年第 1 期(創刊號)。

③ 陳夢家不同意郭沫若的這一觀點。他在《郭沫若〈周易的構成時代〉書後》一文中認爲：“《易》無成於春秋中葉以後的確證。”(陳夢家：《郭沫若〈周易的構成時代〉書後》，見郭沫若：《〈周易〉的構成時代》附錄，長沙：商務印書館，1940 年)

④ [日]近藤浩之：《從出土資料看〈周易〉的形成》，《21 世紀與〈周易〉——漢城’98 國際周易學術會議論文集》，漢城，1998 年，第 364～365 頁。

⑤ 陳玉森，陳憲猷：《先秦無〈易經〉論》，《中山大學學報》(哲學社會科學版)，1986 年第 1 期。

⑥ 見馬承源主編：《上海博物館藏戰國楚竹書》第 3 冊，上海：上海古籍出版社，2003 年。

行本基本相同。這樣一來，陳玉森、陳憲猷的"先秦無《易經》"的"大膽設想"，已經被證僞了。而從抄定的時間早於墓葬時間，成書時間又早於抄寫時間來看，近藤浩之的"戰國中期"說也是不能成立的。現在雖然還沒有春秋時期、戰國初年的《周易》本子出土，但從帛書易傳孔子論《易》和郭店楚簡有關的記載看，春秋說和戰國初年說也是不可信的[①]。

相較而言，顧頡剛先生於其《周易卦爻辭中的故事》一文中提出的《周易》卦爻辭當創作於西周初葉的觀點，現已爲多數學者所認同。李學勤先生認爲："顧氏此文徵引宏博，論證詳密，爲學者所遵信，可以說基本確定了《周易》卦爻辭年代的範圍，是極有貢獻的。後來有些論著沿着顧文的方向有所補充，但其結論終不能超過顧先生的論斷。"[②]所言頗爲允當。

（二）作者歸屬

關於《周易》卦爻辭的作者歸屬問題，自古迄今亦衆說紛紜。歸納而言，大致有以下十二種觀點[③]：

1. 周文王作卦爻辭

《史記・周本紀》："西伯蓋卽位五十年。其囚羑里，蓋益《易》之八卦爲六十四卦。"[④]漢代學者大多承襲司馬遷的說法。如《法言・問神篇》："《易》始八卦，而文王六十四，其益可知也。"[⑤]《漢書・藝文志》："殷、周之際，紂在上位，逆天暴物，文王以諸侯順命而行道，天人之占可得而効，於是重《易》六爻，作上下篇。"[⑥]《論衡・謝短篇》："伏羲得八卦，非作之；文王得成六十四，非演之也。"[⑦]皆以卦辭、爻辭爲文王所作。漢末鄭玄、南朝梁武帝蕭衍、宋朝吳人傑等，依據《繫辭》和《史記》的記載，認爲卦辭、爻辭皆爲文王所作。

2. 文王作卦辭，周公作爻辭

《左傳・昭公二年》載晉韓宣子(韓起)適魯，見《易象》與《魯春秋》，云："吾乃今知周公之德，與周之所以王也。"[⑧]《周易正義序》指出，由於爻辭所記多爲文王後事(如《升・六四》、《明夷・六五》、《既濟・九五》)，"周公被流言之謗，亦得

① 廖名春：《上海博物館藏楚簡〈周易〉管窺》，《周易研究》，2000 年第 3 期，第 30 頁。
② 李學勤：《周易溯源》，成都：巴蜀書社，2005 年，第 2 頁。
③ 參看劉建臻：《二十世紀〈周易〉作者研究述略》，《福建省社會主義學院學報》，2002 年第 2 期。
④ [漢]司馬遷撰，[宋]裴駰集解，[唐]司馬貞索隱，[唐]張守節正義：《史記》卷四《周本紀》，北京：中華書局，1982 年，第 119 頁。
⑤ [漢]揚雄撰，汪榮寶義疏：《法言義疏》卷五《問神篇》，新編諸子集成本，北京：中華書局，1987 年，第 144 頁。
⑥ [漢]班固撰，[唐]顏師古注：《漢書》卷三十《藝文志》，北京：中華書局，1962 年，第 1704 頁。
⑦ [漢]王充撰，黃暉校釋：《論衡校釋》卷二十八《正說篇》，新編諸子集成本，北京：中華書局，1990 年，第 1134 頁。
⑧ [漢]司馬遷撰，[宋]裴駰集解，[唐]司馬貞索隱，[唐]張守節正義：《史記》卷四《周本紀》，北京：中華書局，1982 年，第 119 頁。

爲憂患也”，驗此諸說，故有以爲卦辭文王所作，爻辭周公所作。東漢馬融，三國吳人陸績，宋朱熹、陳淳、胡一桂，明楊時喬等，根據爻辭中提到一些文王死後的事情，認爲卦辭爲文王所作，爻辭爲周公所作。

3．周公作卦爻辭

由於《左傳》中有韓宣子觀《易象》而發出“周禮盡在魯矣”的慨歎，因周禮爲周公所製，故而有人認爲“《易象》所繫之卦爻辭應爲周公所作”[①]。

4．孔子作卦爻辭

如漢代緯書《春秋說》云：“伏羲作八卦，丘合而演其文。”[②]清末今文經學家廖平、康有爲亦持此論。廖平以爲：“(《周易》)經之爲孔子所作，無疑矣。……人但據《繫辭》‘文王與紂之時’一語，遂誤周文王；又因三《易》，《周易》、《左傳》引其文在孔子先，遂酷信俗說，經出文、周，孔子但作傳《翼》。故自古至今，迷而不悟也。”[③]康有爲則極力否定孔子作《易傳》之說，又批駁了周公作爻辭的立論，認定卦爻辭爲孔子所作[④]。但學者多以爲其說出於臆測，不可信據。

5．卜筮者作卦爻辭

持這種觀點的學者有余永梁、顧頡剛、李鏡池、詹秀惠、楊天宇等[⑤]。余永梁先生指出，“《易》是出自龜卜，周初卜筮者流所作的一部書”；顧頡剛先生認爲，《易》的“著作人無考，當出於那時掌卜筮的官(卽《巽》爻辭所謂“用史巫紛若”的史巫)”。李鏡池先生也認爲，卦爻辭的作者“可能是周王室的一位太卜或筮人，卽《周禮·春官·宗伯》所說‘掌《三易》’的人”。臺灣學者詹秀惠在《周易卦爻辭之著成時代》一文中作了推測：“《周易》卦爻辭，乃著成於西周初葉，出於一人之創作，殆太卜之流，所謂易官者之所撰歟？”楊天宇《談〈易經〉的成書時代與作者》文中進一步論證說，“我們認爲編纂者必須具備這樣的條件：他既熟悉和搜集有大量的周王室的占筮記錄，又深入

① 參看顧頡剛：《周易卦爻辭中的故事》，《古史辨》第 3 冊上編，上海：上海古籍出版社，1981 年，第 2 頁。

② [漢]何休注，[唐]徐彥疏：《春秋公羊傳注疏》卷一，影印阮刻《十三經注疏》本，北京：中華書局，1980 年，第 2195 頁。參看[日]安居香山，中村璋八輯：《春秋緯·春秋說題辭》，《緯書集成》，石家莊：河北人民出版社，1994 年，第 854 頁。

③ [清]廖平：《知聖篇》正編第 35 條，見李耀仙主編：《廖平選集》上冊，成都：巴蜀書社，1998 年，第 197～198 頁。

④ 康有爲：《孔子改制考》，《中國現代學術經典·康有爲卷》，石家莊：河北教育出版社，1996 年，第 582～585 頁。

⑤ 余永梁：《易卦爻辭的時代及其作者》，《“中央研究院”歷史語言研究所集刊》第 1 本第 1 分，1928 年。顧頡剛：《周易卦爻辭中的故事》，《古史辨》第 3 冊上編，1931 年初版；重印本，上海：上海古籍出版社，1981 年。李鏡池：《周易筮辭考》，《周易探源》，北京：中華書局，1978 年。詹秀惠：《周易卦爻辭之著成時代》，《易經研究論集》，臺北：黎明文化事業公司，1981 年。楊天宇：《談〈易經〉的成書時代與作者》，《史學月刊》，1988 年第 4 期。

民間，親自爲下層社會各類人物占筮，並積累和搜集得有大量下層社會中的卜筮者流的占筮記錄”，也就是説，他“必須是這樣一個人物：他曾經是周王室卜筮官，後遭政治變故而失官，於是隱居民間，一邊行筮，一邊搜集整理占筮記錄，從事《易經》的編纂工作，並終於將《易經》的初本編纂成功”，至於修訂之人，“可能就不止一人了”。

6. 馯臂子弓作卦爻辭

持這種觀點的學者有本田成之、郭沫若等[①]。本田成之撰成《作〈易〉年代考》一文，他認爲，“以《易》爲楚人之編纂物，頗有理由”，這個楚人“或是子弘所作”，卽孔子再傳弟子馯臂子弓。郭沫若先生對此觀點作了更深入系統的論證，認爲《周易》是由“《易繇陰陽卦》的作者迎合北人而改作了的成品”，“這位作者就是楚人的馯臂子弓”；《周易》作者“是完全把老子和孔子的思想綜合了。由時代與生地看來，這項思想上演進的過程，對於子弓之爲作《易》者的認定是最爲適應的”。

7. 殷之遺民作卦爻辭

持這種觀點的學者有陳夢家。他在《郭沫若〈周易的構成時代〉書後》[②]一文中認爲，“我以爲《易》之成，同於《詩》之成，絕不是一人所作成，乃是集無數人的卦、爻辭而成。當殷亡以後，王室的祝宗卜史，散入民間，祝宗則變成職業的‘商祝’(見《士喪禮》)，卜史離開了王室，而以龜甲牛骨卜法的不易，故易爲用蓍草的筮法，他們仍用殷代占卜的術語，用他們祖先的故事”，“六十四卦卦、爻辭是卜史的口訣，有人彙集抄錄下來，成爲《易經》”。

8. 中行明作卦爻辭

持這種觀點的學者有徐世大。他在《周易闡微》[③]中提出，《易經》之“中行”卽《左傳》中的“中行明”，由於“中行”首見於《左傳·僖公二十八年》，因此，《易經》的

---

① [日]本田成之：《作〈易〉年代考》，見黄壽祺，張善文編：《周易研究論文集》第 1 冊，北京：北京師範大學出版社，1987 年。郭沫若：《〈周易〉之製作時代》，《郭沫若全集·歷史編》第 1 卷《青銅時代》，北京：人民出版社，1982 年，第 391～394 頁。

② 陳夢家：《郭沫若〈周易的構成時代〉書後》，見郭沫若：《〈周易〉的構成時代》附錄，長沙：商務印書館，1940 年。

③ 徐世大：《周易闡微》，見《民國時期經學叢書》第 1 輯第 9 冊，台中：文聽閣圖書有限公司，2008 年。案：對於《周易》爻辭所記“中行”之義，迄今尚無定論。如郭沫若以爲“就是晉國的荀林父”(郭沫若：《〈周易〉之製作時代》，《郭沫若全集·歷史編》第 1 卷《青銅時代》，北京：人民出版社，1982 年，第 383 頁)；李鏡池以爲“應解途中”(李鏡池：《論〈周易〉的著作年代》，《華南師院學報》，1982 年第 4 期)；高亨以爲“似卽微子之弟仲衍”(高亨：《周易大傳今注》，濟南：齊魯書社，1979 年，第 364 頁)；徐志鋭以爲“就是行道中”(徐志鋭：《周易大傳新注》，濟南：齊魯書社，1986 年，第 272 頁)；南懷瑾解作“有孚於中以行”(南懷瑾，徐芹庭：《周易今注今譯》，天津：天津古籍出版社，1987 年，第 258 頁)；宋祚胤則在解作“中道”的同時，還認爲“也指厲王”(宋祚胤：《論〈周易〉的成書時代、思想內容和研究方法》，《湖南師大社會科學學報》，1994 年第 1 期)。

成書決不會早於這一年，而且，中行明在此後不久便奉命前往狄地，不料被狄人俘獲，被俘的地點就是“易”，中行明寫成了《易經》，一則向晉報告敵情，二則求援助。

9. 狄族史家作卦爻辭

持這種觀點的學者有李平心。他肯定了郭沫若《周易》成於戰國時代的觀點，而對《周易》之作者提出了不同的看法，認爲“《周易》不是純卜筮之書，而是屬於史世系統的私家著作”，“周”字之意爲周人，“易”則是“狄(翟)的借字”，因此，“卦爻辭正蘊藏了許多關於周狄民族矛盾的史事”①，由此而知《易經》“是狄人著書”②，其作者便爲狄族的一位史家。

10. 《左傳》作者後人作卦爻辭

持這種觀點的學者有王永嘉③。他肯定地認爲，《易》的“作者是《左傳》一家的後繼人，他爲維護周禮的傳統而作此書”。

11. 南宫括作卦爻辭

持這種觀點的學者有謝寶笙、任俊華④。謝氏認爲《周易》的上經是周興殷亡的歷史哲理描述，下經則是作者自傳；他通過分析卦爻辭中“悔亡”一詞之分佈規律所反映的作者的身份特點，從歷史人物錄中逐步縮窄範圍，得出結論認爲《周易》的作者是南宫括。任俊華則認爲帛《易》的“窮”字卽表示南宫括的含義，對謝氏的觀點給予了肯定。

12. 周厲王之臣作卦爻辭

持這種觀點的學者有宋祚胤、張崇琛等⑤。宋氏認爲，《周易》是爲周厲王寫的，“作者拳拳於厲王”，“希望他復國中興”。張氏認爲，《周易》與《小雅》都有強烈的憂患意識，且《周易》之時代略早，其作者當是出身於“士”，生活於厲、宣之際的“宗室成員或政府官員”。

《周易》卦爻辭之作者歸屬，迄今尚無定論。目前爲大多數學者所認同的看法是：《周易》卦爻辭反映了殷、周時期的社會面貌，產生的時代是西周初期，作者不一定是文王和周公，而是由當時掌握卜筮的官員采輯、加工、整理而成，是“人更多手，時歷多世”的集體編撰的作品⑥。

---

① 李平心：《關於〈周易〉的性質、歷史內容和製作時代》，《學術月刊》，1963 年第 7 期。
② 李平心：《略論〈周易〉與〈詩經〉的關係》，《華東師大學報》，1964 年第 1 期。
③ 王永嘉：《〈周易〉作者考》，《寧波師院學報》，1986 年第 1 期。
④ 謝寶笙：《從“悔亡”一詞追尋〈易經〉的作者》，《殷都學刊》，1993 年第 2 期。任俊華：《馬王堆帛書〈周易〉窮字揭秘——南宫括作〈周易〉新證》，《許昌師專學報》，1996 年第 2 期。
⑤ 宋祚胤：《論〈周易〉的成書時代、思想內容和研究方法》，《湖南師大社會科學學報》，1994 年第 1 期。張崇琛：《〈詩經·小雅〉與〈周易〉卦爻辭的憂患意識》，《殷都學刊》，1996 年第 2 期。
⑥ 參看黃壽祺，張善文：《周易譯注·前言》，上海：上海古籍出版社，2004 年，第 9～14 頁；朱伯崑：《周易通釋》，北京：昆侖出版社，2004 年，第 46～53 頁。

三、內容體類

《周易》原爲筮占之書，其素材來自於筮占的記錄。周人筮占涉及的內容頗爲廣泛。據《周禮·春官·大卜》記載：

以邦事作龜之八命：一曰征；二曰象；三曰與；四曰謀；五曰果；六曰至；七曰雨；八曰瘳。①

可知周人主要對八事進行占卜，即：

1.戰爭征伐；2.風雲災變；3.予人以物；4.策略謀議；5.事成與否；6.到來與否；7.降雨與否；8.疾病與否。

觀以今本《周易》卦爻辭的筮占內容，與《周禮》所記周人占卜之事涉及的範圍大體呼應。

李鏡池先生在《周易筮辭考》一文中，對卦爻辭所記筮貞的人物及所載關於筮占的範圍作了大概的歸類統計②。他認爲，《周易》卦爻辭所記筮貞的人物約有以下幾種：

1.君王；2.侯；3.大人；4.君子；5.丈人；6.武人；7.幽人；8.職官；9.婦女；10.小人；11.丈夫；12.小子。

卦爻辭所載關於筮占的範圍可分爲以下類別：

1.行旅；2.戰爭；3.享祀；4.飲食；5.漁獵；6.牧畜；7.農業；8.婚媾；9.居處及家庭生活；10.婦女孕育；11.疾病；12.賞罰訟獄。

由此可知，當時用筮占的人很多，從貴族階級至平民社會皆有表現，而《周易》卦爻辭所涉及的筮占內容範圍也很廣泛。

郭沫若先生在《周易時代的社會生活》一文中，認爲《周易》卦爻辭“除強半是極抽象、極簡單的觀念文字之外，大抵是一些現實社會的生活。這些生活在當時一定是現存着的。所以如果把這些表示現實生活的文句分門別類地劃分出它們的主從出來，我們可以得到當時的一個社會生活的狀況和一切精神生產的模型。”③基於這種認識，他將《周易》卦爻辭的內容分爲三大類，計 12 小類，即：

(一)生活的基礎

1.漁獵；2.牧畜；3.商旅(交通)；4.耕種；5.工藝(器用)。

(二)社會的階級

6.家族關係；7.政治組織；8.行政事項；9.階級。

(三)精神的生產

10.宗教；11.藝術；12.思想。

依照近人的研究和統計，《周易》卦爻辭所反映的社會生活，包括遠古時代、殷商時期和西周初期三個階段；其中，特別集中地反映了殷周時期的社會面貌、階級鬥爭、

---

① [漢]鄭玄注，[唐]賈公彥疏：《周禮注疏》卷二十四《春官·大卜》，影印阮刻《十三經注疏》本，北京：中華書局，1980 年，第 803 頁。

② 李鏡池：《周易筮辭考》，見《古史辨》第 3 冊上編，上海：上海古籍出版社，1981 年，第 204～206 頁；《周易探源》，北京：中華書局，1978 年，第 32～34 頁。

③ 郭沫若：《周易時代的社會生活》，《郭沫若全集·歷史編》第 1 卷，北京：人民出版社，1982 年，第 38 頁。

政治經濟制度以及關於自然和社會知識等諸多方面的内容[①]。

《周易》卦爻辭的作用主要是用來指告人事的吉凶休咎。卦爻辭中描述了很多具體的事件或形象，而吉凶休咎即是從這些事象中推衍出來的。因而學者們或從卦爻辭的性質構成角度出發，對其内容進行分類。

李鏡池先生在《周易筮辭續考》[②]一文中，按筮辭組成各部分之性質的不同，將《周易》卦爻辭分爲以下三類：

(一) 象占之辭（示辭）

——物象占語。

包括：1.因日常生活上偶然發生不尋常的現象，拿來推占吉凶；

2.根據自然界鳥獸蟲魚以至於天象的變化，來推究人事的吉凶。

(二) 敍事之辭（告辭）

——記事實。

包括：1.筮辭裏的故事；2.周民族筮占時的事實。

(三) 貞兆之辭（斷辭）

——卜吉凶。

包括：吉、凶、悔、吝、貞厲、无咎等語。

以《繫辭傳》"《易》有四象，所以示也；繫辭焉，所以告也；定之以吉凶，所以斷也"之語作爲其如此分類的參證。

高亨先生在《周易古經今注》一書中，將卦爻辭分爲以下四類[③]：

(一) 記事之辭

——記載古代故事以指示休咎。

包括：1.采用古代故事；2.記錄當時筮事。

(二) 取象之辭

——采取一種事物以爲人事之象徵而指示休咎。

包括：1.就物取象；2.就人取象。

(三) 說事之辭

——直說人之行事以指示休咎。

包括：1.將相類之事綜繫於一卦；2.將相同之事重繫於一卦而斷占稍異。

(四) 斷占之辭

——論斷休咎之語句。

包括：1.概括斷占；2.就事斷占；3.就人斷占；4.方位斷占；5.時間斷占。

並據以製作《周易筮辭分類表》，將全部《周易》卦爻辭分繫於記事、取象、說事、斷占四類之下。

---

① 朱伯崑：《周易通釋》，北京：昆侖出版社，2004年，第54頁。

② 李鏡池：《周易筮辭續考》，《嶺南學報》，1947年第8卷第1期；此文後經補訂收入李鏡池：《周易探源》，北京：中華書局，1978年，第72～150頁。

③ 高亨：《周易古經今注》（重訂本），北京：中華書局，1984年，第46～58頁。

過常寶先生在前人研究基礎上，探討了《周易》卦爻辭的來源，將卦爻辭分爲以下四類[①]：

(一)象占
(二)謠占
(三)史事
(四)占筮實錄

並斷言《周易》卦爻辭是由巫卜人員結合多種占卜方式編排而成，在思維上顯示出以象徵和歷史比附爲主的多方面綜合特徵。

學者們從不同角度對《周易》卦爻辭所作的分類，有利於我們更深入地理解和把握卦爻辭的内容及其性質。

通過考察《周易》卦爻辭之後，筆者認爲，其文體大致可分爲以下三種：

(一)卜
——或載錄事物、必著以判斷吉凶之語的卦爻辭。

(二)記
——載錄事實而不著以判斷吉凶之語的卦爻辭。

(三)論
——載錄議論之語的卦爻辭。

上述三種文體之關係，可作示意圖如下：

《周易》卦爻辭文體關係示意圖

《周易》卦爻辭
—— 文體
------ 内容
卜
論
記

論述詳下。

① 過常寶：《簡論〈周易〉卦爻辭的來源和特徵》，《求索》，2007年第10期；《先秦散文研究——早期文體及話語方式的生成》，北京：人民出版社，2009年，第38～50頁。

第二節 卜

《周易》卦爻辭中有數量甚多的或載錄事物、必著以判斷吉凶之語的卦爻辭，今將之歸入“卜”文。按其內容，可分爲兩類：其一，不載錄事物的“卜”文；其二，載錄事物的“卜”文。論述如下。

一、不載錄事物的“卜”文

《周易》卦爻辭中，惟記判斷吉凶之語而不載錄事物的“卜”文數量較多。如：

(1)利貞。 [周易·大壯䷡第三十四·大壯]

(2)利永貞。 [周易·坤䷁第二·用六]

(3)利艱貞。 [周易·明夷䷣第三十六·明夷]

《說文》云：“貞，卜問也。”[①]《周易》卦爻辭中的“貞”字，皆當從《說文》此訓。(1)“利貞”，即利於筮問。(2)“利永貞”，指利於有關長期事務的筮問。(3)“利艱貞”，指利於有關遇到危難之事的筮問。

又如：

(4)亨，利貞。 [周易·兌䷹第五十八·兌]

(5)亨，小利貞。 [周易·遯䷠第三十三·遯]

(6)亨，小利貞。初吉，終亂。 [周易·既濟䷾第六十三·既濟]

(7)元亨。 [周易·大有䷍第十四·大有]

(8)元亨，利貞。 [周易·乾䷀第一·乾]

(9)元亨，利貞，无咎。 [周易·隨䷐第十七·隨]

(10)元亨，利貞。至于八月，有凶。 [周易·臨䷒第十九·臨]

(11)巳日乃孚。元亨，利貞，悔亡。 [周易·革䷰第四十九·革]

(12)元吉，亨。 [周易·鼎䷱第五十·鼎]

(4)之“亨”，當釋爲“嘉”“好”。(8)之“元亨”，意謂很好[②]。舊釋“元亨利貞”

① [漢]許慎撰，[宋]徐鉉校定：《說文解字》卷三下《卜部》，北京：中華書局，1963年，第69頁。案：羅振玉於《殷考》“貞”字條下云：“古經注‘貞’皆訓‘正’，惟許書有‘卜問’之訓。古誼、古說賴許書而僅存者，此其一也。”(羅振玉：《殷虛書契考釋》，《殷虛書契考釋三種》，北京：中華書局，2006年，第154頁)所言良是。

② 此用靳極蒼先生說。參看靳極蒼：《周易卦辭詳解》，太原：山西古籍出版社，2002年，第2～3頁。

爲四德[①]，不確。此辭意謂：很好，利於筮問。(11)之“孚”，當訓爲“獲”；“巳日乃孚”，意謂於巳日乃有所獲；“悔亡”，即“亡(無)悔”，意謂沒有災禍。(12)意謂：很吉利，好。

再如：

(13)貞吉。［周易·大壯䷡第三十四·九二］

(14)小事吉。［周易·睽䷥第三十八·睽］

(15)悔亡。［周易·恒䷟第三十二·九二］

(16)衆允，悔亡。［周易·晉䷢第三十五·六三］

(17)貞吉，悔亡，无不利。无初，有終。先庚三日，後庚三日。吉。［周易·巽䷸第五十七·九五］

(18)无咎。［周易·解䷧第四十·初六］

(19)大吉，无咎。［周易·萃䷬第四十五·九四］

(20)可貞，无咎。［周易·无妄䷘第二十五·九四］

(21)无交害，匪咎；艱則无咎。［周易·大有䷍第十四·初九］

(22)有厲，利已。［周易·大畜䷙第二十六·初九］

(13)意謂：筮問(遇此爻)吉利。(14)之“小事”，孔《疏》“謂飲食衣服”，指個人私事。此辭意謂：小事情吉利。(18)意謂：沒有災禍。(20)意謂：可以筮問，沒有災禍。(21)之“匪咎”，即“非咎”，意謂不是災禍；“艱則无咎”，意謂遇到危難之事但沒有災禍發生。(22)意謂：有危險，利於停止前進。

這類“卜”文的基本體制爲：“某斷辭。”所記皆爲斷占之辭，不載錄具體之事物。

二、載錄事物的“卜”文

《周易》卦爻辭中，記判斷吉凶之語而載錄事物的“卜”文數量甚多，大部分的卦爻辭皆屬此類。這類“卜”文所載錄之事物反映的內容頗爲豐富，主要有祭祀、出行、征伐、政事、刑訟、飲食、田獵、氣象、畜牧、疾病、婚姻家庭、日常生活、道德修養等。分述如下。

1. 祭祀

《周易》卦爻辭中反映與祭祀有關的“卜”文數量較多。如：

(1)王用亨于岐山，吉，无咎。［周易·升䷭第四十六·六四］

(2)或益之十朋之龜，弗克違。永貞吉。王用享于帝，吉。［周易·益䷩第四十二·六二］

---

① 《文言》云：“元者，善之始也；亨者，嘉之會也；利者，義之合也；貞者，事之幹也。君子體仁足以長人，嘉會足以合禮，利物足以和義，貞固足以幹事。君子行此四德者，故曰：‘乾，元、亨、利、貞。’”([魏]王弼，[晉]韓康伯注，[唐]孔穎達等正義：《周易正義》卷一，影印阮刻《十三經注疏》本，北京：中華書局，1980 年，第 15 頁)將“元亨利貞”四字一字一讀，釋其爲四德，遂成漢以後解《易》之典範。如此解釋，已脫離了卦爻辭用於筮占的本意。

(3)有孚，元吉，无咎。可貞，利有攸往。曷之用？二簋可用享。

[周易·損䷨第四十一·損]

(4)巳事遄往，无咎，酌損之。 [周易·損䷨第四十一·初九]

(1)之“亨”，通“享”，謂享祭。此辭意謂：王在岐山用享祭於先祖，吉利，沒有災禍。(2)之“王用享于帝，吉”，亦就祭祀之事進行筮占，意謂：周王用享祭於上帝，吉利。(3)之“曷之用？二簋可用享”，意謂：用什麽來祭祀？用二簋祭品享祭即可。(4)之“巳事”，指祭祀之事[①]。此辭意謂：祭祀之事應當速往，沒有災禍，(祭品)可酌情減省。

又如：

(5)亨。王假有廟，利見大人，亨，利貞。用大牲，吉。利有攸往。

[周易·萃䷬第四十五·萃]

(6)亨。王假有廟，利涉大川，利貞。 [周易·渙䷺第五十九·渙]

(7)亨。王假之，勿憂，宜日中。 [周易·豐䷶第五十五·豐]

(5)之“假”，通“格”，訓爲“至”；“王假有廟”，卽“王假廟”，意謂：王到宗廟舉行祭祀[②]。“大牲”，通指牛(《説文》云：“牛，大牲也。”)；“用大牲，吉”，意謂：祭祀用牛，吉利。

再如：

(8)孚乃利用禴，无咎。 [周易·升䷭第四十六·九二]

(9)引吉，无咎。孚乃利用禴。 [周易·萃䷬第四十五·六二]

(10)劓刖，困于赤紱，乃徐有説。利用祭祀。 [周易·困䷮第四十七·九五]

(9)之“引吉”，此語於殷墟甲骨卜辭常見，謂大大的吉利；“禴”，春祭。此辭意謂：大大的吉利，沒有災禍。利於用戰俘作人牲舉行禴祭。

《周易》卦爻辭中反映有關祭祀內容的“卜”文，其基本體制爲：“某祭祀事。某斷辭。”所記斷辭處於筮占的祭祀事之後，如(1)、(2)、(4)、(8)；或作：“某斷辭。某祭祀事。”如(3)、(9)、(10)；或作：“某斷辭。某祭祀事。某斷辭。”如(5)～(7)。

2. 出行

《周易》卦爻辭中的這類“卜”文數量甚多。其中，筮占出行“所往”是否吉利的辭

---

① 案：“巳”，虞翻作“祀”，云：“祀，舊作‘巳’也。”《集解》同。([唐]李鼎祚：《周易集解》卷八，《北京圖書館古籍珍本叢刊》第1冊，北京：書目文獻出版社，1989年，第146～147頁)《釋文》：“巳，音以，本亦作‘以’；虞作‘祀’。”([唐]陸德明：《經典釋文》卷二《周易音義》，影印《通志堂經解》本，北京：中華書局，1983年，第26頁)于省吾先生云：“甲骨文‘祀’字亦作‘巳’。虞氏作‘祀事遄往’，是也。‘祀事’乃周人恒語。《詩·楚茨》‘祀事孔明’，《左·昭元年》‘祀事不從’，並其例也。”(于省吾：《雙劍誃易經新證》卷三，《雙劍誃群經新證·雙劍誃諸子新證》，上海：上海書店出版社，1999年，第37頁)其說可從。

② 案：虞翻云：“假，至也。”([唐]李鼎祚：《周易集解》卷九，《北京圖書館古籍珍本叢刊》第1冊，北京：書目文獻出版社，1989年，第160頁)“有”，語助，無實義。參看于省吾：《雙劍誃易經新證》卷三，《雙劍誃群經新證·雙劍誃諸子新證》，上海：上海書店出版社，1999年，第36頁。

例如：

(11)无妄，往吉。 ［周易·无妄䷘第二十五·初九］

(12)悔亡，失得勿恤。往吉，无不利。 ［周易·晉䷢第三十五·六五］

(13)亨，小利有所往。 ［周易·賁䷕第二十二·賁］

(14)大車以載，有攸往，无咎。 ［周易·大有䷍第十四·九二］

(15)亨，无咎，利貞，利有攸往。 ［周易·恒䷟第三十二·恒］

(16)小亨，利有攸往，利見大人。 ［周易·巽䷸第五十七·巽］

(17)利西南，不利東北。利見大人。貞吉。 ［周易·蹇䷦第三十九·蹇］

(18)元亨，利牝馬之貞。君子有攸往，先迷後得主。利西南，得朋；東北喪朋。安貞吉。 ［周易·坤䷁第二·坤］

(19)利西南。无所往，其來復，吉。有攸往，夙吉。 ［周易·解䷧第四十·解］

(20)不利有攸往。 ［周易·剝䷖第二十三·剝］

(21)元亨，利貞。其匪正，有眚。不利有攸往。 ［周易·无妄䷘第二十五·无妄］

(22)无妄，行有眚，无攸利。 ［周易·无妄䷘第二十五·上九］

(11)之“无妄”，即“无忘”“勿忘”[1]，謂不可忘；“往吉”，謂往行吉利。(13)意謂：(筮遇此卦)，好，小有吉利於所往。(16)意謂：小有嘉好，利於外出行事，利於拜見有權勢的人。(17)意謂：(筮遇此卦)，(倘若出行)，利於西南方向，不利於東北方向。利於拜見有權勢的人。筮問(遇此卦)吉利。(18)意謂：(筮遇此卦)，很好，利於筮占有關牝馬之事。君子有所往行，起先迷失方向，後來受到主人款待。利於行往西南，可得朋貝；往東北則失朋貝。筮問安居之事(遇此卦)吉利。(22)意謂：不可忘記了，出行會有災禍，無所利[2]。這類“卜”文，其基本體制爲：“某出行事。某斷辭。”所記斷辭處於筮占的出行事之後，如(11)、(14)、(22)；或作：“某斷辭。某出行事。”所記斷辭處於筮占的出行事之前，如(13)、(15)、(16)、(20)、(21)；或作：“某斷辭。某出行事。某斷辭。”如(12)、(17)～(19)。

筮占出行“涉大川”是否吉利的辭例如：

(23)利有攸往，利涉大川。 ［周易·益䷩第四十二·益］

(24)元亨，利涉大川。先甲三日，後甲三日。 ［周易·蠱䷑第十八·蠱］

(25)有孚，光亨，貞吉。利涉大川。 ［周易·需䷄第五·需］

(26)利貞。不家食，吉。利涉大川。 ［周易·大畜䷙第二十六·大畜］

(27)由頤，厲，吉。利涉大川。 ［周易·頤䷚第二十七·上九］

(28)豚魚，吉。利涉大川。利貞。 ［周易·中孚䷼第六十一·中孚］

---

① 參看于省吾：《雙劍誃易經新證》卷二，《雙劍誃群經新證·雙劍誃諸子新證》，上海：上海書店出版社，1999年，第30～31頁。

② 參看于省吾：《雙劍誃易經新證》卷二，《雙劍誃群經新證·雙劍誃諸子新證》，上海：上海書店出版社，1999年，第30～31頁。

(29)謙謙君子，用涉大川，吉。 ［周易·謙☷第十五·初六］

(30)拂經。居貞吉。不可涉大川。 ［周易·頤☶第二十七·六五］

(31)有孚，窒惕，中吉，終凶。利見大人，不利涉大川。

［周易·訟☰第六·訟］

(25)之“光”，當訓爲“廣”，大也；“光亨”，卽“廣亨”“大亨”，其意與“元亨”相類。此辭意謂：(筮遇此卦)，有所獲得，很好；筮問(遇此爻)吉利。(倘若出行)，利於渡過大河。這類“卜”文，其通常體制爲：“某斷辭。某出行事。”所記斷辭處於筮占的出行事之前，如(23)～(27)、(30)～(31)；少數辭例的體制爲：“某出行事。某斷辭。”如(29)；或作：“某斷辭。某出行事。某斷辭。”如(28)。

筮占與出行之事有關的其他辭例如：

(32)往蹇，來碩，吉，利見大人。 ［周易·蹇☵第三十九·上六］

(33)過涉滅頂，凶，无咎。 ［周易·大過☱第二十八·上六］

(34)萃如嗟如，无攸利。往，无咎，小吝。 ［周易·萃☱第四十五·六三］

(35)莧陸夬夬中行，无咎。 ［周易·夬☱第四十三·九五］

(36)壯于頄，有凶。君子夬夬獨行，遇雨若濡，有慍，无咎。

［周易·夬☱第四十三·九三］

(37)小[①]亨。旅，貞吉。 ［周易·旅☲第五十六·旅］

(38)旅卽次，懷其資，得童僕，貞［吉？］。 ［周易·旅☲第五十六·六二］

(39)旅焚其次，喪其童僕，貞厲。 ［周易·旅☲第五十六·九三］

(40)鳥[②]焚其巢，旅人先笑後號咷；喪牛于易，凶。

［周易·旅☲第五十六·上九］

(32)意謂：出門時步履蹣跚，歸來時欣喜雀躍，吉利，利於拜見有權勢的人。(33)意謂：渡河時，水淹沒頭頂，有兇險，終無災禍。(34)意謂：相聚嗟歎，無所利。往行雖然沒有災禍，但小有憾惜。(36)意謂：傷了面頰，有兇險。君子毅然獨行，遇雨被淋濕，心生不悅，終無災禍。(37)意謂：小有嘉好。行旅在外，筮問(遇此卦)吉利。(38)意謂：行旅到達舍處，懷揣錢財，買得一童僕，筮問(遇此爻吉利?)。(39)意謂：旅舍被焚，童僕丟失，筮問(遇此爻)兇險。(40)意謂：鳥巢被焚，行旅之人起先很高興，後來卻嚎啕大哭；(因爲)在易國丟失了所畜牧的牛群，這是很兇險的。這類“卜”文，其基本體制爲：“某出行事。某斷辭。”辭例所記斷辭處於筮占的出行事之後。

括而言之，《周易》卦爻辭中反映有關出行內容的“卜”文，其基本體制爲：“某出行事。某斷辭。”或作：“某斷辭。某出行事。某斷辭。”或作：“某斷辭。某出行事。某斷辭。”多數辭例所記斷辭處於筮占的出行事之後，少數辭例所記斷辭處於筮占的出行事之前。

3. 征伐

《周易》卦爻辭中的這類“卜”文數量也很多。其中，筮占征伐之事吉利的辭例如：

---

① “小”，帛《易》作“少”。

② “鳥”，帛《易》作“烏”。

(41)貞丈人，吉，无咎。　[周易・師䷆第七・師]

(42)師左次，无咎。　[周易・師䷆第七・六四]

(43)王用出征，有嘉，折首，獲其匪醜，无咎。　[周易・離䷝第三十・上九]

(44)晉其角，維用伐邑，厲，吉，无咎。貞吝。
[周易・晉䷢第三十五・上九]

(45)城復于隍，勿用師。自邑告命，貞吝。　[周易・泰䷊第十一・上六]

(46)乘其墉，弗克攻，吉。　[周易・同人䷌第十三・九四]

(47)不富以其鄰，利用侵伐，无不利。　[周易・謙䷎第十五・六五]

(48)在師中，吉，无咎。王三錫命。　[周易・師䷆第七・九二]

(49)貞吉，悔亡。震用伐鬼方，三年有賞于大國。
[周易・未濟䷿第六十四・九四]

(50)鳴謙，利用行師、征邑國。　[周易・謙䷎第十五・上六]

(51)進退，利武人之貞。　[周易・巽䷸第五十七・初六]

(52)惕號，莫夜有戎，勿恤。　[周易・夬䷪第四十三・九二]

(53)巳日乃革之。征吉，无咎。　[周易・革䷰第四十九・六二]

(54)元亨，用見大人，勿恤。南征吉。　[周易・升䷭第四十六・升]

(41)之“丈人”，指軍旅統帥。(42)意謂：軍旅主動後撤，沒有災禍。(43)意謂：王親自出征，有嘉美之功，斬得敵首，獲其非類，沒有災禍。(44)意謂：用堅鋭部隊進擊敵方，攻伐其城邑，雖有危險，但可獲吉利，沒有災禍。筮問(遇此爻)有憾惜。(47)之“富”，當訓“服”；“以”，訓“與”。此辭意謂：與其鄰國不相悦服，利於侵伐之，沒有不吉利[①]。(48)意謂：在軍旅之中，吉利，沒有災禍。王多次委以重任。(50)意謂：謙虚之名聲遠揚，利於率師征伐鄰國。(51)意謂：或進攻，或退守，利於勇武之人所筮問之事。(52)意謂：時刻警惕呼號，(儘管)夜晚出現戰事，(也)不必擔憂。(53)意謂：於巳日改制革命。出征吉利，沒有災禍。這類“卜”文，其通常體制爲：“某征伐事。某斷辭。”所記斷辭處於筮占的征伐事之後，如(41)～(47)、(52)～(54)；或作：“某斷辭。某征伐事。”所記斷辭處於筮占的征伐事之前，如(49)～(51)；或作：“某征伐事。某斷辭。某征伐事。”如(48)。

筮占征伐之事不吉的辭例如：

(55)師出以律，否臧，凶。　[周易・師䷆第七・初六]

(56)師或輿尸，凶。　[周易・師䷆第七・六三]

(57)田有禽，利執言，无咎。長子帥師，弟子輿尸，貞凶。
[周易・師䷆第七・六五]

(58)既雨既處，尚德載。婦貞厲。月幾望，君子征，凶。
[周易・小畜䷈第九・上九]

(59)壯于趾。征凶。有孚。　[周易・大壯䷡第三十四・初九]

① 參看于省吾：《雙劍誃易經新證》卷二，《雙劍誃群經新證・雙劍誃諸子新證》，上海：上海書店出版社，1999年，第18頁。

(60)利貞。征凶。弗損，益之。　[周易·損☶第四十一·九二]
(61)征凶，无攸利。　[周易·歸妹☳第五十四·歸妹]
(62)征凶，貞厲。革言三就，有孚。　[周易·革☱第四十九·九三]
(63)未濟。征凶。利涉大川。　[周易·未濟☲第六十四·六三]
(64)迷復，凶，有災眚。用行師，終有大敗；以其國，君凶，至于十年不克征。
[周易·復☷第二十四·上六]

(55)意謂：軍旅出征須紀律嚴明，若軍紀不善，則有兇險。(56)意謂：軍旅用車載尸而歸，兇險。(58)之“月幾望”，謂月亮將圓。(62)意謂：出征有兇，筮占有危。革命須堅持不懈，終有所獲。(64)意謂：執迷而不悔悟，兇險，有災禍。(有了這種思想)，用於率師作戰，終將大敗；用於治理國家，必致國亂君兇，在很長時間內都不能征伐敵人。這類“卜”文，其基本體制爲：“某征伐事。某斷辭。”或作：“某斷辭。某征伐事。”多數辭例所記斷辭處於筮占的征伐事之後，如(55)～(63)；少數辭例所記斷辭處於筮占的征伐事之前，如(64)。

括而言之，《周易》卦爻辭中反映有關征伐內容的“卜”文，其基本體制爲：“某征伐事。某斷辭。”或作：“某斷辭。某征伐事。”或作：“某斷辭。某出行事。某斷辭。”多數辭例所記斷辭處於筮占的征伐事之後，少數辭例所記斷辭處於筮占的征伐事之前。

4．政事

《周易》卦爻辭中與政事有關的“卜”文如：

(65)元亨，利貞。勿用。有攸往，利建侯。　[周易·屯☵第三·屯]
(66)磐桓。利居貞，利建侯。　[周易·屯☵第三·初九]
(67)利建侯、行師。　[周易·豫☳第十六·豫]
(68)觀國之光，利用賓于王。　[周易·觀☴第二十·六四]
(69)官有渝，貞吉。出門交，有功。　[周易·隨☱第十七·初九]
(70)食舊德，貞厲，終吉。或從王事，无成。　[周易·訟☰第六·六三]
(71)弗損，益之，无咎。貞吉，利有攸往，得臣无家。
[周易·損☶第四十一·上九]
(72)益之用凶事，无咎。有孚中行，告公用圭。
[周易·益☴第四十二·六三]

(67)意謂：利於建立侯國，興師出征。(68)意謂：看到國家的光明，利於入朝輔佐君王。(69)意謂：官爵有變更，筮問(遇此爻)吉利。出門交往，必獲成功。(70)意謂：享受世襲俸祿，筮問(遇此爻)兇險，最終吉利。順從君王之事，不敢坐享其成。(71)意謂：不減損，而增益之，沒有災禍。筮問(遇此爻)吉利，宜有所往，可獲得沒有家人的臣僕。(72)意謂：雖屢遭兇險之事，(但)沒有災禍。行於道中有所獲得，執圭以告知公。這類“卜”文，其基本體制爲：“某斷辭。某政事。”或作：“某政事。某斷辭。”多數辭例所記斷辭處於筮占的政事之前，如(65)～(68)、(71)、(72)；少數辭例所記斷辭處於筮占的政事之後，如(69)、(70)。

5. 刑訟

《周易》卦爻辭中與刑訟有關的“卜”文如：

(73)訟，元吉。 [周易·訟䷅第六·九五]

(74)不克訟，復即命，渝，安貞吉。 [周易·訟䷅第六·九四]

(75)不克訟，歸而逋。其邑人三百戶，无眚。 [周易·訟䷅第六·九二]

(76)亨，利用獄。 [周易·噬嗑䷔第二十一·噬嗑]

(77)發蒙，利用刑人，用說桎梏；以往，吝。 [周易·蒙䷃第四·初六]

(78)係用徽纆，寘于叢棘，三歲不得，凶。 [周易·坎䷜第二十九·上六]

(79)臀无膚，其行次且，牽羊，悔亡。聞言不信。[周易·夬䷪第四十三·九四]

(80)臀无膚，其行次且，厲，无大咎。 [周易·姤䷫第四十四·九三]

(73)意謂：訴訟(獲勝)，大吉。(74)意謂：訴訟失敗，返歸從命，改變態度，筮問安居之事(遇此爻)吉利。(75)意謂：訴訟失敗，返歸而逃亡(於其小邑)。(此爲)三百戶人家的小邑，(居此)沒有災禍。(76)意謂：(筮遇此卦)，好，利於(對罪犯)施用刑獄。(80)意謂：臀部(因受刑而)無完膚，行走艱難，雖有危險，終無大災禍。這類“卜”文，其基本體制爲：“某刑訟事。某斷辭。”或作：“某斷辭。某刑訟事。”多數辭例所記斷辭處於筮占的刑訟事之後，如(73)～(75)、(77)～(80)；少數辭例所記斷辭處於筮占的刑訟事之前，如(76)。

6. 飲食

《周易》卦爻辭中與飲食有關的“卜”文，其數量較多。如：

(81)需于酒食，貞吉。 [周易·需䷄第五·九五]

(82)樽酒，簋貳，用缶，納約自牖，終无咎。
[周易·坎䷜第二十九·六四]

(83)包有魚，无咎；不利賓。 [周易·姤䷫第四十四·九二]

(84)包无魚，起凶。 [周易·姤䷫第四十四·九四]

(85)鼎耳革，其行塞，雉膏不食；方雨虧悔，終吉。
[周易·鼎䷱第五十·九三]

(86)鼎折足，覆公餗，其形渥，凶。 [周易·鼎䷱第五十·九四]

(87)鼎黃耳，金鉉，利貞。 [周易·鼎䷱第五十·六五]

(88)鼎玉鉉，大吉，无不利。 [周易·鼎䷱第五十·上九]

(89)屯其膏，小貞吉，大貞凶。 [周易·屯䷂第三·九五]

(90)噬臘肉，遇毒，小吝，无咎。 [周易·噬嗑䷔第二十一·六三]

(91)噬乾胏，得金矢，利艱貞，吉。 [周易·噬嗑䷔第二十一·九四]

(92)噬乾肉，得黃金，貞厲，无咎。 [周易·噬嗑䷔第二十一·六五]

(93)舍爾靈龜，觀我朵頤，凶。 [周易·頤䷚第二十七·初九]

(81)意謂：需待於酒醪食肴，筮問(遇此爻)吉利。(82)意謂：一樽酒，二簋食，皆用陶器，自窗牖納勺以挹酒，終無災禍[1]。(83)意謂：廚房裏有魚，沒有災禍；但不利於擅自用來招待賓客。(85)意謂：鼎耳脫落了，就不便於抬着走了，肥美的野雞吃不到了；幸好下雨消除了憾惜，終將吉利。(86)意謂：鼎足折斷了，王公的粥傾覆了[2]，沾濡於地，兇險。(87)意謂：鼎有黃色的鼎耳、金屬制的鼎杠，利於筮問之事。(90)意謂：吃臘肉而中毒，有小憾惜，(但)沒有災禍。(91)意謂：吃帶骨的幹肉，發現肉中有銅箭頭，利於有關遇到危難之事的筮問，吉利。(93)意謂：捨棄自食其力之法，而貪我口中之食，兇險。這類“卜”文，其基本體制爲：“某飲食事。某斷辭。”所記斷辭皆處於筮占的飲食事之後。

7. 田獵

《周易》卦爻辭中與田獵有關的“卜”文如：

(94)顯比。王用三驅，失前禽，邑人不誡，吉。　　[周易·比䷇第八·九五]

(95)良馬逐，利艱貞。曰閑輿衛，利有攸往。

[周易·大畜䷙第二十六·九三]

(96)明夷于南狩[3]，得其大首，不可疾貞。

[周易·明夷䷣第三十六·九三]

(97)公用射隼于高墉之上，獲之，无不利。　　[周易·解䷧第四十·上六]

(98)射雉，一矢亡，終以譽[4]命。　　[周易·旅䷷第五十六·六五]

(99)田獲三狐，得黃矢，貞吉。　　[周易·解䷧第四十·九二]

(100)悔亡，田獲三品。　　[周易·巽䷸第五十七·六四]

這類“卜”文，其基本體制爲：“某田獵事。某斷辭。”或作：“某斷辭。某田獵事。”多數辭例所記斷辭處於筮占的田獵事之後，如(94)～(99)；少數辭例所記斷辭處於筮占的田獵事之前，如(100)。

8. 氣象

《周易》卦爻辭中與氣象有關的“卜”文如：

(101)亨。密雲不雨，自我西郊。　　[周易·小畜䷈第九·小畜]

(102)亨。震來(虩虩)[虩虩][5]，笑言啞啞。震驚百里，不喪匕鬯。

[周易·震䷲第五十一·震]

(103)震來(虩虩)[虩虩]，後笑言啞啞，吉。

[周易·震䷲第五十一·初九]

---

① 參看于省吾：《雙劍誃易經新證》卷二，《雙劍誃群經新證·雙劍誃諸子新證》，上海：上海書店出版社，1999年，第31～32頁。

② 參看[清]王引之：《經義述聞》卷一《周易上》，《高郵王氏四種》之三，南京：江蘇古籍出版社，2000年，第29頁。

③ “明夷于南狩”，帛《易》作“明夷夷于南狩”，重“夷”字。

④ “譽”，帛《易》作“舉”。

⑤ 阮刻《十三經注疏》本作“虩虩”，《集解》本同。《正字通》：“‘虩’，‘虩’字之訛。”今從改。(參看黃壽祺，張善文：《周易譯注》，上海：上海古籍出版社，2004年，第393頁)

(104) 震來，厲。億喪貝，躋于九陵。勿逐，七日得。

［周易 · 震䷲第五十一 · 六二］

(105) 震蘇蘇，震行，无眚。 ［周易 · 震䷲第五十一 · 六三］

(106) 震往來，厲。億无喪，有事。 ［周易 · 震䷲第五十一 · 六五］

(107) 震索索，視矍矍，征凶。震不于其躬，于其鄰，无咎[①]。婚媾有言。

［周易 · 震䷲第五十一 · 上六］

(108) 豐其蔀，日中見斗。遇其夷主，吉。 ［周易 · 豐䷶第五十五 · 九四］

(102) 意謂：(筮遇此卦)，好。雷聲可怖，(人們)卻談笑風生。急雷震驚百里，以梱盛鬯酒(灌地降神)卻未有失落[②]。(105) 意謂：雷聲使人恐懼不安，而在震雷中前行，沒有災禍。(108) 意謂：障蔽遮天掩日，正午出現星斗。遇上性格平和的主人，吉利。這類“卜”文，其基本體制爲：“某氣象事。某斷辭。”或作：“某斷辭。某氣象事。”多數辭例所記斷辭處於筮占的氣象事之後，如(103)～(108)；少數辭例所記斷辭處於筮占的氣象事之前，如(101)、(102)。

9. 畜牧

《周易》卦爻辭中與畜牧有關的“卜”文如：

(109) 利貞，亨。畜牝牛，吉。 ［周易 · 離䷝第三十 · 離］

(110) 童牛之牿，元吉。 ［周易 · 大畜䷙第二十六 · 六四］

(111) 豶豕之牙，吉。 ［周易 · 大畜䷙第二十六 · 六五］

(112) 小人用壯，君子用罔。貞厲。羝羊觸藩，羸其角。

［周易 · 大壯䷡第三十四 · 九三］

(113) 貞吉，悔亡。藩決不羸，壯于大輿之輹。

［周易 · 大壯䷡第三十四 · 九四］

(114) 喪羊于易，无悔。 ［周易 · 大壯䷡第三十四 · 六五］

(115) 羝羊觸藩，不能退，不能遂。无攸利，艱則吉。

［周易 · 大壯䷡第三十四 · 上六］

(116) 月幾望，馬匹亡，无咎。 ［周易 · 中孚䷼第六十一 · 六四］

(117) 悔亡。喪馬勿逐，自復。見惡人，无咎。

［周易 · 睽䷥第三十八 · 初九］

(118) 用拯馬壯，吉。 ［周易 · 渙䷺第五十九 · 初六］

(109) 之“畜牝牛”，卽蓄養母牛。(110) 意謂：小牛的角上安有木梏，(不會傷人)，吉利。(111) 意謂：閹割了的豬(性格溫馴)，其牙不足懼，吉利。(112) 意謂：小人欲逞強，君子則不然。筮問(遇此爻)兇險。公羊以角觸藩籬，其角被拘係。(113) 意謂：筮問(遇此爻)吉利，沒有災禍。羊衝破藩籬，卻被大車的輪子撞傷。(116) 意謂：月亮將圓，馬

---

① “无咎”，帛《易》作“往无咎”。

② 參看[清]王引之：《經義述聞》卷一《周易上》，《高郵王氏四種》之三，南京：江蘇古籍出版社，2000 年，第 29～30 頁。

匹丢失，(但)沒有災禍。(118)意謂：馬受傷得到救助，吉利。這類“卜”文的基本體制爲：“某畜牧事。某斷辭。”或作：“某斷辭。某畜牧事。”多數辭例所記斷辭處於筮占的畜牧事之後，如(109)～(111)、(114)～(116)、(118)；少數辭例所記斷辭處於筮占的畜牧事之前，如(112)、(113)、(117)。

10. 疾病

《周易》卦爻辭中與疾病有關的“卜”文如：

(119)貞疾，恒不死。 [周易·豫䷏第十六·六五]

(120)損其疾，使遄有喜，无咎。 [周易·損䷨第四十一·六四]

(121)商兑，未寧。介疾有喜。 [周易·兑䷹第五十八·九四]

(122)鼎有實，我仇有疾，不我能卽，吉。 [周易·鼎䷱第五十·九二]

(123)豐其蔀，日中見斗。往得疑疾，有孚發若，吉。 [周易·豐䷶第五十五·六二]

(124)豐其沛，日中見(沬)[昧][①]。折其右肱，无咎。 [周易·豐䷶第五十五·九三]

(120)意謂：減輕病患，使之儘快痊癒，沒有災禍。(121)意謂：商談事情很和悦，而結果遲遲未定。雖有小病，終會痊癒。(122)意謂：鼎中盛有食物，我的配偶身患疾病，不能與我一同就餐，(筮遇此爻)吉利。(124)意謂：幡幔遮天掩日，正午出現小星。右臂折斷了，(但)沒有災禍。這類“卜”文的基本體制爲：“某疾病事。某斷辭。”或作：“某斷辭。某疾病事。”多數辭例所記斷辭處於筮占的疾病事之後，如(119)、(120)、(122)～(124)；少數辭例所記斷辭處於筮占的疾病事之前，如(121)。

11. 婚姻家庭

《周易》卦爻辭中與婚姻家庭有關的“卜”文數量較多。其中，反映婚姻之事的“卜”文如：

(125)乘馬班如，求婚媾，往吉，无不利。 [周易·屯䷂第三·六四]

(126)睽孤，見豕負塗，載鬼一車，先張之弧，後說之弧，匪寇，婚媾。往遇雨則吉。 [周易·睽䷥第三十八·上九]

(127)(包)[彪][②]蒙，吉。納婦，吉。子克家。 [周易·蒙䷃第四·九二]

(128)亨，利貞。取女，吉。 [周易·咸䷞第三十一·咸]

---

① 案：“沬”，《釋文》云：“《字林》作‘昧’，亡太反，云：‘斗杓後星。’王肅云：‘音妹。’鄭作‘昧’。服虔云：‘日中而昏也。’《子夏傳》云：‘昧，星之小者。’”([唐]陸德明：《經典釋文》卷二《周易音義》，影印《通志堂經解》本，北京：中華書局，1983年，第29頁)

② 案：鄭玄云：“‘包’當作‘彪’。彪，文也。”([唐]陸德明：《經典釋文》卷二《周易音義》，影印《通志堂經解》本，北京：中華書局，1983年，第20頁)今從其說。參看[清]王引之：《經義述聞》卷一《周易上》，《高郵王氏四種》之三，南京：江蘇古籍出版社，2000年，第9頁；于省吾：《雙劍誃易經新證》卷二，《雙劍誃群經新證·雙劍誃諸子新證》，上海：上海書店出版社，1999年，第14頁。

(129)枯楊生稊，老夫得其女妻，无不利。

[周易·大過䷛第二十八·九二]

(130)枯楊生華，老婦得其士夫，无咎无譽。

[周易·大過䷛第二十八·九五]

(131)勿用娶女，見金夫，不有躬，无攸利。 [周易·蒙䷃第四·六三]

(132)女壯，勿用取女。 [周易·姤䷫第四十四·姤]

(133)帝乙歸妹，以祉，元吉。 [周易·泰䷊第十一·六五]

(125)意謂：騎馬人迂回不進，是爲求婚。往行求婚，無不吉利。(126)意謂：獨行道中，看見豬背有污泥，一輛車滿載鬼怪，起先張弓欲射，後來放下弓箭，(來者)不是強盜，是去求婚。前行遇雨則吉利。(127)之“納婦”、(128)之“取女”，皆謂娶妻。(129)意謂：枯老的楊樹長出了嫩芽兒，老頭兒娶得了年輕的妻子，沒有不吉利。(130)意謂：枯老的楊樹開出了花兒，老婦人招到了年輕的丈夫，沒有災禍，也沒有讚譽。(133)意謂：帝乙嫁女，用之，大吉利[①]。這類“卜”文，其基本體制爲：“某婚娶事。某斷辭。”所記斷辭處於筮占的婚娶事之後。

又如：

(134)歸妹以娣，跛能履。征吉。 [周易·歸妹䷵第五十四·初九]

(135)帝乙歸妹，其君之袂不如其娣之袂良。月幾望，吉。

[周易·歸妹䷵第五十四·六五]

(136)鼎顛趾，利出否。得妾以其子，无咎。 [周易·鼎䷱第五十·初六]

(137)係遯，有疾，厲。畜臣妾，吉。 [周易·遯䷠第三十三·九三]

(135)意謂：帝乙嫁女，夫人所配之玦不如其娣所配之玦好[②]。月亮將圓，吉利。(136)意謂：鼎足折而傾倒，利於倒出(鼎中的)糟粕之物。納妾用來生子，沒有災禍。(137)意謂：捆係隱遯者，將有疾患，兇險。蓄養臣妾，吉利。這類“卜”文，其基本體制爲：“某納妾事。某斷辭。”所記斷辭處於筮占的納妾事之後。

反映家庭生活内容的“卜”文如：

(138)女歸，吉。利貞。 [周易·漸䷴第五十三·漸]

(139)鴻漸于干[③]，小子厲，有言，无咎。 [周易·漸䷴第五十三·初六]

(140)鴻漸于磐，飲食衎衎[④]，吉。 [周易·漸䷴第五十三·六二]

(141)鴻漸于陸，夫征不復，婦孕不育，凶。利禦寇。

[周易·漸䷴第五十三·九三]

(142)鴻漸于木，或得其桷，无咎。 [周易·漸䷴第五十三·六四]

---

① 案：“以祉”釋爲“以之”“用之”，從于省吾先生説。參看于省吾：《雙劍誃易經新證》卷二，《雙劍誃群經新證·雙劍誃諸子新證》，上海：上海書店出版社，1999年，第21頁。

② 此從于省吾先生説。參看于省吾：《雙劍誃易經新證》卷二，《雙劍誃群經新證·雙劍誃諸子新證》，上海：上海書店出版社，1999年，第19頁。

③ “鴻”，帛《易》作“鳿”，下同。“干”，帛《易》作“淵”。

④ “磐”，帛《易》作“坂”，漢石經作“般”。“飲”，帛《易》作“酒”。“衎衎”，帛《易》、漢石經作“衍衍”。

(143)鴻漸于陵，婦三歲不孕，終莫之勝，吉。

[周易·漸䷴第五十三·九五]

(144)鴻漸于(陸)[阿][①]，其羽可用爲儀，吉。

[周易·漸䷴第五十三·上九]

此卦爻辭所記諸事，前後適相聯屬。其辭意謂：

○女子出嫁，吉利。筮問(遇此卦)，吉利。

○鴻雁飛進水窪；(女子初到夫家)，丈夫脾氣不好，時有言語中傷，(但)沒有災禍。

○鴻雁飛到岸邊；(夫妻情誼漸增)，共用飲食，和樂相處，吉利。

○鴻雁飛到岸上高平之地；丈夫出征服役不能回家，妻子孕而不育，兇險。利於抵禦敵寇。

○鴻雁飛入樹林，棲息於橫生的樹枝上；沒有災禍。

○鴻雁飛上山坡；妻子多年沒有生育小孩，(困難)終究沒能壓倒她，吉利。

○鴻雁飛上高山，(美麗的)羽毛可以用作儀飾；吉利。

通過描寫鴻雁棲息之地從水窪→岸邊→陸地→樹林→丘陵→高山的漸進過程，反映了一位女子婚後生活逐漸改善、命運逐漸改善的曲折過程：新婚之後，她先是要忍受丈夫的疾言厲色；其後，夫妻關係得以改善，丈夫卻出征戍邊，她承擔全部家務，以致孕而不育，備嘗艱辛，作出了巨大犧牲；丈夫禦敵有功，受到提升，她也因而顯貴[②]。這類“卜”文的基本體制爲：“某家庭事。某斷辭。”所記斷辭皆處於筮占的家庭事之後。

又如：

(145)利女貞。 [周易·家人䷤第三十七·家人]

(146)閑有家，悔亡。 [周易·家人䷤第三十七·初九]

(147)无攸遂，在中饋，貞吉。 [周易·家人䷤第三十七·六二]

(148)家人嗃嗃，悔厲，吉。婦子嘻嘻，終吝。

[周易·家人䷤第三十七·九三]

(149)富家，大吉。 [周易·家人䷤第三十七·六四]

(150)王假有家，勿恤，吉。 [周易·家人䷤第三十七·九五]

(151)有孚威如，終吉。 [周易·家人䷤第三十七·上九]

此卦爻辭所記，亦與家庭生活有關。其辭意謂：

○利於女子筮問。

○(男子)防守家園，沒有災禍。

○(女子)無所成就，在家中調理飲食，筮問(遇此爻)吉利。

---

① 案：“陸”當作“阿”。“阿”與“儀”古韻協，《詩·小雅·菁菁者莪》：“菁菁者莪，在彼中阿。既見君子，樂且有儀。”進於“陵”則爲“阿”，《爾雅·釋地》：“大陵曰阿。”參看[清]李光地：《周易折中》卷七，北京：九州出版社，2002年，第419～420頁；[清]江永：《群經補義》卷一，見[清]阮元編：《清經解》第2冊，上海：上海書店，1988年，第261頁；[清]俞樾：《艮宧易說》卷一，《續修四庫全書》第34冊，上海：上海古籍出版社，2002年，第192頁。

② 唐明邦主編：《周易評注》(修訂本)，北京：中華書局，2009年，第162頁。

○家人愁苦哀號，(雖有)災禍危險，(終將)吉利。婦人、孩子嬉笑打鬧，終將憾惜。

○家庭富有，大吉大利。

○王來到家中[①]，不必擔憂，吉利。

○(家長)誠信威嚴，終將吉利。

這類“卜”文的基本體制爲：“某家庭事。某斷辭。”所記斷辭處於筮占的家庭事之後。

括而言之，《周易》卦爻辭中的這類反映有關婚姻家庭生活内容的“卜”文，其基本體制爲：“某婚姻家庭事。某斷辭。”所記斷辭皆處於筮占的婚姻家庭事項之後。

12. 日常生活

《周易》卦爻辭中與日常生活有關的“卜”文數量較多。如：

(152)入于穴，有不速之客三人來；敬之，終吉。　［周易・需䷄第五・上六］

(153)亨。出入无疾，朋來无咎。反復其道，七日來復。利有攸往。

［周易・復䷗第二十四・復］

(154)困于石，據于蒺蔾。入于其宫，不見其妻，凶。

［周易・困䷮第四十七・六三］

(155)豐其屋，蔀其家，闚其戶，闃其无人，三歲不覿，凶。

［周易・豐䷶第五十五・上六］

(156)遇主于巷，无咎。　［周易・睽䷥第三十八・九二］

(157)遇其配主，雖旬无咎，往有尚。　［周易・豐䷶第五十五・初九］

(158)婦喪其茀[②]，勿逐，七日得。　［周易・旣濟䷾第六十三・六二］

(152)意謂：回到住處，有三位未經邀請的客人到來；待之以禮，終將吉利。(153)意謂：(筮遇此卦)，好。出行歸返沒有疾患，朋友往來沒有憾惜。返轉往復遵循規律，已去者可以再來，至多不過七日[③]。利於有所往行。(154)意謂：受困於巨石之下，憑踞於蒺藜之上。回到自己家中，沒有看見妻子，兇險。(155)意謂：寬大的房屋，障蔽的居室，從門縫往裏窺看，寂靜無人，時過三年仍不見人影，兇險。(156)意謂：在巷子裏遇見主人，沒有災禍。(157)意謂：遇到女主人，十日之内皆無災禍，往行會得佑助[④]。(158)意謂：

---

① 李鏡池先生認爲：“《(家人)・九五》的家，不是家庭的家，而是藏神主的地方，同於宗廟。”(李鏡池：《周易探源》，北京：中華書局，1978年，第224頁)似不確。于省吾先生云：“王假有家，以君臨臣也。諸侯曰有國，大夫曰有家。”(于省吾：《雙劍誃易經新證》卷三，《雙劍誃群經新證・雙劍誃諸子新證》，上海：上海書店出版社，1999年，第36頁)其說可從。

② 案：《詩・衛風・碩人》“翟茀以朝”，孔《疏》：“茀，車蔽也。婦人乘車不露見，車之前後設障，以自隱蔽，謂之茀。”([漢]毛公傳，鄭玄箋，[唐]孔穎達等正義：《毛詩正義》卷三之二，影印阮刻《十三經注疏》本，北京：中華書局，1980年，第322頁)

③ 參看[清]王引之：《經義述聞》卷一《周易上》，《高郵王氏四種》之三，南京：江蘇古籍出版社，2000年，第19～20頁。

④ 參看[清]王引之：《經義述聞》卷一《周易上》，《高郵王氏四種》之三，南京：江蘇古籍出版社，2000年，第14頁。

婦人所乘車輛的蔽飾丟失，不用找尋，至多不過七日將會失而復得。這類“卜”文的基本體制爲：“某日常生活事。某斷辭。”所記斷辭處於筮占的日常生活事項之後。

又如：

(159)拔茅茹，以其彙[①]。貞吉，亨。 ［周易·否䷋第十二·初六］

(160)賁于丘園，束帛戔戔，吝，終吉。 ［周易·賁䷕第二十二·六五］

(161)改邑不改井，无喪无得，往來井井。汔至亦未繘井，羸其瓶，凶。 ［周易·井䷯第四十八·井］

(162)井甃[②]，无咎。 ［周易·井䷯第四十八·六四］

(163)井收，勿幕；有孚，元吉。 ［周易·井䷯第四十八·上六］

(164)日昃之離，不鼓缶而歌，則大耋之嗟，凶。 ［周易·離䷝第三十·九三］

(165)出涕沱若，戚嗟若，吉。 ［周易·離䷝第三十·六五］

(166)負且乘，致寇至。貞吝。 ［周易·解䷧第四十·六三］

(159)意謂：拔起茅草，牽及其根。筮問(遇此爻)吉利，好。(160)意謂：裝飾丘園，束帛物少，有所憾惜，終將吉利。(161)意謂：城邑村莊可改移而水井不可遷徙，無失亦無得，往來者皆以井水爲用。(汲水時水瓶)接近井口而尚未出井時，傾覆水瓶，兇險[③]。(162)意謂：修治井壁，沒有災禍。(163)意謂：井已修好，不必加蓋；有所收穫，大吉利。(164)意謂：太陽偏西，附着於天，若不擊缶而歌，則年老將有嗟歎，兇險。(165)意謂：淚流滂沱，憂傷嗟歎，(終將)吉利。(166)意謂：背着東西又坐着車，會招來強盜。筮問(遇此爻)憾惜。這類“卜”文的基本體制爲：“某日常生活事。某斷辭。”所記斷辭處於筮占的日常生活事項之後。

括而言之，《周易》卦爻辭中的這類反映有關日常生活內容的“卜”文，其基本體制爲：“某日常生活事。某斷辭。”所記斷辭處於筮占的日常生活事項之後。

13. 道德修養

《周易》卦爻辭中與道德修養有關的“卜”文數量較多。如：

(167)君子終日乾乾，夕惕若，厲，无咎。 ［周易·乾䷀第一·九三］

(168)直、方、大，不習无不利。 ［周易·坤䷁第二·六二］

---

① 于省吾先生認爲：“‘彙’乃‘𩫖’之譌，應讀爲‘柢’”，“‘拔茅茹以其𩫖’，應讀作‘拔茅茹以其柢’，……言拔茅茹及其本根也。”(于省吾：《雙劍誃易經新證》卷二，《雙劍誃群經新證·雙劍誃諸子新證》，上海：上海書店出版社，1999年，第21頁)其說可從。

② 孔《疏》：“案《子夏傳》曰：‘甃，亦治也。’以磚壘井，修井之壞，謂之爲‘甃’。”([魏]王弼，[晉]韓康伯注，[唐]孔穎達等正義：《周易正義》卷五，影印阮刻《十三經注疏》本，北京：中華書局，1980年，第60頁)

③ 參看[清]王引之：《經義述聞》卷一《周易上》，《高郵王氏四種》之三，南京：江蘇古籍出版社，2000年，第27頁；黃壽祺，張善文：《周易譯注》(修訂本)，上海：上海古籍出版社，2001年，第368～369頁。

(169)旣鹿无虞，惟入于林中。君子幾，不如舍，往吝。

［周易・屯䷂第三・六三］

(170)不永所事，小[①]有言，終吉。 ［周易・訟䷅第六・初六］

(171)包承，小人吉；大人否，亨。 ［周易・否䷋第十二・六二］

(172)貞吉，无悔。君子之光，有孚，吉。 ［周易・未濟䷿第六十四・六五］

(173)君子豹變，小人革面；征凶，居貞吉。 ［周易・革䷰第四十九・上六］

(174)恒其德；貞婦人吉，夫子凶。 ［周易・恒䷟第三十二・六五］

(175)觀我生，君子无咎。 ［周易・觀䷓第二十・九五］

(176)觀其生，君子无咎。 ［周易・觀䷓第二十・上九］

(177)鳴謙，貞吉。 ［周易・謙䷎第十五・六二］

(178)勞謙，君子有終，吉。 ［周易・謙䷎第十五・九三］

(179)无不利，撝謙。 ［周易・謙䷎第十五・六四］

(167)意謂：君子白天剛健振作，夜裏警惕慎行，雖遇危險，亦無災禍。(168)意謂：正直、端方、宏大，不學習亦無不利。(169)意謂：逐鹿而無虞人引導，獨入林中，(必無收獲)。君子當見機行事，此時不如捨棄不逐，前往(必有)憾惜。(170)意謂：行事不長久，稍有言語中傷，終將吉利。(171)意謂：包容順承，小人吉利；大人則否，(不與小人相包容順承)，好[②]。(172)意謂：筮問(遇此爻)吉利，沒有災禍。君子的光明道德，獲得信任，吉利。(173)意謂：君子靈活如豹，助成變革，小人紛紛改變舊日傾向[③]；出行兇險，筮問安居之事(遇此爻)吉利。(174)意謂：常守其德；筮問婦人之事(遇此爻)吉利，男子則兇險。(175)意謂：行爲受他人觀仰且自我進行省察，君子沒有災禍。(176)意謂：行爲受他人觀仰，君子沒有災禍。(177)意謂：謙虛名聲在外，筮問(遇此爻)吉利。(178)意謂：勤勞謙虛，君子有終，吉利。(179)意謂：施行謙德，無不吉利。這類“卜”文的基本體制爲：“某道德修養事。某斷辭。”或作：“某斷辭。某道德修養事。”所記斷辭多處於筮占的道德修養事項之後，如(167)～(178)；少數辭例所記斷辭處於筮占的道德修養事項之前，如(179)。

又如：

(180)鳴豫，凶。 ［周易・豫䷏第十六・初六］

(181)盱豫，悔；遲，有悔。 ［周易・豫䷏第十六・六三］

(182)冥豫成，有渝，无咎。 ［周易・豫䷏第十六・上六］

(183)不恒其德，或[④]承之羞，貞吝。 ［周易・恒䷟第三十二・九三］

---

① “小”，帛《易》作“少”。

② 參看[清]王引之：《經義述聞》卷一《周易上》，《高郵王氏四種》之三，南京：江蘇古籍出版社，2000年，第15頁。

③ 參看[清]王引之：《經義述聞》卷一《周易上》，《高郵王氏四種》之三，南京：江蘇古籍出版社，2000年，第29頁；黃壽祺，張善文：《周易譯注》(修訂本)，上海：上海古籍出版社，2001年，第382～383頁。

④ “或”，《釋文》：“或，有也，一云常也。鄭本作‘咸承’。”([唐]陸德明：《經典釋文》卷二《周易音義》，影印《通志堂經解》本，北京：中華書局，1983年，第25頁)

(184)莫益之，或擊之，立心勿恒，凶。 [周易·益䷩第四十二·上九]

(180)意謂：逸樂名聲在外，兇險。(181)意謂：媚上以求歡，(必招)災禍；遲延而不改，(必將)有災禍。(182)意謂：昏冥縱樂已成習性，(若)有改變，(則)無災禍。(183)意謂：不能常持美德，時或受人羞辱，筮問(遇此爻)憾惜。(184)意謂：無人增益之，有人攻擊之，居心不常，兇險。這類“卜”文的基本體制爲：“某道德修養事。某斷辭。”所記斷辭處於筮占的道德修養事項之後。

再如：

(185)亨。苦節，不可貞。 [周易·節䷻第六十·節]

(186)不出戶庭，无咎。 [周易·節䷻第六十·初九]

(187)不出門庭，凶。 [周易·節䷻第六十·九二]

(188)不節若，則嗟若，无咎。 [周易·節䷻第六十·六三]

(189)安節，亨。 [周易·節䷻第六十·六四]

(190)甘節，吉，往有尚。 [周易·節䷻第六十·九五]

(191)苦節，貞凶，悔亡。 [周易·節䷻第六十·上六]

此卦爻辭所記，皆與節制之德有關。其辭意謂：

○(筮遇此卦)，好。(若)苦於節制，(則)不可筮問。

○(拘於節制)不跨出戶庭，沒有災禍。

○(拘於節制)不跨出門庭，兇險。

○不能節制，則有嗟歎，(但)沒有災禍。

○安於節制，好。

○甘於節制，吉利，所往會有佑助。

○苦於節制，筮問(遇此爻)兇險，(但)沒有災禍。

這類“卜”文的基本體制爲：“某道德修養事。某斷辭。”所記斷辭處於筮占的道德修養事項之後。

括而言之，《周易》卦爻辭中的這類反映有關道德修養內容的“卜”文，其基本體制爲：“某道德修養事。某斷辭。”或爲：“某斷辭。某道德修養事。”所記斷辭多處於筮占的道德修養事項之後，少數處於筮占的道德修養事項之前。

14. 其他

《周易》卦爻辭中尚有載錄有關其他內容的“卜”文，其數量甚多。其中，載錄內容與鳥獸有關的“卜”文如：

(192)亨。利貞。可小事，不可大事。飛鳥遺之音，不宜上，宜下。大吉。

[周易·小過䷽第六十二·小過]

(193)弗遇，過之，飛鳥離之，凶，是謂災眚。

[周易·小過䷽第六十二·上六]

(194)翰音登于天，貞凶。 [周易·中孚䷼第六十一·上九]

(195)明夷夷于左股，用拯馬壯，吉。 [周易·明夷䷣第三十六·六二]

(196)箕子之明夷，利貞。 [周易·明夷䷣第三十六·六五]

所記皆與飛鳥有關。又有載録與龍有關的“卜”文，如：

(197)潛龍，勿用。　[周易·乾䷀第一·初九]

(198)見龍在田，利見大人。　[周易·乾䷀第一·九二]

(199)或躍在淵，无咎。　[周易·乾䷀第一·九四]

(200)飛龍在天，利見大人。　[周易·乾䷀第一·九五]

(201)亢龍，有悔。　[周易·乾䷀第一·上九]

(202)見群龍无首，吉。　[周易·乾䷀第一·用九]

又有載録與虎有關的“卜”文，如：

(203)履虎尾，不咥人，亨。　[周易·履䷉第十·履]

(204)履虎尾，愬愬，終吉。　[周易·履䷉第十·九四]

(205)顛頤，吉。虎視眈眈，其欲逐逐，无咎。

[周易·頤䷚第二十七·六四]

(206)眇能視，跛能履。履虎尾，咥人，凶。武人爲于大君。

[周易·履䷉第十·六三]

又有載録與狐有關的“卜”文，如：

(207)亨。小狐汔濟，濡其尾，无攸利。　[周易·未濟䷿第六十四·未濟]

(208)曳其輪，濡其尾，无咎。　[周易·既濟䷾第六十三·初九]

(209)濡其尾，吝。　[周易·未濟䷿第六十四·初六]

(210)濡其首，厲。　[周易·既濟䷾第六十三·上六]

(211)有孚于飲酒，无咎。濡其首，有孚失是。

[周易·未濟䷿第六十四·上九]

以上辭例所記皆與鳥獸有關。這類“卜”文的通常體制爲：“某事。某斷辭。”如(193)～(205)、(208)～(210)。少數辭例的體制爲：“某斷辭。某事。某斷辭。”如(192)、(207)。或作：“某事。某斷辭。某事。”如(206)、(211)。

《周易》卦爻辭中，還有一些載録内容與人體部位有關的“卜”文。如：

(212)咸其腓，凶。居，吉。　[周易·咸䷞第三十一·六二]

(213)咸其股，執其隨，往吝。　[周易·咸䷞第三十一·九三]

(214)咸其脢，无悔。　[周易·咸䷞第三十一·九五]

(215)咸其輔、頰、舌。　[周易·咸䷞第三十一·上六]

(216)艮其背，不獲其身；行其庭，不見其人，无咎。

[周易·艮䷳第五十二·艮]

(217)艮其趾，无咎，利永貞。　[周易·艮䷳第五十二·初六]

(218)艮其身，无咎。　[周易·艮䷳第五十二·六四]

(219)艮其輔，言有序，悔亡。　[周易·艮䷳第五十二·六五]

這類“卜”文的基本體制爲：“某事。某斷辭。”

《周易》卦爻辭中，還有一些載録内容與其他事物有關的“卜”文。如：

(220)剝床以足，蔑貞凶。　[周易·剝䷖第二十三·初六]

(221)剝床以辨，蔑貞凶。　[周易·剝䷖第二十三·六二]

(222)剝床以膚，凶。　　[周易·剝䷖第二十三·六四]

(223)巽在床下，喪其資斧[1]，貞凶。　　[周易·巽䷸第五十七·上九]

(224)棟橈，利有攸往，亨。　　[周易·大過䷛第二十八·大過]

(225)藉用白茅，无咎。　　[周易·大過䷛第二十八·初六]

(226)棟橈，凶。　　[周易·大過䷛第二十八·九三]

(227)棟隆，吉。有它，吝。　　[周易·大過䷛第二十八·九四]

(228)習坎，有孚，維心，亨，行有尚。　　[周易·坎䷜第二十九·坎]

(229)習坎，入于坎窞，凶。　　[周易·坎䷜第二十九·初六]

(230)坎有險，求小得。　　[周易·坎䷜第二十九·九二]

(231)來之坎坎，險且枕，入于坎窞，勿用。　　[周易·坎䷜第二十九·六三]

(232)坎不盈，(祇)[祗][2]既平，无咎。　　[周易·坎䷜第二十九·九五]

這類“卜”文的基本體制爲：“某事。某斷辭。”

括而言之，《周易》卦爻辭中反映其他內容的“卜”文，其通常體制爲：“某事物。某斷辭。”少數辭例的體制爲：“某斷辭。某事物。”或作：“某斷辭。某事物。某斷辭。”或作：“某事物。某斷辭。某事物。”

綜上所述，《周易》卦爻辭中的“卜”文具有以下特點：

①《周易》卦爻辭中的“卜”文可分爲兩類：其一，不載錄事物的“卜”文；其二，載錄事物的“卜”文。

②《周易》卦爻辭中不載錄事物的“卜”文數量較少，其基本體制爲：“某斷辭。”所記皆爲斷占之辭。

③《周易》卦爻辭中載錄事物的“卜”文數量甚多，其所載錄之事物反映的內容頗爲豐富，主要有祭祀、出行、征伐、政事、刑訟、飲食、田獵、氣象、畜牧、疾病、婚姻家庭、日常生活、道德修養等。這類“卜”文所記斷辭多處於筮占事物之後，其基本體制爲：“某事物。某斷辭。”少數“卜”文所記斷辭處於筮占事物之前，其基本體制爲：“某斷辭。某事物。”另外，尚有少量“卜”文的體制爲：“某斷辭。某事物。某斷辭。”或作：“某事物。某斷辭。某事物。”

① “喪”，帛《易》作“亡”。“資”，帛《易》作“溍”，《集解》作“齊”。

② “祇”當作“祗”，從阮元《校勘記》改。

第三節 記

《周易》卦爻辭中有一些載錄事實而不著以判斷吉凶之語的卦爻辭，今將之歸入“記”文。按其所記內容，大致有祭祀、出行、征伐、行政、田獵、婚姻家庭、日常生活等方面。論述如下。

一、祭祀

《周易》卦爻辭中與祭祀有關的“記”文，其數量甚少。如：

(1)拘係之，乃從維之，王用亨于西山。 [周易·隨䷐第十七·上六]

(2)盥而不薦，有孚顒若。 [周易·觀䷓第二十·觀]

(1)意謂：起先被束縛，後來被釋放，王用享祭於岐山。(2)意謂：灌酒於地以祭神而未獻牲(之時)，以誠信肅敬(之心觀仰)。

二、出行

《周易》卦爻辭中與出行有關的“記”文，其數量較多。如：

(3)往蹇，來譽。 [周易·蹇䷦第三十九·初六]

(4)往蹇，來反。 [周易·蹇䷦第三十九·九三]

(5)往蹇，來連。 [周易·蹇䷦第三十九·六四]

(6)大蹇，朋來。 [周易·蹇䷦第三十九·九五]

(7)旅瑣瑣，斯[①]其所取災。 [周易·旅䷷第五十六·初六]

(8)旅于處，得其資斧[②]，我心不快。 [周易·旅䷷第五十六·九四]

(9)賁其趾，舍車而徒。 [周易·賁䷕第二十二·初九]

(10)中行獨復。 [周易·復䷗第二十四·六四]

(3)之“往蹇”，謂往行艱難；“來譽”謂歸獲榮譽。(4)之“來反”，謂歸得其所。(5)之“來連”，謂歸亦艱難。(6)意謂：遇大難，得朋友相助。(7)意謂：行旅之人舉動萎縮卑賤，這是他自取災禍的原因。(8)意謂：行旅之人暫棲居所，得了錢財，但心

① “斯”，帛《易》作“此”。

② “資斧”，《釋文》：“《子夏傳》及眾家並作‘齊斧’。”([唐]陸德明：《經典釋文》卷二《周易音義》，影印《通志堂經解》本，北京：中華書局，1983年，第29頁)尚秉和先生云：“‘資斧’從王弼，各家多作‘齊斧’。‘資’‘齊’音同通用。”(尚秉和：《周易尚氏學》卷十五，北京：中華書局，1980年，第253頁)

中不暢快，(唯恐有失)。(9)意謂：整理鞋飾，放棄車乘而徒步行走。(10)意謂：依正道而行，獨自歸返。

三、征伐

《周易》卦爻辭中與征伐有關的“記”文，其數量較多。如：

(11)突如，其[①]來如，焚如，死如，棄如。 [周易·離☲第三十·九四]

(12)得敵，或鼓或罷，或泣或歌。 [周易·中孚☴第六十一·六三]

(13)同人先號咷而後笑，大師克，相遇。 [周易·同人☰第十三·九五]

(14)伏戎于莽，升其高陵，三歲不興。 [周易·同人☰第十三·九三]

(15)高宗伐鬼方，三年克之；小人勿用。 [周易·既濟☵第六十三·九三]

(11)意謂：突然而來，焚燒，掠殺，滿地狼藉。(12)意謂：(戰鬥勝利)，俘獲敵人，或擊鼓，或疲憊，或低泣，或高歌。(13)意謂：和同之人起先痛哭，後來歡笑，大軍克敵，會師相遇。(14)意謂：敗敵於草莽，登上那高岡，(遭此戰亂)，元氣大傷。(15)意謂：殷高宗(武丁)討伐鬼方，鏖戰三年才征服；小人不可重用。

四、政事

《周易》卦爻辭中與政事有關的“記”文數量較少。如：

(16)或錫之鞶帶，終朝三褫之。 [周易·訟☰第六·上九]

(17)王臣[②]蹇蹇，匪躬之故。 [周易·蹇☵第三十九·六二]

(18)康侯用錫馬蕃庶，晝日三接。 [周易·晉☲第三十五·晉]

(16)意謂：君王賜以鞶帶，一天之內卻屢次被予奪。(17)意謂：王公大臣處境艱難，不是出於其自身原因。(18)意謂：康侯獲君王賞賜良馬眾多，一天之內屢次被接見。

五、田獵

《周易》卦爻辭中與田獵有關的“記”文數量亦較少。如：

(19)田无禽。 [周易·恒☳第三十二·九四]

(20)井谷射鮒，甕敝漏。 [周易·井☵第四十八·九二]

(21)密雲不雨，自我西郊。公弋，取彼在穴。

[周易·小過☳第六十二·六五]

(19)意謂：外出狩獵，沒有擒獲。(20)意謂：射取井壑裏的小魚，誤將汲水的瓶甕射破。(21)意謂：濃雲來自西郊，密佈天空而無降雨。王公使用繳射，獵取躲入穴中的禽獸。

---

① “其”，帛《易》無。

② “臣”，帛《易》作“僕”字。

六、婚姻家庭

《周易》卦爻辭中與婚姻家庭有關的“記”文，其數量較多。如：

(22)乘馬班如，泣血漣如。 [周易·屯䷂第三·上六]

(23)屯如邅如，乘馬班如，匪寇，婚媾。女子貞不字，十年乃字。 [周易·屯䷂第三·六二]

(24)賁如皤如，白馬翰如，匪寇，婚媾。 [周易·賁䷕第二十二·六四]

(25)歸妹以須，反歸以娣。 [周易·歸妹䷵第五十四·六三]

(26)歸妹愆期，遲歸有時。 [周易·歸妹䷵第五十四·九四]

(27)輿說輻，夫妻反目。 [周易·小畜䷈第九·九三]

(23)意謂：乘馬的人迍邅前行，盤旋而來，不是盜寇，是爲求婚。女子守其貞操，多年以後才懷孕生育。(25)之“須”，卽“嬃”。此辭意謂：姐妹同嫁，陪嫁的妹妹被休棄回家。(26)意謂：妹妹延期未嫁，衹好靜待時機。

七、日常生活

《周易》卦爻辭中與日常生活有關的“記”文，其數量較多。如：

(28)井洌，寒泉食。 [周易·井䷯第四十八·九五]

(29)鞏用黄牛之革。 [周易·革䷰第四十九·初九]

(30)執之用黄牛之革，莫之勝說。 [周易·遯䷠第三十三·六二]

(31)包荒用馮河，不遐遺。朋亡，得尚于中行。 [周易·泰䷊第十一·九二]

(32)无妄之災。或繫之牛，行人之得，邑人之災。 [周易·无妄䷘第二十五·六三]

(33)碩果不食，君子得輿，小人剝廬[①]。 [周易·剝䷖第二十三·上九]

(34)鳴鶴在陰，其子和之。我有好爵，吾與爾靡之。 [周易·中孚䷼第六十一·九二]

(28)意謂：井水清洌，清涼的泉水可以汲用。(30)意謂：用黄牛皮革捆束，無人能夠逃脫。(31)意謂：憑藉空瓠渡河，無所遺棄。(雖然)錢財丟失，(可)得佑助於道中[②]。(32)之“无妄之災”，謂災不可忘[③]。(33)意謂：碩大的果實未被摘食，君子摘食將可做官乘車，小人摘食則無安身之地。(34)意謂：鶴鳴叫於山陰，其同類聞而應和。我有美酒，與你共飲同樂。

---

① “廬”，帛《易》作“蘆”字。

② 參看[清]王引之：《經義述聞》卷一《周易上》，《高郵王氏四種》之三，南京：江蘇古籍出版社，2000年，第14頁；唐明邦：《周易評注》(修訂本)，北京：中華書局，2009年，第34頁。

③ 參看于省吾：《雙劍誃易經新證》卷二，《雙劍誃群經新證·雙劍誃諸子新證》，上海：上海書店出版社，1999年，第30～31頁。

八、其他

《周易》卦爻辭中的這類“記”文如：

(35)龍戰于野，其血玄黃。 [周易·坤☷第二·上六]

(36)以杞包瓜，含章，有隕自天。 [周易·姤䷫第四十四·九五]

(37)震遂泥。 [周易·震䷲第五十一·九四]

(38)需于泥，致寇至。 [周易·需䷄第五·九三]

(39)需于血，出自穴。 [周易·需䷄第五·六四]

(35)意謂：龍爭戰於原野，流血很多。(36)意謂：攀緣杞樹生長的瓠瓜，內含章美，從天而降。(37)意謂：雷電墜入泥地。(38)意謂：需待於泥地，招致盜寇到來。(39)意謂：需待於血泊，從穴中脫身而出。

括而言之，《周易》卦爻辭中的這種載錄事實而不著判斷吉凶之語的“記”文，其體制可歸納爲：“某記事辭。”

第四節 論

《周易》卦爻辭中還有一些載録議論之辭的卦爻辭，今將之歸入“論”文。按卦爻辭中是否記有斷辭，這種“論”文可分爲兩類：其一，載録斷辭的“論”文；其二，不載録斷辭的“論”文。論述如下。

一、載録斷辭的“論”文

《周易》卦爻辭中載録議論之辭而有斷辭的“論”文，其數量較少。如：

(1)无平不陂，无往不復。艱貞，无咎。勿恤其孚，于食有福。
[周易·泰☷第十一·九三]

(2)隨有獲，貞凶。有孚在道，以明，何咎？ [周易·隨☱第十七·九四]

(3)亨。匪我求童蒙，童蒙求我。初筮(告)[吉][①]，再三瀆，瀆則不(告)[吉]。利貞。 [周易·蒙☶第四·蒙]

(1)意謂：平地皆有斜坡，往去者皆有返回。筮問危難之事，沒有災禍。不必擔憂自己的誠信之德，如此自會有福可享。(2)意謂：追隨他人而有獲得，筮問(遇此爻)兇險。心懷誠信上路，保持頭腦清醒，何災之有？(3)意謂：(筮遇此卦)，好。不是我去求幼童(學習)，(而是)幼童來求教於我。初次筮問，吉利；(不信之而)再三筮問，則是不敬；不敬，則不吉。利於筮問(之事)。這類“論”文所記斷辭，有的位於議論之辭的中間，其體制爲：“某議論辭。某斷辭。某議論辭。”如(1)、(2)；有的位於議論之辭的首尾，其體制爲：“某斷辭。某議論辭。某斷辭。”如(3)。

二、不載録斷辭的“論”文

《周易》卦爻辭中載録議論之辭而無斷辭的“論”文，其數量相對較多。如：

(1)大君有命，開國承家，小人勿用。 [周易·師☷第七·上六]

(2)公用亨于天子，小人弗克。 [周易·大有☲第十四·九三]

(3)不事王侯，高尚其事[②]。 [周易·蠱☶第十八·上九]

---

① 案：“告”當作“吉”，形近而誤，下同。此字傳世文獻作“告”，出土文獻作“吉”(帛《易》、帛書《繆和》、漢石經皆作“吉”)，當以後者爲是。參看吳新楚：《〈周易〉異文校證》，廣州：廣東人民出版社，2001年，第11頁、第42～43頁；李學勤：《出土文物與〈周易〉研究》，《齊魯學刊》，2005年第2期，第7頁。

② “尚”，阜《易》作“上”。“事”，帛《易》作“德”，其下有“凶”字。

(4)三人行，則損一人；一人行，則得其友。 [周易・損䷨第四十一・六三]
(5)翩翩，不富以其鄰，不戒以孚。 [周易・泰䷊第十一・六四]
(6)東鄰殺牛[①]，不如西鄰之禴祭，實受其福。 [周易・既濟䷾第六十三・九五]
(7)履霜，堅冰至。 [周易・坤䷁第二・初六]
(8)不耕穫，不菑畬，則利有攸往？ [周易・无妄䷘第二十五・六二]
(9)井泥不食，舊井无禽。 [周易・井䷯第四十八・初六]
(10)井渫不食，爲我心惻。可用汲，王明，並受其福。
[周易・井䷯第四十八・九三]
(11)由豫，大有得；勿疑，朋盍簪。 [周易・豫䷏第十六・九四]
(12)无妄之疾，勿藥有喜。 [周易・无妄䷘第二十五・九五]
(13)有孚惠心，勿問，元吉，有孚惠我德。 [周易・益䷩第四十二・九五]
(14)繻有衣袽，終日戒。 [周易・既濟䷾第六十三・六四]

(1)意謂：天子頒佈命令，冊封諸侯、大夫，小人不可重用。(2)意謂：王公朝獻於天子，小人則不可。(3)意謂：不從事王侯的事業，以使自己的德行高尚。(5)意謂：相互往來，(雖)與其鄰不相悅服，(亦)無須戒備，以誠信待之[②]。(6)意謂：東鄰殺牛(舉行盛大的祭祀)，不如西鄰舉行微薄的禴祭，更能切實地承受神靈降予的福祐[③]。(7)意謂：腳踩薄霜，嚴寒就要到來了。(8)意謂：不耕種而望有收穫，不墾荒而望有良田，則利豈有所往[④]？(9)意謂：淤泥沉積的水井不能食用，廢棄多年的陷阱逮不住野獸。(10)意謂：井已掏，水已淨，無人飲用，令我傷悲。水可汲用，君王賢明，共受其福。(11)之“簪”，當爲“撍”之借字，釋爲“速”[⑤]。此辭意謂：(人們)因之而獲歡娛，大有所得；不必疑慮，朋友速來會合。(12)意謂：有疾病而不忘，(常存戒心)，不必服藥，自會痊癒[⑥]。(13)意謂：我信於民，順民之心，不待問，(必有)大吉利，民(將)信於我，順我之德[⑦]。(14)意謂：身着禦寒之襦而有破絮，(不足以禦寒)，應當整天戒備，(以思患而預防之)[⑧]。這類“論”文惟記議論之辭而無斷辭，其基本體制爲：“某議論辭。”

《周易》卦爻辭中的這類惟記議論之辭而無斷辭的“論”文，言辭簡短，數量有限，雖無“論”之名，卻有“論”之實，開啓了後世“論”體散文的先河。

---

① “東鄰殺牛”，帛《易》作“東鄰殺牛以祭”。

② 參看于省吾：《雙劍誃易經新證》卷二，《雙劍誃群經新證・雙劍誃諸子新證》，上海：上海書店出版社，1999年，第17～18頁。

③ 參看黃壽祺，張善文：《周易譯注》(修訂本)，上海：上海古籍出版社，2001年，第484頁。

④ 參看唐明邦：《周易評注》(修訂本)，北京：中華書局，2009年，第76頁。

⑤ 參看[清]王引之：《經義述聞》卷一《周易上》，《高郵王氏四種》之三，南京：江蘇古籍出版社，2000年，第16頁。

⑥ 參看于省吾：《雙劍誃易經新證》卷二，《雙劍誃群經新證・雙劍誃諸子新證》，上海：上海書店出版社，1999年，第30～31頁。

⑦ 參看[清]王引之：《經義述聞》卷一《周易上》，《高郵王氏四種》之三，南京：江蘇古籍出版社，2000年，第26～27頁。

⑧ 參看[清]王引之：《經義述聞》卷一《周易上》，《高郵王氏四種》之三，南京：江蘇古籍出版社，2000年，第32～33頁。

第六章　西周銅器銘文

第一節　概　　述

西周一代，創制了大量的青銅器。據文獻記載，西周青銅器在漢代已有出土。西漢宣帝(前73～前49年)時，"美陽得鼎"，京兆尹張敞釋其銘文[①]。漢之美陽，即今陝西省扶風縣，乃岐周所在地。有清以來出土的許多傳世西周重器，如天亡簋、毛公鼎、大克鼎，亦出於此地。迄今所見之西周有銘青銅器數量龐大，銘文達數百字者亦頗多，史料價值極高，對西周史的重構，具有重大意義。

西周銅器銘文之研究，自北宋以來已成專門之學。宋人搜集、摹錄、考訂金文，保存了其時所見的大量金文資料，並創造了一些研究方法(如吕大臨的曆朔推定斷代法)及劃定研究範圍(如劉敞所謂"禮家明其制度，小學正其文字，譜牒次其世謚")，爲後來的進一步研究奠定了堅實基礎。清代康乾以後，傳統金石學研究進入巔峰時期。清代的金石學者不但爲後人保存了數量可觀的銅器原始資料，而且在文字考釋、分期斷代的方法及具體結論上，也取得了令人矚目的成就。20世紀以來，伴隨着考古學的形成與發展，西周金文研究步入一個嶄新的階段。學者們在金文收集、整理、著録及考釋的基礎上，結合考古學的方法，對金文資料進行分期、斷代和分域研究，利用科學的研究手段逐步使金文資料史料化，從而藉以重構西周史。在此過程中，新的考古發現、新資料的不斷出土，爲西周金文研究提供了良好的契機和基礎。

一、文字考釋[②]

宋代的銅器著錄與銘文考釋，主要的或大量的成書出現在北宋宣和以後。綜觀宋人著錄銅器的專書，於所摹銘文之下多秖釋文或隸定，而較少考證。究其原因，乃由於宋人主要依據《説文》所收字形來釋讀銅器銘文，凡銘文某字與《説文》所收篆文、古文、籀文等某一構形相同或近似，則認定銘文某字卽《説文》某字，然後加以隸定進

① ［漢］班固撰，［唐］顔師古注：《漢書》卷二十五下《郊祀志下》，北京：中華書局，1962年，第1251頁。師古《注》云："美陽，扶風之縣也。"

② 案：此處所論銅器銘文之文字考釋，兼及商周銅器銘文而言。

行釋讀。宋人釋讀金文 400 餘字，主要采用這種字形對照法和推勘法。儘管他們於具體文字的考釋還存在一些問題，但其開創之功不容抹殺。對此，王國維先生曾有相當中肯的評價，謂“考釋文字，宋人亦有鑿空之功，國朝阮(元)、吳(大澂)諸家不能出其範圍。若其穿鑿紕謬，誠若有可議者，然亦國朝諸老之所不能免也”[①]。

清代康乾以後，金文研究逐漸復興。與此同時，《說文》學發展，學者們逐步認識到《說文》並非無誤之書，而金文可以校補《說文》所收字形之誤。因此，清代之金文考釋日益深入，學術水準大步提高。

嘉慶四年(1804 年)，阮元《積古齋鐘鼎彝器款識》十卷刊行。他在此書《商周銅器說上篇》指出：“形上謂道，形下謂器。商、周二代之道，存于今者，有九經焉。若器，則罕有存者；所存者，銅器鐘鼎之屬耳。古銅器有銘，銘之文爲古人篆蹟，非經文隸楷緐楮傳寫之比。且其詞爲古王侯、大夫、賢者所爲，其重與九經同之。”[②]阮氏視銅器銘文與經同等重要，倡導以金文治經學，並身體力行結合經史考釋銅器銘文。在他的帶動下，學界逐步走上傳世典籍與出土文獻並重、經史與金文互證的研究道路，而傳統金石學研究從此步入了巔峰時期。

吳大澂在金文研究方面的貢獻，主要體現於《說文古籀補》十四卷、《補遺》一卷、《附錄》一卷、《字說》一卷諸書。《字說》共 36 篇，爲其研究金文之心得，頗有新意。《說文古籀補》收字以金文爲主，據以補《說文》之缺遺，訂正了許慎在文字解釋中的許多錯誤。它與孫詒讓的《名原》一道，被譽爲文字學研究中的劃時代的著作[③]。

孫詒讓在金文研究方面的著作主要有《古籀補遺》三卷、《古籀餘論》二卷[④]，所論皆極精審，成就超越前人。其他論文如《毛公鼎釋文》、《籀文車字說》諸篇，在金文與古史研究中均有很高價值。而其所著《名原》二卷[⑤]，以金文爲主要材料，兼及甲骨文，對中國古文字的造字本源與演變作了相當有益的探討，是文字學上的一部名著。孫氏考釋文字，對照推勘，利用六書條例進行偏旁分析，以探討字形演變規律，將金文考釋引入了科學的途徑，所得超邁前賢。

進入 20 世紀以後，近現代學者如王國維、唐蘭、楊樹達、于省吾等，在孫詒讓的基礎上，進一步將銘文考釋理論化、系統化，從而奠定了現代金文文字考釋理論的基礎。

王國維先生撰有《觀堂古金文考釋》、《史籀篇疏證》及多篇銘文考釋的序跋和論文。他的《生霸死霸考》，通過對金文中月相辭語的研究，創立了“一月四分說”，影響深遠。其《散氏盤銘考釋》、《盂鼎考釋》、《毛公鼎考釋》等篇也都義據精深，創獲頗多。他在《毛公鼎考釋序》中指出：“文無古今，未有不文從字順者。今日通行文字，人人

---

① 王國維：《宋代金文著錄表序》，《觀堂集林》卷六，北京：中華書局，1959 年，第 295～296 頁。

② [清]阮元：《商周銅器說上篇》，《積古齋鐘鼎彝器款識》，《續修四庫全書》第 901 冊，上海：上海古籍出版社，2002 年，第 546 頁。

③ 顧頡剛：《當代中國史學》，上海：上海古籍出版社，2002 年，第 27 頁。

④ [清]孫詒讓：《古籀補遺·古籀餘論》，北京：中華書局，2006 年。

⑤ [清]孫詒讓：《名原》，玉海樓家刻本，1905 年。

能讀之、能解之。《詩》、《書》、彝器，亦古之通行文字，今日所以難讀者，由今人之知古代不如知現代之深故也。苟考之史事與制度、文物以知其時代之情狀，本之《詩》、《書》以求其文之義例，考之古音以通其義之假借，參之彝器以驗其文字之變化，由此而之彼，即甲以推乙，則於字之不可識、義之不可通者，必間有獲焉。然後闕其不可知者以俟後之君子，則庶乎其近之矣。”[①]其考釋方法趨於謹嚴，既能充分考慮時代背景，又能以同時代的典籍爲依據，較孫詒讓又有了新的發展。

1935 年，唐蘭先生撰成《古文字學導論》[②]，其中多涉及金文的考釋方法。他在繼承孫詒讓偏旁分析的基礎上，又進一步完善爲對照法(或比較法)、推勘法、偏旁分析法、歷史考證法四種文字考釋的方法。以此爲指導，唐氏取得一批重要成果，如《作冊令尊及作冊令彝銘文考釋》、《永盂銘文解釋》、《㓨尊銘文解釋》等文[③]，對銘文研究有深刻影響。

楊樹達先生從 1940 年起開始研究銅器銘文。他在金文研究上的成就，主要體現於金文文字的考釋。他借鑒高郵王氏父子校書之法以治金文，自謂“每釋一器，首求字形之無牾，終期文義之大安，初因字以求義，繼復因義而定字。義有不合，則活用其字形，借助於文法，乞靈於聲韻，以假讀通之”[④]，在金文考釋中兼顧形、音、義之關係，具有相當的科學性。依據考釋金文的實踐，他歸納出考釋金文的十四條途徑與方法：“一曰據《說文》釋字，二曰據甲文釋字，三曰據甲文定偏旁釋字，四曰據銘文釋字，五曰據形體釋字，六曰據文義釋字，七曰據古禮俗釋字，八曰義近形旁任作，九曰音近聲旁任作，十曰古文形繁，十一曰古文形簡，十二曰古文象形會意字加聲旁，十三曰古文位置與篆文不同，十四曰二字形近混用”[⑤]。其金文考釋的代表作《積微居金文說》七卷、《積微居金文餘說》二卷[⑥]，共收論文 381 篇，以跋語的形式對 314 件銅器銘文中爭議較大、難度較高的詞語、文字作了考證，頗有創獲。其他如《積微居小學金石論叢》五卷[⑦]、《積微居小學述林》七卷[⑧]，也是今日研究金文的重要參考書。

于省吾先生研究古文字，強調既要注意每一個字本身的形音義三方面的相互關係，又要注意每一個字和同時代其他字的横的關係以及它們本身在不同歷史階段字形間的縱的關係，反對沒有充分根據地任意考釋古文字。他的金文考釋，解決疑難形體

---

① 王國維：《毛公鼎考釋序》，《觀堂集林》卷六，北京：中華書局，1959 年，第 294 頁。

② 唐蘭：《古文字學導論》，北京：來薰閣書店，1935 年；又增訂本，濟南：齊魯書社，1981 年。

③ 唐蘭：《作冊令尊及作冊令彝銘文考釋》，《國立北京大學國學季刊》第 4 卷第 1 期；《永盂銘文解釋》，《文物》，1972 年第 1 期；《㓨尊銘文解釋》，《文物》，1976 年第 1 期。後皆收入故宫博物院：《唐蘭先生金文論集》，北京：紫禁城出版社，1995 年。

④ 楊樹達：《積微居金文說・自序》(增訂本)，北京：中華書局，1997 年，第 1 頁。

⑤ 楊樹達：《新識字之由來》，《積微居金文說》(增訂本)，北京：中華書局，1997 年，第 1 頁。

⑥ 楊樹達：《積微居金文說》，北京：科學出版社，1952 年；又增訂本，北京：中華書局，1997 年。

⑦ 楊樹達：《積微居小學金石論叢》，上海：商務印書館，1937 年；又增訂本，北京：科學出版社，1955 年。

⑧ 楊樹達：《積微居小學述林》，北京：科學出版社，1954 年；又《積微居小學述林全編》，上海：上海古籍出版社，2007 年。

時卽循此原則，從字形分析入手，字形落實以後才進而研究其他。其比較重要的成果有《釋蔑曆》、《讀金文劄記五則》、《牆盤銘文十二解》[①]等。

王、唐、楊、于諸氏的金文考釋方法及其實踐，奠定了目前金文釋讀理論的基調。其後如高明《中國古文字學通論》中提出的因襲比較法、辭例推勘法、偏旁分析法、據禮俗制度釋字等，卽是對前述諸家考釋理論的歸納與總結。此外，如李學勤、裘錫圭、吴振武等學者，還進一步探討了商周金文中的某些特殊現象，如重文、合文、借筆、減筆、增筆、合文後再減省某些部首以及同音假借等等，對銘文釋讀水平的提高也有重要貢獻[②]。

回顧金文研究的發展歷史，從宋代開始研究金文直到20世紀30年代，可說是以考釋文字爲中心。1925年容庚先生《金文編》初版印行，正編收已釋之字1382個；1939年《金文編》第2版印行，正編所收已釋之字達到了1804個，可謂成績斐然。而1959年《金文編》第3版印行時，正編所收已釋之字爲1894個，較前僅增加90個，且其中有些乃據偏旁分析隸定的字。可見，從1939年至1959年期間，文字考釋已不如之前那樣興盛。20世紀70年代以後，金文考釋又有新的發展，至1985年《金文編》第4版印行時，正編收已釋之字爲2420個。20世紀90年代前後迄今，學者們在糾正、補證舊釋及新釋文字等方面有進一步的發展，取得了較豐碩的成果[③]。

二、分期斷代

西周銅器銘文的分期斷代研究起步較早。從事此項研究的學者較多，所獲之成績亦較殷商金文爲突出。就目前資料而言，已有六十餘件西周銅器銘文可以依據其完整的紀時文字，用曆朔推定法求得各自的絕對年代，另有數百件則可以通過與標準器相比較和繫聯的方法，得出確切的王世。至於其他數以千計的西周金文，絕大多數衹能用考古學的方法推斷出時代的相對早晚，也卽所謂的相對年代。西周金文相對年代的研究是個十分重要的基礎課題。倘若沒有相對年代研究爲根基，絕代年代的探求往往會出現相當大的偏差[④]。

宋代和清代的金石學家，對個別銅器的年代偶有論及，或就銘文中的人名與文獻記載比附，或依後世曆術推步銘文所載之曆朔，缺乏對銅器形制、紋飾及銘文的全面考察，因而所定銅器之年代多不可靠。

晚清學者方濬益在《綴遺齋彝器款識考釋》一書中，分銅器銘文字體爲三種類型：其一，西周早期文字筆劃中肥而首尾出鋒，爲古文體(西周古文)；其二，西周晚期文字

① 于省吾：《釋蔑曆》，《東北人民大學人文科學學報》，1956年第2期；《讀金文劄記五則》，《考古》，1966年第2期；《牆盤銘文十二解》，《古文字研究》第5輯，北京：中華書局，1981年。

② 陳絜：《商周金文》，北京：文物出版社，2006年，第72頁。

③ 參看趙誠：《二十世紀金文研究述要》，太原：書海出版社，2003年，第167～168頁、第449～506頁。

④ 陳絜：《商周金文》，北京：文物出版社，2006年，第105頁。

筆劃首尾如一近乎玉箸，爲籀篆體；其三，東遷以後，列國文字仍是籀書而體漸長，儼如小篆[①]。這表明，方氏已經開始注意到銅器銘文字體的變化，提出了以文字特徵斷代的設想。

對西周青銅器作系統的分期斷代研究的，始自郭沫若先生。早在 1930 年，他撰成《毛公鼎之年代》[②]一文，即根據毛公鼎的“花紋形式”及人名、熟語等，將該器的年代確定在宣王時，糾正了過去的失誤。1931 年，他撰成《兩周金文辭大系》[③]，創立了“標準器斷代法”，並將之運用於西周銅器年代的考定，把所選 162 件西周王臣器分繫於十二王，又選東周諸侯器 161 件，以同樣方法分歸三十二國，逐件考釋研究，着重闡發與古代社會歷史有關的材料。由於作了分期分域，遂使原先雜亂無章的器銘成爲一套有科學價值的系統史料，把金文研究推進到一個新時代。

1936 年，吳其昌先生《金文曆朔疏證》一書出版[④]。他在此書《卷首》提出：

> 如能于傳世古彝數千器中，擇其年、月、分、日全銘不缺者，用四分、三統諸曆推算六七十器，碻定其時代。然後更以年、月、分、日四者記載不全之器，比類會通，考定其時代，則可得百器外矣。然後更以此百餘器爲標準，求其形制、刻鏤、文體、書勢相同似者，類集而參綜之，則無慮二三百器矣。然後更就此可知時代之群器，籀繹其銘識上所載記之史實，與經傳群籍相證合，則庶乎宗周文獻，略可取徵于一二矣。[⑤]

從已有研究成果來看，西周時代的三統曆、四分曆還不甚明確，厲王以前諸王的在位年數多出於推測，利用銘文曆朔推定法進行銅器斷代，存在難以克服的困難。而他主張綜合考慮銅器之形制、紋飾及銘文之文體、書法，將銘文與傳世文獻所載史實相參證，以確定銅器之年代，可謂卓見。

在郭氏以後，對西周銅器作專門的年代研究，並在方法上提出了系統意見的，是陳夢家先生。20 世紀 50 年代，陳先生連續發表了《西周銅器斷代》六篇論文[⑥]，將考古學的研究方法和成果與青銅器及其銘文的研究更爲緊密地結合起來，開創了西周金文分期斷代研究的新階段。陳氏認爲，研究西周銅器應該注意器物的組合關係、銅器內部的聯繫以及與歷史研究的有機結合，要搞清楚銅器之間是同出於某一地區，還是同坑出土或是同一墓葬出土，這三種不同的情形，應該分別看待。他指出：

> 同處、同墓出土的銅器，因爲它們常是同時代的，所以形制、花紋之相近和銘文之相關聯是很可能的。對於某處、某墓的一組或一件銅器的斷代，可以用作爲標

---

① [清]方濬益：《彝器說中》，《綴遺齋彝器款識考釋》，上海：商務印書館，1935 年。

② 郭沫若：《毛公鼎之年代》，《金文叢考》，北京：人民出版社，1954 年。

③ 郭沫若：《兩周金文辭大系》，東京：文求堂書店，1931 年。

④ 吳其昌：《金文朔曆疏證》，北京：商務印書館，1936 年。

⑤ 吳其昌：《金文朔曆疏證·卷首》，北京：商務印書館，1936 年，頁三；又重印本，北京：北京圖書館出版社，2004 年，第 27～28 頁。

⑥ 陳夢家：《西周銅器斷代》(一)至(六)，連載於《考古學報》第九、十冊，1955 年；《考古學報》1956 年第 1～4 期。

準來斷定它處、它墓的銅器的年代。因此，銅器內部的聯繫(即銘文的和形制、花紋的)在斷代上是最要緊的。但我們不可以單憑一方面的關聯而下判斷，應該聯繫一切方面的關係。①

考古學資料經過科學的發掘、整理與研究以後，必然能得到這些物質資料本身在發展過程中的位序，而某些器物的種種方面的發展(如形制的，紋飾的，銘辭的)又一定是相互平行而發展的。器物在發展過程中所顯示的某些特徵，應該和整個社會發展的階段是相應的。器物本身的研究應處處留意它在諸方面發展的平行的和一致的關係，而研究器物尤應密切的結合歷史社會的研究。②

在他看來，銘文、形制、紋飾之間已經沒有主次之分，地層關係也成了必須考慮的因素，而與歷史研究的關係尤爲密切。

關於銘文內部的聯繫，陳氏認爲可以有以下八類，即：

(1)同作器者；(2)同時人；(3)同父祖關係；(4)同族名；(5)同官名；(6)同事；(7)同地名；(8)同時。

進而他指出，這八項“都是銘文的內部的聯繫的舉例，而各器銘之間的聯繫，並不止於上述各條”，“由於上述各事，若干獨立的西周銅器就一定可以聯繫起來。由於聯繫與組合，不但可作爲斷代的標準，並從而使分散的銘文內容互相補充前後連串起來。經過這樣的組織以後，金文材料才能成爲史料”③。

在具體的分期研究上，陳氏將西周銅器分爲三期：

西周初期：武王、成王、康王、昭王

西周中期：穆王、共王、懿王、孝王、夷王

西周晚期：厲王、共和、宣王、幽王

每期各佔八、九十年，代表西周銅器發展的三個階段。他的三期分法，對以後西周金文的分期斷代研究也有相當的指導意義，直到現在仍爲多數學者所遵循。

20 世紀 50 年代中葉以後，隨着田野考古工作的大規模展開，出土了大量西周時期的銅器，年代和組合可靠的西周銅器資料日趨豐富，爲西周青銅器的斷代研究增添了大量新資料。在這種情況下，唐蘭先生認爲：

新的考古資料不斷發現，很多資料是過去沒有想到的重要綫索，我們應該及時對這些材料作一個初步的總結，來反映這個新的偉大的時代，並以利於進一步的探索。我們應該把大量的資料全部攤開，從其內在聯繫，從有關文獻記載，從出土地點，從器形、裝飾、圖案、文法、文字、書法等各方面的比較研究，去粗存精地作耐心地細緻的研究。④

---

① 陳夢家：《西周銅器斷代》，北京：中華書局，2004 年，第 355 頁。

② 陳夢家：《西周銅器斷代》，北京：中華書局，2004 年，第 357 頁。

③ 陳夢家：《西周銅器斷代》，北京：中華書局，2004 年，第 356～357 頁。

④ 唐蘭：《論周昭王時代的青銅器銘刻》，《古文字研究》第 2 輯，北京：中華書局，1981 年，第 13 頁。

1962 年，他發表長篇論文《西周銅器斷代中的“康宫”問題》[①]，認爲銅器銘文中的“康宫”乃指康王之廟，凡記載有“康宫”的銘文，皆當爲康王死後所鑄。這是他進行西周銅器斷代研究的一篇代表性著作。唐氏以此確定標準器，依據銘文繫聯了一大批青銅器。1973 年，唐先生先從昭王時的 53 件銅器入手，寫成《論周昭王時代的青銅器銘刻》[②]一文。在此基礎上，他擴大範圍，於 1976 年開始着手撰寫《西周青銅器銘文分代史徵》[③]一書，以總結自己畢生的研究心得。但令人遺憾的是，穆王時器尚未寫完，他便在 1979 年 1 月遽然逝去了。綜觀其書，他對郭沫若以來的標準器斷代研究法作了極好的總結，尤其是在將銅器銘文與傳世文獻、相關史實有機結合方面所作的工作，對以後作西周銅器斷代研究具有重要啓示意義。

1975 年，日本學者白川静《金文通釋》出版[④]。該書卷五第八、九兩章“西周斷代與年曆譜”據曆譜、王年、人物等考察西周銅器之斷代，參考了郭沫若、陳夢家的研究成果，按年代排列西周諸器之順序，在同一時期內又按銘文內容之間的人物或史事關係分組(分“輯”)，同一組又依同一作器者分若干器組，其體例與陳夢家《斷代》相近。該書先列器制，由器制聯繫相似之器，再疏通銘文，繼而串聯同器組相關諸器，並議論銘文反映之史實，有不少獨到見解。

1979 年，李學勤先生發表《西周中期青銅器的重要標尺——周原莊白、強家兩處青銅器窖藏的綜合研究》一文[⑤]，着眼於從新的角度尋找西周銅器斷代的標準器。文中指出：

> 最好能找到一批青銅器群，其各器間不僅有横的聯繫(同器主同時代的器物)，也有縱的聯繫(器主家族幾個世紀的器物)。這樣的青銅器群可以當作一種標尺，用來檢驗我們排定的青銅器年代序列是否正確，告訴我們各王時的器物究竟有哪些特徵。

按照這種思考，他對扶風莊白一號窖藏與扶風強家村窖藏出土青銅器作了年代序列的排列(此兩處窖藏器物基本上皆符合其理想的、器群式標準器的條件)，從器形與銘文內涵(曆年、人物關係)、字體、紋飾等方面對昭王至孝王時期青銅器作了推定，指出這一階段青銅器形制、紋飾、字體的演變情況兼及夷王時器，並將西周中期器的下限定在孝、夷之間。這種利用特定的器群兼顧器物間横縱的聯繫，在比較中建立成序列的標準器的研究方法，是較爲嚴謹而富科學性的[⑥]。

20 世紀 80 年代以後，對西周銅器斷代的研究有了相當的發展。此期的研究多將西

---

① 唐蘭：《西周銅器斷代中的“康宫”問題》，《考古學報》，1962 年第 1 期；此文後收入故宫博物院：《唐蘭先生金文論集》，北京：紫禁城出版社，1995 年。

② 唐蘭：《論周昭王時代的青銅器銘刻》，《古文字研究》第 2 輯，北京：中華書局，1981 年。

③ 唐蘭：《西周青銅器銘文分代史徵》，北京：中華書局，1986 年。

④ [日]白川静：《金文通釋》，京都：白鶴美術館，1975 年。

⑤ 李學勤：《西周中期青銅器的重要標尺——周原莊白、強家兩處青銅器窖藏的綜合研究》，《中國歷史博物館館刊》，1979 年第 1 期。

⑥ 朱鳳瀚：《古代中國青銅器》第十一章“西周青銅器”，天津：南開大學出版社，1995 年，第 751 頁。

周銅器斷代與西周諸王年代研究緊密聯繫，論著迭出，成果豐富，將西周金文斷代研究推嚮了一個新的階段①。

1984 年，由馬承源主編，陳佩芬、潘建明、陳建敏、濮茅左編撰的《商周青銅器銘文選》②完稿。從此書成稿日期可知，編者未見過唐蘭先生的《史徵》。該書收錄商器銘 21 篇、西周器銘 512 篇、東周器銘 392 篇，共計 925 篇，是繼郭沫若《大系》之後收錄銅器銘文最豐富的銘文選本。《銘文選》所收西周銘文均按時代前後依次排列，從這個意義上講，此部分完全可以看作西周銅器銘文的斷代研究著作。其對銅器銘文的斷代分期，廣泛吸收了各家研究成果，又有許多新見。

1995 年，朱鳳瀚先生《古代中國青銅器》出版。該書第十一章“西周青銅器”在已有研究成果的基礎上，根據考古發掘資料，對西周銅器進行了分期研究。他把關中和洛陽地區的西周銅器分爲五期，即：

第一期：約在武王至康王時期

第二期：約在康王偏晚至昭王時期

第三期：約在昭王晚期至恭王一段時間內

第四期：約在懿王至孝王期間

第五期：約在夷王至幽王時期

每期都舉出了若干個銅器組合較爲完整的典型墓葬，以探究銅器的組合關係和並存陶器的對應關係。此外，他從組合形式、形制、紋飾等方面對各期銅器的特徵作了較詳細的論述，得出結論：

西周銅器分期的五期中，一期是對殷墟銅器作風的部分革新，二、三期與四、五期是西周銅器時代特色體現較強的兩個大階段，而二、四期則分别是由一期向三

---

① 如：榮孟源：《試談西周紀年》，《中華文史論叢》，1980 年第 1 期。高木森：《略論西周武王的年代問題與重要青銅器》，《華學月刊》，1980 年第 107 期。周法高：《西周金文斷代的一些問題》，《國際漢學會議論文集》，臺北：“中央研究院”，1981 年。勞榦：《商周年代的新估計》，《國際漢學會議論文集》，臺北：“中央研究院”，1981 年。丁驌：《西周王年與殷世新說》，《中國文字》新 4 期，三藩：美國藝文印書館，1981 年。劉啓益：《西周紀年銅器與武王至厲王的在位年數》，《文史》第 13 輯，北京：中華書局，1982 年。馬承源：《西周金文和周曆的研究》，《上海博物館集刊》，上海：上海古籍出版社，1982 年。周文康：《武王伐紂年代考》，《徐州師範學院學報》，1983 年第 4 期。何幼琦：《西周的年代問題》，《江漢論壇》，1983 年第 8 期。李裕民：《周武王年壽考》，《文史》第 15 輯，北京：中華書局，1986 年。張汝舟：《西周考年》，《二毋室古代天文曆法論叢》，杭州：浙江古籍出版社，1987 年。姜文奎：《西周年代考》，《大陸雜誌》，1991 年第 82 卷第 4、5 期。趙光賢：《武王克商與西周諸王年代考》，《北京圖書館館刊》，1992 年第 1 期。謝元震：《西周年代考》，《文史》第 29 輯，北京：中華書局，1988 年。[日]平勢隆郎：《西周假定紀年配列》，《中國古代紀年研究》第三節，東京大學東洋文化研究所報告，1996 年。張聞玉：《西周王年論稿》，貴陽：貴州人民出版社，1996 年。張培瑜：《西周年代曆法與金文月相紀日》，《中原文物》，1997 年第 1 期。案：1997 年 10 月底之前刊行的與西周諸王年代有關的中外學者之論著，大多皆彙集於朱鳳瀚、張榮明編《西周諸王年代研究》（貴陽：貴州人民出版社，1998 年）一書中。

② 馬承源：《商周青銅器銘文選》（1～4 卷），北京：文物出版社，1986～1990 年。

期和由三期向五期過渡的時期。如前文指出的，自二期以後在造型與紋飾上，不尚華麗，注重素樸莊重之風格漸成爲青銅器藝術之主流。此種風格長時間地不斷深化的結果，使整個青銅工藝在西周晚期出現不夠興旺的現象，以致不少青銅器研究者認爲至西周晚期青銅工藝已處於低潮。①

朱先生將西周銅器五期年代分劃之結果及其與習慣上所分西周早、中、晚三期之對應關係歸納爲《西周青銅器分期各期之年代範圍示意表》②，如下：

西周青銅器分期各期之年代範圍示意表

<table>
<tr><th colspan="2">銅器分期</th><th>王　世</th><th>西周年代分期</th></tr>
<tr><td colspan="2">第一期</td><td rowspan="6">武　王
成　王
康　王

昭　王
穆　王
共　王
懿　王
孝　王
夷　王

厲　王

(共　和)
宣　王
幽　王</td><td rowspan="2">西周早期</td></tr>
<tr><td colspan="2">第二期</td></tr>
<tr><td colspan="2">第三期</td><td rowspan="2">西周中期</td></tr>
<tr><td colspan="2">第四期</td></tr>
<tr><td rowspan="2">第五期</td><td>第一階段</td><td rowspan="2">西周晚期</td></tr>
<tr><td>第二階段</td></tr>
</table>

*其中第五期一、二階段分劃是否合宜還有待更多的資料加以驗證。

1999 年，王世民、陳公柔、張長壽三位先生合著的《西周青銅器分期斷代研究》一書出版。該書是“夏商周斷代工程”的一個子項目，對西周銅器器形、紋飾進行綜合研究並以之作爲西周金文斷代的基礎。其研究以西周銅器中銘文可供西周曆譜研究者(指銘文中王年、月序、月相、干支四要素俱全的銅器)爲主，“就其形制、紋飾作考古學的分期斷代研究，爲改進西周曆譜研究提供比較可靠的依據”，“從而使曆譜研究能夠建立在科學的堅實基礎之上，避免過去那種不顧銅器年代妄加推算的隨意情況”③。該書共收集具有典型意義的西周銅器 352 件，依據作者對銅器的形制、紋飾的詳細對比，銘文內容的多方面聯繫，特別是銘文一致和作器者相同的同組關係，以及同世、同坑關係，綜合起來考察，而將西周銅器的發展譜系分爲三期(有的器物，又將一期再分爲前、後兩段)，即：

① 朱鳳瀚：《古代中國青銅器》，天津：南開大學出版社，1995 年，第 778 頁。

② 朱鳳瀚：《古代中國青銅器》，天津：南開大學出版社，1995 年，第 778 頁。

③ 王世民，陳公柔，張長壽：《西周青銅器分期斷代研究・前言》，北京：文物出版社，1999 年，第 1 頁。

早期：武、成、康、昭

中期：穆、恭、懿、孝、夷

晚期：厲、宣、幽

三期都是大約八九十年。作者特別指出：

采取考古類型學方法排比的器物發展譜系，劃分的是一種相對年代，所謂相當的王世，不過指出大體相當於某王前後，上下可稍有遊移，以期爲年曆推算提供可信而又寬泛的年代幅度。①

由於作者將四要素俱全的銅器全部置於整個譜系框架中進行考察，所以在整體上可以避免作單項研究而造成的偏差，所得年代較爲客觀。其研究結果對今後西周金文分期斷代有參考價值。

2002 年，劉啓益《西周紀年》②出版。此書分上、下兩編，上編談西周紀年，下編談西周銅器斷代。其研究基本上仍是循郭、陳二氏的途徑，而有新的發展。劉先生進行西周銅器斷代的方法有三個構成要素，即考古類型研究、月相、共生關係。他力圖使銘文內容所揭示的年代序列與型式的發展序列相一致。而銘文所反映的人物稱謂、可與文獻相印證的歷史事件等，仍成爲確定年代序列的標尺，西周銅器銘文內容在同一王世之器範圍內被聚合爲若干“組”。在對每一王世銅器作討論之後，或附有屬該王世的青銅器墓資料，分析所出器物的型式，並參照正文中對諸王世銅器形制特徵的認識，推斷墓中所出無銘器物的年代。劉氏的系統研究，在方法與手段上及資料的豐富程度上均超出前人，對促進西周銅器斷代研究的深入有重要意義。當然，由於銅器銘文在其研究體系中仍具基礎地位，所以，他將西周諸器按王世所作排比仍在一定程度上與對銘文內容的詮釋與理解(特別是對月相的理解)直接相關，這也就爲其他學者留下了商榷的餘地③。

經過中外學者七十多年來的不懈努力，在西周金文相對年代的研究方面已經取得了很大成就，尤其是在方法論上有了一個比較科學的理論體系。通過銘文內容進行具體器物的斷代工作，涉及對銘文中曆朔、月相、人物關係、謚號及相關史實的認識，其中有一些在學者間仍有爭議的問題，是目前與今後較長時期內有待繼續深入研究的課題。如西周金文字形的演變之探討還遠遠不能與形制、紋飾等方面的研究成就相比肩，這是今後可以努力的方向之一④。

三、語法音韻

西周語法是漢語語法史中一個相當重要的階段，但其研究起步較晚。

---

① 王世民，陳公柔，張長壽：《西周青銅器分期斷代研究・前言》，北京：文物出版社，1999 年，第 4 頁。

② 劉啓益：《西周紀年》，廣州：廣東教育出版社，2002 年。

③ 朱鳳瀚：《古代中國青銅器》，天津：南開大學出版社，1995 年，第 751 頁。

④ 陳絜：《商周金文》，北京：文物出版社，2006 年，第 110 頁。

20世紀二三十年代，部分學者對金文語法研究作過嘗試。1929年，容庚先生發表《周金文中所見代名詞釋例》①一文，重點分析金文中的人稱代詞和指示代詞，是金文詞彙研究的開山之作。1936年，黎錦熙先生撰《論金文文法致容庚書》②，對金文代詞及相關文法進行了探討。同年，沈春暉先生發表《金文中之"雙賓語句式"》③一文，對金文雙賓語句式作了研究。但此期對於西周金文語法的研究涉獵面有限，這種狀況直到四五十年代以後才有所改觀。

1942年，楊樹達先生撰《肇爲語首詞證》④一文。他提出"金文肇爲語首詞"、並無實義可求的觀點，從而掃除了銅器銘文理解中的很多障礙。此外，他在《積微居金文說》諸器跋語中對西周金文語法問題時有涉及，如《彔伯𢦚𣪘再跋》論"叀"字⑤，《毛公鼎三跋》論"乃"字⑥，《大保𣪘跋》論"𠬪"可用爲主辭或賓辭⑦，《懋父𣪘跋》論"金文中能動、被動二義混用"⑧，惜多屬隨文釋例性質，未有專論。

20世紀60年代以後，從事金文語法研究的學者漸多。但由於社會環境的影響，這一不錯的開端在大陸地區很快中斷。此期主要相關論著有管燮初先生的《甲骨金文中"唯"字用法分析》、黃載吾先生的《從甲文、金文量詞的應用考察漢語量詞的起源與發展》、韓耀隆先生的《金文中稱代詞用法之研究》等⑨。

20世紀80年代以後，西周金文語法研究進一步發展。以西周金文語法爲主要研究對象的有管燮初先生的《西周金文語法研究》、《"蔑曆"的語法分析》⑩，楊五銘先生的《西周金文被動句式簡論》⑪等。其中，管氏《西周金文語法研究》選用字數較多的西周重要金文208篇爲研究材料，對西周金文主語、謂語、賓語、兼語、修飾語、補語等句子成分以及詞類、構詞法作了較全面、系統的分析與歸納，是該領域劃時代的著作。但該書未涉及句類和複句，爲以後的研究留下了很多課題。今天看來，該書所論尚有不足。例如，管先生所統計的金文篇數還是偏少，又籠統地考察西周金文，未對西周金文語法現象作分期、分階段的考察。再者，由於管氏"對西周金文文句的理解主要依

---

① 容庚：《周金文中所見代名詞釋例》，《燕京學報》，1929年第6期。

② 黎錦熙：《論金文文法致容庚書》，《世界日報·國語周刊》，1936年第226期。

③ 沈春暉：《金文中之"雙賓語句式"》，《燕京學報》，1936年第20期。

④ 楊樹達：《肇爲語首詞證》，《積微居小學述林全編》，上海：上海古籍出版社，2007年，第373～374頁。

⑤ 楊樹達：《彔伯𢦚𣪘再跋》，《積微居金文說》（增訂本），北京：中華書局，1997年，第4頁。

⑥ 楊樹達：《毛公鼎三跋》，《積微居金文說》（增訂本），北京：中華書局，1997年，第16頁。

⑦ 楊樹達：《大保𣪘跋》，《積微居金文說》（增訂本），北京：中華書局，1997年，第69頁。

⑧ 楊樹達：《懋父𣪘跋》，《積微居金文說》（增訂本），北京：中華書局，1997年，第10頁。

⑨ 管燮初：《甲骨金文中"唯"字用法分析》，《中國語文》，1962年第2期。黃載吾：《從甲文、金文量詞的應用考察漢語量詞的起源與發展》，《中國語文》，1964年第6期。韓耀隆：《金文中稱代詞用法之研究》，《中國文字》第22冊，1966年。

⑩ 管燮初：《西周金文語法研究》，北京：商務印書館，1981年；《"蔑曆"的語法分析》，見中國社會科學院語言研究所古漢語研究室：《古漢語研究論文集》，北京：北京出版社，1982年，第62～68頁。

⑪ 楊五銘：《西周金文被動句式簡論》，《古文字研究》第7輯，北京：中華書局，1982年。

據郭沫若著《兩周金文辭大系圖錄考釋》，以及郭先生其它關於金文的論著”[①]，對最新的金文分期斷代及各家文字考釋的研究成果吸收不夠，故於時代判斷及文句理解上也存在一些問題。

此期對金文詞法的研究成果較爲豐富。其中，研究金文實詞的主要有馬國權先生的《兩周銅器銘文數量詞初探》、《兩周銅器銘文代詞初探》等[②]，研究金文虛詞的主要有李達良先生的《若干文言語氣詞源出上古時期的推測》、張振林先生的《先秦古文字材料中的語氣詞》、楊五銘先生的《西周金文聯結詞“以”“用”“于”釋例》、陳永正先生的《西周春秋銅器銘文中的聯結詞》、裘錫圭先生的《說金文“引”字的虛詞用法》、崔永東先生的《兩周金文虛詞集釋》等[③]，皆有創獲。

關於銅器銘文中的音韻問題，學者們亦有研究。1917 年，王國維先生撰《兩周金石文韻讀》一卷[④]，論及從西周至戰國初的金石文字 40 餘篇。王氏此文本意在於利用金石文字材料補充和證明王念孫、江有誥古音廿二部之說。這與上古音之實情或有出入，故而他在某些金石文字的韻部歸類上尚有待商榷。繼王國維之後，郭沫若先生撰《金文韻讀補遺》[⑤]，據新資料訂正了王氏的一些不足。1962 年，于省吾先生發表《釋[illegible]、[illegible]——兼論古韻部東、冬的分合》[⑥]一文，利用殷墟甲骨文和西周金文中的相關材料進行分析，肯定了王念孫古韻東、冬不分立的主張，否定了孔廣森東、冬分立之說，並提出了歸冬於東的觀點。

20 世紀 80 年代以後，有關西周金文用韻的研究進一步深入。陳世輝先生的《金文韻讀續輯》、陳邦懷先生的《兩周金文韻讀輯遺》[⑦]，進一步補充了新出土的銅器有韻銘文材料，收穫頗豐。此後，羅江文先生的《兩周金文韻例》、《〈金文韻讀〉續補》、《談兩周金文合韻的性質——兼及上古“楚音”》、《〈詩經〉與兩周金文韻文押韻方

① 管燮初：《西周金文語法研究·序言》，北京：商務印書館，1981 年，第 1 頁。

② 馬國權：《兩周銅器銘文數量詞初探》，《古文字研究》第 1 輯，北京：中華書局，1979 年；《兩周銅器銘文代詞初探》，香港中文大學中國文化研究所、吳多泰中國語文研究中心：《中國語文研究》第 3 輯，1981 年。

③ 李達良：《若干文言語氣詞源出上古時期的推測》，《中國語文研究》第 1 輯，1980 年。張振林：《先秦古文字材料中的語氣詞》，《古文字研究》第 7 輯，北京：中華書局，1982 年。楊五銘：《西周金文聯結詞“以”“用”“于”釋例》，《古文字研究》第 10 輯，北京：中華書局，1983 年。陳永正：《西周春秋銅器銘文中的聯結詞》，《古文字研究》第 15 輯，北京：中華書局，1986 年。裘錫圭：《說金文“引”字的虛詞用法》，《古漢語研究》，1988 年第 1 期。崔永東：《兩周金文虛詞集釋》，北京：中華書局，1994 年。

④ 王國維：《兩周金石文韻讀》，《王國維遺書》第 7 冊，影印商務印書館 1940 年版，上海：上海古籍書店，1983 年。

⑤ 郭沫若：《金文韻讀補遺》，《金文叢考》，北京：人民出版社，1954 年。

⑥ 于省吾：《釋[illegible]、[illegible]——兼論古韻部東、冬的分合》，《吉林大學學報(社會科學版)》，1962 年第 1 期；此文後收入于省吾：《甲骨文字釋林》，北京：中華書局，1979 年，第 463～471 頁。

⑦ 陳世輝：《金文韻讀續輯》，《古文字研究》第 5 輯，北京：中華書局，1981 年。陳邦懷：《兩周金文韻讀輯遺》，《古文字研究》第 9 輯，北京：中華書局，1984 年。

式比較》、《〈詩經〉與兩周金文韻部比較》[①]，劉志成先生的《兩周金文音系的聲母系統》、《〈兩周金文韻讀〉和〈詩經韻讀〉之比較》[②]，陳仕益先生的《郭沫若〈兩周金文韻讀〉補論》[③]等，在充分吸收前賢成果的基礎上，於金文用韻方面進行了較深入的研究，又有不少新的收穫。

四、內容體類

西周銅器銘文在殷商銅器銘文的基礎上有顯著的發展與進步。就現今所見的出土文獻而言，商代的文字資料主要是甲骨文，金文處於次要地位；西周一代，金文則是其時文字資料的主流。西周銅器百字以上的長銘習見，其在西周歷史、文化研究上的價值，遠遠超過了《尚書・周書》。

迄今所見之西周銅器銘文，其內容宏富。陳夢家先生指出：

> 西周金文的內容是多種多樣的，大別之可分爲：(1)作器以祭祀或紀念其祖先的，(2)記錄戰役和重大的事件的，(3)記錄王的任命、訓戒和賞賜的，(4)記錄田地的糾紛與疆界的。(4)很少，(2)雖有而不如(1)(3)之多。其中自然以記錄王的任命、訓戒和賞賜的，最爲重要。[④]

1988 年，馬承源先生主編的《中國青銅器》出版[⑤]。其第四章"青銅器銘文"第一節論西周銅器銘文之內容云：

> 在大量的青銅器銘文中，記載着王室的政治謀劃、歷代君王事蹟、祭典訓誥、宴饗、田獵、征伐方國、政治動亂、賞賜冊命、奴隸買賣、土地轉讓、刑事訴訟、盟誓契約，以及家史、婚媾等等，都是反映當時社會的政治、經濟、軍事、法制、禮儀情況的重要資料，具有明確的書史性質。[⑥]

繼而在第三節從史料角度論及西周青銅器銘文的內容[⑦]，歸納其意，編者將西周銅器銘文內容分爲如下 12 類：

---

① 羅江文：《兩周金文韻例》，《玉溪師範高等專科學校學報(社會科學版)》，1994 年第 1～2 期；《〈金文韻讀〉續補》，《玉溪師範高等專科學校學報(社會科學版)》，1999 年第 1 期；《談兩周金文合韻的性質——兼及上古"楚音"》，《楚雄師專學報》，1999 年第 4 期；《〈詩經〉與兩周金文韻文押韻方式比較》，《古漢語研究》，2001 年第 3 期；《〈詩經〉與兩周金文韻部比較》，《思想戰線》，2003 年第 5 期。

② 劉志成：《兩周金文音系的聲母系統》，《川東學刊(社會科學版)》，1995 年第 3 期；《〈兩周金文韻讀〉和〈詩經韻讀〉之比較》，《川東學刊(社會科學版)》，1996 年第 3 期。

③ 陳仕益：《郭沫若〈兩周金文韻讀〉補論》，《郭沫若學刊》，2006 年第 2 期。

④ 陳夢家：《西周銅器斷代》，北京：中華書局，2004 年，第 400 頁。

⑤ 馬承源：《中國青銅器》，上海：上海古籍出版社，1988 年；又修訂本，上海：上海古籍出版社，2003 年。

⑥ 馬承源：《中國青銅器》(修訂本)，上海：上海古籍出版社，2003 年，第 350 頁。

⑦ 馬承源：《中國青銅器》(修訂本)，上海：上海古籍出版社，2003 年，第 363～370 頁。

1.祭典；2.戎事；3.官制；4.教育；5.分封；6.朝覲；7.賜采；8.籍田；9.農牧；10.執駒；11.田獵；12.媵送。

所論大致反映了西周銅器銘文的主要內容。

2003年，劉志基、臧克和、王文耀先生主編的《金文今譯類檢(殷商西周卷)》出版。爲便於檢索，此書創置“內容主題詞”，按照銘文內容類別，對每篇銘文進行內容分類概括。依據這一體例安排，此書編者將西周銅器銘文內容細分爲65類[①]：

1.百工；2.兵器；3.布帛；4.冊命；5.鬯酒；6.朝覲；7.車馬；8.臣僕；9.稱謂；10.丹砂；11.地名；12.都城；13.俸祿；14.服飾；15.賦稅；16.宮室；17.國別；18.河流；19.婚姻；20.貨幣；21.吉金；22.紀功；23.記時；24.祭祀；25.交易；26.教育；27.旌旗；28.樂器；29.禮儀；30.曆法；31.盟誓；32.祈福；33.契約；34.器用；35.人物；36.任命；37.賞賜；38.牲獸；39.師旅；40.氏族；41.謚號；42.戍守；43.數字；44.四夷；45.頌德；46.天象；47.田土；48.王世；49.文書；50.舞樂；51.刑法；52.姓氏；53.訓誥；54.宴饗；55.漁獵；56.玉器；57.獄訟；58.園囿；59.戰爭；60.政事；61.職官；62.追孝；63.宗廟；64.宗族；65.族名。

由這些“內容主題詞”，亦可感知西周銅器銘文所反映內容的豐富性[②]。

通過考察《殷周金文集成》、《近出金文集錄》、《新收殷周青銅器銘文暨器影彙編》所收錄的西周銅器銘文之後，筆者認爲，西周銅器銘文之文體大致可分爲以下五種：

(一)告

——載錄周王告先王、臣屬，臣屬告周王、先祖、晚輩之事的記事銘文。

(二)命

——著以“令”“乎”“使”之語，記錄上對下發號施命的記事銘文。

(三)訓

——載錄上對下訓導之辭的記事銘文。

(四)約

——載錄治地之約、治民之約、治律之約的記事銘文。

(五)記

——不能歸入“告”“命”“訓”“約”的銘文。包括載錄作器事及其他事的記事銘文以及載錄作器者名、作器對象名的非記事銘文。

上述五種文體之關係，可作示意圖如下：

---

① 劉志基，臧克和，王文耀：《金文今譯類檢(殷商西周卷)》，南寧：廣西教育出版社，2003年，第755～770頁。

② 案：由於西周銅器長銘習見，該書這種分類細而不密，因此在實際操作中很難貫徹執行。有些“內容主題詞”的設置尚有斟酌餘地 如銘文中“臣僕”“人物”“氏族”“姓氏”“族名”五者之間該如何明確區分，時常是難以把握的，這就在一定程度上影響了該書利用“內容主題詞”進行檢索的有效性。

西周銅器銘文文體關係示意圖

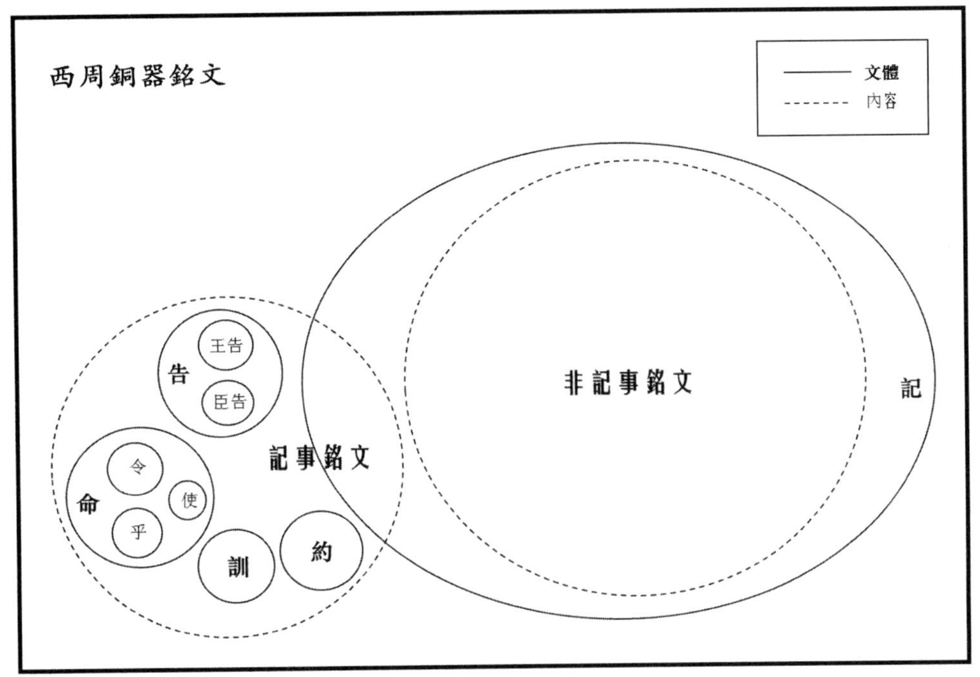

其中，“告”“命”“訓”“約”這四種文體皆見於記事銘文，“記”這種文體見於非記事銘文及其他記事銘文。論述詳下。

第二節 告(誥)

西周銅器銘文中，有數量較多的“告(誥)”文。按其施動者身份不同，可分爲兩類：一爲周王之告，其對象爲先王或臣屬；一爲臣屬之告，其對象爲周王或臣屬之先祖、晚輩。論述如下。

一、載錄王告的“告(誥)”文

西周銅器銘文中，載錄周王之告的“告(誥)”文數量較少，可分爲兩類：其一，周王告祭先王之“告”文；其二，周王誥誡臣屬之“誥”文。分述如下。

(一)王告先王之“告”文

西周銅器銘文中，載錄周王告祭先王的“告”文見有二例，皆載錄了西周晚期厲王告祭先王的言辭內容。其一爲：

(1) 王肇(肇)遹省文武，堇(覲)疆(疆)土。南或(國)𠬝𢆶(孳、子)敢臽(陷)處我土，王辜(敦)伐其至，戔(剗、翦)伐氒(厥)都。𠬝𢆶(孳、子)廼遣閒來逆卲(昭)王，南尸(夷)、東尸(夷)具見，廿又六邦。隹皇上帝、百神保余小子，朕猷又(有)成亡(無)競。我隹司(嗣)配皇天，王對乍(作)宗周寶鐘。倉倉(鎗鎗)悤悤(鍯鍯)，雔雔(端端)[①]雝雝(雍雍)，用卲(昭)各不(丕)顯祖考先王。先王其嚴才(在)上，𥂴𥂴數數，降余多福，福余順孫，參(叁)壽(壽)隹琍(利)。㝬(胡)其萬年，畯(畯)保四或(國)。

《集成》1.260[㝬鐘(宗周鐘)。西周晚期(厲王)]

此文意謂：王(我)效法文王、武王，勤勞治理疆土。南方的𠬝國國君竟敢攻佔我的土地，王於是興兵討伐，攻打到他的都城。𠬝國國君派遣使者來見王求和，南夷、東夷二十六邦都來臣服朝見。天帝、眾神保佑我，我的治國謀略很成功，無可匹敵。我順應天命，因此鑄造了宗周寶鐘。(鐘聲)鏗鏘洪亮，肅敬和諧，精誠感應偉大英明的先祖、先考、先王。先王的威嚴在天庭之上，蓬蓬勃勃，降給我很多福祉，保佑我這個

① “雔”字原作[illegible]，此從陳世輝先生釋。[illegible]字學者或釋爲“央”“先”“者”“朿”等字，字形皆有差距。陳世輝先生釋[illegible]爲“耑”，認爲“鍴”“戠”“雔”皆應讀爲“端”，“端雍”即肅雍(參看陳世輝：《釋戠——兼說甲骨文不字》，《古文字研究》第10輯，北京：中華書局，1983年)，其說可從。

子孫，長壽吉利。䣄(我)將萬年，擁有四方[①]。此文全篇用韻。“武”“土”“都”古韻屬魚部。“王”“邦”“競”“上”古韻屬陽部，“鐘”“鍯”“雍”“數”屬東部，陽、東合韻。“福”“國”屬之部，“利”屬脂部，脂、之合韻[②]。這篇“告”文的基本體制爲：“某征伐事。某作器事。某嘏辭。”

其二爲：

(2)王曰：“有余隹(雖)小子，余亡康(康)晝夜，巠(經)雝(雍、擁)先王，用配皇天。簧黹朕心，墜(地、施)于四方。緯(肆)余㠯(以)餘士、獻民，爯(稱)盩(戾)先王宗室。䣄(胡)乍(作)將彝寶段，用康惠朕皇文剌(烈)祖考，其各前文人，其瀕才(在)帝廷陟降。䜌(申)圝(恪)皇[上帝]大魯令(命)，用黔(妗)保我家、朕立(位)、䣄(胡)身，阤阤降余多福害(憲)𢆶(烝)，宇慕遠猷。䣄(胡)其萬年，䵼(將)實朕多祌(禦)，用奉(禱)耋(壽)、匃永令(命)，畯(畯)才(在)立(位)，乍(作)疐才(在)下。”隹王十又二祀。

《集成》8.4317[䣄段。西周晚期(厲王)]

此文意謂：王說：“我雖年少，但日夜不敢安逸，遵循先王遺訓，以與上天同在。我心寬廣，通達四方。我和翼輔天子的士人、賢良的士大夫在宗廟裏宣揚先王美德。䣄(我)鑄造禮器寶簋，以安順偉大的品德高尚、功烈顯赫的先父先祖，以感應靠近上帝之庭、往來于天人之間的偉大先祖。我以此敬守偉大的上帝美好的命令，以善保我王家、王位和䣄(我)自身，並不斷賜予我盛大美好的福祐和遠大的謀略智慧。䣄(我)將萬年，會多多祭祀祖先上帝，以祈求長壽，永保天命，長居王位，成爲天下的棟樑。”時在王之十二年。[③]此文亦用韻。“王”“方”古韻屬陽部，“段”“考”屬幽部，“人”“令”“身”屬真部，“禦”“下”屬魚部[④]。這篇“告”文的基本體制爲：“王曰：‘某追孝辭。某作器事。某嘏辭。某時。’”

于省吾先生認爲，(1)文“淵奧宏朗，體勢駿邁，惟《詩》、《書》有此境界”[⑤]。然則(2)文亦具此特徵。前文討論殷墟甲骨刻辭時，其中已有記載殷王告祭神祖的“告”文。由於受到甲骨刻辭應用功能、書寫載體、行文體制的拘限，所“告”之內容或當詳錄於典冊，惜今已不能見。由西周銅器銘文中所存此二文可知，至遲在西周晚期，有關告祭先祖之類的“告”文已臻於成熟，取得了很高的藝術成就。

---

① 參看唐蘭：《西周青銅器銘文分代史徵》，北京：中華書局，1986年，第503～507頁；劉志基，臧克和，王文耀：《金文今譯類檢(殷商西周卷)》，南寧：廣西教育出版社，2003年，第497～499頁；王輝：《商周金文》，北京：文物出版社，2006年，第211～214頁。

② 參看王國維：《兩周金石文韻讀・宗周鐘》，《王國維遺書》第7冊，影印商務印書館1940年版，上海：上海古籍書店，1983年，頁一。

③ 參看劉翔，陳抗，陳初生，董琨：《商周古文字讀本》，北京：語文出版社，1989年，第122～126頁；劉志基，臧克和，王文耀：《金文今譯類檢(殷商西周卷)》，南寧：廣西教育出版社，2003年，第217～219頁；王輝：《商周金文》，北京：文物出版社，2006年，第206～210頁。

④ 參看陳世輝：《金文韻讀續輯》，《古文字研究》第5輯，北京：中華書局，1981年，第182～183頁。

⑤ 于省吾：《宗周鐘銘》，《雙劍誃吉金文選》，影印1932年大業印書局代印本，北京：中華書局，1998年，第81頁。

(二)王告臣屬之“誥”文

西周銅器銘文中，載錄周王誥誡臣屬的“誥”文見有一例，爲西周早期銘文。即：

(3)隹王初䙴(遷)宅于成周，復爯珷(武)王豊(禮)，福自天。才(在)四月丙戌，王𢇛(誥)宗小子于京室，曰：“昔才(在)爾考公氏，克逨(仇)玟(文)王，肆(肆)玟(文)王受兹(兹)[大令](命)。隹珷(武)王既克大邑商，𠟭(則)廷告于天，曰：‘余其宅兹(兹)中或(國)，自之辥(辥、乂)民。’烏虖(乎)！爾有唯(雖)小子，亡戠(識)，䀠(視)于公氏，有𤔲(勞)于天，徹(徹)令(命)，苟(敬)亯(享)𢦏(哉)！”叀(惟)王龏(恭)德谷(裕)天，順(訓)我不每(敏)。王咸𢇛(誥)。𣄰易(賜)貝卅朋。用乍(作)𨽍(匽、庚)公寶隮(尊)彝。隹王五祀。
《集成》11.6014[𣄰尊。西周早期]

此文意謂：王開始遷都於成周之時，還是按照武王的典禮，舉行福祭，從天室開始。四月丙戌日，王在京室誥誡同宗子弟，說：“過去你們的父親公氏能輔佐文王，所以文王受此天命。武王戰勝大邑商之後，就稟告上天，說：‘我要居住在這中心地區，由這裏來治理民眾。’哎！你們雖是宗室子弟，但缺少見識，要效法公氏，有勞績於上天，完成使命，敬受祭享呀！”王崇尚道德，豐享天神，訓誡我等不聰敏之人。王誥誡完畢，賞賜𣄰貝三十朋。𣄰因而爲庚公鑄造寶器。時在王之五年。[①]此文所記周王對宗室子弟的誥誡之辭，情真意切，於親切中帶有威嚴，於希望中含有命令，神采宛然，如在目前。此文亦用韻。“王”“商”古音屬陽部。“令”“天”“民”屬真部。“識”“哉”“敏”“祀”屬之部[②]。這篇“誥”文的基本體制爲：“某時，王曰：‘某誥辭。’某作器事。某時’。”

聯繫殷墟甲骨第一期刻辭中即已存在的王告臣屬之“告(誥)”文，《史記・殷本紀》所載的《湯誥》，今文《尚書・商書》中的《盤庚》，西周早期的《𣄰尊》所載王告臣屬之“誥”文，可知此類王告臣屬的“誥”文經由殷商時期的長期應用和發展，至西周早期已經具備嫻熟的藝術手法和生動的表現能力。

二、載錄臣告的“告”文

西周銅器銘文中，載錄臣屬之告的“告”文數量甚多，可分爲三類：其一，臣屬稟告周王之“告”文；其二，臣屬告祭先祖之“告”文；其三，臣屬告知子輩之“告”文。分述如下。

① 參看唐蘭：《西周青銅器銘文分代史徵》，北京：中華書局，1986年，第73～79頁；劉翔，陳抗，陳初生，董琨：《商周古文字讀本》，北京：語文出版社，1989年，第73～76頁；劉志基，臧克和，王文耀：《金文今譯類檢(殷商西周卷)》，南寧：廣西教育出版社，2003年，第616～618頁；王輝：《商周金文》，北京：文物出版社，2006年，第40～44頁。

② 參看陳邦懷：《兩周金文韻讀輯遺》，《古文字研究》第9輯，北京：中華書局，1984年，第460頁。

(一) 臣屬告王之“告”文

西周銅器銘文中，載錄臣屬稟告周王的“告”文見有一例，爲西周早期銘文。即：

(4) 隹八月既朢(望)，[辰]才(在)甲申，昧喪(爽)，三左、三右、多君入服酉(酒)。明，王各周廟，□□□[邦]賓，征(延)邦賓隮(尊)其旅服，東鄉(嚮)。盂㠯(以)多旂佩，䰧(鬼)方[子]□□入三門，告曰：“王[令]盂㠯(以)□□伐䰧(鬼)方，□□□聝□，[執嘼](酋)三人，隻(獲)聝四千八百[又]二聝，孚(俘)人萬三千八十一人，孚(俘)[馬]□□匹，孚(俘)車卅兩(輛)，孚(俘)牛三百五十五牛、羊卅八羊。”盂或(又)[告]曰：“□□□□，乎蔑我征，𢇛(執)嘼(酋)一[人]，隻(獲)聝二百卅七聝，孚(俘)人□□人，孚(俘)馬百四匹，孚(俘)車百□兩(輛)。”王[若]曰：“□。”盂拜䭫首，[以]嘼(酋)進，即大廷。王令燮(榮)[御](訊)嘼(酋)。燮(榮)即嘼(酋)御(訊)氒(厥)故。□趞白(伯)□□䰧(鬼)旛(獯)，[䰧](鬼)旛(獯)虘㠯(以)新□從，咸，折嘼(酋)于□。[王乎𠭯白(伯)令盂]㠯(以)人聝入門，獻西旅，□□入賁(燎)周[廟。盂㠯(以)□□□□□入]三門，即立中廷，北鄉(嚮)。盂告𠭯白(伯)，即立(位)。𠭯[白](伯)□□□□于明白(伯)、𨸏白(伯)、□白(伯)，告咸。盂㠯(以)[者](諸)医(侯)眔(暨)医(侯)、田(甸)、[男]□□從盂征。[既]咸，賓即立(位)，贊賓。王乎贊盂，㠯(以)□□□進賓，□□大采，三周入服酉(酒)。王各廟，祝征(延)□□□□□邦賓，不(丕)祼，□□用牲啻(禘)周王、武王、成王。□□卜有臧，王祼，祼述，贊邦賓。王乎□□□令盂㠯(以)區入，凡區[㠯](以)品。雩若翌乙酉，□三事[大夫]入服酉(酒)。王各廟，贊王邦賓。征(誕)王令賞盂，□□□□□，弓一、矢百、畫虢(皋)一、貝冑一、金毌(干)一、㦸戈二、[矢𨱔八]。用[乍](作)□白(伯)寶隮(尊)彝。隹王廿又五祀。

《集成》5.2839[小盂鼎。西周早期]

此文記盂奉命率師征伐鬼方，經歷兩次大戰役，戰果輝煌，不辱王命，班師回朝，在周廟向王稟告戰況等事。所載伐鬼方前後兩役，俘人一萬三千以上，獲聝五千以上，俘獲兩計近於二萬人，可見戰事之激烈和用兵規模之大。此銘後段記西周初在周廟獻燎伐鬼方所獲的俘聝，由之可證明《逸周書・世俘篇》所追記武王克殷時的獻俘之禮是可信的。獻祭之後，記大采之時王禘於周廟，並行祼賓之禮。而後，記盂入獻在廟告中所述的俘獲。銘文末尾記第二天乙酉日王在廟賞賜盂，所賞以弓矢爲主，並及其他兵器[①]。這篇“告”文的基本體制爲：“某時，某臣曰：‘某征伐事。’某祭祀事。某賞賜事。某作器事。某嘏辭。某時’。”

此文氣勢恢弘，激蕩雄駿，令人精神騰躍；所記事項繁多，行文錯落有致，毫不紊亂，令人讚歎。雖爲孤篇獨顯，文有殘泐，亦能充分展現西周早期的這類“告”文所取得的藝術成就。

---

① 參看陳夢家：《西周銅器斷代》，北京：中華書局，2004年，第104～113頁；馬承源：《商周青銅器銘文選》第3卷，北京：文物出版社，1988年，第41～44頁。

（二）臣屬告祖之“告”文

西周銅器銘文中，載錄臣屬告祭先祖的“告”文數量較多，西周早期、中期、晚期皆有所見，尤以晚期爲多。

西周早期的這類“告”文所見較少。其中有少數衹記告祭之事，不載告祭之話語內容。如：

(5) 隹二月乙亥，相医（侯）休于氒（厥）臣殳，易（賜）帛、金。殳眀（揚）医（侯）休，告于文考，用乍（作）隮（尊）段。其萬年□待□□医（侯）。

《集成》8.4136［相侯段。西周早期］

此文記殳獲賞於相侯，遂告祭其父輩，爲之作寶器，未記告祭之言辭內容。其基本體制爲：“某時，某賞賜事。某作器事。某嘏辭。”銘首記時間，接着記賞賜事，然後記作器事，銘尾記嘏辭。

多數這類“告”文則以“某臣曰”啓領下文，詳記作器者告祭先祖之言辭內容。如：

(6) 也曰：“拜韻首，敢馭（擘）卲（昭）告朕吾考：令乃鴅（嬗）沈子乍（作）𦀚于周公宗，陟二公，不敢不𦀚休同。公克成妥（綏）吾考，㠯（以）于顯顯（顯顯）受令（命）。烏虖（乎）！隹考敃又念自先王、先公，廼妹（昧）克卒告剌（烈）成工（功）。獻！吾考克淵克，乃沈子其顛褱（懷）多公能福。烏虖（乎）！乃沈子妹（昧）克蔑見猒（厭）于公休。沈子肇斁𤞷貯嗇，乍（作）幺玄（茲）段，用𢦏（載）鄉（饗）己公，用狢多公，其丮哀（愛）乃沈子也唯福；用水（賜）霝（靈）令（命），用妥（綏）公唯壽（壽）。也用褱（懷）𩰫（𠭯）我多弟子；我孫克又（有）井（型）斆（效），歓（懿）父廼是子。”

《集成》8.4330［沈子它段蓋（它段）。西周早期］

(7) 易𠂤曰：“趞弔（叔）休于小臣貝三朋、臣三家。對氒（厥）休，用乍（作）父丁隮（尊）彝。”

《集成》7.4042［易𠂤段。西周早期］

由(6)、(7)可知，西周早期的臣屬告祭先祖的這類“告”文，其告辭的內容主要是作器者（臣屬）向作器對象（臣屬之先祖）陳述作器原因（追孝、獲賞等），以祈求作器對象給予福祐。其基本體制爲：“某臣曰：‘（某追孝辭。）（某賞賜事。）某作器事。（某嘏辭。）’”臣屬告祭先祖時，於敍述作器事之前，或惟記追孝之辭，如(6)；或記賞賜之事，如(7)。銘尾或記嘏辭，如(7)。

見於西周中期的這類“告”文如：

(8) 㾓曰：“覭（景）皇祖考𤔲（司）威義（儀），用辟先王，不敢弗帥用夙（夙）夕。王對㾓楙（懋），易（賜）佩。乍（作）祖考段，其𦥑（敦）祀大神，大神妥（綏）多福。㾓萬年寶。”（蓋、器同銘）

《集成》8.4170［㾓段。西周中期］

(9) 㾓曰：“不（丕）顯高祖、亞祖、文考，克明氒（厥）心，疋（胥）尹敍氒（厥）威義（儀），用辟先王。㾓不敢弗帥井（型）祖考，秉明德，𦣞（恪）夙（夙）夕，左（佐）尹氏。皇王對㾓身楙（懋），易（賜）佩。敢乍（作）文人大寶楙（協）龢鐘，用追孝、盭（敦）祀、卲（昭）各樂大神。大神其陟降嚴祜，𤔲（業）妥（綏）厚多福，其豐豐𥂁𥂁，受（授）余屯（純）魯、通彔（祿）、永令（命）、𧟟（眉）壽（壽）、霝（靈）冬（終）。㾓其萬年，永寶日鼓。”

《集成》1.247［㾓鐘。西周中期］

(10) 盂曰："朕文考眔(曁)毛公、趞(遣)中(仲)征無需。毛公易(賜)朕文考臣，自氒(厥)工(功)。對䚄(揚)朕考易(賜)休，用宔(鑄)丝(茲)彝，乍(作)氒(厥)。子子孫孫其丞(永)寶。"　《集成》8.4162[孟𣪕。西周中期]

(11) 乍(作)冊嗌乍(作)父辛隮(尊)。氒(厥)名(銘)義(宜)曰："子子孫寶。不(丕)彔(祿)嗌子，徣先盡死，亡子，子引有孫，不敢娣(雉)，夒(叨)皃(皃)䀠(鑄)彝，用乍(作)大禦(禦)于氒(厥)祖妣、父母、多申(神)。毋念戈(哉)！弋勿刊(剝)嗌鰥寡，遺(遺)祐石(祏)宗不刜。"

《集成》10.5427[作冊益卣。西周中期]

(12) 𢦚曰："烏虖(乎)！王唯念𢦚辟刺(烈)考甲公，王用肈(肇)事(使)乃子𢦚，達(率)虎臣御(禦)雜(淮)戎。"𢦚曰："烏虖(乎)！朕文考甲公、文母日庚弋休，鼎(則)尚(常)安永宕乃子𢦚心，安永襲𢦚身，氒(厥)復亯(享)于天子。唯氒(厥)事(使)乃子𢦚萬年辟事天子，毋又(有)眈于氒(厥)身。𢦚拜䭬首，對䚄(揚)王令(命)，用乍(作)文母日庚寶隮(尊)𩰫彝，用穆穆夙(夙)夜隮(尊)亯(享)孝妥(綏)福。其子子孫孫永寶丝(茲)刺(烈)。"

《集成》5.2824[𢦚方鼎。西周中期]

(13) 曰古文王，初敎(盭)龢于政，上帝降懿(懿)德大甹(屏)，匍(敷)有上下，迨(會)受萬邦。𩁹圉武王，遹征(正)四方，達殷畯(畯)民，永不鞏(恐)狄虘，㣲(微)伐尸(夷)童。害(憲)聖成王，左右毀(綬)𩁹剛鯀，用肈(肇)徹 (徹)周邦。淵悊(哲)康王，分尹啻(意、億)彊(疆)。弦(弘)魯卲(昭)王，廣𢾊 楚刑(荊)，隹寏南行。祗(祇)䙴(景)穆王，井(型)帥宇(訏)誨(謀)，𤕌(申)寍(寧)天子。天子圂(恪)屖(纘)文、武長刺(烈)。天子釁(眉)無匄(害)，𢿾(懺)祁(祁)上下，亟獄逗(桓)慕(謨)，昊紹(照)亡(無)斁(斁)。上帝后稷，亢保受(授)天子䋣(綰)令(命)、厚福、豐年，方𧉛(蠻)亡(無)不𢆶見。青幽高祖，才(在)㣲(微)霝(靈)處。雩武王既𢦏殷，㣲(微)史(使)刺(烈)祖，迺來見武王。武王鼎(則)令周公舍(捨)圉(宇)于周，卑(俾)處甬。重(惠)乙祖，逨(仇)匹氒(厥)辟，遠猷复(腹)心，子𠬝(納)谷(粦)明。亞祖祖辛，𡨦毓(育)子孫，𩁹(繁)髪(福)多孷(釐)，櫅(齊)角(祿)熾(熾)光，義(宜)其禋(禋)祀。害(舒)屖(遲)文考乙公，遽(競)趬(爽)𢔶(得)屯(純)無諫，㽙(農)嗇(穡)戉(越)𤯍(曆)，佳辟孝畬(友)。史牆(墙)夙(夙)夜不㒸(墜)，其日蔑曆(曆)。牆(牆)弗敢取(沮、沮)，對䚄(揚)天子不(丕)顯休令，用乍(作)寶隮(尊)彝。刺(烈)祖、文考弋䆳，受(授)牆(牆)爾(薾)𪓐(髗)福，褱(懷)髪(福)彔(祿)、黃耇、彌生，龕(堪)事氒(厥)辟。其萬年，永寶用。

《集成》16.10175[史牆盤。西周中期]

(8)、(9)乃爲祖輩作器，(10)、(11)乃爲父輩作器，(12)乃爲母輩作器，(13)乃爲祖、父輩作器。"曰"之下所記，皆爲臣屬告祭先祖之告辭。其基本體制爲："某臣曰：'某追孝辭。(某賞賜事。)某作器事。某嘏辭。'"此類"告"文之告辭，大多先緬懷先祖之功業，述作器緣由，再記作器事，末尾皆有嘏辭。(13)較爲獨特，此文先頌揚周王朝諸先王(文、武、成、康、昭、穆)及當今天子的功烈；然後緬懷其先輩(高祖、乙祖、亞祖、文考)的業績：高祖爲微國君主，武王滅商後歸周，始受周封，乙祖輔佐成康，受到重用，亞祖在周廷擔任要職，參與王朝的政務活動，父親善法孝友，繼承其祖輩的事業[①]；最後記作器事及嘏辭。此文言辭洗煉，意脈分明；追孝辭中所述周之先王、己之先輩的功績，猶如一份西周早期治國齊家的史綱。

見於西周晚期的這類“告”文，其數量甚多。按臣屬所告祭先祖之輩份的不同，大致可分爲以下三種類型：

其一，告祭祖輩。這類“告”文如：

(14)單白(伯)昊生(甥)曰：“不(丕)顯皇祖剌(烈)考，逨匹(辟)之[②]王，彛(勛)堇(勤)大令(命)。余小子肇(肇)帥井(型)朕皇祖考懿(懿)德，用保奠。”

《集成》1.82[單伯昊生鐘。西周晚期]

(15)弔(叔)向父禹曰：“余小子司(嗣)朕皇考，肇(肇)帥井(型)先文祖，共(恭)明德，秉威義(儀)，用醽(申)圝(恪)、奠(奠)保我邦、我家，乍(作)朕皇祖幽大弔(叔)隮(尊)段。其[嚴才](在)上，降余多福、緐(繁)孷(釐)，廣啓禹身，勵(擢)于永令(命)。禹其邁(萬)年，永寶用。”

《集成》8.4242[叔向父禹段。西周晚期]

(16)沙(梁)其曰：“不(丕)顯皇祖考，穆穆異(翼)異(翼)，克悊(哲)氒(厥)德，農(農)臣先王，得屯(純)亡敃(愍)。沙(梁)其肇(肇)帥井(型)皇祖考，秉明德，虔夙(夙)夕，辟天子。天子肩(肩)事(使)沙(梁)其，身邦君大正，用天子寵蔑(蔑)沙(梁)其曆。沙(梁)其敢對天子不(丕)顯休㫃(揚)，用乍(作)朕皇祖考龢鐘，鎗鎗鏓鏓，鍴鍴(端端)鐈鐈(雍雍)，用卲(昭)各、喜侃歬(前)文人，用旛(祈)匃康𥃝、屯(純)右(祐)、綽綰、通彔(祿)。皇祖考其嚴才(在)上，數數彙彙，降余大魯福亡睪(斁)，用寵光沙(梁)其身，勵(擢)于永令(命)。沙(梁)其其萬年無彊(疆)，龕(堪)臣皇王，眉壽。永寶。”

《集成》1.187-188[沙其鐘。西周晚期]

(17)不(丕)顯皇祖考，穆穆克誓(哲)氒(厥)德，嚴才(在)上，廣啓氒(厥)孫子于下，勵于大服。番生(甥)不敢弗帥井(型)皇祖考不(丕)杯(丕)元德，用醽(申)圝(恪)大令(命)，甹(屏)王立(位)，虔夙(夙)夜，尃(溥)求不朁(潛)德，用諫四方，頔(柔)遠能㺇(邇)。王令䙴(纘)𤔲(司)公族、卿事(士)、大(太)史寮，取徵廿寽(鋝)，易(賜)朱市、悤(蔥)黃(衡)、鞞鞢、玉睘(環)、玉琜、車、電軫、桒(賁)緙較(較)、朱鬲(鞹)𩍁(鞃)䩹(靳)、虎冟(幎)熏(纁)裏、逪(錯)衡、右厄(軛)、畫轉、畫𨏖(輯)、金童(踵)、金豙(軝)、金簟弼(茀)、魚葡(箙)、朱旂旜(旜)金莽(芄)二鈴。番生(甥)敢對天子休，用乍(作)段，永寶。

《集成》8.4326[番生段蓋。西周晚期]

---

① 參看馬承源：《中國青銅器》，上海：上海古籍出版社，2003年，第356頁。

② 楊樹達先生云：“之字孫詒讓謂是先之壞字，細審銘刻，之王二字間之距離視他字爲特大，其說是也。”(楊樹達：《單伯昇生鐘跋》，《積微居金文說》(增訂本)，北京：中華書局，1997年，第60～61頁)

(18) 禹曰："不(丕)顯趠趠(桓桓)皇祖穆公，克夾鼍(召、紹)先王，奠四方。肄(肆)武公，亦弗叚(遐)忘朕(朕)聖祖考幽大弔(叔)、懿(懿)弔(叔)，命禹仦(肖)朕(朕)祖考，政于井邦。肄(肆)禹亦弗敢悆(惷)，睗(惕)共(恭)朕(朕)辟之命。烏虖(乎)哀戋(哉)！用天降大喪于下或(國)，亦唯噩(鄂)医(侯)馭(馭)方率南淮尸(夷)、東尸(夷)，寅(廣)伐南或(國)、東或(國)，至于歷内。王廼命西六𠂤(師)、殷八𠂤(師)曰：'剿(剗、翦)伐噩(鄂)医(侯)馭(馭)方，勿遺耇(壽)幼！'肄(肆)𠂤(師)彌宊(怵)匌匡(匡)，弗克伐噩(鄂)。肄(肆)武公廼遣禹率公戎車百乘、斯(廝)馭(馭)二百、徒千，曰：'于匩(匡)朕肅慕，叀(惟)西六𠂤(師)、殷八𠂤(師)！伐噩(鄂)医(侯)馭(馭)方，勿遺耇(壽)幼！'雩禹㠯(以)武公徒、馭(馭)至于噩(鄂)，𦎫(敦)伐噩(鄂)，休隻(獲)氒(厥)君馭(馭)方。肄(肆)禹又(有)成，敢對𦔻(揚)武公不(丕)顯耿光，用乍(作)大寶鼎。禹其萬年，子子孫孫寶用。"

《集成》5.2833[禹鼎。西周晚期]

其通常體制爲："某臣曰：'某追孝辭。某作器事。某嘏辭。'"銘尾皆記嘏辭。(18)禹之告辭，先頌揚其先祖的功業，接着敍述了自己南征鄂侯之戰役的全過程：鄂侯率南淮夷、東夷叛亂，侵佔東國、南國大片土地；王乃命西六師、殷八師出伐鄂，老少不留；西、殷之師士氣低落，普遍懼敵，不能伐鄂；武公乃派遣禹，率武公之兵車百輛，廝馭二百人，步兵一千人，以王命南伐；禹率武公之親軍至於鄂，敦伐鄂，俘獲其國君馭方①。告辭最後記作器事和嘏辭。文字奇蕩雄厲，令人擊節。

其二，告祭祖、父輩。臣屬告祭祖輩和父輩，共用一器。這類"告"文如：

(19) 井人人妄曰："䚄(景)盄(淑)文祖、皇考，克質(哲)氒(厥)德，得屯(純)用魯，永冬(終)于吉。妄不敢弗帥用文祖、皇考，穆穆秉德。妄害(憲)害(憲)聖趮(爽)，疐處宗室。肄(肆)妄乍(作)龢父大𩵦(林)鐘，用追考(孝)、侃歬(前)文人。歬(前)文人其嚴才(在)上，數數㲋㲋，降余厚多福無彊(疆)。妄其萬年，子子孫孫永寶用亯(享)。"

《集成》1.109-110[井人妄鐘。西周晚期]

(20) 隹十又一月乙亥，戎生曰："休辝皇祖害(憲)公，趠趠趩趩，啓氒(厥)明心，廣巠(經)其猷，臧(臧)再(稱)穆天子𩃬霝(靈)，用建玆(茲)外土，矞(遹)嗣(司)䜌(蠻)戎，用榦(干)不廷方。至于辝皇考卲(昭)白(伯)，遠遠穆穆，懿(懿)𩃬不朁(僭)，䀠(召、紹)匹晉医(侯)，用龏(恭)王令(命)。今余弗叚(遐)灋(廢)其䚄(景)光，對𦔻(揚)其大福，劼遣鹵(魯)責(責)，卑(俾)譖征緐湯，取氒(厥)吉金，用乍(作)寶𦷔(協)鐘。氒(厥)音雝雝(雍)，鎗鎗鏞鏞，㫃㫃雒雒(端端)，既龢叡(且)盄(淑)。余用卲(昭)追孝于皇祖、皇考，用㫃(祈)綽[綰]、眉(眉)壽(壽)。戎生其萬年無彊(疆)，

---

① 參看陳夢家：《西周銅器斷代》，北京：中華書局，2004年，第268～277頁；馬承源：《商周青銅器銘文選》第3卷，北京：文物出版社，1988年，第281～283頁；王輝：《商周金文》，北京：文物出版社，2006年，第214～220頁。

黃耇又(有)褖，畯(畯)保其子孫。永寶用。”

《近出》27-34[戎生編鐘。西周晚期]

其基本體制爲：“(某時)，某臣曰：‘某追孝辭。某作器事。某嘏辭。’”銘首偶記時間，如(20)；銘尾皆有嘏辭。(20)戎生之告辭，先稱頌祖輩、父輩的功績；接着敘述自己征伐緐湯，獲得勝利，取其吉金，鑄造寶鐘；最後繫嘏辭以祈福。

其三，告祭父輩。這類“告”文如：

(21)大(太)師小子師望曰：“不(丕)顯皇考寬(宄)公，穆穆克盟(明)氒(厥)心、悊(哲)氒(厥)德，用辟于先王，𠭯(得)屯(純)亡敃(愍)。望肈(肇)帥井(型)皇考，虔𡖊(夙)夜，出內(入)王命，不敢不分(遂)不叏(畫)。王用弗䛎(忘)聖人之後，多蔑曆易(賜)休。望敢對䚄(揚)天子不(丕)顯魯休，用乍(作)朕皇考寬(宄)公隮(尊)鼎。師望其萬年，子子孫孫永寶用。”

《集成》5.2812[師望鼎。西周晚期]

(22)逨曰：“不(丕)顯朕皇考克粦明氒(厥)心，帥用氒(厥)先祖考政德，亯(享)辟先王。逨卸(御)于氒(厥)辟，不敢豙(墜)，虔夙(夙)夕敬氒(厥)死(尸)事。天子巠(經)朕先祖服，多易(賜)逨休令(命)，䟒(纘)嗣(司)四方吳(虞)榃(廩)。逨敢對天子不(丕)顯魯休䊤(揚)，乍(作)朕皇考龏弔(叔)龢鐘。鎗鎗悤悤(鍯鍯)，雝雝(端端)鐈鐈(雍雍)，用追孝，卲(昭)各喜侃歬(前)文人。文人嚴才(在)上，廙(翼)才(在)下，數數𩁹𩁹，降余多福、康𩁹、屯(純)又(佑)、永令(命)。逨其萬年眉(眉)𡨦(壽)，畯(畯)臣天子。子子孫孫永寶。”

《近出》106[逨鐘。西周晚期]

(23)虢弔(叔)旅曰：“不(丕)顯皇考叀(惠)弔(叔)，穆穆秉元明德，御于氒(厥)辟，得屯(純)亡敃(愍)。旅敢啓(肇)帥井(型)皇考威義(儀)，淄(祇)御于天子，廼天子多易(賜)旅休。旅對天子魯休䚄(揚)，用乍(作)朕皇考叀(惠)弔(叔)大榃(林)龢鐘。皇考嚴才(在)上，異(翼)才(在)下，數數𩁹𩁹，降旅多福。旅其萬年，子子孫孫永寶用亯(享)。”

《集成》1.238[虢叔旅鐘。西周晚期]

其基本體制爲：“某臣曰：‘某追孝辭。某作器事。某嘏辭。’”銘尾皆記嘏辭。

括而言之，西周晚期銘文中載錄臣屬告祭先祖的“告”文，其基本體制爲：“(某時)，某臣曰：‘某追孝辭。某作器事。(某嘏辭。)’”銘首偶記時間，銘尾多記嘏辭。

(三)臣屬告子之“告”文

西周銅器銘文中，載錄臣屬告知晚輩的“告”文見有一例，爲西周早期銘文。卽：

(24)獸。由白(伯)曰：“𠧪卪(御)乍(作)隮(尊)彝，曰：‘毋入于公。’”曰由白(伯)子曰：“𠧪爲氒(厥)父彝，丙日唯毋入于公。”

《集成》11.5998[由伯尊。西周早期]

其基本體制爲：“某族氏名。某臣曰：‘某事。’”此篇之行文方式及所記內容，於西周銅器銘文之“告”文中僅見。

綜上所述，西周銅器銘文中的“告”文，具有以下特點：

① 西周銅器銘文中的“告”文，按其施動者身份不同，可分爲兩類：一爲載錄周王之告的“告”文，其數量較少，包括告祭先王、誥誡臣屬兩種情形；一爲載錄臣屬之告的“告”文，其數量甚多，包括稟告周王、告祭先祖、告知晚輩三種情形。

② 載錄周王告祭先王的“告”文見有二例，語多用韻，皆爲西周晚期厲王銘文。其基本體制爲：“（王曰）：‘（某征伐事。）（某追孝辭。）某作器事。某嘏辭。’”

③ 載錄周王誥誡臣屬的“誥”文見有一例，語多用韻，爲西周早期銘文。其基本體制爲：“某時，王曰：‘某誥辭。’某作器事。某嘏辭。某時’。”

④ 載錄臣屬稟告周王的“告”文見有一例，爲西周早期銘文。其基本體制爲：“某時，某臣曰：‘某征伐事。’某祭祀事。某賞賜事。某作器事。某嘏辭。某時’。”

⑤ 載錄臣屬告祭先祖的“告”文數量甚多。其基本體制爲：“（某時），某臣曰：‘某追孝辭。（某賞賜事。）某作器事。（某嘏辭。）’”其中，

見於西周早期的這類“告”文，其基本體制爲：“某臣曰：‘（某追孝辭。）（某賞賜事。）某作器事。（某嘏辭。）’”銘首不記時間，告辭中或有追孝辭，或記賞賜事，銘尾或有嘏辭。

見於西周中期的這類“告”文，其基本體制爲：“某臣曰：‘某追孝辭。（某賞賜事。）某作器事。某嘏辭。’”銘首不記時間，告辭中或記賞賜事，銘尾皆記嘏辭。

見於西周晚期的這類“告”文，其基本體制爲：“（某時），某臣曰：‘某追孝辭。某作器事。（某嘏辭。）’”銘首偶記時間，銘尾多記嘏辭。

⑥ 載錄臣屬告知晚輩的“告”文見有一例，爲西周早期銘文。其基本體制爲：“某族氏名。某臣曰：‘某事。’”其行文方式及所記內容，於西周銅器銘文之“告”文中僅見。

第三節 命

西周銅器銘文中，有著以“令(命)”“乎”“使”之語，記錄上對下發號施命的記事銘文。以其意相類，今皆歸爲“命”文，分述如下。

一、令(命)

西周銅器銘文中的“令(命)”文，按施命者的身份不同，可分爲兩類：一是載錄王令(命)的“令”文；二是載錄臣令(命)的“令”文。論述如下。

(一)載錄王令(命)的“令”文

西周銅器銘文中載錄王令(命)的“令”文數量甚多，記錄了周王命令臣屬的具體事務，其內容主要有賞賜、冊命、行往、征伐等方面。

1. 令賞賜

周王命令賞賜臣屬。相應“令”文主要見於西周早期、中期銘文，晚期所見甚少。見於西周早期銘文的這類“令”文數量較多，如：

(1)隹王初桒(禱)于成周，王令(命)盂寧登(鄧)白(伯)，賓(儐)貝。用乍(作)父寶隮(尊)彝。 《集成》14.9104[盂爵。西周早期]

(2)唯正月丁丑，王各于呂敽。王牢于阹，咸宜。王令(命)士衜(道)歸(歸、饋)貉子鹿三。貉子對昜(揚)王休，用乍(作)寶隮(尊)彝。(蓋、器同銘) 《集成》10.5409[貉子卣。西周早期]

(3)隹五月，王才(在)庈。戊子，令乍(作)冊折兄(貺)朢(望)土于相医(侯)，易(賜)金、易(賜)臣。𢐗(揚)王休，隹王十又九祀，用乍(作)父乙隮(尊)。其永寶。木羊冊。 《集成》11.6002[作冊折尊。西周早期]

(4)隹五月，王才(在)庈。戊子，令乍(作)冊折兄(貺)朢(望)土于相医(侯)，易(賜)金、易(賜)臣。𢐗(揚)王休，隹王十又九祀，用乍(作)父乙隮(尊)。其永寶。木羊冊。(蓋、器同銘) 《集成》15.9303[作冊折觥。西周早期]

(5)隹五月，王才(在)庈。戊子，令乍(作)冊折兄(貺)朢(望)土于相医(侯)，易(賜)金、易(賜)臣。𢐗(揚)王休，隹王十又九祀，用乍(作)父乙隮(尊)。其永寶。木羊冊。(蓋、器同銘) 《集成》16.9895[折方彝。西周早期]

(6)隹十又三月庚寅，王才(在)寒帥(次)。王令(命)大史兄(貺)褔土。王曰：“中！兹(兹)褔人入史(事)，易(賜)于珷(武)王乍(作)臣。今兄(貺)畀(畀)

女(汝)禱土，乍(作)乃采。”中對王休令(命)，𩰫父乙障(尊)，隹臣尚中臣。七八六六六六。八七六六六六。　　《集成》5.2785[中方鼎。西周早期]

(7)隹三月，王令(命)焚(榮)眔(暨)內史曰：“萶(匄)井(邢)医(侯)服，易(賜)臣三品：州人、東(重)人、章(鄘)人。”捧拜韻首，魯天子造氒(厥)瀕(頻)福，克奔徙(走)上下，帝無冬(終)令(命)于有周，追考(孝)，對不敢家(墜)，卲(昭)朕福盈(血、恤)，朕臣天子，用豐(典)王令(命)，乍(作)周公彝。

《集成》8.4241[焚作周公毁(周公毁、井侯毁)。西周早期]

(8)隹四月，辰才(在)丁未，王省珷(武)王、成王伐商圖，征(延)省東或(國)圖。王立(涖)于宜，入土(社)，南鄉(嚮)。王令(命)虞医(侯)夨曰：鄹“(遷)医(侯)于宜。易(賜)䰜(𩰫)鬯一卣，商𨑓(瓚)一□、彤(彤)弓一、彤(彤)矢百、旅(玈)弓十、旅(玈)矢千；易(賜)土，氒(厥)川(甽)三百□，氒(厥)□百又廿，氒(厥)宅邑卅又五，氒(厥)□百又卌(四十)；易(賜)才(在)宜王人十又七生(姓)；易(賜)奠(甸)七白(伯)，氒(厥)盧□又五十夫；易(賜)宜庶人六百又□六夫。”宜医(侯)夨𢍉(揚)王休，乍(作)虞公父丁障(尊)彝。　　《集成》8.4320[宜侯夨毁。西周早期]

其基本體制爲：“某時，某地，(王曰)：某賞賜事。某作器事。(某嘏辭。)(某族氏名。)(某筮數。)”銘首通常記錄時間、王所在之地點。之後記載王命賞賜臣屬之事，再記臣屬受賞作器事。銘尾偶記嘏辭、族氏名，如(3)～(5)；偶記筮數，如(6)。

見於西周中期銘文的這類“令”文相對要少，如：

(9)隹六月既生霸戊戌，旦，王各于大室，師毛父卽立(位)，井白(伯)右(佑)。內史冊命：易(賜)赤市。對䚄(揚)王休，用乍(作)寶毁。其萬年，子子孫其永寶用。　　《集成》8.4196[師毛父毁。西周中期]

(10)唯六月既生霸辛巳，王命𦵯眔(暨)弔(叔)𦇌父歸(饋)吴姬𩰫(饔)器，𠂤(師)黃賓(儐)𦵯章(璋)一、馬兩，吴姬賓(儐)帛束。𦵯對䚄(揚)天子休，用乍(作)障(尊)毁。季姜。(蓋、器同銘)　　《集成》8.4195[𦵯毁。西周中期]

(11)隹八月初吉丁亥，王客(各)于康宮，焚(榮)白(伯)右(佑)衛，內(入)，卽立(位)。王曾(增)令衛：㞷(殿)赤市、攸(鋚)勒。衛敢對𠭯(揚)天子不(丕)顯休，用乍(作)朕文祖考寶障(尊)毁。衛其邁(萬)年，子子孫孫永寶用。(蓋、器同銘)　　《集成》8.4209[衛毁。西周中期]

(12)隹五月初吉，王才(在)周，令乍(作)冊內史易(賜)免鹵百陵。免蔑(蔑)靜(敬)女(魯)王休，用乍(作)般(盤)盉。其萬年寶用。

《集成》16.10161[免盤。西周中期]

其基本體制爲：“某時，某地，某賞賜事。某作器事。(某嘏辭。)(某族氏名。)”銘首通常記錄時間、王所在之地點。之後記載王命賞賜臣屬之事，再記臣屬受賞作器事。銘尾多記嘏辭，如(9)、(11)、(12)；偶記族氏名，如(10)。

見於西周晚期銘文的這類“令”文數量甚少，如：

(13)隹十又八年十又三月既生霸丙戌，王才(在)周康宮徲(夷)宮。道入右(佑)吴虎。王令(命)善(膳)夫豐生、𤔲(司)工(空)雝(雍)毅𤕌(申)剌(厲)王令

(命)："取吴蓋舊彊(疆)，僕(付)吴虎：氒(厥)北彊(疆)𣳚人眔彊(疆)，氒(厥)東彊(疆)官人眔彊(疆)，氒(厥)南彊(疆)畢人眔彊(疆)，氒(厥)西彊(疆)莽姜眔彊(疆)。氒(厥)具(俱)履封：豐生、雝(雍)毅、白(伯)道、内𤔲(司)土(徒)寺桒。"吴虎拜䭫首，天子休，賓(儐)善(膳)夫豐生章(璋)、馬匹，賓(儐)𤔲(司)工(空)雝(雍)毅章(璋)、馬匹，賓(儐)内𤔲(司)土(徒)寺桒復瑗。書尹、友、守、史，廼賓(儐)史桒韋兩。虎拜手䭫首，敢對𢆶(揚)天子不(丕)顯魯休，用乍(作)朕皇祖考庚孟隮(尊)鼎。其子孫永寶。 《近出》364[吴虎鼎。西周晚期]

其基本體制爲："某時，某地，某賞賜事。某作器事。某嘏辭。"銘首通常記錄時間、王所在之地點，之後記載王命賞賜臣屬之事，再記臣屬受賞作器事，銘尾記嘏辭。

2. 令冊命

周王命令冊命臣屬。按其命辭之内容的不同，可分爲兩類：其一，直令冊命，無賞賜；其二，令冊命，有賞賜。

其一，直令冊命，無賞賜。這類"令"文數量相對較少，主要見於西周晚期銘文。如：

(14) 王令雍白(伯)啚(鄙)于𡳿(有)爲宮。雍白(伯)乍(作)寶隮(尊)彝。 《集成》5.2531[雍伯鼎。西周早期]

(15) 隹十又二月初吉丁丑，王才(在)宗周，各于大𡨦(廟)。𤇈(榮)白(伯)右(佑)同，立中廷，北鄉(嚮)。王命同："差(佐)右(佑)吴(虞)大父，𤔲(司)昜(場)、林、吴(虞)牧，自淲東至于㴱(河)，氒(厥)逆(朔)侄(至)于玄水。世孫孫子子差(佐)右(佑)吴(虞)大父，毋女(汝)又(有)閑。"對𢿾(揚)天子氒(厥)休，用乍(作)朕文考叀(惠)中(仲)隮(尊)寶𣪘。其邁(萬)年，子子孫孫永寶用。 《集成》8.4271[同𣪘。西周中期]

(16) 隹王廿又三年九月，王才(在)宗周。王令散(微)𢆶䵼(纘)𤔲(司)九陂。𢆶乍(作)朕皇考䵼彝隮(尊)鼎。𢆶用亯(享)孝于朕皇考，用昜(賜)康𥬰(樂)、魯休、屯(純)右(祐)、眉(眉)耆(壽)、永令(命)、霝(靈)冬(終)。其萬年無彊(疆)，𢆶子子孫永寶用亯(享)。 《集成》5.2790[微𢆶鼎。西周晚期]

(17) 隹王廿又三年九月，王才(在)宗周，王命善(膳)夫克舍(捨)令于成周，遹(適)正八𠂤(師)之年。克乍(作)朕皇祖𪒠(釐)季寶宗彝。克其日用䵼，朕辟魯休，用匄康𥬰(樂)、屯(純)右(祐)、眉(眉)耆(壽)、永令(命)、霝(靈)冬(終)，邁(萬)年無彊(疆)。其子子孫孫永寶用。 《集成》5.2796[小克鼎。西周晚期]

(18) 隹十又八年十又二月初吉庚寅，王才(在)周康穆宮。王令尹氏友史趛，典善(膳)夫克田人。克拜䭫首，敢對天子不(丕)顯魯休𢿾(揚)，用乍(作)旅盨，隹用獻于師尹、倗友、聞(婚)遘(媾)。克其用朝夕亯(享)于皇祖考。皇祖考其數數𥴠𥴠，降克多福、眉(眉)耆(壽)、永令(命)。畯(畯)臣天子，克其日易(賜)休無彊(疆)。克其萬年，子子孫孫永寶用。(蓋、器同銘) 《集成》9.4465[善夫克盨。西周晚期]

其基本體制爲：“某時，某地，某冊命事。某作器事。某嘏辭。”銘首記錄時間、王所在之地點，之後記載王令冊命臣屬之事，再記臣屬作器事，銘尾記嘏辭。

其二，令冊命，有賞賜。這類“令”文數量甚多，見於西周早期、中期、晚期銘文，而以中期、晚期爲多。

見於西周早期銘文的這類“令”文數量甚少。如：

(19) 隹十月甲子，王才（在）宗周，令師中眔（暨）靜省南或（國），相埶（藝）应（居）。八月初吉庚申至，告于成周。月既望丁丑，王才（在）成周大室，令（命）靜曰：“嗣（司）女（汝）采，嗣（司）才（在）㐭（曾）、噩（鄂）𠂤（師）。”王曰：“靜！易（賜）女（汝）鬯、旂、市、采霉。”曰：“用事。”靜揚天子休，用乍（作）父丁寶隮（尊）彝。

《近出》357［靜方鼎。西周早期］

(20) 隹九月，王才（在）宗周，令（命）盂。王若曰：“盂！不（丕）顯玟（文）王，受天有（佑）大令（命）。在珷（武）王，嗣（嗣）玟（文）乍（作）邦，辟（闢）氒（厥）匿（慝），匍（敷）有四方，畯（畯）正氒（厥）民，在雩（于）御（御）事。叡！酉（酒）無敢醺（舔），有髭（柴）糞（烝）祀無敢醪。古（故）天異（翼）臨子，灋（法）保先王，［匍］（敷）有四方。我䎽（聞）殷述（墜）令（命），隹殷邊（邊）医（侯）、田（甸）雩（與）殷正百辟，率肆（肆）于酉（酒），古（故）喪𠂤（師）巳（矣）！女（汝）妹（昧）辰（晨）又（有）大服；余隹即朕小學，女（汝）勿𩟊（蔽）余乃辟一人。今我隹即井（型）㐭（稟）于玟（文）王正德，若玟（文）王令二三正。今余隹令女（汝）盂：𦥑（召、紹）焚（榮），苟（敬）雝（雍）德巠（經），敏（敏）朝夕入諫（諫），亯（享）奔走，畏（畏）天畏（威）。”王曰：“而！令女（汝）盂：井（型）乃嗣（嗣）祖南公。”王曰：“盂！廼𦥑（召、紹）夾死（尸）嗣（司）戎，敏（敏）諫罰訟，夙（夙）夕𦥑（召、紹）我一人烝（烝）四方，雩我其遹省先王受民、受疆（疆）土。易（賜）女（汝）鬯一卣、冂（褀）衣、市、舄、車、馬；易（賜）乃祖南公旂，用遷（狩）；易（賜）女（汝）邦嗣（司）四白（伯），人鬲自駭（馭）至于庶人，六百又五十又九夫；易（賜）尸（夷）嗣（司）王臣十又三白（伯），人鬲千又五十夫，逐𡨦鄩（遷）自氒（厥）土。”王曰：“盂！若苟（敬）乃正，勿灋（廢）朕令（命）！”盂用對王休，用乍（作）祖南公寶鼎。隹王廿又三祀。

《集成》5.2837［大盂鼎。西周早期］

其基本體制爲：“某時，某地，王曰/王若曰：‘某冊命事。某賞賜事。’某作器事。（某時。）”銘首記錄時間、王所在之地點，之後記載王令冊命臣屬並予以賞賜之事，再記臣屬受賞作器事。銘尾偶記王年，如(20)。

見於西周中期銘文的這類“令”文數量較多。如：

(21) 隹正月初吉丁卯，王才（在）周康宮，各大室，即立（位）。益公內（入）右（佑）申中廷。王命尹冊命申：“㪅（更）乃祖考疋（胥）大（太）祝，官嗣（司）豐人眔（暨）九戲祝。賜（賜）女（汝）赤市、縈黃（衡）、䜌（鑾）旂，用事。”申敢對䚄（揚）天子休令（命），用乍（作）朕皇考孝孟隮（尊）毁。申其邁（萬）年用，子子孫孫其永寶。

《集成》8.4267［申毁蓋。西周中期］

(22) 隹正二月初吉甲寅，備中內(入)右(佑)呂服余。王曰："服余！令(命)女(汝)敳(更)乃祖考事，疋(胥)備中𤔲(司)六𠂤(師)服。易(賜)女(汝)赤市(市)、幽黃(衡)、鋚勒、旂。"呂服余敢對䣄(揚)天[子]不(丕)顯休令(命)，用乍(作)寶般(盤)盉。其子子孫孫永寶用。

《集成》16.10169[呂服余盤。西周中期]

(23) 隹元年三月丙寅，王各于大室，康公右(佑)卻(郤)曶。易(賜)戠(織)衣、赤Ꮎ(雍)市，曰："用𤔲(嗣)乃祖考事，乍(作)𤔲(司)土(徒)。"曶敢對㻫(揚)王休，用乍(作)寶毁。子子孫孫其永寶。

《集成》8.4197[師毛父毁。西周中期]

(24) 隹三月既生霸乙卯，王才(在)周，令(命)免乍(作)𤔲(司)土(徒)，𤔲(司)奠(鄭)還歠(廩)，眔(暨)吳(虞)、眔(暨)牧，易(賜)戠(織)衣、䜌(鑾)。對䚃(揚)王休，用乍(作)旅𩰫彝。免其萬年，永寶用。

《集成》9.4626[免簠。西周中期]

(25) 隹六月初吉，王才(在)奠(鄭)。丁亥，王各大室。井弔(叔)右(佑)免。王蔑免曆(曆)，令史懋易(賜)免：載(緇)市、冋(絅)黃(衡)，乍(作)𤔲(司)工(空)。對䚃(揚)王休，用乍(作)隮(尊)彝。免其萬年，永寶用。

《集成》10.5418[免卣。西周中期]

(26) 隹六月初吉，王才(在)奠(鄭)。丁亥，王各大室，井弔(叔)右(佑)免。王蔑免曆(曆)，令史懋易(賜)免：載(緇)市、冋(絅)黃(衡)，乍(作)𤔲(司)工(空)。對䚃(揚)王休，用乍(作)隮(尊)彝。免其萬年，永寶用。

《集成》11.6006[免尊。西周中期]

(27) 唯三月，王才(在)宗周。戊寅，王各于大朝(廟)。宻(密)弔(叔)右(佑)趞即立(位)。內史即命。王若曰："趞！命女(汝)乍(作)豳(豳)𠂤(師)家𤔲(司)馬，啻(嫡)官僕、射、士，𧥹(訊)小大又(右)隣，取徵五寽(鋝)。易(賜)女(汝)赤市、幽亢(衡)、䜌(鑾)旂，用事。"趞拜𩒨首，對䣄(揚)王休，用乍(作)季姜隮(尊)彝。其子子孫孫邁(萬)年寶用。

《集成》8.4266[趞毁。西周中期]

(28) 唯八月初吉，王各于周庿(廟)。穆公右(佑)盠，立于中廷，北鄉(嚮)。王冊令尹易(賜)盠赤市、幽亢(衡)、攸(鋚)勒(勒)，曰："用𤔲(司)六𠂤(師)、王行、參(三)有𤔲(司)：𤔲(司)土(徒)、𤔲(司)馬、𤔲(司)工(空)。"王令(命)盠曰："𩁹(纘)𤔲(司)六𠂤(師)眔(暨)八𠂤(師)埶(藝)。"盠拜𩒨首，敢對䚃(揚)王休，用乍(作)朕文祖益公寶隮(尊)彝。盠曰："天子不(丕)叚(遐)不(丕)其(基)，萬年保我萬邦。盠敢拜𩒨首曰：'剌剌(烈烈)朕身，𨖍(更)朕先寶事。'"　《集成》11.6013[盠方尊。西周中期]

(29) 唯八月初吉，王各于周庿(廟)。穆公右(佑)盠，立于中廷，北鄉(嚮)。王冊令(命)尹，易(賜)盠赤市、幽亢(衡)、攸(鋚)勒(勒)，曰："用𤔲(司)六𠂤(師)王行、參(叁)有𤔲(司)：𤔲(司)土(徒)、𤔲(司)馬、𤔲(司)工(空)。"王令(命)盠曰："𩁹(纘)𤔲(司)六𠂤(師)眔(暨)八𠂤(師)埶

(蓺)。”盠拜韻首，敢對䚩(揚)王休，用乍(作)朕文祖益公寶隮(尊)彝。盠曰：“天子不叚(遐)不(丕)其(基)，萬年保我萬邦。盠敢拜韻首曰：‘剌剌(烈烈)朕身，遻(更)朕先寶事。’”(蓋、器同銘)

《集成》16.9899[盠方彝。西周中期]

(30)隹王八月，辰才(在)丙午，王命𩋘厌(侯)白(伯)𣌭曰：“𤔲(嗣)乃祖考厌(侯)于𩋘，易(賜)女(汝)秬鬯一卣，玄衮衣、幽夫(市)、赤舄，駒車、畫呻(紳)、𩍐(幬)學(較)、虎𩊚(幃)、冟(幎)衼里(裏)幽、攸(鋚)勒、旅(旂)五旅(旂)，彤弓、旅弓、旅矢、𢦏戈、虢(皋)胄。用夙(夙)夜事，勿灋(廢)朕令(命)。”𣌭拜韻首，敢對䚩(揚)王休，用乍(作)朕文考𩒠(順)公宮隮(尊)鼎。子子孫其萬年永寶用。　《集成》5.2816[伯𣌭鼎。西周中期]

(31)唯十又二月初吉，辰才(在)丁亥，王才(在)宗周，王各大(太)師宮。王曰：“善！昔先王既令女(汝)左(佐)疋(胥)𠭯厌(侯)，今余唯肈醽(申)先王令，令女(汝)左(佐)疋(胥)𠭯厌(侯)，監𩓨師戍。易(賜)女(汝)乃祖旂，用事。”善敢拜韻首，對䚩(揚)皇天子不(丕)杯(丕)休，用乍(作)宗室寶隮(尊)。唯用妥(綏)福，唬(號)歬(前)文人，秉德共(恭)屯(純)。余其用各我宗子雩(與)百生(姓)。余用匄屯(純)魯雩(與)邁(萬)年。其永寶用之。

《集成》5.2820[善鼎。西周中期]

(32)隹十又二月初吉，王才(在)周。昧䵒(爽)，王各于大廟。井弔(叔)有(佑)免，即令(命)。王受乍(作)冊尹者(書)，卑(俾)冊令(命)免，曰：“令女(汝)疋(胥)周師𤔲(司)𢼸(廩)。易(賜)女(汝)赤𤎩(雍)市，用事。”免對䚩(揚)王休，用乍(作)隮(尊)𣪕。免其萬年，永寶用。(蓋、器同銘)

《集成》8.4240[免𣪕。西周中期]

(33)王曰：“恒！令女(汝)𡢁(更)㩁，克𤔲(司)直啚(鄙)，易(賜)女(汝)䜌(鑾)旂，用事。夙(夙)夕勿灋(廢)朕令(命)！”恒拜韻，敢對䚩(揚)天子休，用乍(作)文考公弔(叔)寶𣪕。其萬年，世子子孫虞寶用。

《集成》8.4199[恒𣪕蓋。西周中期]

其通常體制爲：“某時，某地，王曰：‘某冊命事。某賞賜事。’某作器事。某嘏辭。”銘首記録時間、王所在之地點，之後記載王令冊命臣屬並予以賞賜之事，再記臣屬受賞作器事，銘尾記嘏辭。偶有于銘首不記時間、地點，開篇即記王之命辭者，其體制爲：“王曰：某冊命事。某賞賜事。某作器事。某嘏辭。”如(33)。

見於西周晚期銘文的這類“令”文數量甚多，其行文體制變化較多。如：

(34)唯王正月，辰才(在)甲午，王曰：“𩞁！命女(汝)𤔲(司)成周里人，眔(暨)者(諸)厌(侯)、大亞，𧭹(訊)訟罰，取徵五寽(鋝)。易(賜)女(汝)尸(夷)臣十家，用事。”𩞁拜韻首，對䚩(揚)王休命，用乍(作)寶𣪕。其子子孫孫寶用。(蓋、器同銘)　《集成》8.4215[𩞁𣪕。西周晚期]

(35)隹四月初吉，王才(在)屖宮，宰屖父右(佑)害立。王冊命害，曰：“易(賜)女(汝)𠦪(賁)朱黃(衡)、玄衣黹屯(純)、㫃(旂)、攸(鋚)革(勒)，易(賜)戈琱㦰、彤沙(蘇)，用餴乃祖考事。官𤔲(司)尸(夷)僕、小射、底魚。”害𩒨首，對䚄(揚)王休命，用乍(作)文考寶𣪘。其孫孫子子永寶用。(蓋、器同銘) 《集成》8.4258[害𣪘。西周晚期]

(36)隹王五年九月既生霸壬午，王曰：“師旋！令女(汝)羞追于齊。儕(齎)女(汝)毌五、昜(錫)登盾生皇(鳳)、畫內(枘)戈琱㦰、㕓(厚)必(柲)、彤沙(蘇)。𢦏(敬)毋敗(敗)速(績)！”旋敢昜(揚)王休，用乍(作)寶𣪘。子子孫孫永寶用。(蓋、器同銘) 《集成》8.4216[五年師旋𣪘。西周晚期]

(37)隹王九年九月甲寅，王命益公征眉敖；益公至，告。二月，眉敖至，見，獻貴(帛)。己未，王命中(仲)到(致)歸(歸、饋)𦐿白(伯)𧲜(貔)裘。王若曰：“𦐿白(伯)！朕不(丕)顯祖玟(文)、珷(武)，雁(膺)受大命；乃祖克𠦪(弼)先王，異(翼)自它邦，又(有)芇(當)于大命。我亦弗究(深)亯(享)邦，易(賜)女(汝)𧲜(貔)裘。”𦐿白(伯)拜手𩒨(𩒨)首。天子休弗望(忘)小𢉾(裔)邦，歸(歸)夆敢對䚄(揚)天子不(丕)杯(丕)魯休，用乍(作)朕皇考武𦐿幾王𢐗(尊)𣪘，用好宗朝(廟)、亯(享)夙(夙)夕，好倗友雩(與)百者(諸)昏(婚)遘(媾)，用𢉩(祈)屯(純)彔(祿)、永命，魯壽(壽)子孫。歸(歸)夆其邁(萬)年，日用亯(享)于宗室。

《集成》8.4331[伯歸夆𣪘(羌伯𣪘)。西周晚期]

其通常體制爲：“某時，某地，王曰/王若曰：‘某冊命事。某賞賜事。’某作器事。某嘏辭。”銘首記錄時間、王所在之地點，之後記載王令冊命臣屬並予以賞賜之事，再記臣屬受賞作器事，銘尾記嘏辭。

又如：

(38)王若曰：“訇！不(丕)顯文武受令(命)，𠜶(則)乃祖奠周邦。今余令(命)女(汝)啻(嫡)官嗣(司)邑人，先虎臣後庸：西門尸(夷)、𩖥(秦)尸(夷)、京尸(夷)、𩵦尸(夷)、師笭、𠊳(側)新、□華尸(夷)、弁身尸(夷)、𨟭人、成周走亞、戍、𩖥(秦)人、降人、服尸(夷)。易(賜)女(汝)玄衣黹屯(純)、𢦏(緇)市、冋(褧)黃(衡)、戈琱(琱)㦰、㕓(厚)必(柲)、彤沙(蘇)、䜌(鑾)旂、攸(鋚)勒，用事。”訇𩒨首，對䚄(揚)天子休令(命)，用乍(作)文祖乙白(伯)、同姬𢐗(尊)𣪘。訇邁(萬)年，子子孫孫永寶用。唯王十又七祀，王才(在)射日宮。旦，王各，益公入右(佑)訇。

《集成》8.4321[訇𣪘。西周晚期]

(39)王若曰：“師訇！不(丕)顯文、武，雁(膺)受天令，亦𠜶(則)於女(汝)乃聖祖考克尃(輔)右(佑)先王，乍(作)氒(厥)厷(肱)殳(股)，用夾䜝(召、紹)氒(厥)辟，奠大令(命)，盭(盭)龢(龢)雩(于)政。肄(肆)皇帝亡罢(斁)，臨保我又(有)周，雩(于)四方民亡不康靜(靖)。”王曰：“師訇！哀才(哉)！今日天疾𢓊(畏、威)降喪，首德不克𦘠(晝)，古(故)亡承于先王。鄉(嚮)女(汝)彶屯(純)恤周邦，妥(綏)立余小子，𢦏(載)乃事，隹王身厚𦣞。今余隹𤕌(申)𦎧(就)乃令(命)，令(命)女(汝)叀(惠)𩁹(雍)我邦小大猷，邦𢍐潢辥(壁)，敬明乃心，𢓜(率)目(以)乃友干(捍)吾(禦)王身，谷(欲)女(汝)弗目(以)乃辟圅(陷)于𦤎。易(賜)女(汝)秬鬯一卣、圭瓚(瓚)、尸

(夷)允(訊)三百人。”訇䭫首，敢對䚄(揚)天子休，用乍(作)朕剌(烈)祖乙白(伯)、同益姬寶毁。訇其邁(萬)由(使)年，子子孫孫永寶。用乍(作)州宫寶。隹元年二月既望庚寅，王各于大室，燮(榮)内(入)右(佑)訇。

《集成》8.4342[師訇毁。西周晚期]

(40)王若曰：“師克！不(丕)顯文武，雁(膺)受大令(命)，匍(敷)有四方。鼎(則)繇(繇)隹乃先祖考又(有)爵(勞)于周邦，干(捍)害(禦)王身，乍(作)爪牙。”王曰：“克！余隹巠(經)乃先祖考，克黔(令)臣先王。昔余既令(命)女(汝)，今余隹醽(申)臺(就)乃令(命)。乃令(命)女(汝)䙷(更)乃祖考，䎘(纘)嗣(司)左右虎臣。易女(汝)秬鬯一卣、赤市、五黄(衡)、赤舄、牙僰、駒車、萃(賁)較(較)、朱虢(鞹)圅(鞃)䩞(靳)、虎冟(幎)熏(纁)裏、畫轉(轉)、畫𨎪(轄)、金甬(筩)、朱旂、馬四匹、攸(鋚)勒、素戉(鉞)。敬夙(夙)夕，勿灋(廢)朕令！”克敢對䚄(揚)天子不(丕)顯魯休，用乍(作)旅盨(盨)。克其萬年，子子孫孫永寶用。(蓋、器同銘)

《集成》9.4467[師克盨。西周晚期]

(41)王若曰：“父厝！不(丕)顯文、武，皇天引猒(厭)氒(厥)德，配我有周，雁(膺)受大命，衒(率)褱(懷)不廷方，亡(無)不閈于文、武耿光。唯天㫃(壯)集氒(厥)命，亦唯先正睪辪(嬖)氒(厥)辟，爵(勞)堇(勤)大命。肄(肆)皇天亡睪(斁)，臨保我有周，不(丕)巩(鞏)先王配命，䍐(旻)天疾愧(畏、威)。司余小子弗彶(及)，邦㫃(將)害(曷)吉？䦷䦷四方，大從(縱)不靜(靖)。烏虖(乎)！趯余小子圂湛于囏，永巩(鞏)先王。”王曰：“父厝！今余唯肈(肇)巠(經)先王命，命女(汝)辪(嬖)我邦、我家内外，悉(惷)于小大政，甹(屏)朕立(位)，虩許上下若否雩(于)四方，死(尸)毋童(動)余一人才(在)立(位)，引唯乃智(知)余非，𩫏(庸)又(有)䎽(聞)。女(汝)毋敢妄(荒)寧，虔夙(夙)夕叀(惠)我一人，䧹(雍)我邦小大猷，毋折緘(緘)。告余先王若德，用印(仰)卲(昭)皇天，醽(申)圝(恪)大命，康能四或(國)，俗(欲)我弗乍(作)先王憂。”王曰：“父厝！雩之，庶出入事于外，尃(敷)命尃(敷)政，埶(藝)小大楚(胥)賦(賦)，無唯正䎽(聞)，引其唯王智(智)，乃唯是喪我或(國)。厤自今，出入尃(敷)命于外，氒(厥)非先告父厝，父厝舍(捨)命，毋又(有)敢悉(惷)尃(敷)命于外！”王曰：“父厝！今余唯醽(申)先王命，命女(汝)亟(極)一方，圅(宏)我邦、我家。女(汝)顀(推)于政，勿雝(雍、壅)逮(建)庶人𡧊，毋敢龏(拱)橐(苞)；龏(拱)橐(苞)廼敄(侮)鱀(鰥)寡。善效乃又(有)正，毋敢湛(湎)于酒。女(汝)毋敢彖(墜)才(在)乃服，圝(恪)夙(夙)夕，敬念王愧(畏)不睗(易)。女(汝)毋弗帥用先王乍(作)明井(型)，俗(欲)女(汝)弗吕(以)乃辟圅(陷)于囏。”王曰：“父厝！巳曰，㲋(抄)丝(兹)卿事(士)寮(寮)、大(太)史寮(寮)于父即尹。命女(汝)䎘(纘)嗣(司)公族，雩(與)參(叁)有嗣(司)、小子、師氏、虎臣，雩(與)朕䙴(褻)事，吕(以)乃族干(捍)吾(敔)王身。取徵卅寽(鋝)，易(賜)女(汝)秬鬯一卣、祼圭鬲(瓚)寶、朱市、悤(蔥)黄(衡)、玉環、玉𤨲(琜)、金車、桒(賁)縟較(較)、朱䰟(鞹)㐭(鞃)𣂔(靳)、虎冟(幎)熏(纁)裏、右厄(軛)、畫轉、畫𩌦(䡅)、金甬(筩)、遣(錯)衡、金嶂(踵)、金豙(軝)、𦀚(約)晟(盛)、金簟(簞)弼(笰)、魚葡(箙)、馬四匹、攸(鋚)勒、金䜌、金雁(膺)、朱旂二鈴(鈴)。易(賜)女玆(茲)弁(賸),用歲用政(征)。”毛公㬝對䚄(揚)天子皇休,用乍(作)隮(尊)鼎。子子孫孫永寶用。

《集成》5.2841[毛公鼎。西周晚期]

這類“令”文銘首不記時間、地點,開篇卽記王之命辭。其基本體制爲:“王若曰:‘某冊命事。某賞賜事。’某作器事。某嘏辭。”

再如:

(42)逨曰:“不(丕)顯朕皇高祖單公,趄趄(桓桓)克明悊(哲)氒(厥)德,夾𥃝(召、紹)文王、武王達(撻)殷,受天魯令(命),匍(敷)有四方,並宅氒(厥)堇(勤)彊(疆)土,用配上帝。雩朕皇高祖公弔(叔),克逨匹成王,成受大令(命),方狄不(丕)亯(享),用奠四或(國)萬邦。雩朕皇高祖新室中(仲),克幽明氒(厥)心,㝯(柔)遠能𤞷(邇),會𥃝(召、紹)康王,方褱(懷)不廷。雩朕皇高祖惠中(仲)盠父,盭龢于政,又(有)成于猷,用會卲(昭)王、穆王,盜政四方,𣂚(剗、翦)伐楚荊。雩朕皇高祖零白(伯),粦明氒(厥)心,不㒸(墜)□服,用辟龏(恭)王、懿王。雩朕皇亞祖懿(懿)中(仲),敳(徵)諫言,克匍(敷)保氒(厥)辟考(孝)王、𡰥(夷)王,又(有)成于周邦。雩朕皇考龏(恭)弔(叔),穆穆趩趩,龢訇于政,明濟于德,亯(享)逨(倈)剌(厲)王。逨肇(肈)尸朕皇祖考服,虔夙(夙)夕,敬朕死事。肄(肆)天子多易(賜)逨休。天子其萬年無彊(疆),耆黃耇,保奠周邦,諫辪(乂)四方。”王若曰:“逨!不(丕)顯文武,膺(膺)受大命,匍(敷)有四方,𠟭(則)繇(繇)隹乃先聖祖考,夾𥃝(召、紹)先王,𡙧(勞)堇(勤)大令(命)。今余隹巠(經)乃先聖祖考,𤔲(申)𦎫(就)乃令(命):令(命)女(汝)疋(胥)焚(榮)兌,䝨(纘)𤔲(司)四方吳(虞)𡚬(廩),用宮御。賜汝赤市、幽黃(衡)、攸(鋚)勒。”逨敢對天子不(丕)顯魯休䚄(揚),用乍(作)朕皇祖考寶隮(尊)般(盤),用追亯(享)孝于歬(前)文人。歬(前)文人嚴才(在)上,廙(翼)才(在)下,數數𤔲𤔲,降逨魯多福、釁(眉)耆(壽)、綽綰,受(授)余康𧟰、屯(純)右(祐)、通彔(祿)、永令(命)、霝(靈)冬(終)。逨畯(畯)臣天子,子子孫孫永寶用亯(享)。

《新收》757[逨盤。西周晚期]

其行文體制爲:“臣曰:‘某追孝辭。’王若曰:‘某冊命事。某賞賜事。’某作器事。某嘏辭。”銘首“逨曰”以下至“諫辪四方”,所記乃逨之告辭;“王若曰”以下至“攸(鋚)勒”,所記乃王之命辭;“逨敢對”以下至文末,則記逨爲祖作器事以及嘏辭。

3. 令行往

周王就巡省、出使等事命令臣屬行往某地。這類“令”文於西周早期、中期、晚期銘文皆有所見。

其中，見於西周早期的這類“令”文如：

(43) 隹王令南宮伐反(叛)虎方之年，王令中先省南或(國)貫行，埶(藝)王应(居)，在夔𨛜(隞)真山。中乎歸(歸)生鳳于王，埶(藝)于寶彝。

《集成》5.2751[中方鼎。西周早期]

(44) 隹王大龠(禴)于宗周，徭(誕)窨葊京年，才(在)五月既望辛酉，王令士上眔(暨)史寅廏(殷)于成周，㫚(殺)百生(姓)豚(豚)，眔(暨)商(賞)卣、鬯、貝。用乍(作)父癸寶隮(尊)彝。臣辰冊㫃。(蓋、器同銘)

《集成》10.5421[士上卣。西周早期]

(45) 隹王大龠(禴)于宗周，徭(誕)窨葊京年，才(在)五月既[望辛]酉，王令士上[眔](暨)史寅廏(殷)于[成周，㫚](殺)百生(姓)[豚(豚)，眔(暨)商(賞)卣]、鬯、貝。用乍(作)父癸寶隮(尊)彝。臣辰㫃冊。

《集成》11.5999[士上尊。西周早期]

(46) 隹王大龠(禴)于宗周，徭(誕)窨葊京年，才(在)五月既望辛酉，王令士上眔(暨)史黃廏(殷)于成周，㫚(殺)百生(姓)豚(豚)，眔(暨)商(賞)卣、鬯、貝。用乍(作)父癸寶隮(尊)彝。臣辰冊㫃。(器銘)

《集成》15.9454[士上盉。西周早期]

(47) 王令中先省南或(國)𠦪(貫)行，埶(藝)应(居)在𠙵(曾)。史兒至，㠯(以)王令曰：“余令女(汝)史(使)小大邦。氒(厥)又(有)舍(捨)女(汝)𠬝(芻)量(量)，至于女(汝)𢊁，小多𠂇。”中省自方、登(鄧)，𨑥(造)𢀛邦，在噩(鄂)𠂤(師)餗(次)。白(伯)買父迺㠯(以)氒(厥)人戍漢、中、州，曰叚、曰旋，氒(厥)人𠂤廿夫。氒(厥)貯𠫑言，曰：“貯𠬝貝，日傳𢓊王[皇]休，肆肩(肩)又(有)羞，余□𢦏(捍)，用乍(作)父乙寶彝。”

《集成》3.949[中甗。西周早期]

其基本體制爲：“某時，某地，某行往事。某賞賜事。某作器事。(某族氏名。)”銘首記錄時間、王所在之地點，之後記載王命令臣屬行往並予以賞賜之事，再記臣屬受賞作器事。銘尾或記族氏名，如(44)～(46)。

見於西周中期的這類“令”文如：

(48) 隹六月既生霸乙卯，王才(在)成周，令豐廏(殷)大矩(矩)。大矩(矩)易(賜)豐金、貝。用乍(作)父辛寶隮(尊)彝。木羊冊。(蓋、器同銘)

《集成》10.5403[豐卣。西周中期]

(49) 隹六月既生霸乙卯，王才(在)成周，令豐廏(殷)大矩(矩)。大矩(矩)易(賜)豐金、貝。用乍(作)父辛寶隮(尊)彝。木羊冊。

《集成》11.5996[豐作父辛尊。西周中期]

其基本體制爲：“某時，某地，某行往事。某賞賜事。某作器事。某族氏名。”銘首記錄時間、王所在之地點，之後記載王命令臣屬行往並予以賞賜之事，再記臣屬受賞作器事，銘尾記族氏名。

見於西周晚期的這類“令”文如：

(50)隹三年五月丁巳，王才(在)宗周，令史頌德(省)穌(蘇)灋(姻)友、里君、百生(姓)，帥䩞(偶)盩于成周。休又(有)成事，穌(蘇)賓(儐)章(璋)、馬四匹、吉金。用乍(作)䵼彝。頌其萬年無彊(疆)，日遅(揚)天子覭(景)令(命)。子子孫孫永寶用。

《集成》5.2787[史頌鼎。西周晚期]

(51)隹三年五月丁巳，王才(在)宗周，令史頌德(省)穌(蘇)灋(姻)友、里君、百生(姓)，帥䩞(偶)盩于成周。休又(有)成事，穌(蘇)賓(儐)章(璋)、馬四匹、吉金。用乍(作)䵼彝。頌其萬年無彊(疆)，日遅(揚)天子覭(景)令(命)。子子孫孫永寶用。(蓋、器同銘)

《集成》8.4229[史頌𣪕。西周晚期]

其基本體制爲："某時，某地，某行往事。某賞賜事。某作器事。某嘏辭。"銘首記錄時間、王所在之地點，之後記載王命令臣屬行往並予以賞賜之事，再記臣屬受賞作器事，銘尾記嘏辭。

4. 令征伐

周王就征伐敵方之事命令臣屬。這類"令"文於西周早期、中期、晚期銘文皆有所見。

見於西周早期的這類"令"文如：

(52)王令趞(遣)戡(捷)東反(叛)尸(夷)。疐肇(肈)從趞(遣)征，攻䶂(龠)無啻(敵)，省于人身，孚(俘)戈。用乍(作)寶隮(尊)彝。子子孫其永(永)寶。

《集成》5.2731[疐鼎。西周早期]

(53)乙卯，王令保及殷東或(國)五医(侯)，征(誕)兄(荒)六品。蔑曆于保，易(賜)賓。用乍(作)文父癸宗寶隮(尊)彝，冓(遘)于四方，迨(會)王大祀，祓(祐)于周。才(在)二月既望(望)。(蓋、器同銘)

《集成》10.5415[保卣。西周早期]

(54)乙卯，王令保及殷東或(國)五医(侯)，征(誕)兄(荒)六品。蔑曆(曆)于保，易(賜)賓。用乍(作)文父癸宗寶隮(尊)彝。冓(遘)于四方，迨(會)王大祀，祓(祐)于周。才(在)二月既望(望)。

《集成》11.6003[保尊。西周早期]

其基本體制爲："(某時)，某征伐事。(某賞賜事。)某作器事。(某嘏辭。)/(某時'。)"銘首或記時間。之後記載王命令臣屬征伐之事，或記臣屬受賞事，再記臣屬作器事。銘尾或記嘏辭。

見於西周中期的這類"令"文如：

(55)王令𢦚曰："䱷！淮尸(夷)敢伐內國，女(汝)其㠯(以)成周師氏戍于𠭯(古)𠂤(師、次)。"白(伯)雝(雍)父蔑彔曆，易(賜)貝十朋。彔拜䭫首，對䵼(揚)白(伯)休，用乍(作)文考乙公寶隮(尊)彝。(蓋、器同銘)

《集成》10.5420[彔𢦚卣。西周中期]

(56)隹十又一月，王令(命)師俗、史密(密)曰："東征！敆南尸(夷)、膚(盧)、虎、會、杞尸(夷)、舟尸(夷)，雚(觀)不所(折、悊)，廣伐東或(國)。"齊𠂤(師)族、土(徒)、述(遂)人乃執(執)啚(鄙)、寬、亞。師俗達(率)齊𠂤(師)述(遂)人，左□伐長必；史密(密)右達(率)族人、釐白(伯)、僰眉(殿)，周伐長必，隻(獲)百人。對覭(揚)天子休，用乍(作)朕文考乙白(伯)隮(尊)毁。子子孫孫其永寶用。　　《近出》489[史密毁。西周中期]

(57)隹八月初吉，才(在)宗周。甲戌，王令毛白(伯)更(更)虢鹹(城)公服，甹(屏)王立(位)，乍(作)四方亟(極)，秉緐(繁)、蜀、巢，令易(賜)鈴鋚(勒)，咸。王令毛公㠯(以)邦冢君、土(徒)馭(馭)、或人伐東或(國)痛戎，咸。王令吳(虞)白(伯)曰："㠯(以)乃自(師)右比毛父。"王令呂白(伯)曰："㠯(以)乃自(師)右比毛父。"趞(遣)令曰："㠯(以)乃族從父征，徣(誕)鹹(城)衛父身，三年靜(靖)東或(國)，亡不成肬天愄(畏、威)，否(不)奥(畀)屯(純)陟。公告氒(厥)事于上，隹民亡徣(延)才(哉)，彝态(昧)天令(命)，故亡。允才(哉)顯(顯)，隹苟(敬)德，亡卣(攸)違。"班拜頴首曰："烏虖(乎)！不(丕)杯(丕)丮(揚)皇公受京宗懿(懿)釐，毓(后)文王、王姒(姒)聖孫，隥(登)于大服，廣成氒(厥)工(功)。文王孫亡弗褱(懷)井(型)，亡克競氒(厥)剌(烈)。班非敢覓，隹乍(作)卲(昭)考爽，益(謚)曰大政。子子孫多世其永寶。"　　《集成》8.4341[班毁。西周中期]

其基本體制爲："(某時)，王令某曰：'某征伐事。(某賞賜事。)'某作器事。(某嘏辭。)"銘首或記時間，如(56)、(57)。之後記載王命令臣屬征伐之事，或記臣屬受賞事，再記臣屬作器事。銘尾或記嘏辭，如(56)、(57)。

見於西周晚期的這類"令"文如：

(58)王若曰："師寰！㝬(拔)淮尸(夷)，繇(舊)我員(帛)畮臣，今敢博(薄)氒(厥)眾叚(暇)，反(返)氒(厥)工吏，弗速(跡)我東馘(國)！今余肈(肇)令女(汝)：逹(率)齊帀(師)曩(紀)、嫠(釐、萊)、僰，屄(殿)左右虎臣，正(征)淮尸(夷)！即貿(督)氒(厥)邦嘼(酋)，曰冉、曰䒤、曰鈴、曰達！"師寰虔不㒸(墜)，夙(夙)夜卹(恤)氒(厥)牆(牆、將)事，休既又(有)工(功)，折首㚔(執)噝(訊)，無諆徒馭(馭)，毆(毆)孚(俘)士女、羊牛，孚(俘)吉金。今余弗叚(遐)組(徂)，余用乍(作)朕後男巤隮(尊)毁。其邁(萬)年，子子孫孫永寶用亯(享)。(器銘)　　《集成》8.4313[師寰毁。西周晚期]

(59)隹王十月，王才(在)成周。南淮尸(夷)遱、殳，內伐溳、昴、參泉、裕敏、陰(陰)陽洛。王令敔(敔)追邇(禦)于上洛、炂谷，至于伊、班，長榜(榜)蕺(截)首百，㚔(執)噝(訊)卌(四十)，奪孚(俘)人四百。啚于焚(榮)白(伯)之所，于炂衣諱，復付氒(厥)君。隹王十又一月，王各于成周大廟。武公入右(佑)敔(敔)，告禽馘(馘)百、噝(訊)卌(四十)。王蔑敔(敔)曆，事(使)尹氏受(授)贅(賚)敔(敔)：圭鬲(瓚)、𢐗貝五十朋，易(賜)田于敆五十田，于早五十田。敔(敔)敢對䁁(揚)天子休，用乍(作)隮(尊)毁。敔(敔)其邁(萬)年，子子孫孫永寶用。　　《集成》8.4323[敔毁。西周晚期]

(60)隹王卅又三年，王窺(親)遹省東或(國)、南或(國)。正月既生霸戊午，王步自宗周。二月既望癸卯，王入各成周。二月既死霸壬寅，王償往(往)東。三月方(旁)死霸，王至于革，分行。王窺(親)令晉医(侯)穌(蘇)："逹(率)乃自(師)左造濩、北造口，伐夙(夙)尸(夷)！"晉医(侯)穌(蘇)折首百又廿，𩁹(執)噝(訊)廿又三夫。王至于𩰫(勳)𩫖(城)，王窺(親)遠省𠂤(師)。王至晉厌(侯)穌(蘇)𠂤(師)，王降自車，立(位)南鄉(嚮)，窺(親)令(命)晉厌(侯)穌(蘇)："自西北遇(隅)，𦎫(敦)伐𩰫(勳)𩫖(城)！"晉厌(侯)逵(率)氒(厥)亞旅、小子、或人，先𢽟(陷)入，折首百，𩁹(執)噝(訊)十又一夫。王至，淖淖列列(烈烈)，尸(夷)出奔。王令(命)晉厌(侯)穌(蘇)："逵(率)大室小臣，車僕從，逋逐之！"晉厌(侯)折首百又一十，𩁹(執)噝(訊)廿夫；大室小臣、車僕折首百又五十，𩁹(執)𢇲(訊)六十夫。王隹反(返)，歸(歸)在成周。公族整𠂤(師)，宮。六月初吉戊寅，旦，王各大室，卽立(位)。王乎(呼)善(膳)夫曰："召晉厌(侯)穌(蘇)！"入門，立中廷。王窺(親)易(賜)駒四匹。穌(蘇)拜𩒨首，受駒𠂤(以)出，反(返)入，拜𩒨首。丁亥，旦，王鄦(禦)于邑伐宮。庚寅，旦，王各大室。𤔲(司)工(空)𤼈(揚)父入右(佑)晉厌(侯)穌(蘇)。王窺(親)儕(齎)晉厌(侯)穌(蘇)秬鬯一卣、弜(彤)矢百、馬四匹。穌(蘇)敢𩁹(揚)天子不(丕)顯魯休，用乍(作)元龢𤼈(揚)鐘，用卲(昭)各歬(前)文人。文人其嚴才(在)上，廙(翼)才(在)下，𤕌𤕌𥂴𥂴，降余多福。穌(蘇)其邁(萬)年無彊(疆)，子子孫孫永寶兹(兹)鐘。　　《近出》35-50[晉侯蘇編鐘。西周晚期]

其基本體制爲："(某時)，王若曰/王令：某征伐事。某賞賜事。某作器事。某嘏辭。"銘首或記時間，之後記載王命令臣屬征伐之事，再記臣屬受賞作器事，銘尾皆記嘏辭。

5. 其他

這類"令"文主要見於早期、中期銘文。其中，見於西周早期的這類"令"文如：

(61) 隹王南征，才(在)[厈]，王令生辨事于公宗，小子生易(賜)金、鬱鬯。用乍(作)𣪘寶隮(尊)彝，用對𩁹(揚)王休。其萬年永寶，用鄉(饗)出內(入)事(使)人。　　《集成》11.6001[小子生尊。西周早期]

(62) 王令辟井(邢)厌(侯)出壞(坏)厌(侯)于井(邢)。雩若二月，厌(侯)見于宗周，亡𠈌(尤)。迨(會)王窨𦴬京，酌祀。雩若𩁹(昱、翌)日，才(在)璧(辟)𪏲(雍)，王乘于舟，爲大豊(禮)。王射大龏(鴻)，禽(擒)。厌(侯)乘于赤旂舟，從，死(尸)咸。之日，王𠂤(以)厌(侯)內(入)于𡪞(寢)，厌(侯)易(賜)玄周(琱)戈。雩王才(在)㡯，巳(已)夕，厌(侯)易(賜)者(赭)𢦚臣二百家，劑(齎)用王乘車馬、金勒、冂(幎)衣、市、舄。唯歸(歸)，𨑓(揚)天子休，告亡𠈌(尤)，用龏(恭)義(儀)寧厌(侯)，𩓸(景)孝于井(邢)厌(侯)，乍(作)冊麥易(賜)金于辟厌(侯)。麥𩁹(揚)，用乍(作)寶隮(尊)彝，用𩀁厌(侯)逆造，𨑓(揚)明令。唯天子休于麥辟厌(侯)之年𨮑(鑄)。孫孫子子其永亡冬(終)，冬(終)用造德，妥(綏)多友，亯(享)旋(旋)走令。　　《集成》11.6015[麥方尊。西周早期]

其基本體制爲："(某地)，王令某臣某事。某賞賜事。某作器事。某嘏辭。"銘首或記時間，之後記載王命令臣屬執行某事，再記臣屬受賞作器事，銘尾記嘏辭。

見於西周中期的這類"令"文如：

(63) 唯征(正)月既望癸酉，王獸(狩)于眂(視)㪤(廩)。王令員執(執)犬，休善。用乍(作)父甲䵼彝。㠱。　　《集成》5.2695[員方鼎。西周中期]

(64) 隹六月初吉，王才(在)葊京。丁卯，王令靜𤔲(司)射學宮。小子眔(暨)服、眔小臣、眔尸(夷)僕學射。雩八月初吉庚寅，王㠯(以)吳桒(賁)、吕𠛱(犅)卿(會)𤔲(𤔲)蓋自(師)邦周射于大池，靜學(教)無𠭯(尤)。王易(賜)靜鞞(鞞)剢(璲)。靜敢拜䭫首，對䍩(揚)天子不(丕)顯休，用乍(作)文母外姞隮(尊)𣪕。子子孫孫其萬年用。　　《集成》8.4273[靜𣪕。西周中期]

(65) 唯正月初吉乙亥，王才(在)康宮大室。王命君夫曰："儥求乃友。"君夫敢每(敏)䍩(揚)王休，用乍(作)文父丁䵼彝。子子孫孫其永用之。

《集成》8.4178[君夫𣪕蓋。西周中期]

(66) 隹正月甲午，王才(在)𩁹应(居)。王窺(親)令白(伯)𢍰曰："毋卑(俾)䢅(農)弋，事(使)氒(厥)𠭊(友)妻䢅(農)，乃𢍰(廩)氒(厥)帑(帑)。氒(厥)小子，小大事毋又田。"䢅(農)三拜䭫首，敢對䍩(揚)王休，從乍(作)寶彝。(蓋、器同銘)

《集成》10.5424[農卣。西周中期]

其基本體制爲："某時，某地，王令/命某臣某事。(某賞賜事。)某作器事。(某嘏辭。)(某族氏名。)"銘首記錄時間、王所在之地點，之後記載王命令臣屬執行某事，或記以賞賜之事，再記臣屬作器事。銘尾或記嘏辭，如(64)～(66)；或記族氏名，如(63)。

(二) 載錄臣令(命)的"令"文

西周銅器銘文中載錄臣令(命)的"令"文數量相對較少，其內容主要有賞賜、冊命、行往、征伐等方面。

1. 令賞賜

大臣命令賞賜臣屬。西周銅器銘文中，大臣命令賞賜臣屬之內容常與命令冊命、征伐等事並行，因而單記大臣命令賞賜臣屬的"令"文數量甚少。這類單記大臣命令賞賜臣屬的"令"文主要見於西周早期、中期銘文。

其中，見於西周早期銘文的這類"令"文如：

(1) 隹八月，辰才(在)甲申，王令周公子明俘(保)尹三事四方，受(授)卿事寮。丁亥，令夨告于周公宮。公令𢓊(延)同卿事寮。隹十月月吉癸未，明公朝至于成周，𢓊(誕)令：舍(捨)三事令，眔(暨)卿事寮、眔者(諸)尹、眔里君、眔百工、眔者(諸)医(侯)：医(侯)、田(甸)、男；舍(捨)四方令。既咸令。甲申，明公用牲于京宮。乙酉，用牲于康宮，咸既，用牲于王。明公歸(歸)自王。明公易(賜)亢師鬯、金、小牛，曰："用桒(禱)。"易(賜)令鬯、金、小牛，曰："用桒(禱)。"廼令曰："今我唯令(命)女(汝)二人亢眔(暨)夨，爽左右于乃寮，㠯(以)乃友事。"乍(作)冊令敢䍩(揚)明公尹氒(厥)宄，用乍(作)父丁寶隮(尊)彝，敢追明公賞(賞)于父丁，用光父丁。雋冊。

《集成》11.6016[夨令方尊。西周早期]

(2) 隹八月，辰才(在)甲申，王令周公子明俘(保)尹三事四方，受(授)卿事寮(寮)。丁亥，令矢告于周公宫。公令徃(誕)同卿事寮(寮)。隹十月月吉癸未，明公朝至于成周。徃(誕)令：舍(捨)三事令，罛(暨)卿事寮(寮)、罛者(諸)尹、罛里君、罛百工、罛者(諸)医(侯)：医(侯)、田(甸)、男；舍(捨)四方令。既咸令。甲申，明公用牲于京宫。乙酉，用牲于康宫，咸既，用牲于王。明公歸(歸)自王。明公易(賜)亢師鬯、金、小牛，曰："用禘(禱)。"易(賜)令鬯、金、小牛，曰："用禘(禱)。"廼令曰："今我唯令(命)女(汝)二人亢罛(暨)夨，爽ナ(左)右于乃寮(寮)，㠯(以)乃友事。"乍(作)冊令敢䮾(揚)明公尹氒(厥)宐，用乍(作)父丁寶障(尊)彝，敢追明公商(賞)于父丁，用光父丁。雋冊。(蓋、器同銘)

《集成》16.9901[夨令方彝。西周早期]

(1)、(2)所記事同。銘首"隹八月"至"用牲于王"，記周王施令冊命明公、明公受命及行祭祀禮等事，屬于載錄王令(命)的"令"文。"明公歸(歸)自王"以下至銘尾，記明公施命賞賜臣屬之事，屬于載錄臣令(命)的"令"文，其基本體制爲："某時，某賞賜事。某作器事。某族氏名。"載錄大臣命令賞賜臣屬事之後，再記臣屬因受賞而作器事，銘尾記族氏名。

見於西周中期銘文的這類"令"文如：

(3) 隹八月初吉庚辰，君命宰茀易(賜)𠂇季姬畋臣于空桑。氒(厥)師夫曰："丁㠯(以)氒(厥)春(友)廿又五家，折易(賜)氒(厥)田，㠯(以)生馬十又五匹、牛六十又九𠬪、羊三百又八十又五𠬪、禾二䆃。"其對(揚)母休，用乍(作)寶障(尊)彝。其邁(萬)[年，子孫]永寶用。

《新收》364[季姬尊。西周中期]

其基本體制爲："某時，某賞賜事。某作器事。某嘏辭。"銘首記錄時間，之後記載大臣命令賞賜臣屬事，再記臣屬作器事，銘尾記嘏辭。

2. 令冊命

大臣命令冊命臣屬。按其命辭之內容的不同，可分爲兩種類型：

其一，直令冊命，無賞賜。西周銅器銘文中的這類"令"文數量甚少，如：

(4) 隹王九月既望乙巳，趞(遣)中(仲)令㝉嚣(纘)嗣(司)奠(鄭)田。㝉拜韻首，對䚄(揚)趞(遣)中(仲)休，用乍(作)朕文考釐弔(叔)障(尊)貞(鼎)。其孫孫子子其永寶。

《集成》5.2755[㝉鼎。西周中期]

其基本體制爲："某時，某冊命事。某作器事。某嘏辭。"銘首記錄時間，之後記載大臣冊命臣屬事，再記臣屬作器事，銘尾記嘏辭。

其二，令冊命，有賞賜。西周銅器銘文中的這類"令"文數量較多，主要見於西周中期、晚期銘文。

其中，見於西周中期的這類"令"文如：

(5) 隹二月初吉丁卯，公姞令(命)次嗣(司)田人。次蔑(蔑)曆，易(賜)馬，易(賜)裘。對䀠(揚)公姞休，用乍(作)寶彝。(蓋、器同銘)

《集成》10.5405[次卣。西周中期]

(6) 隹二月初吉丁卯，公姞令次嗣(司)田人。次蔑(蔑)曆(曆)，易(賜)馬、易(賜)裘。對珥(揚)公姞休，用乍(作)寶彝。

《集成》11.5994[次尊。西周中期]

(7) 隹王十又一月既生霸丁亥，焚(榮)季入右(佑)卯，立中廷。焚(榮)白(伯)乎令(命)卯曰："訊(載)乃先祖考，死(尸)嗣(司)焚(榮)公室。昔乃祖，亦既令乃父，死(尸)嗣(司)莽人，不盄(淑)，孚(捋)我家，竊用喪。今余非敢夢先公又(有)僤徬，余懋爯先公官。今余隹令女(汝)死(尸)嗣(司)莽宮、莽人。女(汝)毋敢不善！易(賜)女(汝)鬲(瓚)四、章(璋)瑴、宗彝一鵳(肆)，寶；易(賜)女(汝)馬十匹、牛十；易(賜)于乍一田，易(賜)于宮一田，易(賜)于隊一田，易(賜)于戡一田。"卯拜手頁(頧)手(首)，敢對珥(揚)焚(榮)白(伯)休，用乍(作)寶隮(尊)毁。卯其萬年，子子孫孫永寶用。

《集成》8.4327[卯毁蓋。西周中期]

其基本體制爲："某時，某冊命事。某賞賜事。某作器事。(某嘏辭。)"銘首記錄時間，之後記載大臣冊命、賞賜臣屬事，再記臣屬作器事。銘尾或記嘏辭，如(7)。

見於西周晚期的這類"令"文如：

(8) 虢中(仲)令公臣："嗣(司)朕百工，易(賜)女(汝)馬乘、鐘五金，用事。"公臣拜頧首，敢斠(揚)天尹不(丕)顯休，用乍(作)隮(尊)毁。公臣其萬年，用寶丝(兹)休。　　《集成》8.4184[公臣毁。西周晚期]

(9) 隹王元年正月初吉丁亥，白(伯)龢父若曰："師獣！乃祖考又(有)爵(勞)于我家，女(汝)右(有)隹(雖)小子，余令女(汝)死(尸)我家，覯(纘)嗣(司)我西扁(偏)、東扁(偏)，僕駮(馭)百工、牧臣妾，東(董)裁(裁)內外。毋敢否(不)善！易(賜)女(汝)戈琱(琱)㦸、[㪤](厚)必(柲)、彤沙(沙、蘇)、毌五、錫鐘一㪟(肆?)五金。敬乃殀(夙)夜，用事。"獣拜頧首，敢對(對)[揚]皇君休，用乍(作)朕文考乙中(仲)鬻毁。獣其萬年，子子孫孫永寶用亯(享)。

《集成》8.4311[師獣毁(毁敦、伯龢父敦)。西周晚期]

其基本體制爲："(某時)，某大臣令/若曰：'某冊命事。某賞賜事。'某作器事。某嘏辭。"銘首或記時間，之後記載大臣冊命、賞賜臣屬之事，再記臣屬作器事，銘尾記嘏辭。

3. 令行往

大臣命令臣屬出行、往使於某地。西周銅器銘文中的這類"令"文數量甚少，如：

(10) 隹五月壬辰，同公才(在)豐，令宅事(使)白(伯)懋父。白(伯)易(賜)小臣宅畫毌、戈九，易(錫)金車、馬兩。䢅(揚)公、白(伯)休，用乍(作)乙公隮(尊)彝。子子孫永寶，其萬年用鄉(饗)王出入。

《集成》8.4201[小臣宅毁。西周早期]

(11) 內史令䒑(並)事(使)，易(賜)金一勻(鈞)、非(緋)余(琮)。曰："內史龏朕天君，其萬年，用爲考寶隮(尊)。"

《集成》5.2696[䒑鼎(內史龏鼎)。西周中期]

(12)唯王十又八年正月，南中(仲)邦父命駒父𣪘(即)南者(諸)矦(侯)，逵(率)高父見南淮尸(夷)。氒(厥)取氒(厥)服，堇(謹)尸(夷)俗，豕(遂)不敢不敬愧(畏)王命，逆見我。氒(厥)獻氒(厥)服，我乃至于淮，小大邦亡敢不炏(敹)具(俱)逆王命。四月，睘(還)至于蔡，乍(作)旅盨。駒父其萬年，永用多休。 《集成》9.4464[駒父盨蓋。西周晚期]

其基本體制爲："(某時)，某行往事。(某賞賜事。)某作器事。(某嘏辭。)"銘首或記時間，之後記載大臣命令臣屬行往之事，或記賞賜事，再記臣屬作器事，銘尾或記嘏辭。

4. 令征伐

大臣命令臣屬征伐敵方。西周銅器銘文中的這類"令"文數量較少。如：

(13)隹王伐東尸(夷)，濂公令寧眔(暨)史旗曰："吕(以)師氒(厥)眔有𤔲(司)、後或(國)𢦏伐腺(貊)。"寧孚(俘)貝。寧用乍(作)饔公寶隮(尊)鼎。

《集成》5.2741[寧鼎。西周早期]

(14)隹七月初吉丙申，晉侯令㝨追于倗，休又(有)禽(擒)。侯釐㝨虢胄、干戈、弓矢束、貝十朋。受丝(兹)休，用乍(作)寶𣪘。其孫子子永用。

《近出》352[㝨鼎。西周中期]

(15)隹白(伯)屖父吕(以)成𠂤(師)即東，命伐南尸(夷)。正月既生霸辛丑，才(在)䣙(坯)，白(伯)屖父皇競各于官。競蔑曆(曆)，商(賞)競章(璋)。對䚄(揚)白(伯)休，用乍(作)父乙寶隮(尊)彝。子孫永寶。(蓋、器同銘)

《集成》10.5425[競卣。西周中期]

(16)唯九月初吉戊申，白(伯)氏曰："不嬰！駿(馭)方厰(玁)妥(狁)廣伐西俞，工令我羞追于西。余來䢜(歸)獻禽(擒)，余命女(汝)：迎(衛)追于署，女(汝)吕(以)我車宕(宕)伐厰(玁)妥(狁)于高陶！女(汝)多折首𩁹(執)㜸(訊)，戎大同，從追女(汝)；女(汝)彶(及)戎大𦎧(敦)，女(汝)休弗吕(以)我車圅(陷)于艱。女(汝)多禽(擒)，折首𩁹(執)㜸(訊)！"白(伯)氏曰："不嬰！女(汝)小子！女(汝)肈(肇)誨(敏)于戎工(功)，易女(汝)弓一、矢束、臣五家、田十田，用從乃事。"不嬰拜䭫手(首)休，用乍(作)朕皇祖公白(伯)、孟姬隮(尊)𣪘，用匄多福、眉(眉)壽(壽)無彊(疆)、永屯(純)、霝(靈)冬(終)。子子孫孫其永寶用亯(享)。

《集成》8.4328[不嬰𣪘。西周晚期]

(17)唯十月，用嚴(玁)䢋(狁)放(方)𤕌(興)，寬(廣)伐京𠂤(師)。告追于王，命武公遣乃元士，羞追于京𠂤(師)。武公命多友率公車，羞追于京𠂤(師)。癸未，戎伐筍(郇)，卒孚(俘)；多友西追。甲申之𩇯(晨)，𢦚(搏)于邾，多友右(有)折首、𩁹(執)㜸(訊)。凡吕(以)公車折首二百又□又五人，𩁹(執)㜸(訊)廿又三人，孚(俘)戎車百乘一十又七乘，卒復(復)筍(郇)人孚(俘)。或(又)𢦚(搏)于龏(共)，折首卅又六人，𩁹(執)㜸(訊)二人，孚(俘)車十乘。從至，追𢦚(搏)于世，多友或(又)右(有)折首、𩁹(執)㜸(訊)。乃轌追至于楊塚(塚)，公車折首百又十又五人，𩁹(執)㜸(訊)三人；唯孚

(俘)車不克㠯(以)，卒焚，唯馬毆𦘡(盡)；𢓊(復)奪京𠂤(師)之孚(俘)。多友迺獻孚(俘)、戒(馘)、𡃝(訊)于公。武公迺獻于王。迺曰武公曰：“女(汝)既靜(靖)京𠂤(師)，𠭯(賚)女(汝)，易(賜)女(汝)土田。”丁酉，武公才(在)獻宮，乃命向父佋(召)多友，乃𨑥(延)于獻宮。公窺(親)曰多友曰：“余肈(肇)事(使)女(汝)，休不𨒅(逆)，又(有)成事，多禽(擒)。女(汝)靜(靖)京𠂤(師)，易(賜)女(汝)圭(珪)鬲(瓚)一、湯(錫)鐘一𦉢(肆)、鐈鋚百匀(鈞)。”多友敢𡴕(對)𨘭(揚)公休，用乍(作)𤔲(尊)鼎，用倗用昏(友)。其子子孫永寶用。　　《集成》5.2835[多友鼎。西周晚期]

其基本體制爲：“某時，(某大臣令/曰)：某征伐事。(某賞賜事。)某作器事。(某嘏辭。)”銘首記時間，之後記載大臣命令臣屬征伐之事，或記大臣賞賜臣屬事，再記臣屬作器事。見於西周中期、晚期銘文的這類“令”文，銘尾記嘏辭。

綜上所述，西周銅器銘文中的“令”文具有以下特點：

① 西周銅器銘文中的“令(命)”文，記錄了上對下施命的具體事務，其內容主要有賞賜、冊命、行往、征伐等方面。按施命者的身份不同，可分爲載錄王令(命)的“令”文和載錄臣令(命)的“令”文兩類。前者數量較多，後者數量較少。

② 載錄王令(命)賞賜的“令”文見於早期、中期、晚期銘文，其基本體制可歸納爲：“某時，某地，(王曰)：某賞賜事。某作器事。(某嘏辭。)(某族氏名。)(某筮數。)”西周早期銘文中的這類“令”文或以“王曰”二字領起施命賞賜之事，銘尾偶記嘏辭、族氏名或筮數。西周中期銘文中的這類“令”文，銘尾或記嘏辭，偶記族氏名。西周晚期銘文中的這類“令”文，銘尾記嘏辭。

③ 載錄王令(命)冊命的“令”文可分爲直令冊命無賞賜、令冊命有賞賜兩種類型。前者數量相對較少，主要見於西周晚期銘文。其基本體制可歸納爲：“某時，某地，某冊命事。某作器事。某嘏辭。”後者數量較多，於西周早期、中期、晚期銘文皆有所見，而以中期、晚期爲多，其基本體制爲：“某時，某地，王曰/王若曰：‘某冊命事。某賞賜事。’某作器事。(某嘏辭。)(某時’。)”見於西周早期銘文的這類“令”文，王年或記於銘尾。見於西周中期銘文的這類“令”文，常以“王曰”二字領起王之命辭，包括冊命、賞賜之事，銘尾皆記嘏辭；偶有於銘首不記時間、地點，開篇卽以“王曰”二字領起王之命辭者。見於西周晚期銘文的這類“令”文，多以“王若曰”三字領起王之命辭，包括冊命、賞賜之事，銘尾皆記嘏辭。

④ 載錄王令(命)往行的“令”文見於早期、中期、晚期銘文，其基本體制可歸納爲：“某時，某地，某行往事。某賞賜事。某作器事。(某嘏辭。)(某族氏名。)”見於西周早期、中期銘文的這類“令”文，銘尾無嘏辭，或記族氏名。見於西周晚期銘文的這類“令”文，銘尾皆記嘏辭。

⑤ 載錄王令(命)征伐的“令”文見於早期、中期、晚期銘文，其基本體制可歸納爲：“(某時)，(王令某曰/王若曰/王令)：某征伐事。(某賞賜事。)某作器事。(某嘏辭。)/(某時’。)”見於西周早期銘文的這類“令”文，銘首或記時間，命辭中或記賞賜事，銘尾或記嘏辭，或記王年。見於西周中期銘文的這類“令”文，以“王令某曰”領起王之命辭，或記施命賞賜

之事，銘尾或記嘏辭。見於西周晚期銘文的這類“令”文，銘首或記時間，以“王若曰/王令”領起王之命辭，銘尾皆記嘏辭。

⑥ 單記臣令(命)賞賜的“令”文數量較少，主要見於早期、中期銘文，其基本體制可歸納爲：“某時，某賞賜事。某作器事。(某嘏辭。)(某族氏名。)”見於西周早期銘文的這類“令”文，銘尾記族氏名。見於西周中期銘文的這類“令”文，銘尾記嘏辭。

⑦ 載錄臣令(命)冊命的“令”文可分爲直令冊命無賞賜、令冊命有賞賜兩種類型。前者數量甚少，其基本體制爲：“某時，某冊命事。某作器事。某嘏辭。”後者主要見於西周中期、晚期銘文，其基本體制可歸納爲：“(某時)，(某大臣令/若曰)：某冊命事。某賞賜事。某作器事。某嘏辭。”見於西周中期銘文的這類“令”文，銘尾或記嘏辭。見於西周晚期銘文的這類“令”文，銘首或記時間，以“某大臣令/若曰”領起大臣之命辭，銘尾皆記嘏辭。

⑧ 載錄臣令(命)行往的“令”文數量甚少，見於西周早期、中期、晚期銘文，其基本體制爲：“(某時)，某行往事。(某賞賜事。)某作器事。(某嘏辭。)”

⑨ 載錄臣令(命)征伐的“令”文數量較少，見於早期、中期、晚期銘文，其基本體制可歸納爲：“某時，(某大臣令/曰)：某征伐事。(某賞賜事。)某作器事。(某嘏辭。)”見於西周中期、晚期銘文的這類“令”文，銘尾記嘏辭。

二、乎

西周銅器銘文中的“乎”文，見於中期、晚期銘文，數量較多，主要爲記錄周王就賞賜、冊命之事施命於臣屬。按其所載內容的不同，可分爲兩類：一是載錄賞賜的“乎”文；二是兼錄冊命與賞賜的“乎”文。分述如下。

(一)載錄賞賜的“乎”文

西周銅器銘文中的這類“乎”文，載錄周王就賞賜之事施命於臣屬，大致可分爲如下三類：

1. 著以“乎”“召”之語

這類“乎”文數量較少，主要見於西周中期銘文。如：

(1) 隹三年四月庚午，王才(在)豐。王乎虢弔(叔)召瘨，易(賜)駒兩。拜䭫，用乍(作)皇祖文考盂鼎。瘨萬年，永寶用。

《集成》5.2742[瘨鼎。西周中期]

(2) 隹三年九月丁巳，王才(在)奠(鄭)，鄉(饗)醴，乎虢弔(叔)召瘨，易(賜)羔俎。己丑，王才(在)句陵，鄉(饗)逆酉(酒)，乎師壽(壽)召瘨，易(賜)彘俎。拜䭫首，敢對䵼(揚)天子休，用乍(作)皇祖、文考𢍜(尊)壺。瘨其萬年，永寶。 《集成》15.9726[三年瘨壺。西周中期]

(3) 王𩣘(拘)駒㡿，易(賜)盠駒勇雷騅子。(以上蓋銘)隹王十又二月，辰才(在)甲申，王初執(執)駒于㡿。王乎師豦召盠。王親旨(詣)盠，駒易(賜)兩。拜䭫首，曰："王弗望(忘)氒(厥)舊宗小子，䕭皇盠身。"盠曰："王倗下，不(丕)其(基)鼎(則)，邁(萬)年保我邁(萬)宗。"盠曰："余其敢䚫(對)䍩(揚)天子之休，余用乍(作)朕文考大中(仲)寶隮(尊)彝。"盠曰："其邁(萬)年，世子子孫孫永寶之。"(以上器銘)

《集成》11.6011[盠駒尊。西周中期]

其基本體制爲："某時，某地，王乎某臣A召某臣B，易某物。某作器事。某嘏辭。"

2. 著以"乎""召""令"之語

這類"乎"文數量較少，見於西周中期、晚期銘文。如：

(4)隹十又五年三月既霸丁亥，王才(在)㝨侲宮，大吕(以)氒(厥)友守。王鄉(饗)醴。王乎善(膳)大(夫)騣(馭)召大吕(以)氒(厥)友入攼(捍)。王召走(趣)馬雁(應)，令取誰(骍)䮽(犅)卅二匹易(賜)大。大拜韻首，對䍩(揚)天子不(丕)顯休，用乍(作)朕剌(烈)考己白(伯)盂鼎。大其子子孫孫邁(萬)年永寶用。

《集成》5.2807[大鼎(己伯鼎)。西周中期]

(5)隹十又六年九月初吉庚寅，王才(在)周康剌宮。王乎士曶召克。王親令克遹涇東至于京𠂤(師)，易(賜)克甸(甸)車、馬乘。克不敢彖(墜)，尃(溥)奠王令(命)。克敢對䚫(揚)天子休，用乍(作)朕皇祖考白(伯)寶𣓨(林)鐘(鐘)，用匄屯(純)叚(嘏)、永令(命)。克其萬年，子子孫孫永寶。

《集成》1.204-205[克鐘。西周晚期]

(6)隹十又二年三月既生霸丁亥，王才(在)㝨侲宮。王乎吳(虞)師召大，易(賜)趞睽里。王令膳夫豖曰趞睽曰："余既易(賜)大乃里，睽賓(儐)豖章(璋)、帛束。"睽令豖曰天子："余弗敢𪈵(吝)。豖吕(以)睽履大易(賜)里；大賓(儐)豖訊(介)章(璋)、馬兩，賓(儐)睽訊(介)章(璋)、帛束。"大拜韻首，敢對䚫(揚)天子不(丕)顯休，用乍(作)朕皇考剌白(伯)隮(尊)段。其子子孫孫永寶用。　《集成》8.4299[大段蓋。西周晚期]

其通常體制爲："某時，某地，王乎某臣A召某臣B。王令某臣B/臣C某賞賜事。某作器事。(某嘏辭。)"見於西周中期的這類"乎"文，銘尾或記嘏辭，如(4)。見於西周晚期的這類"乎"文，銘尾皆記嘏辭，如(5)、(6)。

3. 著以"佑""乎"之語

這類"乎"文數量較多，見於西周中期、晚期銘文。其中，見於西周中期銘文的這類"乎"文如：

(7)隹四年二月既生霸戊戌，王才(在)周師彔宮，各大室，即立(位)。𤔲(司)馬共右(佑)㾓。王乎史㞷冊易(賜)般(鞶)褱(靳)、虢攸(市)、攸(鋚)勒。敢對䚫(揚)天子休，用乍(作)文考寶段。㾓其萬年，子孫其永寶。木羊冊。

《集成》9.4462[㾓盨。西周中期]

(8)隹十又三年九月初吉戊寅，王才(在)成周𤔲(司)土(徒)淲宮，各大室，即立(位)。徲父右(佑)㾓。王乎乍(作)冊尹冊易(賜)㾓畫褱(靳)、牙僰、赤舄。

瘨拜韻首，對䁈(揚)王休。瘨其萬年永寶。(蓋、器同銘)

《集成》15.9723[十三年瘨壺。西周中期]

(9)隹王初女(如)𠭯，乃自商自(師)復還至于周。王夕鄉(饗)醴于大室，穆公吝(佑)卬。王乎宰利易(賜)穆公貝廿朋。穆公對王休，用乍(作)寶皇段。

《集成》8.4191[穆公段蓋。西周中期]

(10)隹正月既生霸丁酉，王才(在)周康寢(寢)，鄉(饗)醴，師遽蔑曆(曆)，吝(佑)。王乎宰利易(賜)師遽瑚圭(珪)一、環章(璋)四。師遽拜韻首，敢對䁈(揚)天子不(丕)顯休，用乍(作)文祖它公寶障(尊)彝，用匄萬年亡彊(疆)。百世孫子永寶。(蓋、器同銘)

《集成》16.9897[師遽方彝。西周中期]

(11)隹廿年正月既望甲戌，王才(在)周康宮。旦，王各大室，即立(位)。益公右(佑)走(趣)馬休，入門，立中廷，北鄉(嚮)。王乎乍(作)冊尹冊易(賜)休玄衣黹屯(純)、赤市、朱黄(衡)、戈琱㦸、彤沙(蘇)、敱(厚)必(柲)、䜌(鑾)㫃(旂)。休拜韻首，敢對䁈(揚)天子不(丕)顯休令(命)，用乍(作)朕文考日丁障(尊)般(盤)。休其邁(萬)年，子子孫孫永寶。

《集成》16.10170[走馬休盤。西周中期]

(12)唯王九月丁亥，王客于般宮。井白(伯)內(入)右(佑)利，立中廷，北鄉(嚮)。王乎乍(作)命內史冊命利，曰："易(賜)女(汝)赤𢍉(雍)市、䜌(鑾)旂，用事。"利拜韻首，對䚄(揚)天子不(丕)顯皇休，用乍(作)朕文考瀰(遫)白(伯)障(尊)鼎。利其萬年，子孫永寶用。

《集成》5.2804[利鼎。西周中期]

(13)隹二年三月初吉庚寅，王各于大室。益公入右(佑)王臣，即立(位)中廷，北鄉(嚮)。乎內史㣼冊命王臣："易女(汝)朱黄(衡)、奉親(襯)、玄衣黹屯(純)、䜌(鑾)旂五日、戈畫㦸、敱(厚)必(柲)、彤沙(蘇)，用事。"王臣手(拜)韻首，不(丕)敢顯天子業(對)䚄(揚)休，用乍(作)朕文考易中(仲)障(尊)段。王臣其永寶用。(蓋、器同銘)

《集成》8.4268[王臣段。西周中期]

其通常體制爲："某時，某地，某臣A右某臣B。王乎某臣C易某臣B某物。某作器事。某嘏辭。(某族氏名。)"如(7)～(11)。銘尾偶記族氏名，如(7)。或作："某時，某地，某臣A右某臣B。王乎某臣C冊命某臣B，曰：'某賞賜事。'某作器事。某嘏辭。"如(12)、(13)。

見於西周晚期銘文的這類"乎"文如：

(14)隹三月初吉庚午，王才(在)華宮。王乎虢中(仲)入右(佑)㺇。王易(賜)㺇赤市、朱亢(衡)、䜌(鑾)旂。㺇拜韻首，對䚄(揚)天子魯命，用乍(作)寶段。㺇其萬年，子子孫孫其永寶用。《集成》8.4202[㺇段。西周晚期]

(15)隹十又九年四月既望辛卯，王才(在)周康卲(昭)宮，各于大室，即立(位)。宰訊右(佑)趞，入門，立中廷，北鄉(嚮)。史留受(授)王令(命)書。王乎內史留冊易(賜)趞玄衣屯(純)黹、赤市、朱黄(衡)、䜌(鑾)旂、攸(鋚)勒，用事。趞拜韻首，敢對䚄(揚)天子不(丕)顯魯休，用乍(作)朕皇考鬷白

（伯）、奠（鄭）姬寶鼎。其釁（眉）耆（壽）萬年，子子孫孫永寶。

《集成》5.2815［趞鼎。西周晚期］

(16)隹廿又八年五月既朢（望）庚寅，王才（在）周康穆宮。旦，王各大室，卽立（位）。宰頵右（佑）寰，入門，立中廷，北鄉（嚮）。史黹受（授）王令（命）書。王乎史減冊易（賜）寰玄衣黹屯（純）、赤市、朱黃（衡）、䜌（鑾）旂、攸（鋚）勒、戈琱㦸、㲃（厚）必（柲）、彤沙（蘇）。寰拜䭫首，敢對䚄（揚）天子不（丕）顯叚（遐）休令（命），用乍（作）朕皇考奠（鄭）白（伯）、姬隮（尊）鼎。寰其邁（萬）年，子孫永寶用。　　《集成》5.2819［寰鼎。西周晚期］

(17)隹廿又八年五月既望庚寅，王才（在）周康穆宮。旦，王各大室，卽立（位）。宰頵右（佑）寰，入門，立中廷，北鄉（嚮）。史黹受（授）王令（命）書。王乎史減冊易（賜）寰玄衣黹屯（純）、赤市、朱黃（衡）、䜌（鑾）旗、攸（鋚）勒、戈琱㦸、㲃（厚）必（柲）、彤沙（蘇）。寰拜䭫首，敢對䁛（揚）天子不（丕）顯叚（遐）休令（命），用乍（作）朕皇考奠（鄭）白（伯）、奠（鄭）姬寶般（盤）。寰其邁（萬）年，子子孫孫永寶用。　　《集成》16.10172［寰盤。西周晚期］

(18)隹十又七年十又二月既生霸乙卯，王才（在）周康宮徲宮。旦，王各大室，卽立（位）。𤔲（司）土（徒）毛弔（叔）右（佑）此，入門，立中廷。王乎史翏冊令（命）此，曰："旅邑人、善（膳）夫！易（賜）女（汝）玄衣黹屯（純）、赤市、朱黃（衡）、䜌（鑾）旅（旂）。"此敢對䚄（揚）天子不（丕）顯休令（命），用乍（作）朕皇考癸公隮（尊）鼎，用亯（享）孝于文申（神），用匄釁（眉）耆（壽）。此其萬年無彊（疆），畯（畯）臣天子，霝（靈）冬（終）。子子孫永寶用。

《集成》5.2821［此鼎。西周晚期］

(19)隹十又七年十又二月既生霸乙卯，王才（在）周康宮徲宮。旦，王各大室，卽立（位）。𤔲（司）土（徒）毛弔（叔）右（佑）此，入門，立中廷。王乎史翏冊令（命）此，曰："旅邑人、善（膳）夫！易（賜）女玄衣黹屯（純）、赤市、朱黃（衡）、䜌（鑾）旅（旂）。"此敢對䁛（揚）天子不（丕）顯休令（命），用乍（作）朕皇考癸公隮（尊）𣪘，用亯（享）孝于文申（神），用匄釁（眉）耆（壽）。此其萬年無彊（疆），畯（畯）臣天子，霝（靈）冬（終）。子子孫孫永寶用。

《集成》8.4303［此𣪘。西周晚期］

(20)克曰："穆穆朕文祖師華父，悤（聰）𥃝（襄）氒（厥）心，宖（宇）靜于猷，盄（淑）悊（哲）氒（厥）德。肄（肆）克龏（恭）保氒（厥）辟龏（恭）王，諫辪（乂）王家，叀（惠）于萬民，䪫（柔）遠能㝳（邇）。肄（肆）克𩁹于皇天，瑣于上下，𢔶（得）屯（純）亡敃（愍），易（賜）賚（賚）無彊（疆），永念于氒（厥）孫辟天子。天子明悊（哲），䫺（景）孝于申（神），巠（經）念氒（厥）聖保祖師華父，勵克王服，出內（入）王令，多易（賜）寶休，不（丕）顯天子。天子其萬年無彊（疆），保辪（乂）周邦，畯（畯）尹四方。"王才（在）宗周。旦，王各穆廟，卽立（位）。䜌（申）季右（佑）善（膳）夫克，入門，立中廷，北鄉（嚮）。王乎尹氏冊令（命）善（膳）夫克。王若曰："克！昔余既令女（汝）出內（入）朕令（命），今余隹䜌（申）𩫏（就）乃令（命）：易（賜）女（汝）叔（素）市、參冋（絅）、莽（中）悤

(蒠)；易(賜)女(汝)田于埜；易(賜)女(汝)田于渒；易(賜)女(汝)井寓匔，田于踋(畯)，㠯(以)氒(厥)臣妾；易(賜)女(汝)田于康(康)；易(賜)女(汝)田于匽；易(賜)女(汝)田于陴原；易(賜)女(汝)田于寒山；易(賜)女(汝)史、小臣、霝(靈)龠(龢)、鼓鐘；易(賜)女(汝)井、遺(微)、匔人、䚄(纘)；易(賜)女(汝)井人，奔于量(量)。敬夙(夙)夜用事，勿灋(廢)朕令(命)！”克拜䭫首，敢對䚄(揚)天子不(丕)顯魯休，用乍(作)朕文祖師華父寶䵼彝。克其萬年無疆(疆)，子子孫永寶用。　　《集成》5.2836[大克鼎。西周晚期]

這類“乎”文的通常體制爲：“某時，某地，某臣A右某臣B。王乎某臣C易某臣B某物。某作器事。某嘏辭。”如(14)～(17)。或作：“某時，某地，某臣A右某臣B。王乎某臣C冊令某臣B。(曰/王若曰)：‘某賞賜事。’某作器事。某嘏辭。”如(18)～(20)。有以“曰”字領起命辭者，如(18)～(19)；有以“王若曰”三字領起命辭者，如(20)。(20)銘首“克曰”以下至“畯(畯)尹四方”，記克告祭先祖之辭，屬於“告”文；“王才(在)宗周”以下至銘尾，乃爲周王施命於克的“乎”文，屬於“命”文。

(二)兼錄冊命、賞賜的“乎”文

西周銅器銘文中的這類“乎”文，載錄周王就冊命、賞賜之事施命於臣屬。按其所記錄的冊命禮之“右(佑)”者的不同身份，可將這類“乎”文大致分爲以下六類：

1. 公佑+乎冊命+賞賜

這類“乎”文數量較少，見於西周中期、晚期銘文。如：

(1)隹正月初吉丁亥，王各于成宮。井公内(入)右(佑)曶。王乎尹氏冊令(命)曶，曰：“䝘(更)乃祖考，乍(作)冢𤔲(司)土(徒)于成周八𠂤(師)。易(賜)女(汝)秬鬯一卣、玄衮衣、赤巿(市)、幽黄(衡)、赤舄、攸(鋚)勒、䜌(鑾)旂，用事。”曶拜䭫首，敢對䚄(揚)天子不(丕)顯魯休令(命)，用乍(作)朕文考釐公隮(尊)壺。曶用匄萬年釁(眉)耇(壽)、永令(命)、多福。子子孫孫其永寶用。　　《集成》15.9728[曶壺蓋。西周中期]

(2)隹王五月初吉甲寅，王才(在)康廟。武公有(佑)南宮柳，即立(位)中廷，北鄉(嚮)。王乎乍(作)冊尹冊命柳：“𤔲(司)六𠂤(師)牧、陽(場)大䢼(友)，𤔲(司)羲夷陽(場)佃史(事)，易(賜)女(汝)赤巿、幽黄(衡)、攸(鋚)勒。”柳拜䭫首，對䢅(揚)天子休，用乍(作)朕刺(烈)考隮(尊)鼎。其萬年，子子孫孫永寶用。　　《集成》5.2805[南宮柳鼎。西周晚期]

(3)隹王元年四月既生霸，王才(在)減应(居)。甲寅，王各廟，即立(位)。遅公入右(佑)師旋，即立(位)中廷。王乎乍(作)冊尹克冊命師旋，曰：“備于大左，官𤔲(司)豐還(園)，左(佐)右(佑)師氏。易(賜)女(汝)赤巿、同(䌹)黄(衡)、麗般(鞶)，敬夙(夙)夕用事。”旋拜䭫首，敢對䚄(揚)天子不(丕)顯魯休命，用乍(作)朕文祖益中(仲)隮(尊)段。其邁(萬)年，子子孫孫永寶用。(蓋、器同銘)　　《集成》8.4279[元年師旋段。西周晚期]

其基本體制爲：“某時，某地，某臣A右某臣B。王乎某臣C冊令/命某臣B，(曰)：‘某冊命事。

某賞賜事。’某作器事。某遐辭。”

2. 伯佑+乎冊命+賞賜

這類“乎”文數量較多，見於西周中期、晚期銘文。如：

(4)唯王二月既省(生)霸，辰才(在)戊寅，王各于師戲大室。井白(伯)入右(佑)豆閉。王乎內史冊命豆閉。王曰：“閉！易(賜)女(汝)戠(織)衣、𢆶(雍)巿、𢿌(鑾)旂，用併(抄)乃祖考事。嗣(司)窒俞邦君嗣(司)馬、弓、矢。”閉拜䭫首，敢對㪔(揚)天子不(丕)顯休命，用乍(作)朕文考釐弔(叔)寶𣪘，用易(賜)𠭯(壽)耇(壽)萬年。永寶，用于宗室。

《集成》8.4276[豆閉𣪘。西周中期]

(5)隹元年六月既望甲戌，王才(在)杜宔(居)，洛于大室。井白(伯)內(入)右(佑)師虎，即立中廷，北鄉(嚮)。王乎內史吳曰：“冊令(命)虎。”王若曰：“虎！䢅(載)先王既令(命)乃𧻚(祖)考事，啻(嫡)官嗣(司)左右戲緐(繁)荆。今余隹帥井(型)先王令(命)，令(命)女(汝)𠬝(更)乃𧻚(祖)考，啻(嫡)官嗣(司)左右戲緐(繁)荆。苟(敬)夙(夙)夜，勿灋(廢)朕令(命)。易(賜)女(汝)赤舄，用事。”虎敢拜䭫首，對䰜(揚)天子不(丕)杯(丕)魯休，用乍(作)朕剌(烈)考日庚隮(尊)𣪘。子子孫孫其永寶用。

《集成》8.4316[師虎𣪘。西周中期]

(6)隹王三月初吉庚申，王才(在)康宮，各大室。定白(伯)入右(佑)即。王乎：“命女(汝)赤巿、朱黃(衡)、玄衣黹屯(純)、𢿌(鑾)旂。”曰：“嗣(司)琱宮人虢旝(稻)，用事。”即敢對䚄(揚)天子不(丕)顯休，用乍(作)朕文考幽弔(叔)寶𣪘。即其萬年，子子孫孫永寶用。(蓋、器同銘)

《集成》8.4250[即𣪘。西周晚期]

(7)隹王十又二年三月既望庚寅，王才(在)周，各大室，即立(位)。𤔲(司)馬井白(伯)[入]右(佑)走。王乎乍(作)冊尹[冊令](命)走：“䟽(纘)疋(胥)益，易(賜)女(汝)赤[巿、朱黃(衡)、𢿌](鑾)旂，用考(事)。”走敢拜䭫首，對䰜(揚)王休，用自乍(作)寶隮(尊)𣪘。走其眔(暨)氒(厥)子子孫孫萬年永寶用。　《集成》8.4244[走𣪘。西周晚期]

(8)隹王九月既生霸甲寅，王才(在)周康宮，各大室，即立(位)。𤇾(榮)白(伯)入右(佑)輔師𠭰。王乎乍(作)冊尹冊令(命)𠭰，曰：“𠬝(更)乃祖考嗣(司)輔，𢦏(載)易(賜)女(汝)韋巿、素黃(衡)、𢿌(鑾)旜。今余曾(增)乃令(命)，易(賜)女(汝)玄衣黹屯(純)、赤巿、朱黃(衡)、戈彤沙(蘇)、琱㦰、旂五日，用事。”𠭰拜䭫首，敢對䚄(揚)王休令，用乍(作)寶隮(尊)𣪘。𠭰其萬年，子子孫孫永寶用事。　《集成》8.4286[輔師𠭰𣪘。西周晚期]

(9)隹三年二月初吉丁亥，王才(在)周，各大廟，即立(位)。𨟭白(伯)右(佑)師兌，入門，立中廷。王乎內史尹冊令(命)師兌：“余既令(命)女(汝)疋(胥)師龢父𤔲(司)左右走(趣)馬。今余隹𤕌(申)𩫖(就)乃令(命)，令(命)女(汝)䟽(纘)𤔲(司)走(趣)馬。易(賜)女(汝)秬鬯一卣、金車、𠦪

(賁)較(較)、朱虢(鞹)画(鞃)𩊄(靳)、虎冟(幎)熏(纁)裏、右厄(軛)、畫轉、畫輚(轓)、金甬(筩)、馬四匹、攸(鋚)勒。”師兌拜韻首，敢對揚(揚)天子不(丕)顯魯休，用乍(作)朕皇考釐公𩰫𣪘。師兌其萬年，子子孫孫永寶用。(器銘) 《集成》8.4318[三年師兌𣪘。西周晚期(厲王)]

其基本體制爲：“某時，某地，某臣A右某臣B。王乎某臣C冊令/命某臣B，(王曰/王若曰/曰)：‘某冊命事。某賞賜事。’某作器事。某嘏辭。”

3. 公族佑+乎冊命+賞賜

這類“乎”文數量較少，主要見於西周中期銘文。如：

(10)隹王元年正月，王才(在)吳(虞)，各吳(虞)大廟(廟)。公族𠬝釐入右(佑)師酉，立中廷。王乎史𤔲(牆)冊命師酉：“嗣(嗣)乃祖，啻(嫡)官邑人、虎臣、西門尸(夷)、㠱尸(夷)、秦(秦)尸(夷)、京尸(夷)、弁身尸(夷)。新易(賜)女(汝)赤巿、朱黃(衡)、中𦅫(絅)、攸(鋚)勒。敬娞(夙)夜，勿灋(廢)朕令(命)！”師酉拜手韻首，對䚄(揚)天子不(丕)顯休令(命)，用乍(作)朕文考乙白(伯)、宄(宄)姬隮(尊)𣪘。酉其萬年，子子孫孫永寶用。(蓋、器同銘) 《集成》8.4288[師酉𣪘。西周中期]

(11)隹王七年十又三月既生霸甲寅，王才(在)周，才(在)師汓父宮，各大室，即立(位)。公族𥂴(緺)入右(佑)牧，立中廷。王乎內史吳冊令(命)牧。王若曰：“牧！昔先王既令(命)女(汝)乍(作)嗣(司)士。今余唯或𡨦改，令(命)女(汝)辟百寮(寮)：有冋(炯)事包廼多𤔔(亂)，不用先王乍(作)井(型)，亦多虐庶民，氒(厥)𡃨(訊)庶右𡩁(鄰)，不井(型)不中，廼𥎦(侯)之藉(籍)，以今𩛠司匐(服)氒(厥)辠(罪)、昏(氒、厥)故(辜)！”王曰：“牧！女(汝)毋敢[弗帥]先王乍(作)明井(型)用；雩乃𡃨(訊)庶右𡩁(鄰)，毋敢不明不中不井(型)；乃毌(貫)政事，毋敢不尹人不中不井(型)。今余隹𤕌(申)𩫏(就)乃命，易(賜)女(汝)秬鬯一卣、金車、䡅(賁)較(較)、畫轓、朱虢(鞹)画(鞃)𩊄(靳)、虎冟(幎)熏(纁)裏、旂、余(騌)[馬]四匹，取[徵]□寽(鋝)。苟(敬)夙(夙)夕，勿灋(廢)朕令(命)！”牧拜韻首，敢對䚄(揚)王不(丕)顯休，用乍(作)朕皇文考益白(伯)寶隮(尊)𣪘。牧其萬年𩟈(壽)考，子子孫孫永寶用。

《集成》8.4343[牧𣪘。西周中期]

其基本體制爲：“某時，某地，某臣A右某臣B。王乎某臣C冊令/命某臣B，(王若曰)：‘某冊命事。某賞賜事。’某作器事。某嘏辭。”

4. 宰佑+乎冊命+賞賜

這類“乎”文數量較多，西周中期、晚期銘文皆有所見，以晚期爲多。如：

(12)隹二月初吉丁亥，王才(在)周成大室。旦，王各廟。宰朏右(佑)乍(作)冊吳，入門，立中廷，北鄉(嚮)。王乎史戊冊令(命)吳：“𤔲(司)旛眔(暨)叔金，易(賜)秬鬯一卣、玄衮衣、赤舄、金車、䡅(賁)画(鞃)朱虢

（鞹）䩜（靳）、虎冟（幎）熏（纁）裏、𠦪（賁）較（較）、畫轉、金甬（筩）、馬四匹、攸（鋚）勒。”吳拜𩒨首，敢對䫃（揚）王休，用乍（作）青尹寶隮（尊）彝。吳其世子孫永寶用。隹王二祀。　　《集成》16.9898［吳方彝蓋。西周中期］

(13) 隹三年五月既死霸甲戌，王才（在）周康卲（昭）宮。旦，王各大室，即立（位）。宰引右（佑）頌，入門，立中廷。尹氏受（授）王令（命）書。王乎史虢生（甥）冊令（命）頌。王曰：“頌！令女（汝）官𤔲（司）成周貯廿家，監𤔲（司）新造，貯用宮迎（御）。易（賜）女（汝）玄衣黹屯（純）、赤市、朱黄（衡）、䜌（鑾）旂、攸（鋚）勒，用事。”頌拜𩒨首，受令（命）冊佩㠯（以）出，反（返）入（納）堇（瑾）章（璋）。頌敢對䫃（揚）天子不（丕）顯魯休，用乍（作）朕皇考龏弔（叔）、皇母龏始（姒）寶隮（尊）壺，用追孝𪫑（祈）匄康𥼶、屯（純）右（祐）、通（通）彔（祿）、永令（命）。頌其萬年𩾍（眉）𦖞（壽），畯（畯）臣天子，霝（靈）冬（終）。子子孫孫寶用。

《集成》15.9731［頌壺。西周晚期］

(14) 隹三年五月既死霸甲戌，王才（在）周康卲（昭）宮。旦，王各大室，即立（位）。宰引右（佑）頌，入門，立中廷。尹氏受（授）王令（命）書。王乎史虢生冊令（命）頌。王曰：“頌！令女（汝）官𤔲（司）成周貯廿家，監𤔲（司）新寣（造），貯用宮御。易（賜）女（汝）玄衣黹屯（純）、赤市、朱黄（衡）、䜌（鑾）旂、攸（鑾）勒，用事。”頌拜𩒨首，受令（命）冊佩㠯（以）出，反（返）入（納）堇（瑾）章（璋）。頌敢對𩛥（揚）天子不（丕）顯魯休，用乍（作）朕皇考龏弔（叔）、皇母龏始（姒）寶隮（尊）鼎，用追孝、𪫑（祈）匄康𥼶、屯（純）右（祐）、通（通）彔（祿）、永令（命）。頌其萬年𩾍（眉）𦖞（壽），畯（畯）臣天子，霝（靈）冬（終）。子子孫孫寶用。　　《集成》5.2827［頌鼎。西周晚期］

(15) 隹三年五月既死霸甲戌，王才（在）周康卲（昭）宮。旦，王各大室，即立（位）。宰引右（佑）頌，入門，立中廷。尹氏受（授）王令（命）書。王乎史虢生冊令（命）頌。王曰：“頌！令（命）女（汝）官𤔲（司）成周貯，監𤔲（司）新寣（造），貯用宮迎（御）。易（賜）女（汝）玄衣黹屯（純）、赤市、朱黄（衡）、䜌（鑾）旂、攸（鋚）勒，用事。”頌拜𩒨首，受令（命）冊佩㠯（以）出，反（返）入（納）堇（瑾）章（璋）。頌敢對䫃（揚）天子不（丕）顯魯休，用乍（作）朕皇考龏弔（叔）、皇母龏始（姒）寶隮（尊）𣪕，用追孝、𪫑（祈）匄康𥼶、屯（純）右（祐）、通（通）彔（祿）、永令（命）。頌其萬年，𩾍（眉）𦖞（壽）無彊（疆），畯（畯）臣天子，霝（靈）冬（終）。子子孫孫永寶用。（蓋、器同銘）

《集成》8.4332［頌𣪕。西周晚期］

(16) 隹十又一年九月初吉丁亥，王才（在）周，各于大室，即立（位）。宰琱生（甥）内（入）右（佑）師嫠。王乎尹氏冊令師嫠。王若曰：“師嫠！才（在）昔先王小學，女（汝）敏可事（使），既令女（汝）𡨦（更）乃祖考𤔲（司）小輔。今余隹𤕌（申）𩫏（就）乃令，令女（汝）𤔲（司）乃祖舊官小輔，眔（暨）鼓鐘。易（賜）女（汝）叔（素）市、金黄（衡）、赤舄、攸（鋚）勒，用事。敬夙（夙）夜，勿灋（廢）朕令（命）！”師嫠拜手𩒨首，敢對䁒（揚）天子休，用乍（作）朕皇考輔

白(伯)隮(尊)段。𣪕其萬年，子子孫孫永寶用。(蓋銘)

《集成》8.4324[師𣪕𣪘。西周晚期]

(17)隹元年既望丁亥，王才(在)淮(雍)应(居)。旦，王各廟，既立(位)。宰曶入右(佑)蔡，立中廷。王乎史𡗶冊令(命)蔡。王若曰："蔡！昔先王既令(命)女(汝)乍(作)宰，嗣(司)王家。今余隹𤔲(申)𩫏(就)乃令(命)，令(命)女(汝)眔(暨)曶𩁹(纘)疋(胥)對各，從嗣(司)王家外內，毋敢又(有)不𦖞(聞)。嗣(司)百工，出入姜氏令，氒(厥)又(有)見又(有)即令，氒(厥)非先告蔡，毋敢疾(疾)又(有)入告。女(汝)毋弗善效姜氏人，勿事(使)敢又(有)疾(疾)止從(縱)獄。易(賜)女(汝)玄衮衣、赤舄。敬夙(夙)夕，勿灋(廢)朕令(命)！"蔡拜手䭫首，敢對𩜁(揚)天子不(丕)顯魯休，用乍(作)寶隮(尊)段。蔡其萬年𩒨(眉)𦔻(壽)，子子孫永寶用。

《集成》8.4340[蔡𣪘。西周晚期]

其基本體制爲："某時，某地，某臣A右某臣B。王乎某臣C冊令/命某臣B，(王曰/王若曰)：'某冊命事。某賞賜事。'某作器事。某嘏辭。"

5. 三有司佑+乎冊命+賞賜

這類"乎"文可細分爲以下三類：

其一，司馬佑+乎冊命+賞賜。這類"乎"文於西周中期、晚期銘文皆有所見。如：

(18)隹三年三月初吉甲戌，王才(在)周師彔宮。旦，王各大室，即立(位)。嗣(司)馬共右(佑)師晨，入門，立中廷。王乎乍冊尹冊令(命)師晨："疋(胥)師俗嗣(司)邑人，隹小臣、善(膳)夫、守、[友]、官、犬，眔(暨)奠(甸)人、善(膳)夫、官、守、友，易(賜)赤舄。"晨拜䭫首，敢對𩜁(揚)天子不(丕)顯休令(命)，用乍(作)朕文祖辛公隮(尊)鼎。晨其[百]世，子子孫孫其永寶用。

《集成》5.2817[伯晨鼎。西周中期]

(19)隹二月初吉戊寅，王才(在)周師𤔲(司)馬宮，各大室，即立(位)。𤔲(司)馬井白(伯)親右(佑)師𤸫，入門，立中廷。王乎內史吳冊令師𤸫，曰："先王既令(命)女(汝)，今余唯𤔲(申)先王令(命)，令(命)女(汝)官𤔲(司)邑人、師氏。易(賜)女(汝)金勒。"𤸫拜䭫首，敢對𩜁(揚)天子不(丕)顯休，用乍(作)朕文考外季隮(尊)段。𤸫其萬年，孫孫子子其永寶用亯(享)于宗室。

《集成》8.4283[師𤸫𣪘蓋。西周中期]

(20)隹六月既生霸(霸)庚寅，王各于大室。嗣(司)馬井白(伯)右(佑)師奎父。王乎內史駒冊命師奎父："易(賜)𢦏(緇)市、冋(䌹)黃(衡)、玄衣黹屯(純)、戈琱㦸、旂，用嗣(司)乃父官、友。"奎父拜䭫首，對𩜁(揚)天子不(丕)杯(丕)魯休，用追考(孝)于剌中(仲)，用乍(作)隮(尊)鼎，用匄𩒨(眉)𦔻(壽)、黃耇、吉康。師奎父其萬年，子子孫永寶用。

《集成》5.2813[師奎父鼎。西周中期]

(21)隹五年三月初吉庚寅，王才(在)周師彔宮。旦，王各大室，即立(位)。𤔲(司)馬共右(佑)諫，入門，立中廷。王乎內史𡗶冊命諫，曰："先王既命女(汝)䞣(纘)嗣(司)王宥(囿)，女(汝)某否又(有)聞，毋敢不善。今余隹或嗣(嗣)命女(汝)，易(賜)女(汝)勒。"諫拜䭫首，敢對䚄(揚)天子不(丕)顯休，用乍(作)朕文考叀(惠)白(伯)障(尊)段。諫其萬年，子子孫孫永寶用。(蓋、器同銘)　《集成》8.4285[諫段。西周晚期]

(22)隹三年三月初吉甲戌，才(在)周師彔宮。旦，王各大室，卽立(位)。𤔲(司)馬共右(佑)師俞，入門，立中廷。王乎乍(作)冊內史冊令(命)師俞："䞣(纘)𤔲(司)任人，易(賜)赤市、朱黃(衡)、旂。"俞拜䭫首，天子其萬年眚(眉)壽(壽)、黃耇，畯(畯)才(在)立(位)；俞其蔑曆，日易(賜)魯休；俞敢對䚄(揚)天子不(丕)顯休，用乍(作)寶。其萬年永保，臣天子。

《集成》8.4277[師艅段蓋。西周晚期]

(23)隹卌(四十)又三年六月既生霸丁亥，王才(在)周康宮、穆宮。旦，王各周廟，卽立(位)。𤔲(司)馬壽(壽)右(佑)吳逨，入門，立中廷，北鄉(嚮)。史減受(授)王令(命)書。王乎尹氏冊令(命)逨。王若曰："逨！不(丕)顯文武尹受大令(命)，匍(敷)有四方，𠟭(則)繇(繇)隹乃先聖考，夾䜌(召、紹)先王，𦖞(昏、聞)堇(勤)大令(命)，奠周邦。肄(肆)余弗𡈼(忘)聖人孫子。昔余既令(命)女(汝)疋(胥)焚(榮)兌，䞣(纘)𤔲(司)四方吳(虞)䝁(廪)，用宮御。今余隹巠(經)乃先祖考又(有)𤔲(勞)于周邦，䌛(申)𩫏(就)乃令(命)：女(汝)官𤔲(司)歷人。毋敢妄寧，虔夙(夙)夕，叀(惠)雝(雍)我邦小大猷。雩乃專政事，毋敢不𦘠(畫)不井(型)；雩乃𧦝(訊)庶人又(有)䜭(粦)，毋敢不中不井(型)；毋𩑢𩑢(龏龏)橐橐，隹(唯)又(有)宥從(縱)，廼敄(侮)鰥寡，用乍(作)余一人咎。不小(肖)隹(唯)死！"王曰："逨！易(賜)女(汝)秬鬯一卣、玄衮衣、赤舄、駒車、𠦪(賁)較(較)、朱號(鞹)𩏂(鞃)䩣(靳)、虎冟(幎)熏(纁)裏、畫轉(轉)、畫𨍭(轄)、金甬(筩)、馬四匹、攸(鋚)勒。敬夙(夙)夕，勿灋(廢)朕令(命)！"逨拜䭫首，受冊佩㠯(以)出，反入(納)堇(瑾)圭。逨敢對天子不(丕)顯魯休䚄(揚)，用乍(作)朕皇考龏(恭)弔(叔)䵼彝。皇考其嚴才(在)上，廙(翼)才(在)下，穆穆秉明德，數數𥂴𥂴，降康𩂣、屯(純)右(祐)、通彔(祿)、永令(命)，眚(眉)壽(壽)、綽綰。畯(畯)臣天子，逨萬年無彊(疆)。子子孫孫永寶用亯(享)。　《新收》747[四十三年逨鼎。西周晚期]

其基本體制爲："某時，某地，某臣A右某臣B。王乎某臣C冊令/命某臣B，(曰/王曰/王若曰)：'某冊命事。某賞賜事。'某作器事。某嘏辭。"

其二，司徒佑+乎冊命+賞賜。這類"乎"文如：

(24)唯六年二月初吉甲戌，王才(在)周師彔宮。旦，王各大室，卽立(位)。嗣(司)土(徒)焚(榮)白(伯)右(佑)宰獸，內(入)門，立中廷，北鄉(嚮)。王乎內史尹中(仲)冊命宰獸，曰："昔先王既命女(汝)，今余唯或䌛(申)𩫏(就)乃命：𠭰(更)乃祖考事，䞣(纘)嗣(司)康宮王家臣妾、𡿺(僕)𩫏(庸、傭)，外入(內)毋敢無𦖞(聞)𥏫(知)。易(賜)女(汝)赤市、幽亢(衡)、攸(鋚)勒，用事。"獸拜䭫首，敢對𩛥(揚)天子不(丕)顯魯休命，用乍(作)朕剌(烈)祖幽中(仲)、益姜寶匿(簠)設。獸其邁(萬)年，子子孫永寶用。

《近出》490[宰獸設。西周中期]

(25)隹九月既望甲戌，王各于周廟，灰(賄)于圖室。嗣(司)徒南中(仲)右(佑)無(許)叀(惠)，內(入)門，立中廷。王乎史翏冊令無(許)叀(惠)，曰："官嗣(司)穆王遉(正)側(側)虎臣，易(賜)女(汝)玄衣黹屯(純)、戈琱㦸、厚(厚)必(柲)、彤沙(蘇)、攸(鋚)勒、䜌(鑾)旂。"無(許)叀(惠)敢對剔(揚)天子不(丕)顯魯休，用乍(作)隮(尊)鼎，用亯(享)于朕剌(烈)考，用割(匄)𥁃(眉)耋(壽)萬年。子孫永寶用。

《集成》5.2814[無叀鼎。西周晚期]

(26)隹王九月既省(生)霸庚寅，王才(在)周康宮，旦，各大室，卽立(位)。嗣(司)徒單白(伯)內(入)右(佑)𨙸(揚)。王乎內史史㝬冊令(命)𨙸(揚)。王若曰："𨙸(揚)！乍(作)嗣(司)工(空)，官嗣(司)量(量)田佃(甸)，眔嗣(司)𡧊(居)，眔嗣(司)芻，眔嗣(司)寇，眔嗣(司)工(空)司(事)。睗(賜)女(汝)赤𤽶(⊖、雍)市、䜌(鑾)旂，𧫷(訊)訟，取徵五寽(鋝)。"𨙸(揚)拜手䭫首，敢對𨙸(揚)天子不(丕)顯休，余用乍(作)朕剌(烈)考害(憲)白(伯)寶設。子子孫孫其萬年永寶用。

《集成》8.4294[揚設。西周晚期]

其基本體制爲："某時，某地，某臣A右某臣B。王乎某臣C冊令/命某臣B，(曰/王曰/王若曰)：'某冊命事。某賞賜事。'某作器事。某嘏辭。"

其三，司空佑+乎冊命+賞賜。這類"乎"文所見甚少，如：

(27)隹王元年九月既望丁亥，王才(在)周康宮。旦，王各大室。嗣(司)工(空)液白(伯)入右(佑)師頛，立中廷，北鄉(嚮)。王乎內史遺冊令(命)師頛。王若曰："師頛！才(在)先王，既令(命)女乍(作)嗣(司)土(徒)，官嗣(司)汸闇。今余隹肇(肇)𤕦(申)乃令(命)。易(賜)女赤市、朱黃(衡)、䜌(鑾)旂、攸(鋚)勒，用事。"頛拜䭫首，敢對䵼(揚)天子不(丕)顯休，用乍(作)朕文考尹白(伯)隮(尊)設。師頛其萬年，子子孫孫永寶用。

《集成》8.4312[師頛設。西周晚期]

其基本體制爲："某時，某地，某臣A右某臣B。王乎某臣C冊令某臣B。王若曰：'某冊命事。某賞賜事。'某作器事。某嘏辭。"

6. 其他臣佑+乎冊命+賞賜

這類"乎"文所記錄的"右(佑)"者之爵位、官職尚不明晰，故單列於此。這類"乎"文見於西周中期、晚期銘文。如：

(28)隹王二月既生霸丁丑，王才(在)周新宮。王各大室，卽立(位)。士戍右(佑)殷，立中廷，北鄉(嚮)。王乎內史音令(命)殷，易(賜)市、朱黃(衡)。王若曰："殷！令女(汝)𡨦(更)乃祖考舂(友)，嗣(司)東啚(鄙)五邑。"殷拜䭫首，敢對䀯(揚)天子休，用乍(作)寶設。其萬年寶用，孫子子其永寶。

《近出》487[殷設。西周中期]

(29) 隹三月初吉乙卯，王才(在)周，各大室，咸。井弔(叔)入右(佑)趩。王乎內史冊令(命)趩："𡪞(更)氒(厥)祖考服，易(賜)趩戠(織)衣、䵼(緇)市、冋(䌹)黃(衡)、旂。"趩拜韻首，㪠(揚)王休對，趩蔑曆(曆)，用乍(作)寶隮(尊)彝。𠦪(百)世孫子毋敢豙(墜)，永寶。隹王二祀。

《集成》12.6516[趩觶。西周中期]

(30) 隹卅年四月初吉甲戌，王才(在)周新宮，各于大室。𡫹(密)弔(叔)內(入)右(佑)虎，即立(位)。王乎入(內)史曰："冊令(命)虎。"曰："𠭯(載)乃祖考事先王，嗣(司)虎臣。今命女(汝)曰：𡪞(更)氒(厥)祖考足師戲，𤔲(司)走馬駿(馭)人、眔(暨)五邑走馬駿(馭)人。女(汝)毋敢不善于乃政。易(賜)女(汝)䵼(緇)市、幽黃(衡)、玄衣、滰屯(純)、䜌(鑾)旂五日，用事。"虎敢拜韻首，對䍙(揚)天子不(丕)㕛(丕)魯休。虎曰："不(丕)顯朕剌(烈)祖考𥁰(粦)明，克事先王。𦘒(肆)天子弗望(忘)氒(厥)孫子，付氒(厥)尚官。天子其萬年䌛(申)玆(茲)命。虎用乍(作)文考日庚隮(尊)𣪘。子孫其永寶，用夙(夙)夕亯(享)于宗。"

《近出》491[虎𣪘蓋。西周中期]

(31) 隹卅又七年正月初吉庚戌，王才(在)周，各圖室。南宮乎入右(佑)善(膳)夫山，入門，立中廷，北鄉(嚮)。王乎史𠦪冊令(命)山。王曰："山！令女(汝)官嗣(司)歙(飲)獻人于䀂，用乍(作)寚(憲)司貯，毋敢不善！易(賜)女(汝)玄衣黹屯(純)、赤市、朱黃(衡)、䜌(鑾)旂。"山拜韻首，受冊佩㠯(以)出，反(返)入(納)堇(瑾)章(璋)。山敢對𢼄(揚)天子休令(命)，用乍(作)朕皇考弔(叔)碩父隮(尊)鼎，用旟(祈)匄眉(眉)耋(壽)、𩁹(綽)𩁹(綰)、永令(命)、霝(靈)冬(終)。子子孫孫永寶用。

《集成》5.2825[善夫山鼎。西周晚期]

(32) 隹元年五月初吉甲寅，王才(在)周，各康廟，即立(位)。同中(仲)右(佑)師兌，入門，立中廷。王乎內史尹冊令(命)師兌："疋(胥)師龢父，𤔲(司)左右走(趣)馬、五邑走(趣)馬。易(賜)女(汝)乃祖巾(市)、五黃(衡)、赤舄。"兌拜韻首，敢對䁄(揚)天子不(丕)顯魚(魯)休，用乍(作)皇祖䣄(城)公𩰫𣪘。師兌其萬年，子子孫孫永寶用。(蓋、器同銘)

《集成》8.4274[元年師兌𣪘。西周晚期]

(33) 隹王廿又七年正月既望丁亥，王才(在)周康宮。旦，王各穆大室，即立(位)。䌛(申)季內(入)右(佑)伊，立中廷，北鄉(嚮)。王乎命尹封冊命伊："䝨(纘)官嗣(司)康宮王臣妾、百工。易(賜)女(汝)赤市、幽黃(衡)、䜌(鑾)旂、攸(鋚)勒，用事。"伊拜手韻首，對𠂤(揚)天子休。伊用乍(作)朕不(丕)顯文祖皇考徲弔(叔)寶𩰫彝。伊其萬年無(無)彊(疆)，子子孫孫永寶用亯(享)。　《集成》8.4287[伊𣪘。西周晚期]

其通常體制爲："某時，某地，某臣A右某臣B。王乎某臣C冊令/命某臣B，(曰/王若曰/王曰)：'某冊命事。某賞賜事。'某作器事。某嘏辭。"

綜上所述，西周銅器銘文中的“乎”文具有以下特點：

① 西周銅器銘文中的“乎”文，見於中期、晚期銘文，數量較多，主要爲周王就賞賜、冊命之事施命於臣屬的記録。按其所載内容的不同，可分爲兩種類型：其一，載録賞賜的“乎”文；其二，兼録冊命與賞賜的“乎”文。前者大致可分爲著以“乎”“召”之語，著以“乎”“召”“令”之語，著以“佑”“乎”之語三類。後者按其所記録的冊命禮之“右(佑)”者的官爵不同，大致可分爲公佑、伯佑、公族佑、宰佑、三有司佑、其他臣佑六類。

② 西周銅器銘文中著以“乎”“召”之語載録賞賜的“乎”文，其數量較少，主要見於西周中期銘文，其基本體制爲：“某時，某地，王乎某臣A召某臣B，易某物。某作器事。某嘏辭。”

③ 西周銅器銘文中著以“乎”“召”“令”之語載録賞賜的“乎”文，其數量較少，見於西周中期、晚期銘文。其通常體制爲：“某時，某地，王乎某臣A召某臣B。王令某臣B/臣C某賞賜事。某作器事。(某嘏辭。)”見於西周中期的這類“乎”文，銘尾或記嘏辭。見於西周晚期的這類“乎”文，銘尾皆記嘏辭。

④ 西周銅器銘文中著以“佑”“乎”之語載録賞賜的“乎”文，其數量較多，見於西周中期、晚期銘文。其中，見於西周中期的這類“乎”文，其通常體制爲：“某時，某地，某臣A右某臣B。王乎某臣C易某臣B某物。某作器事。某嘏辭。(某族氏名。)”銘尾偶記族氏名。或作：“某時，某地，某臣A右某臣B。王乎某臣C冊命某臣B，曰：‘某賞賜事。’某作器事。某嘏辭。”見於西周晚期的這類“乎”文，其通常體制爲：“某時，某地，某臣A右某臣B。王乎某臣C易某臣B某物。某作器事。某嘏辭。”或作：“某時，某地，某臣A右某臣B。王乎某臣C冊令某臣B。(曰/王若曰)：‘某賞賜事。’某作器事。某嘏辭。”

⑤ 西周銅器銘文中以公爲“右(佑)”者兼録冊命與賞賜的“乎”文，其數量較少，見於西周中期、晚期銘文。其基本體制爲：“某時，某地，某臣A右某臣B。王乎某臣C冊令/命某臣B，(曰)：‘某冊命事。某賞賜事。’某作器事。某嘏辭。”

⑥ 西周銅器銘文中以伯爲“右(佑)”者兼録冊命與賞賜的“乎”文，其數量較多，見於西周中期、晚期銘文。其基本體制爲：“某時，某地，某臣A右某臣B。王乎某臣C冊令/命某臣B，(王曰/王若曰/曰)：‘某冊命事。某賞賜事。’某作器事。某嘏辭。”

⑦ 西周銅器銘文中以公族爲“右(佑)”者兼録冊命與賞賜的“乎”文，其數量較少，主要見於西周中期銘文。其基本體制爲：“某時，某地，某臣A右某臣B。王乎某臣C冊令/命某臣B，(王若曰)：‘某冊命事。某賞賜事。’某作器事。某嘏辭。”

⑧ 西周銅器銘文中以宰爲“右(佑)”者兼録冊命與賞賜的“乎”文，其數量較多，西周中期、晚期銘文皆有所見，以晚期爲多。其基本體制爲：“某時，某地，某臣A右某臣B。王乎某臣C冊令/命某臣B，(王曰/王若曰)：‘某冊命事。某賞賜事。’某作器事。某嘏辭。”

⑨ 西周銅器銘文中以三有司爲“右(佑)”者兼録冊命與賞賜的“乎”文，其數量較多，見於西周中期、晚期銘文。其基本體制爲：“某時，某地，某臣A右某臣B。王乎某臣C冊令/命某臣B，(曰/王曰/王若曰)：‘某冊命事。某賞賜事。’某作器事。某嘏辭。”

⑩ 西周銅器銘文中以其他臣爲“右(佑)”者兼録冊命與賞賜的“乎”文，見於西周

中期、晚期銘文。其通常體制爲："某時，某地，某臣A右某臣B。王乎某臣C冊令/命某臣B，(曰/王若曰/王曰)：'某冊命事。某賞賜事。'某作器事。某嘏辭。"

三、使

西周銅器銘文中的"使"文數量較少，記錄周王(或其配偶)就出使、賞賜之事施命臣屬，主要見於西周早期、中期銘文。如：

(1) 隹王桒(禱)于宗周，王姜史(使)叔事(使)于大(太)倸(保)，商(賞)叔㭬(郁)鬯、白金、趨(芻)牛。叔對大(太)倸(保)休，用乍(作)寶隮(尊)彝。(蓋、器同銘)　《集成》8.4132[叔毁。西周早期]

(2) 隹五月既死霸辛未，王事(使)小臣文(守)事(使)于夷，賓(儐)馬兩、金十匀(鈞)。文(守)敢對𩛥(揚)天子休令，用乍(作)𩰫(鑄)引中(仲)寶毁。子子孫孫永寶用。　《集成》8.4179[小臣守毁。西周]

(3) 隹二月既生霸丁丑，王才(在)莽京真口。戊寅，王蔑寓曆，事(使)𪉷(諄)大人昜(賜)乍冊寓𩰫倬。寓拜頶首，對王休，用乍(作)隮(尊)彝。
《集成》5.2756[寓鼎。西周中期]

(4) 隹九月既望乙丑，才(在)𨸏自(師、次)，王𡚸(卸)姜事(使)內史友員昜(賜)𢦏玄衣、朱褻裣。𢦏拜頶首，對䢅(揚)王𡚸(卸)姜休，用乍(作)寶𩰫隮(尊)鼎。其用夙(夙)夜亯(享)孝于𠂤(厥)文祖乙公、于文妣(妣)日戊。其子子孫孫永寶。(蓋、器同銘)　《集成》5.2789[𢦏方鼎。西周中期]

(1)、(2)記錄周王(或其配偶)就出使之事施命於臣屬，其基本體制爲："(某時)，(某地)，某出使事。某賞賜事。某作器事。(某嘏辭。)"銘首或記時間、地點，銘尾或記嘏辭。(3)、(4)記錄周王(或其配偶)施命大臣賞賜臣屬之事，其基本體制爲："某時，某地，某賞賜事。某作器事。(某嘏辭。)"銘首記時間、地點，銘尾或記嘏辭。

由以上分析可知，西周銅器銘文中記錄"令(命)""乎""使"的銘文，主要爲周王或大臣施命於臣屬的記錄，今統稱爲"命"文。其中，著"使"的"命"文數量較少，見於西周早期、中期銘文，主要記錄了周王(或其配偶)就出使、賞賜之事施命於臣屬；著"令(命)"的"命"文數量甚多，內容豐富，見於西周早期、中期、晚期銘文，主要爲周王或大臣就賞賜、冊命、行往、征伐等事施命於臣屬的記錄；著"乎"的"命"文數量最多，見於西周中期、晚期銘文，主要爲周王就賞賜、冊命之事施命於臣屬的記錄。相應"命"文之體制特徵，已如上述。

第四節　訓

西周銅器銘文中，載錄上對下訓導之辭的“訓”文數量甚少，見有一例。即：

(1) 弔(叔)趩父曰：“余考(老)，不克迎(御)事。唯女(汝)焌期(其)敬辥(乂)乃身，毋尚(常)爲小子。余兄(貺)爲女(汝)丝(兹)小鬱彝。女(汝)期(其)用卿(饗)乃辟軝医(侯)，逆造出内(入)事(使)人。烏虖(乎)！焌，敬戈(哉)！丝(兹)小彝妹(末)吹見，余唯用諆(其)𠈰女(汝)。”(蓋、器同銘)

《集成》10.5428[叔趩父卣。西周早期]

此文意謂：叔趩父説：“我年紀大啦，不能(再)執掌政事了。希望你焌能夠謹慎地修習自身，不要一直(以爲自己)還是個年輕後生。我(特意)爲你鑄造了這個盛放美酒的小彝器，(現在)送給你。你用它敬饗你的君主軝侯，侍奉那出入宮中(傳達軝侯命令)的使者。哎！焌呀！你可要謙恭莊重！這個小酒器不要墜失了；我們見面的時候，用它來與你共飲。”[①]所記訓導之辭，出自肺腑，情意深遠，表達了長輩對晚輩的殷切期望，讀來不由得讓人熱淚盈眶。

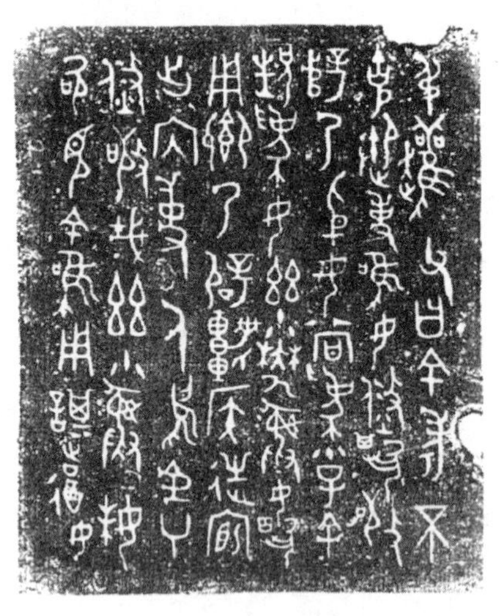

《集成》10.5428.1

《集成》10.5428.2

① 參看劉志基，臧克和，王文耀：《金文今譯類檢(殷商西周卷)》，南寧：廣西教育出版社，2003年，第608～609頁。

第五節　約

西周銅器中有一些載錄約劑的銘文，學者稱之爲“治地之約”“治民之約”“律令”[①]。這種銘文所載内容多與法律文書有關，以其性質相類，今皆歸入“約”文，分述如下。

一、治地之約

西周銅器銘文中的“治地之約”，其内容反映了西周時期的土地制度，涉及土地的使用、分配、轉移等。這類“約”文，主要見於西周中期、晚期銘文。

其中，見於西周中期的這類“約”文如：

(1) 隹正月初吉癸巳，王才(在)成周。格白(伯)取良馬乘于倗生，氒(厥)貯(賈)卅田，鼎(則)析。格白(伯)遻毆妊彶(及)佤，氒(厥)從格白(伯)厈(安、按)彶(及)佃(甸)：殷氒(厥)紉(約?)，雩谷、杜木、邍穀、旅菜，涉東門。氒(厥)書史戠武，立(蒞)盄(歃)成壆(䣛)。鑄(鑄)保(寶)毁，用典格白(伯)田。其邁(萬)年，子子孫孫永保用。□。(蓋、器同銘)

《集成》8.4262[格伯毁。西周中期]

《集成》8.4262.1

《集成》8.4262.2

① 參看馬承源：《中國青銅器》(修訂本)，上海：上海古籍出版社，2003年，第357～361頁。案：《周禮·秋官·司約》云：“司約掌邦國及萬民之約劑。治神之約爲上，治民之約次之，治地之約次之，治功之約次之，治器之約次之，治摯之約次之。凡大約劑，書於宗彝；小約劑，書於丹圖。若有訟者，則珥而辟藏。”([漢]鄭玄注，[唐]賈公彦疏：《周禮注疏》卷三十六《秋官·司約》，影印阮刻《十三經注疏》本，北京：中華書局，1980年，第880～881頁)

此文記載了伯格與倗生之間以馬易田的經過。其意蓋謂：正月初吉癸巳日，王在成周。格伯以四匹駿馬付與倗生，以換取其三十田。事畢，寫成契券並從中分開，雙方各執一半。格伯與隨從一同勘查田界：按照契約所定的(?)，包括雩谷、杜木、還榖、旂菜四地，以及東門之地。書史戠武親臨現場，標識田界，區分鄰道。伯格爲此作𣪘，以記錄自己(交易所得的)田。伯格萬年，子子孫孫永遠珍愛使用①。

又如：

(2) 隹三年三月既生霸壬寅，王爯(偁)旂于豐。矩(矩)白(伯)庶人取堇(瑾)章(璋)于裘衛，才(裁)八十朋，氒(厥)貯(賈)，其舍(捨)田十田。矩(矩)或(又)取赤虎(琥)兩、麀𠦪(韍)兩、𠦪(賁)韐一，才(裁)廿朋，其舍(捨)田三田。裘衛廼彘(矢)告于白(伯)邑父、焚(榮)白(伯)、定白(伯)、𤿞白(伯)、單白(伯)。白(伯)邑父、焚(榮)白(伯)、定白(伯)、𤿞白(伯)、單白(伯)廼令(命)參(叁)有𤔲(司)：𤔲(司)土(徒)敚(微)邑、𤔲(司)馬單旟、𤔲(司)工(空)邑人服，眔(及)受(授)田。𢆶(幽)趚(趙)、衛小子𦓤逆者(諸)其鄉(饗)。衛用乍(作)朕文考惠孟寶般(盤)。衛其萬年，永寶用。

《集成》15.9456［裘衛盉。西周中期］

此文記載了矩伯分兩次以田爲代價，從掌管裘皮的裘衛那兒交換玉器、毛皮的經過。矩伯第一次以十田交換一件價值八十朋的用來朝覲的玉璋，第二次以三田交換兩件赤色虎皮、兩件牝鹿皮飾和一件有紋飾的蔽膝。裘衛就將這兩次交易之事告知執政大臣伯邑父等五人。於是三有司即司徒、司馬、司空受命辦理土地交割手續。參與土地交割之事的官員被設宴款待。裘衛因此爲先父惠孟作盤紀念此事，祈求保佑自己萬年，永遠珍愛使用②。

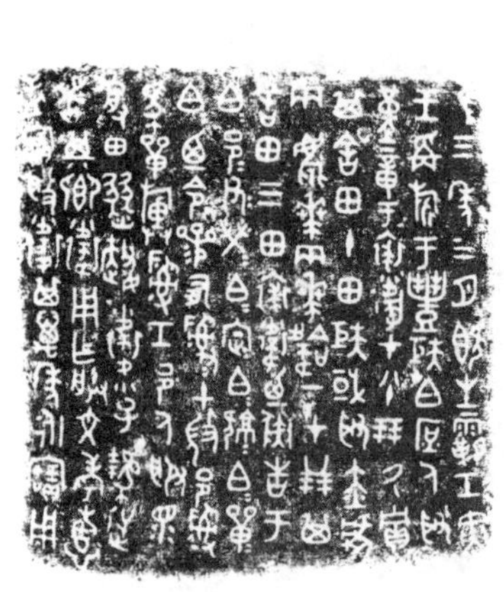

《集成》15.9456

《集成》5.2832

① 參看于省吾：《伯格𣪘銘》，《雙劍誃吉金文選》，影印1932年大業印書局代印本，北京：中華書局，1998年，第193～194頁；唐蘭：《西周青銅器銘文分代史徵》，北京：中華書局，1986年，第442～443頁。

② 參看唐蘭：《西周青銅器銘文分代史徵》，北京：中華書局，1986年，第459～462頁；王輝：《商周金文》，北京：文物出版社，2006年，第134～138頁。

又如：

(3) 隹正月初吉庚戌，衛㠯(以)邦君厲告于井(邢)白(伯)、白(伯)邑父、定白(伯)、𢇍白(伯)、白(伯)俗父，曰："厲曰：'余埶(執)龏(恭)王卹(恤)工(功)，于卲(昭)大室東逆(朔)𤇾(營)二川。'曰：'余舍(捨)女(汝)田五田。'"正廼𧦝(訊)厲曰："女(汝)貯(賈)田不？"厲廼許曰："余审(審)貯(賈)田五田。"井白(伯)、白(伯)邑父、定白(伯)、𢇍白(伯)、白(伯)俗父廼顜，事(使)厲誓。廼令(命)參(叁)有𤔲(司)：𤔲(司)土(徒)邑人𧼈(趙)、𤔲(司)馬頍人邦、𤔲(司)工(空)隆(陶)矩，內史友寺芻，帥履裘衛厲田四田，廼舍寓(宇)于氒(厥)邑：氒(厥)逆(朔)彊(疆)眔(及)厲田，氒(厥)東彊(疆)眔(及)箙(散)田，氒(厥)南彊(疆)眔(及)箙(散)田、眔(及)政父田，氒(厥)西彊(疆)眔(及)厲田。邦君厲眔(及)付裘衛田。厲弔(叔)子夙(夙)、厲有𤔲(司)䜌(申)李(季)、慶癸、燹䙹、邢(荊)人敢、井(邢)人㒸屖，衛小子逆其鄉(饗)、䞇(賸)。衛用乍(作)朕文考寶鼎。衛其萬年，永寶用。隹王五祀。　　《集成》5.2832[五祀衛鼎。西周中期(恭王)]

此文記載了裘衛和邦君厲交易土地的經過。邦君厲因在昭大室東北營治兩條河道，需佔用裘衛的部分土地，答應用自己的五田來作爲交換。裘衛將此事告知執政大臣邢伯等五人。在他們的主持下，裘衛與厲達成換田協定，厲發誓永不反悔。於是三有司(司徒、司馬、司空)與內史的僚屬寺人芻受命勘查現屬裘衛、原屬厲的這四田及邑中的房屋，確定四邊之地界，辦理交割手續。厲將這四田交付給了裘衛。裘衛設宴款待邦君厲的辦事官員，並贈送了禮物。裘衛因而爲先父製作禮器鼎載錄此事，祈求保佑自己萬年，永遠珍愛使用。時在王之五年[①]。

再如：

(4) 隹九年正月既死霸庚辰，王才(在)周駒宮，各廟。眉敖者(諸)膚卓事(使)見(覲)于王。王大黹(致)。矩取省車、𩌦𠦪(賁)𢐚(鞃)、虎冟(幎)、希𩏂(幃)、畫轉、𠣓(鞭)帀(席)𩍾、帛轡乘、金麃(鑣)鋞(鋞)，舍(捨)矩姜帛三兩，廼舍(捨)裘衛林𦣞里。𠭯！氒(厥)隹顏林。我舍(捨)顏陳大馬兩，舍(捨)顏始(姒)䖒峇(若)，舍(捨)顏有嗣(司)𠷎(壽)商𧷚(貉)裘、盠冟(幎)。矩廼眔(暨)𣳚(溓)粦令(命)𠷎(壽)商眔(暨)啻，曰："顜，履付裘衛林𦣞里，𠟭(則)乃成夆(封)四夆(封)。"顏小子具叀(俱)(惟)夆(封)，𠷎(壽)商[?](闔?)。舍(捨)盠冒[?](梯?)、羝皮二、𨑨(選)皮二、𩏂(業)舄俑(筩)皮二，朏帛(白)金一反(鈑)，氒(厥)吳喜皮二。舍(捨)𣳚(溓)䖒冟(幎)𩏂(?)𠦪(賁)、𩍾𢐚(鞃)，東臣羔裘，顏下皮二。眔(及)受(授)，衛小子[?](𦣞?)逆者(諸)，其䞇(賸)衛臣虢朏。衛用乍(作)朕文考寶鼎。衛其邁(萬)年，永寶用。　　《集成》5.2831[九年衛鼎。西周中期(恭王)]

① 參看唐蘭：《西周青銅器銘文分代史徵》，北京：中華書局，1986年，第462～464頁；馬承源：《商周青銅器銘文選》第3卷，北京：文物出版社，1988年，第131～132頁；王輝：《商周金文》，北京：文物出版社，2006年，第138～143頁。

此文記載了裘衛以車等物與矩交換土地的經過。裘衛以一輛省車和車馬飾具等物外加帛十二丈與矩換取“林晉里”這塊土地，又以馬、裘等物換取顏陳的一片林地。之後，矩命令屬臣壽商和啻二人負責勘查地界，辦理交割手續，將土地交付給裘衛。裘衛對辦事人員予以款待，贈送禮物。裘衛因而爲先父製作禮器鼎載錄其事，祈求保佑自己萬年，永遠珍愛使用[①]。

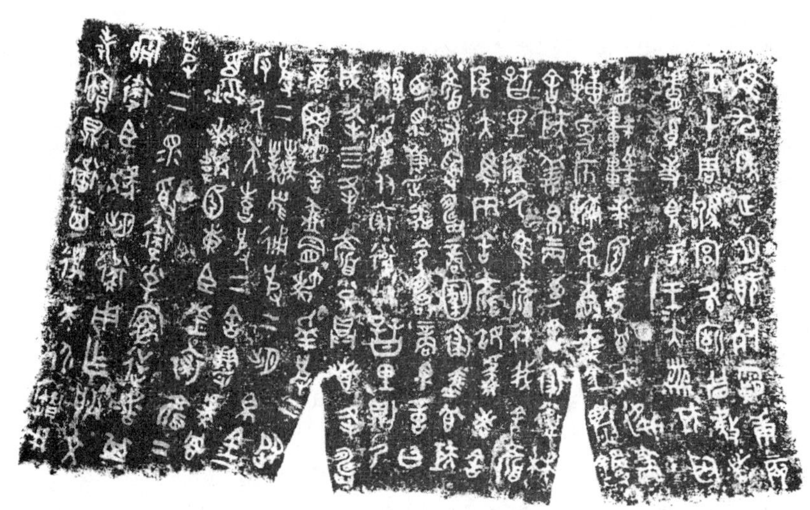

《集成》5.2831

見於西周中期銅器銘文的這類“約”文，其基本體制爲：“某時，某交易事。某作器事。某嘏辭。(某族氏名。)(某時。)”銘首皆記時間，然後詳記土地交易事件的全過程，再記作器事，繫嘏辭以祈福。銘尾或記族氏名，如(1)；或記所在王年，如(3)。

見於西周晚期的這類“約”文如：

(5)隹卅又一年三月初吉壬辰，王才(在)周康宮徲大室。鬲比吕(以)攸衛牧告于王，曰：“女(汝)覓我田，牧弗能許鬲比。”王令(命)省。史南吕(以)即虢旅，迺事(使)攸衛牧誓，曰：“敢弗具(俱)付鬲匕(比)，其且(沮)射(厭)分田邑，鼽(則)殺！”攸衛牧鼽(則)誓。比乍(作)朕皇祖丁公、皇考叀(惠)公隮(尊)鼎。鬲攸比其邁(萬)年，子子孫孫永寶用。

《集成》5.2818[鬲攸从鼎(比鼎、鬲攸比鼎)。西周晚期]

(6)隹卅又一年三月初吉壬辰，王才(在)周康宮徲大室。鬲比吕(以)攸衛牧告于王，曰：“女(汝)爰(覓)我田，牧弗能許鬲比。”王令(命)省。史南吕(以)即虢旅，迺事(使)攸衛牧誓，曰：“敢弗具(俱)付鬲匕(比)，其且(沮)射(厭)分田邑，鼽(則)殺！”攸衛牧鼽(則)誓。比乍(作)朕皇祖丁公、皇考叀(惠)公隮(尊)段。比其萬年，子子孫孫永寶用。

《集成》8.4278[鬲比段蓋。西周晚期]

① 参看唐蘭：《西周青銅器銘文分代史徵》，北京：中華書局，1986年，第464～468頁；馬承源：《商周青銅器銘文選》第3卷，北京：文物出版社，1988年，第136～138頁。

此二文所記同爲一事，其意蓋謂：三十一年三月初吉壬辰日這天，王在周康宫之大室。鬲比向王控告攸衛牧侵佔了自己的田地。王命令調查此事。史南會同虢旅讓攸衛牧發誓，務必將田地如數交付鬲比。攸衛牧遵命發誓。鬲比特此爲祖父、先父製作禮器毁，祈求保佑自己萬年，子子孫孫永遠珍愛使用①。

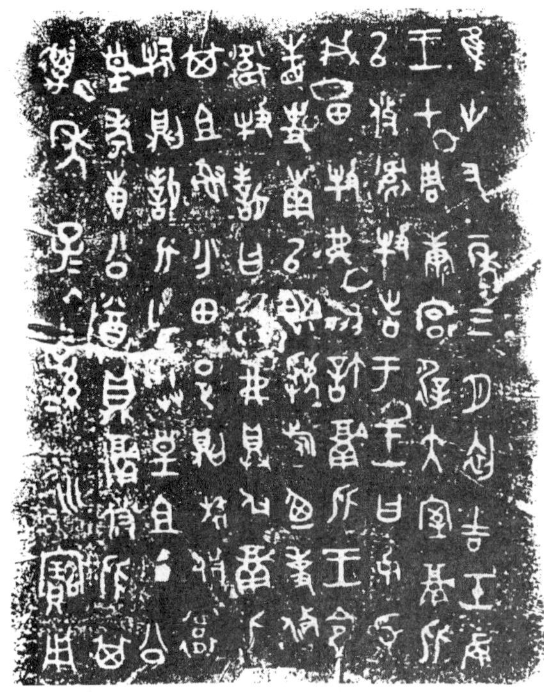

《集成》5.2818

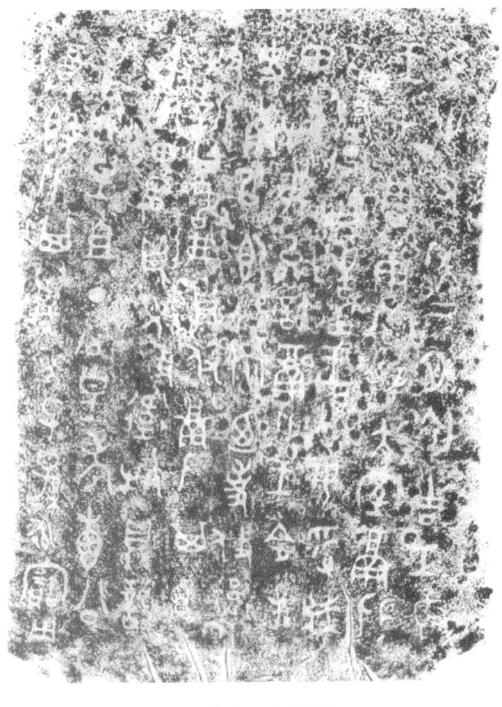

《集成》8.4278

又如：

(7) 隹王廿又五年七月既[望]□□，[王才](在)永師田宫，令(命)小臣成友逆[旅]□、内史無𢦚、大史旟，曰："章氒(厥)𥃝夫𩇯鬲比田，其邑旃、𢆶、䙵；復友(賄)鬲比其田，其邑復𣏟、言二𨚵(邑)，畀(畁)鬲比。復氒(厥)小宫𩇯鬲比田，其邑彶眔(暨)句商兒、眔(暨)讎戋；復限余(予)鬲比田，其邑競、𣚦、甲三邑，州、瀘二邑。凡復友(賄)、復付友(賄)鬲比日(田)十又三邑。"氒(厥)右(佑)鬲比，善(膳)夫克。鬲比乍(作)朕皇祖丁公、文考叀(惠)公𣪕。其子子孫孫永寶用。褱。

《集成》9.4466[鬲比盨。西周晚期]

① 參看于省吾：《鬲攸比鼎銘》，《雙劍誃吉金文選》，影印1932年大業印書局代印本，北京：中華書局，1998年，第145～146頁；楊樹達：《積微居金文説》(增訂本)，北京：中華書局，1997年，第12～13頁；馬承源：《商周青銅器銘文選》第3卷，北京：文物出版社，1988年，第296頁；劉志基，臧克和，王文耀：《金文今譯類檢(殷商西周卷)》，南寧：廣西教育出版社，2003年，第437～438頁；王輝：《商周金文》，北京：文物出版社，2006年，第226～228頁。

其意蓋謂：王二十五年七月既望某日，王在永地的師田宮，命小臣友迎接旅某、內史無𩡧和太史旟，說："章氏之下屬𦋻夫代表章氏和𤔲比交割田地，將旃、㕙、䍐三邑付給𤔲比；又贈送給𤔲比田地，包括復𧮫、言二邑。復氏之下屬小宮也代表章氏和𤔲比交割田地，包括彶、句商兒、䜌戋三邑；又劃予𤔲比田地，包括競、𣚪、甲三邑和州、瀘二邑。這數次贈送、付予𤔲比的田地，共計十三邑。"陪同𤔲比參加土地交割儀式的，是膳夫克。𤔲比爲祖父丁公、先父惠公制作禮器盨，希望子子孫孫永遠珍愛使用①。

《集成》9.4466

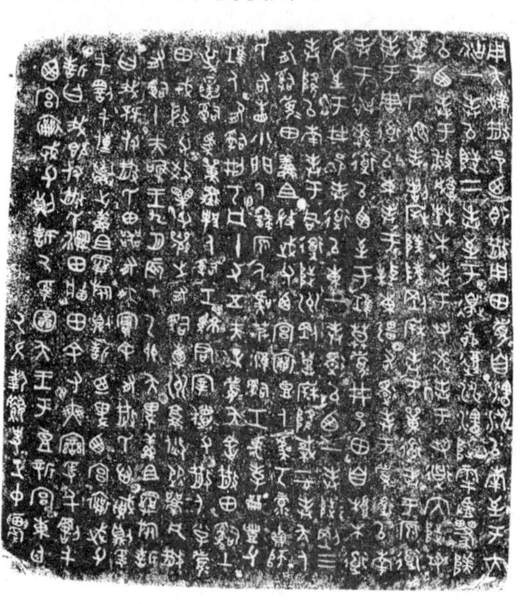

《集成》16.10176

再如：

(8) 用夨𡋭(踐)𢾱(散)邑，廼即𢾱(散)用田。履：自濡涉㠯(以)南，至于大沽，一弄(封)；㠯(以)陟，二弄(封)；至于邊𣏟(柳)，復涉濡，陟雩(越)，𧇝(徂)𦉢𨸏；㠯(以)西，弄(封)于𢼸(敝)𩫏(城)、𣏟(楮)木，弄(封)于芻逨(仇)，弄(封)于芻衟(道)。內(入)陟芻，登于厂湶，弄(封)𠛱(諸)𣏟(析)、𨸏陵、剛(崗)𣏟(析)，弄(封)于𨻰道，弄(封)于原道，弄(封)于周道；㠯(以)東，弄(封)于𩏂(棹)東彊(疆)。右還，弄(封)于眉(郿)道；㠯(以)南，弄(封)于𦣞逨(仇)道；㠯(以)西，至于𨾊莫(墓)。履井邑田：自桹木道左，至于井邑，弄(封)道㠯(以)東，一弄(封)；還，㠯(以)西一弄(封)，陟剛(崗)三弄(封)；降㠯(以)南，弄(封)于同道；陟州剛(崗)，登𣏟(析)，降𣏟(棫)二弄(封)。

① 參看于省吾：《𤔲比盨銘》，《雙劍誃吉金文選》，影印1932年大業印書局代印本，北京：中華書局，1998年，第340～341頁；楊樹達：《積微居金文說》（增訂本），北京：中華書局，1997年，第249～250頁；馬承源：《商周青銅器銘文選》第3卷，北京：文物出版社，1988年，第294頁；劉志基，臧克和，王文耀：《金文今譯類檢(殷商西周卷)》，南寧：廣西教育出版社，2003年，第437～438頁。

> 矢人有𤔲(司)履田：鮺(鮮)、且、𢼸(微)、武父、西宫襄、豆人虞丂(考)、彔(麓)貞、師氏右省、小門人䌛、原人虞莽(艿)、淮𤔲(司)工(空)虎、孝、䶩、豐父、𢵜人有𤔲(司)刑丂(考)，凡十又五夫。正履矢舍(捨)𢾊(散)田：𤔲(司)土(徒)屰寅、𤔲(司)馬𩁹(單)𩂏、𩂏人𤔲(司)工(空)騄君、宰德父；𢾊(散)人小子履田：戎、𢼸(微)父、效(教)𣖕父、襄之有𤔲(司)橐、州𩫏(就)、焂從𩴫(鬲)，凡𢾊(散)有𤔲(司)十夫。唯王九月，辰才(在)乙卯，矢卑(俾)鮺(鮮)、且、𩛥、旅誓，曰："我𣦼(既)付𢾊(散)氏田器，有爽，實余有𢾊(散)氏心賊，𠟭(則)爰千罰千，傳(傳)棄之！"鮺(鮮)、且、𩛥、旅𠟭(則)誓。乃卑(俾)西宫襄、武父誓，曰："我既付𢾊(散)氏溼(隰)田、𤲞(畛)田，余又(有)爽𤔲(變)，爰千罰千！"西宫襄、武父𠟭(則)誓。氒(厥)受(授)圖，矢王于豆新宫東廷。氒(厥)左執(執)𦃃(要)，史正中(仲)農(農)。
>
> 《集成》16.10176［散氏盤。西周晚期］

此文記載矢國侵犯散國邊邑，因而賠付散國土地之事。由矢國的十五人與散國的十人一起實地勘查，確定土地及井邑田的具體位置，樹立封土以爲地界。九月乙卯日，矢國使其官員立誓，將附屬於該田地的農具與土地一道如數交付給散國，不得發生差錯違約之事。在豆地的新宫東廷，矢王將土地地圖交付散氏。契約的左半由矢國的史正仲農保存①。獲得土地的散氏作器記錄此事。

見於西周晚期銅器銘文的這類"約"文，其基本體制爲："(某時)，某交易事。(某作器事。)(某嘏辭。)(某族氏名。)"銘首多記時間，然後詳記土地交易事件的全過程，再記作器事，繫嘏辭以祈福。銘尾偶記族氏名，如(7)。

西周中期、晚期銅器銘文中所見的這類"約"文，其中所記載的土地交易，有的是以物易田，如(1)、(4)；有的是以田易物，如(2)；有的是以田易田，如(3)；有的是以田作爲賠償物，如(8)，這些無疑都說明西周中期以後，土地在貴族手裏已經成爲可以交換的商品。此時不僅田地與田地可以互相交換，田地還可用來與其他物品(如車馬、皮毛、布帛、玉器等)相交換，並以契約的形式證明其合法性，這表明當時的土地交易實質上就是土地的買賣，土地私有制在西周中期以後是客觀存在的②。

二、治民之約

西周銅器銘文中的"治民之約"，反映了西周時期有關買賣、訴訟判決等內容。這類"約"文，主要見於西周中期、晚期銘文。

其中，見於西周中期的這類"約"文如：

---

① 參看楊樹達：《積微居金文說》(增訂本)，北京：中華書局，1997年，第17～19頁；馬承源：《商周青銅器銘文選》第3卷，北京：文物出版社，1988年，第297～300頁；劉志基，臧克和，王文耀：《金文今譯類檢(殷商西周卷)》，南寧：廣西教育出版社，2003年，第691～695頁；王輝：《商周金文》，北京：文物出版社，2006年，第228～235頁。

② 參看王輝：《商周金文》，北京：文物出版社，2006年，第6～7頁。

(9)唯三月丁卯，師旂眔(暨)眔僕(僕)不從王征于方䨓(雷)，事(使)氒(厥)友引吕(以)告于白(伯)懋父，才(在)莽。白(伯)懋父迺罰得𡨄古三百寽(鋝)，今弗克氒(厥)罰。懋父令(命)曰："義(宜)敉(播)！𠭯！氒(厥)不從氒(厥)右(佑)征；今毋敉(播)，期(其)又(有)內(納)于師旂。"引吕(以)告中史書。旂對氒(厥)，賓于隮(尊)彝。

《集成》5.2809[師旂鼎。西周中期]

此文蓋謂：三月丁卯日，師旂因其眾僕不遵其命隨從王征伐方雷，遂使其僚屬引報告在莽地的伯懋父。起初伯懋父因師旂馭下無方而要罰其三百鋝，後來又決定免除這一處罰。伯懋父命令說："嗟！師旂的眾僕不遵命隨從王征伐，依法當處以流放之刑！現在免其處分，仍歸師旂統轄。"引告知中史記載下來。師旂答謝伯懋父的判決，將之鑄在禮器上①。

《集成》5.2809

《集成》5.2838(何子貞藏本)

又如：

(10)隹王元年六月既望乙亥，王才(在)周穆王大[室]。[王]若曰："曶！令(命)女(汝)叓(更)乃祖考嗣(司)卜事。易(賜)女(汝)赤⊗(雍)[市]、□，用事。"王才(在)邐应(居)，井(邢)弔(叔)易(賜)曶赤金、鬱，曶受休[命于]王。曶用絲(茲)金乍(作)朕文孝(考)弈(宄)白(伯)𩰫牛鼎。曶其萬

① 參看楊樹達：《積微居金文說》(增訂本)，北京：中華書局，1997年，第161～163頁。

[年]用祀，子子孫孫其永寶。

隹王四月既省(生)霸，辰(辰)才(在)丁酉，井(邢)弔(叔)才(在)異，爲□。[曶]事(使)氒(厥)小子𩰫(究)㠯(以)限訟于井(邢)弔(叔)："我既賣(贖)女(汝)五[夫效]父，用匹馬、束絲。"限詰(許)曰："𢼄鼎(則)卑(俾)我賞(償)馬，效[父鼎](則)卑(俾)復氒(厥)絲束嬖。"效父廼詰(許)。𩰫曰："于王參(叁)門，□□木榜，用償征(誕)賣(贖)絲(茲)五夫，用百寽(鋝)；非出五夫［則]□訇(訽)，廼䛼又(有)訇(訽)眔(曁)䊿金。"井(邢)弔(叔)曰："才(在)王廷廼賣(贖)用[償]不逆。付曶，毋卑(俾)弍于𢼄。"曶鼎(則)拜䭫首，受絲(茲)五[夫]：曰陪、曰𠚤(恒)、曰䅽、曰𩵋、曰省，事(使)寽(鋝)㠯(以)告𢼄，廼卑(俾)[鄉](饗)，㠯(以)曶酉(酒)彶(及)羊、絲(茲)三寽(鋝)，用侄(致)絲(茲)人。曶廼每(誨)于䛼[曰]："女(汝)其舍(捨)𩰫矢五秉。"曰："弋(必)尚(當)卑(俾)處氒(厥)邑，田[氒](厥)田。"𢼄鼎(則)卑(俾)復令(命)曰："若(諾)！"

昔饉歲，匡(匡)眔(衆)氒(厥)臣廿夫，寇曶禾十秭。㠯(以)匡(匡)季告東宮，東宮廼曰："求乃人；乃弗得(得)，女(汝)匡(匡)罰大！"匡(匡)乃䭫首于曶，用五田，用衆一夫曰嗌，用臣曰䨻、[曰]朏、曰奠，曰："用絲(茲)四夫。"䭫首曰："余無卣(攸)㫚(具)寇、正(足)[秭]，不出，䡈(鞭)余！"曶或(又)㠯(以)匡(匡)季告東宮，曶曰："弋(必)唯朕[禾是]賞(償)。"東宮廼曰："賞(償)曶禾十秭，遺十秭，爲廿秭。[若]來歲弗賞(償)，鼎(則)付卌(四十)秭。"廼或(又)即曶，用田二，又臣[一夫?]。凡用即曶田七田、人五夫。曶覓(免)匡(匡)卅秭。

《集成》5.2838[曶鼎。西周中期]

此文原分三段，所記非一時事。首段記王在周穆王宗廟之大室冊命曶襲祖父職，掌管占卜之事，並予以賞賜，隨後邢叔賞賜曶赤金，曶因而用之爲先父作鼎以祈福，按其行文，當歸入"命"文。次段和末段所記，皆與訟事判決有關，當歸入"約"文。

次段記錄了一起曶與效父之間發生的關於贖買五夫的違約案件的判處經過，原告方是曶、𩰫、𢼄(銘文中又寫作嬖、䛼等形)，被告方是效父、限。其意蓋謂：四月既生霸丁酉日，邢叔在異地，曶派遣其下屬𩰫作爲代表向邢叔起訴限："我已用一匹馬、一束絲向效父贖買五個人，(而你卻不肯交人)。"限陳訴說："𢼄倒是使我得到了那匹馬，效父卻把那束絲退還給𢼄了(言外之意是此契約尚未得以完全成立)。"效父於是也作了陳訴。(之後)𩰫又作陳訴："雙方在王宮外的三門懸掛着交易法令的木版下，用貨幣進行交易，贖買這五個人，付出一百鋝。如果不交出這五個人就要上告，於是𢼄上告並希望索回贖金。"邢叔(裁斷)說："在王庭用貨幣贖人，是合法的。(將這五個人)交給曶，不要使他們離開𢼄。"於是曶向邢叔下拜叩首，接受了所贖買的五個人，即陪、恒、䅽、𩵋、省，如約交付贖金一百鋝，將此事告知𢼄。𢼄使人給曶送上酒和羊，並以三鋝酬送(曶派來通報的)使者。曶命令𢼄說："你當交給𩰫五束箭。"(曶)又說："一定要使這五個人住其原住的居邑，種其原來的田地。"𢼄則使人回報說："遵命！"

末段記錄了一起饑荒之年搶劫稻禾案件的判處經過。其意謂：先前發生饑荒的年頭，匡季的眾及其臣共二十人，搶劫了曶的十秭禾。曶將匡季控告到東宮那裏，東宮於是說："追查你（匡季）手下搶禾的人。如若查不到，就重重懲罰你！"匡季於是向曶叩首，給付五塊田，給付一名眾叫嗌，給付臣叫㚔、朏、奠，說："用這四個人作賠。"（匡季）叩首說："我沒有辦法交出全部搶禾的人和搶走的禾，如有不實，就施我以鞭刑！"曶又向東宮控告匡季。曶說："一定要匡季賠償我的禾。"東宮於是說："匡季賠償曶十秭禾，加十秭，一共是二十秭禾。如若來年不償還，就交付四十秭。"匡季於是又付給曶兩塊田，再加一個臣，一共付給曶七塊田、五個人。曶減免了匡季三十秭禾[①]。

見於西周中期銅器銘文的這類"約"文，其基本體制爲："某時，某訴訟事。（某作器事。）"銘首記時間，然後敘述訴訟判決事件的全過程。銘尾或記作器事，如(9)。

見於西周晚期的這類"約"文如：

(11)隹三月既死霸甲申，王才（在）𦔻上宮。白（伯）揚（揚）父迺成𧶠（劾），曰："牧牛！𠭁！乃可（苛）湛（甚），女（汝）敢㠯（以）乃師訟！女（汝）上卬先誓。今女（汝）亦既又（有）卪（孚）誓；專、趞、嗇、覷、㑭寽（造），亦兹（兹）五夫亦既卪（孚）乃誓；女（汝）亦既從辭（詞）從誓，弋（式）可。我義（宜）㑥（鞭）女（汝）千，𪇰（黜）𪇰（𪇰、剭）女（汝），今我赦（赦）女（汝）。義（宜）㑥（鞭）女（汝）千，黜𪇰（𪇰、剭）女（汝），今大赦（赦）(以上器銘)女（汝）：㑥（鞭）女（汝）五百，罰女（汝）三百寽（鋝）。"白（伯）揚（揚）父迺或（又）事（使）牧牛誓，曰："自今余敢𢦔（擾）乃小大事。""乃師或㠯（以）女（汝）告，𠟭（則）致（致）乃㑥（鞭）千、𪇰（黜）𪇰（𪇰、剭）。"牧牛𠟭（則）誓，氒（厥）㠯（以）告吏𠭯、吏曶于會。牧牛辭誓成，罰金。㑭用乍（作）旅盉。(以上蓋銘)

《集成》16.10285[㑭匜。西周晚期]

其意蓋謂：三月既死霸甲申日，王在𦔻地的上宮。伯揚父於是定下判詞，說："牧牛！嗟！你應受的譴責甚是嚴重，你竟敢把你的官長告上來！你以前改變了原來的誓言。現在你也有了誠信的誓言；專、趞、嗇、覷、㑭造（出庭作證），這五個人也已經認爲你的誓言是誠實可信的；你也已經服從判決遵守誓言，應當認可。我本該鞭打你一千下，對你施𪇰𪇰之刑，現在我寬赦你。我本該鞭打你一千下，對你施黜𪇰之刑，現在我大大地寬赦你：鞭打你五百下，（總計折算）罰你三百鋝。"伯揚父於是再次讓牧牛立誓說："從今以後，我不敢擾亂你任何事情。"（伯揚父說）："（倘若）你的官長再把你告上來，就對你實施鞭打一千和𪇰𪇰之刑。"牧牛就立了誓，將此案結果告知吏𠭯和吏曶，登入計

① 參看楊樹達：《積微居金文說》（增訂本），北京：中華書局，1997年，第40～41頁；馬承源：《商周青銅器銘文選》第3卷，北京：文物出版社，1988年，第169～172頁；劉翔，陳抗，陳初生，董琨：《商周古文字讀本》，北京：語文出版社，1989年，第98～107頁；王輝：《商周金文》，北京：文物出版社，2006年，第167～176頁。

簿。牧牛在判決和誓詞定下來之後，罰交了金三百鋝[1]。𧻚因而製作了盉器，載錄此事。

《集成》16.10285.1

《集成》16.10285.2

又如：

(12) 隹五年正月己丑，琱生（甥）又（有）事，𨞊（召）來合（會）事。余獻婦（婦）氏目（以）壺，告曰："目（以）君氏令曰：'余老，止公僕（附）𩫏（庸）土田多諫（刺），弋（式）白（伯）氏從（縱）許。公宕（宕）其參（叁），女（汝）鼎（則）宕（宕）其貳；公宕（宕）其貳，女（汝）則宕（宕）其一。'"余𢍜（惠）于君氏大章（璋），報婦（婦）氏帛束、璜。𨞊（召）白（伯）虎曰："余既𠸶（訊），㒸我考、我母令（命），余弗敢𤔔（亂）。余或（又）至（致）我考、我母令（命）。"琱（甥）生鼎（則）堇（覲）圭。　　《集成》8.4292［五年召伯虎𣪘。西周晚期］

(13) 隹六年四月甲子，王才（在）葊。𨞊（召）白（伯）虎告曰："余告慶，曰：公氒（厥）稟（廩）貝，用獄諫（刺）爲白（伯）；又（有）祇又（有）成，亦我考幽白（伯）、幽姜令（命）。余告慶：余目（以）邑𠸶（訊）有𤔲（司），余典勿敢封；今余既𠸶（訊），有𤔲（司）曰：'㒸令（命）。'今余既一名典，獻白（伯）氏。"鼎（則）報璧。琱生（甥）𠃬（對）𩵦（揚）朕宗君其休，用乍（作）朕剌（烈）祖𨞊（召）公嘗𣪘。其萬年，子子孫孫寶用亯（享）于宗。

《集成》8.4293［六年召伯虎𣪘。西周晚期］

---

① 参看唐蘭：《西周青銅器銘文分代史徵》，北京：中華書局，1986 年，第 508～513 頁；馬承源：《商周青銅器銘文選》第 3 卷，北京：文物出版社，1988 年，第 184～186 頁；劉翔，陳抗，陳初生，董琨：《商周古文字讀本》，北京：語文出版社，1989 年，第 142～146；王輝：《商周金文》，北京：文物出版社，2006 年，第 176～181 頁。

《集成》8.4292

《集成》8.4293

(12)、(13)二器形制、花紋相同，大小相若，銘文行款、字數亦相當，應爲同時所鑄。銘文時間先後相接，皆記琱生與召伯虎之事，可能是同時所作的一篇銘文而分載於二器者。銘中涉及召伯，而作器者實爲琱生，向來命名爲“召伯虎毁”並不準確，當以“琱生毁”爲是[①]。文中所記，與一起土田獄訟的案件有關，其意不甚明，蓋謂：〇五年正月己丑日，琱生有事，召伯虎來商議其事。我(琱生)獻壺給婦氏(琱生之母宗婦幽姜)，稟告召伯虎說：“我傳達君氏(琱生之父宗君幽伯)的命令(給您)，(他)說：‘我老啦，致還附庸土田給公家吧，(因土田附庸多，以致)眾多怨刺。必須要得到伯氏(敬稱召伯虎)的同意。公家拓取三分，你(琱生)就可以拓取二分；公家拓取二分，你(琱生)就可以拓取一分。’”(琱生說這些話，實際上是在自辯，表明自己並沒有侵奪公家利益。)我(琱生)以大璋奉惠君氏，以束帛、璜酬報婦氏。(幽伯、幽姜滿足了琱生的請求，所以琱生又用禮物酬謝他們。)召伯虎說：“我已經問過了，順從我父母的命令，我不敢違抗。我會遵照我父母的命令(處理此事)。”(召伯虎因父母接受了琱生送的禮物壺、大璋、束帛、璜，故對琱生徇私庇護。)琱生送覲見之圭給召伯虎。〇六年四月甲子日，王在葊地。召伯虎報告(琱生)說：“我(向您)報喜，卽：公家授予貝(?)，爲伯(敬稱琱生)審理了因土田附庸導致眾怨的案件；(現在)訴訟有了結果，這也是由於我父幽伯、我母幽姜的命令之故。我(向您)報喜：我就僕庸土田之事訊問有關官員，(其時)我雖有記錄土田的文書，(因未有定論)不敢封存；現在我已訊問了，官員說：‘順從(幽伯、幽姜的)命令(辦理了)。’現在我已全部登錄成爲文書，奉獻給伯氏(敬稱琱生)。”(琱生)則以璧回報召伯虎。琱生頌揚我宗君(幽伯)的美德，爲我先

① 參看陳夢家：《西周銅器斷代》，北京：中華書局，2004年，第232頁。

祖召公(召公奭)製作嘗段。琱生萬年，子子孫孫寶用享於宗室[①]。

見於西周晚期銅器銘文的這類“約”文，其基本體制爲：“某時，某訴訟事。某作器事。(某嘏辭。)”銘首記時間，然後載錄訴訟判決事件的經過，再記作器事。銘尾或記嘏辭，如(13)。

三、治律之約

西周銅器銘文中的“治律之約”，反映了西周時期有關政府法律條令制定的內容。這類“約”文，於西周晚期銘文中見有一例。即：

(14)隹五年三月既死霸庚寅，王初各伐厰(玁)執(狁)于噐盧。兮甲從王，折首執(執)嚇(訊)，休，亡敃(愍)。王易(賜)兮甲馬四匹、駒車。王令(命)甲政(征)嗣(嗣、司)成周四方責(積)，至于南淮尸(夷)。淮尸(夷)舊我員(帛)畮(賄)人，毋敢不出其員(帛)、其責(積)、其進人。其貯(賈)毋敢不即餗(次)、即市。敢不用令(命)，鼎(則)即井(刑)、厮(剗、翦)伐。其隹我者(諸)医(侯)、百生(姓)，氒(厥)貯(賈)毋不即市，毋敢或(又)入蠻(蠻)宄(宄)貯(賈)，鼎(則)亦井(刑)。兮白(伯)吉父乍(作)般(盤)。其釁(眉)耆(壽)，萬年無彊(疆)。子子孫孫永寶用。

《集成》16.10174[兮甲盤。西周晚期]

《集成》16.10174

① 參看楊樹達：《積微居金文說》(增訂本)，北京：中華書局，1997年，第245～249頁；陳夢家：《西周銅器斷代》，北京：中華書局，2004年，第231～235頁；林澐：《琱生簋新釋》，《古文字研究》第3輯，北京：中華書局，1980年，第120～133頁；馬承源：《商周青銅器銘文選》第3卷，北京：文物出版社，1988年，第208～210頁；王輝：《商周金文》，北京：文物出版社，2006年，第189～196頁。

此文意謂：五年三月既死霸庚寅日，王開始到䍐𡿆一帶征伐玁狁。兮甲跟隨王出征，斬敵首級，抓獲俘虜，很好，沒有傷痛。王賞賜給兮甲馬四匹和少壯馬所駕之車。王命令兮甲徵收管理成周及其周圍地區的糧草，範圍到達南淮夷地區。淮夷過去卽爲我周王朝的貢賦之臣，不敢不貢納其布帛、糧草和勞役。他們的商賈不敢不到市場管理機構和集市進行貿易。敢不執行命令，就施以刑罰，進行討伐。我周王朝的諸侯、百姓若有不到集市進行貿易，敢又進入淮夷之地進行非法貿易，也施以刑罰。兮伯吉父製作此盤，希望長壽，萬年無疆。子子孫孫永遠珍愛使用①。

此文的基本體制爲："某時，某征伐事。某賞賜事。某冊命事。某律令事。某作器事。某嘏辭。"所反映的內容較豐富，是研究西周時期周王朝與玁狁、南淮夷等部族之關係，以及周王朝貿易制度的重要文獻。學者或稱此文爲"律令"②，似不太準確。儘管文中對南淮夷和諸侯百姓之關市貿易作了相應的規定，但銘文所記並非單純的政府法律法規。

綜上所述，西周銅器銘文中的"約"文，具有以下特點：

① 西周銅器銘文中的"約"文，所載內容與法律文書有關，主要見於西周中期、晚期銘文。按其所反映的主要內容的不同，大致可分爲三類，卽"治地之約"、"治民之約"和"治律之約"。

② 西周銅器銘文中的"治地之約"，反映了西周時期的土地制度，涉及土地的使用、分配、轉移等內容。這類"約"文，主要見於西周中期、晚期銘文。其中，西周中期的這類"約"文，其基本體制爲："某時，某交易事。某作器事。某嘏辭。（某族氏名。）（某時。）"銘首皆記時間，然後詳記土地交易事件的全過程，再記作器事，繫嘏辭以祈福，銘尾或記族氏名，或記所在王年。西周晚期的這類"約"文，其基本體制爲："（某時），某交易事。（某作器事。）（某嘏辭。）（某族氏名。）"銘首多記時間，然後詳記土地交易事件的全過程，再記作器事，繫嘏辭以祈福，銘尾偶記族氏名。

③ 西周銅器銘文中的"治民之約"，反映了西周時期有關買賣、訴訟判決等內容。這類"約"文，主要見於西周中期、晚期銘文。其中，西周中期的這類"約"文，其基本體制爲："某時，某訴訟事。（某作器事。）"銘首記時間，然後敍述訴訟判決事件的全過程，銘尾或記作器事。西周晚期的這類"約"文，其基本體制爲："某時，某訴訟事。某作器事。（某嘏辭。）"銘首記時間，然後載錄訴訟判決事件的經過，再記作器事，銘尾或記嘏辭。

④ 西周銅器銘文中的"治律之約"，反映了西周時期有關政府法律條令制定的內容。這類"約"文，於西周晚期銘文中見有一例，其基本體制爲："某時，某征伐事。某賞賜事。某冊命事。某律令事。某作器事。某嘏辭。"

---

① 參看楊樹達：《積微居金文說》（增訂本），北京：中華書局，1997年，第19～21頁；陳夢家：《西周銅器斷代》，北京：中華書局，2004年，第323～327頁；馬承源：《商周青銅器銘文選》第3卷，北京：文物出版社，1988年，第305～306頁；劉翔，陳抗，陳初生等：《商周古文字讀本》，北京：語文出版社，1989年，第134～137頁；王輝：《商周金文》，北京：文物出版社，2006年，第241～244頁。

② 馬承源：《中國青銅器》（修訂本），上海：上海古籍出版社，2003年，第360頁。

第六節　記

西周銅器銘文中，除去可納入上文論述的“告”“命”“訓”“約”這四種文體的記事銘文之外，還有數量甚多的其他記事銘文和非記事銘文。今將之皆歸入“記”文，稱後者爲非記事性質的“記”文，前者爲記事性質的“記”文。論述如下。

一、非記事性質的“記”文

西周銅器銘文中的非記事性質的“記”文，其所載內容與殷商銅器銘文中的非記事性質的“記”文相近，通常標記作器者的族氏名、職官名、私名及作器對象的稱名等。這些銘文之內容亦大多單獨出現，少數爲相互組合而出現。分述如下。

(一) 載錄作器者名的“記”文

這類西周銅器銘文數量甚多，所記內容可分爲兩類，即單一族氏名和複合族氏名。

1. 記單一族氏名

這類“記”文，在西周銅器銘文中數量很多。這類“記”文多見於西周早期銅器銘文，西周中期銘文中亦常見，而西周晚期銘文中所見甚少。如：

(1) 甲。　《集成》6.2911[甲段。西周早期]
(2) 辛。　《集成》3.450[辛鬲。西周早期]
(3) 奄。　《集成》3.764[奄甗。西周早期]
(4) 奄。　《集成》6.2985[奄段。西周早期]
(5) 戈。　《集成》3.768[戈甗。西周早期]
(6) 戈。　《集成》3.1198[戈鼎。西周早期]
(7) [illegible]。　《集成》3.770[[illegible]甗。西周早期]
(8) [illegible]。　《集成》3.783[[illegible]甗。西周早期]
(9) [illegible]。　《集成》6.2993[[illegible]段。西周早期]
(10) 友。　《集成》3.787[友甗。西周早期]
(11) 䚵。　《集成》3.1026[䚵鼎。西周早期]
(12) 䚵。　《集成》6.2932[䚵段。西周早期]
(13) 𡥈。　《集成》3.1049[𡥈鼎。西周早期]
(14) 襄。　《集成》3.1154[襄鼎。西周早期]
(15) 冉。　《集成》3.1183[冉鼎。西周早期]

(16) 中。　　《集成》3.1194[中鼎。西周早期]
(17) 𢇛。　　《集成》6.2943[𢇛𣪘。西周早期]
(18) 叙。　　《集成》6.2955[叙𣪘。西周早期]
(19) 史。　　《集成》6.2963[史𣪘。西周早期]
(20) 虎。　　《集成》6.2974[虎𣪘。西周早期]
(21) 尹。　　《集成》6.3029[尹𣪘。西周早期]
(22) 亞。　　《集成》3.1146[亞鼎。西周早期]
(23) 亞。　　《集成》3.1144[亞鼎。西周中期]
(24) 祖。　　《集成》3.984[且鼎。西周中期]
(25) 兒。　　《集成》3.1037[兒鼎。西周中期]
(26) 兒。　　《集成》6.2938[兒𣪘。西周中期]
(27) 魚。　　《集成》6.2982[魚𣪘。西周中期]
(28) 車。　　《集成》3.1149[車鼎。西周晚期]

2. 記複合族氏名

這類“記”文在西周銅器銘文中數量也很多，常爲兩字，也有兩字以上者，所記内容包括作器者的族氏名、職官名及私名等。

其一，記作器者之族氏名與職官名。這類“記”文主要見於西周早期銅器，如：

(29) 亞夒。　　《集成》3.1415[亞夒鼎。西周早期]
(30) 亞微。　　《集成》3.456[亞微鬲。西周早期]
(31) 亞矣。　　《集成》6.3092[亞矣𣪘。西周早期]
(32) 亞䰞。　　《集成》6.3095[亞䰞𣪘。西周早期]
(33) 亞光。　　《集成》6.3104[亞光𣪘。西周早期]
(34) 亞登。　　《集成》6.3105[亞登𣪘。西周早期]
(35) 尹臾。　　《集成》3.1351[尹臾鼎。西周早期]
(36) 史次。　　《集成》3.1354[史次鼎。西周早期]
(37) 戈宁。　　《集成》3.1448[戈宁鼎。西周晚期]
(38) 冊宁戈。　　《集成》4.1761[冊戈鼎。西周晚期]

“亞”“尹”“宁”“冊”等當爲職官名，雖非族氏本身，但又參與到族氏名的構成中，成爲族氏名的一部分，其位置可以變更。

其二，記作器者之私名。這類“記”文亦主要見於西周早期銅器，如：

(39) 子刀。　　《集成》6.3079[子刀𣪘。西周早期]
(40) 子蝠。　　《集成》15.9332[子蝠盉。西周早期]
(41) 翌子。　　《集成》6.3080[康侯鬲。西周早期]
(42) 冉辛。　　《集成》3.802[冉辛甗。西周早期]
(43) 魚从。　　《集成》3.1465[魚从鼎。西周早期]
(44) 遽从。　　《集成》6.3131[遽从𣪘。西周早期]
(45) 癸山。　　《集成》6.3070[癸山𣪘。西周早期]

(46)白(伯)懋父。　　《新收》334[伯懋父設。西周早期]
(47)䢅白(伯)墉。　　《集成》16.9960[䢅伯鏞。西周晚期]

(二)載錄作器對象名的“記”文

西周銅器銘文中的這類“記”文，常單記作器對象之稱名，其數量較多，主要見於西周早期銘文。如：

(48)祖辛。　　《集成》6.3051[且辛設。西周早期]
(49)父乙。　　《集成》6.3052[父乙設。西周早期]
(50)父丁。　　《集成》6.3053[父丁設。西周早期]
(51)父丁。　　《集成》3.458[父丁鬲。西周早期]
(52)父戊。　　《集成》6.3055[父戊設。西周早期]
(53)父己。　　《集成》3.1262[父己鼎。西周早期]
(54)父辛。　　《集成》6.3060[父辛設。西周早期]
(55)父癸。　　《集成》3.1273[父癸鼎。西周早期]
(56)癸父。　　《集成》3.460[癸父鬲。西周早期]
(57)母癸。　　《集成》13.7994[母癸爵。西周早期]
(58)叢母。　　《集成》3.461[叢母鬲。西周早期]
(59)寧母。　　《集成》3.462[寧母鬲。西周早期]
(60)康母。　　《集成》6.3085[康母設。西周早期]

這類銘文多由兩字構成，其基本格式爲：“某作器對象名(親稱+日名)。”前一字爲親稱(如“祖”“父”“母”等)，表示作器對象與作器者的輩份關係；後一字乃天干字(“乙”“丁”等)，用爲作器對象的“日名”，如(48)～(55)、(57)。少數此類銘文的親稱與日名之位置倒換，如(56)。另有少數作器對象名由私名與親稱構成，如(58)～(60)。

(三)兼錄作器者名、作器對象名的“記”文

這類“記”文所記作器對象主要爲作器者之祖父母輩、父輩等。

1. 作器對象爲作器者之祖父母輩

這類“記”文數量較少，主要見於西周早期銘文。如：

(61)倗祖丁。　　《集成》6.3138[𩰫且丁設。西周早期]
(62)倗祖己。　　《集成》6.3140[𩰫且己設。西周早期]
(63)戈祖癸。　　《集成》4.1514[戈且癸鼎。西周早期]
(64)𢍰妣癸。　　《集成》4.1516[𢍰匕癸鼎。西周早期]

皆於作器者名之後，記作器對象即祖父母輩之稱名。其體制爲：“某作器者名某作器對象名。”

2. 作器對象爲作器者之父輩

這類“記”文數量較多，亦主要見於西周早期銘文。如：

(65)戈父甲。《集成》4.1518[戈父甲方鼎。西周早期]
(66)咸父甲。《集成》4.1520[咸父甲鼎。西周早期]
(67)□(尺)父甲。《集成》6.3140[□父甲𣪘。西周早期]
(68)光父乙。《集成》4.1530[光父乙方鼎。西周早期]
(69)欠父乙。《集成》4.1532[欠父乙鼎。西周早期]
(70)子父乙。《集成》4.1534[子父乙鼎。西周早期]
(71)㚔父乙。《集成》4.1534[㚔父乙鼎。西周早期]
(72)冉父乙。《集成》4.1544[冉父乙鼎。西周早期]
(73)□父乙。《集成》3.808[□父乙甗。西周早期]
(74)乘父乙。《集成》3.474[乘父乙鬲。西周早期]
(75)弔(叔)父乙。《集成》3.475[叔父乙鬲。西周早期]
(76)天父乙。《集成》6.3158[天父乙𣪘。西周早期]
(77)魚父乙。《集成》6.3161[魚父乙𣪘。西周早期]
(78)弔(叔)父丙。《集成》4.1568[弔父丙鼎。西周早期]
(79)息父丁。《集成》4.1598[息父丁鼎。西周早期]
(80)戈父丁。《集成》6.3172[戈父丁𣪘。西周早期]
(81)亞父丁。《集成》6.3182[亞父丁𣪘。西周早期]
(82)戈父戊。《集成》3.814[戈父戊甗。西周早期]
(83)見父己。《集成》3.819[見父己甗。西周早期]
(84)戈父己。《集成》4.1606[戈父己鼎。西周早期]
(85)冉父辛。《集成》4.1650[冉父辛鼎。西周早期]
(86)元父辛。《集成》3.820[元父辛甗。西周早期]
(87)秉父辛。《集成》4.1809[秉父辛鼎。西周早期]
(88)□(尺)父辛。《集成》4.1648[□父辛鼎。西周早期]
(89)冀父癸。《集成》3.822[冀父癸甗。西周早期]
(90)冉蛙父丁。《集成》3.500[冉蛙父丁鬲。西周早期]
(91)丏亞父丁。《集成》3.841[丏亞父丁甗。西周早期]
(92)亞冀父己。《集成》3.843[亞冀父己甗。西周早期]
(93)子申父己。《集成》4.1873[子申父己鼎。西周早期]
(94)又(右)敉父己。《集成》6.3329[又牧父己𣪘。西周早期]
(95)子刀父辛。《集成》4.1881[子刀父辛鼎。西周早期]
(96)亞矣具侯父乙。《集成》6.3504[亞矣具侯父乙𣪘。西周早期]
(97)父乙臣辰侁。《集成》6.3423[臣辰父乙𣪘。西周早期]
(98)臣辰侁父乙。《集成》6.3422[臣辰父乙𣪘。西周早期]
(99)臣辰侁冊父乙。《集成》6.3506[臣辰侁冊父乙𣪘。西周早期]
(100)□(尺)父戊。《集成》4.1601[□父戊鼎。西周中期]
(101)□父庚。《集成》4.1630[□父庚鼎。西周中期]

亦於作器者名之後，單記作器對象即父輩之名。其體制爲：“某作器者名某作器對象名 。”

二、記事性質的“記”文

西周銅器銘文中，可歸入記事性質的“記”文數量甚多。這類“記”文大多與作器之事有關，一般記錄作器者、作器原因、作器對象、作器時間、所作器物名等，有的還反映了賞賜、祭祀、巡行、大射、宴饗、田獵、征伐等相關信息。按其内容，大致可分爲六個方面：其一，載錄作器之事的“記”文；其二，兼錄賞賜、作器之事的“記”文；其三，與祭祀有關的“記”文；其四，與巡行有關的“記”文；其五，與大射、宴饗、田獵有關的“記”文；其六，與征伐有關的“記”文。論述如下。

(一)載錄作器之事的“記”文

西周銅器銘文中，載錄關於作器之事的“記”文，其數量很多。這類“記”文，按其内容可分爲三類：一是記“作某器”；二是記“某人作某器”；三是記“某人作某人某器”。分述如下。

1. 記“作某器”

這類“記”文主要見於西周早期銘文，中期銘文中亦有所見。如：

(1)乍(作)旅。　《集成》3.469[作旅鬲。西周早期]
(2)乍(作)彝。　《集成》3.471[作彝鬲。西周早期]
(3)乍(作)彝。　《集成》11.5594[作彝尊。西周早期]
(4)乍(作)從。單。　《集成》11.5701[作從單尊。西周早期]
(5)乍(作)從彝。　《集成》3.835[作從彝甗。西周早期]
(6)乍(作)從彝。戈。　《集成》11.5771[作從彝戈尊。西周早期]
(7)乍(作)肇(旅)。　《集成》11.5592[作旅尊。西周早期]
(8)乍(作)肇(旅)彝。　《集成》11.5698[作旅彝尊。西周早期]
(9)乍(作)旅彝。　《集成》3.836[作旅彝甗。西周早期]
(10)乍(作)旅彝。牛。　《集成》11.5780[作旅彝尊。西周早期]
(11)乍(作)寶彝。　《集成》3.493[作寶彝鬲。西周早期]
(12)乍(作)寶彝。　《集成》3.833[作寶彝甗。西周早期]
(13)乍(作)寶彝。　《集成》11.5704[作寶彝尊。西周早期]
(14)乍(作)隮(尊)彝。　《集成》3.491[作隮彝鬲。西周早期]
(15)乍(作)隮(尊)彝。　《集成》11.5712[作隮彝尊。西周早期]
(16)乍(作)隮(尊)彝。　《近出》258[作尊彝鼎。西周早期]
(17)乍(作)戲隮(尊)彝。　《集成》3.850[作戲隮彝甗。西周早期]
(18)乍(作)從彝。　《集成》11.5702[作從彝尊。西周中期]
(19)乍(作)寶鼎。　《近出》257[作寶鼎。西周中期]
(20)乍(作)寶彝。子其永寶。　《集成》3.569[作寶彝鬲。西周中期]
(21)乍(作)寶鼎。子子孫孫永寶用。　《集成》4.2350[作寶鼎。西周中期]

見於西周早期銘文的這類“記”文，其基本體制爲：“乍某器名。(某族氏名。)”器名常記爲“旅/彝/從/旅彝/從彝/寶彝/寶鼎/隮彝”。銘尾或記族氏名，如(4)、(6)、(10)。見於西周中期銘文的這類“記”文，其基本體制爲：“乍某器名。(某嘏辭。)”銘尾或有嘏辭，如(20)、(21)。

2. 記“某人作某器”

這類“記”文中，有少數在銘尾省去了所作器物名，主要見於西周早期、中期銘文。如：

(1)王七祀。王盥(鑄)。 《集成》15.9551[王七祀壺蓋。西周早期]
(2)溓季乍(作)。 《集成》3.495[溓季作鬲。西周早期]
(3)白(伯)乍(作)。 《集成》3.465[伯作鬲。西周早期]
(4)中(仲)姬乍(作)。 《集成》3.510[仲姬作鬲。西周中期]
(5)井(邢)弔(叔)乍(作)。 《近出》249[邢叔鼎。西周中期]

其基本體制爲：“某作器者名乍。”

絕大多數的這類“記”文在銘尾皆記所作器物名，常見於西周早期銘文，中期、晚期銘文中亦有所見。按其所記器物名稱不同，大致可分爲以下十類：

其一，所作器物名單記“彝/寶/尊/旅/齍”者。

這類“記”文主要見於西周早期、中期銘文。如：

(6)弔乍(作)彝。 《集成》3.488[弔作彝鬲。西周早期]
(7)白(伯)乍(作)彝。 《集成》3.494[伯作彝鬲。西周早期]
(8)白(伯)乍(作)彝。 《集成》3.829[伯作彝甗。西周早期]
(9)弔(叔)乍(作)彝。 《集成》3.489[叔作彝鬲。西周早期]
(10)北白(伯)乍(作)彝。 《集成》3.506[北伯作彝鬲。西周早期]
(11)羞乍(作)寶。 《集成》4.1770[羞鼎。西周早期]
(12)白(伯)乍(作)寶。 《近出》254[伯作寶方鼎。西周早期]
(13)雯(露)人守乍(作)寶。 《集成》3.529[雯人守鬲。西周早期]
(14)[?](規)乍(作)尊(尊)。 《集成》4.1767[[?]作尊方鼎。西周早期]
(15)北白(伯)乍(作)隮(尊)。 《集成》4.1911[北伯作隮鼎。西周早期]
(16)襄射乍(作)隮(尊)。 《集成》3.848[襄射作隮甗。西周早期]
(17)夨白(伯)乍(作)旅。 《集成》3.515[夨伯鬲。西周早期]
(18)尚乍(作)齍。 《集成》4.1769[尚方鼎。西周早期]
(19)白(伯)豐乍(作)彝。 《新收》354[伯豐爵。西周中期]
(20)戜乍(作)旅。 《集成》3.837[戜作旅甗。西周中期]
(21)旨乍(作)齍。 《近出》250[旨鼎。西周中期]
(22)[?]乍(作)隮(尊)。用匄永福。 《集成》4.2280[[?]鼎。西周中期]

西周早期銘文中的這類“記”文，其基本體制爲：“某作器者名乍某器物名。”西周中期銘文中的這類“記”文，其基本體制爲：“某作器者名乍某器物名。(某嘏辭。)”銘尾或有嘏辭，如(22)。

其二，所作器物名記“旅彝/從彝/旅尊/尊彝/寶彝/寶尊彝/旅尊彝/鬻彝”者。這類“記”文主要見於西周早期銘文，少數見於西周中期、晚期銘文。如：

(23)中(仲)乍(作)肇(旅)彝。　《集成》3.859[仲作旅彝甗。西周早期]
(24)戈乍(作)肇(旅)彝。　《集成》11.5673[戈作旅彝尊。西周早期]
(25)龍乍(作)肇(旅)彝。　《集成》3.861[龍作旅彝甗。西周早期]
(26)矢白(伯)乍(作)旅彝。　《集成》3.871[矢伯甗。西周早期]
(27)𡨥史𡚬乍(作)肇(旅)彝。　《集成》3.888[𡨥史𡚬甗。西周早期]
(28)散(微)中(仲)乍(作)旅㝵(尊)。　《集成》3.521[微仲鬲。西周早期]
(29)伯𥘅乍(作)隮(尊)彝。　《集成》3.530[伯𥘅鬲。西周早期]
(30)戈乍(作)隮(尊)彝。　《集成》11.5672[戈作隮彝尊。西周早期]
(31)白(伯)乍(作)寶彝。　《集成》3.857[伯作寶彝甗。西周早期]
(32)白(伯)乍(作)寶彝。　《集成》4.1917[伯作寶彝鼎。西周早期]
(33)白(伯)乍(作)寶彝。　《近出》269[伯鼎。西周早期]
(34)白(伯)丁乍(作)寶彝。　《集成》3.869[伯丁作寶彝甗。西周早期]
(35)季乍(作)寶彝。　《集成》4.1931[季作寶彝鼎。西周早期]
(36)𢾊乍(作)寶彝。　《集成》3.849[𢾊作寶彝甗。西周早期]
(37)命乍(作)寶彝。　《集成》3.852[命作寶彝甗。西周早期]
(38)舟乍(作)寶彝。　《集成》3.853[舟作寶彝甗。西周早期]
(39)辛乍(作)寶彝。　《集成》11.5774[辛作寶彝尊。西周早期]
(40)員乍(作)寶彝。　《近出》270[員鼎。西周早期]
(41)皇乍(作)寶彝。　《近出》271[皇鼎。西周早期]
(42)𢆶事正乍(作)寶彝。　《近出》125[𢆶事正鬲。西周早期]
(43)季執乍(作)寶隮(尊)彝。　《集成》3.541[季執鬲。西周早期]
(44)沓乍(作)寶隮(尊)彝。　《集成》3.875[沓甗。西周早期]
(45)雷乍(作)寶隮(尊)彝。　《集成》3.876[雷甗。西周早期]
(46)膺(應)監乍(作)寶隮(尊)彝。　《集成》3.883[雷甗。西周早期]
(47)田農乍(作)寶隮(尊)彝。　《集成》3.890[田農甗。西周早期]
(48)白(伯)矩乍(作)寶隮(尊)彝。　《集成》3.892[伯矩甗。西周早期]
(49)束弔(叔)乍(作)寶隮(尊)彝。　《集成》3.896[束叔甗。西周早期]
(50)白(伯)矩乍(作)寶隮(尊)彝。　《集成》10.5228[伯矩卣。西周早期]
(51)白(伯)各乍(作)寶隮(尊)彝。(蓋、器同銘)
　《集成》10.5232[伯各卣。西周早期]
(52)雁(應)公乍(作)寶隮(尊)彝。曰：“奄㠯(以)乃弟用夙夕鬻亯(享)。”
　《集成》5.2553[雁公鼎。西周早期]
(53)堇白(伯)乍(作)隮(尊)彝。八五一。
　《集成》4.2156[堇伯鼎。西周早期]
(54)穎乍(作)旅彝。　《集成》3.865[穎作旅彝甗。西周中期]
(55)光乍(作)從彝。　《集成》3.863[光作從彝甗。西周中期]

(56)虘乍(作)從彝。曳。 《集成》11.5821[虘尊。西周中期]

(57)登(鄧)公乍(作)旅隮(尊)彝。 《近出》298[鄧公鼎。西周中期]

(58)中(史)斿父乍(作)寶隮(尊)彝鼎(鼎)。七五六。

《集成》4.2373[中斿父鼎。西周中期]

(59)晉侯穌(蘇)乍(作)寶隮(尊)彝。其萬年，永寶用。

《近出》315[晉侯蘇鼎。西周晚期]

(60)大(太)師小子師望乍(作)鬻彝。

《集成》6.3682[大師小子師望毁。西周晚期]

西周早期銘文中的這類“記”文，其基本體制爲：“某作器者名乍某器物名。(某嘏辭。)/(某筮數。)”銘尾偶記嘏辭或筮數，如(52)、(53)。西周中期銘文中的這類“記”文，其基本體制爲：“某作器者名乍某器物名。(某族氏名。)/(某筮數。)”銘尾或記族氏名，如(56)；偶記筮數，如(58)。西周晚期銘文中的這類“記”文，其基本體制爲：“某作器者名乍某器物名。(某嘏辭。)”銘尾或記嘏辭，如(59)。

其三，所作器物名記“鼎/齋鼎/鼎彝/旅鼎/寶鼎/尊鼎”者。

這類“記”文數量較多，歷時亦較長，西周早期、中期、晚期銘文皆有較多表現。

見於西周早期銘文的這類“記”文如：

(61)弔(叔)乍(作)鼎。 《近出》121[旅鬲。西周早期]

(62)槒(楷)弔(叔)知(矧)父乍(作)鼎。

《集成》3.542[槒叔知父鬲。西周早期]

(63)□白(伯)乍(作)齋鼎。 《近出》122[□伯鬲。西周早期]

(64)王季乍(作)鼎彝。 《近出》287[王季鼎。西周早期]

(65)右乍(作)肇(旅)鼎。 《集成》4.1956[右作旅鼎。西周早期]

(66)白(伯)乍(作)旅鼎。 《集成》4.1914[伯作旅鼎。西周早期]

(67)中(仲)乍(作)肇(旅)鼎。 《集成》4.1922[仲作旅鼎。西周早期]

(68)弔(叔)乍(作)旅鼎。 《集成》4.1928[叔作旅鼎。西周早期]

(69)中乍(作)寶鼎。 《集成》4.1957[中作寶鼎。西周早期]

(70)白(伯)乍(作)寶鼎。 《集成》4.1914[伯作寶鼎。西周早期]

(71)弔(叔)乍(作)隮(尊)鼎。 《集成》4.1927[叔作隮鼎。西周早期]

其基本體制爲：“某作器者名乍某器物名。”

見於西周中期銘文的這類“記”文如：

(72)白(伯)乍(作)鼎。 《近出》255[伯鼎。西周中期]

(73)䡒姜乍(作)旅鼎。 《集成》4.2028[䡒姜鼎。西周中期]

(74)白(伯)乍(作)旅鼎。 《近出》268[伯鼎。西周中期]

(75)師湯父乍(作)旅鼎。子孫其萬年永寶用。

《近出》321[師湯父鼎。西周中期]

(76)白(伯)乍(作)寶鼎。 《近出》267[伯鼎。西周中期]

(77)散姬乍(作)隮(尊)鼎。 《集成》4.2029[散姬方鼎。西周中期]

(78)戜乍(作)氒(厥)隮(尊)鼎(鼎)。 《集成》4.2074[戜鼎。西周中期]

其基本體制爲："某作器者名乍某器物名。(某嘏辭。)"銘尾或有嘏辭，如(75)。

見於西周晚期銘文的這類"記"文如：

(79)中(仲)殷父乍(作)鼎。其萬年，子子孫孫寶用。

《集成》4.2463[仲殷父鼎。西周晚期]

(80)虢季乍(作)寶。　　《近出》93[虢季鐘。西周晚期]

(81)虢季乍(作)寶。用亯(享)追孝。　　《近出》91[虢季鐘。西周晚期]

(82)虢季乍(作)寶鼎。季氏其萬年，子子孫孫永寶用亯(享)。

《近出》328[虢季鼎。西周晚期]

(83)史宜父乍(作)隮(尊)鼎。其萬年，子子孫孫永寶用。

《集成》4.2515[史宜父鼎。西周晚期]

(84)晉侯邦父乍(作)隮(尊)鼎。其萬年，子子孫孫永寶用。

《近出》325[晉侯邦父鼎。西周晚期]

(85)中(仲)□父乍(作)隮(尊)鼎。其萬年，子孫永寶用。

《近出》320[仲□父鼎。西周晚期]

(86)晉弔(叔)家父乍(作)隮(尊)壺。其萬年，子子孫孫永寶用亯(享)。

《近出》968[晉叔家父壺。西周晚期]

其基本體制爲："某作器者名乍某器物名。某嘏辭。"銘尾多有嘏辭。

括而言之，西周銘文中的這類"記"文，其基本體制爲："某作器者名乍某器名。(某嘏辭。)"中期以後的這類"記"文，銘尾嘏辭漸多。

其四，所作器物名記"甗/旅甗/寶甗"者。

這類"記"文數量較多，歷時亦較長，西周早期、中期、晚期銘文皆有較多表現。

見於西周早期銘文的這類"記"文如：

(87)潦白(伯)乍(作)獻(甗)。　　《集成》3.872[潧伯甗。西周早期]

(88)解子乍(作)䢅(旅)獻(甗)。　　《集成》3.874[𨚕子甗。西周早期]

(89)白(伯)乍(作)旅獻(甗)。　　《集成》3.858[伯作旅甗。西周早期]

(90)中(仲)乍(作)旅獻(甗)。　　《集成》3.860[仲作旅甗。西周早期]

(91)𡨦乍䢅(旅)獻(甗)。　　《集成》3.862[𡨦作旅甗。西周早期]

(92)白(伯)真乍(作)䢅(旅)獻(甗)。　　《集成》3.870[伯貞甗。西周早期]

(93)比乍(作)寶獻(甗)。其萬年用。　　《集成》3.913[比甗。西周早期]

(94)白(伯)產乍(作)寶䢅(旅)獻(甗)。　　《集成》3.898[伯產甗。西周早期]

(95)師趞乍(作)䢅(旅)甗隮(尊)。　　《集成》3.884[師趞甗。西周早期]

其基本體制爲："某作器者名乍某器物名。"

見於西周中期銘文的這類"記"文如：

(96)孚乍(作)獻(甗)。子子孫孫永寶用。井。

《集成》3.919[孚公𠬝甗。西周中期]

(97)白(伯)𡚬父乍(作)獻(甗)。其永寶用。井。

《集成》3.923[伯𡚬父甗。西周中期]

(98)弔(叔)㳊乍(作)寶獻(甗)。永用。

《集成》3.909[叔蕭乍寶甗。西周中期]

(99)井白(伯)乍(作)旅獻(甗)。　《集成》3.873[井伯甗。西周中期]

(100)虢白(伯)乍(作)𣄰(旅)獻(甗)用。　《集成》3.897[虢伯甗。西周中期]

(101)孚公狘乍(作)旅獻(甗)。永寶用。　《集成》3.918[孚公杕甗。西周中期]

(102)子邦父乍(作)旅獻(甗)。其子子孫孫永寶用。

《集成》3.932[子邦父甗。西周中期]

(103)白(伯)姜乍(作)旅獻(甗)。其邁(萬)年，永寶用。

《集成》3.927[伯姜甗。西周中晚期]

其基本體制爲："某作器者名乍某器物名。(某嘏辭。)(某族氏名。)"銘尾常記嘏辭，或記族氏名。

見於西周晚期銘文的這類"記"文如：

(104)弔(叔)碩父乍(作)旅獻(甗)。子子孫孫永寶用。

《集成》3.928[叔碩父甗。西周晚期]

(105)隹[正]月初吉庚午，白(伯)鮮乍(作)旅獻(甗)。孫子永寶用。

《集成》3.940[伯鮮甗。西周晚期]

(106)斁父乍(作)寶獻(甗)。其萬年，子子孫孫永寶用。

《集成》3.929[斁父甗。西周晚期]

(107)奠(鄭)大師小子医(侯)父乍(作)寶獻(甗)。子子孫永寶用。

《集成》3.937[鄭大師小子甗。西周晚期]

其基本體制爲："(某時)，某作器者名乍某器物名。某嘏辭。"銘首偶記作器時間，如(105)；銘尾皆記嘏辭。

括而言之，西周銘文中的這類"記"文，其基本體制爲："(某時)，某作器者名乍某器物名。(某嘏辭。)(某族氏名。)"西周中期的這類"記"文，銘尾或記嘏辭及族氏名；西周晚期的這類"記"文，銘首偶記作器時間，銘尾常記嘏辭。

其五，所作器物名記"鬲/齋鬲/寶鬲/尊鬲/媵鬲/羞鬲"者。

這類"記"文見於西周早期、中期銘文的數量較少，於西周晚期銘文則有較多表現。如：

(108)夌姬乍(作)𢍜(尊)鬲。　《集成》3.527[夌姬鬲。西周早期]

(109)散(微)白(伯)乍(作)齋鬲。　《集成》3.516[微伯鬲。西周中期]

(110)旂姬乍(作)寶鬲。　《集成》3.532[旂姬鬲。西周中期]

(111)孟始(姒)乍(作)寶鬲。　《集成》3.532[孟姒鬲。西周中晚期]

(112)季鼎乍(作)隮(尊)鬲。　《集成》3.531[季鼎鬲。西周中晚期]

(113)帛女(母)乍(作)齊(齋)鬲。　《集成》3.535[帛女鬲。西周晚期]

(114)白(伯)邦父乍(作)齋鬲。　《集成》3.560[伯邦父鬲。西周晚期]

(115)虢季氏子铃乍(作)寶鬲。子子孫孫永寶用亯(享)。

《集成》3.683[虢季氏子铃鬲。西周晚期]

(116)虢季乍(作)寶鬲。其萬年，子子孫孫永寶用亯(享)。

《近出》136[虢季鬲。西周晚期]

(117)恒侯白(伯)乍(作)寶鬲兩。其萬年，子孫寶用。
《近出》144[恒侯鬲。西周晚期]
(118)同姜乍(作)䵼(尊)鬲。　《集成》3.522[同姜鬲。西周晚期]
(119)中(仲)姜乍(作)䵼(尊)鬲。　《集成》3.523[仲姜鬲。西周晚期]
(120)虢弔(叔)乍(作)䵼(尊)鬲。　《集成》3.524[虢叔鬲。西周晚期]
(121)周□乍(作)隮(尊)鬲。永寶用。　《集成》3.578[周□作鬲。西周晚期]
(122)王白(伯)姜乍(作)隮(尊)鬲。永寶用。
《集成》3.606[王伯姜鬲。西周晚期]
(123)□孜父乍(作)隮(尊)鬲。子子孫孫永寶用。
《集成》3.627[孜父鬲。西周晚期]
(124)王白(伯)姜乍(作)隮(尊)鬲。其萬年，永寶用。
《集成》3.647[王伯姜鬲。西周晚期]
(125)中(仲)父乍(作) 隮(尊)鬲。子子孫孫其萬年永寶用。
《集成》3.681[仲父鬲。西周晚期]
(126)會始(媿)乍(作)朕(媵)鬲。　《集成》3.536[會媿鬲。西周晚期]
(127)中(仲)姞乍(作)羞鬲。華。　《集成》3.548[仲姞鬲。西周晚期]

西周早期、中期銘文中的這類“記”文，其基本體制爲：“某作器者名乍某器物名。”西周晚期銘文中的這類“記”文，其基本體制爲：“某作器者名乍某器物名。(某嘏辭。)(某族氏名。)”銘尾常記嘏辭；偶有在銘尾記族氏名者，如(127)。

其六，所作器物名記“毁/旅毁/寶毁/尊毁”者。

這類“記”文，在西周早期、中期銘文中數量較少，西周晚期銘文中則有較多表現。如：

(128)山中(仲)乍(作)寶毁。　《新收》1943[山仲毁。西周早期]
(129)芮公弔(叔)乍(作)祈宫寶毁。　《近出》446[芮公叔毁。西周早期]
(130)孟狂父乍(作)旅毁。　《近出》430[孟狂父毁。西周中期]
(131)諫乍(作)寶毁。用日飤賓。　《近出》447[諫毁。西周晚期]
(132)中(仲)殷父𥃝(鑄)毁。用朝夕亯(享)考(孝)宗室。其子子孫永寶用。
(蓋、器同銘)　《集成》7.3964[仲殷父毁。西周晚期]
(133)隹十又四月，王才(在)侯𣄰，鄧公乍(作)旅毁。
《集成》7.3858[鄧公毁。西周晚期]
(134)兮中(仲)乍(作)寶毁。其萬年，子子孫孫永寶用。(蓋、器同銘)
《集成》7.3809[兮仲毁。西周晚期]
(135)孟𤔲父乍(作)寶毁。其邁(萬)年，子子孫永寶用。
《集成》7.3960[孟𤔲父毁。西周晚期]
(136)齊巫姜乍(作)隮(尊)毁。其萬年，子子孫永寶用亯(享)。
《集成》7.3893[齊巫姜毁。西周晚期]

西周早期、中期的這類“記”文，其基本體制爲：“某作器者名乍某器名。”西周晚期的這類“記”文，其基本體制爲：“(某時)，某作器者名乍某器物名。某嘏辭。”銘首偶記作器時間，如(133)；銘尾常記嘏辭。

其七，所作器物名記“協鐘/從鐘”者。

這類“記”文，主要見於西周中期、晚期銘文。如：

(137)瘐乍(作)𪒠(協)鐘。萬年日鼓。 《集成》1.259[瘐鐘。西周中期]

(138)中義乍(作)龢鐘。其萬年永寶。 《集成》1.23[中義鐘。西周晚期]

(139)內(芮)公乍(作)從鐘。子孫永寶用。

《集成》1.31[內公鐘。西周晚期]

(140)隹十月初吉丁亥，虢季乍(作)爲𪒠(協)鐘。其音鳴雝(雍)，用義其賓，用與其邦。虢季乍(作)寶，用亯(享)追孝，于其皇考，用旛(祈)萬耇(壽)。季氏受福無彊(疆)。 《近出》87[虢季鐘。西周晚期]

其基本體制爲：“(某時)，某作器者名乍某器物名。某嘏辭。”銘首偶記作器時間，如(140)；銘尾記嘏辭。

其八，所作器物名記“盨/寶盨/尊盨”者。

這類“記”文，主要見於西周晚期銘文。如：

(141)曼龏(龏)父乍(作)寶盨。用亯(享)孝宗室。其萬年無彊(疆)，子子孫孫永寶用。 《集成》9.4431[曼龏父盨蓋。西周晚期]

(142)沵(梁)其乍(作)旅盨。用亯(享)用孝，用匄釁(眉)耇(壽)、多福，畯(畯)臣天子，萬年唯亟(極)。子子孫孫永寶用。(蓋、器同銘)

《集成》9.4446[伯沵其盨。西周晚期]

(143)隹卅又三年八月既死辛卯，王才(在)成周。白(伯)寬(寬)父乍(作)寶盨。子子孫孫永用。 《集成》9.4438[伯寬父盨。西周晚期]

(144)隹王元年，王才(在)成周。六月初吉丁亥，弔(叔)尃父乍(作)奠(鄭)季寶鐘六金、𩰫(尊)盨(盨)四、鼎七。奠(鄭)季其子子孫永寶用。(蓋、器同銘)

《集成》9.4454[叔尃父盨。西周晚期]

其基本體制爲：“(某時)，某作器者名乍某器物名。某嘏辭。”銘首或記作器時間，如(143)；銘尾皆記嘏辭。

其九，所作器物名記“簠/寶簠”者。

這類“記”文數量較少，而篇幅較長，主要見於西周晚期銘文。如：

(145)弭中(仲)乍(作)寶匿(簠)。𢍰(擇)之金，鏤鈗鏷鏞，其𠪚(㚖)、其玄、其黃。用成(盛)術(秫)稻(稻)糕粉(粱)，用鄉(饗)大正、音(歆)王賓，𩜁具(俱)旨飤。弭中(仲)受無彊(疆)福，者(諸)友飪飤具(俱)飽(飽)。弭中(仲)畀耇(壽)。 《集成》9.4627[弭仲簠。西周晚期]

(146)白(伯)大師小子白(伯)公父乍(作)盙(簠)。𢽊(擇)之金，隹鐈隹盧，其金孔吉，亦玄亦黃。用成(盛)糕(糕)稻(稻)需(糯)梁(粱)。我用召(紹)卿事(士)、辟王，用召(紹)者(諸)考、者(諸)兄，用旛(祈)釁(眉)耇(壽)，多福無彊(疆)。其子子孫孫永寶用亯(享)。(蓋、器同銘)

《集成》9.4627[伯公父簠。西周晚期]

其基本體制爲：“某作器者名乍某器物名。某嘏辭。”銘尾記嘏辭。

其十，所作器物名記其他。

這類“記”文數量較少，見於西周早期、中期、晚期銘文。如：

(147)王乍(作)莾京中寢(寢)浸盂。　《近出》1024[王盂。西周早期]

(148)白(伯)乍(作)戈。方。　《近出》1122[伯戈。西周早期]

(149)散白(伯)瘨乍(作)匕(朼)。　《集成》3.972[微伯瘨匕。西周中期]

(150)中(仲)枏父乍(作)匕(朼)。永寶用。　《集成》3.979[仲枏父匕。西周中期]

(151)虢季乍(作)甫。子子孫孫用亯(享)。　《近出》542[虢季豆。西周晚期]

其基本體制爲：“某作器者名乍某器物名。(某嘏辭。)(某族氏名。)”早期銘尾或記族氏名，如(148)；中晚期以後，銘尾或記嘏辭，如(150)、(151)。

西周銅器銘文中，載錄“某人作某器”的“記”文，其主要內容及體制已如上述，茲據以列表如下(見後頁)，因之可得出以下結論：

① 西周銅器銘文中，載錄“某人作某器”的“記”文，歷時較長，西周早期、中期、晚期銘文中皆有所見，其基本體制爲：“(某時)，某作器者名乍某器物名。(某嘏辭。)(某族氏名。)”。就總體數量而言，這類“記”文在西周早期所見較多，中、後期逐漸減少，如所作器物記鼎、甗、鬲者。部分這類“記”文在西周晚期所見漸多，如所作器物記鐘、盨、簠者。一般來說，西周前期的這類“記”文篇幅較短；至西周中、後期，這類“記”文的篇幅逐漸加長。

② 西周早期銘文中的這類“記”文，其基本體制爲：“某作器者名乍某器物名。(某嘏辭。)(某族氏名。)”銘尾偶記嘏辭，或記族氏名。

③ 西周中期銘文中的這類“記”文，其基本體制爲：“某作器者名乍某器物名。(某嘏辭。)(某族氏名。)”銘尾嘏辭漸多，較少記族氏名。

④ 西周晚期銘文中的這類“記”文，其基本體制爲：“(某時)，某作器者名乍某器物名。某嘏辭。(某族氏名。)”銘首偶記作器時間；銘尾多記有嘏辭，偶記族氏名。

3. 記“某人作某人某器”

西周銅器銘文中，載錄“某人作某人某器”的“記”文數量甚多，跨越時間也很長，早期、中期、晚期銘文中皆有所見。根據作器對象的不同，大致可將這類“記”文分爲八類，即：爲祖輩作器；爲祖、父輩作器；爲父母輩作器；爲兄輩作器；爲自己作器；爲妻輩作器；爲晚輩作媵器；爲其他人作器。分述如下。

其一，爲祖輩作器。

銘文所記作器對象乃作器者之祖輩。這類“記”文中，有極少數省去了作器者名，主要見於西周早期銘文。如：

(1)乍(作)祖己隮(尊)彝。朿。　《集成》3.878[作且己甗。西周早期]

(2)乍(作)祖己隮(尊)彝。冉。　《集成》11.5866[作且己[illegible]尊。西周早期]

(3)乍(作)祖乙䰞灰(侯)弔(叔)隮(尊)彝。告田。

《集成》6.3711[且乙告田毁。西周早期]

其基本體制爲：“乍某作器對象名某器物名。某族氏名。”銘首皆不記作器者名，銘尾記族氏名。

西周銅器銘文載錄“某人作某器”的“記”文之結構示意表

	所記器物名	西周早期銘文						西周中期銘文						西周晚期銘文					
		某時	某作器者名	乍	某器物名	某嘏辭	某族氏名	某時	某作器者名	乍	某器物名	某嘏辭	某族氏名	某時	某作器者名	乍	某器物名	某嘏辭	某族氏名
1	彝/寶/尊/旅/鼒		□	□	□				□	□	□	△							
2	旅彝/從彝/旅尊/尊彝/寶彝/寶尊彝/旅尊彝/鬻彝		□	□	□	△			□	□	□		△		□	□	□	△	
3	鼎/鼒鼎/鼎彝/旅鼎/寶鼎/尊鼎		□	□	□				□	□	□	△			□	□	□	□	
4	甗/旅甗/寶甗		□	□	□				□	□	□	△	△	△	□	□	□	□	
5	鬲/鼒鬲/寶鬲/尊鬲/媵鬲/羞鬲		□	□	□				□	□	□				□	□	□	□	△
6	毁/旅毁/寶毁/尊毁		□	□	□				□	□	□			△	□	□	□	□	
7	協鐘/從鐘								□	□	□	△			□	□	□	□	
8	盨/寶盨/尊盨													△	□	□	□	□	
9	簠/寶簠														□	□	□	□	
10	其他		□	□	□		△		□	□	□	△			□	□	□	□	
基本體制			■	■	■	▲	▲		■	■	■	▲	▲	▲	■	■	■	■	▲

（說明：“□”表示有此項；“△”表示或有此項；“■”表示必有此項；“▲”表示或有此項。）

而絕大多數的這類“記”文皆載錄作器者名、作器對象名與所作器物名。其中，見於西周早期的這類“記”文如：

(4) 尹白(伯)乍(作)祖辛寶隮(尊)彝。

《集成》3.912[尹伯作且辛甗。西周早期]

(5) 香夫乍(作)祖丁寶隮彝(尊)。㠱。

《集成》3.916[香夫作且丁甗。西周早期]

(6) 交乍(作)祖乙寶隮(尊)彝。史。　《集成》10.5321[交卣。西周早期]

(7) 恒乍(作)祖辛壺。[illegible]。　《集成》15.9564[恒作且辛壺。西周早期]

(8) 㸚(榮)子旅乍(作)祖乙寶彝。子孫永寶。

《集成》3.930[㸚子旅乍且乙甗。西周早期]

其基本體制爲：“某作器者名乍某作器對象名某器物名。(某嘏辭。)(某族氏名。)”銘尾多記族氏名，如(5)～(7)；偶記嘏辭，如(8)。

見於西周中期的這類“記”文如：

(9) 䣄乍(作)祖庚寶隮(尊)段。　《近出》432[䣄𣪘。西周中期]

(10) 隹五月初吉壬申，沙(梁)其乍(作)隮(尊)壺。用亯(享)孝于皇祖考，用(器銘)旛(祈)多福、釁(眉)耆(壽)，永令(命)無彊(疆)。其百子千孫永寶用。(蓋銘)　《集成》15.9716[沙其壺。西周中期]

(11) 隹六月初吉，師湯(湯)父有嗣(司)中(仲)枏父乍(作)寶鬲。用敢鄉(饗)孝于皇祖丂(考)，用旛(祈)𥂴(眉)耆(壽)。其萬年，子子孫孫其永寶用。

《集成》3.746[仲枏父鬲。西周中期]

(12) 隹王正月初吉乙丑，𠭰(胡)弔(叔)、㐰(信)姬乍(作)寶鼎。其用亯(享)于文祖考。𠭰(胡)弔(叔)眔(暨)㐰(信)姬其易(賜)𠷎(壽)耇(考)、多宗、永令(命)。𠭰(胡)弔(叔)、㐰(信)姬其邁(萬)年，子子孫永寶。

《集成》5.2767[𠭰叔鼎。西周中晚期]

其基本體制爲：“(某時)，某作器者名乍某作器對象名某器物名。(某嘏辭。)”銘首或記錄作器時間，銘尾或記嘏辭。較西周早期的此類“記”文，篇幅開始加長。

見於西周晚期的這類“記”文如：

(13) 乘父士杉其肈(肇)乍(作)其皇考白(伯)明父寶段。其萬年釁(眉)耆(壽)，永寶用。　《集成》9.4437[乘父士杉盨。西周晚期]

(14) 隹正月初吉庚午，白(伯)羴(鮮)乍(作)旅鼎。用亯(享)孝于文祖。子子孫孫永寶用。　《集成》5.2663[伯鮮鼎。西周晚期]

(15) 屖乍(作)姜渼盨。用亯(享)考(孝)于姑公，用旛(祈)釁(眉)耆(壽)、屯(純)魯。子子孫永寶用。(蓋、器同銘)　《集成》9.4436[遅盨。西周晚期]

(16) 蛣(鄀)公諴(誠)乍(作)旅匳(簠)。用追孝于皇旻(祖)皇考，用賜(賜)釁(眉)耆(壽)萬年。子子孫孫永寶用。

《集成》9.4600[叔邦父簠。西周晚期]

(17) 大師虘乍(作)𩰫(烝)隮(尊)豆。用卲(昭)洛(各)朕文祖考，用旂(祈)多福，用匄永令(命)。虘其永寶用亯(享)。

《集成》9.4692[大師盧豆。西周晚期]

(18) 杜白(伯)乍(作)寶盨。其用亯(享)孝皇申(神)、祖考，于好倗友，用桒(禱)壽(壽)，匄永令(命)。其萬年，永寶用。

《集成》9.4448[杜伯盨。西周晚期]

(19) 井弔(叔)弔(叔)采乍(作)朕文祖穆公大鐘。用喜(饎)樂文神、人，用瀟(祈)福(福)霝(靈)、[多]壽(壽)、每(誨)魯。其子子孫孫永日鼓樂幺(茲)鐘，其永寶用。《集成》2.356[井叔采鐘。西周晚期]

(20) 隹五月初吉壬申，沵(梁)其乍(作)隮(尊)鼎。用亯(享)考(孝)于皇祖考，用瀟(祈)多福，釁(眉)壽(壽)無彊(疆)。畯(畯)臣天[子]，其百子千孫。其萬年無彊(疆)，其子子孫孫永寶用。

《集成》5.2768[沵其鼎。西周晚期]

其基本體制爲："(某時)，某作器者名乍某作器對象名某器物名。某嘏辭。"銘首偶記錄作器時間，如(20)；銘尾皆記嘏辭。較西周早期的此類"記"文，篇幅明顯加長。

其二，爲祖、父輩作器。

銘文所記作器對象乃作器者之祖輩和父輩，共用一器。這類"記"文主要見於西周中期和晚期銘文。如：

(21) 內(芮)白(伯)多父乍(作)寶𣪕。用亯(享)于皇祖、文考，用易(賜)釁(眉)壽(壽)。其萬年，子子孫孫永寶用亯(享)。

《集成》7.4109[內伯多父𣪕。西周中期]

(22) 中(仲)辛父乍(作)朕皇祖日丁、皇考日癸隮(尊)𣪕。辛父其萬年無彊(疆)，子孫孫永寶用亯(享)。《集成》7.4114[仲辛父𣪕。西周中期]

(23) 走乍(作)朕皇祖、文考寶龢鐘。走其萬年，子子孫孫永寶用亯(享)。

《集成》1.54[走鐘。西周晚期]

(24) 琱伐父乍(作)交隮(尊)𣪕。用亯(享)于皇祖、文考，用易(賜)釁(眉)壽(壽)。子子孫孫永寶用。(蓋、器同銘)《集成》7.4048[琱伐父𣪕。西周晚期]

(25) 師臾肁(肇)乍(作)朕剌(烈)祖虢季、寬(究)公、幽弔(叔)、朕皇考德弔(叔)大禁(林)鐘。用喜侃[寿](前)文人，用旟(祈)屯(純)魚(魯)、永令(命)，用匄釁(眉)壽(壽)無彊(疆)。師臾其萬年，永寶用亯(享)。

《集成》1.141[師臾鐘。西周晚期]

(26) 勇弔(叔)買自乍(作)隮(尊)𣪕。其用追孝于朕皇祖、啻(嫡)考，用易(賜)黃耇、眉(眉)壽(壽)。買其子子孫孫永寶用亯(享)。

《集成》8.4129[□叔買𣪕。西周晚期]

(27) 㝨乍(作)皇祖益公、文公、武白(伯)、皇考龏(恭)白(伯)䵼彝。㝨其洍洍(熙熙)，萬年無彊(疆)，霝(靈)冬(終)、霝(靈)令(命)。其子子孫永寶用亯(享)于宗室。(蓋、器同銘)《集成》8.4153[㝨𣪕。西周晚期]

(28) 隹白(伯)家父郜迺用吉金自乍(作)寶𣪕。用亯(享)于其皇祖、文考，用易(賜)害(匄)眉(眉)壽、黃耇、霝(靈)冬(終)、萬年。子孫永寶用亯(享)。

《集成》8.4156[伯家父𣪕蓋。西周晚期]

(29) 隹正二月既死霸壬戌，黿乎乍(作)寶𣪕。用耶(聖)夙(夙)夜，用亯(享)孝皇祖、文考，用匃眉(眉)壽(壽)、永令(命)。乎其萬人(年)永用。朿。(蓋、器同銘) 《集成》8.4158[黿乎𣪕。西周晚期]

(30) 隹正月初吉甲午，𩰫兑乍(作)朕文祖乙公、皇考季氏隮(尊)𣪕。用旂(祈)𥂴(眉)壽(壽)，萬年無彊(疆)，多寶(福)。兑其萬年，子子孫孫永寶用亯(享)。 《集成》8.4168[𩰫兑𣪕。西周晚期]

(31) 䣄史㞡(殿)乍(作)寶壺。用𩁹(禋)祀于𢆶(兹)宗室，用追𩓸(福)彔(禄)于𢆶(兹)先申(神)、皇祖、亯(享)弔(叔)，用易(賜)眉(眉)壽(壽)無彊(疆)，用易(賜)百𡩜(福)。子子孫孫其邁(萬)年永寶用亯(享)。

《集成》15.9718[䣄史㞡壺。西周晚期]

其基本體制爲："(某時)，某作器者名乍某作器對象名某器物名。某嘏辭。(某族氏名。)"銘首偶記作器時間，如(29)、(30)；銘尾皆記嘏辭，偶記族氏名。

其三，爲父母輩作器。

銘文所記作器對象乃作器者之父輩與母輩。這類"記"文數量甚多，歷時較長，西周早期、中期、晚期銘文中皆常見。按其作器對象的不同，這類"記"文又可細分爲三類：

第一，爲父輩作器。作器對象爲作器者之父輩。此類"記"文數量較多。其中有少數此類"記"文不記作器者名，主要見於西周早期銘文。如：

(32) 乍(作)父庚寶彝。 《集成》3.881[作父庚甗。西周早期]

(33) 乍(作)父辛。𠘧(尺)。 《集成》3.504[作父辛𠘧鬲。西周早期]

(34) 乍(作)父乙𣪕。聑。 《集成》6.3425[聑作父乙𣪕。西周早期]

(35) 乍(作)父丁寶隮(尊)彝。襄。 《近出》435[作父丁𣪕。西周早期]

(36) 乍(作)父癸寶隮(尊)彝。吳。 《集成》3.905[作父癸甗。西周早期]

(37) 乍(作)文考日己寶隮(尊)宗彝。其子子孫孫邁(萬)年永寶用。天。

《集成》11.5980[作文考日己方尊。西周早期]

其行文體制爲："乍某作器對象名某器物名。(某嘏辭。)某族氏名。"銘首不記作器者名。銘尾偶記嘏辭，如(37)；多記有族氏名，(33)～(37)。

亦有極少量此類"記"文不記所作器物名，如：

(38) 竟乍(作)父乙。 《集成》3.497[竟作父乙鬲。西周早期]

(39) 亞㠱侯乍(作)父乙。

《集成》6.3505[亞㠱侯作父乙𣪕。西周早期]

(40) 召伯虎用乍(作)朕文考。(蓋、器同銘)

《近出》497[召伯虎盨。西周晚期]

其行文體制爲："某作器者名乍某作器對象名。"

而絕大多數的此類"記"文皆載錄作器者名、作器對象名和所作器物名。其中見於西周早期銘文的這類"記"文數量很多，如：

(41) 苟(敬)乍(作)父丁鬲。 《集成》3.543[苟作父丁鬲。西周早期]

(42) □通乍(作)父癸彝。 《集成》3.564[□通作父癸鬲。西周早期]

(43) 亞無𠷎(壽)乍(作)父己彝。

《集成》3.904[亞無壽作父己甗。西周早期]

(44)韋乍(作)父丁彝。㠱。 《集成》4.2120[韋作父丁鼎。西周早期]

(45)𣪕乍(作)父辛彝。𠩺冊。 《集成》15.9577[𣪕作父辛壺。西周早期]

(46)冶仲乍(作)父己彝。戈。 《集成》11.5881[冶仲父己尊。西周中期]

(47)孔乍(作)父癸𣃔(旅)。 《集成》4.2021[孔作父癸鼎。西周早期]

(48)𣪘(揆)乍(作)父庚𣃔(旅)彝。 《集成》3.882[𣪘作父庚甗。西周早期]

(49)𡨦𡜵乍(作)父癸寶彝。 《集成》3.567[𡨦𡜵作父癸鬲。西周早期]

(50)𤇾子旅乍(作)父戊寶彝。 《集成》3.582[𤇾子旅鬲。西周早期]

(51)備乍(作)父乙寶彝。𠕁。 《近出》301[備作父乙鼎。西周早期]

(52)朿弜乍(作)父乙障(尊)彝。 《集成》3.901[弜作父乙甗。西周早期]

(53)亞又乍(作)父乙障(尊)彝。 《集成》3.903[亞又作父乙甗。西周早期]

(54)鼎乍(作)父乙障(尊)彝。 《集成》3.880[鼎作父乙甗。西周早期]

(55)陵乍(作)父庚障(尊)彝。 《近出》292[陵鼎。西周早期]

(56)小夫乍(作)父丁宗障(尊)彝。(蓋、器同銘)

《集成》10.5320[小夫卣。西周早期]

(57)弔(叔)具乍(作)其考寶障(尊)彝。 《集成》4.2341[叔具鼎。西周早期]

(58)氒(厥)子作父辛寶障(尊)彝。 《集成》11.5903[氒子作父辛尊。西周早期]

(59)甬乍(作)父辛寶障(尊)彝。 《近出》128[甬鬲。西周早期]

(60)林𡚸乍(作)父辛寶障(尊)彝。亞俞。

《集成》3.613[林𡚸鬲。西周早期]

(61)亞𢊁𡚸乍(作)父辛寶障(尊)彝。朿。

《集成》3.920[𢊁𡚸甗。西周早期]

(62)見乍(作)父己寶障(尊)彝。亞其。

《集成》6.3685[見作父己𣪘。西周早期]

(63)弔(叔)𩰫乍(作)己(紀)白(伯)父丁寶障(尊)彝。

《集成》3.614[叔𩰫鬲。西周早期]

(64)隹白(伯)𣪘父北𠂤(師、次)叟年,事(史)興(?)才(在)井(邢),乍(作)考寶障(尊)彝。 《集成》5.2575[事□鼎。西周早期]

(65)𤇾(榮)子旅乍(作)父戊寶障(尊)彝。其孫子永寶。

《集成》4.2503[𤇾子旅鼎。西周早期]

(66)彔乍(作)氒(厥)文考乙公寶障(尊)𣪘。子子孫其永寶。

《集成》7.3863[彔𣪘。西周早期]

其基本體制爲:“某作器者名乍某作器對象名某器物名。(某嘏辭。)(某族氏名。)”銘尾偶記嘏辭,如(65)、(66);或記族氏名。

見於西周中期銘文的此類“記”文如:

(67)甚諆𨐋(肇)乍(作)父丁障(尊)彝。羊。

《集成》4.2410[甚諆臧鼎。西周中期]

(68)獸作父庚寶障(尊)彝。弓。 《集成》11.5902[獸作父庚尊。西周中期]

(69) 貍作父癸寶隮(尊)彝。單。　　《集成》11.5904[貍作父癸尊。西周中期]

(70) 衛蕺(肇)乍氒(厥)文考己中(仲)寶鬺鼎。用奉(禱)耈(壽)、匄永福，乃用鄉(饗)王出入事(使)人眔(暨)多倗友。子孫永寶。

《集成》5.2733[衛鼎。西周中期]

(71) 隹九月既生霸乙亥，周乎鑄(鑄)旅宗彝。用亯(享)于文考庚中(仲)，用匄永褔(福)。孫孫子子其永寶用。𣪘。(蓋、器同銘)

《集成》10.5406[周乎卣。西周中期]

(72) 隹八年十又□月初吉丁亥，齊生魯肇(肇)貯(賈)，休多贏。隹朕文考乙公永啓余魯，用乍(作)朕文考乙公寶隮(尊)彝。魯其萬年，子子孫孫永寶用。

《集成》16.9896[齊生魯方彝蓋。西周中期]

其基本體制爲："(某時)，某作器者名乍某作器對象名某器物名。(某嘏辭。)(某族氏名。)"銘首或記作器時間，如(71)、(72)。銘尾或記嘏辭，如(70)～(71)；或記族氏名，如(67)～(69)、(71)。

見於西周晚期銘文的此類"記"文如：

(73) 單五父乍(作)朕皇考隮(尊)壺。其萬年，子孫永寶用。(蓋、器同銘)

《新收》760[單五父壺。西周晚期]

(74) 白(伯)喜乍(作)朕文考剌(烈)公隮(尊)𣪕。喜其萬年，子子孫孫其永寶用。

《集成》7.3997[伯喜𣪕。西周晚期]

(75) 豐兮尸(夷)乍(作)朕皇考酋(尊)𣪕。尸(夷)其萬年，子孫永寶用亯(享)考(孝)。(蓋、器同銘)　　《集成》7.4001[豐兮夷𣪕。西周晚期]

(76) 琱生(甥)乍(作)文考宄(宄)中(仲)隮(尊)鬲。琱生(甥)其邁(萬)年，子子孫孫永寶用亯(享)。　　《集成》3.744[琱生作宮仲鬲。西周晚期]

(77) 兮中(仲)乍(作)大薔(林)鐘。其用追孝于皇考己(紀)白(伯)，用侃喜歬(前)文人。子孫永寶用亯(享)。　　《集成》1.69[兮仲鐘。西周晚期]

(78) □□□□□乍(作)朕皇考弔(叔)氏寶薔(林)鐘，用喜侃皇考。皇考其㕥(嚴)才(在)上，數數㲋㲋(㲋㲋)，降余魯多福亡(無)彊(疆)，隹康右(祐)、屯(純)魯，用廣啓士父身，勵(擢)于永令(命)。士父其眔(暨)□[姬]萬年，子子孫孫永寶用亯(享)于宗。　　《集成》1.147[士父鐘。西周晚期]

(79) 虢姜乍(作)寶隮(尊)𣪕。用禪(祈)追孝于皇考叀(惠)中(仲)，㫊(祈)匄康𩒺、屯(純)右(祐)、通彔(祿)、永令(命)。虢姜其萬年釁(眉)耈(壽)，受福無彊(疆)。子子孫孫永寶用亯(享)。

《集成》8.4182[虢姜𣪕蓋。西周晚期]

(80) 唯五月既生霸庚申，曾中(仲)大父蝨迺用吉攸(鋚)，䖒(摅)乃鷸(酭)金。用自乍(作)寶𣪕。蝨其用追孝于其皇考，用易(賜)𥎊(眉)耈(壽)、黃耇、霝(靈)冬(終)。其邁(萬)年，子子孫孫(孫孫)永寶用亯(享)。

《集成》8.4203[曾仲大父蝨𣪕。西周晚期]

其基本體制爲："(某時)，某作器者名乍某作器對象名某器物名。(某嘏辭。)"銘首偶記作器時間，如(80)；銘尾皆記嘏辭。

第二，爲母輩作器。作器對象爲作器者之母輩。此類“記”文數量也較多。見於西周早期銘文的這類“記”文如：

(81)亞俞。奭入(納)匙鬻于女(汝)子，用乍(作)又母辛隮(尊)彝。

《集成》3.688[奭作又母辛鬲。西周早期]

(82)盂鬻文帝(嫡)母日辛隮(尊)。 《新收》1245[盂鼎。西周早期]

(83)北子乍(作)母癸寶隮(尊)彝。

《集成》4.2329[北子作母癸方鼎。西周早期]

(84)公大(太)史乍(作)母庚寶隮(尊)彝。

《集成》6.3699[公大史𣪘。西周早期]

(85)姬乍(作)氒(厥)姑日辛隮(尊)彝。

《集成》4.2333[姬作氒姑日辛鼎。西周早期]

(86)顯乍(作)母辛𢍜(尊)彝。顯易(賜)婦𡟰(婚)，曰：“用鬻于乃姑宓。”(蓋、器同銘) 《集成》10.5389[顯卣。西周早期]

其基本體制爲：“某作器者名乍某作器對象名某器物名。”

見於西周中期銘文的這類“記”文如：

(87)弔(叔)乍(作)母從彝。 《集成》4.2075[𢑥鼎。西周中期]

(88)白(伯)蔡父乍(作)母嫘寶𣪘。 《集成》6.3678[伯蔡父𣪘。西周中期]

(89)中(仲)伐父乍姬尚母旅獻(甗)。其永寶。

《集成》3.931[仲伐父甗。西周中期]

(90)䨲乍(作)王母媿氏頮(沬)盉。媿氏其𥌒(眉)耋(壽)，邁(萬)年用。

《集成》16.10247[䨲匜。西周中期]

(91)師隹懋𧿍(兄、貺)，念王母堇(勤)匋(陶)，自乍(作)後王母厌商(賞)氒(厥)文母魯公孫用鼑(鼎)。乃雝子師隹，王母隹用自念于周公孫子，曰：“余弋毋𩫖(庸)又(有)䁹(望)。” 《集成》5.2774[師隹鼎。西周中期]

其基本體制爲：“某作器者名乍某作器對象名某器物名。(某嘏辭。)”銘尾或記嘏辭。

見於西周晚期銘文的這類“記”文如：

(92)王乍(作)王母𦉢宮隮(尊)鬲。 《集成》3.602[王作王母鬲。西周晚期]

(93)𦉢(召)白(伯)毛乍(作)王母隮(尊)鬲。

《集成》3.587[召伯毛鬲。西周晚期]

(94)虢白(伯)乍(作)姬大母隮(尊)鬲。其萬年，子子孫孫永寶用。

《集成》3.709[虢伯鬲。西周晚期]

(95)隹王四年八月初吉丁亥，㪚(散)季肇(肇)乍(作)朕王母弔(叔)姜寶𣪘。㪚(散)季其萬年，子子孫孫永寶。(蓋、器同銘)

《集成》8.4126[㪚季𣪘。西周晚期]

(96)䨲乍(作)王母媿氏頮(沬)般(盤)。媿氏其贙(眉)耋(壽)邁(萬)年用。

《集成》16.10119[䨲盤。西周晚期]

其基本體制爲：“(某時)，某作器者名乍某作器對象名某器物名。(某嘏辭。)”銘首或記作器時間，如(95)；銘尾多記嘏辭。

第三，爲父、母輩作器。作器對象爲作器者之父、母輩，共用一器。這類“記”文數量相對較少，見於西周早期、中期、晚期銘文。如：

(97)衛乍文考小中(仲)、姜氏盂鼎。衛其萬年，子子孫孫永寶用。

《集成》5.2616[衛鼎。西周早期]

(98)隹六年八月初吉己巳，史白(伯)碩父追考(孝)于朕皇考𨸏(釐)中(仲)、王(皇)母泉母，隮(尊)鼎。用旛(祈)匃百彔(祿)、釁(眉)耋(壽)、綰綽、永令(命)。萬年無彊(疆)，子子孫孫永寶用亯(享)。

《集成》5.2777[史伯碩父鼎。西周早期]

(99)隹九月初吉庚寅，師趛乍(作)文考聖公、文母聖姬隮(尊)䰙。其萬年，子孫永寶用。　　《集成》3.745[師趛鬲。西周中期]

(100)隹九月初吉庚寅，師趛乍(作)文考聖公、文母聖姬隮(尊)䰙。其萬年，子孫永寶用。　　《集成》5.2713[師趛鼎。西周中期]

(101)中(仲)䣄父乍(作)朕皇考遟白(伯)、王母遟姬隮(尊)𣪘。其萬年，子子孫孫永寶用亯(享)于宗室。　　《集成》7.4102[仲䣄父𣪘。西周中期]

(102)白(伯)康乍(作)寶𣪘。用鄉(饗)倗友，用饚(餴)王父、王母，它它(施施)受兹(兹)永命，無彊(疆)屯(純)右(祐)。康其萬年釁(眉)耋(壽)，永寶兹(兹)𣪘，用殂(夙)夜無訇(已)。

《集成》8.4160[伯康𣪘。西周中期]

(103)白(伯)頵父乍(作)朕皇考屖白(伯)、吳姬寶鼎。其萬年，子子孫孫永寶用。　　《集成》5.2649[伯頵父鼎。西周晚期]

(104)史顯乍(作)朕皇考釐中(仲)、王(皇)母泉母隮(尊)鼎。用追公孝，用旛(祈)匃釁(眉)耋(壽)、永令(命)、霝(靈)冬(終)。顯其邁(萬)年，多福無彊(疆)，子子孫孫永寶用亯(享)。　　《集成》5.2762[史顯鼎。西周晚期]

(105)善(膳)夫沙(梁)其乍(作)朕皇考惠中(仲)、皇母惠𡚬隮(尊)𣪘。用追亯(享)孝，用匃釁(眉)耋(壽)，耋(壽)無彊(疆)，百字(子)千孫。子子孫永寶用亯(享)。(蓋、器同銘)　　《集成》8.4147[大保𣪘。西周晚期]

其基本體制爲：“(某時)，某作器者名乍某作器對象名某器物名。某嘏辭。”銘首或記作器時間，如(98)～(100)；銘尾多記嘏辭。

括而言之，西周銅器銘文中的載錄爲父母輩作器的“記”文，其基本體制爲：“(某時)，某作器者名乍某作器對象名某器物名。(某嘏辭。)(某族氏名。)”銘首或記作器時間。見於西周早期的這類“記”文，銘尾偶記嘏辭，或記族氏名。見於西周中期的這類“記”文，銘尾或記嘏辭、族氏名。見於西周晚期的這類“記”文，銘尾多記嘏辭。

其四，爲兄輩作器。

這類“記”文數量較少，主要見於西周早期銘文。如：

(106)尹舟乍(作)兄癸𢍜(尊)彝。(蓋、器同銘)

《集成》10.5296[尹舟作兄癸卣。西周早期]

(107)述乍(作)兄日乙寶隮(尊)彝。𠬝。(蓋、器同銘)

《集成》10.5336[述作兄日乙卣。西周早期]

(108) 屯乍(作)兄日辛寶𢍜(尊)彝。馬豢。(蓋、器同銘)

《集成》10.5337[屯作兄辛卣。西周早期]

(109) 史酗敖乍(作)兄日癸旅寶隮(尊)彝。

《近出》634[史酗敖尊。西周早期]

(110) 蔡姞乍(作)皇兄尹弔(叔)隮(尊)𩰫彝。尹弔(叔)用妥(綏)多福于皇考德尹、叀(惠)姬,用𣄨(祈)匃眉(眉)耇(壽)、綽綰(綰)、永令(命)、彌(彌)氒(厥)生、霝(靈)冬(終)。其萬年無彊(疆),子子孫孫永寶用亯(享)。

《集成》8.4198[蔡姞𣪕。西周晚期]

見於西周早期銘文的這類"記"文,其基本體制爲:"某作器者名乍某作器對象名某器物名。(某族氏名。)"銘尾或記族氏名,如(107)、(108)。見於西周晚期的銘文的這類"記"文,其基本體制爲:"某作器者名乍某作器對象名某器物名。某嘏辭。"銘尾記有嘏辭,如(110)。

其五,爲自己作器。

這類"記"文在西周早期銘文中數量較少,中期以後數量漸增,而以晚期銘文中數量爲多。如:

(111) 強白(伯)自爲用甗。 《集成》3.895[強伯甗。西周早期]

(112) 毛公肇(旅)鼎亦隹𣪕(簋),我用飤(飲)厚眔(暨)我友。𩛥(飼)其用各(侑),亦引唯考(孝)。肄(肆)毋又(有)弗競(競),是用壽(壽)考。

《集成》5.2724[毛公旅方鼎。西周早期]

(113) 天姬自乍(作)壺。 《集成》15.9552[天姬壺。西周中期]

(114) 孟姬安自乍(作)寶甗(甗)。 《集成》3.910[孟姬安甗。西周中期]

(115) 王人𠭯輔歸(歸)雚(觀),鑄(鑄)其寶。其邁(萬)年,子子孫孫其永寶用鼎(鼎)。 《集成》3.941[王人𠭯輔甗。西周中期]

(116) 曰古文王,初盭龢于政,上帝降懿(懿)德大甹(屏),匍(敷)有四方,匌(會)受萬邦。雩武王既𢦏殷,散(微)史剌(烈)祖來見武王,武王則令周公舍(捨)寓(宇)已(以)五十頌處。今𤼈夙(夙)夕虔苟(敬)卹(恤)氒(厥)死(尸)事,肈(肇)乍(作)龢鑙(林)鐘,用𩰬(融)妥(綏)厚多福,廣啓𤼈身,勵(擢)于永令(命),褱(懷)受余爾𪏽福、霝(靈)冬(終)。𤼈其萬年羊角,義(宜)文神,無彊(疆)䫉(景)福,用寵光𤼈身。永余寶。

《集成》1.251~256[𤼈鐘。西周中期]

(117) 射南自乍(作)其匿(簠)。 《集成》9.4469[射南簠。西周晚期]

(118) 唯曾白(伯)宮父穆廼用吉金自乍(作)寶隮(尊)鬲。

《集成》3.699[曾伯宮父穆鬲。西周晚期]

(119) 隹九月初吉,叡先白(伯)自乍(作)其寶𣪕。

《集成》7.3807[叡先伯𣪕。西周晚期]

(120) 隹曾白(伯)文自乍(作)寶𣪕,用易(賜)𥁕(眉)耇(壽)、黃耇。其萬年,子子孫孫永寶用亯(享)。(蓋、器同銘)

《集成》7.4051[曾伯文父𣪕。西周晚期]

(121) 埸(陽)飤生(甥)自乍(作)寶也(匜)。用易(賜)𥁕(眉)耇(壽),用亯(享)。

《集成》16.10227[陽飤生匜。西周晚期]

(122)䢅白(伯)𩫖(庸)自乍(作)寶監(鑒)。其萬年彊(疆)無[①]，子孫永用亯(享)。

《集成》16.10130[䢅伯庸盤。西周晚期]

(123)隹王正月初吉庚午，楚嬴盥(鑄)其䢼(寶)盤。其萬年，子子孫孫永用亯(享)。　《集成》16.10148[楚嬴盤。西周晚期]

(124)樊子弔(叔)𣪘自乍(作)盥匜。萬年用之。

《集成》16.10219[叔𣪘匜。西周晚期]

(125)㪃(掀)中(仲)鬻(㚄)履用其吉金自乍(作)寶盤。子子孫孫其永用之。

《集成》16.10134[□仲盤。西周晚期]

(126)楚公冢自乍(作)寶大𩇯(林)鐘。孫孫子子其永寶。

《集成》1.44[楚公冢鐘。西周晚期]

(127)隹𤔲(䢅?)用吉金自乍(作)寶獻(甗)。至子子孫孫永用亯(享)。

《集成》3.934[𤔲作寶甗。西周晚期]

(128)倗白(伯)𢉜自乍(作)隮(尊)𣪕。其子子孫永寶用亯(享)。

《集成》7.3847[倗伯𣪕蓋。西周晚期]

(129)隹八月甲午，楚公逆祀氒(厥)先高祖考，夫(敷)壬(任)四方首。楚公逆出，求氒(厥)用祀。四方首休，多𠅇(勤)䫀(欽)䵼(融)，內(入)鄉(饗)赤金九萬鈞。楚公逆用自乍(作)龢齊錫鐘百肆。楚公逆其邁(萬)年耇(壽)，用保氒(厥)大邦。永寶。

《近出》97[楚公逆鐘。西周晚期]

西周早期、中期的這類"記"文，其基本體制爲："某作器者名自乍某器物名。(某嘏辭。)"銘尾或記嘏辭。西周晚期的這類"記"文，其基本體制爲："(某時)，某作器者名自乍某器物名。(某嘏辭。)"銘首或記作器時間，如(119)、(123)、(129)；銘尾多記嘏辭。

其六，爲妻輩作器。

這類"記"文在西周早期銘文中所見甚少，中期以後數量漸增，亦多見於晚期銘文。如：

(130)匽(燕)侯乍(作)姬丞隮(尊)彝。　《近出》437[匽侯𣪕。西周早期]

(131)強白(伯)乍(作)凡姬用甗。　《集成》3.908[強伯甗。西周早期]

(132)白(伯)庸父乍(作)弔(叔)姬鬲。永寶用。

《集成》3.618[伯庸父鬲。西周中期]

(133)大(太)師乍(作)弔(叔)姜鼎。其永寶用。

《集成》4.2409[德鼎。西周中期]

(134)夆(隆)白(伯)乍(作)陵孟姬隮(尊)鬲。其萬年，子子孫孫永寶。

《集成》3.696[夆伯鬲。西周中期]

(135)弢白(伯)乍(作)弔(叔)姬隮(尊)鬲。其萬年，子子孫孫永寶。

《集成》3.697[弢伯鬲。西周中期]

① 案："彊無"二字當乙。

(136)白(伯)百父乍(作)周姜寶段。用夙(夙)夕亯(享),用旚(祈)邁(萬)壽(壽)。

《集成》7.3920[伯百父段。西周中期]

(137)弭弔(叔)乍(作)犀妊齊(齋)鬲。

《集成》3.572[弭叔鬲。西周中晚期]

(138)鄭王乍(作)姜氏齋。《近出》125[鄭王鬲。西周晚期]

(139)魯医(侯)乍(作)姬番鬲。《集成》3.545[魯侯鬲。西周晚期]

(140)王乍(作)親王姬𦉢(齋)彝。《集成》3.584[王作親王姬鬲。西周晚期]

(141)白(伯)嘉父乍(作)叀(惠)姬隮(尊)段。

《集成》6.3679[伯嘉父段。西周晚期]

(142)虢中(仲)乍(作)姞隮(尊)鬲。《集成》3.561[虢仲鬲。西周晚期]

(143)白(伯)鄒父乍(作)姞隮(尊)鬲。《集成》3.576[伯鄒父鬲。西周晚期]

(144)奠(鄭)井弔(叔)乍季姞獻(甗)。永寶用。

《集成》3.926[鄭井叔甗。西周晚期]

(145)奠(鄭)㝬(鑄)友父乍(作)幾姜旅鬲。其子孫寶用。

《集成》3.684[鄭鑄友父鬲。西周晚期]

(146)虢中(仲)之嗣(嗣)或(國)子碩父乍(作)季嬴羞鬲。其萬年,子子孫孫永寶用亯(享)。《近出》146[子碩父鬲。西周晚期]

(147)善(膳)夫吉父乍(作)京姬隮(尊)鬲。其子子孫孫永寶用。

《集成》3.701[善吉父鬲。西周晚期]

(148)弔(叔)向父乍(作)婞姒隮(尊)段。其子子孫孫永寶用。(蓋、器同銘)

《集成》7.3849[叔向父段。西周晚期]

(149)睽士父乍(作)蓼妃隮(尊)鬲。其萬年,子子孫孫永寶用。

《集成》3.715[睽士父鬲。西周晚期]

(150)白(伯)夏(夏)父乍(作)畢妃隮(尊)鬲。其萬年,子子孫孫永寶用亯(享)。

《集成》3.719[伯顕父鬲。西周晚期]

(151)虢文公子铵乍(作)弔(叔)妃鬲。其萬年,子孫永寶用亯(享)。

《集成》3.736[虢文公子铵鬲。西周晚期]

(152)中(仲)生父乍(作)井孟姬寶鬲。其萬年,子子孫孫永寶用。

《集成》3.729[仲生父鬲。西周晚期]

(153)奠(鄭)白(伯)筍父乍(作)弔(叔)姬隮(尊)鬲。其萬年,子子孫孫永寶用。

《集成》3.730[鄭伯筍父鬲。西周晚期]

(154)𠨘(辰?)馬孟辛父乍(作)孟姞寶隮(尊)鬲。其萬年,子子孫孫永寶用。

《集成》3.738[孟辛父鬲。西周晚期]

(155)函皇父乍(作)琱娟(妘)般(盤)盉隮(尊)器,鼎段[一]具(具),自豕鼎降十又[一],段八,兩鑘(罍)、兩錇(壺)。琱娟(妘)其邁(萬)年,子子孫孫永寶。《集成》5.2745[函皇父鼎。西周晚期]

(156)函皇父乍(作)琱娟(妘)般(盤)盉隮(尊)器,鼎段一具(具),自豕鼎降十又一,段八、兩鑘(罍)、兩錇(壺)。琱娟(妘)其邁(萬)年,子子孫孫永寶用。

《集成》16.10164[圅皇父盤。西周晚期]

(157)隹王四年八月初吉丁亥，㪚(散)白(伯)車父乍(作)邪姞障(尊)鼎。其萬年，子子孫永寶。　《集成》5.2697[㪚伯車父鼎(散伯車父鼎)。西周晚期]

(158)中(仲)師父乍(作)季妓始(姒)寶障(尊)鼎。其用亯(享)用考(孝)于皇祖帝考，用易(賜)𥄳(眉)耇(壽)無彊(疆)。其子子孫萬年永寶用亯(享)。

《集成》5.2743[仲師父鼎。西周晚期]

(159)夨王乍(作)奠(鄭)姜障(尊)𣪕。子子孫孫其邁(萬)年永寶用。

《集成》7.3871[夨王𣪕蓋。西周晚期]

(160)彔旁中(仲)駒父乍(作)中(仲)姜𣪕。子子孫孫永寶用亯(享)孝。

《集成》7.3936[仲駒父𣪕蓋。西周晚期]

西周早期的這類“記”文，其基本體制爲：“某作器者名乍某作器對象名某器物名。”西周中期的這類“記”文，其基本體制爲：“某作器者名乍某作器對象名某器物名。(某嘏辭。)”銘尾常記嘏辭。西周晚期的這類“記”文，其基本體制爲：“(某時)，某作器者名乍某作器對象名某器物名。某嘏辭。”銘首偶記作器時間，如(157)；銘尾多記嘏辭。

其七，爲晚輩作媵器。

這類“記”文於西周中期以後開始出現，至西周晚期所見較多。如：

(161)倗中(仲)乍畢媿媵鼎。其萬年寶用。

《集成》4.2462[倗仲鼎。西周中期]

(162)隹廿又六年十月初吉己卯，番匊生𩰫(鑄)賸(媵)壺，用賸(媵)氒(厥)元子孟妃乖。子子孫孫永寶用。　《集成》15.9705[番匊生壺。西周中期]

(163)蔡厌(侯)乍(作)姬單媵匜。　《集成》16.10195[蔡侯匜。西周晚期]

(164)穌(蘇)甫(夫)人乍(作)𡚬(姪)妃襄賸(媵)盉也(匜)。

《集成》16.10205[穌甫人匜。西周晚期]

(165)魯厌(侯)乍(作)姬翏媵鼎。其萬年眉(眉)耇(壽)，永寶用。

《近出》324[魯侯鼎。西周晚期]

(166)魯白(伯)愈父乍(作)鼄(邾)姬仁朕(媵)盨(沬)般(盤)。其永寶用。

《集成》16.10113[魯伯愈父盤。西周晚期]

(167)魯白(伯)愈父乍(作)鼄(邾)姬仁朕(媵)盨(沬)也(匜)。其永寶用。

《集成》16.10244[魯伯愈父匜。西周晚期]

(168)白(伯)家父乍(作)孟姜𦤃(媵)鬲。其子孫永寶用。

《集成》3.682[伯家父鬲。西周晚期]

(169)白(伯)家父乍(作)盂(孟)姜賸(媵)𣪕。其子子孫孫永寶用。(蓋、器同銘)

《集成》7.3856[伯家父𣪕。西周晚期]

(170)筍厌(侯)乍(作)弔(叔)姬賸(媵)般(盤)。其永寶用鄉(饗、享)。

《集成》16.10096[筍侯盤。西周晚期]

(171)隹正月初吉庚午，𠩺白(伯)塍(媵)嬴尹母𣳚(沬)盤。其萬年，子子孫永用之。　《集成》16.10149[𠩺伯盤。西周晚期]

(172)孟𢎗父乍(作)幻白(伯)妊賸(媵)𣪕八。其萬年，子孫永寶用。

《集成》7.3962[孟𢦚父𣪘。西周晚期]

(173)白(伯)厌(侯)父塍(媵)弔(叔)媯㜽(聯)母鎜(盤)。用旛(祈)釁(眉)壽(壽),萬年用之。 《集成》16.10129[伯侯父盤。西周晚期]

(174)㠱(薛)厌(侯)乍(作)弔(叔)妊襄朕(媵)般(盤)。其𥄳(眉)壽(壽)萬年,子子孫孫永寶用。 《集成》16.10133[薛侯盤。西周晚期]

(175)京弔(叔)乍(作)孟嬴塍(媵)般(盤)。子子孫永寶用。

《集成》16.10095[京叔盤。西周晚期]

(176)奠(鄭)白(伯)乍(作)宋孟姬媵匜。其子子孫孫永寶用之。

《近出》1013[鄭伯匜。西周晚期]

(177)𤔲(司)馬南弔(叔)乍(作)𡡁姬朕(媵)也(匜)。子子孫孫永寶用亯(享)。

《集成》16.10241[𤔲馬南叔匜。西周晚期]

(178)內(芮)公乍(作)𨯒(鑄)京氏婦弔(叔)姬朕(媵)鬲。子子孫孫永用亯(享)。

《集成》3.711[內公鬲。西周晚期]

其基本體制爲:"(某時),某作器者名乍某作器對象名某器物名。某嘏辭。"銘首偶記作器時間,如(162)、(171);銘尾多記嘏辭。

其八,爲其他人作器。

這類"記"文中的作器者與作器對象之關係不明晰,故歸之於此。其數量較少,主要見於西周早期、中期銘文。如:

(179)田告乍(作)中(仲)子彝。 《集成》3.889[田告甗。西周早期]

(180)吾乍(作)賸(滕)公寶隮(尊)彝。

《集成》3.565[吾作滕公鬲。西周早期]

(181)大(太)史沓乍(作)召公寶隮(尊)彝。

《集成》3.915[大史友甗。西周早期]

(182)隹十又二月初吉,白(伯)士(吉)父乍(作)毅𢍜(尊)鼎。其萬年,子子孫永寶用。 《集成》5.2656[伯吉父鼎。西周早期]

(183)白(伯)狺父乍(作)井弔(叔)、季姜隮(尊)鬲。

《集成》3.615[伯狺父鬲。西周中期]

(184)隹正月初吉丁亥,𠭯乍(作)寶鐘。用追孝于己(紀)白(伯),用亯(享)大宗,用濼(樂)好賓。𠭯眔(暨)蔡姬永寶,用卲(昭)大宗。

《集成》1.89[𠭯鐘。西周中期]

(185)白(伯)先父乍(作)㚸隮(尊)鬲。其子子孫孫永寶用。

《集成》3.649[伯先父鬲。西周中期]

(186)㠱中(仲)乍(作)倗生飲壺,匄三壽(壽)、懿(懿)德、萬年。(蓋、器同銘)

《集成》12.6511[㠱仲觶。西周中期]

西周早期的這類"記"文,其基本體制爲:"(某時),某作器者名乍某作器對象名某器物名。(某嘏辭。)"銘首偶記作器時間,如(182);銘尾偶記嘏辭,如(182)。西周中期的這類"記"文,其基本體制爲:"(某時),某作器者名乍某作器對象名某器物名。某嘏辭。"銘首偶記作器時間,如(184);銘尾多記嘏辭,如(184)～(186)。

西周銅器銘文中，載錄“某人作某人某器”的“記”文，其主要內容及體制已如上述，兹據以列表如下（見後頁），因之可得出以下結論：

① 西周銅器銘文中，載錄“某人作某器”的“記”文，數量甚多，歷時較長，西周早期、中期、晚期銘文中皆有所見，其基本體制爲：“（某時），某作器者名乍某作器對象名某器物名。（某嘏辭。）（某族氏名。）”一般來說，西周前期的這類“記”文篇幅較短；至西周中期以後，這類“記”文的篇幅逐漸加長。

② 西周早期銘文中的這類“記”文，其基本體制爲：“（某時），某作器者名乍某作器對象名某器物名。（某嘏辭。）（某族氏名。）”銘首偶記作器時間；銘尾偶記嘏辭，或記族氏名。

③ 西周中期銘文中的這類“記”文，其基本體制爲：“（某時），某作器者名乍某作器對象名某器物名。（某嘏辭。）（某族氏名。）”銘首偶記作器時間；銘尾嘏辭漸多，較少記族氏名。

④ 西周晚期銘文中的這類“記”文，其基本體制爲：“（某時），某作器者名乍某作器對象名某器物名。某嘏辭。（某族氏名。）”銘首偶記作器時間；銘尾多記有嘏辭，偶記族氏名。

（二）兼錄賞賜、作器之事的“記”文

西周銅器銘文中，兼錄賞賜及作器之事的“記”文數量較多。賞賜之事，皆由上位對下位實施；作器之事，皆由受賞人所爲。按賞賜行爲施動者的身份不同，可分爲王賞、臣賞、父賞、兄賞四種情形。論述如下。

1. 記“王賞+作器”

西周銅器銘文中，載錄周王賞賜臣屬而臣屬作器之事的“記”文數量較多。按其所記作器對象不同，這類“記”文大致可分爲以下四類：

其一，周王賞賜+作器。

周王賞賜臣屬，臣屬因而作器，銘文不記作器對象名。這類“記”文多見於西周早期銘文，中期以後數量逐漸減少。

見於西周早期銘文的這類“記”文如：

(1) 王易（賜）德貝廿朋。用乍（作）寶隮（尊）彝。

《集成》4.2405［德鼎。西周早期］

(2) 王易（賜）德貝廿朋。用乍（作）寶隮（尊）彝。

《集成》6.3733［德設。西周早期］

(3) 王易（賜）弔（叔）德臣嫊十人、貝十朋、羊百。用乍（作）寶隮（尊）彝。

《集成》7.3942［叔德設。西周早期］

(4) 休王易（賜）翟（𦣞）父貝。用乍（作）氒（厥）寶隮（尊）鼎。

《集成》4.2453［[illegible]父鼎。西周早期］

(5) 休王易（賜）效父吕（鋁）三。用乍（作）氒（厥）寶隮（尊）彝。五八六。

《集成》7.3822［效父設。西周早期］

(6) 交從嘼（獸），逨即王，易（賜）貝。用乍（作）寶彝。

《集成》4.2459［交鼎。西周早期］

西周銅器銘文載錄“某人作某人某器”的“記”文之結構示意表

	所記作器對象	西周早期銘文							西周中期銘文							西周晚期銘文						
		某時	某作器者名	乍	某作器對象名	某器物名	某嘏辭	某族氏名	某時	某作器者名	乍	某作器對象名	某器物名	某嘏辭	某族氏名	某時	某作器者名	乍	某作器對象名	某器物名	某嘏辭	某族氏名
1	祖　　輩		□	□	□	□	△	△	△	□	□	□	□	△		△	□	□	□	□	□	
2	祖、父輩									□	□	□	□			△	□	□	□	□	□	△
3	父 母 輩		□	□	□	□	△	△	△	□	□	□	□	△	△	△	□	□	□	□	△	
4	兄　　輩		□	□	□	□		△									□	□	□	□	□	
5	自　　己		□	□	□	□	△			□	□	□	□	△		△	□	□	□	□	□	
6	妻　　輩		□	□	□	□				□	□	□	□	△		△	□	□	□	□	□	
7	晚　　輩								△	□	□	□	□	□		△	□	□	□	□	□	
8	其　　他	△	□	□	□	□	△		△	□	□	□	□	□								
基本體制		▲	■	■	■	■	▲	▲	▲	■	■	■	■	▲	▲	▲	■	■	■	■	■	▲

（說明：“□”表示有此項；“△”表示或有此項；“■”表示有此項；“▲”表示或有此項。）

(7) 隹二月辛酉，王姜易(賜)小臣伯貝二朋。𢦏(揚)王休，用乍(作)寶鼎。
《近出》340[小臣伯鼎。西周早期]

(8) 隹九月初吉戊戌，王才(在)大宮。王姜易(賜)不𠷎(壽)裘。對𢦏(揚)王休，用乍(作)寶。 《集成》7.4060[不壽毁。西周早期]

(9) 唯八月初吉，王姜易(賜)旟田三于待劃。師櫨(楷)酤兄(貺)，用對王休。子子孫其永寶。 《集成》5.2704[旟鼎。西周早期]

(10) 隹廿又二年四月既望己酉，王窰(客)琱(周)宮，卒事。丁巳，王蔑庚贏麻(曆)，易(賜)祼𩰫(璋)、貝十朋。對王休，用乍(作)寶貞(鼎)。
《集成》5.2748[庚贏鼎。西周早期]

(11) 隹正月既生霸庚申，王才(在)葊京溼宮。天子滅宮白(伯)姜，易(賜)貝百朋。白(伯)姜對𩛥(揚)天子休，用乍(作)寶隮(尊)彝，用夙(夙)夜明(盟)亯(享)于卲(昭)白(伯)日庚。天子萬年，百世孫孫子子受𠂔(厥)屯(純)魯，白(伯)姜日受天子魯休。 《集成》5.2791[伯姜鼎。西周早期]

其基本體制爲："(某時)，某賞賜事。某作器事。(某嘏辭。)/(某筮數。)"銘首或記賞賜時間，如(7)～(11)。銘尾或記嘏辭，如(9)、(11)；偶見記筮數者，如(5)。賞賜施動者通常爲周王，或爲王之配偶，如(7)～(9)之"王姜"。

見於西周中期銘文的這類"記"文如：

(12) 唯五月既死霸，辰才(在)壬戌，王饔□大室，呂祉(延)于大室。王易(賜)呂秬鬯三卣、貝卅朋。對𩛥(揚)王休，用乍(作)寶齍。[其]子子孫孫永用。
《集成》5.2754[呂方鼎。西周中期]

(13) 隹五月既生霸庚午，白(伯)俗父右(佑)爾季。王易(賜)赤𡈼(雍)市、玄衣黹屯(純)、䜌(鑾)旅(旂)，曰："用又(佑)俗父嗣(司)寇。"爾季拜韻首，對𩛥(揚)王休，用乍(作)寶鼎。其萬年，子子孫孫永用。
《集成》5.2781[庚季鼎。西周中期]

(14) 隹七年十月既生霸，王才(在)周般宮。旦，王各大室。井白(伯)入右(佑)趞曹(曹)，立中廷，北鄉(嚮)。易(賜)趞曹(曹)載(緇)市、冋(絅)黃(衡)、䜌(鑾)。趞曹(曹)拜韻首，敢對𩛥(揚)天子休，用乍(作)寶鼎，用鄉(饗)倗眘(友)。 《集成》5.2783[七年趞曹鼎。西周中期(恭王)]

其基本體制爲："某時，某賞賜事。某作器事。某嘏辭。"銘首記賞賜時間，銘尾記嘏辭。

見於西周晚期銘文的這類"記"文如：

(15) 隹十又二年正月初吉丁亥，虢季子白乍(作)寶盤。不(丕)顯子白，胄(壯)武于戎工(功)，經纆(維)四方，搏伐厰(獫)𤞷(狁)，于洛之陽，折首五百，執(執)𡨦(訊)五十，是㠯(以)先行。超超(桓桓)子白，獻戒(馘)于王，王孔加(嘉)子白義。王各周廟宣㕑，爰鄉(饗)。王曰："白(伯)父！孔覭(景)又(有)光！"王睗(賜)乘馬，是用左(佐)王；睗(賜)用弓，彤矢其央；睗(賜)用戉(鉞)，用政(征)䜌(蠻)方。子子孫孫，萬年無彊(疆)。
《集成》16.10173[虢季子白盤。西周晚期]

其基本體制爲："某時，某作器事。某賞賜事。某嘏辭。"銘首記作器時間，銘尾記嘏辭。

其二，周王賞賜+爲祖輩作器。

周王賞賜臣屬，臣屬因而爲祖輩作器。這類“記”文數量較少，主要見於西周早期、中期銘文。如：

(16) 己亥，王易(賜)䍙貝。用乍(作)祖乙隮(尊)。田告亞。

《集成》4.2506［䍙作且乙鼎。西周早期］

(17) 隹正月既生霸乙未，王才(在)周，周師光守宮事。祼周師不(丕)⿱(丕)，易(賜)守宮絲束、蔖(苴)幕(幕)五、蔖(苴)幂(冟、冪)二、馬匹、毳布(布)三、專(專、團)夆(篷)三、銮(球)朋。守宮對揚周師釐，用乍(作)祖乙隮(尊)。其百世子子孫孫永寶用，勿遂(墜)。

《集成》16.10168［守宮盤。西周早期］

(18) 追虔夙(夙)夕卹(恤)氒(厥)死(尸)事，天子多易(賜)追休。追敢對天子覭(景)䞘(揚)，用乍(作)朕皇祖考隮(尊)𣪕，用亯(享)孝于歬(前)文人，用旂(祈)匄釁(眉)耇(壽)、永令(命)，畯(畯)臣天子，霝(靈)冬(終)。追其萬年，子子孫孫永寶用。 《集成》8.4219［追𣪕。西周中期］

(19) 唯王八祀正月，辰才(在)丁卯，王曰：“師訊！女(汝)克盡(贐)乃身，臣朕皇考穆王，用乃孔德琢(遜)屯(純)。乃用心引正，乃辟安德。叀(惟)余小子肇(肇)盄(淑)先王德，易(賜)女(汝)玄衮䵼(黼)屯(純)、赤市、朱橫(黃、衡)、䜌(鑾)旂、大(太)師金膺(膺)、攸(鋚)勒。用井(型)乃聖祖考，隣(鄰)明黔(令)辟歬(前)王，事余一人。”訊拜韻首，休白(伯)大(太)師肩(夷)𠛱(任)訊臣皇辟。天子亦弗諲(忘)公上父䜌(胡)德。訊蔑曆白(伯)大(太)師，不自乍(作)。小子夙(夙)夕專由先祖剌(烈)德，用臣皇辟。白(伯)亦克欶(柴)由先祖蠱(蠱)，孫子一𠛱(任)皇辟歡(懿)德，用保王身。訊敢𠭯(釐)王，卑(俾)天子邁(萬)年，𧻚(範)𧻚(圍)白(伯)大(太)師武，臣保天子，用氒(厥)剌(烈)祖介德。訊敢對(對)王休，用妥(綏)乍(作)公上父隮(尊)，于朕考亭(虢)季易父𣪘(秩)宗。

《集成》5.2830［師訊鼎。西周中期(恭王)］

(20) 隹正二月初吉，王歸自成周，膺(應)矦(侯)見工遺(饋)王于周。辛未，王各于康，焚(榮)白(伯)內(入)右(佑)膺(應)矦(侯)見工，易(賜)彤弓一、彤矢百、馬四匹。見工敢對𠨘(揚)天子休，用乍(作)朕皇祖膺(應)侯大𣗥(林)鐘，用易(賜)賁(眉)耋(壽)、永命。子子孫孫永寶用。

《集成》1.107～108［應侯見工鐘。西周中晚期］

西周早期的這類“記”文，其基本體制爲：“某時，某賞賜事。某作器事。(某嘏辭。)(某族氏名。)”銘首記賞賜時間。銘尾或記嘏辭，如(17)；或記族氏名，如(16)。西周中期的這類“記”文，其基本體制爲：“(某時)，某賞賜事。某作器事。(某嘏辭。)”銘首或記賞賜時間，銘尾或記嘏辭。

其三，周王賞賜+爲父輩作器。

周王賞賜臣屬，臣屬因而爲父輩作器。這類“記”文主要見於西周早期、中期銘文。如：

(21) 隹十又一月，矢王易(賜)同金車、弓矢。同對𢼄(揚)王休，用乍(作)父戊寶隮(尊)彝。(蓋、器同銘)　　《集成》10.5398[同卣。西周早期]

(22) 隹王十月既望，辰才(在)己丑，王迯(各)于庚嬴(嬴)宮。王蔑(蔑)庚嬴(嬴)曆(曆)，易(賜)貝十朋，又(有)丹一柝。庚嬴(嬴)對𢼄(揚)王休，用乍(作)氒(厥)文姑寶隮(尊)彝。其子子孫孫萬年永寶用。(蓋、器同銘)　　《集成》10.5426[庚嬴卣。西周早期]

(23) 隹八月，辰才(在)乙亥，王才(在)莽京。王易(賜)歸𢦏進金。肄(肆)[illegible](堯)對𢼄(揚)王休，用乍(作)父辛寶𩰫(齋)。亞束。　　《集成》5.2725[歸𢦏方鼎。西周早期]

(24) 丁巳，王才(在)新邑。初饙(望)，王易(賜)𠮾士卿貝朋。用乍(作)父戊隮(尊)彝。子[illegible]。　　《集成》11.5985[𠮾士卿父戊尊。西周早期]

(25) 鬲易(賜)貝于王，用乍(作)父甲寶隮(尊)彝。　　《集成》11.5956[鬲作父甲尊。西周中期]

(26) 兄(祝)氒師眉𡗜王爲周䆰(客)，易(賜)貝五朋。用爲宝(寶)器，鼎二、段(簋)二。其用亯(享)于氒(厥)帝(嫡)考。　　《集成》5.2705[䆰鼎(寒鼎)。西周中期]

(27) 隹四月初吉丁卯，王𢧵(蔑)䜴(友)曆(曆)，易(賜)牛三。䜴(友)既拜𩒨首，升于氒(厥)文取(祖)考。䜴(友)對𢼄(揚)王休，用乍(作)氒(厥)文𦒼(考)隮(尊)段。䜴(友)眔(暨)氒(厥)子子孫永匋(寶)。　　《集成》8.4194[䜴段。西周中期]

(28) 隹王正月，辰才(在)庚寅，王若曰："彔白(伯)𢦚！繇！自乃祖考又(有)爵(恪)于周邦，右(佑)辟四方，叀(惠)𢎪(弘)天令(命)，女(汝)肇(肇)不豕(墜)。余易(賜)女(汝)秬鬯一卣、金車、𠦪(雕)𠷎(幬)較(較)、𠦪(雕)𢎪(𩊚)朱虢(鞹)𩍃(靳)、虎冟(幎)㝬(朱)裏、金甬(筩)、畫聞(轄)、金厄(軛)、畫轉、馬四匹、鋚勒。"彔白(伯)𢦚敢拜手𩒨首，對(對)𢼄(揚)天子不(丕)顯休，用乍(作)朕皇考釐王寶隮(尊)段。余其永邁(萬)年寶用。子子孫孫其帥帥[1]井(型)受絲(茲)休。　　《集成》8.4302[彔伯𢦚段蓋。西周中期]

(29) 隹四月初吉丁亥，王才(在)周，各于大室。王蔑(蔑)敔(敔)曆，易(賜)玄衣、赤㒵。敔(敔)對易(揚)王休，用乍(作)文考父丙𩱦彝。其萬年寶。(蓋、器同銘)　　《集成》8.4166[敔段。西周]

見於西周早期的這類"記"文，其基本體制爲："某時，某賞賜事。某作器事。(某嘏辭。)(某族氏名。)"銘首記賞賜時間，如(21)～(24)。銘尾或記嘏辭，如(22)；或記族氏名，如(23)。見於西周中期的這類"記"文，篇幅明顯加長，其基本體制爲："(某時)，某賞賜事。某作器事。(某嘏辭。)"銘首多記賞賜時間，如(27)～(29)；銘尾多記嘏辭，如(26)～(29)。

其四，周王賞賜+爲妻輩作器。

---

① 案：此處當衍一"帥"字。

這類“記”文數量極少，見於西周早期銘文。如：

(30)匽(燕)灰(侯)旨初見事于宗周，周王商(賞)旨貝廿朋。用乍(作)又(有)始(姒)寶隮(尊)彝。《集成》5.2628[匽侯旨鼎。西周早期]

其基本體制爲：“某賞賜事。某作器事。”

2. 記“臣賞+作器”

西周銅器銘文中，載錄大臣賞賜臣屬而臣屬作器之事的“記”文數量較多。按其所記作器對象不同，這類“記”文大致可分爲以下四類：

其一，大臣賞賜+作器。

大臣賞賜臣屬，臣屬因而作器，銘文不記作器對象名。這類“記”文多見於西周早期、中期銘文。

見於西周早期的這類“記”文如：

(31)比易(賜)金于公，用乍(作)寶彝。《近出》449[比𣪘。西周早期]

(32)公灰(侯)易(賜)亳杞土、麇土、𣏦禾、𥝩禾。亳敢對公中(仲)休，用乍(作)隮(尊)鼎。《集成》5.2654[亳鼎。西周早期]

(33)休朕公君匽(燕)灰(侯)易(賜)乍(作)圉貝。用乍寶隮(尊)彝。(蓋、器同銘)《集成》4.2505[圉方鼎。西周早期]

(34)康灰(侯)才(在)朽自(師、次)，易(賜)乍(作)冊疐貝。用乍(作)寶彝。《集成》4.2504[作冊疐鼎。西周早期]

(35)隹十又一月，井(邢)灰(侯)祉(延)嚁(囋)于麥，麥易(賜)赤金。用乍(作)鼎，用從井(邢)灰(侯)征事，用鄉(饗)多𡩜(寮)友。《集成》5.2706[麥方鼎。西周早期]

(36)才(在)八月乙亥，辟(辟)井(邢)灰(侯)光氒(厥)正事(吏)，𠭯于麥𡨦(宮)，易(賜)金。用乍(作)隮(尊)彝，用𠭯井(邢)灰(侯)出入遅(揚)令(命)。孫孫子子其永寶。(蓋、器同銘)《集成》16.9893[井侯方彝。西周早期]

(37)唯九月，才(在)炎自(師、次)。甲午，白(伯)懋(懋)父賜(賜)𨱿(召)白馬、妦黃、䯚(髮)㣲(微)，用𠦪不(丕)杯(丕)𨱿(召)多，用追于炎，不(丕)𦢼(肆)白(伯)懋(懋)父㕛(友)。𨱿(召)萬年永光，用乍(作)團宮𣄰(旅)彝。(蓋、器同銘)《集成》10.5416[召卣。西周早期]

其基本體制爲：“(某時)，某賞賜事。某作器事。(某嘏辭。)”銘首或記賞賜時間，如(35)、(36)。銘尾或記嘏辭，如(35)～(37)。

見於西周中期的這類“記”文如：

(38)白(伯)姜易(賜)從貝卅朋。從用乍(作)寶鼎。《集成》4.2435[從鼎。西周中期]

(39)孟狂父休于孟員，易(賜)貝十朋。孟員對，用乍(作)氒(厥)寶旅彝。《近出》164[孟狂父甗。西周中期]

(40)穆公乍尹姞宗室于繇林。隹六月既生霸乙卯，休天君弗望(忘)穆公聖粦明𢐗(弼)事先王，各于尹姞宗室繇林。君蔑尹姞曆，易(賜)玉五品、馬二匹。

拜韻首，對𩵦(揚)天君休，用乍(作)寶齋。

《集成》3.754[尹姞鬲。西周中期]

(41)唯十月，使于曾，竅白(伯)于成周休毗小臣金。弗敢喪，昜(揚)，用乍(作)寶旅鼎。　《集成》5.2678[小臣鼎(昜鼎)。西周中期]

(42)隹三月初吉，螨來遘(覯)于妊氏。妊氏令螨事(使)俘(保)氒(厥)家，因付氒(厥)祖僕二家。螨拜韻首曰："休朕皇君弗醒(忘)氒(厥)寶(保)臣，對昜(揚)，用乍寶隫(尊)。"　《集成》5.2765[螨鼎。西周中期]

(43)隹六月既死霸丙寅，師雝(雍)父戍才(在)古師(次)。遇從師雝(雍)父，肩(肩)史(事)遇事(使)于䠶(胡)医(侯)。医(侯)蔑遇曆，易(賜)遇金。用乍(作)旅獻(甗)。　《集成》3.948[遇甗。西周中期]

(44)隹十又二月既望，辰才(在)壬午，白(伯)屖父休于縣妃曰："叡！乃任縣白(伯)室，易(賜)女(汝)婦爵、娀之戈、周(琱)玉、黄𦐧。"縣妃每(敏)𩵦(揚)白(伯)屖父休，曰："休白(伯)哭(哭)𥁕卹(恤)縣白(伯)室，易(賜)君我隹易(賜)壽(儔)。我不能不眔縣白(伯)萬年保緈(肆)敢陴(肆)于彝，曰：'其自今日，孫孫子子毋敢望(忘)白(伯)休。'"

《集成》8.4269[縣妃𣪘(稽伯彝、縣伯彝、娼妃彝)。西周中期]

其基本體制爲："(某時)，某賞賜事。某作器事。"銘首或記賞賜時間，如(41)～(44)。(44)直錄伯屖父與縣妃之對話，這種行文方式于"記"文殊爲少見。

見於西周晚期的這類"記"文數量極少。如：

(45)隹王三年四月初吉甲寅，中(仲)大(太)師右(佑)柞，柞易(賜)載(緇)、朱黄(衡)、䜌(鑾)，嗣(司)五邑甸(甸)人事。柞拜手，對𩵦(揚)中(仲)大(太)師休，用乍(作)大鐳(林)鐘。其子子孫孫永寶。

《集成》1.133[柞鐘。西周晚期]

其基本體制爲："某時，某賞賜事。某作器事。某嘏辭。"銘首記賞賜時間，銘尾記嘏辭。

其二，大臣賞賜+爲祖輩作器。

大臣賞賜臣屬，臣屬因而爲祖輩作器。這類"記"文數量甚少，見於西周早期、中期銘文。如：

(46)医(侯)易(賜)中貝四朋。用乍(作)祖癸寶鼎。

《集成》4.2458[中作且癸鼎。西周早期]

(47)公束鑄(鑄)武王、成王異(翼)鼎。隹四月既生霸己丑，公商(賞)乍冊大白馬。大𩵦(揚)皇天尹大(太)俘(保)宔(貯)，用乍(作)祖丁寶隫(尊)彝。雋冊。

《集成》5.2758[作冊大方鼎。西周早期]

(48)召白(伯)令生史事(使)楚。白(伯)錫(賜)賞。用乍(作)寶𣪘，用事氒(厥)叡(祖)日丁，用事氒(厥)考日戊。　《集成》7.4101[生史𣪘。西周中期]

其基本體制爲："某賞賜事。某作器事。(某族氏名。)"銘尾或記族氏名，如(47)。(48)所記作器對象爲祖、父共器。

其三，大臣賞賜+爲父母輩作器。

大臣賞賜臣屬，臣屬因而爲父輩和母輩作器。西周銅器銘文中的這類"記"文，所記作器對象絕大多數爲父輩，多見於西周早期，中期、晚期所見較少。因大臣賞賜而爲母輩作器者極少，惟於西周早期銘文中見有一例。

見於西周早期的這類“記”文如：

(49) 大(太)俘(保)易(賜)氒(厥)臣椕(剖)金。用乍(作)父丁隮(尊)彝。

《集成》7.3790[臣椕殘毀。西周早期]

(50) 隹四月既望丁亥，公大(太)俘(保)賞卭(御)正良貝。用乍(作)父辛隮(尊)彝。𡰥(掌)。《集成》14.9103[御正良爵。西周早期]

(51) 隹王來各于成周年，厚趠又(有)償(饋)于𣶃(溓)公。趠用乍(作)氒(厥)文考父辛寶隮(尊)鼒。其子子孫永寶。朿。

《集成》5.2730[原趠方鼎。西周早期]

(52) 能匋易(賜)貝于氒(厥)咎(盤)公，矢𡧊(廩)五朋。能匋用乍(作)文父日乙寶隮(尊)彝。䍙。《集成》11.5984[能匋尊。西周早期]

(53) 公商(賞)貝，朿用乍(作)父辛于彝。(蓋、器同銘)

《近出》676[朿觶。西周早期]

(54) 侯商(賞)復貝三朋。復用乍(作)父己寶隮(尊)彝。䍙。

《集成》4.2507[復鼎。西周早期]

(55) 匽(燕)医(侯)商(賞)復冂(䙴)衣、臣妾、貝。用乍(作)父乙寶隮(尊)彝。䍙。

《集成》11.5978[復作父乙尊。西周早期]

(56) 丁未，㚸商(賞)征貝。用乍(作)父辛彝。亞矣。

《集成》14.9099[征作父辛角。西周早期]

(57) [癸]卯，尹商(賞)𠅘貝三朋。用乍(作)父丁隮(尊)彝。

《集成》4.2499[𠅘父丁鼎。西周早期]

(58) 辛未，蛭□易(賜)㚸貝十朋。㚸用乍(作)父丁隮(尊)毀。

《集成》7.3905[㚸父丁毀。西周早期]

(59) 医(侯)商(賞)攸貝三朋。攸用乍(作)父戊寶隮(尊)彝。啓乍(作)綨(綦)。(蓋、器同銘) 《集成》7.3906[攸毀。西周早期]

(60) 才戊辰，匽(燕)医(侯)易(賜)白(伯)矩貝。用乍(作)父戊隮(尊)彝。(蓋、器同銘) 《集成》3.689[伯矩鬲。西周早期]

(61) 五月初吉甲申，懋父賁(賞)卭(御)正衛馬匹自王。用乍(作)父戊寶隮(尊)彝。

《集成》7.4044[御正衛毀。西周早期]

(62) 乙亥，尹咎于宮，商(賞)𠃬(執)，易(賜)呂(鋁)二、聿(筆)二。𠃬(執)用乍(作)父丁隮(尊)彝。(蓋、器同銘) 《集成》10.5391[𠃬卣。西周早期]

(63) 隹二月初吉庚寅，才(在)宗周，檐(楷)中(仲)賁(賞)氒(厥)𣪘𤔲逐毛兩、馬匹。對䚄(揚)尹休，用乍(作)己公寶隮(尊)彝。

《集成》5.2729[𣪘𤔲方鼎。西周早期]

(64) 隹九月既生霸辛酉，才(在)匽(燕)，医(侯)易(賜)害貝、金。𢸎(揚)医(侯)休，用乍(作)𥃝(召)白(伯)父辛寶隮(尊)彝。害萬年，子子孫孫寶，光用大(太)俘(保)。《集成》5.2749[害鼎。西周早期]

(65) 隹十月又一月丁亥，我乍禦(禦)祗(恤)祖乙、妣乙、祖己、妣癸，征(延)礿槃(緌)二女(母)，咸。與(畀)遺(饋)祼二，𠂤貝五朋。用乍(作)父己寶障(尊)彝。亞若。

《集成》5.2763[我方鼎(我甗、禦鼎、禦簋)。西周早期]

(66) 尹令史獸立(涖)工于成周。十又一月癸未，史獸獻工于尹，咸獻工。尹商(賞)史獸祼，易(賜)豕鼎一、爵一。對䚄(揚)皇尹不(丕)顯休，用乍(作)父庚永寶障(尊)彝。《集成》5.2778[史獸鼎。西周早期]

(67) 隹公大(太)史見服于宗周年，才(在)二月既望乙亥，公大(太)史咸見服于辟王，辨(遍)于多正。雩四月既生霸庚午，王遣公大(太)史。公大(太)史在豐，商(賞)乍(作)冊䰠馬。䚄(揚)公休，用乍(作)日己旂(旅)障(尊)彝。(蓋、器同銘) 《集成》10.5432[作冊䰠卣。西周早期]

(68) 丁亥，𠨘商(賞)又(有)正嬰嬰貝才(在)穆朋二百。嬰展𠨘商(賞)，用乍(作)母己障(尊)𩱦(餗)。(腹壁)亞貘侯矣。(腹內底)

《集成》5.2702[嬰方鼎。西周早期]

其基本體制爲："(某時)，某賞賜事。某作器事。(某族氏名。)"銘首或記賞賜時間，銘尾或記族氏名。(68)乃爲母輩作器者。

見於西周中期的這類"記"文如：

(69) 稆從師椎(雍)父戍于古𠂤(師、次)，蔑曆，易(賜)貝卅寽(鋝)。稆拜䭫首，對䚄(揚)師椎(雍)父休，用乍(作)文考日乙寶障(尊)彝。其子子孫永寶(寶)。戉。(蓋、器同銘) 《集成》10.5411[稆卣。西周中期]

(70) 隹十又三月既生霸丁卯，𠭰從師雒(雍)父戍于𠼪(固)𠂤(師、次)之年，𠭰蔑(蔑)曆，中(仲)競父易(賜)赤金。𠭰拜䭫首，對䚄(揚)競父休，用乍(作)父乙寶旂(旅)彝。其子子孫孫永用。

《集成》11.6008[𠭰尊。西周中期]

(71) 隹五月初吉庚午，同中(仲)宭(宄)西宮，易(賜)㡭(幾)父𠫔(示?)𠦪(𣪊)六、僕四家、金十鈞(鈞)。㡭(幾)父拜䭫首，對䚄(揚)朕皇君休，用乍(作)朕剌(烈)考障(尊)壺。㡭(幾)父用追孝。其邁(萬)年，孫子子永寶用。

《集成》15.9721[幾父壺。西周中期]

其基本體制爲："(某時)，某賞賜事。某作器事。某嘏辭。(某族氏名。)"銘首或記賞賜時間。銘尾記有嘏辭，或記族氏名。

見於西周晚期的這類"記"文如：

(72) 隹十又六年七月既生雨(霸)乙未，白(伯)大(太)師易(賜)白(伯)克僕卅夫。白(伯)克敢𩓚(對)䚄(揚)天右(佑)王白(伯)友(賄)，用乍(作)朕穆考後中(仲)障(尊)𩫏(墉、甗)。克用匄𥃝(眉)老無彊(疆)。克克其子子孫孫永寶用亯(享)。《集成》15.9725[伯克壺。西周晚期]

其基本體制爲："某時，某賞賜事。某作器事。某嘏辭。"銘首記賞賜時間，銘尾記嘏辭。

其四，大臣賞賜+爲其他人作器。

這類“記”文數量甚少，見於西周早期、中期銘文。如：

(73) 匽(燕)医(侯)令堇饔(饔)大(太)俘(保)于宗周。庚申，大(太)俘(保)商(賞)堇貝。用乍(作)大子癸寶隮(尊)鬻(餗)。ㄐ毌。

《集成》5.2703[堇鼎。西周早期]

(74) 隹六月初吉，辰才(在)辛卯，医(侯)各于耳𠨘。医(侯)休于耳，易(賜)臣十家。𠂤師耳對䫻(揚)医(侯)休，肁(肇)乍(作)京公寶隮(尊)彝。京公孫子寶，医(侯)萬年𡔛(壽)耇(考)、黃耉，耳日𠭯(受)休。

《集成》11.6007[耳尊。西周早期或中期]

(75) 隹正月初吉丁卯，鼋(蜆)造(延)公，公易(賜)鼋(蜆)宗彝一𨽍(肆)，易(賜)鼎二，易(賜)貝五朋。鼋(蜆)對䫻(揚)公休，用乍(作)辛公毁。其萬年孫子寶。

《集成》8.4159[鼋毁。西周中期]

(76) 萬諆乍(作)幺幺(玆)𢊁(觶)，用亯(享)拪尹人，配用醬，侃多友，其鼎(則)此𢊁裸，用寍(寧)室人、兄人。萬年寶用，乍(作)念于多友。

《集成》12.6515[萬諆觶。西周中期]

其基本體制爲：“(某時)，某賞賜事。某作器事。(某嘏辭。)(某族氏名。)”銘首或記賞賜時間，如(74)、(75)。銘尾或記嘏辭，如(74)～(76)；或記族氏名，如(73)。

3. 記“父賞+作器”

西周銅器銘文中，載錄因父輩賞賜而子輩作器之事的“記”文數量極少，惟有二例見於西周早期、中期銘文。即：

(77) 伯亯(廙)父曰：“休父易(賜)余馬。對䫻(揚)父休，用乍(作)寶隮(尊)彝。”

《集成》10.5390[伯㝬父卣。西周早期]

(78) 隹十又一月，師雒(雍)父省(省)衜(道)至于㝬(胡)，𠭯從。其父蔑𠭯曆，易(賜)金。對䫻(揚)其父休，用乍(作)寶鼎。

《集成》5.2721[𠭯鼎(師雝父鼎)。西周中期]

其基本體制爲：“(某時)，某賞賜事。某作器事。”銘首或記賞賜時間，如(78)。

4. 記“兄賞+作器”

西周銅器銘文中，載錄因兄輩賞賜而作器之事的“記”文數量亦極少，惟有二例見於西周中晚期銘文。即：

(79) 虘䫉(拜)韻首，休朕匋(寶)君公白(伯)，易(賜)氒(厥)臣弟虘井五梩，易(賜)祈冑、干戈。虘弗敢望(忘)公白(伯)休，對䫻(揚)白(伯)休，用乍(作)祖考寶隮(尊)彝。

《集成》8.4167[虘毁。西周中期]

(80) 㠱医(侯)易(賜)弟𤔲嗣戒。弟𤔲乍(作)寶鼎。其萬年，子子孫孫永寶用。

《集成》5.2638[㠱侯弟鼎。西周中晚期]

其基本體制爲：“某賞賜事。某作器事。(某嘏辭。)”銘尾或記嘏辭，如(80)。

西周銅器銘文中兼録賞賜、作器之事的“記”文，其内容及體制已如上述，兹據以列表如下(見後頁)，因之可得出如下結論：

① 西周銅器銘文中，兼録賞賜、作器之事的“記”文，歷時較長，西周早期、中期、晚期銘文中皆有所見，其基本體制爲：“(某時)，某賞賜事。某作器事。(某嘏辭。)(某族氏名。)”就總體數量而言，這類“記”文於西周早期所見甚多，中期以後逐漸減少，晚期則較少見。這類“記”文所記賞賜施動者主要爲周王和大臣，所記作器對象主要爲作器者之祖輩和父輩。

② 西周早期銘文中的這類“記”文，其基本體制爲：“(某時)，某賞賜事。某作器事。(某嘏辭。)(某族氏名。)”銘首偶記作器時間；銘尾偶記嘏辭，或記族氏名。

③ 西周中期銘文中的這類“記”文，其基本體制爲：“(某時)，某賞賜事。某作器事。(某嘏辭。)(某族氏名。)”銘首偶記作器時間；銘尾嘏辭漸多，較少記族氏名。

④ 西周晚期銘文中的這類“記”文，其基本體制爲：“某時，某賞賜事。某作器事。某嘏辭。”銘首記作器時間，銘尾記嘏辭。

(三)與祭祀有關的“記”文

西周銅器銘文中，有少量“記”文在載録賞賜、作器之事的同時，反映了有關周王或大臣進行祭祀活動的内容。這類“記”文主要見於西周早期、中期銘文。

見於西周早期銘文的這類“記”文如：

(1) 王桒(禱)于成周。王易(賜)圉貝。用乍(作)寶隮(尊)彝。

《集成》3.935[圉甗。西周早期]

(2) 唯成王大桒(禱)，才(在)宗周，商(賞)獻医(侯)䵼貝。用乍(作)丁医(侯)隮(尊)彝。黿。　《集成》5.2626[獻侯鼎。西周早期]

(3) 王桒(禱)于成周。王易(賜)圉貝。用乍(作)寶隮(尊)彝。

《集成》7.3824[圉𣪕。西周早期]

(4) 王桒(禱)于成周。王易(賜)圉貝。用乍(作)寶隮(尊)彝。(蓋、器同銘)

《集成》10.5374[圉卣。西周早期]

(5) 隹三月，王才成冃(周)，征(延、誕)珷(武)福自蒿(鎬)，咸。王易(賜)德貝廿朋。用乍(作)寶隮(尊)彝。　《集成》5.2661[德方鼎。西周早期]

(6) 乙亥，王又(有)大豊(禮)，王凡(般、督)三方。王祀于天室，降。天亡又(佑)王，卒祀于王不(丕)顯考文王，事喜(饎)上帝。文王監才(在)上，不(丕)顯王乍(作)省，不(丕)𦨶(肆)王乍(作)庚，不(丕)克乞(訖)卒王祀。丁丑，王鄉(饗)，大宜，王降亡助(賀、嘉)爵、復囊。隹朕又(有)蔑，每(敏)啓王休于隮(尊)𠁁(𣪕)。　《集成》8.4261[天亡𣪕。西周早期]

其基本體制爲：“(某時)，某祭祀事。某賞賜事。某作器事。”銘首或記作器時間。

見於西周中期銘文的這類“記”文如：

(7) 隹五月既望，王[各]于師𩁹(秦)宮。王各于亯(享)廟。王□易(賜)□☑。敢對𩰫(揚)天子不(丕)顯休，用乍(作)隮(尊)鼎。□其萬年，永寶用。

《集成》5.2747[師秦宮鼎。西周中期]

西周銅器銘文兼錄賞賜、作器之事的"記"文之結構示意表

分類	所記作器對象		西周早期銘文					西周中期銘文					西周晚期銘文				
			某時	某賞賜事	某作器事	某嘏辭	某族氏名	某時	某賞賜事	某作器事	某嘏辭	某族氏名	某時	某賞賜事	某作器事	某嘏辭	某族氏名
王賞	1	無	△	□	□	△		□	□	□	□		□	□	□	□	
	2	祖輩	□	□	□	△	△	△	□	□	□						
	3	父輩	□	□	□	△	△	△	□	□	△						
	4	妻輩		□	□												
			▲	■	■	▲	▲	▲	■	■	▲		■	■	■	■	
臣賞	1	無	△	□	□	△		△	□	□			□	□	□	□	
	2	祖輩		□	□		△		□	□							
	3	父母輩	△	□	□		△	△	□	□	□	△	□	□	□	□	
	4	其他	△	□	□	△	△	△	□	□	□						
			▲	■	■	▲	▲	▲	■	■	▲	▲	■	■	■	■	
父賞	1	無		□	□			△	□	□							
兄賞	1	無							□	□	△						
	2	祖輩							□	□							
				■	■			△	■	■	△						
基本體制			▲	■	■	▲	▲	▲	■	■	▲	▲	■	■	■	■	

（說明："□"表示有此項；"△"表示或有此項；"■"表示有此項；"▲"表示或有此項。）

(8)隹八月既望戊辰，王才(在)上灰(侯)应(居)，奉(禱)祼，不栺易(賜)貝十朋。不栺拜䭫首，敢珝(揚)王休，用乍(作)寶鬻彝。

《集成》5.2735[不栺方鼎。西周中期]

(9)隹王卅又四祀，唯五月既望戊午，王才(在)莽京，啻(禘)于卲(昭)王。鮮蔑(蔑)曆(曆)，祼王朝(璋)，祼玉三品、貝廿朋。對王休，用乍(作)。子孫其永寶。　　《集成》16.10166[鮮盤(鮮毀)。西周中期]

(10)唯五月，王才(在)卒。辰才(在)丁卯，王啻(禘)，用牡于大室，啻(禘)卲(昭)王，剌御。王易(賜)剌貝卅朋。天子邁(萬)年，剌對䚄(揚)王休，用乍(作)黃公隮(尊)鬻彝。既(其)孫孫子子徐(永)寶用。

《集成》5.2776[剌鼎。西周中期(穆王)]

(11)隹九月初吉癸丑，公酌祀。雩(越)旬又一日，辛亥，公啻(禘)酌辛公祀，卒事亡(無)眈(尤)。公穖(蔑)緐(繁)曆(曆)，易(賜)宗彝一肯(肆)，車馬兩。緐(繁)拜手䭫首，對䚄(揚)公休，用乍(作)文考辛公寶隮(尊)彝。其邁(萬)年寶。或。(蓋、器同銘)　　《集成》10.5430[繁卣。西周中期]

其基本體制爲："某時，某祭祀事。某賞賜事。某作器事。(某嘏辭。)(某族氏名。)"銘首記作器時間。銘尾多記嘏辭，如(7)、(9)～(11)；或記族氏名，如(11)。

括而言之，西周銅器銘文中，載賞賜、作器之事的同時記錄有關祭祀內容的"記"文，其基本體制爲："(某時)，某祭祀事。某賞賜事。某作器事。(某嘏辭。)(某族氏名。)"

(四)與巡行有關的"記"文

西周銅器銘文中，有少量"記"文在載錄賞賜、作器之事的同時，反映了有關周王巡行活動的內容。這類"記"文主要見於西周早期、中期銘文。如：

(1)癸卯，王來奠新邑。[二]旬又四日丁卯，[往]自新邑于柬，王[賞]貝十朋。用乍(作)寶彝。　　《集成》5.2682[新邑鼎(柬鼎)。西周早期]

(2)㪤從王女(如)南，攸貝，䰡𦉢。用乍(作)公日辛寶彝。河車。

《集成》11.5979[㪤尊。西周早期]

(3)王女(如)上灰(侯)，師俞從。王夜(掖)功，易(賜)師俞金。俞䰜(則)對珝(揚)氒(厥)德，其乍(作)氒(厥)文考寶鼎。孫子子寶用。

《集成》5.2723[師艅鼎。西周早期]

(4)王女(如)上灰(侯)，師俞從。王夜(掖)功，易(賜)師俞金。俞䰜(則)對珝(揚)氒(厥)德，用乍(作)氒(厥)文考寶彝。孫孫子子寶。

《集成》11.5995[師艅尊。西周早期]

(5)隹四月初吉丙寅，王才(在)莽京。王易(賜)靜弓。靜拜䭫首，敢對珝(揚)王休，用乍(作)宗彝。其子子孫孫永寶用。

《集成》10.5408[靜卣。西周早期]

(6)王大省公族于庚，晨(振)旅。王易(賜)中馬，自隭灰(侯)四䮵，南宮兄(貺)。王曰："用先。"中埶(藝)王休，用乍(作)父乙寶隮(尊)彝。(蓋、器同銘)

《集成》12.6514[中觶。西周早期]

(7) 正月，王才(在)成周。王辻于楚橪(麓)，令小臣夌先省楚应(居)。王至于徙应(居)，無遣(譴)。小臣夌易(賜)貝、易(賜)馬丙(兩)。夌拜頧首，對揚王休，用乍(作)季娟寶隮(尊)彝。《集成》5.2775[小臣夌鼎。西周早期]

(8) 王才(在)魯，蔡易(賜)貝十朋。對䍙(揚)王休，用乍(作)宗彝。

《集成》11.5974[蔡尊。西周早期或中期]

(9) 隹四月初吉甲午，王雚(觀)于嘗公東宮，內(納)鄉(饗)于王。王易(賜)公貝五十朋。公易(賜)氒(厥)涉(世)子效王休(好)貝廿朋。效對公休，用乍(作)寶隮(尊)彝。烏虖(乎)！效不敢不邁(年)夙(夙)夜奔走䫇(揚)公休，亦其子子孫孫永寶。(蓋、器同銘)《集成》10.5433[效卣。西周中期]

(10) 唯六月初吉丁巳，王才(在)奠(鄭)，蔑(蔑)大曆，易(賜)芻革(騂)犅(犅)，曰："用啻(禘)于乃考。"大拜頧首，對䝱(揚)王休，用乍(作)朕皇考大中(仲)隮(尊)毁。《集成》8.4165[大毁。西周中期]

(11) 隹十又一月既生霸甲申，王才(在)魯，卿(佮)卽邦君、者(諸)医(侯)、正、有𤔲(司)大射。義蔑曆，眔(及)于王。逨(徠)義，易(賜)貝十朋。對䝱(揚)王休，用乍(作)寶隮(尊)盉。子子孫其永寶。

《集成》15.9453[義盉蓋。西周中期]

其基本體制爲："(某時)，某巡行事。某賞賜事。某作器事。(某嘏辭。)(某族氏名。)"銘首或記時間，如(1)、(5)、(7)、(9)～(11)。銘尾或記嘏辭，如(3)～(5)、(9)、(11)；或記族氏名，如(2)。

(五)與大射、宴饗、田獵有關的"記"文

西周銅器銘文中，有少量"記"文在載錄賞賜、作器之事的同時，反映了與大射、宴饗、田獵有關的內容。這類"記"文主要見於西周早期、中期銘文，晚期銘文中所見數量甚少。

其中，與大射有關的"記"文如：

(1) 隹八月辰才(在)庚申，王大射，才(在)周。王令(命)南宮逹(率)王多士，師𩞁父逹(率)小臣。王徲赤金十反(鈑)。王曰："小子、小臣！苟(敬)又(有)又(祐)，隻(獲)鼎(則)取！"柞白(伯)十爯(稱)弓無灋(廢)矢。王鼎(則)畀(畀)柞白(伯)赤金十反(鈑)，徣(誕)易(賜)柷見。柞白(伯)用乍(作)周公寶彝(尊)彝。《近出》486[柞伯毁。西周早期]

(2) 隹十又五年五月既生霸壬午，龏(恭)王才(在)周新宮。王射于射盧(廬)，史趞瞽(曹)易(賜)弓矢、虎盧(櫓)、九(厹)、冑、毌、殳。趞瞽(曹)敢對。瞽(曹)拜頧首，敢對䍙(揚)天子休，用乍(作)寶鼎，用鄉(饗)倗春(友)。

《集成》5.2784[十五年趞曹鼎。西周中期(恭王)]

(3) 隹十又二月初吉丙午，王才(在)周新宮。才(在)射廬，王乎宰䧹易(賜)盛弓、象弭、矢臺、彤欮。師湯父拜頧首，乍(作)朕文考毛弔(叔)𩰫彝。其邁(萬)年，子子孫孫永寶用。《集成》5.2780[師湯父鼎。西周中期]

(4) 王南征，伐角、僪，唯還自征，才(在)壞。噩(鄂)医(侯)馭(馭)方内(納)壺于王，乃裸之。馭(馭)方𠫑(侑)王。王休偃(偃)，乃射，馭(馭)方卿(佮)王射。馭(馭)方休闌，王宴，咸酓(飲)。王窺(親)易(賜)馭(馭)[方玉]五瑴、馬四匹、矢五[束。馭](馭)方拜手𩒨首，敢[對揚]天子不(丕)顯休釐，[用]乍(作)隮(尊)鼎。其邁(萬)年，子孫永寶用。

《集成》5.2810[噩侯鼎。西周晚期]

其基本體制爲："(某時)，某大射事。某賞賜事。某作器事。(某嘏辭。)"銘首或記時間，銘尾或記嘏辭。

與宴饗有關的"記"文如：

(5) 亞。隹十又二月，王初𡨄旁，唯還在周。辰才(在)庚申，王𣪘(飲)西宮，𢐗(烝)，咸釐(釐)。尹易(賜)臣隹小僰。𢏚(揚)尹休，高對，乍(作)父丙寶隮(尊)彝。尹其亙萬年，受氒(厥)永魯，亡(無)競才(在)服。𡨄長𡰧。其子子孫孫寶用。　　《集成》10.5431[高卣。西周早期]

(6) 唯正月初吉丁亥，王才(在)𩁹，鄉(饗)醴雁(應)侯見工𠫑(友)，易(賜)玉五瑴、馬四匹、矢三千。敢對𨸏(揚)天子休釐，用乍(作)皇考武侯隮(尊)㲃，用易(賜)𦤎(眉)壽(壽)、永令(命)。子子孫孫永寶。(蓋、器同銘)

《新收》79[應侯見工㲃。西周中期]

(7) 隹三月初吉丁亥，穆王才(在)下淢应(居)。穆王鄉(饗)豊(醴)，即井白(伯)、大(太)祝射。穆王蔑長甶，㠯(以)逨(仇)即井白(伯)，井白(伯)氏(是)彌不姦。長甶蔑曆，敢對𩛥(揚)天子不(丕)坏(丕)休，用肈(肇)乍(作)隮(尊)彝。　　《集成》15.9455[長甶盉。西周中期]

(8) 隹十又一月既生霸戊申，王才(在)周康宮，鄉(饗)醴，𠦪卸(御)。王蔑(蔑)氒(厥)老𠦪曆，易(賜)玉十又二瑴、貝廿朋。𠦪拜𩒨首曰："天子其邁(萬)年，𠦪其永老妾。"𠦪敢對𢏚(揚)王休，用乍(作)寶㲃。其孫孫子子用。(蓋、器同銘)　　《新收》1958[𠦪㲃。西周中期]

其基本體制爲："(某時)，某宴饗事。某賞賜事。某作器事。(某嘏辭。)"銘首記時間，銘尾或記嘏辭。

與田獵有關的"記"文如：

(9) 王出獸南山，寏(搜)𨕖(珊)山谷，至于上医(侯)滰(滰)川上。啓(啓)從征，堇(謹)不夒(擾)。乍(作)祖丁寶旅隮(尊)彝，用匄魯福，用夙(夙)夜事。𢦏(戉)葡。(蓋、器同銘)　　《集成》10.5410[啓卣。西周早期]

(10) 登(鄧)小中(仲)隻(獲)，又(有)㝵(得)，弗敢阻，用乍(作)氒(厥)文祖寶𩰫隮(尊)，用隮(尊)氒(厥)福于宗宮。

《近出》343[鄧小仲方鼎。西周早期]

(11) 隹七月，王才(在)葊京。辛卯，王魚(漁)于𡨄池，乎井從魚(漁)，攸易(賜)魚。對𩛥(揚)王休，用乍(作)寶隮(尊)鼎。

《集成》5.2720[井鼎。西周中期]

(12) 隹五月初吉，王才(在)莽京，魚(漁)于大溏。王蔑(蔑)老曆，易(賜)魚百。老搴(拜)䭫首，皇覭(揚)王休，用乍(作)祖日乙隮(尊)彝。其萬年，用舛(夙)夜于宗。　《新收》1875[老㲃。西周中期]

(13) 隹六月既生霸，穆穆王才(在)莽京，乎潕(漁)于大池。王卿(饗)酉(酒)，遹御亡遣(譴)。穆穆王窺(親)易(賜)遹鮮。遹拜首(手)䭫首，敢對覣(揚)穆穆王休，用乍(作)文考父乙隮(尊)彝。其孫孫子子永寶。

《集成》8.4207[獻㲃。西周中期(穆王)]

(14) 乙卯，王饔禕京。[王]搴(禱)，辟舟臨舟龍，咸搴，白(伯)唐父告備。王各，盉辟舟，臨搴白旂，[用]射絼、㲋(釐)虎、貉、白鹿、白狼于辟池，咸搴。[王]蔑曆，易(賜)秬鬯一卣、貝廿朋。對揚王休，用乍(作)□公寶䵼(尊)彝。　《近出》356[伯唐父鼎。西周中期]

(15) 隹十又二月既生霸，子中(仲)漁𡗗池。天君蔑公姞曆，事(使)易(賜)公姞魚三百。拜䭫首，對覭(揚)天君休，用乍(作)䵼鼎。

《集成》3.753[公姞鬲。西周中期]

(16) 隹正月初吉庚寅，晉侯對乍(作)寶隮(尊)彶盨。其用田獸(狩)，湛樂于原隰。其邁(萬)年，永寶用。(蓋、器同銘)

《近出》503[晉侯對盨。西周晚期]

其基本體制爲：“(某時)，某田獵事。某賞賜事。某作器事。(某嘏辭。)(某族氏名。)”銘首多記時間。銘尾或記嘏辭，或記族氏名。

括而言之，西周銅器銘文中，載賞賜、作器之事的同時記錄有關大射、宴饗、田獵內容的“記”文，其基本體制爲：“(某時)，某大射/宴饗/田獵事。某賞賜事。某作器事。(某嘏辭。)(某族氏名。)”

(六)與征伐有關的“記”文

西周銅器銘文中，有數量較多的“記”文在載錄賞賜、作器之事的同時，也記錄了有關周王或臣屬征伐行動的內容。

1. 記王伐

這類“記”文記錄了周王親自率師征伐的行動，主要見於西周早期銘文，晚期銘文中所見較少。如：

(1) 珷(武)征商，隹甲子朝，歲鼎(貞)克聞(昏)，舛(夙)又(有)商。辛未，王才(在)竊(闌、管)自(師、次)，易(賜)又(右)事(史)利金。用乍(作)旜公寶隮(尊)彝。　《集成》8.4131[利㲃。西周早期(武王)]

(2) 王朿(刺)伐商邑，祉(誕)令康厌(侯)啚(鄙)于衛。渣(沫)嗣(司)土(徒)遙眔(及)啚(鄙)，乍(作)氒(厥)考隮(尊)彝。䀠。

《集成》7.4059[渣嗣土遙㲃。西周早期]

(3) 王後𠬆(阪、返)克商，才(在)成自(師)。周公易(賜)小臣單貝十朋。用乍(作)寶隮(尊)彝。　《集成》12.6512[小臣單觶。西周早期]

(4) 王伐禁(蓋)灰(侯)，周公某(謀)，禽祝。禽又(有)敐(振)祝。王易(賜)金百寽(鋝)。禽用乍(作)寶彝。　　《集成》7.4041[禽𣪘。西周早期]

(5) 王伐彔子耶(聖)，𠭰氒(厥)反(叛)，王降征令于大(太)保。大(太)保克芍(敬)亡𠱬(遣、譴)。王衍(永)大(太)保，易(賜)休余(集)土。用兹(兹)彝對令。
　　《集成》8.4140[大保𣪘。西周早期]

(6) 唯王既尞，氒(厥)伐東尸(夷)。才(在)十又一月，公反(返)自周。己卯，公才(在)𢊁，保員邐。𨸏公易(賜)保員金車，曰："用事。"隊于寶𣪘，用鄉(饗)公逆造事。　　《近出》484[保員𣪘。西周早期]

(7) 隹王伐逨(徠)魚，𢓊(誕)伐淖黑。至，尞于宗周，易(賜)𩫏(庸)白(伯)𣪕(摣)貝十朋。敢對𩛥(揚)王休，用乍(作)朕文考寶𢀜(尊)𣪘。其萬年，子子孫孫其永寶用。　　《集成》8.4169[𩫏兑𣪘。西周早期]

(8) 隹王于伐楚白(伯)，才(在)炎。隹九月既死霸丁丑，乍(作)冊夨令𢀜(尊)宜于王姜，姜商(賞)令貝十朋、臣十家、鬲百人。公尹白(伯)丁父兄(貺)于戍，戍冀𤔲(司)乞(訖)；令敢𩛥(揚)皇王宔，丁公文報，用𩒨(稽)後人亯(享)。隹丁公報，令用𡊼(深)㕚于皇王。令敢㕚皇王宔，用乍(作)丁公寶𣪘，用𢀜(尊)史(事)于皇宗，用鄉(饗)王逆造，用㢿(匓)寮(僚)人。婦子後人永寶。雋冊。　　《集成》8.4300[作冊夨令𣪘。西周早期]

(9) 隹十又三年正月初吉壬寅，王征南尸(夷)。王易(賜)無㠱馬四匹。無㠱拜手𩒨首，曰：敢對𩛥(揚)天子魯休令(命)，無㠱用乍(作)朕皇祖釐季𢀜(尊)𣪘。無㠱其萬年，子孫永寶用。(蓋、器同銘)
　　《集成》8.4225[無㠱𣪘。西周晚期]

(10) 王征南淮尸(夷)，伐角、𣶃，伐桐、遹(適)。翏生從，執(執)𡨦(訊)折首，孚(俘)戎器，孚(俘)金。用乍(作)旅盨，用對剌(烈)。翏生眔(暨)大㜏(妘)，其百男、百女、千孫。其邁(萬)年費(眉)耆(壽)，永寶用。(蓋、器同銘)
　　《集成》9.4459[翏生盨。西周晚期]

其基本體制爲："(某時)，某征伐事。某賞賜事。某作器事。(某嘏辭。)(某族氏名。)"銘首或記時間，銘尾或記嘏辭。見於西周早期的這類"記"文，銘尾或記族氏名，如(2)、(8)。

2. 記臣伐

這類"記"文歷時較長，西周早期、中期、晚期銘文皆有所見。可分爲兩類：
其一，臣屬從王征伐。
見於西周早期、中期的這類"記"文如：

(11) 𤔲從王戍办(荆)，孚(俘)。用乍(作)𩟄𣪘。(蓋、器同銘)
　　《集成》6.3732[𤔲𣪘。西周早期]

(12) 過白(伯)從王伐反𦽐(荆)，孚(俘)金。用乍(作)宗室寶𢀜(尊)彝。
　　《集成》7.3907[過伯𣪘。西周早期]

(13) 鴻弔(叔)從王南征，隹歸(歸)，隹八月才皕(頎)应，誨乍(作)考寶鬲鼎。
　　《集成》5.2615[鴻叔鼎。西周早期]

(14)啓從王南征，遡(𨑨)山谷，在洀水上。啓乍(作)祖丁旅寶彝。戉(戉)葡。

《集成》11.5983[啓作且丁尊。西周早期]

(15)䵼駿(馭)從王南征，伐楚俺(荆)，又(有)㝵(得)。用乍(作)父戊寶障(尊)彝。吴。

《集成》7.3976[䵼駿𣪘。西周中期]

(16)唯九月，𨸏弔(叔)從王、員征楚刅(荆)。才(在)成周，誃乍(作)寶𣪘。

《集成》7.3950[𨸏叔𣪘。西周中期]

其基本體制爲："(某時)，某征伐事。某作器事。(某族氏名。)"銘首或記時間。銘尾或記族氏名，如(14)、(15)。

見於西周晚期的這類"記"文如：

(17)虢中(仲)吕(以)王南征，伐南淮尸(夷)。才(在)成周，乍(作)旅盨，兹(兹)盨友(有)十又二。

《集成》9.4435[虢仲盨蓋。西周晚期]

(18)虢宫父乍(作)般(盤)，用從永征。　《近出》1003[虢宫父盤。西周晚期]

(19)弔(叔)邦父乍(作)𠤳(簠)，用征用行，用從君王。子子孫孫其萬年無[彊](疆)。

《集成》9.4580[叔邦父簠。西周晚期]

(20)史免乍(作)旅匡(筐)，從王征行，用盛𪏰(稻)沵(粱)。其子子孫孫永寶用亯(享)。(蓋、器同銘)

《集成》9.4579[史免簠。西周晚期]

其基本體制爲："某征伐事。某作器事。(某嘏辭。)"銘尾或記嘏辭，如(19)～(20)。

其二，臣屬率師征伐。

見於西周早期的這類"記"文數量較多，如：

(21)隹周公于征伐東尸(夷)，豐白(伯)、尃(薄)古(姑)咸𢦔。公歸𡨦于周廟。戊辰，㱃(飲)𥟆(秦)㱃(飲)，公商(賞)𡐨貝百朋。用乍(作)障(尊)鼎。

《集成》5.2739[𡐨方鼎(周公東征鼎)。西周早期]

(22)䜌厌(侯)隻(獲)巢，孚(俘)氒(厥)金胄。用乍(作)𣄰(旅)鼎。

《集成》4.2457[䜌侯鼎。西周早期]

(23)隹十月初吉壬申，駿(馭)戎大出于楷(楷)，䓯𢦔(搏)戎，䎽(執)𧦝(訊)隻(獲)㦰(馘)。楷(楷)侯𤔲(釐)䓯馬四匹、臣一家、貝五朋。䓯𢼸(揚)侯休，用乍(作)楷(楷)中(仲)好寶。　《新收》1891[䓯𣪘。西周早期]

(24)員從史旟伐會(鄶)。員先内(入)邑，員孚(俘)金。用乍(作)旅彝。(蓋、器同銘)

《集成》10.5387[員卣。西周早期]

(25)唯三月，白(伯)懋父北征。唯還，吕行𢦏(捷)，孚(俘)兕。用乍(作)寶障(尊)彝。

《集成》15.9689[吕行壺。西周早期]

(26)𡿺！東尸(夷)大反(叛)，白(伯)懋父吕(以)殷八𠂤(師)征東尸(夷)。唯十又一月，遣自𠃬𠂤(師、次)，述東陕，伐海眉。雩氒(厥)復歸才(在)牧𠂤(師、次)，白(伯)懋父承王令(命)，易(賜)𠂤(師)逹(率)征自五齵貝，小臣謎蔑曆，眔(暨)易(賜)貝。用乍(作)寶障(尊)彝。(蓋、器同銘)

《集成》8.4238[小臣謎𣪘(白懋父𣪘)。西周早期]

其基本體制爲："(某時)，某征伐事。(某賞賜事。)某作器事。"

見於西周中期的這類"記"文如：

(27) 隹公大(太)僔(保)來伐反(叛)尸(夷)年，才(在)十又一月庚申，公才(在)盩𠂤(師、次)。公易(賜)旅貝十朋。旅用乍(作)父隮(尊)彝。來。

《集成》5.2728[旅鼎。西周中期]

(28) 唯王五月初吉丁亥，周白(伯)邊𢓊(及)中(仲)𠐦(催)父伐南淮尸(夷)，孚(俘)金。用乍(作)寶鼎。其萬年，子子孫孫永寶用。

《集成》5.2734[仲𠐦父鼎。西周中期]

(29) 隹六月初吉乙酉，才(在)𦣞𠂤(師、次)，戎伐𢼄。𢦏逹(率)有𤔲(司)、師氏奔追𨙶(襲)戎于𩈁林，博(搏)戎𢦚(胡)。朕文母競敏𡨦行，休宕氒(厥)心，永襲氒(厥)身，卑(俾)克氒(厥)啻(敵)。隻(獲)馘(聝)百，執(執)𠳋(訊)二夫；孚(俘)戎兵𥏻(盾)、矛、戈、弓、備(箙)、矢、裨(裨)、冑，凡百又卅又五𣪘(款)；寽(捋)戎孚(俘)人百又十又四人；卒博(搏)，無眈(尤)于𢦏身。乃子𢦏拜𩒨首，對𩛥(揚)文母福剌(烈)，用乍(作)文母日庚寶隮(尊)𣪘。卑(俾)乃子𢦏萬年，用𡖊(夙)夜隮(尊)亯(享)孝于氒(厥)文母。其子子孫孫永寶。(蓋、器同銘)

《集成》8.4322[𢦏𣪘。西周中期]

其基本體制爲："(某時)，某征伐事。(某賞賜事。)某作器事。(某嘏辭。)(某族氏名。)"銘首或記時間。銘尾或記嘏辭，如(28)、(29)；或記族氏名，如(27)。

見於西周晚期的這類"記"文如：

(30) 𦐼𦤎(畀)其井，師同從。折首執(執)𠳋(訊)，寽(俘)車馬五乘、大車廿、羊百𠡷(挈)，用𢓊(造)王，羞于𪓑；寽(俘)戎金合(盒)卅、戎鼎廿、鋪五十、鐱(劍)廿。用鑄(鑄)𢆶(茲)隮(尊)鼎。子子孫孫其永寶用。

《集成》5.2779[師同鼎。西周晚期]

其基本體制爲："某征伐事。某作器事。某嘏辭。"

括而言之，西周銅器銘文中，載賞賜、作器之事的同時記錄有關征伐內容的"記"文，其基本體制爲："(某時)，某征伐事。(某賞賜事。)某作器事。(某嘏辭。)(某族氏名。)"

第七章　今文《尚書·周書》

第一節　概　　述

今文《尚書·周書》有十九篇，卽：《牧誓》、《洪範》、《金縢》、《大誥》、《康誥》、《酒誥》、《梓材》、《召誥》、《洛誥》、《多士》、《無逸》、《君奭》、《多方》、《立政》、《顧命》、《費誓》、《呂刑》、《文侯之命》、《秦誓》。其中，《文侯之命》、《秦誓》二篇當屬春秋早期的作品，此且置而不論。其餘十七篇，今皆歸入西周散文。其文體可分爲以下五種：

(一)典

——載錄君臣之言辭，可作後世法典。有《洪範》、《呂刑》二篇。

(二)告(誥)

——載錄王告臣屬、臣屬告王、臣屬互告之言辭。包括《大誥》、《多方》、《康誥》、《酒誥》、《梓材》、《召誥》、《洛誥》、《多士》、《無逸》、《君奭》、《立政》十一篇。

(三)命

——載錄上對下施命之言辭。有《顧命》一篇。

(四)誓

——載錄戰爭誓辭之文。有《牧誓》、《費誓》二篇。

(五)記

——載錄記事言辭之文。有《金縢》一篇。

上述五種文體之關係，可作示意圖如下：

今文《尚書・周書》之西周作品文體關係示意圖

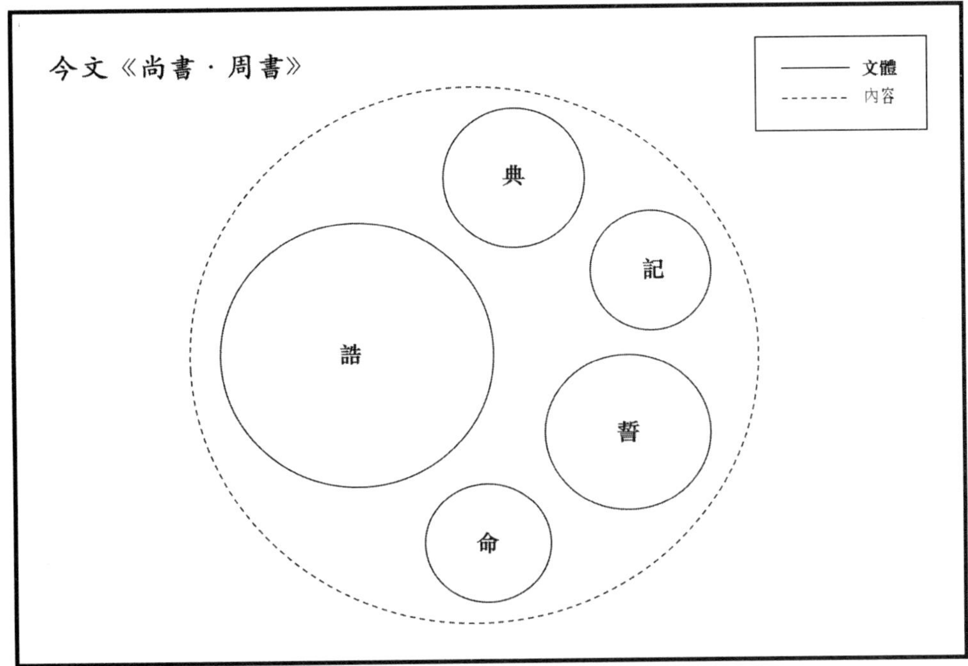

論述詳下。

第二節　典

今文《尚書・周書》中的"典"文，所載錄君臣之言辭，可作爲後世治國法典，存有《洪範》、《呂刑》兩篇。

《洪範》之文如下：

(1)惟十有三祀，王訪于箕子。王乃言曰："嗚呼！箕子！惟天陰騭下民，相協厥居，我不知其彝倫攸敘。"箕子乃言曰：

"我聞在昔鯀陻洪水，汨陳其五行；帝乃震怒，不畀洪範九疇，彝倫攸斁。鯀則殛死，禹乃嗣興。天乃錫禹洪範九疇，彝倫攸敘。

"初一曰五行，次二曰敬用五事，次三曰農用八政，次四曰協用五紀，次五曰建用皇極，次六曰乂用三德，次七曰明用稽疑，次八曰念用庶徵，次九曰嚮用五福，威用六極。

"一、五行：一曰水，二曰火，三曰木，四曰金，五曰土。水曰潤下，火曰炎上，木曰曲直，金曰從革，土爰稼穡。潤下作鹹，炎上作苦，曲直作酸，從革作辛，稼穡作甘。

"二、五事：一曰貌，二曰言，三曰視，四曰聽，五曰思。貌曰恭，言曰從，視曰明，聽曰聰，思曰睿。恭作肅，從作乂，明作哲，聰作謀，睿作聖。

"三、八政：一曰食，二曰貨，三曰祀，四曰司空，五曰司徒，六曰司寇，七曰賓，八曰師。

"四、五紀：一曰歲，二曰月，三曰日，四曰星辰，五曰厤數。

"五、皇極：皇建其有極，斂時五福，用敷錫厥庶民。惟時厥庶民于汝極，錫汝保極。凡厥庶民，無有淫朋；人無有比德，惟皇作極。凡厥庶民，有猷、有爲、有守，汝則念之。不協于極，不罹于咎；皇則受之，而康而色，曰：'予攸好德。'汝則錫之福。時人斯其惟皇之極。無虐煢獨，而畏高明。人之有能有爲，使羞其行，而邦其昌。凡厥正人，既富方穀；汝弗能使有好于而家，時人斯其辜。于其無好(德)，汝雖錫之福，其作汝用咎。無偏無(陂)[頗]，遵王之義；無有作好，遵王之道；無有作惡，遵王之路。無偏無黨，王道蕩蕩；無黨無偏，王道平平；無反無側，王道正直。會其有極，歸其有極。曰皇極之敷言，是彝是訓，于帝其訓。凡厥庶民，極之敷言，是訓是行，以近天子之光。曰天子作民父母，以爲天下王。

"六、三德：一曰正直，二曰剛克，三曰柔克。平康，正直；彊弗友，剛克；燮友，柔克。沈潛，剛克；高明，柔克。惟辟作福，惟辟作威，惟辟玉食，臣無有作福、作威、玉食；臣之有作福、作威、玉食，其害于而家，凶于而國。人用側頗僻，民用僭忒。

“七、稽疑：擇建立卜筮人，乃命卜筮，曰雨，曰霽，曰(蒙)[圛]，曰(驛)[雺]，曰克，曰貞，曰悔。凡七，卜五，占用二，衍忒。立時人作卜筮，三人占，則從二人之言。汝則有大疑，謀及乃心，謀及卿士，謀及庶人，謀及卜筮。汝則從，龜從，筮從，卿士從，庶民從，是之謂大同；身其康彊，子孫其逢，吉。汝則從，龜從，筮從，卿士逆，庶民逆，吉。卿士從，龜從，筮從，汝則逆，庶民逆，吉。庶民從，龜從，筮從，汝則逆，卿士逆，吉。汝則從，龜從，筮逆，卿士逆，庶民逆，作內，吉；作外，凶。龜、筮共違于人，用靜，吉；用作，凶。

“八、庶徵：曰雨，曰暘，曰燠，曰寒，曰風。曰時五者來備，各以其敍，庶草蕃廡。一極備，凶；一極無，凶。曰休徵：曰肅，時(寒)[雨]若；曰乂，時暘若；曰哲，時燠若；曰謀，時寒若；曰聖，時風若。曰咎徵：曰狂，恒雨若；曰僭，恒暘若；曰(豫)[舒]，恒燠若；曰急，恒寒若；曰(蒙)[雺]，恒風若。曰王省惟歲，卿士惟月，師尹惟日。歲月日時無易，百穀用成，乂用明，俊民用章，家用平康。日月歲時既易，百穀用不成，乂用昏不明，俊民用微，家用不寧。庶民惟星，星有好風，星有好雨。日月之行，則有冬有夏；月之從星，則以風雨。

“九、五福：一曰壽，二曰富，三曰康寧，四曰攸好德，五曰考終命。六極：一曰凶短折，二曰疾，三曰憂，四曰貧，五曰惡，六曰弱。”

《尚書·周書·洪範》

《史記·周本紀》云：“武王已克殷，後二年，問箕子殷所以亡。箕子不忍言殷惡，以存亡國宜告。武王亦醜，故問以天道。”張守節《正義》：“箕子殷人，不忍言殷惡，以周國之所宜言告武王，爲《洪範》九類，武王以類問天道。”[①]“洪範”之義，僞孔《傳》云：“洪，大；範，法也。言天地之大法。”[②]據此可知，周武王伐紂滅商之後，向箕子請教殷商所以滅亡的原因；箕子告以“周國之所宜”，系統地闡述了治國安民的“大法九類”（“洪範九疇”）。史官記錄箕子的言論，遂成《洪範》。

此篇多用韻文。其篇首“居、敍、怒”，古音皆屬魚部。第二疇“恭、從、聰、睿”古音屬東部，“明”古音屬陽部，東陽合韻。第五疇“極、福、色、德、側、直”，皆職部。“咎、受、好、道”，皆幽部。“明、行、昌、黨、蕩、光、王”，皆陽部。“穀、家、辜、惡、路”，皆魚部。“頗、義”，歌部。“偏、平”，元部。“訓、訓(順)”，文部。第六疇“德、直、克、福、食、國、忒”，皆職部。第七疇“克、忒”屬職部，“悔”屬之部，之職合韻。“從、同、逢”屬東部，“彊”屬陽部，東陽合韻。第八疇“歲、月”，月部。“成、寧”屬耕部，“明、章、康”屬陽部，耕陽合韻。“雨、夏”，

---

① [漢]司馬遷撰，[宋]裴駰集解，[唐]司馬貞索隱，[唐]張守節正義：《史記》卷四《周本紀》，北京：中華書局，1982年，第131頁。

② [漢]孔安國傳，[唐]孔穎達等正義：《尚書正義》卷十二《洪範》，影印阮刻《十三經注疏》本，北京：中華書局，1980年，第187頁。

魚部。第九疇“寧、命”，耕部。此文之用韻情況，與西周金文用韻通例相合[①]。

《洪範》具體論述了統治國家的大政方針，被視爲帝王之術，自西漢以後，受到歷代封建帝王的推崇。朱熹認爲此文“是治道最緊切處”，“天下之事，其大者大概備於此矣”[②]。《明實錄》載明太祖朱元璋“命儒臣書《洪範》，揭於御座之右，朝夕觀覽”[③]。此文在我國古代政治史、哲學史、思想史上都曾產生過巨大影響。

《呂刑》之文如下：

(2)惟呂命，王享國百年，耄，荒度作刑，以詰四方。

王曰：“若古有訓：蚩尤惟始作亂，延及于平民，罔不寇賊，鴟義姦宄，奪攘矯虔。苗民弗用靈，制以刑，惟作五虐之刑曰法：殺戮無辜，爰始淫爲劓、刵、椓、黥，越茲麗刑并制，罔差有辭。民興胥漸，泯泯棼棼，罔中于信，以覆詛盟；虐威庶戮，方告無辜于上。上帝監民，罔有馨香德，刑發聞惟腥！

“皇帝哀矜庶戮之不辜，報虐以威，遏絕苗民，無世在下。乃命重、黎，絕地天通，罔有降格。群后之逮在下，明明棐常，鰥寡無蓋。

“皇帝清問下民，鰥寡有辭于苗；德威惟畏，德明惟明。乃命三后，恤功于民：伯夷降典，折民惟刑；禹平水土，主名山川，稷降播種，農殖嘉穀。三后成功，惟殷于民。士制百姓于刑之中，以教(衹)[祗]德。

“穆穆在上，明明在下，灼于四方，罔不惟德之勤。故乃明于刑之中，率乂于民棐彝。典獄非訖于威，惟訖于富。敬忌，罔有擇言在身。惟克天德，自作元命，配享在下。”

王曰：“嗟！四方司政典獄，非爾惟作天牧？今爾何監？非時伯夷播刑之迪？其今爾何懲？惟時苗民匪察于獄之麗，罔擇吉人，觀于五刑之中；惟時庶威奪貨，斷制五刑，以亂無辜。上帝不蠲，降咎于苗；苗民無辭于罰，乃絕厥世。”

王曰：“嗚呼！念之哉！伯父、伯兄、仲叔、季弟、幼子、童孫，皆聽朕言，庶有格命。今爾罔不由慰日勤，爾罔或戒不勤。天齊于民，俾我一日；非終惟終，在人。爾尚敬逆天命，以奉我一人。雖畏勿畏，雖休勿休；惟敬五刑，以成三德。一人有慶，兆民賴之，其寧惟永。”

王曰：“吁！來，有邦有土！告爾祥刑。在今爾安百姓，何擇非人？何敬非刑？何度非及？

“兩造具備，師聽五辭；五辭簡孚，正于五刑；五刑不簡，正于五罰；五罰不服，正于五過。五過之疵：惟官、惟反、惟內、惟貨、惟來。其罪惟均，其審克之！

---

① 參见顧頡剛，劉起釪：《尚書校釋譯論》，北京：中華書局，2005年，第1209～1210頁；劉起釪：《尚書研究要論》，濟南：齊魯書社，2007年，第406～407頁。

② [宋]黎靖德編：《朱子語類》卷七十九《尚書二》，北京：中華書局，1985年，第2041頁。

③ [明]官修：《明實錄·明太祖實錄》卷一八〇，校印北平圖書館藏紅格鈔本，臺北：“中央研究院”歷史語言研究所，1962年，第2727頁。

“五刑之疑有赦，五罰之疑有赦，其審克之！簡孚有衆，惟貌有稽。無簡不聽，具嚴天威。

“墨辟疑赦，其罰百鍰，閱實其罪。劓辟疑赦，其罰惟倍，閱實其罪。剕辟疑赦，其罰倍差，閱實其罪。宮辟疑赦，其罰六百鍰，閱實其罪。大辟疑赦，其罰千鍰，閱實其罪。墨罰之屬千，劓罰之屬千，剕罰之屬五百，宮罰之屬三百，大辟之罰，其屬二百；五刑之屬三千。

“上下比罪，無僭亂辭，勿用不行。惟察惟法，其審克之！上刑適輕，下服；下刑適重，上服。輕重諸罰有權。刑罰世輕世重，惟齊非齊，有倫有要。

“罰懲非死，人極于病。非佞折獄，惟良折獄，罔非在中。察辭于差，非從惟從。哀敬折獄，明啓刑書胥占，咸庶中正。其刑其罰，其審克之！獄成而孚，輸而孚。其刑上備，有并兩刑。”

王曰：“嗚呼！敬之哉！官伯族姓，朕言多懼。朕敬于刑，有德惟刑。今天相民，作配在下，明清于單辭。民之亂，罔不中聽獄之兩辭；無或私家于獄之兩辭。獄貨非寶，惟府辜功，報以庶尤。永畏惟罰；非天不中，惟人在命。天罰不極，庶民罔有令政在于天下。”

王曰：“嗚呼！嗣孫！今往，何監非德？于民之中，尚明聽之哉！哲人惟刑，無疆之辭，屬于五極，咸中有慶。受王嘉師，監于茲祥刑！”

《尚書·周書·呂刑》

《史記·周本紀》云：“諸侯有不睦者，甫侯言於王，作脩刑辟。……命曰《甫刑》。”[①]僞孔《傳》云：“呂侯以穆王命作書，……後爲甫侯，故或稱《甫刑》。”[②]是此篇本呂侯所作，而以穆王名義佈告四方，故名《呂刑》，或稱《甫刑》。林之奇《尚書全解》云：“蓋‘甫’與‘呂’，正猶‘荊’之與‘楚’，‘商’之與‘殷’。故曰《呂刑》，又曰《甫刑》也。”[③]吴澄《書纂言》云：“或曰：‘呂’‘甫’聲協，猶‘受’‘紂’二字不同，其初蓋一名也。”[④]其說可通。

《呂刑》全文可分爲三段。篇首至“其寧惟永”爲第一段，詳述刑的源流，總結正反兩方面的歷史經驗教訓，說明建立法度的重要性，主張采取中刑，用刑公正適當，告誡諸侯應該勤政慎刑。“王曰吁”以下至“有并兩刑”爲第二段，闡明刑罰的種類條目，以及審理獄訟的方法。規定刑罰的等級有三，最重的是五刑，中等的是五罰，最輕的是五過。案情不明者，可從輕處治。按五刑輕重程度不同，犯罪之人可分別交納罰金免刑；

---

① [漢]司馬遷撰，[宋]裴駰集解，[唐]司馬貞索隱，[唐]張守節正義：《史記》卷四《周本紀》，北京：中華書局，1982年，第138～139頁。

② [漢]孔安國傳，[唐]孔穎達等正義：《尚書正義》卷十九，影印阮刻《十三經注疏》本，北京：中華書局，1980年，第247頁。

③ [宋]林之奇：《三山拙齋林先生尚書全解》卷三十九，見[清]納蘭性德，徐乾學輯：《通志堂經解》第5冊，揚州：江蘇廣陵古籍刻印社，1996年，第577頁。

④ [元]吴澄：《書纂言》卷四，見[清]納蘭性德，徐乾學輯：《通志堂經解》第6冊，揚州：江蘇廣陵古籍刻印社，1996年，第519頁。

這就爲貴族們通過贖刑以逃避懲處開了方便之門。“王曰嗚呼敬之哉”以下至篇末爲第三段，說明審理案件的正確態度，強調施用中刑的重要意義。

《呂刑》提出了刑法的具體內容與實施原則，記載了西周時期的刑法制度，是迄今所見我國古代最早而又較爲系統的法典。該文強調施用中刑的目的是以德治天下，審理案件必須實事求是，依法量刑，執法者要知法守法，這些刑法主張對整個封建社會的法律制度產生了深遠的影響，至今仍具有現實意義[①]。

① 參看錢宗武，杜純梓：《尚書新箋與上古文明》，北京：北京大學出版社，2004 年，第 310～312 頁。

第三節　告(誥)

今文《尚書·周書》中的"告(誥)"文數量甚多，現存《大誥》、《多方》、《康誥》、《酒誥》、《梓材》、《召誥》、《多士》、《洛誥》、《無逸》、《君奭》、《立政》十一篇。按施動者身份不同，可將這些"誥"文分爲三類：其一，載錄王告臣屬的"誥"文；其二，載錄臣屬告王的"告"文；其三，載錄臣屬互告的"告"文。分述如下。

一、載錄王告臣屬的"誥"文

今文《尚書·周書》中載錄周王告誡臣屬之言辭的"誥"文共有八篇，即《大誥》、《多方》、《康誥》、《酒誥》、《梓材》、《召誥》、《多士》、《洛誥》，學者稱之爲"周初八誥"。這八篇"誥"文，皆爲記錄周公攝政稱王期間所作之誥辭。

就創作時間而言，《大誥》當作於成王元年(即周公攝政元年)[①]，《多方》當作於成王三年(即周公攝政三年)，《康誥》、《酒誥》、《梓材》當作於成王四年(即周公攝政四年)，《召誥》、《多士》當作於成王五年(即周公攝政五年)，《洛誥》則作於成王七年(即周公攝政七年)。

如《大誥》：

(1)王若曰："猷！大誥爾多邦越爾御事：弗弔天降割于我家，不少延。洪惟我幼沖人，嗣無疆大歷服，弗造哲，迪民康，矧曰其有能格知天命？

"已！予惟小子，若涉淵水，予惟往求朕攸濟。敷賁，敷前人受命，茲不忘大功。予不敢閉于天降威，用(寧)[文]王遺我大寶龜，紹天明。即命曰：'有大艱于西土，西土人亦不靜。越茲蠢殷小腆，誕敢紀其敍。天降威，知我國有疵，民不康。曰："予復！"反鄙我周邦。今蠢，今翼。日，民獻有十夫予翼，以于敉(寧)[文]武圖功。我有大事，休？'朕卜并吉！

"肆予告我友邦君越尹氏、庶士、御事，曰：'予得吉卜，予惟以爾庶邦，于伐殷逋播臣！'爾庶邦君越庶士、御事罔不反曰：'艱大，民不靜，亦惟在王宮、邦君室。越予小子考翼，不可征。王害不違卜？'

"肆予沖人永思艱，曰：嗚呼！允蠢鰥寡，哀哉！予造天役，遺大投艱于朕身；越予沖人，不卬自恤。義爾邦君，越爾多士尹氏、御事綏予曰：'無毖于恤！不可不成乃(寧)[文]考圖功！'

"已！予惟小子，不敢替上帝命。天休于(寧)[文]王，興我小邦周；

① 案：周武王未改元，及其死後一直沿用文王受命紀年。周成王元年，實爲文王受命後之十四年。此云成王元年、周公攝政元年，乃就事實言，並非當時采用的紀年。下同。

(寧)[文]王惟卜用，克綏受茲命。今天其相民，矧亦惟卜用？嗚呼！天明畏，弼我丕丕基！”

王曰：“爾惟舊人，爾丕克遠省？爾知(寧)[文]王若勤哉！天閟毖我成功所，予不敢不極卒(寧)[文]王圖事。肆予大化誘我友邦君：天棐忱，辭其考我民？予曷其不于前(寧)[文]人圖功攸終？天亦惟用勤毖我民，若有疾；予曷敢不于前(寧)[文]人攸受休畢？”

王曰：“若昔朕其逝，朕言艱日思。若考作室，既厎法，厥子乃弗肯堂，矧肯構？厥父菑，厥子乃弗肯播，矧肯穫？厥考翼其肯曰：‘予有後，弗棄基？’肆予曷敢不越卬敉(寧)[文]王大命？若兄考，乃有友伐厥子，民養其勸弗救？”

王曰：“嗚呼！肆哉，爾庶邦君越爾御事！爽邦由哲，亦惟十人迪知上帝命。越天棐忱，爾時罔敢易法，矧今天降戾于周邦？惟大艱人誕鄰胥伐于厥室，爾亦不知天命不易！予永念曰：天惟喪殷；若穡夫，予曷敢不終朕畝？天亦惟休于前(寧)[文]人；予曷其極卜，敢弗于從率(寧)[文]人有指疆土？矧今卜并吉！肆朕誕以爾東征！天命不僭，卜陳惟若茲！”

《尚書·周書·大誥》

《史記·周本紀》云：“成王少，周初定天下，周公恐諸侯畔周，公乃攝行政當國。管叔、蔡叔群弟疑周公，與武庚作亂，畔周。周公奉成王命，伐誅武庚、管叔，放蔡叔。……三年而畢定，故初作《大誥》。”[①]《魯周公世家》云：“武王既崩，成王少，在強葆之中。周公恐天下聞武王崩而畔，周公乃踐阼代成王攝行政當國。……管、蔡、武庚等果率淮夷而反。周公乃奉成王命，興師東伐，作《大誥》。遂誅管叔，殺武庚，放蔡叔。”[②]《書序》亦云：“武王崩，三監及淮夷叛。周公相成王，將黜殷，作《大誥》。”[③]結合《大誥》內容來看，此篇當爲周公東征平叛之初爲動員興師而作，《魯周公世家》、《書序》所言可從。

周公東征，是西周初年的重大歷史事件。周武王將殷商王畿劃分爲邶、鄘、衛三個區域，分封給商紂之子武庚及武王之弟管叔、蔡叔，藉以統治殷商遺民，史稱“三監”。武王逝世後，周公攝政稱王，統治階級內部出現爭權鬥爭。管叔、蔡叔聯合武庚及徐、奄、熊、盈等東方諸侯部落，發動大規模武裝叛亂，周王朝面臨生死存亡的嚴峻考驗。周公決計率兵東征，遂廣泛誥諭各諸侯國的國君和眾位大臣。史官把周公的這次動員講話記錄下來，即爲此篇《大誥》。

《大誥》全文可分爲三段。篇首至“弼我丕丕基”爲第一段，記敍周公宣佈吉卜，勸導邦君和群臣應當順從天意，參加東征。“王曰爾惟舊人”以下至“民養其勸弗救”爲

① [漢]司馬遷撰，[宋]裴駰集解，[唐]司馬貞索隱，[唐]張守節正義：《史記》卷四《周本紀》，北京：中華書局，1982年，第132頁。

② [漢]司馬遷撰，[宋]裴駰集解，[唐]司馬貞索隱，[唐]張守節正義：《史記》卷三十三《魯周公世家》，北京：中華書局，1982年，第1518頁。

③ [漢]孔安國傳，[唐]孔穎達等正義：《尚書正義》卷十三，影印阮刻《十三經注疏》本，北京：中華書局，1980年，第197頁。

第二段，記敍周公駁斥東征“艱大”、欲違背龜卜的觀點，勸導邦君和群臣應當不畏艱難，共同完成先王未竟的大業。“王曰嗚呼肆哉”以下至篇末爲第三段，記敍周公説明天命不可懈怠，勸導邦君和群臣遵從龜卜吉兆的旨意行事，合力出兵東征，討平叛亂。

經過反復開導，周公終於説服邦君和群臣，成功地完成了東征動員。此次東征歷時三年，鎮壓了三監叛亂，從而奠定了新生的周王朝的統治基礎。這篇《大誥》，即是周公東征的一個歷史見證。其文辭古奥，與西周金文類似，被公認爲西周初年的作品，具有很高的史料價值。

又如《康誥》、《酒誥》、《梓材》三篇“誥”文，皆作於周公東征平叛之後，爲記錄周公誥誡其同母幼弟康叔封的言辭。《史記·衛康叔世家》云：“周公旦以成王命興師伐殷，殺武庚禄父、管叔，放蔡叔，以武庚殷餘民封康叔爲衛君，居河、淇間故商墟。周公旦懼康叔齒少，乃申告康叔曰：‘必求殷之賢人君子長者，問其先殷所以興，所以亡，而務愛民。’告以紂所以亡者以淫於酒，酒之失，婦人是用，故紂之亂自此始。爲《梓材》，示君子可法則。故謂之《康誥》、《酒誥》、《梓材》以命之。”[①]曾運乾先生云：“《康誥》，告以明德慎罰也。《酒誥》，因康叔國於殷墟，殷民化紂俗，沈湎於酒，誥以剛制於酒也。《梓材》，因康叔往殷，令其宣佈德意，招致庶殷，共營東周也。”[②]對此三篇“誥”文的創作緣由與主旨一併作了説明。

《康誥》之文如下：

(2)惟三月哉生魄，周公初基作新大邑于東國洛，四方民大和會。侯、甸、男、邦、采、衛、百工、播民，和見士于周。周公咸勤，乃洪大誥治。

王若曰：“孟侯，朕其弟，小子封！惟乃丕顯考文王，克明德慎罰，不敢侮鰥寡，庸庸，(祗祗)[祇祇]，威威，顯民，用肇造我區夏，越我一二邦，以修我西土。惟時怙冒聞于上帝，帝休。天乃大命文王殪戎殷，誕受厥命越厥邦厥民。惟時敍，乃寡兄勖。肆汝小子封，在兹東土。”

王曰：“嗚呼！封！汝念哉！今民將在！(祗)[祇]遹乃文考，紹聞衣德言。往敷求于殷先哲王，用保乂民。汝丕遠惟商耇成人，宅心知訓；別求聞由古先哲王，用康保民。弘于天若德，裕乃身不廢在王命。”

王曰：“嗚呼！小子封！恫瘝乃身，敬哉！天畏棐忱，民情大可見，小人難保。往盡乃心，無康好逸豫，乃其乂民。我聞曰：‘怨不在大，亦不在小。惠不惠，懋不懋。’已！汝惟小子，乃服惟弘。王應保殷民，亦惟助王宅天命，作新民。”

王曰：“嗚呼！封！敬明乃罰。人有小罪，非眚，乃惟終，自作不典；式爾，有厥罪小，乃不可不殺。乃有大罪，非終，乃惟眚災；適爾，既道極厥辜，時乃不可殺。”

王曰：“嗚呼！封！有敍時，乃大明服，惟民其勑懋和。若有疾，惟民

---

① ［漢］司馬遷撰，［宋］裴駰集解，［唐］司馬貞索隱，［唐］張守節正義：《史記》卷三十七《衛康叔世家》，北京：中華書局，1982年，第1589～1590頁。

② 曾運乾：《尚書正讀》卷四，北京：中華書局，1964年，第158頁。

其畢棄咎。若保赤子，惟民其康乂。非汝封刑人殺人，無或刑人殺人；非汝封又曰劓刵人，無或劓刵人。”

王曰：“外事，汝陳時臬司，師兹殷罰有倫。又曰：要囚，服念五六日，至于旬時，丕蔽要囚。”

王曰：“汝陳時臬事，罰蔽殷彝，用其義刑義殺，勿庸以次汝封。乃汝盡遜，曰時敍，惟曰未有遜事。已！汝惟小子，未其有若汝封之心；朕心朕德，惟乃知。凡民自得罪，寇攘姦宄，殺越人于貨，暋不畏死，罔弗憝。”

王曰：“封！元惡大憝，矧惟不孝不友。子弗(衹)[祗]服厥父事，大傷厥考心；于父不能字厥子，乃疾厥子；于弟弗念天顯，乃弗克恭厥兄；兄亦不念鞠子哀，大不友于弟。惟弔兹，不于我政人得罪，天惟與我民彝大泯亂。曰：乃其速由文王作罰，刑兹無赦。

“不率大戛，矧惟外庶子、訓人惟厥正人越小臣、諸節，乃别播敷，造民大譽，弗念弗庸，瘝厥君：時乃引惡，惟朕憝。已！汝乃其速由兹義率殺。亦惟君惟長，不能厥家人越厥小臣、外正，惟威惟虐，大放王命，乃非德用乂，汝亦罔不克敬典乃由。裕民惟文王之敬忌，乃裕民曰‘我惟有及’，則予一人以懌。”

王曰：“封！爽惟民迪吉康，我時其惟殷先哲王德，用康乂民作求。矧今民罔迪，不適不迪，則罔政在厥邦。”

王曰：“封！予惟不可不監，告汝德之說于罰之行。今惟民不靜，未戾厥心，迪屢未同。爽惟天其罰殛我，我其不怨。惟厥罪無在大，亦無在多，矧曰其尚顯聞于天？”

王曰：“嗚呼！封！敬哉！無作怨，勿用非謀非彝蔽時忱，丕則敏德。用康乃心，顧乃德，遠乃猷，裕乃以民寧，不汝瑕殄。”

王曰：“嗚呼！肆汝小子封！惟命不于常，汝念哉！無我殄享。明乃服命，高乃聽，用康乂民。”

王若曰：“往哉！封！勿替敬，典聽朕誥，汝乃以殷民世享。”

《尚書·周書·康誥》

此文可分爲五段。篇首至“乃洪大誥治”四十八字爲第一段，記周公營建洛邑之事[①]。“王若曰孟侯”以下至“作新民”爲第二段，記敍周公總結歷史經驗教訓，闡明文王、武王明德慎罰而得天下的策略，誥誡康叔要盡心尋求治道，尚德保民。“王曰嗚呼封敬明乃罰”以下至“罔弗憝”爲第三段，記敍周公誥誡康叔用刑須謹慎嚴明，並說明施用刑罰的準則。“王曰封元惡大憝”以下至“罔政在厥邦”爲第四段，記敍周公誥誡康叔須努力施行德政，引導和感化殷民。“王曰封予惟不可不監”以下至篇末爲第五段，記

① 案：此四十八字，從漢至唐的注疏家皆以爲原是《康誥》之首。至宋，始有異說。蘇軾以之爲《洛誥》篇首的錯簡，朱熹、蔡沈從之。至清，王夫之以爲當定爲逸《書》簡端之錯文，金履祥、俞樾以爲是《梓材》之首，吳汝綸以爲是《大誥》末簡，崔述認爲不知是何篇之序。王國維先生以爲此一段疑不能明。劉起釪先生認爲把這四十八字看作不知是何篇錯簡之說較妥。參看顧頡剛，劉起釪：《尚書校釋譯論》，北京：中華書局，2005年，第1298～1299頁。

敍周公誥誡康叔須聽從教導，行使職責，明德慎罰，以治理好殷民。

《康誥》的中心內容是闡明“明德慎罰”的治殷原則。周公在誥辭中論述了尚德慎行、敬天愛民的道理，強調用德政教化殷民，鞏固周王朝的統治。由於周公親自參與並領導了伐殷、東征等一系列重大歷史事件，從歷史的巨變和激烈的階級對抗中，他認識到人民的力量，認識到爭取民心的重要意義，因而他特別強調“敬”“慎”二字，把“天命”與“民情”二者聯繫起來。周公所敬畏的與其說是“天命”，倒不如說是“民情”。這一點與周的前代相比，不能不說是一個進步[①]。

《酒誥》之文如下：

(3) 王若曰：“明大命于妹邦！乃穆考文王，肇國在西土。厥誥毖庶邦庶士越少正、御事，朝夕曰：‘祀茲酒。’惟天降命，肇我民，惟元祀。天降威，我民用大亂喪德，亦罔非酒惟行；越小大邦用喪，亦罔非酒惟辜。

“文王誥教小子、有正、有事：‘無彝酒；越庶國，飲惟祀，德將無醉；惟曰我民迪。’小子！惟土物愛，厥心臧，聰聽祖考之彝訓越小大德。小子！惟一妹土，嗣爾股肱，純其藝黍稷，奔走事厥考厥長。肇牽車牛遠服賈，用孝養厥父母；厥父母慶，自洗腆，致用酒。

“庶士、有正越庶伯、君子！其爾典聽朕教。爾大克羞耇惟君，爾乃飲食醉飽。丕惟曰：爾克永觀省，作稽中德。爾尚克羞饋祀，爾乃自介用逸。茲乃允惟王正、事之臣；茲亦惟天若元德，永不忘在王家！”

王曰：“封！我西土棐徂邦君、御事、小子，尚克用文王教，不腆于酒。故我至于今，克受殷之命。”

王曰：“封！我聞惟曰：在昔殷先哲王，迪畏天顯小民，經德秉哲。自成湯咸至于帝乙，成王畏相。惟御事厥棐有恭，不敢自暇自逸，矧曰其敢崇飲？越在外服，侯、甸、男、衛、邦伯；越在內服，百僚、庶尹、惟亞、惟服、宗工，越百姓、里(居)[君]，罔敢湎于酒，不惟不敢，亦不暇。惟助成王德顯，越尹人、(祇)[祗]辟。

“我聞亦惟曰：在今後嗣王酣身，厥命罔顯于民(祇)[祗]，保越怨不易。誕惟厥縱淫泆于非彝，用燕喪威儀，民罔不衋傷心。惟荒腆于酒，不惟自息乃逸。厥心疾很，不克畏死。辜在商邑，越殷國滅無罹。弗惟德馨香、祀登聞于天，誕惟民怨，庶群自酒，腥聞在上，故天降喪于殷，罔愛于殷，惟逸。天非虐，惟民自速辜！”

王曰：“封！予不惟若茲多誥。古人有言曰：‘人無於水監，當於民監。’今惟殷墜厥命，我其可不大監撫于時？

“予惟曰：汝劼毖殷獻臣，侯、甸、男、衛；矧太史友、內史友越獻臣百宗工；矧惟爾事，服休、服采；矧惟若疇：圻父薄違，農父若保，宏父定辟；矧汝剛制于酒。

“厥或誥曰：‘群飲。’汝勿佚，盡執拘以歸于周，予其殺！又惟殷之

① 參看錢宗武，杜純梓：《尚書新箋與上古文明》，北京：北京大學出版社，2004年，第173～174頁。

迪諸臣惟工乃湎于酒，勿庸殺之，姑惟教之。有斯明享，乃不用我教辭，惟我一人弗恤，弗蠲乃事，時同于殺。”

王曰：“封！汝典聽朕毖，勿辯乃司民湎于酒！”

《尚書·周書·酒誥》

本篇所記，皆與戒酒之事有關。康叔治理的衛國，原本殷商故地。殷商末葉，飲酒風氣尤盛。至周初，殷人仍惡習不改，沉湎於酒。於是，周公認真總結歷史經驗教訓，命康叔在衛國宣佈戒酒令。史官記錄周公之誥辭，遂成《酒誥》。

《酒誥》全文可分爲三段。篇首至“永不忘在王家”爲第一段，記敘周公闡明戒酒的重要性，教導衛國臣民須節制飲酒。“王曰封我西土”以下至“惟民自速辜”爲第二段，記敘周公總結殷商戒酒興國和縱酒亡國的經驗教訓。“王曰封予不惟”以下至篇末爲第三段，記敘周公宣佈戒酒的嚴厲法令。

商紂以沉湎於酒色而亡國，這個教訓對於剛剛奪得天下的姬周王室來說是太深刻了。因此，周公從鞏固政權的高度認識到移風易俗的重要性。他在誥辭中強調戒酒令的執行要寬猛相濟，對於聚眾飲酒者嚴懲不貸，一律殺無赦；對於觸犯戒酒令的殷商遺民，則先教育，後嚴懲。他這種分清情況、分別對待的策略思想，對於安定教化殷民發揮了重要作用。他還重申“人無於水監，當於民監”的政治格言，強調查看民情考察政治得失。這些政治思想對後代政治家產生了重要影響[①]。

《梓材》之文如下：

(4)王曰：“封！以厥庶民暨厥臣達大家，以厥臣達王，惟邦君。

“汝若恒越曰：‘我有師師：司徒、司馬、司空、尹、旅。’曰：‘予罔厲殺人。’亦厥君先敬勞，肆徂厥敬勞。肆往姦宄、殺人、歷人，宥；肆亦見厥君事、戕敗人，宥。

“王啓監，厥亂爲民。曰：‘無胥戕，無胥虐，至于敬寡，至于屬婦，合由以容。’王其效邦君越御事，厥命曷以？引養、引恬。自古王若茲，監罔攸辟。

“惟曰：若稽田，既勤敷菑，惟其陳修，爲厥疆畎。若作室家，既勤垣墉，惟其塗塈茨。若作梓材，既勤樸斲，惟其塗丹雘。

“今王惟曰：先王既勤用明德懷，爲夾庶邦享作。兄弟方來，亦既用明德，后式典集，庶邦丕享。

“皇天既付中國民越厥疆土于先王，肆王惟德用，和懌先後迷民，用懌先王受命。

“已！若茲監！惟曰：欲至于萬年，惟王子子孫孫永保民！”

《尚書·周書·梓材》

此篇所記，乃周公誥誡康叔應當如何治理殷商故地的言辭。關於此文的原本面目，自宋以來爭論很大。吳棫認爲中多誤簡，自“王啓監”以下當另爲一篇。蔡沈《書集傳》則認爲“今王惟曰”以下乃周公、召公勸諫成王之語，當另爲一篇。清王鳴盛《尚書後案》

① 參看錢宗武，杜純梓：《尚書新箋與上古文明》，北京：北京大學出版社，2004年，第183～184頁。

承蔡說，認爲“今王惟曰”以下乃周公因誥康叔而並誡成王之辭。周秉鈞先生《尚書易解》則認爲本篇内容前後相屬，仍爲一篇。細繹此文，尚可稱得上首尾連貫，條理井然。自篇首至“戕敗人宥”，記敍周公闡明治理殷民的寬大政策。自“王啓監”至篇末，記敍周公闡述推行這些政策的目的和理由。

如何真正征服殷民，是西周初年統治者鞏固政權需要解決的重要問題。在《梓材》這篇“誥”文中，周公强調要“罔厲殺人”，對罪犯要寬恕。推行這一政策，目的在於更好地治理殷民，以達到長治久安。周公誥誡康叔施行德政，以穩定局勢。他强調，衹有“用明德”，才能“惟王子子孫孫永保民”。周公的政治主張，對於緩和殷周的民族矛盾和階級矛盾，促進周王朝的鞏固發展起到了積極作用。

此篇“誥”文的語言表達頗有特色。爲了說明創業和守成的關係，周公在《梓材》誥辭中，以日常生活中的“稽田”(耕治農田)、“作室家”(修建房屋)、“作梓材”(製作器具)三事作譬喻，自然貼切，說服力强。這也從一個側面真實地反映了周民族深厚的農耕文化情結。與此相類的以農事作譬喻來說理，亦見於《大誥》。這兩篇“誥”文爲研究比喻修辭格的文化心理因素提供了重要語料。

又如《召誥》、《洛誥》二篇“誥”文，亦記周公之誥辭。《史記·周本紀》云：“成王在豐，使召公復營洛邑，如武王之意。周公復卜申視，卒營築，居九鼎焉。曰：‘此天下之中，四方入貢道里均。’作《召誥》、《洛誥》。”[①]《魯世家》云：“成王七年二月乙未，王朝步自周，至豐，使太保召公先之雒相土。其三月，周公往營成周雒邑，卜居焉，曰‘吉’，遂國之。”[②]《尚書大傳》則云：“成王在豐，欲宅洛邑，使召公先相宅。”[③]“五年營成周，六年制禮作樂，七年致政成王。”[④]《洛誥》作於成王七年(即周公攝政七年)。據1963年陝西省寶雞市賈村出土的西周早期之㓨尊銘文，則《召誥》非作於成王七年，當依《大傳》所言作於成王五年(即周公攝政五年)[⑤]。

《召誥》之文如下：

(5)惟二月既望，越六日乙未，王朝步自周，則至于豐。

惟太保先周公相宅。越若來三月，惟丙午朏，越三日戊申，太保朝至于洛，卜宅。厥既得卜，則經營。越三日庚戌，太保乃以庶殷攻位于洛汭。越五日甲寅，位成。

若翼日乙卯，周公朝至于洛，則達觀于新邑營。越三日丁巳，用牲于郊，

① [漢]司馬遷撰，[宋]裴駰集解，[唐]司馬貞索隱，[唐]張守節正義：《史記》卷四《周本紀》，北京：中華書局，1982年，第133頁。

② [漢]司馬遷撰，[宋]裴駰集解，[唐]司馬貞索隱，[唐]張守節正義：《史記》卷三十三《魯周公世家》，北京：中華書局，1982年，第1519頁。

③ [清]皮錫瑞：《尚書大傳疏證》卷五，《續修四庫全書》第55冊，上海：上海古籍出版社，2002年，第767頁。

④ [清]皮錫瑞：《尚書大傳疏證》卷五，《續修四庫全書》第55冊，上海：上海古籍出版社，2002年，第769頁。

⑤ 參看顧頡剛，劉起釪：《尚書校釋譯論》，北京：中華書局，2005年，第1449～1450、1453～1454頁。

牛二。越翼日戊午，乃社于新邑，牛一，羊一，豕一。越七日甲子，周公乃朝用書，命庶殷侯、甸、男、邦伯。厥既命殷庶，庶殷丕作。

太保乃以庶邦冢君出取幣，乃復入錫周公。[周公]曰[①]：

“拜手稽首，旅王若公，誥告庶殷越自乃御事：嗚呼！皇天上帝改厥元子，茲大國殷之命。惟王受命，無疆惟休，亦無疆惟恤。嗚呼！曷其奈何弗敬！

“天既遐終大邦殷之命，茲殷多先哲王在天，越厥後王後民，茲服厥命厥終。智藏，瘝在！夫知保抱攜持厥婦子，以哀籲天：‘徂，厥亡出執！’嗚呼！天亦哀于四方民，其眷命用懋！王其疾敬德！

“相古先民有夏，天迪從子保；面稽天若，今時既墜厥命。今相有殷，天迪格保；面稽天若，今時既墜厥命。今沖子嗣則無遺壽耇，曰‘其稽我古人之德’，矧曰‘其有能稽謀自天’。

“嗚呼！有王雖小，元子哉！其丕能諴于小民！今休王不敢後，用顧畏于民碞。王來紹上帝，自服于土中。旦曰：‘其作大邑，其自時配皇天。毖祀于上下，其自時中乂。’王厥有成命治民，今休。王先服殷御事，比(介)[邇]于我有周御事，節性惟日其邁。王敬作所，不可不敬德！

“我不可不監于有夏，亦不可不監于有殷。我不敢知曰：有夏服天命，惟有歷年。我不敢知曰：不其延，惟不敬厥德，乃早墜厥命。我不敢知曰：有殷受天命，惟有歷年。我不敢知曰：不其延，惟不敬厥德，乃早墜厥命。今王嗣受厥命，我亦惟茲二國命，嗣若功。

“王乃初服。嗚呼！若生子，罔不在厥初生，自貽哲命。今天其命哲，命吉凶，命歷年；知今我初服，宅新邑。肆惟王其疾敬德！王其德之，用祈天永命！

“其惟王勿以小民淫用非彝，亦敢殄戮；用乂民，若有功。其惟王位在德元，小民乃惟刑用于天下，越王顯。上下勤恤，其曰：‘我受天命，丕若有夏歷年，式勿替有殷歷年！’欲王以小民受天永命。”

拜手稽首曰：“予小臣敢以王之讎民、百君子越友民，保受王威命明德！王末有成命，王亦顯。我非敢勤，惟恭奉幣，用供王能祈天永命！”

《尚書·周書·召誥》

全文可分爲五段。篇首至“庶殷丕作”爲第一段，記敍成王在豐，遣太保召公相宅，營建洛邑之事。“太保乃以”以下至“稽謀自天”爲第二段，記敍周公答謝召公之獻禮，誥誡庶殷和御事之臣天命不常，應當吸取殷亡教訓，轉而誥勉成王敬慎重德。“嗚呼有王雖小”以下至“不可不敬德”爲第三段，記敍周公闡述順應民意營建洛邑對治理國家的重要意義。“我不可不監于有夏”以下至“受天永命”爲第四段，記敍周公強調吸取夏、殷滅亡的歷史教訓，誥勉成王敬德保民，以祈天永命。“拜手稽首曰”以下至篇末，

① “曰”上當重“周公”二字，據于省吾先生說補。參看于省吾：《雙劍誃尚書新證》卷三，《雙劍誃群經新證·雙劍誃諸子新證》，上海：上海書店出版社，1999年，第93頁。

記敍召公之答語。

《召誥》的誥辭語言充滿強烈的感情色彩。“王其疾敬德”“王敬作所，不可不敬德”“肆惟王其疾敬德”“王其德之”，周公反復囑咐叮嚀成王敬重德行，言者情真意切，聞者爲之動容。“我不敢知曰……我不敢知曰……我不敢知曰……我不敢知曰……”，運用重章疊句結構，誥誡成王應當吸取前車之鑒，敬德保民，以祈天永命，周公語重心長的神情溢於言表。

《召誥》是研究西周初期政治思想的重要文獻。王國維先生云：“《尚書》言‘治’之意者，則惟言庶民。……《召誥》一篇，言之尤爲反覆詳盡，曰命，曰天，曰民，曰德，四者一以貫之。……文、武、周公所以治天下之精義大法，胥在於此。”[①]所言良是。

《洛誥》之文如下：

(6) 周公拜手稽首曰：“朕復子明辟。王如弗敢及，天基命定命。予乃胤保大相東土，其基作民明辟。

“予惟乙卯朝至于洛師。我卜河朔黎水，我乃卜澗水東、瀍水西，惟洛食；我又卜瀍水東，亦惟洛食。伻來以圖及獻卜。”

王拜手稽首曰：“公不敢不敬天之休，來相宅，其作周匹休。公既定宅，伻來，來視予卜休恒吉，我二人共貞。公其以予萬億年敬天之休！拜手稽首誨言。”

周公曰：“王肇稱殷禮，祀于新邑，咸秩無文。予齊百工，伻從王于周，予惟曰：‘庶有事。’今王即命曰：‘記功宗，以功作元祀。’惟命曰：‘汝受命篤弼，丕視功載，乃汝其悉自教工。’

“孺子其朋，孺子其朋，其往！無若火始餤餤，厥攸灼，敍弗其絕厥若。彝及撫事如。予惟以在周工往新邑，伻嚮即有僚，明作有功，惇大成裕，汝永有辭。”

公曰：“已！汝惟沖子，惟終。汝其敬識百辟享，亦識其有不享。享多儀，儀不及物，惟曰不享，惟不役志于享。凡民惟曰不享，惟事其爽侮。

“乃惟孺子頒，朕不暇聽。朕教汝于棐民彝；汝乃是不蘉，乃時惟不永哉！篤敍乃正父，罔不若予；不敢廢乃命。汝往，敬哉！茲予其明農哉！彼裕我民，無遠用戾。”

王若曰：“公！明保予沖子。公稱丕顯德，以予小子揚文武烈，奉答天命，和恒四方民居師。惇宗將禮，稱秩元祀，咸秩無文。惟公德明光于上下，勤施于四方，旁作穆穆，迓衡不迷，文武勤教，予沖子夙夜毖祀。”

王曰：“公功棐迪篤，罔不若時。”

王曰：“公！予小子其退即辟于周，命公後。四方迪亂，未定于宗禮，亦未克敉公功。迪將其後，監我士、師、工，誕保文武受民，亂爲四輔。”

王曰：“公定，予往已公功肅將祗歡，公無困(哉我)[我哉]，惟無斁其康事。公勿替刑，四方其世享。”

① 王國維：《殷周制度論》，《觀堂集林》卷十，北京：中華書局，1959年，第476～477頁。

周公拜手稽首曰："王命予來，承保乃文祖受命民；越乃光烈考武王弘朕。恭孺子來相宅，其大惇典殷獻民，亂爲四方新辟，作周恭先。曰其自時中乂，萬邦咸休，惟王有成績。予旦以多子越御事篤前人成烈，答其師，作周孚先。考朕昭子刑，乃單文祖德。

"伻來毖殷，乃命寧予，以秬鬯二卣，曰：'明禋，拜手稽首休享。'予不敢宿，則禋于文王、武王；'惠篤敍，無有遘自疾，萬年猒[于]乃德，殷乃引考。'王伻殷，乃承敍，萬年其永觀朕子懷德。"

戊辰，王在新邑，烝祭歲，文王騂牛一，武王騂牛一。王命作冊逸祝冊，惟告周公其後。王賓，殺禋，咸格。王入太室祼。

王命周公後，作冊逸誥。在十有二月。惟周公誕保文武受命，惟七年。

《尚書·周書·洛誥》

《書序》云："召公既相宅，周公往營成周，使來告卜，作《洛誥》。"僞孔《傳》云："召公先相宅，卜之。周公自後至，經營作之，遣使以所卜吉兆逆告成王。""既成洛邑，將致政成王，告以居洛之義。"孔《疏》云："周公與王更相報答，史敍其事，作《洛誥》。史錄此篇，錄周公與成王相對之言以爲後法，非獨相宅告卜而已。"[①]所言皆與《洛誥》本文相合。周成王七年(即周公攝政七年)，營建洛邑的主要工程(如宗廟、宮室等)完成後，周公請成王到洛邑舉行祀典，主持國政，成王則於祀後還宗周，留周公居洛以鎮撫東土。這一過程中，周公與成王之間往返商討之辭，以及洛邑冬祭時的情況，由作冊逸記錄下來，誥諭天下，遂得此篇《洛誥》。

《洛誥》全文可分爲四段。篇首至"拜手稽首誨言"爲第一段，記敍周公在洛，成王在鎬，周公遣使告成王，與成王討論定都洛邑的對話。"周公曰王肇稱殷禮"以下至"四方其世享"爲第二段，記敍周公還鎬請成王至洛舉行元祀，主持政務，成王則懇切請求周公繼續治洛的對話。"周公拜手稽首曰"以下至"觀朕子懷德"爲第三段，記敍周公在洛接受王命，感謝成王慰問之答辭。"戊辰"以下至篇末爲第四段，記敍成王至洛行烝祭，而後成王返鎬，留周公繼續居洛鎮撫東土之事。

《洛誥》主要是記錄周公與成王之間的對話，言辭懇切，氣氛和諧，反映了周公謀劃國事的耿耿忠心和成王倚重周公的誠意，也顯示了君臣團結無間、親密協作的情形。

《洛誥》的寫作手法較爲獨特。史官所記周公與成王之對話歷時較長，對話內容涉及面亦頗廣，如定都洛邑之事，治理洛邑之事，舉行祀典之事。因而對話言辭表達各異，如商討國事之辭，接受王命之辭，祭祀祝禱之辭，或引用譬喻，或追述往言，或直出己意。所記地點亦有變換，或周公在洛而成王在鎬，或周公還鎬而成王在鎬，或周公返洛而成王在鎬，或周公在洛而成王亦在洛。記言中有事實，記事中有議論。言辭之變幻，讓人費解。因而，《洛誥》成爲《尚書》中最難讀的一篇文字。經由前輩學者的深入鑽研，始使我們對《洛誥》之文意有較多理解和把握，但時至今日仍不能將其內容完全讀通。

---

① [漢]孔安國傳，[唐]孔穎達等正義：《尚書正義》卷十五，影印阮刻《十三經注疏》本，北京：中華書局，1980年，第214頁。

營建洛邑和治理洛邑，是周初重大的歷史事件，也是周王朝鞏固統治地位的重要戰略舉措。《召誥》和《洛誥》二篇，其基本思想是一致的，可看作姊妹篇，皆具有重要的文獻價值。

又如《多方》、《多士》二篇，記錄周公攝政期間誥誡殷商遺民及諸侯方國的言辭，亦可看作姊妹篇。

《多方》之文如下：

(7)惟五月丁亥，王來自奄，至于宗周。

周公曰，王若曰："猷！告爾四國多方，惟爾殷侯尹民！我惟大降爾命，爾罔不知。

"洪惟[圖]天之命，弗永寅念于祀。惟帝降格于夏，有夏誕厥逸，不肯感言于民，乃大淫昏，不克終日勸于帝之迪，乃爾攸聞。厥圖帝之命，不克開于民之麗，乃大降罰，崇亂有夏，因甲于內亂。不克靈承于旅，罔丕惟進之恭，洪舒于民。亦惟有夏之民，叨懫日欽，劓割夏邑。天惟時求民主，乃大降顯休命于成湯，刑殄有夏。

"惟天不畀純，乃惟以爾多方之義民，不克永于多享。惟夏之恭多士，大不克明保享于民。乃胥惟虐于民，至于百爲，大不克開。乃惟成湯，克以爾多方，簡代夏作民主。慎厥麗，乃勸；厥民刑，用勸。以至于帝乙，罔不明德慎罰，亦克用勸。要囚，殄戮多罪，亦克用勸；開釋無辜，亦克用勸。今至于爾辟，弗克以爾多方享天之命。"

"嗚呼！"王若曰："誥告爾多方！非天庸釋有夏，非天庸釋有殷；乃惟爾辟以爾多方，大淫圖天之命，屑有辭。乃惟有夏，圖厥政，不集于享；天降時喪，有邦間之。乃惟爾商後王，逸厥逸，圖厥政，不蠲烝；天惟降時喪。

"惟聖罔念作狂，惟狂克念作聖。天惟五年須暇之子孫，誕作民主，罔可念聽。天惟求爾多方，大動以威，開厥顧天。惟爾多方，罔堪顧之。惟我周王，靈承于旅，克堪用德，惟典神天。天惟式教我用休，簡畀殷命，尹爾多方。

"今我曷敢多誥？我惟大降爾四國民命。爾曷不忱裕之于爾多方？爾曷不夾介乂我周王，享天之命？今爾尚宅爾宅，畋爾田，爾曷不惠王熙天之命？爾乃迪屢不靜，爾心未愛；爾乃不大宅天命；爾乃屑播天命；爾乃自作不典，圖忱于正！我惟時其教告之，我惟時其戰要囚之。至于再，至于三。乃有不用我降爾命，我乃其大罰(殛)[極]之！非我有周秉德不康寧，乃惟爾自速辜！"

王曰："嗚呼！猷！告爾有方多士暨殷多士！今爾奔走臣我監五祀，越惟有胥伯小大多正，爾罔不克臬。自作不和，爾惟和哉！爾室不睦，爾惟和哉！爾邑克明，爾惟克勤乃事。爾尚不忌于凶德，亦則以穆穆在乃位。克閱于乃邑謀介爾。乃自時洛邑，尚永力畋爾田。天惟畀矜爾，我有周惟其大介賚爾，迪簡在王庭，尚爾事，有服在大僚。"

王曰："嗚呼！多士！爾不克勸忱我命，爾亦則惟不克享，凡民惟曰不享。爾乃惟逸惟頗，大遠王命，則惟爾多方探天之威，我則致天之罰，離逖爾土！"

王曰："我不惟多誥，我惟祇告爾命。"

又曰："時惟爾初！不克敬于和，則無我怨！"

《尚書·周書·多方》

《逸周書·作雒解》云："周公立，相天子，三叔及殷、東、徐、奄及熊、盈以略。周公、召公内弭父兄，外撫諸侯。……二年，又作師旅臨衛政殷，殷大震潰。"[①]《尚書大傳》云："周公攝政，一年救亂，二年克殷，三年踐奄，四年建侯，五年營成周，六年制禮作樂，七年致政成王。"[②]所載皆與史實相合，是《多方》當作於成王三年(即周公攝政三年)。清王鳴盛《尚書後案》云："此篇爲滅奄歸誥庶邦，則是周公居攝三年所作，當在《大誥》之後，《康誥》之前。"[③]所言不誤。因此，《多方》文中之"王來自奄"之"王"，實指周公。此文爲周公伐奄歸來之後，對殷人所作的誥誡之辭。

《多方》全篇所誥誡的對象大致可分爲兩類：一爲武庚叛亂前已臣服於周的殷商貴族及其所轄的一般庶殷，主要居於宗周地區，也有原住洛地的殷人；一爲隨武庚叛亂的殷人和原臣屬於殷商的各方國之人，即《逸周書·作雒篇》所云"殷、東、徐、奄及熊、盈"諸族。其前一類，即本篇所稱的"殷侯尹民"及所稱的"殷多士"中那些原已臣服於周者；後一類，即本篇所稱的"四國多方""多方""有方多士"及"殷多士"中那些參與三監叛亂者[④]。周公此篇誥辭，其主要精神乃在於針對後一類人。蔡沈《書經集傳》云："《多方》所誥，不止殷人，乃及四方之士，是紛紛焉不心服者，非獨殷人也。"[⑤]所言誠是。

《多方》全文可分爲三段。篇首至"享天之命"爲第一段，記敘周公向多方發表誥辭，分析夏亡商興的原因，在於能否順從天命、敬德慎罰。"嗚呼王若曰"以下至"乃惟爾自速辜"爲第二段，記敘周公分析殷亡周興的原因，也在於能否順從天命、敬德保民，嚴厲譴責多方不安天命而自作不法。"王曰嗚呼猷"以下至篇末爲第三段，記敘周公誥誡多方聽從天命，和睦相處，服從周王朝的統治。

在這篇"誥"文中，周公向多方申明夏、殷的滅亡是天命，周王朝的建立也是天命，強調天命不可違，周王朝的統治也是不可抗拒的，指出多方祇有服從周王朝的統治才是唯一出路。"天命論"成爲周人統治殷人的思想工具，用以摧毀他們的反抗意識，迫使其順從周王朝的統治。與之同時，"敬德"則是周人特有的思想，要求統治

① [晉]孔晁注：《逸周書》卷五《作雒解第四十八》，明嘉靖元年(1522年)楊慎跋刊本，頁八。

② [清]皮錫瑞：《尚書大傳疏證》卷五，《續修四庫全書》第55冊，上海：上海古籍出版社，2002年，第769頁。

③ [清]王鳴盛：《尚書後案》卷二十三《周書·多方》，《續修四庫全書》第45冊，上海：上海古籍出版社，2002年，第225頁。

④ 參看顧頡剛，劉起釪：《尚書校釋譯論》，北京：中華書局，2005年，第1657～1659頁。

⑤ [宋]蔡沈注：《書經集傳》卷五，影印世界書局《宋元人注四書五經》銅版本，天津：天津市古籍書店，1988年，第112頁。

者重視自身修養，強調敬德保民，以緩和社會矛盾，從而維護和鞏固周王朝的統治地位。宣揚“天命”與強調“敬德”相結合，便構成周人政治思想的兩個主要方面。

《多士》之文如下：

(8)惟三月，周公初于新邑洛用告商王士。

王若曰：“爾殷遺多士！弗弔旻天大降喪于殷；我有周佑命，將天明威致王罰勑，殷命終于帝。肆爾多士，非我小國敢弋殷命，惟天不畀，允罔，固亂弼我；我其敢求位！惟帝不畀，惟我下民秉爲，惟天明畏。

“我聞曰：‘上帝引逸。’有夏不適逸，則惟帝降格，嚮于時。夏弗克庸帝，大淫泆有辭。惟時天罔念聞，厥惟廢元命，降致罰。乃命爾先祖成湯革夏，俊民甸四方。自成湯至于帝乙，罔不明德恤祀，亦惟天丕建，保乂有殷；殷王亦罔敢失帝，罔不配天，其澤。在今後嗣王誕罔顯于天，矧曰其有聽念于先王勤家；誕淫厥泆，罔顧于天顯民祗。惟時上帝不保，降若茲大喪。惟天不畀，不明厥德。凡四方小大邦喪，罔非有辭于罰。”

王若曰：“爾殷多士！今惟我周王丕靈承帝事。有命曰：‘割殷！’告勑于帝。惟我事不貳適，惟爾王家我適。予其曰：‘惟爾洪無度；我不爾動，自乃邑。’予亦念天即于殷大戾，肆不正。”

王曰：“猷！告爾多士！予惟時其遷居西爾。非我一人奉德不康寧，時惟天命。無違！朕不敢有後，無我怨！

“惟爾知：惟殷先人有冊有典，殷革夏命。今爾又曰：‘夏迪簡在王庭，有服在百僚。’予一人惟聽用德，肆予敢求爾于天邑商？予惟率肆矜爾。非予罪，時惟天命！”

王曰：“多士！昔朕來自奄，予大降爾四國民命。我乃明致天罰，移爾遐逖；比事臣我宗，多遜。”

王曰：“告爾殷多士！今予惟不爾殺，予惟時命有申。今朕作大邑于茲洛，予惟四方罔攸賓；亦惟爾多士攸服，奔走臣我，多遜。

“爾乃尚有爾土，爾乃尚寧幹止。爾克敬，天惟畀矜爾；爾不克敬，爾不啻不有爾土，予亦致天之罰于爾躬！今爾惟時宅爾邑，繼爾居，爾厥有幹有年于茲洛。爾小子乃興，從爾遷。”

王曰：“又曰時予，乃或言爾攸居。”

《尚書·周書·多士》

此篇當作於成王五年(即周公攝政五年)。周公興師東征，平定三監叛亂之後，將反周的殷人悉數遷到洛地。由於遷去的人數量很多，所以就在那裏營建新邑，作爲周的東都，以便於對殷人的進一步控制和改造。在開始經營洛邑之時，周公對殷人再次發佈誥誡之辭，史官記錄下來，遂成《多士》。此文云“用告商王士”，又云“爾殷多士”，可見周公的這篇誥辭主要是針對遷洛的殷商王族舊臣而說的。

《多士》全文可分爲三段。篇首至“罔非有辭于罰”爲第一段，記敘周公闡明湯革夏命、殷亡周興皆是順從天命，誥誡殷之多士應恪遵天命。“王若曰爾殷多士”以下至“比事臣我宗多遜”爲第二段，記敘周公闡明遷移殷民、不用殷士皆是奉行天命，嚴厲誥誡殷之多士須服從周的統治。“王曰告爾殷多士”以下至篇末爲第三段，記敘周公闡明寬待殷之多士的政策，誥誡他們順從天命，安居洛邑，臣服於周。

在這篇“誥”文中，周公向殷商王族舊臣大力宣揚“天命論”，強調殷的覆亡是咎由自取，將殷亡周興、遷徙殷民都說成是順從天命的結果。他威脅殷商王族舊臣，如果不順從天命，不遷至洛邑，就會被沒收土地，並受到上天的責罰；倘若順從天命，遷徙至洛邑，就能安居樂業，子子孫孫興旺發達。殷人信天命，周公一再宣揚天命，采用威逼利誘、軟硬兼施的方法，迫使殷人遷徙洛邑，逐漸服從於周王朝的統治。其後出現社會統治相對穩定的太平盛世“成康之治”，證明周公的這一政治舉措的確是十分高明的。

“周初八誥”在思想和藝術等方面所取得的巨大成就，標誌着“誥”體散文在西周早期已經發展成熟。

二、載錄臣屬告王的“告”文

今文《尚書・周書》中載錄臣屬告誡周王之言辭的“告”文，存有二篇，即《無逸》、《立政》，皆當爲周公還政成王以後對成王而作。

《無逸》之文如下：

(1)周公曰：“嗚呼！君子所其無逸！先知稼穡之艱難，乃逸，則知小人之依。相小人，厥父母勤勞稼穡，厥子乃不知稼穡之艱難，乃逸，乃諺；既誕，否則侮厥父母曰：‘昔之人無聞知！’”

周公曰：“嗚呼！我聞曰：昔在殷王[太宗，不義惟王，舊爲小人；作其即位。爰知小人之依，能保惠于庶民，不敢侮鰥寡：肆太宗之享國三十有三年。其在][①]中宗，嚴恭寅畏，天命自度，治民祗懼，不敢荒寧：肆中宗之享國七十有五年。其在高宗，時舊勞于外，爰暨小人；作其即位，乃或亮陰，三年不言，其惟不言，言乃雍；不敢荒寧，嘉靖殷邦，至于小大，無時或怨：肆高宗之享國五十有九年。(其在祖甲，不義惟王，舊爲小人；作其即位，爰知小人之依，能保惠于庶民，不敢侮鰥寡：肆祖甲之享國三十有三年。)自時厥後，立王生則逸，生則逸，不知稼穡之艱難，不聞小人之勞，惟耽樂之從。自時厥後，亦罔或克壽：或十年，或七、八年，或五、六年，或四、三年。”

周公曰：“嗚呼！厥亦惟我周，太王、王季克自抑畏。文王卑服，即康功田功；徽柔懿恭，懷保小民，惠鮮鰥寡；自朝至于日中昃，不遑暇食，用咸和萬民。文王不敢盤于遊田，以庶邦惟正之供。文王受命惟中身，厥享國五十年。”

---

① 案：此四十四字原在“肆高宗之享國五十有九年”下，從段玉裁《撰異》校改。參看[清]段玉裁：《古文尚書撰異・無逸第二十二》，見[清]阮元編：《清經解》卷五八九，第4冊，上海：上海書店，1988年，第96頁；顧頡剛，劉起釪：《尚書校釋譯論》，北京：中華書局，2005年，第1532～1533、1537～1538、1549～1550頁。

周公曰："嗚呼！繼自今嗣王，則其無淫于觀、于逸、于遊、于田，以萬民惟正之供。無皇曰：'今日耽樂。'乃非民攸訓，非天攸若，時人丕則有愆。無若殷王受之迷亂，酗于酒德哉！"

周公曰："嗚呼！我聞曰：'古之人猶胥訓告，胥保惠，胥教誨；民無或胥譸張爲幻。'此厥不聽，人乃訓之；乃變亂先王之正刑，至于小大。民否則厥心違怨，否則厥口詛祝。"

周公曰："嗚呼！自殷王[太宗及]中宗及高宗(及祖甲)[①]及我周文王，茲四人迪哲。厥或告之曰：'小人怨汝詈汝！'則皇自敬德。厥愆，曰：'朕之愆！'允若時，不啻不敢含怒。此厥不聽，人乃或譸張爲幻，曰：'小人怨汝詈汝！'則信之，則若時，不永念厥辟，不寬綽厥心，亂罰無罪，殺無辜，怨有同，是叢于厥身！"

周公曰："嗚呼！嗣王其監于茲！"

《尚書·周書·無逸》

《史記·魯周公世家》云："及成王用事，人或譖周公，周公奔楚。成王發府，見周公禱書，乃泣，反周公。周公歸，恐成王壯，治有所淫佚，乃作《多士》，作《毋逸》。……作此以誡成王。"[②]《魯世家》之"《毋逸》"，《周本紀》作"《無佚》"，《尚書大傳》作"《毋佚》"，即此《無逸》。此篇乃周公還政成王以後，告誡成王勿貪圖逸豫，須勤政敬德的言辭。史官把它記錄下來，遂成《無逸》。

《無逸》全文可分爲三段。篇首至"昔之人無聞知"爲第一段，記敍周公開門見山告誡成王爲君必須無逸，而要做到這一點，應當先懂得稼穡艱難，瞭解民生疾苦。"周公曰嗚呼我聞曰昔在殷王"以下至"厥享國五十年"爲第二段，記敍周公歷數殷三宗及周文王無逸故享國久永，其他殷王耽好逸樂故享祚短促的史實，從正反兩個方面論證無逸的重要性。"周公曰嗚呼繼自今嗣王"以下至篇末爲第三段，記敍周公告誡成王須勤於政事，敬德保民。

《無逸》開篇周公即指出"君子所其無逸"，強調君王"無逸"須先瞭解稼穡之艱難和民生之疾苦，繼而告誡成王以史爲鑒，無淫於逸樂、遊玩、田獵，不要迷亂酗酒而失德，當勤勞政事，與民相保相教，敬德以獲民心。此文中周公之言辭雖是爲成王而發，其居安思危的思想對後來的統治者也產生了深遠的影響。

《立政》之文如下：

(2)周公若曰："拜手稽首，告嗣天子王矣！用咸戒于王曰王左右常伯、常任、準人、綴衣、虎賁。"

周公曰："嗚呼！休茲知恤，鮮哉！

"古之人迪惟有夏，乃有室大競，籲俊尊上帝，迪知忱恂于九德之行。乃敢告教厥后曰：拜手稽首后矣。曰：宅乃事，宅乃牧，宅乃準，茲惟后矣。

① "自殷王中宗及高宗及祖甲"當作"自殷王太宗及中宗及高宗"，從段玉裁《撰異》校改。

② [漢]司馬遷撰，[宋]裴駰集解，[唐]司馬貞索隱，[唐]張守節正義：《史記》卷三十三《魯周公世家》，北京：中華書局，1982年，第1520頁。

謀面用丕訓德，則乃宅人，茲乃三宅無義民。

“桀德惟乃弗作往任，是惟暴德罔後。

“亦越成湯，陟丕釐上帝之耿命；乃用三有宅，克即宅；曰三有俊，克即俊。嚴惟丕式，克用三宅三俊。其在商邑，用協于厥邑；其在四方，用丕式見德。

“嗚呼！其在受德暋，惟羞刑暴德之人，同于厥邦；乃惟庶習逸德之人，同于厥政。帝欽罰之，乃伻我有夏，式商受命，奄甸萬姓。

“亦越文王、武王，克知三有宅心，灼見三有俊心，以敬事上帝，立民長伯。立政：任人、凖夫、牧，作三事；虎賁、綴衣、趣馬、小尹、左右攜僕、百司、庶府；大都、小伯、藝人、表臣百司、太史、尹伯、庶常吉士；司徒、司馬、司空、亞、旅；夷、微、盧烝，三亳、阪尹。

“文王惟克厥宅心，乃克立茲常事、司牧人，以克俊有德。文王罔攸兼于庶言、庶獄、庶慎，惟有司之牧夫，是訓用違。庶獄、庶慎，文王罔敢知于茲。

“亦越武王，率惟敉功，不敢替厥義德，率惟謀從容德，以並受此丕丕基。

“嗚呼！孺子王矣！繼自今，我其立政：立事、凖人、牧夫。我其克灼知厥若，丕乃俾亂，相我受民，和我庶獄、庶慎。時則勿有間之，自一話一言。我則末惟成德之彥，以乂我受民。

“嗚呼！予旦已受人之徽言，咸告孺子王矣！繼自今，文子文孫其勿誤于庶獄、庶慎，惟正是乂之。

“自古商人，亦越我周文王立政：立事、牧夫、凖人，則克宅之，克由繹之，茲乃俾乂。國則罔有立政用憸人，不訓于德，是罔顯在厥世。繼自今，立政其勿以憸人，其惟吉士，用勱相我國家。

“今文子文孫孺子王矣！其勿誤于庶獄，惟有司之牧夫。

“其克詰爾戎兵，以陟禹之迹；方行天下，至于海表，罔有不服；以覲文王之耿光，以揚武王之大烈。

“嗚呼！繼自今，後王立政，其惟克用常人。”

周公若曰：“太史、司寇蘇公！式敬爾由獄，以長我王國。茲式有慎，以列用中罰！”

《尚書・周書・立政》

《史記・魯周公世家》云：“成王在豐，天下已安，周之官政未次序，於是周公作《周官》，官別其宜；作《立政》，以便百姓。百姓說。”[①]“立政”之義，王引之《經義述聞》云：“政，與‘正’同。正，長也。立正，謂建立長官也。篇內所言皆官人之道，故以‘立正’

① [漢]司馬遷撰，[宋]裴駰集解，[唐]司馬貞索隱，[唐]張守節正義：《史記》卷三十三《魯周公世家》，北京：中華書局，1982年，第1522頁。

名篇。”[①]所言誠是。此篇所記，是周公還政成王以後告誡成王建立官制的言辭。

《立政》全文可分爲三段。篇首至“奄甸萬姓”爲第一段，記敍周公列舉夏商兩代理政和用人的得失，告誡成王重視官人之道。“亦越文王武王”以下至“受此丕丕基”爲第二段，記敍周公闡明周文王、武王時的官制以及用人行政的常法。“嗚呼孺子王矣”以下至篇末爲第三段，記敍周公告誡成王設官和任用官員的具體準則，對成王提出希望和要求。

《立政》篇中，周公從正面總結了夏、殷兩代理政和用人兩方面的成功經驗。夏代提出“三宅”（宅事、宅牧、宅準），殷代益以“三俊”（三宅之屬吏皆用賢俊），前者從政績角度考覈官員是否恪盡職守，後者從人才角度考覈官員是否才德兼備，國家因此得以興盛。及末代昏君桀、紂，違逆正道而任用暴德亂法之徒，卒致亡國。這是深刻的歷史經驗教訓，周公特舉以誡勉成王加以重視。而後，周公強調文王、武王祇嚴加綜覈各有司的用職而不侵越各官員職掌，特別是不干預刑獄的英明做法，告誡成王勿干預刑獄，勿弛武備，要任用賢能，施用中刑，以發揚文王、武王的光輝大業。從當時的歷史情況來看，周公的這一系列主張對於穩定社會秩序起到了積極作用。

《立政》反映了周初文王、武王時期使用的官制，較詳備地列舉了其官名，使後代得以瞭解其情況，這在其他文獻中則很少提到。因而，此文是研究西周初年官制的珍貴文獻。

三、載錄臣屬互告的“告”文

今文《尚書·周書》中載錄臣屬互相告諭之言辭的“告”文數量甚少，今存《君奭》一篇，當爲周公還政成王以後對召公所作的答辭[②]。其文如下：

(1) 周公若曰：“君奭！弗弔，天降喪于殷。殷既墜厥命，我有周既受，我不敢知曰：厥基永孚于休。若天棐忱，我亦不敢知曰：其終出于不祥。

“嗚呼！君已曰：‘時我！’我亦不敢寧于上帝命，弗永遠念天威，越我民；罔尤違，惟人在(哉)！我後嗣子孫，大弗克恭上下，遏佚前人光在家；不知天命不易、天難諶，乃其墜命，弗克經歷嗣前人恭明德。在今予小子旦，非克有正，迪惟前人光，施于我沖子。”

又曰：“天不可信，我道惟(寧)[文]王德延，天不庸釋于文王受命。”

公曰：“君奭！我聞在昔成湯既受命，時則有若伊尹，格于皇天。在太甲，時則有若保衡。在太戊，時則有若伊陟、臣扈，格于上帝；巫咸乂王家。在祖乙，時則有若巫賢。在武丁，時則有若甘盤。率惟茲有陳，保乂有殷，故殷禮陟配天，多歷年所。天惟純佑命，則商實百姓、王人，罔不秉德明恤。小臣、屏侯、甸，矧咸奔走。惟茲惟德稱，用乂厥辟。故一人有事于四方，

① ［清］王引之：《經義述聞》卷三《尚書上》，《高郵王氏四種》之三，南京：江蘇古籍出版社，2000年，第86頁。

② 參看顧頡剛，劉起釪：《尚書校釋譯論》，北京：中華書局，2005年，第1604～1606頁。

若卜筮，罔不是孚。”

公曰：“君奭！天壽平格，保乂有殷，有殷嗣，天滅威。今汝永念，則有固命，厥亂明我新造邦。”

公曰：“君奭！在昔上帝割申勸(寧)[文]王之德，其集大命于厥躬？惟文王尚克修和我有夏，亦惟有若虢叔，有若閎夭，有若散宜生，有若泰顛，有若南宫括。又曰無能往來茲迪彝教，文王蔑德降于國人。亦惟純佑秉德，迪知天威，乃惟時昭文王迪見，冒聞于上帝，惟時受有殷命哉！

“武王，惟茲四人，尚迪有祿。後暨武王誕將天威，咸劉厥敵，惟茲四人，昭武王惟冒，丕單稱德。

“今在予小子旦，若游大川，予往暨汝奭其濟。小子同未在位，誕無我責，收罔勖不及，耇造德不降，我則鳴鳥不聞，矧曰其有能格？”

公曰：“嗚呼！君！肆其監于茲！我受命無疆惟休，亦大惟艱。告君：乃猷裕我，不以後人迷。”

公曰：“前人敷乃心，乃悉命汝，作汝民極。曰：‘汝明勖偶王在(哉)！亶乘茲大命。惟文王德丕承，無疆之恤。’”

公曰：“君！告汝：朕允(兄)保奭！其汝克敬以予監于殷喪大否，肆念我天威。予不允(兄)惟若茲誥。予惟曰：‘襄我二人，汝有合哉！’言曰：‘在時二人，天休滋至。’惟時二人弗戡。其汝克敬德，明我俊民在(哉)！讓後人于丕時。嗚呼！篤棐時二人，我式克至于今日休。我咸成文王功于不怠，丕冒海隅出日，罔不率俾。”

公曰：“君！予不惠若茲多誥，予惟用閔于天越民。”

公曰：“嗚呼！君！惟乃知民德，亦罔不能厥初，惟其終。祗若茲，往敬用治！”

《尚書·周書·君奭》

“君奭”之義，孫星衍《尚書今古文注疏》云：“君者，《釋詁》云：‘大也。’君是后辟尊稱。奭者，《說文》云：‘此燕召公名。’”①《世本》云：“召氏，周文王子召公奭，支庶。食邑于召，爲周卿士，以國爲氏。”②由於周公對召公所作的答辭開篇尊稱召公爲“君奭”，史官記錄其文，便以“君奭”爲名。

關於《君奭》的創作時間，《史記·燕召公世家》云：“成王既幼，周公攝政，當國踐祚，召公疑之，作《君奭》。《君奭》不說周公。周公乃稱‘湯時有伊尹，假于皇天；在太戊時，則有若伊陟、臣扈，假于上帝，巫咸治王家；在祖乙時，則有若巫賢；在武丁時，則有若甘般：率維茲有陳，保乂有殷’。於是召公乃說。”③以爲《君奭》作於周公攝政時。然《書序》云：“召公爲保，周公爲師，相成王爲左右。召公不悅，

---

① [清]孫星衍：《尚書今古文注疏》卷二十二《君奭》，北京：中華書局，1986年，第446頁。

② [漢]宋衷注，[清]秦嘉謨輯補：《世本輯補》卷七《氏姓篇》，影印1957年商務印書館《世本八種》排印本，北京：中華書局，2008年，第228頁。

③ [漢]司馬遷撰，[宋]裴駰集解，[唐]司馬貞索隱，[唐]張守節正義：《史記》卷三十四《燕召公世家》，北京：中華書局，1982年，第1549頁。

周公作《君奭》。”[①]則以爲《君奭》作於周公還政成王以後。皮錫瑞《今文尚書考證》云：“西漢人自據今文以爲攝政之初，馬(融)、鄭(玄)自據古文以爲反政之後，……聽其各自爲說可矣，何必牽引西漢今文家說以強合於馬、鄭，使今古文糾紛莫辨哉！”[②]劉起釪先生認爲：“根據歷史事實，(《君奭》)此篇衹是成王親政後，周公召公爲師保輔相成王時，周公懔於責任之重，勖勉君奭共肩大任，吸取商周兩朝賢臣有關國運之鑑戒，兩人同心同德，戮力以完成文王武王之大功於不怠，輔相沖子成王善始慎終以保天命。”[③]其說可從。

《君奭》全文可分爲四段。篇首至“天不庸釋于文王受命”爲第一段，記敘周公強調天不可信，事在人爲，應當以人的努力來控制和保住天命。“公曰君奭我聞在昔”以下至“厥亂明我新造邦”爲第二段，記敘周公列舉商代五位聖明君王都有賢臣輔佐而得以配天永祚，說明賢臣對國家的重要作用。“公曰君奭在昔上帝”以下至“不以後人迷”爲第三段，記敘周公列舉周文王、武王得賢臣輔佐而受天命代殷以成就大業，指明召公的歷史責任，深望召公推誠相助，共同輔佐成王。“公曰前人敷乃心”以下至篇末爲第四段，記敘周公勉勵召公與自己齊心協力輔佐成王，共同完成治國大業。

《君奭》的主要內容是強調賢臣對治理國家的重要作用。周公認爲前代的聖王之所以成爲聖王，正是因爲得到了賢臣的輔佐。周公勉勵召公與自己齊心協力，合力輔佐成王治理好國家，共同完成文王開創的功業。周公赤誠爲國的拳拳之心，通過對召公的這番諄諄告誡之辭表露得淋漓盡致。作爲我國歷史上著名的大政治家，周公之風貌由此文可以見矣！

---

① [漢]孔安國傳，[唐]孔穎達等正義：《尚書正義》卷十六，影印阮刻《十三經注疏》本，北京：中華書局，1980年，第223 頁。

② [清]皮錫瑞：《今文尚書考證》卷二十一《君奭》，北京：中華書局，1989年，第381頁。

③ 顧頡剛，劉起釪：《尚書校釋譯論》，北京：中華書局，2005年，第1603頁。

第四節　命

今文《尚書·周書》中屬於西周時期的載錄上對下施命之言辭的“命”文數量甚少，現存一篇，卽《顧命》。其文如下：

(1)惟四月哉生魄，王不懌。甲子，王乃洮頮水，相被冕服，憑玉几。乃同召太保奭、芮伯、彤伯、畢公、衞侯、毛公、師氏、虎臣、百尹、御事。

王曰：“嗚呼！疾大漸，惟幾；病日臻，旣彌留，恐不獲誓言嗣，兹予審訓命汝。昔君文王、武王，宣重光，奠麗陳教，則肄肄不違，用克達殷，集大命。在後之侗，敬迓天威，嗣守文、武大訓，無敢昏逾。今天降疾，殆弗興弗悟；爾尚明時朕言，用敬保元子釗，弘濟于艱難，柔遠能邇，安勸小大庶邦。思夫人自亂于威儀，爾無以釗冒貢于非幾！”

兹旣受命，還，出綴衣于庭。

越翼日乙丑，王崩。太保命仲桓、南宮毛，俾爰齊侯呂伋，以二(千)[干]戈、虎賁百人，逆子釗於南門之外；延入翼室，恤宅宗。丁卯，命作冊度。越七日癸酉，伯相命士須材。

狄設黼扆、綴衣。牖間南嚮，敷重篾席、黼純；華玉仍几。西序東嚮，敷重厎席、綴純，文貝仍几。東序西嚮，敷重豐席、畫純，雕玉仍几。西夾南嚮，敷重筍席、玄紛純，漆仍几。

越玉五重，陳寶。赤刀、大訓、弘璧、琬、琰，在西序；大玉、夷玉、天球、河圖，在東序。胤之舞衣、大貝、鼖鼓，在西房；兌之戈、和之弓、垂之竹矢，在東房。大輅在賓階面，綴輅在阼階面，先輅在左塾之前，次輅在右塾之前。

二人雀弁，執惠，立于畢門之內；四人綦弁，執戈上刃，夾兩階戺；一人冕，執劉，立于東堂；一人冕，執鉞，立于西堂；一人冕，執戣，立于東垂；一人冕，執瞿，立于西垂；一人冕，執銳，立于側階。

王麻冕黼裳，由賓階隮。卿士、邦君，麻冕蟻裳，入卽位。太保、太史、太宗，皆麻冕彤裳。太保承介圭，上宗奉同、瑁，由阼階隮。太史秉書，由賓階隮，御王冊命。曰：“皇后憑玉几，道揚末命：命汝嗣訓，臨君周邦，率循大卞，燮和天下，用答揚文武之光訓！”

王再拜，興，答曰：“眇眇予末小子，其能而亂四方，以敬忌天威！”乃受同、瑁，王三宿，三祭，三咤。上宗曰：“饗！”

太保受同，降，盥，以異同秉璋以酢，授宗人同，拜。王答拜。太保受同，祭，嚌，宅。授宗人同，拜。王答拜。太保降，收。諸侯出廟門俟。

《尚書·周書·顧命》

《史記·周本紀》云："成王將崩，懼太子釗之不任，乃命召公、畢公率諸侯以相太子而立之。成王既崩，二公率諸侯，以太子釗見於先王廟，申告以文王、武王之所以爲王業之不易，務在節儉，毋多欲，以篤信臨之，作《顧命》。"①《書序》云："成王將崩，命召公、畢公率諸侯相康王，作《顧命》。"孔《疏》云："成王病困將崩，召集群臣，以言命太保召公、太師畢公，使率領天下諸侯輔相康王。史敍其事，作《顧命》。"②"顧命"之義，裴駰《集解》引鄭玄曰："臨終出命，故謂之顧。顧，將去之意也。"③清黃生《義府》云："《書》以'顧命'名，顧，眷顧也。命大臣輔嗣主，鄭重而眷顧之也。"④此後，"顧命"二字遂成爲封建王朝君主將死遺命輔立嗣子爲君的專用詞。

《顧命》全文可分爲兩段。篇首至"出綴衣于庭"爲第一段，記敍周成王病危將逝時，召集召公、畢公等大臣輔立太子釗嗣位而作遺囑。"越翼日乙丑"以下至篇末爲第二段，記敍成王逝世以後，召公、畢公等大臣率諸侯迎太子釗受冊命卽位爲康王，接受群臣諸侯的朝拜之禮。

此文記錄了周成王臨終所作的遺囑。他在遺囑中着重強調"敬迓天威，嗣守文、武大訓，無敢昏逾""柔遠能邇，安勸小大庶邦"。這反映了周初"成康之治"的政治策略和理念，可看作西周早期統治經驗的概括和總結。

此文用較多的篇幅記錄了太子釗受顧命、卽王位、接受諸侯朝拜這一系列隆重典禮中的各種程式。諸如各種器物的陳設，衛士警戒時站立的方位、冠冕、兵器，君、臣行禮的服飾、所在位置，諸侯的服飾、貢物、位置，一應禮節都作了詳細說明，從而使後人得以真切瞭解西周早期這一大典的具體細節。其結構緊湊自然，敍事條理清晰，筆觸細緻明快，場景描寫詳盡，很好地再現了成王喪禮、康王卽位禮及諸侯朝拜禮履行過程中莊嚴肅穆、隆重典雅的氛圍。

《顧命》集中反映了西周早期的典禮制度。王國維先生云："古禮經既佚，後世得考周室一代之大典者，惟此篇而已。"⑤因而，《顧命》是研究周初禮制不可多得的珍貴文獻。

---

① [漢]司馬遷撰，[宋]裴駰集解，[唐]司馬貞索隱，[唐]張守節正義：《史記》卷四《周本紀》，北京：中華書局，1982年，第134頁。

② [漢]孔安國傳，[唐]孔穎達等正義：《尚書正義》卷十八，影印阮刻《十三經注疏》本，北京：中華書局，1980年，第237 頁。

③ [漢]司馬遷撰，[宋]裴駰集解，[唐]司馬貞索隱，[唐]張守節正義：《史記》卷四《周本紀》，北京：中華書局，1982年，第134頁。

④ [清]黃生撰，[清]黃承吉合按：《義府》卷上，《字詁義府合按》，北京：中華書局，1984年，第97頁。

⑤ 王國維：《周書顧命考》，《觀堂集林》卷一，北京：中華書局，1959年，第50頁。

第五節　誓

今文《尚書·周書》中屬於西周時期的載錄戰爭誓辭的“誓”文數量較少，今存二篇，卽《牧誓》、《費誓》。

《牧誓》之文如下：

(1)時甲子昧爽，王朝至于商郊牧野，乃誓。王左杖黃鉞，右秉白旄以麾，曰：“逖矣，西土之人！”

王曰：“嗟！我友邦冢君、御事、司徒、司馬、司空、亞、旅、師氏、千夫長、百夫長，及庸、蜀、羌、髳、微、盧、彭、濮人：稱爾戈，比爾干，立爾矛，予其誓！”

王曰：“古人有言曰：‘牝雞無晨。牝雞之晨，惟家之索。’今商王受，惟婦言是用；昏棄厥肆祀，弗答；昏棄厥遺王父母弟，不迪；乃惟四方之多罪逋逃，是崇是長，是信是使，是以爲大夫卿士；俾暴虐于百姓，以姦宄于商邑。

“今予發，惟恭行天之罰。今日之事，不愆于六步、七步，乃止齊焉。夫子勖哉！不愆于四伐、五伐、六伐、七伐，乃止齊焉。勖哉夫子！尚桓桓，如虎如貔、如熊如羆于商郊！弗迓克奔，以役西土。勖哉夫子！爾所弗勖，其于爾躬有戮！”

《尚書·周書·牧誓》

《史記·周本紀》云：“武王朝至于商郊牧野，乃誓。”[①]本篇是周武王在牧野與商紂王的軍隊進行決戰之前的誓師辭。

《牧誓》全文可分爲兩段。篇首至“予其誓”爲第一段，記敍周武王誓師之前的軍隊部署。“王曰古人有言曰”以下至篇末爲第二段，記敍周武王宣佈商紂王的罪行和戰時的紀律。

《牧誓》以誓辭爲主，篇幅不長，内容卻很豐富。周武王引用古語“牝雞無晨。牝雞之晨，惟家之索”，不僅揭露了紂王寵愛妲己、禍國殃民的罪行，而且形象地揭示了殷商滅亡的歷史必然性，義正辭嚴，從而極大地鼓舞了士氣，具有很強的號召力。他嚴格規定在戰場上須“弗迓克奔，以役西土”，用意在於爭取敵軍歸降，分化殷商力量。這一軍事策略思想不僅對牧野之戰的取勝産生了重要作用，對後代的影響也很深遠。

《牧誓》是傳世文獻中關於殷周牧野之戰的最早記載。1976 年 3 月於陝西省臨潼縣零口鎮南羅村出土的西周早期銅器利簋，其銘文所記牧野之戰的日期與《牧誓》之文吻

① [漢]司馬遷撰，[宋]裴駰集解，[唐]司馬貞索隱，[唐]張守節正義：《史記》卷四《周本紀》，北京：中華書局，1982 年，第 122 頁。

合，證明《牧誓》所載爲可信的史實。

《費誓》之文如下：

(2)公曰："嗟！人無嘩，聽命！徂茲淮夷、徐戎並興，善敹乃甲胄，敿乃干，無敢不弔！備乃弓矢，鍛乃戈矛，礪乃鋒刃，無敢不善！

"今惟淫舍牿牛馬，杜乃擭，敜乃穽，無敢傷牿！牿之傷，汝則有常刑！馬牛其風，臣妾逋逃，勿敢越逐！祗復之，我商賚爾。乃越逐不復，汝則有常刑！無敢寇攘！踰垣牆、竊馬牛、誘臣妾，汝則有常刑！

"甲戌，我惟征徐戎。峙乃糗糧，無敢不逮；汝則有大刑！魯人三郊、三遂，峙乃楨榦。甲戌，我惟築。無敢不供；汝則有無餘刑，非殺。魯人三郊、三遂，峙乃芻茭，無敢不多；汝則有大刑！"

《尚書·周書·費誓》

篇名之"費"，西周時魯東郊地名，在今山東省費縣西北；字或作"肸""粊""鮮""獮"。"費""粊"音同，"肸""鮮""獮"一音之轉。先秦《尚書》傳本此篇名當作《肸誓》，西漢今古文傳本皆作《粊誓》，僞孔本傳至唐初始由衛包誤改作《費誓》，遂沿用至今。《史記·魯周公世家》云："伯禽卽位之後，有管、蔡等反也，淮夷、徐戎亦並興反。於是伯禽率師伐之於肸，作《肸誓》，……遂平徐戎，定魯。"[①]此篇所記，是周公之子伯禽率師討伐淮夷、徐戎叛軍之前，在費地對出征將士所作的誓師辭。

《費誓》全文可分爲三段。篇首至"無敢不善"爲第一段，記敍伯禽宣佈卽將對淮夷、徐戎叛軍作戰，嚴令將士做好戰鬥準備。"今惟淫舍牿牛馬"以下至"誘臣妾汝則有常刑"爲第二段，記敍伯禽宣佈戰鬥紀律，嚴令將士不得擅離隊伍，不許肆意搶掠。"甲戌"以下至篇末，記敍伯禽宣佈作戰時間和軍事任務，嚴令魯地民眾作好各種軍需供應。

《費誓》的主要內容是具體部署各種戰前準備和申明嚴格的軍紀，而沒有鼓動性的政治動員。本爲誓師辭，卻強調嚴刑峻法，以高壓手段統軍治民，可見出其時的統治純以暴力維持。這與今文《尚書》中其他"誓"文所反映的內容頗有不同。

《費誓》語言精煉，層次分明。呂祖謙《東萊書說》云："伯禽……撫封於魯，淮夷、徐戎固妄意其未更事，所以並起而欲乘其新造之隙也。伯禽應之者，乃甚整暇而有序，先治戎備，次之以除道路，又次之以嚴部伍，又次之以立期會。先後之序，皆不可紊。"[②]所言頗爲允當。

---

① [漢]司馬遷撰，[宋]裴駰集解，[唐]司馬貞索隱，[唐]張守節正義：《史記》卷三十三《魯周公世家》，北京：中華書局，1982年，第1524頁。

② [宋]呂祖謙撰，[宋]時瀾修定：《增修東萊書說》卷三十五，見[清]納蘭性德，徐乾學輯：《通志堂經解》第6冊，揚州：江蘇廣陵古籍刻印社，1996年，第148頁。

第六節 記

今文《尚書·周書》中載錄記事言辭的“記”文數量甚少，現存一篇，卽《金縢》。其文如下：

(1)既克商二年，王有疾，弗豫。二公曰：“我其爲王穆卜？”周公曰：“未可以戚我先王。”

公乃自以爲功，爲三壇，同墠。爲壇於南方，北面，周公立焉，植璧秉珪，乃告太王、王季、文王。史乃冊祝曰：

“惟爾元孫某遘厲虐疾，若爾三王是有丕子之責于天，以旦代某之身。予仁若考，能多材多藝，能事鬼神。乃元孫不若旦多材多藝，不能事鬼神。乃命于帝庭，敷佑四方，用能定爾子孫于下地，四方之民罔不祗畏。嗚呼！無墜天之降寶命，我先王亦永有依歸！今我卽命于元龜。爾之許我，我其以璧與珪，歸俟爾命；爾不許我，我乃屏璧與珪。”

乃卜三龜，一習吉。啓籥見書，乃并是吉。公曰：“體，王其罔害！予小子新命于三王，惟永終是圖。茲攸俟，能念予一人。”

公歸，乃納冊于金縢之匱中。王翼日乃瘳。

武王旣喪，管叔及其群弟乃流言於國，曰：“公將不利於孺子。”周公乃告二公曰：“我之弗辟，我無以告我先王。”周公居東二年，則罪人斯得。于後，公乃爲詩以貽王，名之曰《鴟鴞》。王亦未敢誚公。

秋，大熟，未穫，天大雷電以風，禾盡偃，大木斯拔，邦人大恐。王與大夫盡弁，以啓金縢之書，乃得周公所自以爲功代武王之說。

二公及王乃問諸史與百執事。對曰：“信！噫(抑)公命，我勿敢言。”王執書以泣，曰：“其勿穆卜！昔公勤勞王家，惟予沖人弗及知。今天動威以彰周公之德，惟朕小子其新逆；我國家禮亦宜之。”

王出郊，天乃雨，反風，禾則盡起。二公命邦人：凡大木所偃，盡起而築之。歲則大熟。

《尚書·周書·金縢》

僞孔《傳》云：“爲請命之書，藏之於匱，緘之以金，不欲人開之，遂以所藏爲篇名。”孔《疏》云：“武王有疾，周公作策書告神請代武王死，事畢納書於金縢之匱……及爲流言所謗，成王悟而開之。史敍其事，乃作此篇。”①是此文所記，乃周公把請求先王讓自身替代武王死的祝冊置於“金縢之匱”一事的始末，史官載錄其事，遂以“金

① [漢]孔安國傳，[唐]孔穎達等正義：《尚書正義》卷十三，影印阮刻《十三經注疏》本，北京：中華書局，1980年，第195頁。

縢”名篇。

《金縢》全文可分爲三段。篇首至“王翼日乃瘳”爲第一段，記敍武王染疾不適，周公設壇禱神請以己代之，得吉卜後將載錄告神之辭的祝冊藏於金縢之匱。“武王既喪”以下至“王亦未敢誚公”爲第二段，記敍武王死後，管叔等散佈流言導致成王懷疑周公，周公遂避居於東。“秋大熟”以下至篇末爲第三段，記敍天以風雷災變示警，成王得讀金縢之書，瞭解到周公的忠誠之心，幡然悔悟而親迎周公。

《金縢》寫成於西周初年，文中所反映的基本事實與主要情節是可信的，對研究周初複雜的政治局勢和社會思想有重要作用。史官當時應該是“秉實而書”，作此篇之本意，在於記錄周公“勤勞王家”而蒙冤的事蹟，表彰周公對王兄宗室的忠誠和以國家社稷爲重的犧牲精神。有關祝冊禱神和天災示警的敍述，則表明其時祝冊的地位很高，周初天命觀念仍十分重要。

《金縢》全文首尾呼應，環環相扣，既有記言也有記事，而且出現了情節描寫，其中不乏神奇的浪漫色彩。它以小說式的情節結尾，可視爲後代描寫鬼神之類的文學作品的開端。

第八章　《逸周書》

第一節　概　　述[①]

現存《逸周書》五十九篇中，屬於或基本屬於西周作品者有七篇[②]：《世俘》、《商誓》、《度邑》、《皇門》、《嘗麥》、《祭公》、《芮良夫》。今將此七篇皆歸入西周散文。其文體可分爲以下三種：

(一)誥

——載錄王告臣屬、臣屬告王之言辭。包括《商誓》、《度邑》、《皇門》、《祭公》、《芮良夫》五篇。

(二)命

——載錄上對下施命之言辭。有《嘗麥》一篇。

(三)記

——載錄記事言辭之文。有《世俘》一篇。

上述三種文體之關係，可作示意圖如下：

① 案：關於《逸周書》的書名、創作時代與編解者、內容性質、版本源流，黃懷信先生所論頗詳備(參看黃懷信：《逸周書源流考辨》，西安：西北大學出版社，1992 年；《逸周書校補注譯·前言》(修訂本)，西安：三秦出版社，2006 年)，此不贅述。

② 參看黃懷信：《逸周書源流考辨》，西安：西北大學出版社，1992 年，第 91～126 頁；《逸周書校補注譯》(修訂本)，西安：三秦出版社，2006 年，第 46～64 頁。

《逸周書》之西周作品文體關係示意圖

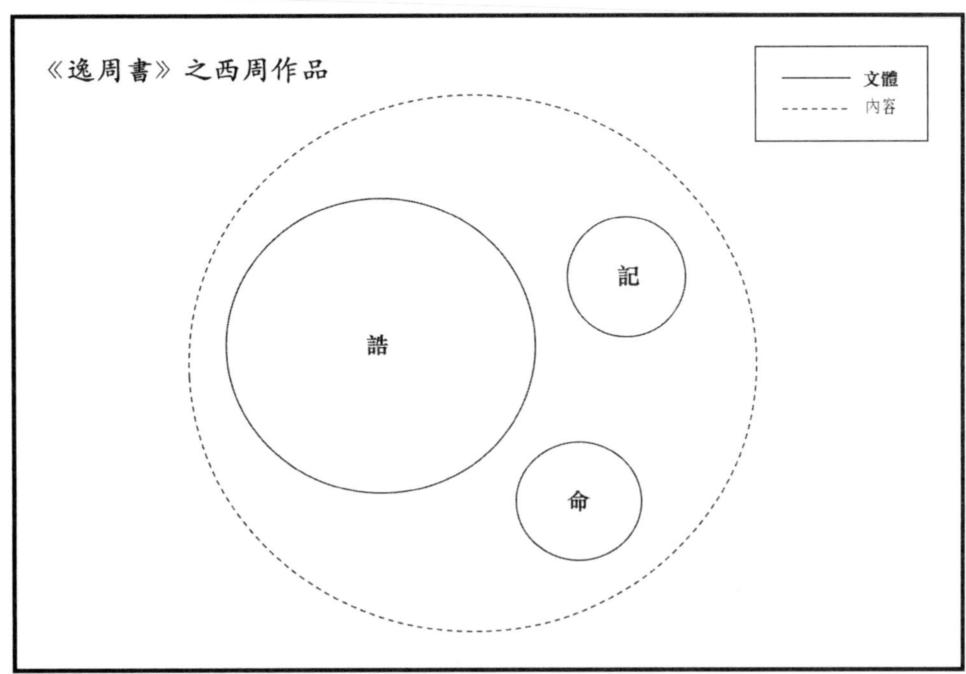

論述詳下。

第二節　告(誥)

《逸周書》之西周作品中的“告(誥)”文數量較多，現存《商誓》、《度邑》、《皇門》、《祭公》、《芮良夫》五篇。按施動者身份不同，可將這些“告(誥)”文分爲兩類：其一，載錄王告臣屬的“誥”文；其二，載錄臣屬告王的“告”文。分述如下。

一、載錄王告臣屬的“誥”文

《逸周書》之西周作品中載錄周王誥誡臣屬的“誥”文現存三篇，卽《商誓》、《度邑》、《皇門》，皆作於西周早期。其中，《商誓》、《度邑》所記乃武王滅商之後所作之誥辭，《皇門》所記乃周公攝政元年所作之誥辭。

《商誓》之文如下：

(1) 王若曰：“告爾伊舊何父□、□、□、□、幾、耿、肅、執，(乃)[及]殷之舊官人序文□□□□，及太史比、小史昔，及百官、里居、獻民：□□□來尹師之敬諸戒，疾聽朕言，用胥生蠲尹！”

王曰：“嗟！爾衆！予言非敢顧天命，予來致上帝之威命明罰！今惟新誥命爾，敬諸！朕話言自一言至于十話言，其惟明命爾！”

王曰：“在昔后稷，惟上帝之(言)[畗]，克播百穀，登禹之績。凡在天下之庶民，罔不維后稷之元穀用蒸享。在商先誓王，明祀上帝，□□□□，亦維我后稷之元穀用告和，用胥飲食。肆商先誓王維厥故，斯用顯我西土。

“今在商紂，昏憂天下，弗顯上帝，昏虐百姓，(奉)[違]天之命。上帝弗顯，乃命朕文考曰：‘殪商之多罪紂！’肆予小子發不敢忘天命！朕考胥翕稷政，肆上帝曰：‘必伐之！’予惟甲子尅致天之大罰，□帝之來，革紂之□。予亦無敢違天命。敬諸！昔在我西土，我其齊言胥告，商之百[姓]無罪，其維一夫。予旣殛紂，承天命，予亦來休命爾百姓、里居、君子，其周卽命。□□□□□□□□□□□□□□□□□□□□□□□□□□□□□□□□爾冢邦君無敢其有不告見于我有周。其比冢邦君我無攸愛，上帝曰：‘必伐之！’

“今予惟明告爾：予其往追□紂，達𨖷集之于上帝。天王其有命，爾百姓、獻民其有綴艿。夫自敬其有斯天命，不令爾百姓無告。西土疾勤，其斯有何重？天維用重，勤興起我，罪(勤)我無克乃一心。爾多子其人自敬，助天永休于我西土，爾百姓其亦有安處在彼。宜在天命，□及惻興亂，予保奭其介有斯。勿用天命，若朕言在周，曰：‘商百姓無罪，朕命在周。’

其乃先作，我肆罪疾。予惟以先王之道御復正爾百姓。越則非朕，負亂惟爾，在我。”

王曰：“百姓！我聞古商先誓王成湯克辟上帝，保生商民，克用三德，疑商民弗懷，用辟厥辟。今紂棄成湯之典，肆上帝命我小國曰：‘革商國！’肆予明命汝百姓：其斯弗用朕命，其斯爾冢邦君、商庶百姓，予則□劉滅之！”

王曰：“靁！予天命維既，咸汝克承天休于我有周，斯小國于有命不易！昔我盟津，帝休辨商，其有何國？命予小子肆(我)[伐]殷戎，亦辨百度，□□美左右，予(予)肆劉殷之命。今予維篤祐爾，予史、太史違我，史視爾靖疑。胥敬(請)[諸]！其斯一話敢逸僭，予則上帝之明命，予爾拜拜□百姓，越爾庶義、庶刑，予維及西土，我乃其來卽刑！乃敬之哉！庶聽朕言，罔胥告！”

《逸周書·商誓》

莊述祖《尚書記》云：“《商誓》者，武王勝殷，誅紂立武庚，戒殷之庶邦、庶士、庶民也。”[①]陳逢衡《逸周書補注》云：“此滅殷後，告商史氏及百官、里居、獻民也。”[②]朱右曾《周書集訓校釋》云：“誓，讀爲‘哲’。篇中有‘商先誓王’，故以‘商誓’名篇。”[③]所言可從。是此篇乃周武王誥誡殷商舊臣的言辭之記錄，以誥辭中數言“商先誓(哲)王”，遂以“商誓(哲)”名篇。

此文可分爲三段。篇首至“其惟明命爾”爲第一段，記敍武王執行上天的威命明罰，向殷商舊臣發表誥誡之辭。“王曰在昔后稷”以下至“負亂惟爾在我”爲第二段，記敍武王回顧周之始祖后稷、先父文王的功業，闡明自己討伐商紂是遵從天命，誥誡殷商舊臣應當明察天命，聽從周王朝的統治，倘若造反作亂，則必受誅伐。“王曰百姓”以下至篇末爲第三段，記敍武王闡明商紂滅國乃在於不能保民用德，再次誥誡殷商舊臣須聽從自己的命令。

這篇“誥”文所記武王對殷商舊臣的誥辭，強調周之滅商是天命使然，誥誡殷商舊臣勿圖謀作亂，否則必遭誅伐，應當明察天命，服從周王朝的統治。這與《尚書》“周初八誥”中的《多方》、《多士》諸篇所反映的內容適相呼應。

《度邑》之文如下：

(2)維王尅殷國，君諸侯，乃厥獻民徵主九牧之師見王于殷郊。王乃升汾之阜，以望商邑，永歎曰：“嗚呼！不淑(兌)[充]天對，遂命一日。維顯畏，弗忘！”

王至于周，自□至于丘中，具明不寢。王小子御告叔旦，叔旦亟奔卽王，

① [清]莊述祖：《尚書記·商誓第二》，《雲自在龕叢書》第一集，清光緒己亥(1899 年)江陰繆荃孫校刊本，頁三。

② [清]陳逢衡：《逸周書補注》卷十一《商誓解第四十三》，《叢書集成三編》第 94 冊，臺北：新文豐出版公司，1973 年，第 593 頁。

③ [清]朱右曾：《周書集訓校釋》卷五《商誓弟四十三》，《續修四庫全書》第 301 冊，上海：上海古籍出版社，2002 年，第 140 頁。

曰："久憂勞！"問(周)[害]不寢，曰："安，予告汝。"

王曰："嗚呼！旦！惟天不享于殷，發之未生至于今六十年。夷羊在牧，飛鴻過野，天自幽，不享于殷，乃今有成。維天建殷，厥徵天民名三百六十夫，弗顧，亦不賓(成)[滅]，用戾于今。嗚呼！于憂茲難，近飽于卹；辰是不室，我來所定天保，何寢能欲？"

王曰："旦！予克致天之明命，定天保，依天室。志我共惡，俾從殷王紂。四方(赤宜未)[亦肯來]定我于西土。我維顯服，及德之方明。"叔旦泣涕于常，悲不能對。

王□□傳于後。王曰："旦！汝維朕達弟，予有使汝。汝播食不遑暇食，矧其有乃室？今惟天使(予)[子]，惟二神授朕靈期。(于)[予]未致(予)[于]休，□近懷予朕室。汝惟幼子，大有知。昔皇祖底于今，勖厥遺得顯義，告期付于朕身。肆若農服田，饑以望穫。予有不顯，朕卑皇祖不得高位于上帝。汝幼子庚厥心，庶乃來班朕大環。茲(于)[予]有虞，意乃懷厥妻子，德不可追于上，民亦不可答于[下]。朕(下)不賓在高祖。維天不嘉，于降來省。汝其可瘳于茲？乃今我兄弟相後，我筮、龜其何所即？今用建庶建。"

叔旦恐，泣涕共手。王曰："嗚呼！旦！我圖夷茲殷，其惟依天[室]。其有憲(今)[令]，求茲無遠。慮天有求繹，相我不難。自洛汭延于伊汭，居陽無固，其有夏之居。我南望過于三塗，我北望過于有嶽，丕(願)[顧]瞻過于河，宛瞻于伊、洛，無遠天室。其(曰)[名]茲曰度邑。"

《逸周書·度邑》

莊述祖《尚書記》云："《度邑》者，武王圖定天室，規伊、洛，詔周公代其事也。"[①]陳逢衡《逸周書補注》云："此牧野既事之後，武王相視商邑，慮四方未定，欲效殷人傳及之法，叔旦涕泣弗敢受，武王於是圖度有夏之居，爲營洛邑而去。"[②]此篇所載主要爲武王決定讓周公繼承王位，以及規度洛邑、確定天保之事，因辭末有言"其名茲曰度邑"，遂以"度邑"名篇。

《度邑》全文可分爲三段。篇首至"安予告汝"爲第一段，記敍武王勝殷，在朝歌郊外接見殷民之後，有感於殷之滅亡，夜不能寐，遂對周公作誥辭。"王曰嗚呼旦"以下至"悲不能對"爲第二段，記敍武王回顧天不享殷的教訓，向周公表明自己對國運的憂慮，欲趁周德尚明之時充分馴服殷民。"王□□傳于後"以下至篇末爲第三段，記敍武王決定讓周公繼承大位，以及依傍天室而規度洛邑、確定東都之事。

《度邑》充分反映了武王高瞻遠矚的政治眼光。其時，周王朝新立，殷民未服，四方未定。武王清醒地認識到天命不常，懇切地希望周公繼承王位，實現自己未盡的功業，使周王朝得以長治久安。武王與周公之間的深厚情意，在這篇"誥"文中也得到了淋漓

---

① [清]莊述祖：《尚書記·度邑第三》，《雲自在龕叢書》第一集，清光緒己亥(1899 年)江陰繆荃孫校刊本，頁十五。

② [清]陳逢衡：《逸周書補注》卷十一《度邑解第四十四》，《叢書集成三編》第 94 冊，臺北：新文豐出版公司，1973 年，第 596 頁。

盡致的傳達。

《皇門》之文如下：

(3)維正月庚午，周公格[于]左閎門，會群(門)[臣][①]。

曰："嗚呼！下邑小國克有耇老據屏位，建沈人，非不用明刑。維其開告于予嘉德之說，命我辟王小至于大。

"我聞在昔有國誓王，(之)[亡]不綏于卹。乃維其有大門宗子勢臣，內不茂揚肅德，訖亦有孚，以助厥辟勤王國、王家。乃方求論擇元聖武夫，羞于王所。其善臣以至(十)[于]有分私子，苟克有常，罔不允通，咸獻言在于王所。人斯是助王恭明祀，敷明刑。王用有監，明憲朕命，用克和有成，用能承天嘏命。百姓兆民，用罔不茂在王庭，先用有勸，永有□于上下。

"人斯既助厥勤勞王家，先人神(祇)[祇]報職用休，俾嗣在厥家。王國用寧，小人用格。□能稼穡，咸祀天神。戎兵克慎，軍用克多。王用奄有四鄰，遠土丕承，萬子孫用末被先王之靈光。

"至于厥後嗣，弗見先王之明刑，維時(及)[乃]胥學于非夷，以家相厥室，弗卹王國、王家，維德是用，以昏求臣，作威不祥，不屑惠聽，無辜之亂辭是羞于王。王阜良，乃惟不順之言。于是人斯乃非維直以應，維作誣以對，俾無依無助。譬如畋，犬驕，用逐禽，其猶不克有獲。是人斯乃讒賊媢嫉，以不利于厥家國。譬若匹夫之有婚妻，曰：'予獨服在寢！'以自露厥家。(媚)[媢]夫有邇無遠，乃食蓋善夫，俾莫通在(士)[于]王所。乃維有奉狂夫，是陽是繩，是以爲上，是授司事于正長。命用迷亂，獄用無成。小民率穡，保用無用。壽亡以嗣，天用弗保。(媚)[媢]夫先受殄罰，國亦不寧。

"嗚呼！敬哉！監于茲，朕維其及。朕藎臣，夫明爾德，以助予一人憂，無維乃身之暴皆卹。爾假予德憲，資告予元。譬若眾畋，常撫予險，乃而予于濟。汝無作！"

《逸周書·皇門》

莊述祖《尚書記》云："《皇門》者，周公告誡國子咨以善言也。皇，大也。路寢之門，其左曰左閎門。王居明堂之禮，東、(西)[南]稱門，西、北稱闈。故左閎門謂之皇門。"[②]《竹書紀年》載："成王元年丁酉春正月，王即位，命冢宰周文公總百官。

---

① 案：《玉海》引此文，"格"下有"于"字，"門"作"臣"，當據改。說詳[清]王念孫：《讀書雜誌·逸周書弟二》，《高郵王氏四種》之二，南京：江蘇古籍出版社，2000 年，第 14 頁。

② [清]莊述祖：《尚書記·皇門第四》，《雲自在龕叢書》第一集，清光緒己亥(1899 年)江陰繆荃孫校刊本，頁二十二。案：黃懷信等《逸周書彙校集注》引莊氏《尚書記》此文，"西北稱闈"誤作"南北稱闈"(黃懷信，張懋容，田旭東：《逸周書彙校集注》(修訂本)卷五《皇門解第四十九》，上海：上海古籍出版社，2007 年，第 543 頁)。《後漢書·祭祀志中》劉昭《注》引蔡邕《明堂論》云："《爾雅》曰：'宮中之門謂之闈。'王居明堂之禮，又別陰陽門，東、南稱門，西、北稱闈，故《周官》有門闈之學。師氏教以三德守王門，保氏教以六藝守王闈。然則師氏居東門、南門，保氏居西門、北門也。"([南朝宋]范曄撰，[唐]李賢等注：《後漢書》志第八《祭祀志中》，北京：中華書局，1965 年，第 3179 頁)

庚午，周公誥諸侯于皇門。”[①]此篇乃成王元年(卽周公攝政元年)周公在左閎門對群臣所作之誥辭，史官記錄下來，遂以“皇門”名篇。

《皇門》全文可分爲三段。篇首至“永有□于上下”爲第一段，記敍周公在左閎門會見群臣，闡明大臣勤勉政事對國家統治的意義。“人斯既助厥勤勞王家”以下至“國亦不寧”爲第二段，記敍周公進一步從正反兩方面論述臣民是否勤勞王事對國家前途有至關重要的影響。“嗚呼敬哉”以下至篇末爲第三段，記敍周公誥誡群臣充分發揮才智，協助自己共同治理好國家。

這篇“誥”文脈絡清晰，層次分明。周公在誥辭中多次運用譬喻的修辭手法，以獵犬輕慢驕縱則不能有所獵獲的事例說明臣民勤勞王事的重要性，以匹夫之昏妻自敗其家的事例論證嫉妒之徒擅權敗國的危害，以眾人畋獵互相援助的事例表達自己對群臣的殷切期望，皆形象生動，給人留下深刻印象。

二、載錄臣屬告王的“告”文

《逸周書》之西周作品中載錄臣屬告誡周王的“告”文有兩篇，卽《祭公》、《芮良夫》。前者所記乃祭公臨終之時告誡穆王及三公的言辭，後者所記乃芮良夫告誡厲王及執政大臣的言辭。

《祭公》之文如下：

(4)王若曰：“祖祭公！次予小子，虔虔在位！昊天疾威，予多時溥愆。我聞祖不豫有加，予惟敬省。不弔天降疾病，予畏之威。公其告予懿德！”

祭公拜手稽首曰：“天子！謀父疾維不瘳。朕身尚在兹，朕魄在于天。昭王之所勖，宅天命！”

王曰：“嗚呼！公！朕皇祖文王、烈祖武王，度下國，作陳周。維皇皇上帝度其心，寘之明德，付俾於四方，用應受天命，敷文在下。我亦維有若文祖周公暨列祖召公，兹申予小子追學於文、武之蔑，(周)[用]克龕紹成、康之業，以將天命，用夷居之大商之眾。我亦維有若祖祭公之執和周國，保乂王家。”

王曰：“公！稱丕顯之德，以予小子揚文、武大勳，弘成、康、昭考之烈。”

王曰：“公！無困我哉！俾百僚乃心率輔弼予一人。”

祭公拜手稽首曰：“允乃詔！畢桓于黎民般。”

公曰：“天子！謀父疾維不瘳，敢告天子：皇天改大殷之命，維文王受之，維武王大尅之，咸茂厥功。維天貞文王，(之重)[重之]用威，亦尚寬壯厥心，康受乂之式用休。亦先王茂綏厥心，敬恭承之。維武王申大命，戡厥敵。”

---

① 王國維：《今本竹書紀年疏證》卷下，《王國維遺書》第13冊，影印商務印書館1940年版，上海：上海古籍書店，1983年，頁三。

公曰："天子！自三公上下，辟于文、武；文、武之子孫，大開方封于下土。天之所錫武王時疆土，丕維周之[基，丕維]后稷之受命，是永宅之。維我後嗣，旁建宗子，丕維周之始并。

"嗚呼！天子、三公！監于夏、商之既敗，丕則無遺後難，至于萬億年，守序終之。既畢，丕乃有利宗，丕維文王由之。"

公曰："嗚呼！天子！我不則寅哉，寅哉！汝無以戾[反]罪疾喪時二王大功！汝無以嬖御固莊后，汝無以小謀敗大作，汝無以嬖御士疾大夫、卿士，汝無以家相亂王室而莫恤其外！尚皆以時中乂萬國。

"嗚呼！三公！汝念哉！汝無泯泯芬芬，厚顏忍醜。時維大不弔哉！昔在先王，我亦維丕以我辟險于難，不失于正，我亦以免沒我世。

"嗚呼！三公！予維不起朕疾，汝其皇敬哉！茲皆保之，曰：康子之攸保，勖教誨之，世祀無絕。不，我周有常刑！"

王拜手稽首黨言。

《逸周書 · 祭公》

"祭"，周公第五子之封地。"祭公"，周公之孫，名謀父，與周公同謚"文"。《竹書紀年》載："穆王十一年，王命卿士祭公謀父。……二十一年，祭文公薨。"[①]莊述祖《尚書記》云："《祭公》者，《祭公之顧命》也。……昭王之時，王道微缺，南征嗃焉。及穆王卽位，益衰，然猶能正百官、敬天命，周室復寧。祭公謀父是師保之，……穆王之享國克壽，豈無故哉！"[②]此篇乃祭公謀父臨終告誡穆王及三公之言辭，史官記錄下來，遂以"祭公"名篇[③]。

《祭公》全文可分爲三段。篇首至"畢桓于黎民般"爲第一段，記敘祭公謀父病情加重，穆王前來探望，懇求祭公告知懿德，使百官盡心輔佐自己，以光大先王的功績。"公曰天子謀父疾維不瘳"以下至"丕維文王由之"爲第二段，記敘祭公告誡穆王及三公以夏、商敗亡的教訓爲鑒戒，順從天命，繼承文王、武王開創的功業，使周王朝長治久安。"公曰嗚呼天子"以下至篇末爲第三段，記敘祭公告誡穆王以中正之道治理國家，三公應當擔負起自己的職責，勖勉教誨天子，使世祀無絕。

此篇"告"文作於西周中期，充分表現了穆王對祭公謀父的倚重和祭公勤勉國政的耿耿忠心。丁宗洛《逸周書管箋》云："此篇具見主上乾惕，老臣憂危，直與成王、周公當日比烈，而奇崛之氣，奥峭之語，令人讀之不厭。"[④]唐大沛《逸周書分編句釋》云："穆

---

① 王國維：《今本竹書紀年疏證》卷下，《王國維遺書》第13冊，影印商務印書館1940年版，上海：上海古籍書店，1983年，頁七、頁八。

② [清]莊述祖：《尚書記 · 祭公第五》，《雲自在龕叢書》第一集，清光緒己亥(1899年)江陰繆荃孫校刊本，頁二十九。

③ 案：《禮記 · 緇衣》引此篇作"《葉公之顧命》"([漢]鄭玄注，[唐]孔穎達等正義：《禮記正義》卷五十五《緇衣》，影印阮刻《十三經注疏》本，北京：中華書局，1980年，第1649頁)，"葉"當爲"祭"之誤。

④ 黄懷信，張懋容，田旭東：《逸周書彙校集注》(修訂本)卷八《祭公解第六十》，上海：上海古籍出版社，2007年，第923～924頁。

王時，祭公以老臣當國，如成王之倚周公若柱石。然今病不瘳，故穆王懃懃懇懇，願公告以懿德。史序穆王之辭儼是詔書一道，祭公稽首嘉之，宜哉！其序祭公顧命之辭，首言文、武之功德，願王法文、武以守緒業，復以王所不足者切實戒之。其戒三公，凜然正色，以規其過。古大臣侃侃之風，裁千載猶可想見也。西周真古書淵懿質摯，必出於當時良史之筆。若以此篇列于《洛誥》、《無逸》、《立政》諸篇之後，可以知周公之道脈相傳，歷康、昭而未替也。祭公爲周公之孫，信能繩其祖武者矣。”[①]所言誠是。

《芮良夫》之文如下：

(5)芮伯若曰：“予小臣良夫稽(道)[首](謀)[謹]告：[天]子惟民父母，致厥道，無遠不服；無道，左右臣妾乃違。民歸于德；德則民戴，否則民讎。茲言允效于前不遠。商紂不(道)[改]夏桀之虐，肆我有家。

“嗚呼！惟爾天子嗣文、武業，惟爾執政小子，同先王之臣，昏行[罔]顧，道王不若；專利作威，佐亂進禍，民將弗堪。治亂信乎其行，惟王暨爾執政小子攸聞。古人求多聞以監戒；不聞，是惟弗知[②]。后除民害，不惟民害；害民，乃非后，惟其讎。后作類；后弗類，民不知后，惟其怨。民至億兆，后一而已，寡不敵衆，后其危哉！

“嗚呼！□□□如之[③]。今爾執政小子，惟以貪諛爲事，不懃德以備難。下民胥怨，財單竭，手足靡措，弗堪戴上，不其亂而？以予小臣良夫觀，天下有土之君，厥德不遠，罔有代德。時爲王之患，其惟國人。

“嗚呼！惟爾執政朋友小子！其惟洗爾心、改爾行，克憂往愆，以保爾居！爾乃聵禍翫烖，遂弗悛，余未知王之所定，矧乃[小子]。惟禍發於人之攸忽，[咎起]於人之攸輕。□不存焉[④]。變之攸伏。爾執政小子不圖善，偷生苟安，爵[以]賄成。賢智箝口，小人鼓舌，逃害要利，並得厥求，唯曰哀哉！

“我聞曰：‘以言取人，人飾其言；以行取人，人竭其行。飾言無庸，竭行有成。’惟爾小子，飾言事王，寔蕃有徒。王貌受之，終弗獲用。面相誣蒙，及爾顛覆。爾自謂有餘，予謂爾弗足。敬思以德，備乃禍難。難至而悔，悔將安及？無曰予爲，惟爾之禍！”

《逸周書·芮良夫》

---

① 黃懷信，張懋容，田旭東：《逸周書彙校集注》(修訂本)卷八《祭公解第六十》，上海：上海古籍出版社，2007年，第924頁。

② 案：《群書治要》引此文“是惟弗知”下有“爾聞爾知，弗改厥度，亦惟艱哉”十二字，當據補。說詳[清]王念孫：《讀書雜誌·逸周書弟四》，《高郵王氏四種》之二，南京：江蘇古籍出版社，2000年，第29頁。

③ 案：今本“嗚呼”下闕三字。《群書治要》引此文“嗚呼”下有“野禽馴服于人，家畜見人而奔，非禽、畜之性，實惟人。民亦”二十二字([唐]魏徵等：《群書治要》卷八，《續修四庫全書》第1187冊，上海：上海古籍出版社，2002年，第97頁)，當據補。說詳[清]王念孫：《讀書雜誌·逸周書弟四》，《高郵王氏四種》之二，南京：江蘇古籍出版社，2000年，第29頁。

④ 案：今本“不存”上闕一字。《群書治要》引此文“不存”上有“心”字([唐]魏徵等：《群書治要》卷八，《續修四庫全書》第1187冊，上海：上海古籍出版社，2002年，第98頁)。

“芮”，國名，姬姓，故地在今陝西省大荔縣、蒲城縣境內。“芮伯”，指芮良夫，伯爵，名良夫。“執政小子”，指虢公長父、榮夷公等人。《竹書紀年》載：“(厲王)八年，初監謗，芮良夫戒百官于朝。”[①]潘振《周書解義》云：“周自穆王之後，歷共、懿、孝、夷四王，周道寖衰，至厲王而肆爲暴虐，禍亂將至矣。榮夷公好利，王任之，諫不聽，卒以爲卿士，後使衛巫監謗，芮伯戒百官于朝，此解爲王及卿士作也。”[②]莊述祖《尚書記》云：“《芮良夫》者，芮伯諫厲王及戒執政也。”[③]此篇乃芮伯良夫告誡厲王及執政大臣的言辭，史官記錄下來，遂以“芮良夫”名篇。

《芮良夫》全文可分爲兩段。篇首至“其惟國人”爲第一段，記敍芮良夫告誡厲王及執政大臣應當吸取商紂暴虐無道而覆滅的教訓，倘若不能勤德行善以預防災難，必將陷國家於危亡境地。“嗚呼惟爾執政朋友小子”以下至篇末爲第二段，記敍芮良夫嚴厲指責執政大臣不謀善政，苟且安逸，箝人口舌，修飾言辭以欺騙蒙蔽天子的惡劣行徑，告誡他們應當敬思以德，洗心革面，否則必將招致災禍，自食其果。

此篇“告”文作於西周晚期，是傳世文獻中關於周厲王事的最早記載。其措辭極其刻露，較《祭公》情意悱惻截然不同。唐大沛《逸周書分編句釋》云：“厲王無道，任用小人，政亂國危，芮伯以老臣憂國，披肝瀝血而言之，惜乎君臣皆不悟也。篇中分兩大段讀，前段告王及執政之臣，後段專責執政諸臣，詞尤峻厲。而當日君若臣泯泯棼棼，卒不知改悔。信乎，下愚之不可移也！其後遂有流王于彘之禍。”[④]所言可謂的評。

---

① 王國維：《今本竹書紀年疏證》卷下，《王國維遺書》第13册，影印商務印書館1940年版，上海：上海古籍書店，1983年，頁十一。

② 黄懷信，張懋容，田旭東：《逸周書彙校集注》(修訂本)卷九《芮良夫解第六十三》，上海：上海古籍出版社，2007年，第997頁。

③ [清]莊述祖：《尚書記・芮良夫第六》，《雲自在龕叢書》第一集，清光緒己亥(1899年)江陰繆荃孫校刊本，頁三十五。

④ 黄懷信，張懋容，田旭東：《逸周書彙校集注》(修訂本)卷九《芮良夫解第六十三》，上海：上海古籍出版社，2007年，第998頁。

第三節　命

《逸周書》之西周作品中載錄上對下施命之言辭的“命”文數量甚少，現存一篇，即《嘗麥》。其文如下：

(1)維四年孟夏，王初祈禱于宗廟，乃嘗麥于太祖。是月，王命大正正刑書。

爽明，僕告既駕，少祝導王、亞祝迎王降階，即假于[廟]。太宗、少宗、少秘于社，各牡羊一、牡豕三。史導王于北階。王陟階，在東序。乃命太史尚大正即居于戶西，南向。九州□伯咸進在中，西向。宰乃承王中升自客階。作策執策從中。宰坐，尊中于大正之前。太祝以王命作策策告太宗。王命□□祕。作策許諾，乃北向繇書于(內)[兩]楹之(門)[間]。

王若曰：“宗掩、大正！昔天之初，□作二后，乃設建典。命赤帝分正二卿，命蚩尤(于宇)[宇于]少昊，以臨(四)[西]方，司□□上天(末)[未]成之慶。蚩尤乃逐帝，爭于涿鹿之(河)[阿]，九隅無遺。赤帝大懾，乃說于黃帝，執蚩尤，殺之于中冀。以甲兵釋怒，用大正順天(思)[卑]序。紀于大(帝)[常]，用名之曰絕轡之野。乃命少昊(請)[清](司)(馬)[爲]鳥師，以正五帝之官，故名曰質。天用大成，至于今不亂。

“其在(殷)[啓]之五子，忘伯禹之命，假國無正，用胥興作亂，遂凶厥國。皇天哀禹，賜以彭壽，(思)[卑]正夏略。

“今予小子聞有古遺訓而不述，朕文考之言不易，予用皇威，不忘祗天之明典，令□我大治。用我九宗正州伯教告于我，相在大國有殷之□辟，自其作□于古，是(威)[滅]厥邑，無類于冀州。嘉我小國，(小國)其命余克長(國王)[王國]。

“嗚呼！敬之哉！如木既顛厥巢，其猶有枝葉作休。爾弗敬恤爾(執)[職]以屏助予一人集天之顯，亦爾子孫其能常憂恤乃事？勿畏多寵，無愛乃囂，亦無或刑于鰥寡。罪(罪)惠乃其常，無別于民。”

眾臣咸興，受(太)[大]正書，乃降。太史策形書九篇，以升授(太)[大]正，乃左還自兩柱之間。□箴大正曰：“欽之哉！諸正！敬功爾頌，審三節，無思民因順。爾臨獄無頗，正刑有掇。夫循乃德，式監不遠。以有此人，保寧爾國，克戒爾服，世世是其不殆。維公咸若！”太史乃降。(太)[大]正坐舉書(乃)[及]中降，再拜稽首。王命太史正升，拜于上，王則退。

是月，士師乃命太宗序于天時，祠大暑；乃命少宗祠風雨，百享。士師用受其馘，以爲之資；邑乃命百姓遂享于富，無(思)[卑]民疾。供百享歸祭，閭率、里君[用受其馘]，以爲之資；野宰乃命冢邑縣都祠于太祠，(乃)[及]風雨也。宰用受其(職)馘，以爲之資；采君乃命天御豐穡，享祠爲施，大夫以爲資。(威)[箴]，太史乃藏之于盟府，以爲歲典。

《逸周書 · 嘗麥》

《竹書紀年》載："(成王)四年春正月，初朝于廟。夏四月，初嘗麥。"[①]《禮記 • 月令》："(孟夏)農乃登麥，天子乃以彘嘗麥，先薦寢廟。"[②]"嘗麥"，向祖先祭獻新麥的儀式。此文主要載錄成王四年(卽周公攝政四年)，周公於嘗麥之月命令大正(大司寇)修正刑書的言辭，以篇首言"乃嘗麥于太祖"，史官遂以"嘗麥"名篇。

《嘗麥》全文可分爲四段。篇首至"兩楹之間"爲第一段，記敍周公於嘗麥之月在宗廟舉行儀式，施命大正修正刑書。"王若曰"以下至"無別于民"爲第二段，記敍周公列舉史實闡明刑書對於治國的重要意義，命令大正認真履行職責，遵循法律辦事。"眾臣咸興"以下至"王則退"爲第三段，記敍周公勉誡大正重視刑書，公正執法。"是月"以下至篇末爲第四段，記敍士師(刑獄官)命官員祭祀大暑、風雨諸事。

陳逢衡《逸周書補注》云："此成王四年事也。沖幼委裘變生骨肉，故于免喪朝廟之後，踵行夏礿之禮，因命大正正刑書，以儆厥後。篇中引蚩尤以寓紂虐，引武觀以寓三叔，則戎衣一著、破斧三年，皆非得已，故明刑卽以弼教，而勿畏多寵，尤于九宗三致意焉。蓋深有戒于《鴟鴞》之變也。"[③]

《嘗麥》詳細記錄了周公命令大正修正刑書的各種儀禮，是研究西周初年禮制不可多得的珍貴文獻。

---

① 王國維：《今本竹書紀年疏證》卷下，《王國維遺書》第 13 冊，影印商務印書館 1940 年版，上海：上海古籍書店，1983 年，頁三。

② [漢]鄭玄注，[唐]孔穎達等正義：《禮記正義》卷十五《月令》，影印阮刻《十三經注疏》本，北京：中華書局，1980 年，第 1365 頁。

③ [清]陳逢衡：《逸周書補注》卷十五《嘗麥解第五十六》，《叢書集成三編》第 94 冊，臺北：新文豐出版公司，1973 年，第 690 頁。

第四節　記

《逸周書》之西周作品中載錄記事言辭的“記”文數量甚少，現存一篇，即《世俘》。其文如下：

(1)維四月乙未日，武王成辟四方，通殷命有國。

惟一月(丙)[壬]辰旁生魄，若翼日(丁)[癸]巳，王乃步自于周，征伐商王紂。

越若來二月既死魄，越五日甲子，朝至接于商，則咸劉商王紂，執天惡臣百人。

太公望命禦方來。丁卯，望至，告以馘、俘。

戊辰，王遂(禦)[祡]，循(自)[追]祀文王。時日，王立政。

呂他命伐(越)戲方。壬申，(荒新)至，告以馘、俘。

侯來命伐靡集于陳。辛巳，至，告以馘、俘。

甲申，百弇以虎賁誓，命伐衛；告以馘、俘。

辛亥，薦俘殷王鼎。武王乃翼矢珪、矢憲，告天宗、上帝。王不(格)[革]服，格于廟，秉[黃鉞]，語治庶國；籥人九終。王烈祖，自太王、太伯、王季、虞公、文王、邑考，以列升，維告殷罪。籥人造；王秉黃鉞，正國伯。

壬子，王服袞衣、矢琰格廟。籥人造；王秉黃鉞，正邦君。

癸(酉)[丑]，薦殷俘王士百人。籥人造；王矢琰，秉黃鉞，執戈。王[入]，奏《庸大享》一終。王拜手稽首。王定，奏《其大享》三終。

甲寅，謁(我)[戎]殷于牧野。王佩赤、白旂，籥人奏《武》。王入，進《萬》，獻《明明》三終。

乙卯，籥人奏《崇禹生開》三(鍾)終，王定。

庚子，陳本命伐(磨)[曆]，百韋命伐宣方，新荒命伐蜀。

乙巳，陳本(命)、新荒、蜀、(磨)[曆]至，告禽霍侯，俘艾[侯]、佚侯、小臣四十有六，禽禦八百有三(百)兩，告以馘、俘。百韋至，告以禽宣方，禽禦三十兩，告以馘、俘。百韋命伐厲，告以馘、俘。

武王狩，禽虎二十有二，貓二，(糜)[麋]五千二百三十五，犀十有二，氂七百二十有一，熊百五十有一，羆百一十有八，豕三百五十有二，貉十有八，麈十有六，麝五十，麋三十，鹿三千五百有八。

武王遂征四方，凡憝國九十有九國，馘魔億有(十)[七]萬七千七百七十有九，俘人三億萬有二百三十，凡服國六百五十有二。

(時)[惟]四月既旁生魄，越六日庚戌，武王朝至燎于周[廟]。(維予沖子綏文)武王降自車，乃俾史佚繇書于天號。武王乃廢于紂(矢)[天]惡臣(人)

百人，伐(右)厥甲小子鼎大師，伐厥四十夫家君鼎師。司徒、司馬初厥于郊號。武王乃夾于南門用俘，皆施佩衣(衣)，先馘入。武王在祀，太師負商王紂縣首白旂、妻二首赤旂，乃以先馘入，燎于周廟。

若翼日辛亥，祀于位，用籥于天位。

越五日乙卯，武王乃以庶[國]祀馘于(國)周廟，(翼予沖子)斷牛六，斷羊二。庶國乃竟。告于周廟，曰："古朕(聞)文考修商人典，[至予沖子]，以斬紂身告于天、于稷！"用小牲羊、犬、豕于百神、水土。(于)誓[于]社，曰："惟予沖子綏文考，(至于沖子)[翼予沖子]！"用牛于天、于稷五百有四，用小牲羊、[犬]、豕于百神、水土(社)三千七百有一。

商王紂于南郊，時甲子夕，商王紂取天智玉琰[及庶玉](縫)[環]身(厚)以自焚，凡厥有庶(告焚)玉四千。[告焚]。五日，武王乃(裨)[俾]於千人求之，四千庶[玉]則銷，天智玉五在火中不銷。凡天智玉，武王則寶與同。凡武王俘商，[得]舊[寶玉萬四千，佩]玉億有(百)[八]萬。

《逸周書 · 世俘》

朱右曾《周書集訓校釋》云："'世''大'古通用。'世俘'者，大俘也。"[①]顧頡剛先生云："古籍中'大(太)子'亦稱'世子'，'大(太)室'亦稱'世室'，可作此名比例。本篇所載，有俘人、俘車(禽禦)、俘鼎、俘玉、俘獸之事，且所俘均有鉅大數量，故以《世俘》爲名。"[②]此篇主要記錄武王伐商及其方國的經過與俘獲的戰利品，兼及武王歸周之後告祭神祖、舉行狩獵諸事。

《世俘》全文可分爲五段。篇首至"命伐衛告以馘俘"爲第一段，記敍武王從宗周出發，伐滅商紂，四方將領前來稟告執行伐商屬國之命令的情況。"辛亥薦俘殷王鼎"以下至"三終王定"爲第二段，記敍武王舉行典禮祭告神祖伐商之事。"庚子"以下至"凡服國六百五十有二"爲第三段，記敍將領奉命征伐敵方獲勝以後向武王匯報戰果，以及武王狩獵之事，並總結了武王伐商及其方國的輝煌戰果。"惟四月既旁生魄"以下至"三千七百有一"爲第四段，記敍武王返回宗周祭告神祖，獻俘用牲。"商王紂于南郊"以下至篇末爲第五段，補敘商紂取玉環身以自焚，武王俘商寶玉之事。

《世俘》是關於武王克商這段歷史的真實記錄。武王以武力鎮壓爲手段，在短短的兩三個月中派兵遣將，運用血腥的鐵腕贏得推翻殷商王朝的徹底勝利，從而建立起一個新的王朝。在這場轟轟烈烈的革命中，武王殘酷殺戮殷商及其方國的百姓，肆意掠奪殷商王朝的財富，以及祭祀上帝和祖先時的極度鋪張，都明明白白地展現在我們的面前。《世俘》中的周初事蹟，是歷史的真實。從這個意義上講，《世俘》在西周歷史文獻中應當佔有崇高地位。

《世俘》重於記事，略於記言，較今文《尚書》、《逸周書》中的其他西周早期作品頗有不同，值得我們給予充分的重視。

---

① [清]朱右曾：《周書集訓校釋》卷五《世俘弟三十七》，《續修四庫全書》第301冊，上海：上海古籍出版社，2002年，第136頁。

② 顧頡剛：《〈逸周書 · 世俘篇〉校注、寫定與評論》，《文史》第2輯，北京：中華書局，1963年，第2頁。

結　語

“尚實”是中國文章的傳統。文體形態是歷史的產物，其實用性是與特定歷史、特定時代、特定社會聯繫在一起的。從發生學意義和價值意義方面考察，我們不難發現，文體特徵儘管表現於外觀形式，但實質上是由文章的價值、功能所決定的。不同的文體具有不同的功能，甚至能體現出不同時代的文化價值取向和特定的審美趣味，它與其賴以存在的客觀基礎卽社會的政治、經濟和文化發展水準保持平衡。文體的內在動因和依據就在於“用它來幹什麼”。這就意味着，文體分類導源於文章功能的類型。

本書所論之文體(指文學體裁或體類)，主要探討文本在其發生學意義上的屬性，卽文本在其產生時期所具有的文體屬性。研究對象是迄今所見殷商西周時期的出土文獻(甲骨刻辭、銅器銘文)以及傳世文獻(今文《尚書》、《周易》、《逸周書》)中屬於殷商西周時期的作品。

從文本載體的角度來看，這些作品可分爲三種類型：

(一)甲骨類：殷墟甲骨刻辭、西周甲骨刻辭；

(二)銅器類：殷商銅器銘文、西周銅器銘文；

(三)簡策類：今文《尚書》、《周易》、《逸周書》中屬於殷商西周時期的作品。

從時代歸屬的角度來看，這些作品可分爲兩類：

(一)殷商作品：殷墟甲骨刻辭、殷商銅器銘文、今文《尚書·商書》；

(二)西周作品：西周甲骨刻辭、西周銅器銘文、《周易》、今文《尚書·周書》、《逸周書》中屬於西周時期的作品。

在對這些文本作系統考察的基礎上，本書采用以功能爲標準的分類原則，將殷商西周時期的散文劃分爲“占”“告(誥)”“命”“卜”“表”“記”“約”“典”“訓”“誓”“論”十一種文體。不同文體在內容、結構、表達方式、語言選擇等方面各有特點，其發展也表現出不平衡性。

從我國古代散文文體發展的歷史進程來看，可將殷商西周時期散文文體的發展劃分爲兩個階段：

(一)我國古代散文文體的萌芽時期——殷商；

(二)我國古代散文文體的成長時期——西周。

需要說明的是，這兩個階段衹是我們對殷商西周時期散文文體發展歷程的大體意義上的劃分，這並不排除有部分文體在殷商時期已經發展得很成熟(如“占”“卜”)，有部分文體在西周時期尚處於萌芽狀態(如“論”)這種情形。本書上編(第一至三章)是對殷商時期散文文體的研究，下編(第四至八章)是對西周時期散文文體的研究。

一、占

占，指記錄視卜兆斷吉凶之事的文辭。這種文體見於殷墟甲骨刻辭和西周甲骨刻辭。

殷墟甲骨刻辭中的“占”文數量較多，包括記錄“某占曰”云云、“某曰”云云、“曰”云云的王卜辭和非王卜辭，其基本體制爲：“干支(王)卜，(某貞人)(貞)：某事。(某)(占)曰：‘某占辭。’(某用辭)/(某孚辭。)(某驗辭。)”大多數“占”文的占辭皆位於命辭之後，少量“占”文的占辭處於命辭的位置。按君臣身份不同，可細分爲記錄王占的“占”文、記錄臣占的“占”文兩類。

殷墟王卜辭中記錄王占的“占”文數量甚多，内容主要有祭祀、氣象、農業、生育、疾病、貢納、取獲、田獵、征伐、卜旬等方面；主要見於賓組、歷組、出組、黄類王卜辭，尤以典賓類、黄類卜辭爲多。絕大多數記錄王占的“占”文其基本體制爲：“(干支)(王)(卜)，(某貞人)貞：某事。王(固)曰：‘某占辭。’(某孚辭。)(某驗辭。)”占辭位於命辭之後，多有前辭，必有命辭、占辭，或記驗辭。處於不同時期卜辭中的這類“占”文，其體制有所變化。如：賓組、歷組、出組卜辭中之“占”文，其前辭“干支”後、“卜”前皆不記“王”字，占辭後皆不記孚辭；而黄類卜辭中之“占”文，前辭“干支”後、“卜”前皆著“王”字，占辭後或記孚辭。

殷墟王卜辭中記錄臣占的“占”文數量較少，主要見於𠂤組和歷組卜辭，能代王視卜兆斷吉凶的有叶、扶等人。其基本體制爲：“干支卜，某貞人貞：某事。臣(固)曰：‘某占辭。’”占辭位於命辭之後，具備前辭、命辭和占辭，不記驗辭。

見於花東子類非王卜辭中記錄臣占的“占”文數量較多，其中大多數記錄的是子占的“占”文，占辭多位於命辭之後，内容主要有祭祀、氣象、田獵等方面，其基本體制爲：“干支卜：某事。(子)(占)曰：‘某占辭。’(某用辭/某孚辭。)”具備前辭、命辭、占辭，或記用辭(偶記孚辭)；前辭之“干支卜”有時衹記天干，不記地支字，其後不記貞人名。另有一例記錄子占的“占”文，其占辭處於命辭的位置；而記錄丁占的“占”文，計有三例，其占辭皆處於命辭的位置。

殷墟卜辭中，有少量“占”文之占辭處於命辭的位置，其中記錄王占的有六例，記錄子占的有一例，記錄丁占的有三例。其基本體制爲：“干支卜，(某貞人貞)：某(占)曰：‘某占辭。’(某驗辭。)”皆有前辭，必有占辭，或記驗辭。

迄今所見的西周甲骨刻辭中的“占”文，載錄“卧曰”云云或“曰”云云多處於命辭之後。由於這類“占”文辭多殘缺，其行文體制不甚明晰。其中，載錄“卧曰”云云的“占”文數量較少，“卧曰”云云皆較簡短，處於命辭之後。載錄“曰”云云的“占”文數量相對較多，刻辭中的“曰”，皆當爲“卧曰”之省；多數“曰”云云之語當處於命辭之後，少數“曰”云云之語則處於命辭的位置。

總的來看，殷商西周時期的“占”文，其載體皆爲甲骨刻辭，皆用於占卜場合，所記皆爲視卜兆斷吉凶之事。殷商時期的“占”文應用頻繁，内容豐富，歷時較長，使用者主要是殷王，少數爲大臣，體現了其在政治上所具有的特權。至西周早期，“占”文使用減少而消亡。

二、告(誥)

告(誥)，指記錄君臣告祭神祖、君王誥誡臣屬、臣屬告誡君王、臣屬稟告君王、臣屬相互告諭、臣屬告知晚輩等内容的文辭。這種文體見於殷墟甲骨刻辭、西周銅器銘文、今文《尚書·商書》、《周書》以及《逸周書》中屬於西周時期的作品。今按内容將其分爲六類：

(一) 記錄君臣告祭神祖的"告"文

此類"告"文僅用於祭祀場合，見於殷墟甲骨刻辭、西周銅器銘文。

殷墟甲骨刻辭中記錄殷王告祭神祖的"告"文數量很多，主要見於賓組、歷組、出組卜辭，屬於武丁、祖庚、祖甲時期，主要就農業收成、消除日戠、驅除病患、戰爭征伐、俘虜罪隸等事項向神祖行告祭禮，以求福祐。這類"告"文具備前辭和命辭，其基本體制爲："干支(卜，某貞人)貞：(其)告(某事)于某神祖。(某月。)"不同時期卜辭中的這類"告"文，其體制有所變化。如：賓組卜辭中的"告"文體制堪稱完備齊整，其中典賓類辭尾或記月份。歷組前辭皆省略"卜"字，不記貞人名；命辭中"告"字前多著"其"字；辭尾皆不記月份。出組前辭格式同於賓組，命辭中"告"字前常著"其"字，辭尾常記月份。

西周銅器銘文中載錄周王告祭先王的"告"文見有二例，即《㝬鐘》、《㝬簋》，皆載錄了西周晚期厲王告祭先王的言辭内容。這兩篇文字淵奥宏朗，體勢駿邁，語多用韻，表明至遲在西周晚期，有關告祭先祖之類的"告"文已臻於成熟，取得了很高的藝術成就。

西周銅器銘文中載錄臣屬告祭先祖的"告"文數量較多，西周早期、中期、晚期皆有所見，尤以晚期爲多。西周早期的這類"告"文所見較少，少數衹記告祭之事而不載告祭之話語内容，多數則以"某臣曰"啓領下文，詳記作器者告祭先祖之言辭内容，銘首不記時間，告辭中或有追孝辭，或記賞賜事，銘尾或有嘏辭。西周中期的這類"告"文數量較多，大多先緬懷先祖之功業，述作器緣由，再記作器事，銘首不記時間，告辭中或記賞賜事，銘尾皆記嘏辭。西周晚期的這類"告"文數量甚多，銘首偶記時間，銘尾多記嘏辭。

(二) 記錄君王誥誡臣屬的"告(誥)"文

此類"告(誥)"文用於朝政場合，見於殷墟甲骨刻辭、西周銅器銘文、今文《尚書·商書》、《周書》、《逸周書》。

殷墟甲骨刻辭中記錄殷王告誡臣屬的"告(誥)"文雖然數量較少，卻不可忽視。其體制較爲固定，行文亦甚簡約，多平鋪直敍，波瀾不驚。這種"上告下"的"告(誥)"文，可看作後世之下行公文在萌芽時期的一種表現形態。殷墟甲骨刻辭中的王告臣屬之"告(誥)"，實已接近於後世之"誥"。如此，謂後世之"誥"體至遲已於殷商時期發其端倪，當非妄言。

由於殷墟甲骨刻辭多爲卜辭，受應用功能（占卜）、書寫載體（甲骨）、行文體制的拘限，其中出現的“告（誥）”文，尚不足以充分體現殷商時期“告（誥）”體散文的文學成就。其時已有典冊，乃書於簡策，於文字篇幅的限制較甲骨刻辭要寬鬆，相應“告（誥）”的具體内容或當詳錄於兹。收入《尚書》中的《商書》，多爲較可靠的殷商文書之遺存，其中的“誥”文如《仲虺之誥》、《湯誥》等，適可與甲骨刻辭中的“告（誥）”文相參照。從這個意義上講，當我們見到《商書》中已經存在篇幅較長的“誥”文時，也就能夠理解而不會對之感到驚訝了。

今文《尚書·商書》中記錄殷王誥誡臣屬的“誥”文有一篇，即《盤庚》。此文篇幅頗長，記載了盤庚遷都前後關於遷都問題三次誥諭臣民的言辭。此文完整地記敍了盤庚遷殷前後圍繞遷都問題在統治階級内部、在統治階級與平民之間產生的矛盾和衝突，真實地反映了當時歷史，表明殷商時期的“誥”文確已發展到了較高水準。

西周銅器銘文中載錄周王誥誡臣屬的“誥”文見有一例，即《𣄰尊》，爲西周早期銘文。此文所記周王對宗室子弟的誥誡之辭，情真意切，於親切中帶有威嚴，於希望中含有命令，神采宛然，語亦用韻，表明王告臣屬的“誥”文經由殷商時期的長期應用和發展，至西周早期已經具備嫻熟的藝術手法和生動的表現能力。

今文《尚書·周書》中載錄周王誥誡臣屬之言辭的“誥”文共有八篇，即“周初八誥”，皆爲記錄周公攝政稱王期間所作之誥辭。《大誥》當爲周公東征平叛之初爲動員興師而作，是周公東征的一個歷史見證。其文辭古奥，與西周金文類似。《康誥》、《酒誥》、《梓材》三篇“誥”文，皆作於周公東征平叛之後，爲記錄周公誥誡其同母幼弟康叔封的言辭。《召誥》、《洛誥》二篇，其基本思想是一致的，可看作姊妹篇；前者誥辭語言充滿強烈的感情色彩，運用了重章疊句結構，後者寫作手法較爲獨特，記言中有事實，記事中有議論。《多方》、《多士》二篇，記錄周公攝政期間誥誡殷商遺民及諸侯方國的言辭，亦可看作姊妹篇。在這些“誥”文中，宣揚“天命”與強調“敬德”相結合，構成了周人政治思想的兩個主要方面。“周初八誥”在思想和藝術等方面所取得的巨大成就，標誌着“誥”體散文在西周早期已經發展成熟。

《逸周書》之西周作品中載錄周王誥誡臣屬的“誥”文現存三篇，即《商誓》、《度邑》、《皇門》，皆作於西周早期。其中，《商誓》、《度邑》所記乃武王滅商之後所作之誥辭，《皇門》所記乃周公攝政元年所作之誥辭。

（三）記錄臣屬告誡君王的“告”文

此類“告”文用於朝政場合，見於今文《尚書·商書》、《周書》、《逸周書》。

今文《尚書·商書》中記錄臣屬告誡殷王的“告”文有一篇，即《西伯戡黎》。此文記載了祖伊告誡紂王國家已處於即將滅亡的危急關頭，希望紂王爲國家命運着想，努力振作，勤勉政事，以挽救殷朝的命運，表現了其憂君憂國的遠見和忠誠。

今文《尚書·周書》中載錄臣屬告誡周王之言辭的“告”文，存有二篇，即《無逸》、《立政》，皆當爲周公還政成王以後對成王而作。前者是周公還政成王以後，告誡成王勿貪圖逸豫，須勤政敬德的言辭。後者是周公還政成王以後告誡成王建立官制的言辭。

《逸周書》之西周作品中載錄臣屬告誡周王的“告”文有兩篇，即《祭公》、《芮良夫》。前者所記乃祭公臨終之時告誡穆王及三公的言辭，後者所記乃芮良夫告誡厲王及執政大臣的言辭。

（四）記錄臣屬稟告君王的“告”文

此類“告”文用於朝政場合，見於殷墟甲骨刻辭、西周銅器銘文。

殷墟甲骨刻辭中的這類“告”文較常見。其中，臣屬報告而不記載具體内容的“告”文數量不多。而絕大多數臣屬報告殷王的“告”文則主要記載了征伐、穫麥、田獵等具體内容，主要見於自組、賓組、何組、無名類刻辭，屬於武丁至文丁時期，尤以第一期賓組卜辭爲多，爲君臣之間的信息交流傳遞之記錄。其行文體制依所告内容不同而各有區别，較用於祭祀場合的“告”文爲靈活多變。有短制，也有長篇，或簡筆勾勒，平實無華，或濃墨重彩，繪聲繪形。其體制各具鮮明特徵，似難據以歸納出統一之定式，這與記載告祭神祖的“告”文之體制大致齊整的情形截然不同。

殷墟甲骨刻辭中的這類“告”文，雖有平直之筆，更多的卻是曲筆行文，波瀾起伏。臣屬告王的“告”文中那些關於臣屬報告敵方侵略邊地的記載，篇幅一般較長，敍事大多完整，突出展現了殷墟甲骨刻辭的文學特色；其體制較爲靈活，内容較爲豐富，行文各有差異，可看作後世之上行公文在萌芽時期的產物。

西周銅器銘文中載錄臣屬稟告周王的“告”文見有一例，即《小盂鼎》，爲西周早期銘文。此文氣勢恢弘，激蕩雄駿，令人精神騰躍；所記事項繁多，行文錯落有致，毫不紊亂，令人讚歎；雖爲孤篇獨顯，文有殘泐，亦能充分展現西周早期的這類“告”文所取得的藝術成就。

（五）記錄臣屬相互告諭的“告”文

這類“告”文，在今文《尚書·商書》中有一篇，即《微子》。此文作於微子棄紂王而去之時，記錄了微子與父師、少師商量去留問題的言辭。

今文《尚書·周書》中的這類“告”文今存一篇，即《君奭》，當爲周公還政成王以後對召公所作的答辭，以勉勵召公與自己齊心協力，合力輔佐成王治理好國家，共同完成文王開創的功業。

（六）記錄臣屬告知晚輩的“告”文

這類“告”文出現較晚，西周早期銅器銘文中見有一例，即《由伯尊》。其行文方式及所記内容，於西周銅器銘文之“告”文中僅見。

三、命

命，指記錄上對下發號施命的文辭。這種文體見於殷墟甲骨刻辭、西周甲骨刻辭、西周銅器銘文以及今文《尚書·周書》、《逸周書》中屬於西周時期的作品。

殷墟甲骨刻辭中的“命”文數量很多，主要爲殷王對臣屬的發號施命，包括著以“令”“乎”“使”之語於命辭之中的卜辭。其中，著“使”的“命”文數量較少，主要爲賓組卜辭，内容主要爲往使的記録；著“乎”的“命”文數量較多，主要見於賓組、何組、無名類卜辭，内容涉及祭祀、往使、取獲、田獵、伐禦；著“令”的“命”文數量最多，其内容豐富，涉及祭祀、往使、取獲、省廩、壅田、田獵、伐禦等事項，歷時也最長，𠂤組、賓組、歷組、出組、何組、無名類、黄類卜辭皆有表現。

西周甲骨刻辭中的“命”文數量較少，多記録周王對臣屬的發號施命，包括著以“乎”之語於命辭之中的卜辭。這類“命”文，以其文多殘缺，體制已不明晰。

西周銅器銘文中的“命”文常見，包括著以“令(命)”“乎”“使”之語，記録上對下發號施命的記事銘文。其中，著“使”的“命”文數量較少，見於西周早期、中期銘文，主要記録了周王(或其配偶)就出使、賞賜之事施命於臣屬；著“令(命)”的“命”文數量甚多，内容豐富，見於西周早期、中期、晚期銘文，主要爲周王或大臣就賞賜、冊命、行往、征伐等事施命於臣屬的記録；著“乎”的“命”文數量最多，見於西周中期、晚期銘文，主要爲周王就賞賜、冊命之事施命於臣屬的記録。

今文《尚書·周書》中屬於西周時期的“命”文數量甚少，現存一篇，即《顧命》。此文記録了周成王臨終所作的遺囑，並用較多的篇幅記録了太子釗受顧命、即王位、接受諸侯朝拜這一系列隆重典禮中的各種程式。其結構緊湊自然，敍事條理清晰，筆觸細緻明快，場景描寫詳盡，很好地再現了成王喪禮、康王即位禮及諸侯朝拜禮履行過程中莊嚴肅穆、隆重典雅的氛圍。

《逸周書》之西周作品中載録上對下施命之言辭的“命”文數量甚少，現存一篇，即《嘗麥》。此文主要載録成王四年(即周公攝政四年)，周公於嘗麥之月命令大正(大司寇)修正刑書的言辭。

總的來看，“命”文用於朝政場合，經由殷商、西周的長期應用，至西周晚期已經發展得很成熟了。

四、卜

殷墟甲骨刻辭中的“卜”文，指不能歸入“占”“告”“命”的卜辭。其數量龐大，内容十分豐富。通過對殷墟甲骨刻辭“卜”文中較具代表性的、歷時較長的五種内容(祭祀、巡行、田獵、征伐、卜旬)中的部分卜辭進行分析，可以見出殷墟甲骨刻辭“卜”文的體制特徵及其流變。

《周易》卦爻辭中的“卜”文，指或載録事物、必著以判斷吉凶之語的卦爻辭，其性質與甲骨卜辭相類。按其内容可分爲不載録事物的“卜”文、載録事物的“卜”文兩類。前者數量較少，所記皆爲斷占之辭。後者數量甚多，所記斷辭多處於筮占事物之後，少數處於筮占事物之前。其所載録之事物反映的内容頗爲豐富，主要有祭祀、出行、征伐、政事、刑訟、飲食、田獵、氣象、畜牧、疾病、婚姻家庭、日常生活、道德修養等。

五、表

表，指殷墟甲骨刻辭中載錄“干支表”“商王世系表”“貴族世系表”的記事刻辭。

“干支表”主要見於𠂤組、子組、賓組、出組、黃類刻辭。這些干支表多數刻寫於牛胛骨，少量刻寫於龜甲，記錄商代流行十干十二支的所謂干支記日之組合次序，自甲子至癸亥共六十干支。其中有些似乎是習契者所爲，有些卻是排列嚴整，秩然有序，顯然是作爲備忘日曆之用。其中，𠂤組刻辭中的干支表數量較少，現存者多爲殘片。子組、賓組刻辭中載錄干支表的數量較多，多爲殘片，但也有少數刻辭保留了較完整的干支表。出組刻辭中記錄干支表者甚少，但不可忽視。黃類刻辭中所載干支表數量最多，體制最爲成熟。

“商王世系表”，主要指殷墟甲骨刻辭中與占卜無關而又較爲連貫地載錄有商王世系的祭祀刻辭。這類刻辭數量有限，彌足珍貴，藉之我們才能在數千年之後甄別傳世文獻材料中記載的商王世系之可靠性，從而正確推斷出商代先公先王之直系的世次。

“貴族世系表”，見於𠂤賓間類、典賓類刻辭，數量甚少，所載人名皆不見於商代先公先王世系之中，當屬於殷商時期貴族世系的記錄。

總的來看，較同時期的其他文體而言，殷墟甲骨刻辭中的“表”文結構相對簡單，使用範圍過於狹小。隨着殷商王朝的滅亡，這種文體也就消失了。

六、記

記，指載錄記事言辭之文。這種文體見於殷墟甲骨刻辭、殷商銅器銘文、西周甲骨刻辭、西周銅器銘文、《周易》卦爻辭、今文《尚書·周書》以及《逸周書》中屬於西周時期的作品。

殷墟甲骨刻辭中的“記”文，指載錄卜用甲骨之來源與祭祀的記事刻辭以及刻於甲骨而與卜事無關的記事刻辭。按其內容大致可分爲與卜事有關的“記”文、與卜事無關的“記”文兩類。

殷墟甲骨刻辭中與卜事有關的“記”文，見於武丁時期之甲骨，多位於卜用甲骨的邊緣或偏僻處，所記內容爲卜用甲骨之來源及甲骨之祭祀，屬於甲骨卜材的前期準備之事。胡厚宣先生將之歸納爲五種記事刻辭，分別稱爲“甲橋刻辭”“甲尾刻辭”“背甲刻辭”“骨臼刻辭”“骨面刻辭”。這種“記”文主要見於𠂤賓間類、賓組、歷組二類刻辭，按其內容可細分爲以下三類：

其一，載錄甲骨之來源的“記”文。這類“記”文有兩種類型：第一，載錄卜用龜甲之來源的“記”文。此類“記”文主要見於𠂤賓間類、賓組刻辭，尤以典賓類刻辭爲多，著以“入”“以”“來”等字，載錄臣屬貢納龜甲之事，皆見於龜甲刻辭，不見於牛胛骨刻辭，其基本體制爲：“某臣入/以/來(若干)。(才某地。)/(某史官。)”第二，載錄卜用牛胛骨之來源的“記”文。此類“記”文主要見於典賓類、歷組二類刻辭，當爲一時之物，皆著以“气”字，載錄臣屬乞求牛胛骨之事，爲牛胛骨之骨面、骨臼刻辭。

其中見於典賓類刻辭的這類“記”文多數爲骨面刻辭，少數爲骨臼刻辭，其基本體制爲：“干支，某臣A气自某臣B若干/自某臣B气若干。(某史官。)”而見於歷組二類刻辭的這類“記”文皆爲骨面刻辭，其基本體制爲：“干支，矣气冎若干(于/自)某臣。(才某地。)/(某史官。)”

其二，載錄甲骨之祭祀的“記”文。這類“記”文多見於甲橋、背甲、骨臼刻辭，主要爲典賓類刻辭，其基本體制爲：“(干支)，某臣示(若干)。(某史官。)”

其三，兼載甲骨之來源與祭祀的“記”文。這類“記”文多見於骨臼刻辭，少數見於骨面、甲橋、背甲刻辭，主要爲典賓類刻辭，其基本體制爲：“(干支)，某臣A入若干/气自某臣B若干/自某臣B气。某臣C示(若干)。某史官。”

殷墟甲骨刻辭中與卜事無關的“記”文，按其是否出現於卜用的龜甲及牛胛骨可分爲以下兩類：

其一，刻於卜用甲骨而與卜事無關的“記”文。這類“記”文內容多與祭祀有關，有的刻於龜腹甲之甲橋上，有的刻於牛胛骨正面兩側邊緣或骨面正反其他部位，多數見於武丁時期的卜用牛骨。其中有部分刻辭記載“㞢犭歲”之事，見於卜用牛胛骨背面外緣靠下部位，多數爲𠂤賓間類刻辭，當爲一時之物。還有部分刻辭記載“宜于某京”之事，皆刻於卜用牛胛骨的骨面下方，皆爲典賓類刻辭，亦當爲一時之物。其他刻辭之內容也多與祭祀有關，散見於𠂤組、賓組、出組、何組、黄類刻辭。

其二，刻於非卜用甲骨而與卜事無關的“記”文。這類“記”文刻在非卜用的人頭骨或其他獸骨上而與卜事無關。甲骨學者或將此種刻辭分爲“一般記事刻辭”與“特殊記事刻辭”兩類。迄今所見的“一般記事刻辭”數量甚少，有鹿角器刻辭、骨笄刻辭、骨刀刻辭、骨匕刻辭等，其文字太少，內容蓋記日常生活行事，與甲骨占卜毫無關係。“特殊記事刻辭”數量相對多一些，有人頭骨刻辭、牛胛骨刻辭、牛距骨刻辭、鹿頭骨刻辭、兕骨刻辭、虎骨刻辭等，內容多記祭祀、田獵、征伐之事，與甲骨占卜亦無關係。其中的人頭骨刻辭，迄今發現有15片。此種人頭骨無一完整，可能在獻祭時即被打碎。這類“記”文多數見於黄類刻辭，文字殘缺太甚，行文體制已不能明晰。而獸骨刻辭主要見於黄類刻辭，內容多與祭祀、征伐、田獵有關。其數量較少，行文體制亦不甚明晰。這些刻在非卜用的人頭骨或其他獸骨上而與卜事無關的“記”文，雖然數量較少，但其存在仍可以證明：殷商時期之甲骨刻辭中，除了卜辭以外，確還另有記史敍事之文，史官並非僅以占卜爲務。

殷商銅器銘文的“記”文，可分爲非記事性質的“記”文、記事性質的“記”文兩類。

殷商銅器銘文中的非記事性質的“記”文數量龐大，通常標記作器者的族氏名、職官名、私名及作器對象的稱名等，極少數是標記所作器物的名稱、用途、存放地點等。這些銘文之內容大多單獨出現，少數爲相互組合而出現。

殷商銅器銘文中的記事性質的“記”文數量較少，主要見於殷商晚期，即帝乙、帝辛時期。此種“記”文大多與賞賜、作器之事有關，一般記錄作器者、作器原因、作器對象、作器時間、所作器物名等，有的還反映了祭祀、巡行、宴饗、田獵、征伐等相關信息。按其內容，大致可分爲如下五個方面：①載錄作器之事的“記”文；②兼錄賞賜、作器之事的“記”文；③與祭祀有關的“記”文；④與巡行有關的“記”文；⑤與宴饗、田獵、征伐有關的“記”文。

西周甲骨刻辭的“記”文，按其内容大致可分爲與卜事有關的“記”文、與卜事無關的“記”文兩類。

現今所見西周甲骨刻辭中與卜事有關的“記”文數量很少，皆爲岐山鳳雛遺址 H11 所出。這類“記”文按内容又可細分爲兩類：其一，載錄卜用甲骨之來源的“記”文；其二，載錄卜用甲骨之整治的“記”文。前者蓋記錄卜用龜甲的來源，其體制爲：“自某臣。”後者蓋記錄治理龜甲之後所記的日期，其體制爲：“干支㒸。”

現今所見西周甲骨刻辭中與卜事無關的“記”文數量相對較多。按其内容大致可分爲祭祀、出入、田獵、役事、征伐、地名、人名(或族名)、職官名、筮數等方面。這類“記”文多爲殘辭，其體制不明晰。

西周銅器銘文的“記”文，亦可分爲非記事性質的“記”文、記事性質的“記”文兩類。

西周銅器中的非記事性質的“記”文，其所載内容與殷商銅器中的非記事性質的“記”文相近，通常標記作器者的族氏名、職官名、私名及作器對象的稱名等。這些銘文之内容亦大多單獨出現，少數爲相互組合而出現。

西周銅器銘文中，可歸入記事性質的“記”文數量甚多。此種“記”文大多與作器之事有關，一般記錄作器者、作器原因、作器對象、作器時間、所作器物名等，有的還反映了賞賜、祭祀、巡行、大射、宴饗、田獵、征伐等相關信息。按其内容，大致可分爲如下六個方面：①載錄作器之事的“記”文；②兼錄賞賜、作器之事的“記”文；③與祭祀有關的“記”文；④與巡行有關的“記”；⑤與大射、宴饗、田獵有關的“記”文；⑥與征伐有關的“記”文。

《周易》卦爻辭中的“記”文，載錄事實而不著以判斷吉凶之語。按其所記内容，大致有祭祀、出行、征伐、行政、田獵、婚姻家庭、日常生活等方面。其體制可歸納爲：“某記事辭。”

今文《尚書·周書》中載錄記事言辭的“記”文數量甚少，現存一篇，即《金縢》。此文寫成於西周初年，記錄周公把請求先王讓自身替代武王死的祝冊置於“金縢之匱”一事的始末。文中所反映的基本事實與主要情節是可信的，對研究周初複雜的政治局勢和社會思想有重要作用。全文首尾呼應，環環相扣，既有記言也有記事，而且出現了情節描寫，其中不乏神奇的浪漫色彩。它以小說式的情節結尾，可視爲後代描寫鬼神之類的文學作品的開端。

《逸周書》之西周作品中載錄記事言辭的“記”文數量甚少，現存一篇，即《世俘》。此文主要記錄武王伐商及其方國的經過與俘獲的戰利品，兼及武王歸周之後告祭神祖、舉行狩獵諸事。此文重於記事，略於記言，較今文《尚書》、《逸周書》中的其他西周早期作品頗有不同，值得我們給予充分的重視。

經由殷商西周時期的長期使用和發展，“記”這種文體漸趨成熟，並爲後世的敍事文學奠定了良好的基礎。

七、約

約，指載錄內容與法律文書相關的文辭。這種文體見於西周銅器銘文。

西周銅器銘文中的“約”文，按其所反映的主要內容的不同，大致可分爲治地之約、治民之約、治律之約三類。

(一)“治地之約”

這類“約”文反映了西周時期的土地制度，涉及土地的使用、分配、轉移等內容，主要見於西周中期、晚期銘文。其中，西周中期的這類“約”文，銘首皆記時間，然後詳記土地交易事件的全過程，再記作器事，繫嘏辭以祈福，銘尾或記族氏名，或記所在王年。西周晚期的這類“約”文，銘首多記時間，然後詳記土地交易事件的全過程，再記作器事，繫嘏辭以祈福，銘尾偶記族氏名。

西周中期、晚期銅器銘文中所見的這類“約”文，其中所記載的土地交易，有的是以物易田，如《格伯段》、《九年衛鼎》；有的是以田易物，如《裘衛盉》；有的是以田易田，如《五祀衛鼎》；有的是以田作爲賠償物，如《散氏盤》，這些無疑都說明西周中期以後，土地在貴族手裏已經成爲可以交換的商品。此時不僅田地與田地可以互相交換，田地還可用來與其他物品(如車馬、皮毛、布帛、玉器等)相交換，並以契約的形式證明其合法性，這表明當時的土地交易實質上就是土地的買賣，土地私有制在西周中期以後是客觀存在的。

(二)“治民之約”

這類“約”文反映了西周時期有關買賣、訴訟判決等內容，主要見於西周中期、晚期銘文。其中，西周中期的這類“約”文如《師旂鼎》、《曶鼎》，銘首皆記時間，然後敍述訴訟判決事件的全過程，銘尾或記作器事。西周晚期的這類“約”文如《儹匜》、《五年召伯虎段》、《六年召伯虎段》，銘首皆記時間，然後載錄訴訟判決事件的經過，再記作器事，銘尾或記嘏辭。

(三)“治律之約”

這類“約”文反映了西周時期有關政府法律條令制定的內容，於西周晚期銘文中見有一例，即《兮甲盤》。此文所反映的內容較豐富，是研究西周時期周王朝與玁狁、南淮夷等部族之關係，以及周王朝貿易制度的重要文獻。學者或稱此文爲“律令”，似不太準確。儘管文中對南淮夷和諸侯百姓之關市貿易作了相應的規定，但銘文所記並非單純的政府法律法規。

八、典

典，指載錄君臣言辭可作爲後世治國法典之文。這種文體見於今文《尚書·周書》。

今文《尚書・周書》中的“典”文現存兩篇，即《洪範》和《呂刑》。《洪範》多用韻文，所記乃周武王伐紂滅商之後，向箕子請教殷商所以滅亡的原因；箕子告以“周國之所宜”，系統地闡述了治國安民的“大法九類”（“洪範九疇”）。此文具體論述了統治國家的大政方針，被視爲帝王之術，自西漢以後，受到歷代封建帝王的推崇。《呂刑》本呂侯所作，而以穆王名義佈告四方。此文提出了刑法的具體內容與實施原則，記載了西周時期的刑法制度，是迄今所見我國古代最早而又較爲系統的法典。

九、訓

訓，指記錄訓導言辭之文。這種文體見於今文《尚書・商書》、西周銅器銘文。

今文《尚書・商書》中的“訓”文現存一篇，即《高宗肜日》。此文記錄殷王祖庚肜祭武丁時，祖己訓導祖庚的言辭。

西周銅器銘文中的“訓”文見有一例，即西周早期的《叔趯父卣》。此文記錄叔趯父對焂進行訓導的言辭，出自肺腑，情意深遠，表達了長輩對晚輩的殷切期望。

十、誓

誓，指載錄戰爭誓辭之文。這種文體見於今文《尚書・商書》、《周書》。

今文《尚書・商書》中的“誓”文現存一篇，即《湯誓》。此文爲湯伐桀滅夏的出征誓師辭，首先解釋了興師的原因，然後申明了賞罰的辦法。湯以“弔民伐罪”的姿態，揭露夏桀的暴行，說明滅夏乃爲解救民生之疾苦，其用意在於爭取人民的擁護。也正因爲得到了人民的支持，討伐夏桀的戰爭獲得了勝利，湯取而代之建立起自己的統治。

今文《尚書・周書》中屬於西周時期的“誓”文現存兩篇，即《牧誓》、《費誓》。《牧誓》是周武王在牧野與商紂王的軍隊進行決戰之前的誓師辭。此文以誓辭爲主，篇幅不長，內容卻很豐富。周武王引用古語“牝雞無晨。牝雞之晨，惟家之索”，不僅揭露了紂王寵愛妲己、禍國殃民的罪行，而且形象地揭示了殷商滅亡的歷史必然性，義正辭嚴，從而極大地鼓舞了士氣，具有很強的號召力。《費誓》是周公之子伯禽率師討伐淮夷、徐戎叛軍之前，在費地對出征將士所作的誓師辭。此文語言精煉，層次分明。其主要內容是具體部署各種戰前準備和申明嚴格的軍紀，而沒有鼓動性的政治動員。這與今文《尚書》中其他“誓”文所反映的內容頗有不同。

十一、論

論，指載錄議論言辭之文。這種文體見於《周易》卦爻辭。

按卦爻辭中是否記有斷辭，《周易》卦爻辭中的“論”文可分爲載錄斷辭的“論”文、不載錄斷辭的“論”文兩類。前者數量較少，所記斷辭有的位於議論之辭的中間，有的位於議論之辭的首尾。後者數量相對較多，言辭簡短，雖無“論”之名，卻有“論”

之實，開啓了後世“論”體散文的先河。

綜觀殷商西周時期的散文文體發展過程，我們看到，隨着歷史、時代、社會的發展以及文本載體、應用場合、文體功能的變化，上述各種文體的演變軌跡並不平衡。有些文體的生命很長，一直綿延不絕，在不同的歷史時期發揮着相應的作用。有些文體的生命很短，隨着彼時彼地用途的完成，便銷聲匿跡了，而其中蘊含的某些審美特徵由於體現了“按着美的規律來製造”，作爲文學遺產繼承下來，融入源遠流長的文學創作實踐中。

參考文獻

專著

[周]卜商撰. 子夏易傳. 影印通志堂經解本. 揚州：江蘇廣陵古籍刻印社，1996.
[魏]王弼, [晉]韓康伯注. [唐]孔穎達等正義. 周易正義. 影印阮刻十三經注疏本. 北京: 中華書局, 1980.
[唐]李鼎祚撰. 周易集解. 北京圖書館古籍珍本叢刊本. 北京：書目文獻出版社，1989.
[清]李道平撰. 周易集解纂疏. 清人十三經注疏本. 北京：中華書局，1994.
[清]李光地撰. 周易折中. 北京：九州出版社，2002.
[清]朱駿聲撰. 六十四卦經解. 北京：中華書局，1958.
[清]惠棟撰. 周易述. 北京：中華書局，2007.
楊樹達著. 周易古義. 上海：上海古籍出版社，2006.
李鏡池著. 周易探源. 北京：中華書局，1978.
李鏡池著. 周易通義. 北京：中華書局，1981.
高亨著. 周易雜論. 濟南：齊魯書社，1979.
高亨著. 周易古經今注(重訂本). 北京：中華書局，1984.
尚秉和著. 周易尚氏學. 北京：中華書局，1980.
尚秉和著. 周易古筮考. 北京：光明日報出版社，2006.
胡朴安著. 周易古史觀. 上海：上海古籍出版社，2005.
鄧球柏著. 帛書周易校釋. 長沙：湖南人民出版社，1987.
張立文著. 帛書周易注譯. 鄭州：中州古籍出版社，1992.
嚴靈峰著. 馬王堆帛書易經斠理. 臺北：文史哲出版社，1994.
廖名春釋文. 馬王堆漢墓帛書周易釋文. 續修四庫全書本. 上海：上海古籍出版社，1995.
吳新楚著. 周易異文校證. 廣州：廣東人民出版社，2001.
劉大鈞著. 今、帛、竹書《周易》綜考. 上海：上海古籍出版社，2005.
濮茅左著. 楚竹書周易研究——兼述先秦兩漢出土與傳世易學文獻資料. 上海：上海古籍出版社，2006.
黎翔鳳著. 周易新釋. 瀋陽：遼寧大學出版社，1994.
黃壽祺, 張善文著. 周易譯注(修訂本). 上海：上海古籍出版社，2001.
唐明邦主編. 周易評注(修訂本). 北京：中華書局，2009.
潘雨廷著. 易學史發微. 上海：復旦大學出版社，2001.
靳極蒼著. 周易卦辭詳解. 太原：山西古籍出版社，2002.
廖名春著. 周易經傳十五講. 北京：北京大學出版社，2004.
朱伯崑主編. 周易通釋. 北京：昆侖出版社，2004.
李學勤著. 周易溯源. 成都：巴蜀書社，2005.
蔡尚思主編. 十家論易. 上海：上海人民出版社，2006.
劉大鈞著. 周易概論(增補本). 成都：巴蜀書社，2008.

[漢]孔安國傳. [唐]孔穎達等正義. 尚書正義. 影印阮刻十三經注疏本. 北京：中華書局，1980.
[宋]蔡沈注. 書經集傳. 影印世界書局宋元人注四書五經銅版本. 天津：天津市古籍書店，1988.
[元]吳澄撰. 書纂言. 影印通志堂經解本，揚州：江蘇廣陵古籍刻印社，1996.
[明]王夫之撰. 尚書稗疏. 船山全集本. 長沙：嶽麓書社，1988.
[清]段玉裁撰. 古文尚書撰異. 影印清經解本. 上海：上海書店，1988.
[清]閻若璩撰. 尚書古文疏證. 影印清經解續編本. 上海：上海書店，1988.
[清]孫星衍撰. 尚書今古文注疏. 清人十三經注疏本. 北京：中華書局，1986.
[清]皮錫瑞撰. 今文尚書考證. 清人十三經注疏本. 北京：中華書局，1989.
[清]皮錫瑞撰. 尚書大傳疏證. 續修四庫全書本. 上海：上海古籍出版社，2002.
楊筠如著. 尚書覈詁. 西安：陝西人民出版社，2005.
曾運乾著. 尚書正讀. 北京：中華書局，1964.
陳夢家著. 尚書通論. 北京：中華書局，2005.
蔣善國著. 尚書綜述. 上海：上海古籍出版社，1988.
劉起釪著. 尚書研究要論. 濟南：齊魯書社，2007.
朱廷獻著. 尚書研究. 臺北：臺灣商務印書館，1987.
馬雍著. 尚書史話. 北京：中華書局，1982.
劉起釪著. 尚書學史. 北京：中華書局，1989.
顧頡剛, 顧廷龍輯. 尚書文字合編. 上海：上海古籍出版社，1996.
臧克和著. 尚書文字校詁. 上海：上海教育出版社，1999.
黃懷信注訓. 尚書注訓. 濟南：齊魯書社，2002.
李民, 王健撰. 尚書譯注. 上海：上海古籍出版社，2004.
陳戍國撰. 尚書校注. 長沙：嶽麓書社，2004.
顧頡剛, 劉起釪著. 尚書校釋譯論. 北京：中華書局，2005.
李民著. 尚書與古史研究(增訂本). 鄭州：中州書畫社，1983.
劉德漢等著. 尚書研究論集. 臺北：黎明文化事業股份有限公司，1982.
杜勇著. 尚書周初八誥研究. 北京：中國社會科學出版社，1998.
錢宗武, 杜純梓著. 尚書新箋與上古文明. 北京：北京大學出版社，2004.

[晉]孔晁注. 逸周書. 明嘉靖元年(1522)楊慎跋刊本.
[清]莊述祖撰. 尚書記. 雲自在龕叢書本. 清光緒二十五年(1899)江陰繆荃孫校刊本.
[清]陳逢衡撰. 逸周書補注. 叢書集成三編本. 臺北：新文豐出版公司，1973.
[清]朱右曾撰. 周書集訓校釋. 續修四庫全書本. 上海：上海古籍出版社，2002.
[清]孫詒讓撰. 周書斠補. 續修四庫全書本. 上海：上海古籍出版社，2002.
黃懷信著. 逸周書源流考辨. 西安：西北大學出版社，1992.
黃懷信著. 逸周書校補注譯(修訂本). 西安：三秦出版社，2006.
黃懷信, 張懋容, 田旭東著. 逸周書彙校集注(修訂本). 上海：上海古籍出版社，2007.
羅家湘著. 逸周書研究. 上海：上海古籍出版社，2006.
周玉秀著. 逸周書的語言特點及其文獻學價值. 北京：中華書局，2005.

[漢]毛亨傳. 鄭玄箋. [唐]孔穎達等正義. 毛詩正義. 影印阮刻十三經注疏本. 北京：中華書局，1980.
[宋]朱熹撰. 詩集傳. 北京：中華書局，1958.
[清]陳奐撰. 詩毛氏傳疏. 北京：中國書店，1984.
[清]王先謙撰. 詩三家義集疏. 清人十三經注疏本. 北京：中華書局，1987.
[清]馬瑞辰撰. 毛詩傳箋通釋. 清人十三經注疏本. 北京：中華書局，1989.

許維遹校釋. 韓詩外傳集釋. 北京：中華書局，1980.
于茀著. 金石簡帛詩經研究. 北京：北京大學出版社，2004.

[漢]鄭玄注. [唐]賈公彥疏. 周禮注疏. 影印阮刻十三經注疏本. 北京：中華書局，1980.
[清]孫詒讓撰. 周禮正義. 清人十三經注疏本. 北京：中華書局，1987.
[清]孫詒讓撰. 周禮政要. 玉海樓家刻本，1902.
[漢]鄭玄注. [唐]賈公彥疏. 儀禮注疏. 影印阮刻十三經注疏本. 北京：中華書局，1980.
[漢]鄭玄注. [唐]孔穎達等正義. 禮記正義. 影印阮刻十三經注疏本. 北京：中華書局，1980.
[清]孫希旦撰. 禮記集解. 清人十三經注疏本. 北京：中華書局，1989.
[清]王聘珍撰. 大戴禮記解詁. 清人十三經注疏本. 北京：中華書局，1980.

[晉]杜預注. [唐]孔穎達等正義. 春秋左傳正義. 影印阮刻十三經注疏本. 北京：中華書局，1980.
[清]洪亮吉撰. 春秋左傳詁. 清人十三經注疏本. 北京：中華書局，1987.
楊伯峻編著. 春秋左傳注(修訂本). 北京：中華書局，1990.
童書業著. 春秋左傳研究(校訂本). 北京：中華書局，2006.
[漢]何休注. [唐]徐彥疏. 春秋公羊傳注疏. 影印阮刻十三經注疏本. 北京：中華書局，1980.
[晉]范甯注. [唐]楊士勛疏. 春秋穀梁傳注疏. 影印阮刻十三經注疏本. 北京：中華書局，1980.

[魏]何晏等注. [宋]邢昺疏. 論語注疏. 影印阮刻十三經注疏本. 北京：中華書局，1980.
[晉]郭璞注. [宋]邢昺疏. 爾雅注疏. 影印阮刻十三經注疏本. 北京：中華書局，1980.
[漢]趙岐注. [宋]孫奭疏. 孟子注疏. 影印阮刻十三經注疏本. 北京：中華書局，1980.
[唐]陸德明撰. 經典釋文. 影印通志堂經解本. 北京：中華書局，1983.
黃焯撰. 經典釋文彙校. 北京：中華書局，1980.
[清]朱彝尊撰. 經義考. 北京：中華書局，1998.
[清]王引之撰. 經義述聞. 高郵王氏四種之三. 南京：江蘇古籍出版社，2000.
[清]俞樾撰. 群經平議. 影印清經解續編本. 上海：上海書店，1988.
[日]安居香山，中村璋八輯. 緯書集成. 石家莊：河北人民出版社，1994.

[漢]許慎撰. [宋]徐鉉校定. 說文解字. 北京：中華書局，1963.
[漢]許慎撰. [南唐]徐鍇繫傳. 說文解字繫傳. 北京：中華書局，1987.
[漢]許慎撰. [清]段玉裁注. 說文解字注. 上海：上海古籍出版社，1988.
[清]朱駿聲撰. 說文通訓定聲. 武漢：武漢古籍書店，1983.
[清]王筠撰. 說文解字句讀. 北京：中華書局，1988.
丁福保編. 說文解字詁林. 北京：中華書局，1988.
[漢]劉熙撰. [清]畢沅疏證. 釋名疏證. 續修四庫全書本. 上海：上海古籍出版社，2002.
[魏]張輯撰. [清]王念孫疏證. 廣雅疏證. 高郵王氏四種之一. 南京：江蘇古籍出版社，2000.
[清]王念孫撰. 讀書雜志. 高郵王氏四種之二. 南京：江蘇古籍出版社，2000.
[清]王引之撰. 經傳釋詞. 高郵王氏四種之四. 南京：江蘇古籍出版社，2000.
[清]黃生撰. [清]黃承吉合按. 字詁義府合按. 北京：中華書局，1984.
[清]孫詒讓撰. 名原. 玉海樓家刻本，1905.
唐蘭著. 中國文字學. 上海：上海古籍出版社，1979.
唐蘭著. 古文字學導論(增訂本). 濟南：齊魯書社，1981.
李學勤著. 古文字學初階. 北京：中華書局，1985.

裘錫圭著. 文字學概要. 北京：商務印書館，1988.
高明著. 中國古文字學通論. 北京：北京大學出版社，1996.
趙誠著. 甲骨文字學綱要. 北京：中華書局，2005.
楊樹達著. 積微居小學述林全編. 上海：上海古籍出版社，2007.
楊樹達著. 積微居小學金石論叢. 上海：上海古籍出版社，2007.
裘錫圭著. 古文字論集. 北京：中華書局，1992.
黃天樹著. 黃天樹古文字論集. 北京：學苑出版社，2006.
李家浩著. 著名中年語言學家自選集・李家浩卷. 合肥：安徽教育出版社，2002.
趙立偉著. 魏三體石經古文輯證. 北京：社會科學文獻出版社，2007.
郭錫良編. 漢字古音手冊. 北京：北京大學出版社，1986.
周祖謨著. 廣韻校本. 北京：中華書局，2004.

郭沫若主編, 胡厚宣總編輯. 甲骨文合集. 北京：中華書局，1978～1982.
胡厚宣主編. 甲骨文合集釋文. 北京：中國社會科學出版社，1999.
胡厚宣主編. 甲骨文合集材料來源表. 北京：中國社會科學出版社，1999.
彭邦炯, 謝濟, 馬季凡主編. 甲骨文合集補編. 北京：語文出版社，1999.
楊郁彥編著. 甲骨文合集分組分類總表. 臺北：藝文印書館，2005.
中國社會科學院考古研究所編著. 殷墟花園莊東地甲骨. 昆明：雲南人民出版社，2003.
唐蘭著. 甲骨文自然分類簡編. 太原：山西教育出版社，1993.
李圃著. 甲骨文文字學. 北京：學林出版社，1995.
李孝定編. 甲骨文字集釋. 臺北："中央研究院" 歷史語言研究所，1970.
于省吾主編. 姚孝遂按語編撰. 甲骨文字詁林. 北京：中華書局，1996.
宋鎮豪主編. 百年甲骨學論著目. 北京：語文出版社，1999.
王宇信, 楊升南主編. 甲骨學一百年. 北京：社會科學文獻出版社，1999.
唐蘭著. 卜辭時代的文學和卜辭文學. 清華學報單行本. 北平：國立清華大學，1936.
呂偉達主編. 紀念王懿榮發現甲骨文一百周年論文集. 濟南：齊魯書社，2000.
王宇信, 宋鎮豪主編. 紀念殷墟甲骨文發現一百周年國際學術研討會論文集. 北京：社會科學文獻出版社，2003.
張玉金著. 甲骨文語法學. 上海：學林出版社，2001.
張玉金著. 20 世紀甲骨語言學. 上海：學林出版社，2003.
鄭慧生著. 甲骨卜辭研究. 鄭州：河南大學出版社，1998.
李旼姈著. 甲骨文例研究. 臺北：臺灣古籍出版有限公司，2003.
胡厚宣主編. 甲骨文與殷商史(第一輯). 上海：上海古籍出版社，1983.
胡厚宣主編. 甲骨文與殷商史(第二輯). 上海：上海古籍出版社，1986.
王宇信主編. 甲骨文與殷商史(第三輯). 上海：上海古籍出版社，1991.
周傳儒著. 甲骨文與殷商制度. 上海：開明書店，1940.
王平, [德]顧彬著. 甲骨文與殷商人祭. 鄭州：大象出版社，2007.
陳煒湛著. 甲骨文田獵刻辭研究. 南寧：廣西教育出版社，1995.
于省吾著. 甲骨文字釋林. 北京：中華書局，1979.
于省吾著. 殷契駢枝全編. 臺北：藝文印書館，1975.
王宇信, 楊升南, 聶玉海主編. 甲骨文精粹釋譯. 昆明：雲南人民出版社，2004.
徐中舒主編. 甲骨文字典. 成都：四川辭書出版社，1990.
嚴一萍著. 甲骨學. 臺北：藝文印書館，1991.
朱歧祥著. 甲骨學論叢. 臺北：學生書局，1992.

胡厚宣著. 甲骨學商史論叢初集. 石家莊：河北教育出版社，2002.
王宇信著. 甲骨學通論(增訂本). 北京：中國社會科學出版社，1993.
崔波著. 甲骨占卜源流探索. 北京：中國文史出版社，2003.
蔡哲茂著. 甲骨綴合集. 臺北：文淵閣文化事業有限公司，1999.
蔡哲茂著. 甲骨綴合續集. 臺北：文津出版社，2004.
姚孝遂, 肖丁著. 小屯南地甲骨考釋. 北京：中華書局，1985.
饒宗頤著. 殷代貞卜人物通考. 香港：香港大學出版社，1959.
方述鑫著. 殷墟卜辭斷代研究. 臺北：文津出版社，1992.
[日]島邦男著. 濮茅左, 顧偉良譯. 殷墟卜辭研究. 上海：上海古籍出版社，2006.
[日]島邦男著. 殷墟卜辭綜類. 東京：汲古書院，1967.
陳夢家著. 殷虛卜辭綜述. 北京：中華書局，1988.
沈培著. 殷墟甲骨卜辭語序研究. 臺北：文津出版社，1992.
彭裕商著. 殷墟甲骨斷代. 北京：中國社會科學出版社，1994.
李學勤, 彭裕商著. 殷墟甲骨分期研究. 上海：上海古籍出版社，1996.
吳俊德著. 殷墟第三、四期甲骨斷代研究. 臺北：藝文印書館，1999.
姚孝遂主編. 殷墟甲骨刻辭摹釋總集. 北京：中華書局，1988.
白於藍著. 殷墟甲骨刻辭摹釋總集校訂. 福州：福建人民出版社，2004.
姚孝遂主編. 殷墟甲骨刻辭類纂. 北京：中華書局，1989.
管燮初著. 殷虛甲骨刻辭的語法研究. 北京：中國科學院，1953.
楊逢彬著. 殷墟甲骨刻辭詞類研究. 廣州：花城出版社，2003.
朱歧祥著. 殷墟甲骨文字通釋稿. 臺北：文史哲出版社，1989.
黃天樹著. 殷墟王卜辭的分類與斷代. 北京：科學出版社，2007.
姚萱著. 殷墟花園莊東地甲骨卜辭的初步研究. 北京：綫裝書局，2006.
方稚松著. 殷墟甲骨文五種記事刻辭研究. 北京：綫裝書局，2009.
[清]孫詒讓撰. 契文舉例. 吉石盦叢書本，1917.
羅振玉撰. 殷虛書契考釋三種. 北京：中華書局，2006.
董作賓著. 裘錫圭, 胡振宇編校. 中國現代學術經典・董作賓卷. 石家莊：河北教育出版社，1996.
吳其昌著. 殷虛書契解詁. 武漢：武漢大學出版社，2008.
唐蘭著. 殷虛文字記. 北京：中華書局，1981.
楊樹達著. 積微居甲文說；耐林廎甲文說；卜辭瑣記；卜辭求義. 上海：上海古籍出版社，2006.
商承祚著. 甲骨文字研究. 天津：天津古籍出版社，2008.
陳煒湛著. 甲骨文論集. 上海：上海古籍出版社，2003.
王宇信, 徐義華著. 商周甲骨文. 北京：文物出版社，2006.
曹瑋編著. 周原甲骨文. 北京：世界圖書出版公司，2002.
王宇信著. 西周甲骨探論. 北京：中國社會科學出版社，1984.
徐錫台編著. 周原甲骨文綜述. 西安：三秦出版社，1987.
陳全方著. 周原與周文化. 上海：上海人民出版社，1988.
朱歧祥著. 周原甲骨研究. 臺北：學生書局，1997.

[宋]翟耆年撰. 籀史. 北京：中華書局，1985.
[宋]王厚之輯. 鐘鼎款識. 北京：中華書局，1985.
[宋]薛尚功撰. 歷代鐘鼎彝器款識法帖. 影印明朱謀垔刻本. 北京：中華書局，1986.
[清]孫詒讓撰. 古籀拾遺；古籀餘論. 北京：中華書局，2006.
徐文鏡撰. 古籀彙編. 上海：上海書店出版社，1998.

[清]吳大澂撰. 愙齋集古錄. 上海：涵芬樓，1917.
[清]阮元撰. 積古齋鐘鼎彝器款識. 續修四庫全書本. 上海：上海古籍出版社，2002.
孫稚雛編. 青銅器論文索引. 北京：中華書局，1986.
羅振玉編. 三代吉金文存. 北京：中華書局，1983.
羅福頤著. 三代吉金文存釋文. 香港：問學社，1983.
嚴一萍編. 金文總集. 臺北：藝文印書館，1983.
徐中舒主編. 殷周金文集錄. 成都：四川人民出版社，1984.
中國社會科學院考古研究所編. 殷周金文集成(修訂增補本). 北京：中華書局，2007.
中國社會科學院考古研究所編. 殷周金文集成釋文. 香港：香港中文大學中國文化研究所，2001.
張亞初編著. 殷周金文集成引得. 北京：中華書局，2001.
劉雨, 盧岩編著. 近出殷周金文集錄. 北京：中華書局，2002.
鐘柏生, 陳昭容, 袁國華, 黃銘崇編. 新收殷周青銅器銘文暨器影彙編. 臺北：藝文印書館，2004.
劉雨, 嚴志斌編著. 近出殷周金文集錄二編. 北京：中華書局，2010.
周寶宏著. 近出西周金文集釋. 天津：天津古籍出版社，2005.
李海榮著. 北方地區出土夏商周時期青銅器研究. 北京：文物出版社，2003.
周寶宏著. 西周青銅重器銘文集釋(第一分冊). 天津：天津古籍出版社，2007.
周法高, 張日昇主編. 金文詁林. 香港：香港中文大學出版社，1974.
容庚編著. 張振林, 馬國權摹補. 金文編. 北京：中華書局，1985.
陳漢平著. 金文編訂補. 北京：中國社會科學出版社，1993.
董蓮池著. 金文編校補. 長春：東北師範大學出版社，1995.
嚴志斌著. 四版《金文編》校補. 長春：吉林大學出版社，2001.
戴家祥編. 金文大字典. 上海：學林出版社，1995.
容庚著. 商周彝器通考. 哈佛燕京學社燕京學報專號之十七. 臺北：大通書局，1973.
馬承源主編. 商周青銅器銘文選. 北京：文物出版社，1986～1990.
于省吾著. 雙劍誃吉金文選. 北京：中華書局，1998.
李學勤著. 新出青銅器研究. 北京：文物出版社，1990.
陳佩芬著. 夏商周青銅器研究. 上海：上海古籍出版社，2004.
張懋鎔著. 古文字與青銅器論集. 北京：科學出版社，2002.
楊樹達著. 積微居金文說(增訂本). 北京：中華書局，1997.
吳其昌撰. 金文曆朔疏證. 北京：北京圖書館出版社，2004.
侯志義著. 金文古音考. 西安：西北大學出版社，2000.
[日]白川靜通釋. 曹兆蘭選譯. 金文通釋選譯. 武漢：武漢大學出版社，2000.
古銘, 徐谷甫編. 兩周金文選. 上海：上海書店出版社，1986.
劉雨編纂. 乾隆四鑒綜理表. 北京：中華書局，1989.
高全喜著. 商周青銅器與楚文化研究. 長沙：嶽麓書社，1999.
劉翔, 陳抗, 陳初生, 董琨編著. 商周古文字讀本. 北京：語文出版社，1989.
唐蘭著. 唐蘭先生金文論集. 北京：紫禁城出版社，1995.
劉雨著. 金文論集. 北京：紫禁城出版社，2008.
張亞初, 劉雨撰. 西周金文官制研究. 北京：中華書局，1986.
張再興著. 西周金文文字系統論. 上海：華東師範大學出版社，2004.
吳鎮烽著. 西周金文擷英. 西安：三秦出版社，1986.
侯志義主編. 西周金文選編. 西安：西北大學出版社，1990.
管燮初著. 西周金文語法研究. 北京：商務印書館，1981.
陳夢家著. 西周銅器斷代. 北京：中華書局，2004.

唐蘭著. 西周青銅器銘文分代史徵. 北京：中華書局，1986.
王世民, 陳公柔, 張長壽著. 西周青銅器分期斷代研究. 北京：文物出版社，1999.
劉啓益著. 西周紀年. 廣州：廣東教育出版社，2002.
杜勇, 沈長雲著. 金文斷代方法探微. 北京：人民出版社，2002.
彭裕商著. 西周青銅器年代綜合研究. 成都：巴蜀書社，2003.
陝西周原考古隊, 尹盛平主編. 西周微氏家族青銅器群研究. 北京：文物出版社，1992.
容庚, 張維持著. 殷周青銅器通論. 北京：科學出版社，1984.
李濟著. 殷周青銅器研究. 上海：上海人民出版社，2005.
郭寶鈞著. 殷周車器研究. 北京：文物出版社，1998.
朱鳳瀚著. 古代中國青銅器. 天津：南開大學出版社，1995.
馬承源主編. 中國青銅器(修訂本). 上海：上海古籍出版社，2003.
馬承源著. 中國古代青銅器(修訂本). 上海：上海人民出版社，2008.
郭寶鈞著. 中國青銅器時代. 北京：生活・讀書・新知三聯書店，1963.
張光直著. 中國青銅時代. 北京：生活・讀書・新知三聯書店，1999.
[日]梅原末治著. 中國青銅時代考. 北平：商務印書館，1936.
曹瑋著. 周原遺址與西周銅器研究. 北京：科學出版社，2004.
朱芳圃著. 殷周文字釋叢. 北京：中華書局，1962.
[日]白川靜著. 溫天河, 蔡哲茂譯. 金文的世界：殷周社會史. 臺北：聯經出版事業公司，1989.
吳鎮烽編撰. 金文人名彙編(修訂本). 北京：中華書局，2006.
陳絜著. 商周金文. 北京：文物出版社，2006.
王輝著. 商周金文. 北京：文物出版社，2006.
岳洪彬著. 殷墟青銅禮器研究. 北京：中國社會科學出版社，2006.
嚴志斌, 洪梅編著. 殷墟青銅器——青銅時代的中國文明. 上海：上海大學出版社，2008.
何景成著. 商周青銅器族氏銘文研究. 濟南：齊魯書社，2009.

張之恒, 周裕興著. 夏商周考古. 南京：南京大學出版社，1995.
楊錫璋, 高煒主編. 中國考古學・夏商卷. 北京：中國社會科學出版社，2003.
張長壽, 殷瑋璋主編. 中國考古學・兩周卷. 北京：中國社會科學出版社，2004.
鄒衡著. 夏商周考古學論文集. 北京：文物出版社，1980.
鄒衡著. 夏商周考古學論文集續集. 北京：科學出版社，1998.
中國社會科學院考古研究所編. 考古學的歷史・理論・實踐. 鄭州：中州古籍出版社，1996.
[英]科林・倫福儒, 保羅・巴恩著. 中國社會科學院考古研究所譯. 考古學：理論、方法與實踐(第三版). 北京：文物出版社，2004.
裴文中著. 裴文中史前考古學論文集. 北京：文物出版社，1987.
張光直著. 中國考古學論文集. 北京：生活・讀書・新知三聯書店，1999.
郭沫若著. 郭沫若全集・考古編. 北京：科學出版社，2002.
夏商周斷代工程專家組編. 夏商周斷代工程 1996～2000 階段成果報告(簡本). 北京：世界圖書出版公司，2000.
王玉哲著. 中華遠古史. 上海：上海人民出版社，2000.
胡厚宣, 胡振宇著. 殷商史. 上海：上海人民出版社，2003.
楊寬著. 西周史. 上海：上海人民出版社，2003.
許倬雲著. 西周史(增補本). 北京：生活・讀書・新知三聯書店，2001.
顧德容, 朱順龍著. 春秋史. 上海：上海人民出版社，2003.
呂思勉著. 先秦史. 上海：上海古籍出版社，2005.

梁啓超著. 先秦政治思想史. 北京：東方出版社，1996.
薩孟武著. 中國政治思想史. 北京：東方出版社，2008.
汪受寬著. 謚法研究. 上海：上海古籍出版社，1995.
許兆昌著. 周代史官文化——前軸心期核心文化形態研究. 長春：吉林大學出版社，2001.
常玉芝著. 商代周祭制度. 北京：中國社會科學出版社，1987.
劉源著. 商周祭祖禮研究. 北京：商務印書館，2004.
陳絜著. 商周姓氏制度研究. 北京：商務印書館，2007.
張浩一著. 先秦姓氏制度考察. 福州：福建人民出版社，2008.
鄭慧生著. 古代天文曆法研究. 開封：河南大學出版社，1995.
江曉原, 紐衛星著. 中國天學史. 上海：上海人民出版社，2005.
丁山著. 沈西峰點校. 商周史料考證. 北京：國家圖書館出版社，2008.
張國碩編著. 文明起源與夏商周文明研究. 北京：線裝書局，2006.
宋鎮豪著. 夏商社會生活史(增訂本). 北京：中國社會科學出版社，2005.
王獻唐著. 炎黄氏族文化考. 濟南：齊魯書社，1985.
郭沫若著. 中國古代社會研究. 北京：人民出版社，1964.
郭沫若著. 青銅時代. 北京：中國人民大學出版社，2005.
王國維著. 古史新證. 北京：清華大學出版社，1994.
楊寬著. 古史新探. 北京：中華書局，1965.
顧頡剛等編. 古史辨. 上海：上海古籍出版社，1981.
顧頡剛著. 史林雜識初編. 北京：中華書局，1963.
顧頡剛著. 中國上古史研究講義. 北京：中華書局，1988.
劉起釪著. 古史續辨. 北京：中國社會科學出版社，1991.
柳詒徵著. 中國文化史. 上海：上海三聯書店，2007.
余英時著. 史學、史家與時代. 北京：生活・讀書・新知三聯書店，2004.
張政烺著. 張政烺文史論集. 北京：中華書局，2004.
童書業著. 童教英整理. 童書業史籍考證論集. 北京：中華書局，2005.
裘錫圭著. 古代文史研究新探. 南京：江蘇古籍出版社，1992.
裘錫圭著. 裘錫圭學術文化隨筆. 北京：中國青年出版社，1999.
裘錫圭著. 中國出土古文獻十講. 上海：復旦大學出版社，2004.
李學勤著. 古文獻叢論. 上海：遠東出版社，1996.
沈長雲著. 上古史探研. 北京：中華書局，2002.
任偉著. 西周封國考疑. 北京：社會科學文獻出版社，2004.
郭偉川著. 兩周史論. 北京：北京圖書館出版社，2006.
許倬雲著. 求古編. 北京：新星出版社，2006.
李學勤著. 綴古錄. 上海：上海古籍出版社，1998.
李學勤著. 李學勤早期文集. 石家莊：河北教育出版社，2008.

[漢]司馬遷撰. [宋]裴駰集解. [唐]司馬貞索隱. [唐]張守節正義. 史記. 北京：中華書局，1982.
[漢]班固撰. [唐]顏師古注. 漢書. 北京：中華書局，1962.
[宋]范曄撰. [唐]李賢等注. 後漢書. 北京：中華書局，1965.
[唐]魏徵, 令狐德棻撰. 隋書. 北京：中華書局，1973.
[宋]司馬光撰. [元]胡三省音注. 資治通鑒. 北京：中華書局，1956.
[清]陳逢衡撰. 竹書紀年集證. 清嘉慶十八年(1813)裒露軒刻本.
范祥雍編. 古本竹書紀年輯校訂補. 上海：上海人民出版社，1962.

方詩銘, 王修齡著. 古本竹書紀年輯證(修訂本). 上海：上海古籍出版社，2005.
李民, 楊擇令等譯注. 古本竹書紀年譯注. 鄭州：中州古籍出版社，1990.
[漢]宋衷注. [清]秦嘉謨等輯. 世本八種. 北京：中華書局，2008.
徐元誥撰. 王樹民, 沈長雲點校. 國語集解(修訂本). 北京：中華書局，2002.
[清]劉沅撰. 史存. 清咸豐六年(1856)致福樓重刊本.
[清]馬驌撰. 王利器整理. 繹史. 北京：中華書局，2002.
董治安主編. 唐代四大類書. 北京：清華大學出版社，2003.
[唐]魏徵等撰. 群書治要. 續修四庫全書本. 上海：上海古籍出版社，2002.
[宋]李昉等撰. 太平御覽. 北京：中華書局，1960.
[唐]劉知幾撰. [清]浦起龍釋. 史通通釋. 上海：上海古籍出版社，1978.
[唐]杜佑撰. 王文錦等點校. 通典. 北京：中華書局，1988.
[宋]鄭樵撰. 通志. 北京：中華書局，1987.
[元]馬端臨撰. 文獻通考. 北京：中華書局，1991.

朱謙之撰. 老子校釋. 北京：中華書局，1984.
高明撰. 帛書老子校注. 北京：中華書局，1996.
[宋]朱熹撰. 四書章句集注. 北京：中華書局，1983.
[清]程樹德撰. 論語集釋. 北京：中華書局，1990.
[清]焦循撰. 孟子正義. 北京：中華書局，1987.
[清]郭慶藩撰. 王孝魚點校. 莊子集釋. 北京：中華書局，1961.
劉武撰. 莊子集解內篇補正. 北京：中華書局，1987.
楊伯峻撰. 列子集釋. 北京：中華書局，1979.
黎翔鳳撰. 梁運華整理. 管子校注. 北京：中華書局，2004.
吳則虞撰. 晏子春秋集釋. 北京：中華書局，1962.
譚戒甫撰. 墨辯發微. 北京：中華書局，1987.
[清]孫詒讓撰. 墨子閒詁. 北京：中華書局，2001.
吳毓江撰. 孫啓治點校. 墨子校注. 北京：中華書局，1958.
[清]王先謙撰. 沈嘯寰, 王星賢點校. 荀子集解. 北京：中華書局，1988.
[清]王先慎撰. 鍾哲點校. 韓非子集解. 北京：中華書局，1998.
陳奇猷著. 韓非子新校注. 上海：上海古籍出版社，2000.
陳奇猷著. 呂氏春秋新校釋. 上海：上海古籍出版社，2002.
劉文典撰. 馮逸, 喬華點校. 淮南鴻烈集解. 北京：中華書局，1989.
何寧撰. 淮南子集釋. 北京：中華書局，1998.
[清]蘇輿撰. 鍾哲點校. 春秋繁露義證. 北京：中華書局，1992.
汪榮寶撰. 陳仲夫點校. 法言義疏. 北京：北京：中華書局，1987.
[漢]揚雄撰. [宋]司馬光集注. 劉韶軍點校. 太玄集注. 北京：中華書局，1998.
向宗魯撰. 說苑校證. 北京：中華書局，1987.
黃暉撰. 論衡校釋(附劉盼遂集解). 北京：中華書局，1990.
[漢]王符撰. [清]汪繼培箋. 彭鐸校正. 潛夫論箋校正. 北京：中華書局，1985.
[隋]顏之推撰. 王利器集解. 顏氏家訓集解(增補本). 北京：中華書局，1996.
[宋]黎靖德編. 王星賢點校. 朱子語類. 北京：中華書局，1985.
[宋]朱熹撰. 嚴佐之, 劉永翔主編. 朱子全書. 上海：上海古籍出版社；合肥：安徽教育出版社，2002.
[清]顧炎武撰. 黃汝成集釋. 欒保群, 呂宗力校點. 日知錄集釋(全校本). 上海：上海古籍出版社，2006.
[清]戴震撰. 戴震文集. 北京：中華書局，1980.

[清]章學誠撰. 葉瑛校注. 文史通義校注. 北京：中華書局，1994.
[清]錢大昕撰. 嘉定錢大昕先生全集. 南京：江蘇古籍出版社，1997.
[清]阮元撰. 揅經室集. 北京：中華書局，1993.
[清]崔述撰. 顧頡剛編訂. 崔東壁遺書. 上海：上海古籍出版社，1983.
[清]孫詒讓撰. 雪克輯點. 籀廎遺著輯存. 濟南：齊魯書社，1987.
章太炎撰. 章太炎全集. 上海：上海人民出版社，1982.
劉師培撰. 劉申叔遺書. 南京：江蘇古籍出版社，1997.
王國維撰. 王國維遺書. 上海：上海古籍書店，1983.
于省吾著. 雙劍誃群經新證；雙劍誃諸子新證. 上海：上海書店出版社，1999.
聞一多著. 孫党伯, 袁謇正主編. 聞一多全集. 武漢：湖北人民出版社，1993.
[清]皮錫瑞著. 經學通論. 北京：中華書局，1954.
[清]皮錫瑞著. 經學歷史. 北京：中華書局，1959.
[日]本田成之著. 孫俍工譯. 中國經學史. 上海：上海書店出版社，2001.
朱自清著. 經典常談. 北京：中華書局，2003.
呂思勉著. 先秦學術概論. 上海：上海書店出版社，1992.
呂思勉著. 經子解題. 上海：華東師範大學出版社，1995.
黃壽祺著. 群經要略. 上海：華東師範大學出版社，2000.
錢鍾書著. 管錐編. 北京：中華書局，1986.
錢穆著. 中國學術思想史論叢. 臺北：東大圖書有限公司，1977.
劉俊文主編. 日本學者研究中國史論著選譯. 北京：中華書局，1992.
熊十力著. 體用論. 北京：中華書局，1994.
任繼愈主編. 中國哲學發展史・先秦卷. 北京：人民出版社，1983.
馮友蘭著. 中國哲學史新編. 北京：人民出版社，1998.
朱伯崑著. 易學哲學史. 北京：華夏出版社，1995.

[古希臘]賀拉斯著. 楊周翰譯. 詩藝. 北京：人民文學出版社，1962.
[古希臘]亞里斯多德著. 陳中梅譯注. 詩學. 北京：商務印書館，1996.
[古希臘]柏拉圖著. 朱光潛譯. 柏拉圖文藝對話集. 北京：人民文學出版社，1963.
[德]黑格爾著. 朱光潛譯. 美學. 北京：商務印書館，1996.
李澤厚, 劉紀剛主編. 中國美學史(第一卷). 北京：中國社會科學出版社，1984.
李澤厚著. 美的歷程. 桂林：廣西師範大學出版社，2000.
[美]勒內・韋勒克, 奧斯丁・沃倫著. 劉象愚等譯. 文學理論(修訂版). 南京：江蘇教育出版社，2005.
[美]劉若愚著. 杜國清譯. 中國文學理論. 南京：江蘇教育出版社，2006.
遲柯主編. 西方美術理論文選：古希臘到20世紀. 南京：江蘇教育出版社，2005.
[美]納博科夫著. 申慧輝等譯. 文學講稿. 北京：生活・讀書・新知三聯書店，1991.
[德]J. G. 赫爾德著. 姚小平譯. 論語言的起源. 北京：商務印書館，1997.
[美]詹姆斯・費倫著. 陳永國譯. 作爲修辭的敘事. 北京：北京大學出版社，2002.
[美]約翰・塞爾著. 李步樓譯. 心靈、語言和社會——實在世界中的哲學. 上海：上海譯文出版社，2001.
[英]凱西爾著. 人論. 上海：上海譯文出版社，1985.
[阿拉伯]伊本・西那(阿維森納)著. 王太慶譯. 論靈魂. 北京：商務印書館，1997.
[法]列維-布留爾著. 丁由譯. 原始思維. 北京：商務印書館，1997.
[德]黑格爾著. 賀麟, 王玖興譯. 精神現象學. 北京：商務印書館，1979.
[德]艾德蒙德・胡塞爾著. 張廷國譯. 生活世界的現象學. 上海：上海譯文出版社，2005.
[德]魯道夫・奧伊肯著. 萬以譯. 生活的意義與價值. 上海：上海譯文出版社，2005.

[法]保羅・利科著. 汪堂家譯. 活的隱喻. 上海：上海譯文出版社，2004.
[美]希拉蕊・普特南著. 童世駿等譯. 理性、真理與歷史. 上海：上海譯文出版社，1997.
[法]伯格森著. 姜志輝譯. 創造進化論. 北京：商務印書館，2004.
[英]卡爾・波普爾著. 舒煒光等譯. 客觀知識：一個進化論的研究. 上海：上海譯文出版社，2005.
[英]阿諾德・湯因比著. 劉北成, 郭小凌譯. 歷史研究. 上海：上海人民出版社，2000.
[德]黑格爾著. 王造時譯. 歷史哲學. 北京：商務印書館，1963.

[宋]章樵注. [清]李錫齡輯. 古文苑. 清光緒二十二年(1896)長沙重刊本.
[梁]蕭統編. [唐]李善注. 文選. 北京：中華書局，1977.
許逸民編. 唐鈔文選集注彙存. 上海：上海古籍出版社，2000.
[清]嚴可均輯. 全上古三代秦漢三國六朝文. 北京：中華書局，1987.
[南朝梁]劉勰撰. 范文瀾注. 文心雕龍注. 北京：人民文學出版社，2006.
[南朝梁]劉勰撰. 郭晉稀注譯. 文心雕龍注譯. 蘭州：甘肅人民出版社，1982.
[南朝梁]劉勰撰. 詹鍈義證. 文心雕龍義證. 上海：上海古籍出版社，1989.
黃侃著. 黃延祖重輯. 文心雕龍札記. 北京：中華書局，2006.
張少康等著. 文心雕龍研究史. 北京：北京大學出版社，2001.
王元化著. 文心雕龍講疏. 上海：上海古籍出版社，1992.
牟世金著. 文心雕龍研究. 北京：人民文學出版社，1995.
王運熙著. 文心雕龍探索(增補本). 上海：上海古籍出版社，2005.
[宋]陳騤撰. 王利器校點. 文則. 北京：人民文學出版社，1960.
[明]吳訥撰. 于北江點校. 文章辨體序說. 北京：人民文學出版社，1962.
[明]徐師曾撰. 羅根澤點校. 文體明辨序說. 北京：人民文學出版社，1962.
[清]劉大櫆, 吳德旋, 林紓撰. 論文偶記. 北京：人民文學出版社，1959.
王水照編. 歷代文話. 上海：復旦大學出版社，2007.
程千帆撰. 文論十箋. 武漢：武漢大學出版社，2008.

陳望道著. 修辭學發凡. 上海：上海教育出版社，1979.
張文治著. 古書修辭例. 北京：中華書局，1996.
鄭子瑜, 宗廷虎主編. 陳光磊, 王俊衡著. 中國修辭學通史・先秦兩漢魏晉南北朝卷. 長春：吉林教育出版社，1998.
周振甫著. 中國修辭學史. 北京：商務印書館，1999.
吳禮權著. 修辭心理學. 昆明：雲南人民出版社，2002.
楊樹達著. 中國修辭學. 上海：上海古籍出版社，2006.
譚學純, 朱玲著. 廣義修辭學. 合肥：安徽教育出版社，2008.
許國璋著. 論語言和語言學. 北京：商務印書館，2001.
胡壯麟編著. 語篇的銜接與連貫. 上海：上海外語教育出版社，1994.
蔡曙山著. 言語行爲和語用邏輯. 北京：中國社會科學出版，1998.
楊自儉主編. 語言多學科研究與應用. 南寧：廣西教育出版社，2002.
郭熙著. 語言與語言應用論稿. 杭州：浙江大學出版社，2005.
周士琦編. 周祖謨語言文字論集. 北京：人民教育出版社，2000.
張壽康主編. 文章學概論. 濟南：山東教育出版社，1983.
王凱符等著. 古代文章學概論. 武漢：武漢大學出版社，1983.
楊廣敏著. 文章文化學. 北京：海洋出版社，1998.
周振甫著. 中國文章學史. 南京：江蘇教育出版社，2006.

顧藎臣著. 文體論 ABC. 上海：世界書局，1929.
秦秀白著. 文體學概論. 長沙：湖南教育出版社，1986.
劉世生, 朱瑞青編著. 文體學概論. 北京：北京大學出版社，2006.
褚斌傑著. 中國古代文體概論(增訂本). 北京：北京大學出版社，1990.
陳必祥著. 古代散文文體概論. 開封：河南人民出版社，1986.
童慶炳著. 文體與文體的創造. 昆明：雲南人民出版社，1994.
陶東風著. 文體演變及其文化意味. 昆明：雲南人民出版社，1994.
任遂虎等著. 文體價值論. 西寧：青海人民出版社，1996.
裴顯生主編. 寫作學新稿. 南京：江蘇教育出版社，1987.
邵炳軍, 葉小平著. 應用寫作學. 蘭州：甘肅教育出版社，1998.
吳承學著. 中國古代文體形態研究. 廣州：中山大學出版社，2000.
申丹著. 敍述學與小說文體學研究. 北京：北京大學出版社，2004.
郭英德著. 中國古代文體學論稿. 北京：北京大學出版社，2005.
趙憲章主編. 漢語文體與文化認同研究. 北京：中華書局，2008.

劉師培撰. 劉師培中古文學論集. 北京：中國社會科學出版社，1997.
郭紹虞著. 照隅室古典文學論集. 上海：上海古籍出版社，1983.
劉大傑著. 中國文學發展史. 臺北：華正書局，2002.
[日]岡村繁著. 周漢文學史考(第一卷). 上海：上海古籍出版社，2002.
陳柱著. 中國散文史. 北京：商務印書館，1998.
謝楚發著. 中國散文簡史. 武漢：長江文藝出版社，1992.
郭預衡著. 中國散文史. 上海：上海古籍出版社，2000.
漆緒邦, 牛鴻恩等著. 中國散文通史. 長春：吉林教育出版社，1994.
褚斌傑, 譚家健主編. 先秦文學史. 北京：人民文學出版社，1998.
褚斌傑編著. 中國文學史綱要(一)(修訂本). 北京：北京大學出版社，1999.
譚家健著. 先秦散文藝術新探(增訂本). 濟南：齊魯書社，2007.
李笑野著. 先秦文學與文化研究. 上海：上海財經大學出版社，2000.
趙逵夫主編. 中國文學編年史・周秦卷. 長沙：湖南人民出版社，2006.
常森著. 二十世紀先秦散文研究反思. 北京：北京大學出版社，2002.
程水金著. 中國早期文化意識的嬗變——先秦散文發展線索探尋(第一卷). 武漢：武漢大學出版社，2003.
過常寶著. 先秦散文研究——早期文體及話語方式的生成. 北京：人民出版社，2009.
曹道衡, 劉躍進著. 先秦兩漢文學史料學. 北京：中華書局，2005.
姜亮夫著. 文學概論講述. 昆明：雲南人民出版社，2002.
譚家健著. 中國古代散文史稿. 重慶：重慶出版社，2006.
郭紹虞著. 中國文學批評史. 北京：中華書局，1961.
王運熙, 顧易生主編. 中國文學批評史新編. 上海：復旦大學出版社，2001.
孫立著. 中國文學批評文獻學. 廣州：廣東人民出版社，2000.
董乃斌, 陳伯海, 劉揚忠主編. 中國文學史學史. 石家莊：河北人民出版社，2003.

論文

燕京大學燕京學報編輯委員會編. 燕京學報. 上海：上海書店，1983.

國立北平圖書館編. 國立北平圖書館館刊. 北京：書目文獻出版社，1992.
“中央研究院”歷史語言研究所集刊編輯委員會編. 國立“中央研究院”歷史語言研究所集刊，1928–.
中國社會科學院考古研究所編. 考古學報. 北京：科學出版社，1953–.
考古雜志社編. 考古. 北京：考古雜志社，1955–.
文物出版社編. 文物. 北京：文物出版社，1959–.
中國古文字研究會編. 古文字研究. 北京：中華書局，1979–.
故宮博物院編. 故宮博物院院刊. 北京：紫禁城出版社，1958–.

郭錫良. 殷商時代音系初探. 北京大學學報(哲學社會科學版)，1988，(06)：103-118.
羅江文. 兩周金文韻例. 玉溪師範高等專科學校學報(社會科學版)，1994，(01–02)：61-66.
劉志成. 兩周金文音系的聲母系統. 川東學刊(社會科學版)，1995，(03)：71-76.
劉志成. 《兩周金文韻讀》和《詩經韻讀》之比較. 川東學刊(社會科學版)，1996，(03)：75-83.
羅江文. 《金文韻讀》續補. 玉溪師範高等專科學校學報(社會科學版)，1999，(01)：66-70.
羅江文. 談兩周金文合韻的性質——兼及上古“楚音”. 楚雄師專學報，1999，(04)：73-77.
羅江文. 《詩經》與兩周金文韻文押韻方式比較. 古漢語研究，2001，(03)：2-5.
張青松. 試評《西周金文語法研究》. 華南理工大學學報(社會科學版)，2002，(01)：79-83.
羅江文. 《詩經》與兩周金文韻部比較. 思想戰線，2003，(05)：134-137.
陳仕益. 郭沫若《兩周金文韻讀》補論. 郭沫若學刊，2006，(02)：53-60.
呂勝男. 今文《尚書》用韻研究. 揚州大學碩士學位論文，2007.
陳英傑. 西周青銅器器用銘辭研究. 中山大學博士學位論文，2004.
門藝. 西周甲骨文研究. 西南師範大學碩士學位論文，2005.
吳紅松. 西周金文賞賜物品及其相關問題研究. 安徽大學博士學位論文，2006.
金信周. 兩周頌揚銘文及其文化研究. 復旦大學博士學位論文，2006.
雒有倉. 商周青銅器族徽文字綜合研究. 陝西師範大學博士學位論文，2007.

郭紹虞. 提倡一些文體分類學. 復旦學報(社會科學版)，1981，(01)：2-11.
學文. 劉勰論應用寫作. 應用寫作，1986，(01):3-4.
李香亭. 我國古代應用寫作的產生和發展. 應用寫作，1986，(06)：4-7.
晏奎. 現代西方文體學要介. 昭通師範高等專科學校學報，1990，(01)：46-50.
潘顯中，劉美森. 我國最原始的公文——甲骨文書. 應用寫作，1990，(01)：20-21.
潘顯中，劉美森. 中國公文史話(二). 應用寫作，1990，(02)：45-47.
潘顯中，劉美森. 中國公文史話(三). 應用寫作，1990，(03)：46-47.
潘顯中，劉美森. 中國公文史話(四). 應用寫作，1990，(04)：42-43.
潘曉泉. 文體演變的內在動力. 江淮論壇，1990，(02)：90-95.
高鐵倫. 我國最早的公文總集——《尚書》. 應用寫作，1991，(03)：41-42.
俞浩勝. 我國古代文體類說. 應用寫作，1991，(04)：40-41.
沈乃富. 中國古代司法文書的歷史演進. 應用寫作，1992，(06)：37-39.
陶東風. 歷時文體學：对象與方法. 文藝研究，1992，(05)：28-35.
陶東風. 結構轉化與文體演變. 河北學刊，1993，(04)：64-69.
申丹. 文學文體學的分析模式及其面臨的挑戰. 外語教學與研究，1994，(03)：7-13.
沈國芳. 文體發展三律論. 南京師大學報(社會科學版)，1994，(04)：89-93.
朱廣成. 古今散文概念與文體的發展. 杭州師範學院學報(社會科學版)，1994，(05)：110-115.
叢瑞華. 劉勰的應用寫作理論. 應用寫作，1994，(05)：5-7.
紫煙. 中國古代文章學研究敘論. 河南師範大學學報(哲學社會科學版)，1995，(01)：62-65.

賀本伯. 秦漢以後應用文體概觀. 應用寫作，1995，(07):42-44.
王義平. 古代應用寫作的起源與分期初探（上）. 應用寫作，1995，(09)：39-40.
王義平. 古代應用寫作的起源與分期初探（下）. 應用寫作，1995，(10)：40-41.
梁玄. 論文體成熟的標準. 安慶師範學院學報(社會科學版)，1996，(04)：99-106.
章培恒, 駱玉明. 關於中國文學史的思考. 復旦學報(社會科學版)，1996，(03)：60-64.
楊慶存. 散文發生與散文概念新論. 中國社會科學，1997，(01)：140-152.
陳明光. 古代公文史上關於公文文體風格和色彩的論爭（上）. 應用寫作，1997，(04)：41-43.
陳明光. 古代公文史上關於公文文體風格和色彩的論爭（下）. 應用寫作，1997，(05)：40-42.
劉憲元. 殷商春秋——應用寫作的生成演進. 應用寫作，1997，(09)：41-43.
劉憲元. 秦漢——應用寫作第一輝煌期. 應用寫作，1998，(01)：39-40.
劉憲元. 魏晉南北朝——應用寫作輝煌發展延宕期. 應用寫作，1998，(07)：40.
劉憲元. 元至建國前——應用寫作低緩期. 應用寫作，1999，(01)：40-42.
張瑞年. 春秋戰國時期文書種類的演變和發展. 應用寫作，1999，(02、03)：83-86.
李樹信. 我國歷代部分應用文種. 應用寫作，2000，(03)：43-44.
胡壯麟, 劉世生. 文體學研究在中國的進展. 山東師大外國語學院學報，2000，(03)：1-10.
劉敏. 我國應用寫作的源流和發展. 東嶽論叢，2000，(03)：117-119.
冒志祥. 古代公文研究之價值. 應用寫作，2000，(08)：7-9.
于雪棠. 《周易》的占問與上古文學的問對體. 東北師大學報(哲學社會科學版)，2001，(02)：71-78.
阮忠. 前散文時代的文化思潮與散文的萌生. 華中師範大學學報(人文社會科學版)，2001，(03)：122-126.
孫大鳳. 中國古代公文的語言特點. 河南廣播電視大學學報，2001，(04)：16-19.
郭英德. 中國古代文體形態學論略. 求索，2001，(05)：101-106.
周勵. 公文文體與文學文體的語體差異. 應用寫作，2001，(08)：7-8.
劉躍進. 《獨斷》與秦漢文體研究. 文學遺產，2002，(05)：11-25.
駱玉明. 文學史的核心價值與古今演變. 復旦學報(社會科學版)，2002，(05)：11-15,17.
曹彥. 文學文體學與文體分析. 鞍山師範學院學報，2003，(01)：71-73.
徐正英. 甲骨刻辭中的文藝思想因素. 甘肅社會科學，2003，(02)：36-41.
劉世生. 文學文體學：文學與語言學的交叉與融會. 清華大學學報(哲學社會科學版)，2003，(06)：13-16.
崔應賢. 文體分類中的誤區. 應用寫作，2003，(09)：4-8.
褚斌傑. 論中國文體的源流演變與分類. 職大學報，2004，(01)：1-10.
劉壯. 魏晉南北朝時期的應用文體研究. 應用寫作，2004，(03)：6-10.
譚家健. 中國古代散文若干焦點之探討. 淮陰師範學院學報(哲學社會科學版)，2004，(03)：371-379.
劉家榮. 文體學方法論. 西南師範大學學報(人文社會科學版)，2004，(03)：167-170.
錢志熙. 論中國古代的文體學傳統——兼論古代文學文體研究的對象與方法. 北京大學學報(哲學社會科學版)，2004，(05)：92-99.
趙逵夫. 論嚴可均《全上古三代文》之失與《全先秦文》的編輯體例. 西北師大學報(社科版)，2004，(05)：1-5.
錢志熙. 再論古代文學文體學的內涵與方法. 中山大學學報(社會科學版)，2005，(03)：21-23.
吳承學, 沙紅兵. 中國古代文體學學科論綱. 文學遺產，2005，(01)：22-35.
余恕誠. 中國古代散文發展述論. 安徽師範大學學報(人文社會科學版)，2005，(02)：131-139.
劉壯. 文體理論與應用文源流研究. 首都師範大學博士學位論文，2006.
吳承學, 陳贇. 對“文本於經”說的文體學考察. 學術研究，2006，(01)：119-124.
于雪棠. 《尚書》文體分類及行爲與文本的關係. 北方論叢，2006，(02)：8-11.
申丹. 文體學和敘事學：互補與借鑒. 江漢論壇，2006，(03)：62-65.
渠曉雲. 中國古代散文概念的變遷及散文範疇的界定. 上海大學學報(社會科學版)，2006，(04)：113-117.

陳贇.《尚書》“十體”的文體學價值. 湖南社會科學，2007，(01)：145-148.
陳安和. 淺析中國古代散文的界定. 井岡山醫專學報，2007，(03)：75-77.
胡燕春. 雷納・韋勒克的文學史觀述評. 廣西社會科學，2007，(07)：98-102.
黨聖元. 評郭英德《中國古代文體學論稿》. 文學評論，2007，(04)：207-210.
欒棟. 說“文”. 文學評論，2007，(04)：193-195.
曾錦標. 文體之辨析. 現代語文(文學研究版)，2007，(12)：95-96.
莫恒全. 論文體分類及實用文章與文學作品的本質特徵——“文章三級次分類新體系”評說. 廣西師範學院學報(哲學社會科學版)，2008，(01)：112-117.
閆清景. 文體特徵與文化認知. 河南師範大學學報(哲學社會科學版)，2008，(01)：203-205.

附　　錄

一、引用書目簡稱表

(一) 甲骨文

書　名	初版時間	編撰者	簡　稱
《鐵雲藏龜》	1903.10	劉　鶚	《鐵》
《殷虛書契前編》	1911	羅振玉	《前》
《殷虛書契菁華》	1914.10	羅振玉	《菁》
《鐵雲藏龜之餘》	1915.01	羅振玉	《餘》
《殷虛書契後編》	1916.03	羅振玉	《後》
《殷虛卜辭》	1917.03	[加]明義士	《虛》
《戩壽堂所藏殷虛文字》	1917.05	王國維	《戩》
《龜甲獸骨文字》	1921	林泰輔	《龜》
《簠室殷契徵文》	1925.05	王　襄	《簠》
《鐵雲藏龜拾遺》	1925.05	葉玉森	《拾》
《殷虛文字存真》	1931	關百益	《真》
《福氏所藏甲骨文字》	1933.04	商承祚	《福》
《殷契卜辭》	1933.05	容　庚、瞿潤緡	《契》
《卜辭通纂》	1933.05	郭沫若	《通》
《殷虛書契續編》	1933.09	羅振玉	《續》
《殷契佚存》	1933.10	商承祚	《佚》
《鄴中片羽初集(下)》	1935.02	黄　濬	《鄴初下》
《庫方二氏藏甲骨卜辭》	1935.12	[美]方法斂	《庫》
《柏根氏舊藏甲骨文字》	1935	[加]明義士	《柏》
《殷契粹編》	1937.05	郭沫若	《粹》
《鄴中片羽二集(下)》	1937.08	黄　濬	《鄴二下》
《甲骨文錄》	1938.01	孫海波	《錄》
《甲骨卜辭七集》	1938	[美]方法斂	《七》
《天壤閣甲骨文存》	1939.04	唐　蘭	《天》
《鐵雲藏龜零拾》	1939.05	李旦丘	《鐵零》

（續表）

書　名	初版時間	編撰者	簡　稱
《殷契遺珠》	1939.05	金祖同	《珠》
《甲骨叕存》	1939.11	曾毅公	《叕》
《金璋所藏甲骨卜辭》	1939	[美]方法斂、白瑞華	《金》
《河南安陽遺寶》	1940.10	[日]梅原末治	《寶》
《殷契摭佚》	1941	李亞農	《摭》
《鄴中片羽三集(下)》	1942.01	黄　濬	《鄴三下》
《甲骨六錄》	1945.10	胡厚宣	《六》
《殷虚文字乙編》	1948～1953	董作賓	《乙》
《殷契摭佚續編》	1950.09	李亞農	《摭續》
《甲骨綴合編》	1950	曾毅公	《甲綴》
《戰後寧滬新獲甲骨集》	1951.04	胡厚宣	《寧》
《殷契拾掇》	1951.07	郭若愚	《掇一》
《戰後南北所見甲骨錄》	1951.11	胡厚宣	《南》
《殷契拾掇二編》	1953.03	郭若愚	《掇二》
《戰後京津新獲甲骨錄》	1954.03	胡厚宣	《京》
《書道全集(第一卷)》	1954.09	[日]下中彌三郎	《書》
《殷虚文字綴合》	1955.04	郭若愚等	《殷綴》
《甲骨續存》	1955.12	胡厚宣	《續存》
《甲骨文字外編》	1956.06	董作賓	《外》
《殷虚卜辭綜述》	1956.07	陳夢家	《綜述》
《巴黎所見甲骨錄》	1956.12	饒宗頤	《巴》
《殷虚文字丙編》	1957～1972	張秉權	《丙》
《京都大學人文科學研究所藏甲骨文字》	1959.03	[日]貝塚茂樹	《京人》
《甲骨文零拾》	1959.09	陳邦懷	《甲零》
《日本散見甲骨文字搜匯》	1959～1980	[日]松丸道雄	《日匯》
《殷虚文字甲編考釋》	1961.06	屈萬里	《甲釋》
《甲骨文字集釋》	1965	李孝定	《集釋》
《殷墟卜辭綜類》	1967	[日]島邦男	《綜類》
《加拿大皇家安大略博物館藏明義士舊藏甲骨文字》	1972	許進雄	《安明》
《美國所藏甲骨錄》	1976	周鴻翔	《美》
《懷特氏等所藏甲骨文集》	1979	許進雄	《懷》
《甲骨文字釋林》	1979.06	于省吾	《釋林》
《甲骨文合集》	1979～1982	郭沫若	《合》

（續表）

書　名	初版時間	編撰者	簡　稱
《小屯南地甲骨》	1980～1983	考古研究所	《屯南》
《東京大學東洋文化研究所所藏甲骨文字》	1983	[日]松丸道雄	《東洋》
《法國所藏甲骨錄》	1985	雷煥章	《法》
《英國所藏甲骨集》	1986	李學勤等	《英藏》
《殷墟甲骨刻辭摹釋總集》	1988.02	姚孝遂	《摹釋》
《殷墟甲骨刻辭類纂》	1989.01	姚孝遂	《類纂》
《甲骨文字詁林》	1996.05	于省吾	《詁林》
《甲骨續存補編》	1996.06	胡厚宣	《續存補編》
《甲骨文合集補編》	1999.07	彭邦炯等	《合補》
《甲骨文合集釋文》	1999.08	胡厚宣	《合集釋文》
《殷墟花園莊東地甲骨》	2003.12	考古研究所	《花東》

（二）金文

書　名	初版時間	編撰者	簡　稱
《考古圖》	1092	[宋]呂大臨	《考古圖》
《博古圖録》	1123	[宋]王　黼等	《博古》
《歷代鐘鼎彝器款識法帖》	1144	[宋]薛尚功	《薛氏》
《嘯堂集古録》	1176	[宋]王　俅	《嘯堂》
《西清古鑒》	1755	[清]梁詩正等	《西清》
《寧壽鑒古》	1779 前後	[清]乾　隆敕編	《寧壽》
《西清續鑒甲編》	1793	[清]王　傑等	《西甲》
《西清續鑒乙編》	1793	[清]王　傑等	《西乙》
《積古齋鐘鼎彝器款識》	1804	[清]阮　元	《積古》
《筠清館金文》	1842	[清]吳榮光	《筠清》
《恒軒所見所藏吉金録》	1885	[清]吳大澂	《恒軒》
《從古堂款識學》	1886	[清]徐同柏	《從古》
《攈古録金文》	1895	[清]吳式芬	《攈古》
《愙齋集古録》	1896	[清]吳大澂	《愙齋》
《奇觚室吉金文述》	1902	[清]劉心源	《奇觚》
《陶齋吉金録》	1908	[清]端　方	《陶齋》
《敬吾心室彝器款識》	1908	[清]朱善旂	《敬吾》
《周金文存》	1916	鄒　安	《周金》

（續表）

書　名	初版時間	編撰者	簡　稱
《殷文存》	1917	羅振玉	《殷存》
《夢郼草堂古金圖》	1917	羅振玉	《夢郼》
《簠齋吉金錄》	1918	鄧　實	《簠齋》
《頌齋吉金圖錄》	1924	容　庚	《頌齋》
《貞松室集古遺文》	1930	羅振玉	《貞松》
《貞松室集古遺文補遺》	1931	羅振玉	《貞補》
《雙劍誃吉金文選》	1932	于省吾	《文選》
《希古樓金石萃編》	1933	劉承幹	《希古》
《歐米蒐儲支那古銅精華》	1933	[日]梅原末治	《歐精華》
《善齋吉金錄》	1934	劉體智	《善齋》
《雙劍誃吉金圖錄》	1934	于省吾	《雙吉》
《貞松室集古遺文續編》	1934	羅振玉	《貞續》
《小校經閣金文拓本》	1935	劉體智	《小校》
《貞松室吉金圖》	1935	羅振玉	《貞圖》
《續殷文存》	1935	王　辰	《續殷》
《綴遺齋彝器款識考釋》	1935	[清]方濬益	《綴遺》
《十二家吉金圖錄》	1935	商承祚	《十二》
《兩周金文辭大系圖錄考釋》	1935	郭沫若	《大系》
《尊古齋所見吉金圖》	1936	黃　濬	《尊古》
《善齋彝器圖錄》	1936	容　庚	《善彝》
《三代吉金文存》	1937	羅振玉	《三代》
《頌齋吉金續錄》	1938	容　庚	《頌續》
《雙劍誃古器物圖錄》	1940	于省吾	《雙古》
《山東金文集存》（先秦編）	1940	曾毅公	《山東存》
《商周彝器通考》	1941	容　庚	《通考》
《岩窟吉金圖錄》	1943	梁上椿	《岩窟》
《冠斝樓吉金圖》	1947	榮　厚	《冠斝》
《商周金文錄遺》	1957	于省吾	《錄遺》
《故宮銅器圖錄》	1958	臺北故宮、中博院聯合管理處	《故圖》
《日本蒐儲支那古銅精華》	1959～1962	[日]梅原末治	《日精華》
《美帝國主義劫掠的我國殷周青銅器集錄》	1963	陳夢家	《美集錄》
《金文詁林》	1974	周法高、張日昇	《詁林》

（續表）

書　名	初版時間	編撰者	簡　稱
《中日歐美澳紐所見所拓所摹金文彙編》	1978	[澳]巴　納、張光裕	《彙編》
《三代吉金文存補》	1980	周法高	《三代補》
《金文總集》	1983	嚴一萍	《總集》
《殷周金文集錄》	1984.02	徐中舒	《集錄》
《西周青銅器銘文分代史徵》	1986.12	唐　蘭	《史徵》
《商周青銅器銘文選》	1986～1990	馬承源等	《銘文選》
《積微居金文說》（增訂本）	1997.12	楊樹達	《金文說》
《殷周金文集成引得》	2001.07	張亞初	《引得》
《殷周金文集成釋文》	2001.10	考古研究所	《釋文》
《西周紀年》	2002.04	劉啓益	《紀年》
《近出殷周金文集錄》	2002.09	劉　雨、盧　岩	《近出》
《西周銅器斷代》	2004.04	陳夢家	《斷代》
《新收殷周青銅器銘文暨器影彙編》	2006	鍾柏生等	《新收》
《殷周金文集成》（修訂增補本）	2007.04	考古研究所	《集成》
《近出殷周金文集錄二編》	2010.02	劉　雨、嚴志斌	《近出二》

二、商王世系表三種

表一 《殷本紀》世系表①

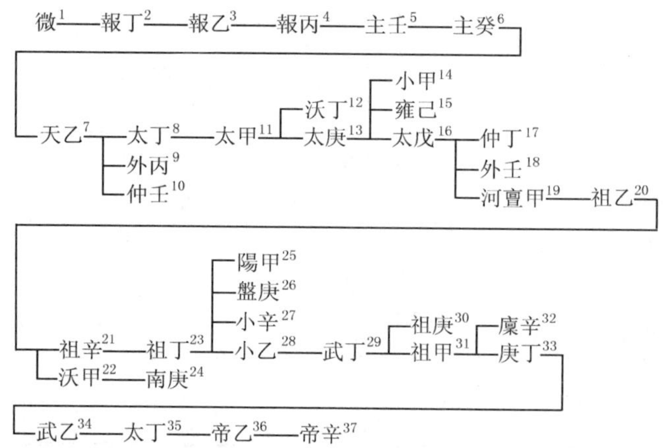

说明： 此表横線表父子相傳，直線表同世兄弟先後相傳。

表二 卜辭世系表②

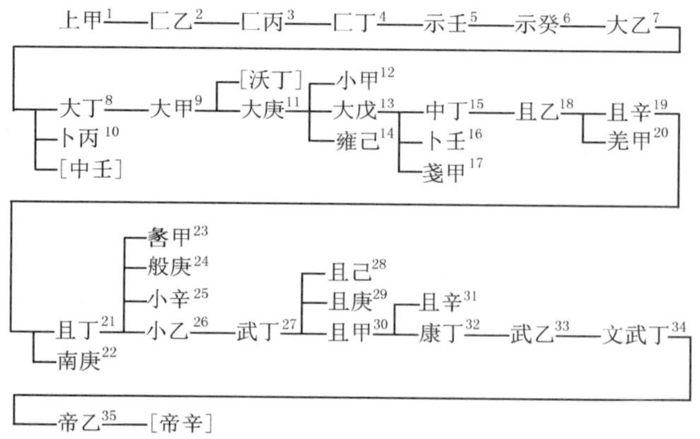

说明： 此表與表一讀法同，在方括號者示卜辭未見，右上角阿拉伯字表各王在周祭中的順序。

---

① 引自陳夢家：《殷虛卜辭綜述》，北京：中華書局，1988 年，第 368 頁。

② 引自陳夢家：《殷虛卜辭綜述》，北京：中華書局，1988 年，第 379 頁。

表三　殷王世系表①

（參照卜辭重訂）

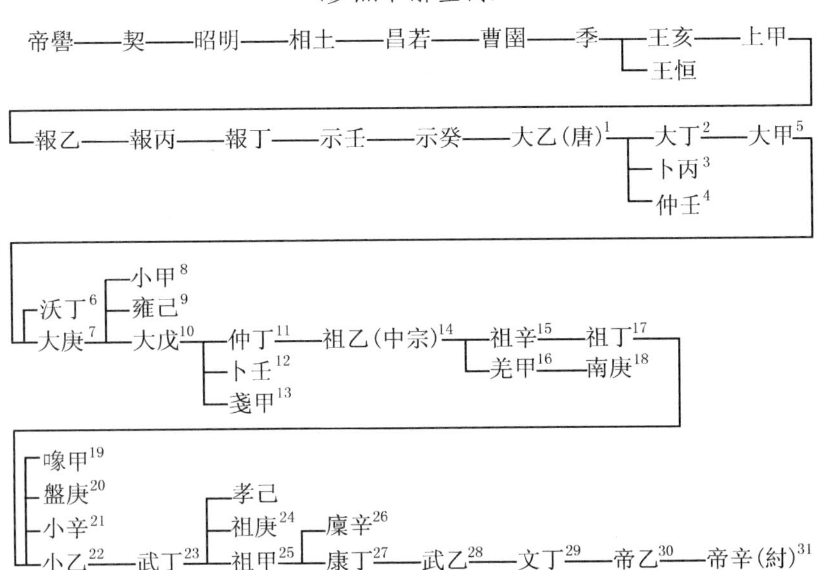

说明：表中横線表示父子關係，直線表示兄弟關係。王名右上角之數碼爲自大乙開始的世系序號。孝己未享國，故不編序號。自大乙至帝辛共17世31王。

① 引自劉翔，陳抗，陳初生，董琨：《商周古文字讀本》，北京：語文出版社，1989年，第9頁。

三、西周諸王年代諸說異同表①

序號	諸家說	克商年	武王	周公	成王	康王	昭王	穆王	恭王	懿王	孝王	夷王	厲王	共和	宣王	幽王	西周積年	武王至厲王末年
1	新城新藏	1066	3	7	30	26	24	55	12	25	15	12	16	14	46	11	296	225
2	吳其昌	1122	7	7	30	26	51	55	15	22	15	16	37	14	46	11	352	281
3	董作賓	1111	7	7	30	26	18	41	166	12	30	46	37	14	46	11	341	270
4	陳夢家	1027	3	—	20	38	19	20	10	10	10	30	16	14	46	11	257	186
5	章鴻釗	1055	3	7	30	26	23	55	16	17	15	7	15	14	46	11	285	214
6	白川靜	1087	3	—	25	35	26	31	17	14	19	39	37	14	46	11	317	246
7	榮孟源	1055	3	7	32	29	19	54	16	16	11	12	30	13	45	11	285	—
8	丁驌	1076	6	7	27	20	19	51	16	孝 16	懿 6	31	37	15	46	11	306	236
9	劉啓益	1075	2	7	17	26	19	41	19	24	13	29	37	—	—	—	305	234
10	勞榦	1025	4	6	14	20	16	50	15	17	30		12	14	46	11	255	184
11	馬承源	1105	3	—	32	38	19	45	27	17	26	20	37	14	46	11	335	264
12	何幼琦	1039	2	7	17	26	22	14	26	2	20	38	24	14	46	11	269	198
13	周法高	1045	3	7	17	26	19	27	29	9	15	34	18	14	46	11	275	204
14	張汝舟	1106	2	—	37	26	35	55	16	18	25	15	37	14	46	11	336	265
15	夏含夷	1045	3	7	30	28	21	39	18	27	7	8	16	14	46	11	275	204
16	李仲操	1071	3	—	37	26	19	55	15	25	14	13	23	14	46	11	301	230
17	趙光賢	1045	3	7	28	27	19	29	15	24	12	18	30	14	46	11	275	204
18	謝元震	1130	7	—	37	26	20	52	22	29	33	23	40	14	46	11	360	289
19	劉雨	1027	2	—	15	25	19	37	30	13	12	9	24	14	46	11	257	186
20	張聞玉	1106	2	7	30	26	35	55	23	孝 12	懿 23	15	37	14	46	11	336	265
21	倪德衛	1040	3	7	25	28	21	39	18	27	5	8	18	14	46	11	270	199
22	斷代工程	1046	4	22		25	19	55 *	23	8	6	8	37 **	14	46	11	276	205

说明：＊恭王當年改元，＊＊共和當年改元。

① 引自陳絜：《商周金文》，北京：文物出版社，2006年，第128～129頁。

四、西周年月曆日四要素俱全青銅器分期表①

序號	器　　名	銅器分期	相當王世
1	庚嬴鼎	早期後段	康王前後
2	二十七年衛簋	中期前段	穆王前後
3	鮮簋	中期前段	穆王
4	三年衛盉	中期前段	恭王前後
5	五年衛盉	中期前段	恭王前後
6	九年衛盉	中期前段	恭王前後
7	走簋	中期前段	恭王前後
8	十五年趞曹鼎	中期前段	恭王
9	休盤	中期前段	恭王前後
10	師虎簋	中期後段	懿王前後
11	師遽簋蓋	中期後段	懿王前後
12	無㠱簋	中期後段	懿王前後
13	吳方彝蓋	中期後段	懿王前後
14	趩尊	中期後段	孝王前後
15	王臣簋	中期後段	孝王前後
16	四年痶盨	中期後段	孝王前後
17	宰獸簋	中期後段	孝王前後
18	諫簋	中期後段	孝王前後
19	齊生魯方彝蓋	中期後段	孝王前後
20	大師虘簋	中期後段	孝王前後
21	十三年痶壺	中期後段	孝王前後
22	元年師旋簋	中期後段	夷王前後
23	鄭季盨	中期後段	夷王前後
24	散伯車父鼎	中期後段	夷王前後
25	五年師旋簋	中期後段	夷王前後
26	師㲃簋	中晚期間	夷厲前後
27	逆鐘	中晚期間	夷厲前後

① 引自王世民，陳公柔，張長壽：《西周青銅器分期斷代研究》，北京：文物出版社，1999 年，第 255～256 頁。

（續表）

序號	器　　名	銅器分期	相當王世
28	牧簋	中晚期間	夷厲前後
29	番匊生壺 *	中晚期間	夷厲前後
30	伯寬父盨	中晚期間	夷厲前後
31	元年師兌簋	晚期前段	厲王前後
32	三年師兌簋	晚期前段	厲王前後
33	鄦簋	晚期前段	厲王前後
34	柞鐘	晚期前段	厲王前後
35	頌鼎、簋、壺	晚期前段	厲王前後
36	師嫠簋	晚期前段	厲王前後
37	大簋蓋	晚期前段	厲王前後
38	大鼎	晚期前段	厲王前後
39	伯克壺	晚期前段	厲王前後
40	克鐘、鎛	晚期前段	厲王前後
41	克盨	晚期前段	厲王前後
42	伊簋	晚期前段	厲王前後
43	寰盤	晚期前段	厲王前後
44	鬲攸從鼎	晚期前段	厲王前後
45	晉侯穌鐘 **		厲王
46	此鼎、簋	晚期後段	宣王前後
47	遇鼎	晚期後段	宣王前後
48	兮甲盤	晚期後段	宣王
49	虢季子白盤	晚期後段	宣王
50	吳虎鼎	晚期後段	宣王
51	山鼎	晚期後段	宣王
52	虎簋蓋 ***		

* 番匊生壺和伯寬父盨的形制紋飾，均具西周中期後段特徵。前者與四年㾓壺、弭叔壺等器一致。後者與弭叔盨等器一致。考慮到此二器的王年較高，分别爲 26 年和 33 年，倘使與四年㾓壺一樣定爲孝王前後，難於妥善安排，因而將其置於稍晚的夷厲前後，即認爲這種形制的壺和盨有可能延續時間稍長。

** 晉侯穌鐘包括主要見於西周中期前段和後段的三種形制，應是擷取早期鐘體後刻銘文拼湊而成。本表未列這套鐘所屬銅器分期，僅注明對其銘文紀年的傾向性意見。

*** 虎簋的器身不存，難於準確判斷其所屬銅器分期。論者多據銘文內容，判斷此簋與師虎簋爲同人之器，屬穆王時期。審視虎簋蓋的形制紋飾，似與晉侯墓地年代甚晚的第七組 M64 所出㸚休簋（II2 式）頗爲相似，姑且存疑於此，以待進一步研究。

後　記

本書是在我的博士學位論文《殷商西周散文文體研究》的基礎上修訂而成的。

2007 年 3 月，我考入上海大學中文系攻讀博士學位，跟從邵炳軍先生研習先秦文學。隨着自己讀書和研究的深入，我逐漸產生了撰寫“先秦散文文體發展史”的構想。本人認爲，從我國古代散文文體發展的歷史進程來看，可將先秦時期散文文體的發展劃分爲四個階段：(一)我國古代散文文體的萌芽時期——殷商；(二)我國古代散文文體的成長時期——西周；(三)我國古代散文文體的發展時期——春秋；(四)我國古代散文文體的成熟時期——戰國。

要落實這一構想，首先必須追本溯源，分階段依次研討上述四個時期的散文文體演變軌跡。目前在中國古代散文文體的源頭問題卽有關殷商、西周時期散文文體的研究上，很多論著中存在的缺陷是顯而易見的：或語焉不詳，或證據不足。因此，在 2008 年初，我最終決定以“殷商西周散文文體研究”爲博士論文選題，試圖釐清殷商、西周這兩個時期的散文文體演變軌跡。

完成這個選題，不但工期緊、任務重，對我來說也是一項極富挑戰性的工作。2008 年 10 月博士論文開題報告通過以後，考慮到查閱圖書撰寫論文的方便，徵得邵師的許可，我打包行李從上海回到北京，在北大西門外的新建宮門路 21 號院租房住了下來，直至 2009 年 12 月底。在此期間，我的主要精力都專注於博士論文的寫作。2010 年 1 月 5 日，我按期參加博士學位論文答辯，順利通過。現將我的博士學位論文的《致謝》附著於下：

致　謝

這是我的博士論文，從構思到完成大約花了兩年時間。由於時間緊迫，此文並未達到我預期的目標；現在呈現在諸君面前的這部文稿，衹能說是對於殷商西周時期散文文體的基礎性研究成果，很多內容尚未得以充分論述。這種遺憾，衹好留待日後對論文作修訂時加以彌補了。

在論文撰寫過程中，始終得到我的博士導師邵炳軍先生的指導和關心。我的碩士導師程水金先生也一如既往地給予我多方面的幫助。我能滿懷激情地走上學術之路，與兩位導師寬鬆而嚴謹的教育分不開。他們的言傳身教，讓我得益良多。

在論文撰寫過程中，孫欽善先生、譚家健先生、郁賢皓先生、董乃斌先生、劉躍進先生、趙敏俐先生、郭英德先生、吳承學先生、過常寶先生、張峰屹先生給予我莫大的鼓勵和支持，讓我能夠在這段時間裏鼓足幹勁，夜以繼日地在殷商、西周散文這片我原本陌生的園地裏努力耕作。現將我種植出來的這朵小花敬奉於諸位先生，雖然它長得還不夠絢麗多彩，惟願能夠不辜負他們的期望。

在論文撰寫過程中，黄天樹先生給予熱情幫助。由於論文中涉及大量的古文字學知識，而我並非古文字學專業出身，這一情形總讓我惴惴不安。當我草成論文第一章，攜稿冒昧求教黄先生時，他欣然答應幫我審讀文稿。一個月後，他將審讀意見回饋給我時，爲我糾正了文稿中二十餘處誤字和五處甲骨刻辭的分組分類錯誤，並補充了數條辭例和相關參考著作，甚至於標點符號的誤用，他都一一加以指正。這種嚴謹求真的治學態度，讓我深爲感佩。

參加我的博士論文開題報告、預答辯、評閱和答辯的專家們給予我很大的鼓勵。他們是陳伯海先生、蔣凡先生、李炳海先生、楊樹增先生、張玉春先生、徐志嘯先生、曹旭先生、李笑野先生、方勇先生、楊逢彬先生、陳引馳先生、饒龍隼先生、周鋒先生等。

在此，謹對上述諸位先生表示衷心的感謝！

在我求學過程中，我的家人是我堅實的後盾。他們盡其所能，在物質和精神上給予我極大的支持，爲我免除後顧之憂，讓我能潛心問學。這份濃濃的親情和愛意溫暖着我，陪伴着我，催我自強不息，加倍努力。在此，對我的家人表示深切的感謝！

梅　軍

2009 年 12 月 30 日

2010 年 3 月，我進入暨南大學中國文化史籍研究所，跟隨張玉春先生做博士後研究工作。同年 6 月，我以“殷商西周散文文體研究”爲選題申報的教育部人文社科基金青年項目、以“春秋散文文體研究”爲選題申報的中國博士後科學基金資助項目皆獲得立項。這對我來說，是很大的鼓勵，也堅定了我按照自己的構想繼續完成“先秦散文文體發展史”的信心。

2012 年 6 月，我的博士後研究工作報告《春秋散文文體研究》完成結項，期滿出站。其時，我的愛人劉莉女士從北京大學博士畢業，所學專業是漢語史。爲了避免常年兩地分居，且能從事各自的專業，我倆遂一起應聘至廣西大學文學院工作至今。

在廣西大學工作期間，我執教的課程中有一門是“中國古代文學史(一)”，講授的內容是先秦兩漢文學，授課對象是中文本科二年級的學生。我的感受是，現行的各種版本的“中國古代文學史”教材中涉及先秦文學的內容，尚未做到與時俱進；其中關於殷商、西周散文的敘述，還是頗爲簡略。因此，在授課實踐中，我將《殷商西周散文文體研究》作爲教學參考用書，藉此充實相應內容。

此外，我執教的課程中有一門是“文字學”，授課對象是中國古代文學、中國古典文獻學的碩士研究生。在講授殷周甲骨文、銅器銘文的內容時，我也將《殷商西周散文文體研究》的相應章節用作參考。在使用過程中，師生互動，教學相長，也幫助我訂正了此書中出現的一些錯誤。

從 2008 年初確定以“殷商西周散文文體研究”爲選題至今，本書的構思、撰寫和修訂已持續到第八個年頭；距離博士論文的完成，也已經過去五年多的光陰。這幾年來，本人的學養在繼續充實中，時常翻看本書，自己覺得對殷商西周散文研究所付出的努力還是有價值的。正所謂“敝帚自珍”，總希望本書能早日出版；也不至於讓諸多師友見面時還問：“你的書究竟什麽時候出版哪？”

我的博士論文的撰寫是用簡體字行文，本書則全部改用繁體字行文，以期準確載錄相應文獻信息，避免產生不必要的淆亂。限於學力，本書或尚有錯誤，懇請讀者諸君批評指正。

最後，我還要感謝科學出版社編輯王紫微女士和王洪秀女士，沒有她們的全力支持和協助，本書的出版是很難想象的。

梅　軍

2015年8月22日